U0065531

隋唐演義（下）

褚人穫　著
嚴文儒　校注
劉本棟　校閱

三民書局

回目

下冊

第五十一回　真命主南牢身陷　奇女子巧計龍飛

詞曰：

何事雄心自逞，無端羑里羈囚❶。君臣瞥見淚交流，甚日放眉頭。　幸遇佳人夢，感群英盡吐良謀。玉鞭驕馬贈長遊，三疊❷唱離愁。

哲人雖有前知之術，能趨吉避凶，究竟莫逃乎數。當初郭璞與卜珝，皆精通易理。一日郭璞見珝嘆道：「吾弗如也，但汝終不免兵厄！」卜珝道：「吾年四十一，為卿相，當受禍耳；但子亦未見能令終。」郭璞道：「吾禍在江南，素營之未見免兆。」卜珝道：「子勿為公吏可免。」郭璞道：「吾不能免公吏，猶子不能免卿相也。」後卜珝為劉聰軍將，敗死晉陽；而郭璞亦以公吏，為王敦❸所殺。故知數之既定，不但古帝王不能免，即精於易者，亦難免耳。如今再說夏王竇建德，來到樂壽。曹后接入宮中，拜見了，

❶ 羑里羈囚：指周文王姬昌。商朝末年，紂王曾將西伯昌囚於羑里。羑里，在今河南省湯陰縣北。羑，音ㄧㄡˇ。

❷ 三疊：古歌曲反覆詠唱某句，稱三疊。

❸ 王敦：原作「三郭」，據晉書卷七二郭璞傳改。王敦，東晉時掌握軍政大權的大臣，曾起兵攻陷朝廷，郭璞因勸阻他而被殺。

便道：「陛下軍旅勞神，喜逆臣已誅，名分已正，從此聲名高於唐、魏多矣。但隋皇泰主，尚在東都，未知陛下可曾遣臣奉表去奏聞否？」夏王道：「孤已差楊世雄齎表去了。宮中綵幣綾錦，宮娥彩女，均作四分，以二分賜與功臣將士，以二分酧唐、魏兩家同謀滅賊之功。孤但存其國寶珍器圖籍而已。」曹后道：「陛下處分甚當，還有一個活寶在此，未知陛下貯之何地？」夏王道：「御妻勿認孤為化及之流。孤自起兵以來，東征西討，宇宙至廣，未有一隅可為止足之地，何暇計及歡樂之事？孤所以帶蕭后來者，恐留在中原，又為他人所辱，故與女兒同來，自有所在安放他去。」曹后道：「妾非妒婦，止不過為國家計耳；若如此，則是宗廟之福也。」

過了一宵，夏王即差淩敬送蕭后等，到突厥義成公主國中去。蕭后原是好動不好靜的人，宵來受了曹后許多譏辱，已知他不能容物，今聽見要送到義成公主那邊去，心中甚喜，想道：「倒是外國去混他幾年好，強如在這裡受別人的氣。」催促淩敬起身，下了海船，一帆風直到突厥國中。淩敬遣人齎書幣去報知義成公主。啟民可汗因往賀高昌王麴伯雅壽，不在國中。義成公主即命王義發駝馬去接蕭后；又差文臣去請淩敬，到驛館中款待。

蕭后在舟中，見王義下船來叩見，正是他鄉遇故知，不覺滿眼流淚，問道：「王義，你為何在此？」王義道：「臣是外國人，受先帝深恩，何忍再事新主？故護持趙王同沙夫人在此。先帝不聽臣諫，把一座江山輕輕的弄擲。今娘娘到這裡來，原是至親骨肉，儘可安身過日。公主差臣來接娘娘，快到宮中去相見。」蕭后起岸，上了一匹絕好的逍遙駿馬，來到宮中。義成公主同沙夫人出來，接了進去。行過禮，大家抱頭大哭。蕭后對沙夫人道：「妳們卻一窩兒的到了這裡，止丟了我受盡苦惱！」沙夫人道：「妾等又聞娘娘仍舊正位昭陽，還指望計除逆賊，異日來宣召我們，復歸故土；不想又有變中之變。」

正議時，只見薛冶兒與姜亭亭出來朝見。蕭后問沙夫人道：「還有幾位夫人，想多在這裡？」薛冶兒答道：「那同出來的狄、秦、李、夏四位夫人，已削髮空門，作比丘尼矣！」蕭后見說，長嘆了一聲，又對沙夫人道：「夫人既在這裡，趙王怎麼不見？」沙夫人道：「他剛纔同孩子們打圍去了。」蕭后道：「我倒時常想念他。」沙夫人道：「少刻回來，見了母后，是必分外歡喜。」一回兒擺上宴來，止不過山禽野獸，鹿脯駝珍。其時王義已為彼國侍郎，姜亭亭已封夫人，薛冶兒做了趙王保母，大家坐定，各訴衷腸。

日色已暮，只見小內侍進來報道：「小王爺回來了。」蕭后兩年不見趙王，今見長得一表人材，身軀高偉，打了許多野獸，喊進來道：「母親，孩兒回來了。」望見裡邊擺了酒席，忙要退出去。沙夫人道：「你大母后在這裡，快過來拜見。」趙王站定了腳，薛冶兒與姜亭亭忙下來對趙王說道：「此是你父皇的正宮蕭娘娘，她是你的大母，自然該去拜見。」趙王見說，只得走上去，朝上兩揖。蕭后正開言說道：「兒兩年不見，不覺這等長成了。」只見趙王兩揖後，如飛往外就走。沙夫人道：「這該行大禮纔是，怎麼就走了去？」薛冶兒重新要去攙他轉來。趙王道：「保母，你不知當年在隋宮中，她是我的嫡母，自然該行大禮。今聞他又歸許氏，母出與廟絕，母子的恩情已斷；況她又是失節之婦，連這兩揖，在沙氏母親面上，不好違逆，算來已過分了。」說完，灑脫了薛保母的手，往外就走。蕭后聽見，不覺良心發現，放聲大慟，迴思煬帝舊時，何等恩情，後逢宇文化及，何等疼熱；今日弄得東飄西蕩，子不認母，節不成節，樂不成樂，自貽伊戚❹如此。越想越哭，越哭越想，好像華周杞梁之妻❺，要哭倒長城的一般。幸得義成公主與沙夫人等，百般勸慰。自此蕭后倒息心住在義成公主處，按下不提。

再說秦王回到長安，朝見唐主。唐主說三處兵鋒利害。秦王道：「利害何足為懼？但劉武周與蕭銑居於西北，王世充居於中央。臣竟欲差人致書，先結好世充，使不致瞻前顧後，然後進兵專攻劉、蕭二處，無有不克之理。未知父皇以為是否？」唐主稱善。即修書一封，著楊通、張千，到洛陽王世充處，二人領命即行。豈知王世充看了來書大怒，扯碎了書，將楊通斬於階下，將張千割去兩耳放回。張千抱頭鼠竄，逃回長安，哭訴唐主。唐主大怒，自欲提兵去剿世充。秦王道：「不必父皇動怒，臣兒自有調度在此：差李靖為行軍大元帥，領兵十萬去扼住劉武周。臣兒領一旅之師，誓必掃滅世充，回來見駕。」唐主大喜，即命秦王領兵十萬，前往洛陽進發。時秦王每一出師，西府賓僚如杜如晦、袁天罡、李淳風、侯君集、姚思廉、皇甫無逸等，秦王平昔以師禮事之，故凡出兵，無不從侍帷幄，籌謨謀畫。秦王命殷開山為先鋒，史岳、王常為左右護衛，劉弘基為中軍正使，段志玄、白顯道為左右護衛。自領一軍居後。長孫無忌、馬三保等保衛船騎。水陸並進，來到洛陽。王世充探知，亦領軍於睢水，列陣相迎。秦王屯兵於睢水之北，兩軍相接，當不起唐家兵精將勇，殺得世充大敗進城，堅閉不出。

次日唐營排宴，犒賞三軍已畢。秦王乘著酒興，問土人：「此地何處好景，可以游玩？」土人答道：「城北十里外，有一北邙山❻，周圍百里，古帝王之陵，忠臣烈士之墓，如星羅棋布，其中珍禽怪獸，

---

❹ 自貽伊戚：自己造成了這樣的悲哀。詩小雅小明：「心之憂矣，自貽伊戚。」

❺ 華周杞梁之妻：華周、杞梁都是春秋齊國大夫。齊莊公伐莒時，兩人一齊戰死。杞梁妻孟姜枕其丈夫屍體在城下痛哭，七日而城崩。後世附會為孟姜女哭倒長城。

蒼松古柏，無限佳景。」秦王見說，喜道：「吾正欲到彼處射獵。」李淳風道：「臣晨起演先天一數❼，殿下該有百日之災，不可開弓走馬玩景；況面帶青色，還是不走的是。」秦王道：「吾日夕馳騁於弓馬之間，覺得氣爽神怡，有何利害？」即同馬三保軟甲輕衣，雕弓利箭，十餘騎徑往北邙山來。

到了山內，秦王四顧了一回，喟然長嘆道：「吾想前代之君，坐鎮中華，擁百萬之師，有多少英雄豪氣，今止得幾個石人石馬相隨；況荊棘叢生，狐兔為侶，寧不可嘆？日後唐家天子，亦如此而已。」正嗟嘆間，忽見西北上，趕出一隻白鹿，衝面而來。秦王扣滿弓，一箭射去，正中鹿背。那鹿帶箭望西而走，秦王縱馬追之，緊趕數里，轉過山坡，其鹿杳然不見。秦王四下追尋，不覺驟至一處，坦然平川曠野，但見旌旗耀日，戈戟森羅，一座新城門，匾上「金墉城」三字，日光曜目。秦王道：「此非李密所居之城乎？」馬三保道：「正是，殿下可急回，若彼知之，便難脫身。」不提防守城軍卒看見，忙去報知魏主，李密道：「此必是李世民誘敵之計，不可追之。」程知節踴躍向前道：「主公此時不擒，更待何時？」說了，手提大斧，跨青鬃馬，如飛出城。秦叔寶恐知節有失，隨即趕來。

時秦王正欲回騎，只見一人飛馬來追，大叫道：「李世民休走！」秦王橫槍立馬問道：「你是何人？」知節道：「我便是程咬金，特來捉你。」秦王笑道：「諒你這賊夫，何足為懼？」知節舉起雙斧，直取秦王。秦王挺槍來迎。鬥了三十餘合，因馬三保被秦叔寶接住，秦王只得敗走，三保也抵敵不住，亦自逃去。知節追趕秦王，看看較近；秦王搭上箭，拽滿弓，颼的一聲，正射中知節盔纓。秦王見射不中，

❻ 北邙山：在今河南省洛陽市北。為古代貴族葬地。

❼ 演先天一數：講易經的人以伏羲所作之易為「先天易」。這裡指根據「先天易」推演人的吉凶禍福。

心中甚慌，縱馬加鞭復走，恰值面前一座古廟，牌書「老君堂」三字。秦王心下想道：「既有此廟，何不進去躲過片時？」忙進廟門，把門關了，取一條大石條來頂撞了，把馬拴在廟廊下；向著老君神像，也不及細禱，作一揖道：「神聖在上，若能救吾李世民脫得此難，當重修廟宇，再塑金身。」祝告了，即往神座內躲避。那老君原是靈感的，故受一方香火；今見一個真命之主，紫微有難，豈不顯聖？便刮起一陣旋風，把秦王行來的馬蹄蹤跡，都滅沒了，又把蜘蛛絮塵，網定廟門。

程知節追趕秦王，到三叉路口，倏忽不見，四下一望，只見前面一個大樹深林，叢叢茂密，便縱馬加鞭，趕進林中；上了山崗，見山背後一座古廟。知節慌忙來至廟前，把門亂推，卻推不開；蜘蛛網面，四下裡塵灰飛絮，像久無人進來的。只得兜轉馬頭，復上山崗。向廟中細看，吃了一驚；只見屋脊中間，一條大黃蟒蛇，盤踞其上。知節看了想道：「吾聞得人說，漢劉邦斬了芒碭山❽的大蟒蛇，後來做了皇帝，我也是一個漢子，難道除不得此孽畜！」忙下崗，到廟前下了坐騎，將一塊大石，撞開了廟門，往屋脊上看，卻又不見，想道：「孽畜必游進殿內去了。」走到殿前，只見一馬繫在柱上。知節道：「原來李世民躲在這裡！」又看梁柱上的蟒蛇，蹤跡全無，瞥見神櫃上簾幙搖動，恍如蛇尾現出在外。

原來秦王見有人進殿細看，如飛在櫃裡輕輕拔出劍來。時叔寶亦追趕進殿，見知節把神幙揭起，喝道：「賊子！卻躲在這裡！」舉起巨斧，照著秦王頭上砍來。秦叔寶忽見五爪金龍現出來，抓住巨斧。叔寶知是真命之主，如飛搶上前，把雙鐧架住巨斧道：「兄弟，你好莽撞，豈不知唐與魏原是同姓，曾有書禮往來？今若把一死的見駕，是無功而反有罪矣！」知節道：「大哥，你不知吾剛纔見他，是一條

❽ 芒碭山：即芒山和碭山的合稱，在今河南省永城東北。

黃蟒蛇精，今不殺他，他會遁去。」秦叔寶微笑了一笑，輕輕扶秦王出了神櫃，叫手下寬鬆剪了，扶出廟門。從人牽了秦王的馬，程知節、秦叔寶各上了馬押後，一行人帶進金墉城來。那些市井小民，不知好歹，口中嘖嘖贊道：「好一個漢子，生得秀眼濃眉，方面大耳，不知犯著何事，被兩位將軍解進城來。」有幾個跟進城的百姓，便道：「你們不要小覷他，這是一位唐家的太子，因偶然在這裡過，被我兩位將軍獲住。」眾百姓道：「怪道相貌迥出尋常，原來是金枝玉葉，可惜！可惜！」秦叔寶在馬上聽得，卻要放脫他，因眾耳眾目，又不便行，只得解至府門。

魏公令群刀手拿秦王至階前，責之道：「你這個猾賊，卻自來送死。汝父鎮守長安，坐承大統。吾居墉城，管理萬民。前已明取河南，今又想暗襲金墉，是何道理？」秦王道：「叔父暫息虎威，姪有言稟上。因洛陽王世充，殺我使臣，故姪領兵征討，敗其三軍。世充堅閉不出，是以退兵千秋嶺下。偶因承醉捕獵，來金墉探望叔父，不意叔父反致見疑。」魏公怒道：「你這個猾賊，吾與汝何親，假稱吾叔父！汝本恃勇輕敵而來，探吾虛實，於中取事，卻以甜言哄我。」喝令武士，推出斬之。魏徵道：「主公若斬世民，非安社稷之計，金墉速於受禍矣。」密問：「何故？」魏徵道：「此人東征西蕩，爭入長安，與其父坐承大統，兵精糧足，手下猛將如雲，謀臣如雨。彼若知我主殺其愛子，必起傾國之兵，前來復仇，忿死相併，有何了日？」李密道：「如此說，難道竟放了他去？」魏徵道：「莫若將他監禁在此，使李淵知之，若有降書朝貢之物，放他回還；如若不從，使其子執質❾在此，終身不敢來侵犯，豈不是好？」魏公道：「此論甚通。」即令獄卒帶入南牢。時唐主在長安，因馬三保來報知此信，自要親

❾ 執質：當人質。

提人馬來討李密，以救秦王；因劉文靜與李密有郎舅之親，勸唐主修書具禮，來見李密。不意李密絕不認親，反要把劉文靜斬首，幸虧徐世勣勸免，也送入南牢去了。可憐：

青龍白虎同囚室，難免英雄相對泣。

時魏公發放已完，忽見流星馬⑩報到，奏說：「開州⑪凱公校尉，殺了刺史傅鈔，奪其印綬，會合參軍徐雲，結連寧陵刺史顧守雍造反，大起人馬，犯我境界，說誘洪州刺史何定，獻了城池。二郡人馬，與凱公攻打偃師、孟津地方，諸郡百姓無守，甚是緊急。」魏公聞報大驚道：「偃師乃吾咽喉之地，屯糧之所；倘有亡失，魏之大患。孤當自率大軍討之。」即命程知節為先鋒，單雄信、王伯當為左右護衛，羅士信、王當仁趲運糧草，留徐世勣、魏徵、秦瓊，總護國事。親自領兵，往開州進發。

卻說秦王與劉文靜，監鎖南牢，雖虧秦叔寶時常餽送，不致受苦；更喜那獄官姓徐名立本，字義扶，他道刑名過犯，冤抑者多，所以不嫌前程渺小，志願力行善事，利物濟人。秦王初發監禁之日，那夜女兒惠媖，夢見一條黃龍，盤踞囚室之內。惠媖驚駭，走去偷覷，只見那龍飛來，纏繞其身，遂爾驚醒。妻亡，止攜一女，名喚惠媖，年已二九，尚未適人。那個徐義扶，雖是小官，卻是見識高廣，眼力頗精。述與義扶知道。義扶曉得秦王是個真命之主，遂要放他兩人還鄉，急切間未得其便。惟每日三餐，請秦

⑩ 流星馬：迅速傳遞消息的騎兵。

⑪ 開州：隋朝沒有設置開州，至唐高祖武德元年（西元六一八年）改萬州為開州，今四川省開縣。此處可能有誤。

義扶女兒惠嫫，夢見黃龍盤踞囚室之內，並向她飛來。驚醒後述與義扶知道，故義扶曉得秦王是個真命之主，每日三餐，請秦王到裡邊精室中去款待。

王與文靜到裡邊精室中去款待，兩人甚感他恩德。

一日，秦叔寶與魏玄成在徐懋功府中小飲，說起秦王之事，叔寶大笑起來。徐、魏兩人問道：「秦兄有何好笑？」叔寶道：「吾想我們程兄弟，真是個蠢才。」懋功道：「那見他蠢處？」叔寶道：「當日在老君堂，要舉斧殺死秦王之時，忽現出五爪金龍，向斧抓住，因此弟見了，忙把雙鐧架住，不好私放他，只得解將進京。程兄弟竟認秦王是黃蟒蛇精，必要除他，豈不是可笑？」玄成道：「吾見秦王，龍姿鳳眼，真命世之主。前日主公要殺他，所以力勸監禁南牢。將來數盡歸唐，必至玉石俱焚，如何是好？」懋功道：「吾們這幾個心腹兄弟，如今趁他被難之時，先結識他，日後相逢，也好做一番事業。」叔寶不好說昔日有恩於唐主，今又救了秦王之命，只得點頭道：「徐大哥說得是。」玄成道：「據我之見，還該趁主公未歸，大家攜一尊到那裡去，與秦王、文靜敘一敘，也見我們這幾個不是盲目之人，未知二兄以為何如？」叔寶應聲道：「魏兄說得極是，弟正有此心，明日二兄早來同去。」

過了一宵，秦叔寶家中整治二席酒，悄悄叫人抬進南牢。比及玄成、懋功來時，日已晌午了。三人俱換了便服，大家跟了一個小廝，各坐小轎，來到南牢門首。先是小廝去報知，獄官徐立本如飛開門，接了進去。魏玄成三人叫小廝打發轎人回去，義扶引到囚室與秦王、文靜相見了。秦王、文靜各各拜謝深恩。懋功道：「非弟輩俱屬矇瞽，不識殿下英明，有屈囹圄；這也是殿下與劉兄，數該有這幾日災厄。今因主公提師討凱公去了，因此我們進來一候，冀聆教益。」魏玄成道：「只是此地怎好坐？」秦叔寶道：「酒席已擺設在裡邊。」劉文靜對徐懋功道：「獄官徐立本，雖官卑職小，卻非尋常之人。承他朝暮慇懃奉侍，實出意外；況他才智識見，另有一種與人不同處。」一頭說，眾人已到裡邊，卻是三間精室，滿壁圖書，盡是格言善行。三人請秦王上坐，劉文靜次之，玄成、叔寶、懋功各各坐了。秦王道：「承三位先生盛意，世民有何德能，敢勞如此青盼。那獄官徐義扶，雖居擊柝之職，定不久於人下者。承他日夕周旋，愚意欲借花獻佛，邀來一坐，未知三位先生肯屑與他同坐否？」徐世勣道：「他原是隋朝科甲出身，當日主公原教他為司馬，不知甚意，自願居刑曹監守。」魏徵道：「吾也聞他是個樂善好道有意思的人，這樣世界的官兒論甚大小，快請出來。」小廝請了徐立本出來，謙讓了一回，只得於末席坐下。

酒過三巡，只見徐家一小僮進來，向家主稟道：「有懿旨在外。」徐立本如飛起身出去。玄成等眾人盡加驚異，俱在那裡揣度。只見徐立本走來坐定，魏玄成忙問道：「宮中怎有甚懿旨到這裡來？」徐義扶笑道：「不敢隱瞞，正宮王娘娘實與小女有緣，曉得小女頗識幾字，素知音律，幸得禁林清賞，故此常差內侍接進宮去陪侍。前因分娩太子，進去問候，是今日彌月，叫她進去，不知還有甚事。」徐懋功道：「令嬡想是有才貌的了，今年多少貴庚？」徐義扶道：「小女名喚惠嬪，年一十八歲了。」徐懋功見秦叔寶、魏玄成與秦王說起襲取河南一段，也就住口，不與義扶講。大家訴說戰陣功業之事。

正說得熱鬧，只見一個小廝，向魏玄成稟道：「走役來報王爺差人齎赦詔快到了。」玄成向叔寶、懋功道：「二兄陪殿下寬飲一杯，弟去了就來。」說了起身而去。文靜與懋功是舊交，秦王與叔寶彼此有恩心友⓬，四人更說得投機。忽小廝報道：「魏老爺來了。」大家起身。懋功道：「想必主公威降了凱公，復平土地，故有赦詔，為何吾兄反有憂色？」玄成就在袖中，取出詔書來道：「請二兄看便知。」

⓬ 心友：當作「心交」，知心朋友。

前面不過凱公肉袒投降，後又喜生太子，故降赦文，除人命強盜重情外，不赦南牢李世民、劉文靜二人，其餘咸赦除之。懋功與叔寶讀了一遍，雙眉頻蹙，默然不語。只聽見外邊人聲嘈雜，魏玄成問道：「為何喧鬧？」徐義扶道：「想必宮侍送小女回來。」又見那小廝出來，請義扶進去。徐懋功道：「前日秦大哥要打帳在赦內邀恩，吾度量必不能彀，為什麼呢？昔日魏公待人，還有情義，近日所為，一味矜驕，恃才自用。目下赦內若肯赦二公，則前日先認了親，不至如此相待。」叔寶道：「除此之外，卻怎麼商量？」秦王聽見他們計議，不好意思，只得說道：「承三位先生高誼，或者吾兩人災星未退，且耐心再住在此幾時，亦無不可；只是有費三位先生照拂周旋。」魏玄成道：「吾有個道理在此。」

正要說時，只見徐義扶走將出來，便縮住了口。劉文靜對眾人道：「義扶兄已屬心交，眾兄有話不妨直說。」魏玄成對劉文靜道：「劉兄來看赦書上，那一條不赦南牢的『不』字，只消添上一豎一畫，改為『本』字，主公歸來，料必無疑。就有他事，這血海干係，總是我三人擔待了。」秦叔寶喜道：「這卻甚妙，須要就煩魏兄大筆，方寫得像他親筆一般。」時眾人站在一堆兒，也有說妙的，也有不開口的。徐義扶道：「卑職倒有一計在此，不知三位大人可容卑職略參末議否？」徐懋功道：「兄有良策，快些說出來。」義扶道：「以不改本，恐文義念去，有些勉強；況主公非昏暗庸眊眼糊塗之主，看他另寫一行，下筆之時，何等慎重，今若改了本字，主公回家，必然看出，有許多不妙。莫若竟讓卑職，把秦殿下與劉大夫放去。主公回來，三位大人盡推在卑職身上，雖尚可飾辭，猶難免守國防範之愆，然不至有大害了。若明改赦詔，不幾視朝廷之敕書，如同兒戲乎？」眾人都道：「此論不差。」魏玄成道：「義扶持論甚暢，但不知怎樣個放法？」徐義扶道：「方纔王娘娘宣小女進去，因太子彌月，欲草疏到主公處，奈因身子尚憚勞頓，故叫小女代為草就，要差人到孟津去。小女有心乘機奏過王娘娘，即討此差與卑職，明日四鼓就要起身，豈不好是改敕的機會？現有懿旨，叫卑職到徐大人處撥差官兵守護獄囚的，內票在此，表章是用黃絹封固的，小女藏在裡邊。」袖中取內票出來。徐懋功取來一看，只見上寫著：「仰兵部掌印大堂徐，速撥吏卒二十名，去守南牢監禁，待獄官徐立本公幹歸，即便交卸，勿得有誤施行。」玄成、叔寶大喜道：「這是唐主之福，該使殿下還朝，父子重逢，君臣會合。」徐義扶道：「只是要五匹有鞍轡的好馬，方纔濟事。」魏玄成道：「連兄只須三騎，多此二騎何用？」徐義扶道：「與小女一個小价⑬，亦少不得。」徐懋功道：「既如此，也該請令嬡出來見了殿下，好少刻同行。」

徐義扶忙進去，同女兒惠嫃出來。眾人見時，乃是一個纔要改妝不脂不粉的美秀女子。徐義扶道：「匆忙之際，總朝上三叩首就是。」眾人皆要還禮，義扶再三不容，只得答以三揖。惠嫃如飛進去了。徐懋功道：「我前者會征化及，得二匹駿馬，馴良之至，一匹贈與殿下，一匹贈與令嬡惠嫃。」秦叔寶道：「殿下的追風馬，我養好在廄下，並挑選二匹送來，後會有期，我們該大家別過罷！」徐懋功道：「諸公該作速收拾，同我發兵衛下來，就到我署中來是了。」魏、徐、秦又叮嚀了一番。義扶送了三人出門，如飛進去，收拾了細軟，把兩套青衣小帽與秦王、文靜換了。義扶又添些菓菜，叫小廝扛了一罈酒，放在客座裡。秦王問義扶道：「添酒增肴，是何緣故？」劉文靜道：「我曉得這是義扶的作用，少刻便見。」

正說間，聽得叩門聲響。義扶如飛叫小廝去開門看來，卻是一個老隊長同十來個小兵，到義扶面前

---

⑬ 小价：小僕。

叩見了。義扶對眾人道：「裡邊禁門，剛纔徐大老爺差人到來巡察，已封好在那裡了。恰好我們兩個舅子，要同到孟津單將軍處公幹，故有現成酒肴在此，天氣寒冷，酒在罈子裡，你們吃了罷，只要收拾好了傢伙。」說完了，徐惠嬪提了燈籠，秦王與文靜負了奏章與報箱，小廝青奴挑了行李，叫一個土兵出來，關好了門進去了。徐義扶等五人，忙忙走的不多幾步，只見秦叔寶家小廝迎上前來，說道：「家老爺坐在堂中，候徐爺去會。」義扶等走進叔寶署中，只見院子裡繫著五匹馬。秦叔寶忙出來接見了，對秦王道：「我曉得殿下歸心甚急，此刻也不敢盡情了。」將手指著院子裡的馬道：「這兩匹馬，是纔間徐大哥叫人牽來的；這匹金串銀鑲的，贈與殿下，那匹繡串雕鞍的，贈與惠嬪小姐。殿下的馬，文靜兄坐去。那二匹是我贈與義扶及管家的，多是馴良善走的腳力。」又在袖中取出書札來，對文靜道：「此三件煩兄帶去，一道表章是叩謝唐王的；兩封書啟，候李藥師與柴嗣昌兩兄的，代弟一一致意。」文靜如飛打開包裹藏好。叔寶叫小廝快牽自己的坐騎來，要送秦王出城。秦王止住道：「承將軍等許多情義，我李世民鏤之心版，再不敢勞尊駕送出城，恐惹嫌疑。」叔寶灑淚道：「士為知己死，大丈夫若慮嫌疑，何事可為？」即便先上了馬，眾人也只得上了馬，急趕出城，又叮嚀了一番，然後舉手相別。這叫做：

惺惺自古惜惺惺，說與庸愚總不解。

總評：秦王北邙之射，非有意於窺伺，而程知節踴躍追擒，必欲殺而甘心。幸賴金龍現爪，叔寶救護，猶陷身南牢，冀恩赦而未獲，魏玄成欲以「不」改「本」，原係一時倉卒之計，與叔寶當時席上焚批何異。徐義扶議論真切，作事直捷爽快，似高出二人一籌矣。

第五十二回　李世民感恩劫友母　寧夫人惑計走他鄉

詞曰：

深鎖幽窗，徧青山，愁腸滿目。甚來由，風風雨雨，亂人心曲。說到情中心無主，行看江上春生谷。正空梁斷影泛牙檣❶，成何局？　畫虎處，人觳觫。笑鷹揚，螳臂促。怎與人無競，高飛黃鵠。眼底羊腸逢九坂，天邊鰐浪愁千斛。甚張羅？叫得子規來，人生足。

右調滿江紅

流光易過，天地間的事業，那有做得完的日子。游子有方❷，父母愛子之心，總有思不了的念頭。功名到易處之地，正是富貴逼人來，取之如拾芥；若是到難處之地，事齊事楚，流離顛沛，急切間總難收煞。卻說秦王與劉文靜、徐義扶、女兒惠媖，四五騎馬，離脫了金墉城，與秦叔寶別了，連夜趲行。秦王在路上，念叔寶的為人，因對劉文靜道：「叔寶恩情備至，何等周匝。所云：『桃花潭水深千尺，不及汪倫送我情❸。』此之謂也。怎得他早歸於我，以慰衷懷？」劉文靜道：「叔寶也巴不能要歸唐，

❶ 牙檣：用象牙裝飾的帆檣。

❷ 有方：父母在，子女出遊要有一定的方向、處所。論語里仁：「父母在，不遠游；游必有方。」

無奈魏勢方熾；二則幾個弟兄，多是從瓦崗寨起手，幹這番事業；三則單雄信是義盟之首，誓同生死，安忍輕拋。如今彼三人，皆有他意者，因前日翟讓一誅，故眾人咸起離心耳，散則猶未也。」秦王見說，不勝浩嘆道：「若然，則叔寶終不能為我用矣！」徐義扶道：「殿下不必掛念，臣有一計，可使叔寶棄魏歸唐。」秦王忙問道：「足下有何良策？」徐義扶道：「叔寶雖是個武弁，然天性至孝。其母太夫人，年逼桑榆❹，與媳張氏，俱安頓瓦崗。」秦王道：「魏家將帥俱集金墉，難道各將家眷尚在山寨裡？」徐義扶道：「金墉止有魏公家眷，餘皆在寨中。一個叫尤俊達，一個叫連巨真，二將管攝在那裡。莫若將秦母先賺來歸唐，好好供奉著，叔寶一知信息，必為徐庶之奔曹矣。」秦王道：「好便好，作何計賺來？」徐義扶道：「臣當年曾仕幽州，知總管羅藝，與秦叔寶中表之親，極相親愛。今年恰值秦母七十壽誕，莫若假設是羅夫人，因往泰安州進香，路經此地，接秦母到舟中去相會，一敘闊蹤。秦母見說，定必欣然就道；若離了山寨，何愁他不到長安？」劉文靜道：「要做，事不宜遲，回去就行！」

三人正說得入港，趕到了千秋嶺來。只見後面小廝青奴，在馬上喊道：「姑娘的靴子掉去了一隻了！」秦王聽見，如飛兜轉馬頭，只見徐惠嬪一隻窄窄金蓮，早已露出。徐惠嬪雖是個倜儻女子，此時不覺面紅耳赤。徐義扶道：「既掉了一隻，何不連那隻也除了去？」只見秦王把馬加鞭聳上一轡頭，向舊路尋去。未及片時，秦王提著一隻靴子，向徐惠嬪笑道：「這不是卿的靴子？」徐惠嬪如飛下馬來向秦王接了，穿紮停當，然後上馬。自此一路上，秦王與惠嬪雖不能雨覓雲蹤，然侍奉宵征，早已兩情繾綣，魂

---

❸ 桃花二句：唐朝李白贈汪倫詩中之兩句。隋末，李白尚未出生。

❹ 桑榆：比喻日暮，這裡指人到老年。

消默會矣。一行人曉行夜宿，不覺早到了霸陵川。秦王對劉文靜道：「孤偶然出獵閒游，不意遭此大難，若非惠媖、義扶與秦、魏、徐三位同心救援，幾乎老死囹圄。」劉文靜道：「這也是殿下與臣數該有這百日之災，幸遇義扶，朝夕周全。令嬡棄恩施計，殿下不特得一明哲之士，兼得一閨中良佐，豈非禍兮福所倚乎？」

正說時，只見塵頭起處，望見一隊人馬前來，乃是大唐旗號。秦王道：「難道父皇就知孤歸國，預差人來迎接？」話未說完，只見袁天罡、李淳風、李靖三騎馬早已飛到面前，口稱：「殿下，臣等齊來接駕。」秦王道：「孤當初不聽先生們之諫，致有此難，將來後車之戒，孤當謹之。」那時西府賓僚陸續來到，大家擁入潼關。秦王對徐義扶道：「賢卿與令嬡，乞暫停驛館，待孤見過父皇，然後備車駕來接令嬡，方成體統。」義扶點首，忙進驛館中安歇。秦王同眾公卿進朝，見了唐帝，到宮中拜見了竇太后，骨肉相敘，如同再生，不覺涕泗橫流。秦王細把被難前情，一一奏明。唐帝道：「秦叔寶、徐懋功、魏玄成這三位恩人，目下雖不能歸唐，朕當鏤之心版，兒亦當佩帶書紳。至於義士徐立本與其女惠媖，該速給二品冠帶，並其小女鳳冠霞佩，速宣來見朕。」秦王吩咐左右，在西府內點宮女四名，整頓香車，迎請徐惠媖與其父義扶進朝。唐帝見了，甚加優禮，用義扶為上大夫之職，其女徐惠媖，賜名徐惠妃，加一品夫人，與秦王為妃，參贊西府軍機事務。

秦王又將叔寶寄來的謝表呈上，唐帝看了說道：「叔寶先年與朕陌路相逢，全家虧他救護；今吾兒又賴他保全性命，父子受恩，未知何日得他來少報萬一？」秦王道：「不必父皇留念，兒自有良策，使他即日歸唐。」說了，大家謝恩出朝。未及數日，秦王即差李靖、徐義扶帶領雄兵二千並宮娥數名，擁護徐惠妃夫人，前往瓦崗，計賺秦母出寨，今且按下慢提。

再說魏公李密，在偃師收降了凱公，大獲全勝，頒赦軍民，正該班師回來，復不自諒，徇行河北部，被夏王竇建德首將王綜，拒戰於甘泉山下。被王綜以流矢射中李密左臂，大敗喪氣。又接徐世勣日報，說獄官徐立本，私放秦王、劉文靜歸國，自謀宮中差使，不知去向。魏公看報大怒，連夜趕回金墉。魏徵、徐世勣、秦瓊接見。魏公將三人大肆唾罵，道他們不行覺察，通同徇私，受賄賣放，藐視紀綱。將三人即欲斬首。虧得祖君彥、賈潤甫等再三告免，權禁南牢，將來以功贖之。

再說秦母與媳張氏孫懷玉，住在瓦崗，雖叔寶時常差人來詢候，然秦母年將七十，反比不得在齊州城外，為子者朝夕定省，依依膝下，尋歡快活。奈兒子功名事大，只好付之浩歎而已。一日，只見一個小廝，進來報道：「幽州羅老將軍，差人到寨，耑候秦夫人起居，要面見的。」秦母見說，對媳張氏道：「羅姑爺處，還是我六十歲時差人來拜壽，後數年以來，音信懸隔，今為什麼又差人來，莫非又念及我七十歲的生辰麼？」張氏夫人道：「是與不是，還該出去見他，就知分曉。」秦母只得同著懷玉，到堂中來，見兩個差官，齊跪下去說道：「差官尉遲南、尉遲北，叩見太夫人。先有家太太私禮一副；奉上的壽儀，俟太夫人到舟中去，家太太面致。」秦母連忙叫懷玉，拖了兩個差官起來；隨後又是四個女使，齊整打扮，上前叩頭。那差官說道：「這是羅太太差來，迎請太夫人的。」秦母道：「小兒秦瓊，在金墉幹功，不在寨中，怎好有勞臺從枉顧？請尊官外廂坐。懷玉，你去煩連伯伯來奉陪。」懷玉應聲去了。

秦母同四位女使，到裡邊來，見了張氏夫人，叫手下把羅夫人私禮抬了進來，多是奇珍異玩，足值二三千金。寨中這些兵卒，多是強盜出身，何曾看見如此禮物，見了個個目呆口呬，連尤俊達與連巨真，亦嘖嘖稱羨道：「不是羅家帥府裡，也辦不出這副禮來。私禮如此，不知壽儀還怎樣個盛哩？」那四個女使，見過了張氏夫人的禮，又致意道：「家太太多拜上，因進香經過，要請太太夫人與少爺，同到舟中去一會，方見故舊不遺，叫妾們多多致意。」張氏夫人忙叫手下安排酒筵，款待來使。婆媳兩個，私相計議。秦母道：「若說推卻兒子不在，禮多不收，也不去會羅姑太太，這門親就要斷了；若說去，瓊兒又在金墉，急切間不能去報知。」其時恰好程知節的母親，也在房中，插口道：「這樣好親戚，我們巴不能個扳圖一個來往，他們卻幾千里路，備著厚禮來相認，卻有許多疑慮？」張氏夫人道：「當年懷玉父親，犯事到幽州，虧得在姑爺手下認親，解救回來。那十年前婆婆正六十壽誕，我記得姑太太，曾差兩員銀帶前程的官兒，前來上壽。如此親誼，可謂不薄矣。今若遽爾回他，只道是我們薄情，不知大體的了。」秦母道：「便是事出兩難。」程母道：「據我見識，既是老親，你們婆媳兩個，還該同了孫兒去會一會。人生在世，千里相逢，原不是容易得的事，難道你還有七十歲活麼？你們若不放膽，我只算你的老伴，去奉陪走走何如？」秦母見他們議論，已有五六分肯去相會的意思了；及見連巨真進來說道：「那兩個姓尉遲的差官，多是十年前在歷城縣來拜過壽的，說起來我還有些認得，怎麼伯母就不認得了？」秦母道：「當時堂中擠著許多人，我那裡就認得清？既是恁說，今日天色已晚，留他們在寨中歇了，明早一同起身去就是，少不得連伯伯也要煩你護送去的。」連巨真道：「這個自然。」

過了一宿，明早大家用過了朝餐，秦母、程母、張氏夫人，多是鳳冠補服；跟了五六個丫環媳婦，連他們四個女使，共是十二三肩山轎。秦懷玉金冠紮額，紅錦繡袍，腰懸寶劍，騎了一匹銀騌馬。連巨真也換了大服，跨上馬，帶領了三四十個兵卒，護送下山。一行人走了十來里，頭裡先有人去報知。只聽得三聲大砲，金鼓齊鳴，遠望河下，泊著坐船兩隻，小船不計其數。秦母眾人到了船旁，只見艙內四五個宮奴，擁出一個少年宮妝的美婦人出來。你道是誰？就是徐惠嬪假裝的。秦母與眾人停住了轎，便道：「這不是羅老太太，又是誰？」那差來的女使答道：「這是家老爺的二夫人。」秦母見說，也不便再問。大家遜進官艙，艙口一將白顯道，搶將出來觀看，被秦懷玉雙眉戟豎，牙眦迸裂，大喝一聲。白顯道一驚，自進艙裡去了。李靖在船樓上望見，駭問來人道：「此非叔寶之兒乎？」來人道：「正是。」李靖道：「年紀不大，英氣足以驚人，真虎子也。」快叫人請過船來。

秦母等進艙，一個女使對著稟明道：「這個是秦太太，那個是程太太，這是秦夫人張氏。」徐惠妃一一拜見過，便向秦母道：「家老太太尚在前船，囑妾先以小舟奉迎。承太太夫人們不棄降臨，足見親誼。」吩咐打發了轎馬兵卒回去，後日來接。秦母道：「瓊兒公幹金墉，多蒙太太頒賜厚儀，致承尊從枉顧，實為惶恐。」舟中酒席已擺設停當，即便敬酒安席。李靖請過秦懷玉來，與徐義扶相見了。李靖與秦懷玉說起他父親前日寄書札來，取出來與懷玉看了。懷玉方知他是李藥師，父執相逢，不勝起敬。忽聽見又是三聲大砲，點鼓開船。秦母在那邊舟中，不見了懷玉，放心不下，忙叫人請了過來，坐在身旁。船頭上鼓樂齊鳴，一帆風掛起，齊齊整隊而行。連巨真見這許多光景，也覺心上疑惑，虧得夜間宿在徐義扶舟中，義扶向他備細說明，連巨真心中雖放寬了些，但嫌身心兩地，只好付之無可如何。徐惠妃那夜見秦夫人們，多是端莊樸實的人，已在舟中，料難插翅飛去，只得將直情備細說與張氏夫人知道。張氏夫人，忙去述與婆婆得知。秦母止曉得先前楂樹崗秦瓊救了李淵之事，後邊南牢設計放走李世民一段，全然不知，虧得徐惠妃將前事一一提明：「因秦殿下念念不忘令郎將軍之德，故此叫妾與父親陛見

一行人走了十來里，頭裡先有人去報知。遠望河下，泊著坐船兩隻。秦母眾人到了船旁，只見艙內四五個宮奴，擁著一個美婦人出來。

後即定計來請太夫人。」此時秦母與張氏夫人曉得相對說話的，不是羅二夫人，乃是秦王一位妃子，重新又見起禮來。幸喜程母因多用了幾杯酒，瞌睡在桌上。秦母道：「小兒愚劣，有辱殿下垂青；但是那裡知我家與羅總管是中表之親？」徐惠妃道：「家父先朝曾任幽州別駕數年，羅帥府衙門中事並走差之人，無不熟識。」秦母道：「怪道尉遲南兄弟，扮得這般廝像。只是如今魏邦事勢未衰，吾家兒子急切間怎能個就得歸唐？夫人先須差人送一個信去方好。」徐惠妃道：「這個自然。但程太太跟前，萬萬不可說明。」

秦母眾人在舟中住了兩天，那日早起，只聽的前哨報道：「頭裡有賊船三四十隻，相近前來。」秦懷玉正睡在那邊船樓上，聽見，如飛披衣起來窺探。只見李靖在艙中，喚一將進來，那將是前日扮尉遲北的。李靖在案上取一面令旗，付與中軍官，遞將下來。那將跪下接著，李靖坐在上面吩咐道：「前哨報有賊船相近，你領兵去看來，不可殺害，好歹綑來見我。」那將應聲去了。不一時，只聞得大砲震天，吶喊之聲不絕。小船上兵卒，個個弓上弦刀出鞘，把甲冑收束停當。未及兩個時辰，鳴金三響，早見那員武將跪下道：「稟元帥爺繳令，賊船已獲，頭目現綑綁在船，耑候元帥爺鈞旨定奪。」李靖收了令箭，便問道：「賊船是何處旗號？」那將答道：「打著是魏家旗號。」李靖雙眉一蹙道：「既是魏家的人，解進來。」那將應聲而去。其時大小船，俱停住不行；船頭上眾將，排列刀斧手、綑綁手，明晃晃執著站立，好不威武。只見戰船裡，拖出一個長大漢子來。連巨真在後邊船上望見，吃了一驚道：「這是我家賈潤甫，為什麼撞在這裡，卻被他們拿住？」忙要去報知秦懷玉，無奈船擠人多，急切間難到那邊船上去。徐義扶又不見了，只得扒在船舷上，聽他們發落。

只聽見李靖問道：「你是那一處人，叫甚名字？」賈潤甫答道：「我是魏邦人，叫做賈和。」李靖道：「既是魏邦人，豈不見我大唐旗號出師在此，擅敢闖入隊來！我且問你：你奉李密使令，差往那裡去，今從何處來？」賈潤甫道：「實因王世充去秋曾向我處借糧二萬斛，不意我處今秋歉收，魏公著我去索取。」李靖道：「王世充殘忍褊隘之人，刻刻在那裡覬覦非望，以收漁人之利。你家李密，卻去濟應他的糧草，何異虞之假道於晉❺，因以自斃乎？可知李密真一庸碌之夫矣！」賈潤甫道：「天下擾攘，未知鹿死誰手，明公何出此言？」李靖拍案喝道：「李密手下多是一班愚庸之夫，所以前日秦王被囚於南牢，文靜困辱於殿陛，我正要來問罪，你卻撞來亂我軍律。左右的與我拿去斬訖報來！」眾軍校吆喝一聲，把賈潤甫擁綁出來。連巨真諕得魂飛魄散，如飛要去尋秦懷玉。何知秦懷玉被徐義扶說明，反不著忙。只見中軍官又叫劊子手推賈潤甫轉來。李靖起身親解其縛，喝左右取冠帶過來，替賈爺穿好上前相見。賈潤甫拜謝道：「不才偶犯元帥虎威，重蒙格外寬宥，足見海涵。」李靖道：「適纔不過試君之器量耳，弟輩仰體秦王求賢之心，何敢妄戮一人。且叫足下相會幾個朋友。」

話未說完，只見徐義扶、連巨真、秦懷玉，多走到面前。賈潤甫大駭，對徐義扶道：「你是放走了秦王與劉文靜，該在這裡的了。」對連巨真、秦懷玉道：「你們是住在瓦崗，為何卻在此處？」徐義扶把始末備細說了一遍。賈潤甫對徐義扶道：「你卻同了秦王高飛遠舉來了，累及徐軍師、秦大哥、魏記室，坐禁南牢。」秦懷玉聽見說他父親因禁南牢，放聲大哭，忙向李靖說道：「乞老伯借二千兵與小姪，待小姪打進金墉，救取父親。」秦母在此船，聞知這個消息，亦差人來盤問。賈潤甫道：「既是秦伯母

❺ 虞之假道於晉：春秋時，晉國用重禮向虞國借路去征伐虢國。晉軍滅了虢國後，還軍時也把虞國滅了。

在此，何不請過船來相見，聽我說完，省得停回重新再說。」李靖便向懷玉道：「正是，賢姪去請令祖母過來，聽賈兄說完。」不一時秦母走過船來，眾人一一拜見了。秦母向賈潤甫道：「小兒為何事逮罪南牢？」賈潤甫道：「魏公降服凱公回來，聞報徐兄放去了秦王、劉文靜，又遷怒於秦大哥、魏玄成、徐懋功，將他三人監禁南牢。我與羅士信再三苦諫不從，即差我往王世充處討糧。因去秋王世充差官來要借糧四萬斛，彼時我聽見，如飛向魏公力止，極言不可借：世充乏食，天絕之也，何反與之？況我家雖有預備，積儲幾倉，亦當未雨綢繆，要防自己饑饉。況軍因糧足，今若借與彼，是藉寇兵以資盜糧也，智者恐不為此。無如魏公總不肯聽，竟許其請，開倉斛付二萬斛。那開倉之日，適值甲申日，有犯甲不開倉之禁忌。嗣後鞏洛各倉，倉官呈報鼠蟲作耗，背生兩翼，徧體魚鱗，緣壁飛走，蜂擁而出，倉中之粟，十食八九。魏公拜程知節為徽貓都尉，下令國中每一戶納貓一隻，赴倉交納，無貓罰米十石。究竟鼠多於貓，未能撲滅，貓與鼠不過同眠逐隊而已，鼠患終不能息。魏公正在悔恨，近又蕭銑缺餉，亦統兵來要借糧五萬斛；如若不允，便要儘力廝併。因此魏公著了急，將他三人在南牢赦出，即差了秦大哥與羅士信，領兵去征蕭銑；徐懋功差往黎陽；魏玄成看守洛倉。目下又值禾稼湮沒，秋收絕望，因此差我向王世充處，取償前日之粟。如今伯母既是秦王命李元帥屈駕長安，定必勝是瓦崗，待我報與秦大哥曉得了，他畢竟也就來歸唐。」又對連巨真道：「巨真兄，你還該回瓦崗去，眾弟兄家眷尚多在寨，獨剩一個尤員外在那裡，倘有疏虞，是誰之咎？我因公幹急迫，伯母請便。」即向眾人告辭。李靖見賈潤甫人才議論，大是可人，託徐義扶說他歸唐。賈潤甫道：「弟因愚劣，不能擇主於始；今雖時勢可知，還當善事於終。若以盛衰為去留，恐非吾輩所宜，後會有期。」即便別去。李靖深加嘆服，連巨真因與秦叔寶義氣深重，只得同到長安，看了下落，再回瓦崗。正是：

滿地霜華連白草，不易離人義氣深。

總評：自來悲歡離合，不外乎情，而情緣義起，若舍情義，而強為立言，是背理而扭捏，不但情之不真，即義亦幾抹殺。作小說者，往往昧此。今看此回，提出一徐義扶，便有多少情中串插，義上生文。末後得賈潤甫數語，隱隱瓦崗起義一段，皆不泯滅，可稱快史。

又評：母子至情，卻是天性，世上那有幾個趙苞棄母❻的人。徐義扶設計，使叔寶棄魏歸唐，先賺秦母，確是妙策。後又轉出潤甫來，說明魏徵、徐世勣、秦瓊囚禁南牢，因蕭銑借餉，即赦出三人，一段委委曲曲，情文備至。

---

❻ 趙苞棄母：趙苞，東漢桓帝時人，任遼西太守。遣使迎接母親及妻子，被鮮卑劫為人質以攻打遼西。其母大義凜然，而趙苞也不顧其母親而進擊鮮卑，母妻因而同被鮮卑殺害。

第五十三回 夢周公王世充絕魏 棄徐勣李玄邃歸唐

詩曰：

成敗雖由天，良亦本人事。宣尼驚暴虎，所戒在驕恣❶。夫何器小夫，乘高肆其志。一旦眾情移，
福兮禍所伺。蛟螭失所居，遂為螻蟻制。噬臍徒空悲，貽笑滿青史。

事到騎虎之勢，家國所關，非真撥亂之才，一代偉人，總難立腳；何況庸碌之夫，小有才名，妄思非分，直到事敗無成，纔知噬臍無及。今且不說秦母歸唐。再說賈潤甫別了李靖等來到洛陽，打探王世充大行操練兵馬，潤甫要進中軍去見他。世充早知來意，偏不令潤甫相見，也不發回書，叫人傳話道：「這裡自己正在缺餉，那得討米來清償你家？直等我們到淮上去收了稻子，就便來當面與魏公交割。」賈潤甫見他這樣光景，明知他背德不肯清償，也不等他回札，竟自回金墉來回覆魏公道：「世充舉動，不但昧心背德，且賊志反有來攻伐之意，明公不可不預防之。」李密怒道：「此賊吾亦不等其來，當自去問其罪矣。」擇日興師，點程知節、樊文超為前隊，單雄信、王當仁為第二隊，自與王伯當、裴仁基

❶ 宣尼驚暴虎二句：宣尼，即孔子。季氏家臣陽虎曾暴虐匡人，孔子貌似陽虎，經過匡地，匡人以為陽虎而圍困孔子五天，使孔子頗為驚恐。

為後隊，望東都進發。那邊王世充，早有哨馬報知，心上要與李密廝併，只慮他人馬眾多，急切間不能取勝，悶坐軍中。忽一小卒說道：「前年借糧軍士回來，說李密倉粟，卻被鼠耗食盡，陸賈潤甫補儌貓都尉，宮中又有許多災異。金墉百姓多說是僭了周公的廟基，絕了他的香火，故此周公作祟。」鄭主道：「只怕此言不真。」小卒道：「來人盡說有此怪異，為甚說謊？」鄭主笑道：「若然，則吾計得矣；但必要一個伶俐的人，會得吾的意思，方為奇妙。」說了，呆看著那小卒，小卒低著頭微笑不言。

到了明日，擂鼓聚將，大宴群臣，計議禦敵之策。鄭主問道：「李密金墉之地，還是隋朝故宮，還是他自己創造的？」張永通答道：「魏主宮室，原是周公神祠。李密謂周公廟宇當創建於魯，此地非彼所宜，便撤去廟貌，改為宮闕。周公累次託夢於臣，臣未敢瀆奏。」鄭主拍案道：「怪道孤昨夜三更時分，夢見一尊冠冕神人，說：『吾乃周文王之子姬公旦便是，蒙上界賜我為神，廟宇在金墉城內，被李密拆毀了，把基址改為宮殿，木料造了洛口倉，使我虎賁衛從，漂泊無依。今李密氣數將盡，運敗時衰，東鄭王你替我報讎做主。』」眾臣道：「神人來助，足見明公威德所致，此番魏邦土地，必歸於明公矣。」鄭主道：「富貴當與卿等共之，諒孤非敢獨享也。」正說時，只見三四個小卒走上前來報道：「中軍右哨旗丁陳龍，忽然披髮跣足，若狂若痴，口中大叫道：『我要見東鄭王。』」鄭主見說，笑逐顏開，對眾臣道：「此卒素稱誠樸，何忽有此舉動？孤與卿等同去看他。」說了，齊上馬，來到教場中。軍師桓法嗣縱馬先到演武場，只見陳龍閉著雙眼，挺挺的睡在桌上，高聲朗句的在那裡誦大雅❷文王之詩曰：「文王在上❸，於昭于天。周雖舊邦，其命維新。」見鄭主來，忽跳起身，站在桌上，朝著外邊道：「東鄭

❷ 大雅：詩經篇名。

陳龍見鄭主來，忽跳起身道：「東鄭王請了，吾周公旦附體在此！」說了，跳將下來，滿廳舞蹈揚塵。

王請了，吾周公旦附體在此。前宵所囑之言，何不舉行？勿謂夢寐，或致遺忘。若汝等君臣同心協力，吾還要助汝陰兵三千，去敗魏師，幸毋觀望，火速進兵為上。吾去也！」說了，跳將下來，滿廳舞蹈揚塵。此時王世充與眾臣，早已齊齊跪拜道：「謹遵大王之命，我等敢不齊心討賊，以復故宮，重修殿宇崢嶸？」大家忙起身，看那個陳龍，面色如灰，手足冰冷，直僵僵橫在草地上。鄭主叫人負了他回去。

自此鄭家兵將，個個胸中有個周公旦了。從來行兵詭道，王世充原是個奸狡多謀之人，兼那軍師桓法嗣，又是個旁門邪術之徒，恰好在亂離中，逞志求榮，希圖寶位，便有許多因邪入邪之事來湊他。鄭王回朝，即便傳旨軍師桓法嗣，明日下演武場，點選彪形大漢三千，個個身長八尺，腳躧木橇❹一丈二尺，面上俱帶鬼臉，身穿五色畫就衣服。數日之內，演習停當。桓法嗣說：「此計只宜速行，攻其無備。」鄭主准奏。這不過是要收拾完一個李密，成全一個應世之主；若李密是個明哲之士，見國中屢現災異，便要安守金墉，悔改前愆，優恤臣下，猶可以為善國。無奈李密自恃才略高強，卻忘了昔日死裡逃生之苦，刻刻要想似漢高提著三尺劍，無敵於天下。先把一個足智多謀的軍師徐世勣調去黎陽；蕭銑乃癬疥之疾，又把忠勇全備的秦叔寶、羅士信差他去拒守；賈潤甫屢進奇謀不聽，而置之洛口；邴元真貪利忘義小人，反置之左右；止剩單雄信、程知節等一班恃勇好鬥之人，自統大兵前來。未及兩日，何知王世充也擁著大隊人馬，在路上遇哨馬報知，大家離著三四十里安營駐紮。李密安營於翠屏川東山。王世充結寨於翠屏川西山，軍師桓法嗣帶領細作，隨身兵馬二三百，悄到鎮東山頂，瞭望魏營，部伍整齊，如

❸ 文王在上：此句見詩經大雅文王。

❹ 木橇：木料製成的高蹺。

星辰纍落，看去殺氣沖天，果是人驚鬼哭。

桓法嗣心中暗想：「吾雖練彪形高橇神兵，怎能彀勝他人強馬壯？」蹙著雙眉，四下閒看，忽見東北方山角下，七八個大漢，在那裡採樵。桓法嗣看他們運斧弄斤，丁丁伐木，不覺怡然而笑道：「吾更有計矣！」悄悄喚一家將近前來，附耳幾句，自己即便上馬歸營。到了明日，進大營對鄭主道：「臣昨夜也夢見周公對臣說道：『桓法嗣聽我吩咐：明日我暗引一人來助你們擒賊，你快去催主人作速進征，以決勝負。』」又附鄭主耳上說了幾句。鄭主大喜。桓法嗣又將木排，多用紅綠顏色，畫成獸形，列為方城，將兵馬盡藏其中。鄭主坐中軍大寨，看軍師桓法嗣調度。只見帳下軍士道：「拿著了李密。」及至解進來時，見綁著的卻是一群打柴的人，為首又是李密。鄭主問道：「是那裡拏來的？」軍士答道：「小人們奉令巡邏，到山坳斜徑，遇著這干人，內中卻有李密，小人們奮勇拏來請功。」鄭主怒問，那為首喊叫冤枉道：「小人是國子監助教陸德明的家人，城中乏柴，著小人來樵採，說甚李密，現有同伴可證。」巡邏的道：「明是李密，假做採樵，窺探軍情。」鄭主又向眾樵夫細問，果然是鄉宦家人，差出來打柴的，鄭主叫左右去了那干人的綁縛，對他們說道：「我曉得你們盡是平民，我如今正要用著你們。且問你眾人裡邊，可有熟識北邙山幽僻路徑的？」一個樵夫指道：「那個叫做滿山飛金勇，那個叫做穿山甲龐元，他兩個慣走山徑，曉得路途。」鄭主道：「妙！」先叫那像李密的前來，賞他一個中軍把總；那兩個金勇、龐元，賞他做了左右隊長，多給衣帽戰袍。又叫中軍，附耳吩咐了領去。眾樵夫大喜，叩謝出營，編入隊伍。看兩邊是：

紛紛戰血煙雲洒，勝敗存亡未可知。

再說李密前隊程知節，指望遇著了對頭，爽利大殺一場；不意王世充的兵馬，反將橫木為城，寂然不動。便督軍馬，衝到城邊，卻又看見了木城上紅綠獸形，即便調轉馬頭，逃回轉來。那單雄信領著第二隊，亦湊著了，叫前隊架起雲梯砲石，向內攻打，竟不能破。魏主在後隊結寨，時將舉火，傳令黑夜須防賊人行劫，各營務要小心，靜聽更籌。到了三更時分，魏營兵將耳邊，只聞得四下裡砲聲隱隱不絕，心中惶惑。忽有巡邏夜不收，到前營來報道：「王世充木城已開，只是內中燈火俱無，人影不見，敢報老爺知道。」程知節因日間攻打了半天，正在那裡心中煩躁，忽聞此報，安能忍耐！自己當先，領軍馬直到鄭營。遠遠望去，只見木城大開，燈火齊舉，照耀如同白日，並不見一兵在外。惱得程知節性起，把雙斧高舉，口中喊道：「有膽氣的隨我來！」只見鄭營寨中一聲砲響，閃出一將，殺了十來合，敗將下去。程知節趁勢追趕，約十來里，又聽得鄭營中一個轟天大砲，四下裡即便接砲連聲，忽起一陣怪風，刮地裡迎面吹來。

其時金雞已報，天色已明。程知節正催促軍馬殺將下去，只見斜刺裡趕出七八隊，都是面藍髮赤，巨口狼牙，五色長袍，高蹺橇腳，硝黃火藥烘滿半天，都執著砍刀，從第二隊後邊殺來，個個喊道：「天兵到了，你們要命的快須投降！」單雄信兵士見了，盡皆驚惶，要兜轉馬頭，殺奔回去；因那些戰馬，見了這班鬼臉長人，咆哮亂跳，反向前儘力嘶跳。單雄信只得大著膽，隨著前隊，往前殺去。兩隊人馬接著王世充許多將士，絞作一團的亂殺。程知節正在酣戰之時，聽得喊道：「搗寨的兵，拏了李密來了！」

只見一簇兵馬，擁著李密，錦袍金甲，背剪在馬上，喊叫不明道：「快來救我，快來救我！」已被這干人擁進陣裡去。程知節看見，吃了一驚，對裨將樊文超道：「如今主公已沒了，戰也沒用，散罷！」樊文超道：「東天也是佛，西天也是佛，散也沒處去，倒是投降。」便傳主將已沒，情願投降。部下聽得，一齊拋戈棄甲跪倒。程知節憶著老母，卻在亂軍中卸去盔甲，寂然逃走。

單雄信與王當仁在第二隊，見前邊一齊跪倒，不知為甚緣由，卻飛報的來說：「魏公已被拏去，前軍已盡投降。」單雄信也是個猛夫，再不忖量李密怎樣就可以拏得，心下反著了忙，對王當仁道：「魏公既被他們拏去了，我們在此，殺也無益，不如我和你衝出去罷！」王當仁便道：「說得有理。」喊一聲，領麾下努力，殺了一里多路。無奈四圍鄭兵，越殺越多。單雄信回轉頭來一看，王當仁已不見了。單雄信正要轉身去尋，不提防鄭將張永通飛馬到面前。雄信忙舉槊相迎。豈知鄭營中幾十把鉤鐮槍齊舉，把單雄信坐馬拖翻。雄信無奈，亦只得領眾投降。

獨有魏主還領著精銳心腹之士督戰，見前隊散亂，忙著裴仁基前來救應，亦被鄭陣中鐮鉤套索捉去。魏主正在驚疑之際，只見後面山上，連聲發喊，二隊短刃步兵，趕下山來，已在陣後亂砍。回望寨中，煙燄沖天，守寨軍士，四散逃走，投崖墜石。原來王世充著樵夫引導，黑夜領這枝兵，各帶硝磺引火之物，乘他兵盡出戰，焚他大寨。魏主平日卻因自恃勢盛，只道無人敢來窺伺，到處不立木柵，止設營房，所以這幾百人，如入無人之境，燒了他寨，又殺將轉來。此時李密要敵後軍，前面王世充人馬已到；要敵前軍，後邊步兵殺來，真是前後夾攻，腹背受敵。無可奈何，只得易服同眾逃到洛口倉。賈潤甫聞知，遠來接見，把善言相慰道：「漢高屢敗，終得天下；項羽雖勝，卒遭夷滅。明公安心以圖後舉。」在洛口倉安歇了一夜。次日正欲與眾將計議，只見程知節同了十來個小卒逃來。魏主怒道：「我正要問你那前面是怎麼樣光景，以至於此？」程知節道：「頭裡我們被他殺退了下去，已有六七里，何知起一陣怪風，衝出無數陰兵，這還大家儘力混殺，不意他們陣裡擁過一個錦袍金甲，與明公面貌無異，背剪在馬上。我們軍士，只認真是主帥被擒，軍士都無心戀戰。鄭營中四下軍馬，如山倒海翻，裹將攏來，裨將樊文超即便領眾投降。我不得已卸甲逃走到倉城。豈知邴元真已將全城歸降王世充，我故又趕到這裡，幸喜明公無恙，多是賊人使的詭計。」

話未說完，只見魏徵一騎來到，魏公大駭，忙問道：「為什麼你亦離了金墉，莫非亦有甚事麼？」魏徵道：「昨夜五更時分，有一起人馬，叫喊開城。鄭司馬上城看時，只見燈火之下，果然是明公坐在馬上。鄭司馬忙開城門，出來迎接，只見喝道：『諸將不行救應！』就叫手下綑縛，裴仁儼亦被擒下。我著了急，知中賊人之計，如飛著宮侍報知王娘娘同世子逃出了南門，恰好在路上遇著了王當仁，交付與他送上瓦崗去了；故此我特地尋來，恰好多在這裡。剛纔我在路上，聽見逃回兵卒說：『王世充大隊人馬，又追將下來。』」正說時，只見賈潤甫手下巡邏走卒來報道：「虎牢關也失了。鄭家大兵只離我們洛口三十里地，我們快走罷！」此時連魏徵也沒了主意。李密見王世充勢大，量此洛口一隅，怎能支撐？只得同眾進守河陽。河陽乃祖君彥所守地方，未及兩日，巡卒又報偃師、洛口俱失。李密嘆道：「誰料賊子弄這些詭計，失去這許多地方，又戰失了好幾員名將，這都是孤自己大意，以至於此。如今方寸已亂，教孤如何是好？」王伯當道：「為今之計，止有南阻河，北守太行，東連黎陽。徐世勣為人忠義，不以成敗利鈍易心，且足智多謀，堪當一面，著他同守黎陽，移兵食以資河北，雖與世充相近，末將不才，願為死守。明公身居太行，呼吸兩地，身既在此，當時部曲必然來歸，力薄則拒險而守，力足則相機而戰，方是妙計。」李密道：「此計甚善。」問眾將，多默默不答。李密又問，眾將只得說道：「前日北邙一戰，人心皆驚，雄信投降，仁基、智略就縛，以致河陽疾破，倉城即降，偃師、洛口、虎牢地方，接踵而失。將無固守之志，兵無敢死之心，人情趨利，比比皆然。今明公麾下，尚有二萬，恐再俄延，怕從人日散，公欲拒守，誰人相助？」

李密聽了，不覺兩行淚落道：「孤仗諸君戮力同心，首取洛口，又據黎陽，北抗世充，南破化及，不意今日一戰，至於眾叛親離，欲守無人，欲歸無地。要此七尺何為？」言罷，拔劍便欲自刎。伯當一把抱定，兩淚交流道：「明公，你備經困苦，方能得成大業；今雖失利，安知不能復興，何作此短見？」兩人號哭連聲，眾將也齊淚下。李密哽咽了半日，纔出得一聲道：「罷，罷，我壯志不甘居人之下，今天喪我，無計可施，黎陽我斷不去。諸君若不棄，同到關中歸於唐主，諸君諒亦不失富貴。」眾將齊聲道：「願隨明公同歸唐主。」李密對王伯當道：「將軍家室，多在瓦崗，今日入關，家室日遠，恐必掛念；不若將軍且回。」伯當道：「昔與明公共誓生死同隨，安肯今日相棄？便分身原野，亦所甘心；何況家室哉！」這幾句連同行的人都感動，沒一個肯離散。獨有程知節跳起身來說道：「不是兄弟無情，你們卻去得，我卻不敢追隨。」眾人道：「這是為什麼？」李密道：「我曉得了，尊堂尚在瓦崗，不去也罷了。」程知節道：「不是這話，老娘在瓦崗，尤大哥與我不比別的弟兄，時刻肯照顧我母親，我可以放心無憂。當年李世民，監禁在南牢百日，多是我程咬金陷他。」眾人道：「這是公事，豈獨罪你一人？」程知節道：「當日世民窺探金墉城，眾臣只道他詭計，無人敢去拿他，獨有我老程，不怕死趕出城外。追至老君堂，見他躲在神櫃裡。我認他是個蟒蛇精，一斧幾乎把他砍死。幸虧秦大哥止住了，說道：『留活的拿去見魏公。』所以他君臣兩個，困陷這幾時。如今的人，恩則便忘，怨則分明。我今去正中唐家的意，把咬金一刀兩段，叫我老娘誰來照看？不去，不去！」說罷，竟一恭而去了。眾人道：「此時各從其志，他不去，我們是隨明公去便了。」

李密恐怕躭延有變，也不待秦叔寶回來，亦不去知會徐世勣，只帶部下兵有二萬人西行。先差元帥府掾柳燮，賫表奏知唐帝。唐帝久知李密才略可用，況他河南、山東，舊時部曲甚多；若收得他，即可以招來為我用，所以不勝大喜。先差將軍段志玄來慰勞他，又差司法許敬宗來迎。只是李密想起當日希圖作盟主，就是唐帝何等推尊，誰知一旦失利，卻俛首為他臣子，心中無限不平，無限悒怏，今事到其間，不得不為人下了；率領王伯當一干人進長安，朝見唐帝。諸將拜舞畢，宣李密上殿。唐帝賜坐道：「賢弟，戰爭勞苦，當俟吾兒世民豳州回來，與賢弟共平東都，以雪弟仇。」就傳旨授李密光祿卿上柱國，賜邢國公；王伯當左武衛將軍；賈潤甫右武衛將軍；魏徵為西府記室參軍。其餘將士，各各賜爵。李密等謝恩而出。唐帝又念他無家，將表妹獨孤氏與他為妻。官職雖不大，恩禮可謂隆矣。正是：

憶昔為龍鬱❺，今乃作地鼠。屈身伍絳灌❻，哽咽不得語。

---

❺ 鬱：傳說為一種沒有角的龍。

❻ 屈身伍絳灌：絳灌，指漢初大將絳侯周勃和灌嬰。此句指漢初，韓信因罪降為淮陰侯，他羞與周勃、灌嬰等為伍。事見史記淮陰侯列傳。

總評：李密不歸徐世勣而欲歸唐，真昏憒已極。玄成不為籌畫，豈無私心？獨喜程咬金遡前而論，鑿鑿剖晰，媿殺魏廷諸臣，兼欲喝醒李密，而密竟不動心者，豈非天乎！張永通三夢周公，事見綱鑑❼。世充假之以勝魏，魏雖勝，不知世充亦在蟻穴中施為耳。

❼綱鑑：指宋朝司馬光編著的資治通鑑、朱熹的資治通鑑綱目。

第五十四回　釋前仇程咬金見母受恩　踐死誓王伯當為友捐軀

詞曰：

憶昔聲名如鬨，收拾群英相共。一旦失籌謀，淚洒青山可痛。如夢，如夢，賴有心交斷送。

右調如夢令

古人云：知足不辱，苟不知足，辱亦隨之。況又有個才字橫於胸中，即使真正鐘鳴漏盡，遇著老和尚當頭棒喝，他亦不肯心死；何況尚在壯年，事在得為之際。卻說魏王李密，進長安時，還想當初曾附東都，皇泰主還授我太尉，都督內外諸軍事；如今歸唐，唐主畢竟不薄待我，若以我為弟，想李神通、李道玄都得封王，或者還與我一個王位，也未可知。不意爵僅光祿卿，心中甚是不平。殊不知這正是唐主愛惜他，保全他處。恐遽賜大官，在朝臣子要忌他。又因河南、山東未平，那兩處部曲，要他招來，如今官爵太盛了，後來無以加他，故暫使居其位，以籠絡他，折磨他銳氣。李密總不想自己無容人之量，當年秦王到金墉時，何等看待；如今自己歸唐，唐主何等情分。還認自己是一個頂天立地的好男子，滿懷多少不甘。

居未月餘，秦王在隴西征平了薛舉之子薛仁杲，拔寨奏凱還朝。早有小校飛馳報捷長安。唐主宣李密入朝面諭道：「卿自來此，與世民未曾覿面。朕恐世民懷念往事，不利於卿。卿可遠接，以盡人臣之禮。」李密領諾。其時魏徵染病西府。李密同王伯當等二十餘人，離了長安，望北而行。直至豳州，哨馬報說秦王人馬已近。李密問祖君彥道：「秦王有問，教我如何對答？」君彥道：「不問則已，若問時，只說聖上教臣遠接，即不敢加害於明公矣。」二人正商議間，只見金鼓喧闐，砲聲震地，錦衣隊隊，花帽鮮明，左右總管十人，劍戟排擁，戈矛耀日，前面數聲喝道，一派樂官，塤篪❶迭奏而來。李密只道來的就是世民，忙與眾官分班立候。只見馬上一將，大聲呼道：「吾非秦王，乃長孫無忌與劉弘基也。殿下尚在後面，汝是何人，可立待之！」是時李密心中懊恨，明知秦王故意命諸將裝作王子來羞辱他；如今若待不接，恐唐王見怪；若再去接，又覺羞辱難堪。

正在悔恨之時，又見一隊人馬，排列而來。前面一對迴避金牌，高高擎起；中間旗分五色，劍戟森嚴；後面吆喝之聲漸逼，望見輿從耀目，鳳起蛟騰。李密暗想：「是必秦王也。」忙與眾將俯躬向地打躬下去。只見馬上二人笑道：「吾乃馬三保、白顯道也，前年我們到金墉來望你，今你亦到吾長安來。若要接殿下，後面保駕帷幔裡高坐的便是，可小心向前迎接。」李密聽見，滿面羞慚，搥胸跌腳，仰天嘆道：「大丈夫不能自立，屈於人下，恥辱至此，何面目再立於天地之間？」即欲拔劍自刎。王伯當急向前奪住道：「明公何如此短見，文王囚於羑里，句踐辱於會稽❷，後來俱成大業。還當忍氣耐性，徐

❶ 塤篪：塤和篪都是古代的一種樂器。篪，音ㄔˊ。本字作竾。

❷ 句踐辱於會稽：句踐，春秋時越國君，為吳王夫差敗於會稽，入吳為奴。後臥薪嚐膽，終於消滅吳國。會稽，

圖後事。」正說時，忽有人報道：「前面風捲出一面黃旗，繡著『秦王』二字在上，今次來的必是秦王無疑。」李密無奈，只得側立路旁。驟見一隊人馬到來，前導五色繡旗。甲士銀鬃對對，彤弓壺矢，彩耀生光，寶駕雕鞍，輝煌眩目，力士前引，儀從後隨。唐將史岳、陶武欽，依隊前進；王常、邱士尹，按轡徐行。原來四將認得是李密，各各在馬上舉手道：「魏王休怪，俺們失禮了。」李密諸將默然無語，不覺兩淚交流。王伯當再三勸慰。

又見殷開山、洛陽史，排列左右護衛，猶如天王之狀。秦王冠帶蟒服，高拱端坐幔中。李密看得真切，如飛向前俯伏道：「老拙有失遠迎，望殿下恕責。」秦王見了李密，不覺怒髮衝冠，手持雕弓，搭上一箭，兜滿弓弦。諕得魏將王伯當、賈潤甫、祖君彥、柳周臣諸將，俯伏在地，面如土色。李密把兩手捧住其臉，戰慄不已。秦王見眾人在地下打作一團兒，猶如宿犬❸之狀，到底是人君度量，即收了箭，以弓梢指定李密道：「匹夫也有今日！本待射你一箭，以報縲絏之仇，恐連累了眾人，只道我不能容物，暫饒你性命！」大喝一聲而過。這都是秦王曉得李密來接，故意裝這十將來羞他。

其時秦王進朝拜見了唐帝。唐帝道：「皇兒征伐費心，鞍馬勞苦。」秦王道：「託賴父王洪福，諸將用命，得以凱還，擒得薛仁杲、羅宗睺等囚在檻車，專候父皇發落。」唐帝大喜，即命武士斬於市曹，懸首示眾，因問秦王：「曾見李密否？」秦王答道：「臣兒曾見來。」唐帝道：「當時朕欲拒其降，因劉文靜進言道：『鄭與魏境接壤，二邦猶如唇齒。』今王世充滅了李密，未有虢亡而虞獨存者，我處若

今浙江省紹興市。

❸ 宿犬：猶喪家之犬。

不受其降，密必計窮，據兵而復投他國，又增一敵。勞吾心矣，烏乎可！」秦王道：「為什麼有恩於臣兒的這幾個人反不見？」唐帝道：「魏徵已在這裡，朕知其有可用之才，將他撥在你西府辦事；如今聞說他有病，故此想未有來接你。」說完，帝同秦王進宮去朝見了母后，謝恩出朝。他原是個撥亂之主，求賢若渴；況當年有恩於彼，怎不關心？一進西府，即問魏徵下榻之處。魏徵原沒有病，因李密要他同去接秦王，料必不妥，故此詐稱有疾。今聞秦王來問他，如飛趕出來拜伏在地道：「臣偶抱微痾，不能遠接，乞殿下恕臣之罪。」秦王一把拖住道：「先生與孤，不比他人，何須行此禮？」忙扯來坐定。魏徵道：「魏公失勢來投，望殿下海涵，勿念前愆。」秦王道：「孤承先生們厚愛，日夜佩德於心，今幸不棄，足慰生平。李密匹夫，孤頃見俯伏在地，幾欲手刃之，因見眾臣在內而止。然孤總不殺他，少不得有人殺他的日子。」因問：「叔寶、懋功二兄為何不來？」魏徵道：「徐懋功尚守黎陽，他是個足智多謀之士，魏公自恃才高，與他言行不合，所以他甘守其地，亦無異志。秦叔寶往征蕭銑未回。魏公此來，亦未去知會他。」秦王道：「他的令堂乃郎，孤多膳養在此。」魏徵道：「他於今想必也曉得了，但是這人天性至孝，友誼亦要克全其義。單雄信已降王世充，恐還有些逗遛。」秦王又問道：「那個粗莽賊子程知節，為什麼不見？」魏徵道：「他因昔日開罪於殿下，故不敢來，到瓦崗拜母去了，人雖粗魯，事母甚孝，倒是個忠直之士。昨晤徐義扶，方知程母也在此，他還不曉得，若到瓦崗，知其母消息，是必奮不顧身，入長安矣；倘來時，望殿下忘其射鉤之仇❹而包容之。」於是秦王與魏徵朝夕談論，甚

---

❹ 射鉤之仇：春秋時齊國公子糾與公子小白爭奪君位，管仲助公子糾，射中公子小白的衣帶之鉤。小白即位後，不記舊仇，以管仲為相，終成霸業。

相親愛。

如今且說程知節到了瓦崗，卻不見了母親，忙問尤俊達。尤俊達道：「尊堂陪秦伯母婆媳兩個去會親戚，不想被秦王設計賺入長安去了。」程知節見說，笑道：「尤大哥，你又來耍我。」尤俊達道：「程老弟，我幾曾說謊來？」便把當時賺去行徑一一說出，又道：「當時這班人，原只要迎請秦伯母去，誰知令堂生生的要奉陪他走走，弟再三阻當，他必不肯依，因此弟只得叫連巨真兄送去。前日連巨真在長安回來，說尊堂與秦伯母在秦王那裡，甚是平安。兄如不信，到黎陽去問連巨真便知詳細了。」程知節此時覺得神氣沮喪，呆了半晌，喊道：「罷了，天殺的入娘賊，下這樣絕戶計！咱把這條性命丟與他罷！」過了一宿，也不辭別尤俊達，跟了兩個伴當，竟進長安。可憐：

祇念娘親不惜軀，願將遺體報親恩。

程知節恐怕大路上有人認得，卻走小路。曉行夜宿，未及一月，不覺早到長安。進了府城，就在西府左首借了下處。先叫手下人把一揭投進去，只等帥府開門。秦王知程知節到來，傳令將士裝束威武，排列森嚴，粗細鼓樂，迭奏三通。秦王升殿，諸將參見過，挨班站立。只聽得頭門上守門官報道：「魏犯程知節進。」裡邊武衛接應一聲，如春雷一般。秦王坐在上面，見一個赤條條的長大漢子，背剪著，氣昂昂走將進來。到了丹墀，直挺挺的立定。秦王仔細一看，認得是程知節，不覺怒氣填胸，鬚眉直豎，擊桌喝道：「你這賊子，今日也自來送死了！可記得當年孤逃在老君堂，幾乎被你一斧砍死！孤今把你鍋烹刀礫，方消此恨。」程知節哈哈大笑道：「咱當時但知有魏，不知有唐。大丈夫恩不忘報，怨必求明。咱若怕死，也不進長安來，要砍就砍，何須動氣。快快叫咱老娘來見一面，咱就把這顆頭顱，結識與你罷。」秦王道：「你這賊到這地位，還要口硬，且緩你須臾之死。軍士們領他去見了他母親，然後來受刑！」眾軍士不由分說，把知節擁出府門。

原來秦老夫人的下處，就在西府東首一所絕大的房子裡頭，與程母同居。秦母一到長安，秦王即撥一二十名婦女，進來伺候，又撥排軍❺二十名，看守門戶。不但供應日逐送進，每月還有許多幣帛餽賜。秦母與程母，禮必兩副。所以這兩個老人家，起居安穩，甚感秦王之恩。當時眾軍士將程知節擁進秦母寓所，早有人進去報知。秦母與程母如飛走出堂來。程母見兒子這般行徑，即上前抱頭大哭，口裡咿哩嗚囉，不知哭許多什麼，惹得眾武士反笑起來。程知節焦躁道：「娘，你不要哭，兒子問你：你住在這裡，身子可安穩麼？可有人伺候麼？」程母只是哭，那裡對答的出一句，反是秦母替他說道：「一到長安，秦王如何差人來伺候，每日如何供應，月月如何餽送，還要時常差婦女出來候安。我與汝母親，蒙他恩典，相待一體，總無厚薄。」程知節問母親道：「娘可是這樣的？」程母含著眼淚，點點頭兒道：「是這樣的。」又將手指身旁兩個使女說道：「這兩個就是秦殿下賜來服事我的。」知節見說，便道：「娘，兒子差了，那曉得秦王這樣一個好人，兒今去死在他臺下，也是甘心的。娘，你不要念我了，你去伴秦伯母終了天年罷！」竟要撒開身子走出來，程母那裡肯放。秦母對知節道：「你們不要忙亂，聽我說：當時秦王因要我的瓊兒歸唐，故假作羅家來賺我，不意你母親一團美意，陪我出塞，竟入長安；如今魏公亦已降唐，吾家瓊兒諒必早晚亦至。你家母親豈可因我出門，反作無子之母？」便對伺候的說

❺ 排軍：親隨的軍兵。

道：「取我的大衣服❻出來，待老身自進西府，去見秦王，求他寬宥。」

正說時，只見一個差官，跟著三四個校尉，手裡托著冠帶袍服，口中喝道：「殿下有旨，恕程知節無罪，著即冠帶來相見。」說完，校尉如飛將程知節綁縛去了，要替他冠帶。程母見說，如飛跪在地上，對天叩首道：「願殿下太平一統，萬壽無疆。」引得眾人又笑起來。程知節著了衣服，穿好了袍帶，便要拜母親與秦伯母。程母止住道：「兒且不必拜我，快進西府去叩謝秦王，這樣寬恩大度的明主，你須要盡忠去報他，老身就死也瞑目的了。」知節見說，不敢違命，如飛的跟了差官，來進西府。時秦王在集賢堂，與眾謀士談兵議論；只見校衛來復命說道，秦叔寶母就要見殿下來，程知節母如何叩首謝祝。秦王笑向魏徵與劉文靜道：「幸是孤先差人去赦他，若秦母到來，就不見情了。」

話未說完，那差官進來稟程知節在帥府門首候旨。秦王道：「叫他到西堂來。」西堂原是西府會賓之所。差官早引程知節站在階前伺候。只見秦王踱將出來，程知節如飛跪向前垂淚說道：「臣有眼無瞳，以致當年不識英雄之主，獲罪難逃。今雖蒙恩赦死，反覺生慙。」秦王自下階來攙他起來道：「剛纔試君之意耳，孤久知卿乃忠直之士，願卿將來事唐如事魏足矣。」知節道：「臣蒙殿下豢母隆恩，敢不捐軀以報！」秦王問起知節與王世充當日征戰之事，知節備細述了一遍。秦王又問：「可曾見叔寶、懋功？」知節道：「臣自戰敗之後，見魏公降唐，臣即往瓦崗。一聞母信，星夜至此，實未曾會著秦、徐二友。今臣感殿下鴻恩，無由以報，臣有心腹部曲一二千，尚在北邙、偃師，待臣去招徠，並偕秦、徐諸弟兄來歸唐，未知殿下可容臣去否？」秦王見說，大喜道：「孤有何不容？如此足見卿之忠貞；但須朝見過

❻ 大衣服：指禮服。

了聖上，卿須奏明，看聖上旨意如何。」知節領諾。秦王即命差官，引他進朝面聖。知節即便辭了秦王，出來朝見唐帝。唐帝見他相貌魁梧，言語爽直，即賜他為虎翼大將軍，兼西府行軍總管，所奏事宜，悉聽秦王主裁。知節謝恩出朝，重新又到西府來，謝過了恩，忙到寓所拜見老母，並秦伯母暨張氏夫人。秦懷玉也出來拜見了。一家歡聚。過了一宿，明早知節便辭別了秦王，束裝起行。前日進長安時，九死一生；如今出長安，輕裘肥馬，僕從隨行，比前大不相同，一徑往東都進發。這是：

因感新知己，來尋舊侶盟。

如今再說李密，自從被秦王羞辱之後，每日退歸邢府❼，坐臥不安，憂形於色。左右報程知節到來，李密心上指望他來探望，訪問一訪問東都消息。豈料知節竟不來見。未及三四日，報說唐帝封他爵虎翼將軍，又差出長安去了。李密心中氣悶，忙對王伯當與同來將士道：「程知節是孤舊臣，他到了兩三日，竟不來看孤一面。人情之薄，一至於此。今唐主賜了他官爵，又出長安去了，想必他此去收拾舊時兵卒，以來助唐。我們在此悶坐守死，有何出頭日子？」李密諸將士，當時攻城掠地，倚著金帛來得易，也用得易，自入關來，也都資用不足，各不相安。今見李密有去志，大家計議道：「徐世勣現在黎陽；張善相在伊州；叔寶、士信，想已平定蕭銑，必歸瓦崗；雄信諸人在洛。明公還可有為，何苦在此別人眼下討氣？」王伯當也道：「正當如此。」李密道：「還是奏知唐主，只說要往山東，收故時部曲；還是各人私走到關外取齊？」賈潤甫道：「此事不妥。主上待明公甚厚。況國家姓名著在圖讖，天下終當一統。

❼ 府：府邸。

明公既已委質，復生異圖，盛彥師、史萬寶等雄守關外，此事朝發，彼必夕至。雖或出關，兵豈暇集？一稱叛逆，誰復能容？為明公計，不若安守，徐思其便，可以萬全。」密怒道：「卿乃吾心腹，何言如是！不同心者，當斬而後行。」潤甫泣道：「自翟司徒被戮之後，人皆為明公棄恩忘本，上下離心。今縱奔亡，誰肯復以所有之兵，拱手委公乎？柳係荷恩殊厚，故敢深言不諱，願明公熟思之。若明公有所措身，賈柳亦何辭就戮。」密大怒，拔劍欲擊之。王伯當等力勸乃止。祖君彥道：「依臣想來，不若通知了公主，潛出長安；秦王即知，差人來阻，公主在那裡，諒難加害。此漢劉先主賺吳夫人歸漢之計❽，未知明公以為何如？」

大家計議未定，李密含怒進內。獨孤公主道：「大丈夫當襟懷磊落，妾見君家何多不豫之色？」李密道：「我有一言，欲與汝商酌，未知可否？」獨孤公主道：「夫婦之間，有何避忌？」李密道：「吾欲背唐而行，只慮汝牽心，不忍相棄，意欲與汝同行，未知可否？」獨孤公主道：「是何言歟？吾兄受汝之降，爵君上公，又念君無家，賜妾為婚，寵眷之恩，可謂富貴極矣。今席尚未煖，不思報德，反有異志，苟有人心，必不至此。」李密道：「主上恩寵雖厚，汝姪辱我太甚。今勢不兩立，且往山東，收拾士卒，再圖後舉。況婦人之身，從夫為榮。汝心不允，莫非亦有異志麼？」公主見說，即唾其面道：「吾以汝為好人，盡心報國，不意如此不忠不義，此生有何倚賴？」李密見說，登時殺氣滿面，幸喜旁邊有個宮奴，善伺人意，忙上前解說道：「駙馬息怒，此亦吾家公主年輕，不知大義。古人說得好：夫

❽ 漢劉先主賺吳夫人歸漢之計：劉先主，即劉備。三國時，東吳孫權將妹嫁與劉備，並留他在江東。劉備說動吳夫人，悄悄逃離東吳。

唱婦隨，無違夫子，以順為正，妾婦之道也。駙馬既有此言，還當熟商，徐徐而行，豈可因一言之間，有傷伉儷之情？」李密見這宮奴說了這幾句，把氣消了一半，走出外來。祖君彥問道：「明公剛纔進去，可曾與公主商酌？」李密恨道：「適間我略談幾句，不賢之婦反責我不忠背德，我幾欲手刃之，故走出來。」王伯當道：「風聲已漏，不好了，禍將至矣！」李密道：「計將安出？」祖君彥道：「要去大家即便起身，如再遲延，即難離長安矣！」李密見說，忙將內門封鎖，叫王伯當喚齊同來諸將，收拾行裝器械，共有六十餘人，不等天明，竟出北門而去。門軍忙來報知秦王。秦王大怒，如飛自到邢府中來看，只見內門重重封鎖，忙叫人開了，見了獨孤公主。公主將夜來之言，述了一遍。秦王聽見，咬牙切齒，如飛奏知唐帝。唐帝亦怒，即欲遣將追擒。劉文靜道：「何必動兵？只消發虎牌❾傳諭各地方總管，若李密領眾過關，必須生擒解來正法，看他逃到那裡去？」唐帝稱善，即發出虎牌來，星使❿知會各關。

且說李密與王伯當眾人，帶星而往，馬不停蹄。不多幾日，出了潼關，過了藍田。李密對眾人道：「吾們若要到伊州張善相處，須走小路便捷；若要往黎陽徐世勣處，須走大路。」賈潤甫道：「前途愈加難行，據吾見識，吾們該勻兩隊走，一隊走黎陽，一隊走伊州。」李密道：「這也說得是。你與祖君彥走大路，往黎陽；吾與伯當走小路，往伊州。到了，大家差人知會便是。」因此賈潤甫同祖君彥一二十人，走大路去了。

李密同王伯當三十餘人，又走了幾日，到了桃林縣地方。桃林縣縣官方正治，是個賢能之士，見這

❾ 虎牌：即虎頭牌，古代皇帝頒給文武官僚得以便宜行事。

❿ 星使：皇帝的使者。

些人乘夜要穿城過，心中疑惑，叫軍士著實盤駁⓫，必要檢看行囊。李密手下偏將與眾兵卒，原是強盜出身，野性不改，見這小小一縣這般嚴緝，大家不甘，登時性起，拔出刀來砍殺門軍，一擁進城。王伯當忙要止住，那裡禁止得住？嚇得縣官方正治，逃入熊州去了。魏家兵將進了城，見無人阻攔，囊貲久虛，爽利把倉庫劫掠一空，住了一宵，然後起身。方正治一到熊州，把前事述與鎮守將軍史萬寶知道。萬寶驚惶無計，總管盛彥師道：「不難，我自有策；只須數十人馬，自能取他首級。」史萬寶再三問時，盛彥師不肯說破。時李密以為官兵必截洛州，山路無人阻擋，騎著馬領這干人緩行。恰到熊耳山南山下，一條路左旁高山，下臨深谿。李密與王伯當策馬先走，不顧左右。只聽得一聲砲響，山上樹叢裡箭如雨至，進退不能；況身上又無甲冑，山谷裡谿中，又有伏兵殺出截住前後，可憐伯當急不能敵，拚命抱住李密之身，百般遮護。二人竟死於亂箭之下。被伏兵梟了首級，收了屍骸，奏捷唐帝。唐帝大喜，命將兩顆首級，懸於竿首，市曹示眾，擒竊者夷三族。正是：

有才不善用，乃為才所使。不及程與秦⓬，芳名垂青史。

總評：李密奸雄半世，以天子之力，大索天下不得，後至權勢赫奕，唾手幾於成功，這多是群英彙集之力。奈何末路，卻都避忌，著著失手，豈非天眷真主，故奪其魄耶？若無王伯當甘同殉難，一生交結英雄，徒虛語耳。至覽隋唐舊本，殺獨孤公主而逃，大失李密本來面目。其時李密雖情懷暴

⓫ 盤駁：盤查。

⓬ 程與秦：指程咬金與秦叔寶。

李密與王伯當先走，不顧左右。只聽得一聲砲響，山上樹林裡箭如飛蝗。可憐伯當急不能敵，拚命抱住李密之身，百般遮護。

躁，恐不至此。故改正之，深得行文之義。

又評：摹寫程知節見母一段，竟如琵琶上絕好詞曲，一團性理，直口吐出，句句生情，筆筆描活，可稱絕倒。

第五十五回　徐世勣一慟成喪禮　唐秦王親唁服軍心

詞曰：

淅淅淒風問沙場，何使人英雄氣奪？幸遇著知心將帥，忠肝義魄。危澗層巒真駭目，穿骨利鏃猶存血。喜片言，挽得天心回，毋庸戚。　烏啾啾，山寂寂。心耿耿，情脈脈。看王章炫熠，泉臺生色。一杯澆破幽魂享，三軍淚盡歡聲出。忙收拾，荷恩游帝里，存亡結。

右調滿江紅

人到世亂，忠貞都喪，廉恥不明，今日臣此，明日就彼，人如旅客，處處可投，身如伎女，人人可事，雖靦可羞，亦所不恤。祇因世亂，盜賊橫行，山林畎畝，都不是安身之處。有本領的，只得出來從軍作將，卻不能就遇著真主；或遭威劫勢逼，也便改心易向。皆因當日從這人，也只草草相依，就為他死也不見得忠貞，徒與草木同腐，不若留身有為。這也不是為臣正局，只是在英雄不可不委曲以諒其心。

如今再說唐帝，將李密與王伯當首級，懸竿號令。魏徵一見，悲慟不安，垂淚對秦王道：「為臣當忠，交友當義，未有能忠於君，而友非以義也。王伯當始與魏公為刎頸之交，繼成君臣之分，不意魏公自矜己能，不從人諫，一敗失勢，歸唐負德，死於刀鋒之下。同事者一二十人，惟伯當乃能全忠盡義。臣思昔日魏公亦曾推心置腹於臣，相依三載，豈有生不能事其終，死又不能全其義乎？目今屍骸暴露荒山，魂魄憑依異地，迎風叫月，對雨悲花。臣思至此，實為寒心。臣意欲求殿下寬假一月，到熊州熊耳山去，尋取伯當與李密屍骸，以安泉壤，庶幾生安死慰，皆殿下之鴻慈也。」秦王道：「孤正欲與先生朝夕談論，豈可為此匹夫，以離左右？」魏徵道：「非此之論也。臣將來報殿下之日長，報魏之事止此而已。昔漢高與項羽鏖戰數年，項羽一朝烏江自刎，漢高猶以王禮葬之，當時諸侯咸服其德。望殿下勿襲亡秦之法，而以堯舜為心，況今王法已彰，魏之將士正在徘徊觀望之際，未有所屬；殿下宜奏請朝廷，赦其眷屬，恤其餘孽。如此不特魏之將帥，傾心來歸，即鄭夏之士，亦望風來歸矣。臣此行非獨完魏之事，實助唐之計也。願殿下察之。」秦王道：「容孤思之。」次日秦王即將魏徵之言，奏知唐帝。唐帝稱善。即發赦敕一道：凡係李密、王伯當妻孥，以及魏之逃亡將士，赦其無罪，悉從其志，地方官毋得查緝。因此魏徵得了唐帝赦敕，即便辭了秦王，望熊州進發。

今且說徐世勣在黎陽，聞知魏公兵敗，帶領將士投唐，逆料魏公事唐，決不能終，必至敗壞，我且死守其地，待秦叔寶回來再作區處。不多幾月，叔寶與羅士信，殺退了蕭銑，奏凱回來。道經黎陽，懋功早差人來接。叔寶同士信，進城去相見了懋功，把魏公敗北歸唐一段，說了一遍。叔寶聽了，跌足嘆恨道：「魏公氣滿志昏，難道從亡諸臣，皆不知利鈍，而不進言，同去投唐？」懋功道：「魏公自恃才高，臣下或言之總不肯聽，將來必有事變；今兄將安歸？」叔寶道：「家母處兩三月沒有信到，今急切要到瓦崗去。」懋功道：「弟正忘了，兄還不知麼？尊堂尊嫂令郎俱被秦王賺入長安去矣。」叔寶見說，神色頓變道：「這是什麼話來？」懋功道：「連巨真親送了去回來的，兄去問他，便知明白。」叔寶便對士信道：「兄弟，你把兵馬，且駐紮在此，我到瓦崗去走遭來。」遂跟了三四個小校，來到瓦崗寨中。尤俊達、連巨真相見了，叔寶就問：「秦王怎麼樣賺去老母？」連巨真道：「秦大哥，你且不要問我，且把弟帶來的令堂手札，與兄看了，然後敘話。」連巨真進內去了。尤俊達便把秦王命徐惠妃假作羅家夫人，來賺伯母一段，說了一半。只見連巨真取出兩封書來，一封是秦母的，一封是劉文靜的，多遞與叔寶。叔寶接在手，先將老母的信札來看，封面上寫「瓊兒開拆」。叔寶見了母親的手蹟，不覺兩淚交流，從頭至尾，看了一遍，方纔收了淚；又看了劉文靜的書，問連巨真道：「兄住長安幾日？」巨真道：「咱在長安住了四五日。秦王隔了一日，即差人到尊府寓中來問候，徐惠妃父女亦常差宮奴出來送東西。弟臨行時，令堂老伯母再三囑弟，說兄一回金墉，即便收拾歸唐，這還是魏公未去之日。今魏公已為唐臣，兄可作速前去。」尤俊達忙將徐惠妃前日送來的禮物，交還叔寶。叔寶又問道：「程知節往何處去了？」巨真道：「他始初不肯隨魏公歸唐，一到瓦崗聞了母信，他就拚命連夜到長安去了。」

叔寶心中自思道：「若魏公不與諸臣投唐，我為母而去倒無他說；如今魏公又在彼，我去，唐主還是獨加恩於我好，還是不加恩於我好？若將我如魏臣一般看待，秦王心上又覺不安；若以我為上卿，魏公心上只道我有心歸唐，故使秦王先賺母入長安。如今事出兩難。且到黎陽去與懋功商量，看他如何主張。」忙別了尤俊達與連巨真，如飛又趕到黎陽，見了徐懋功與羅士信，把如何長短，說了一番。懋功道：「若論伯母在彼，吾兄該接淅❶而行；若論事勢，則又不然。魏公投唐，決不能久，諸臣在彼，諒不相安。況秦王已歸，即在早晚必有變故。俟他定局之後，兄去方為萬全。」叔寶見說，深以為是，忙

❶ 接淅：接取已淘洗的米，後用以指行色匆忙。

寫一封家報與母親，又寫一封回啟送劉文靜，叫羅士信只帶二三家僮，悄悄先進長安去安慰母親。到了次日，士信收拾行裝，扮了走差的行徑，別了懋功，跨上雕鞍；叔寶也騎了馬，細細把話又叮嚀了一番，送了二三里，然後帶轉馬頭回來。到署中，對徐懋功道：「懋功兄，單二哥在王世充處，決定不妥，如何是好？弟與他曾誓生死，今各投一主而事，豈不背了前盟？」懋功道：「弟與他同一體也，豈不念及？但是單二哥為人，雖四海多情，但不識時務，執而無文，直而易欺，全不肯經權❷用事。他以唐公殺兄之仇，日夜在心，總有蘇張之舌❸，難挽其志。如今我們投奔，就如婦人再醮一般，一誤豈堪再誤？若更失計，噬臍無及矣！」叔寶點頭稱善，雖常要想自己私奔去看雄信，又恐反被雄信留住了，脫不得身，倒做了身心兩地，因此耐心只得住在黎陽。

恰好賈潤甫到來，秦、徐二人見了，驚問道：「魏公歸唐何如？」潤甫道：「不要說起。」把唐主賜爵贈婚一段，細細說了一遍。「至後背了公主逃走，因關津嚴察，魏公叫祖君彥同我走黎陽，他們走伊州。君彥遇見柳周臣，轉抄出小路打聽去了。剛纔弟在路上，遇著單二哥家單全，他說他主人要我去一會，萬不可遲。我如今且去走遭，若說得他重聚在一處，豈不是好？魏公遣人來知會，乞說知此意。」徐、秦二人道：「我們也在這裡念他，兄去一會，大家放心。」過了一宵，賈潤甫起身去了。

秦叔寶因心上煩悶，拉徐懋功往郊外打獵。只見一隊素車白馬的人前來，叔寶定睛一看，見是魏玄成，便對懋功道：「徐大哥，玄成兄來了！」大家下馬，就在草地上拜見了。叔寶握手忙問道：「兄為

---

❷ 經權：估量形勢而權變。

❸ 蘇張之舌：蘇秦和張儀，戰國時著名的縱橫家。逞其口才，遊說諸侯。

何如此裝束？」玄成道：「兄等還不知魏公與伯當兄，俱作故人矣！」叔寶見說，呼天大慟，徐懋功也淚如泉湧。叔寶因問玄成：「魏公與伯當在何處身故的？」玄成蹙著雙眉道：「一言難盡。」懋功道：「曠野間豈是久談之所，快到署中去說。」於是各各上馬進城。到署中，恰好王簿等三四將來問探消息。懋功引秦魏眾人，到了書室中去坐定。玄成把魏公投唐始末，直至逃到熊州，死於萬箭之下，細細述了一遍。叔寶大聲浩嘆道：「不出懋功兄所料，如今兄何為又來？」玄成道：「弟在秦王西府，一聞魏公之變，寸心如割，因求秦王告假月餘，去尋魏、王二公屍骸。秦王准假，亦要弟來敦請二兄。便奏知唐帝，蒙唐帝隆恩，恐途中有阻，賜弟赦敕一道：凡在魏諸臣，諭弟請同歸唐，即便擢用。」說了，玄成在報箱中忙取出赦文一道來。徐懋功與秦叔寶看了一遍。懋功道：「眾人肯去不肯去，這且慢講；只問兄可曾到熊州去尋取李、王二人骸骨？」玄成道：「弟前日到熊州熊耳山，那山高數丈，峭壁層巒，左傍茂林，右臨深澗，中有一路，止容二馬。弟到此一望，了無蹤跡，只得又往上邊去探取。幸有一所小庵，庵內住一老僧，弟叩問之，卻有一個道人認得小弟，乃是魏公親隨內丁，年紀五十有餘，他當時同遇其難，天幸不死，在庵出家。曉得二公屍首所埋之處，引弟認之，卻是一個小土堆，即命土人掘開。可憐二屍拌和泥中，身無寸甲，箭痕滿體，一身袍服盡為血裹。英雄至此，令人酸鼻。弟速買二棺，草草入殮，權厝庵中，待會過諸兄，然後好去成禮葬埋；但是兩顆首級，尚懸在長安竿首，禁人不許竊攜。弟前日即欲請埋，因唐帝盛怒之下，恐反有阻尋覓屍體之舉，故此止請收屍，首級還要設計求之。」懋功道：「這個在弟身上。但是如今眾弟兄，如不想再做一番事業，大家去彙葬了魏公，散伙各從其志了；若有志氣，還要建功立業，除秦王外無人。只是要去得好，不要如窮鳥投林，搖尾乞憐，使唐之君臣看魏之臣子，俱是庸庸碌碌之輩，如草芥一般。」

叔寶諸人齊聲道：「軍師說得是。」懋功道：「我即今夜治裝，明早就起身往長安去；瓦崗山寨弟兄，且莫去通知他。為什麼呢？一則我們此去，不知是禍是福，留此一席，以為小小退步；二則單二哥家眷，尚在寨中，單兄之意，決不肯歸唐。如今眾人還是帶人長安去好，還是獨剩他家眷在寨中好，且待我們定歸後，再遣人送到王世充那裡去，猶未為晚。」叔寶道：「此地作何去留？」懋功道：「此地前有世充，後有建德，魏公已亡，諒此彈丸之地，亦難死守。今煩副將軍王簿，待我們起身之後，即將倉庫散之小民，庫餉給與軍士，一應衣甲旗號，都用素縞，限在數日內，率領三千人馬，星飛趕到熊州來送葬魏公，也見臣下忠義之心。」眾人又齊聲道：「軍師處分得極是。」懋功吩咐停當，過了一宵，明早起身，又對叔寶、玄成道：「二兄作速打點，換了衣甲旗號，如飛到熊耳山來，弟先去了。」便隨了三四個家童，望長安進發。叔寶連夜叫軍士，盡將衣甲旗號，換了素縞，不多幾日，料理停當。叔寶又吩咐王簿，將大隊人馬，作速前來，自與玄成亦望熊州進發。正是：

生前念知己，死後盡臣忠。

卻說徐懋功離了黎陽，宵行夕趕，來到長安。進城下了寓所，裝了書生模樣，叫家僮跟了，走到十字街來，見雙竿豎起，懸掛匣中兩顆頭顱。徐懋功見了，心如刀割，望上拜了四拜，將手捧住雙竿，放聲大哭。驚動眾軍校，上前來拏住，擁至朝門。其時因定陽劉武周僭稱皇帝，差大將宋金剛發二萬人馬，差先鋒虎將尉遲敬德，殺奔并州而來。并州太原是齊王元吉留守，被敬德打翻了元吉手下猛將一二十員，

徐懋功來到長安，裝了書生模樣，走到十字街來，見竿上懸掛兩顆頭顱。望上拜了四拜，將手捧住掛竿，放聲大哭。

星夜差人到長安來請救兵。唐帝差裴寂領兵一萬，往太原去救援。是日秦王正在教場中操練人馬，唐帝見黃門官奏說有人抱竿而哭。天威大怒，叫綁進朝來。軍校即便擁至駕前俯伏。唐帝問道：「你是李密手下什麼人？這般大膽，不遵號令，抱竿而哭？如不直言，斬訖報來。」徐世勣高聲朗奏道：「昔先王掩骼埋胔，仁流枯骨。東晉時王經之死，向雄哭於東市，後雄又收葬鍾會之屍，文帝❹未有加罪。董卓既誅，蔡邕伏屍而哭，魏祖❺信讒加刑，卒至享國不永。此數人者，當時豈先卜其功罪，而後哭葬哉！今李密、王伯當，王誅既加，於法已備，臣感君臣之義，向竿弔哭，諒堯舜之主，亦所當容。若陛下仇枯骨而罪臣哭，將來賢者豈肯來歸乎？」唐帝見說，龍顏頓轉，便道：「你姓甚名誰？」徐世勣道：「臣姓徐名世勣。」唐帝笑道：「原來是世民之恩人，你何不早說，朕日夜在這裡念你們二卿。請起來，衣冠朝見。」即敕旨叫軍衛，把李、王二首級放下來。世勣仍舊書生打扮，俯伏丹墀。唐帝即欲以冠帶爵加世勣。世勣又奏道：「君思畎畝之臣，臣亦思事賢聖之君，未有事魏不忠，而事唐乃能盡節者也。今魏公屍首兩地，臣見之實為痛心。既蒙皇恩浩蕩，求陛下以二首級賜臣，臣將去以禮葬之，如此不特臣徐世勣一人感戴陛下，即魏之諸將士，無不共樂堯天，來事陛下矣。」唐帝大悅，即命中書寫敕旨一道，李密仍以原官品級，以禮葬之；又對徐世勣道：「世民兒望卿日久，卿速去速來。」徐世勣便謝恩出朝，將二公首級，用兩口小棺木盛了，載上車兒，連夜離長安，望熊州進發。未及兩三日，魏徵亦來復命，說：「黎陽三千人馬，副將王簿已經統領到熊州熊耳山駐紮，秦瓊臣已偕來，今在熊耳山營葬。臣今復

❹ 文帝：即司馬昭，司馬懿之子。

❺ 魏祖：指曹操，曹魏建國後，追尊曹操為太祖。

命，尚要起身去同他們料理完局，然後來事陛下。」秦王應允。時羅士信到長安，見過了秦母，知叔寶已在熊州，也出長安去了。

再說程知節那日辭了秦王起身，行了幾日，不意途中冒了風寒，大病起來，半月後方能行動，先差兩個心腹小校，前去知會了屯紮的人馬，將到瓦崗，遇見了賈潤甫車兒，載了家眷，跟了幾個伴當前來。知節只說魏公尚在長安，今接家小去同住，彼此忙下馬來相見了。賈潤甫就叫車兒住了，忙問知節：「這一路來可曾聽見魏公消息麼？」知節道：「一路來沒有什麼消息。」潤甫道：「聞得魏公與伯當在熊耳山遇難。軍士說秦、徐二兄與諸將，都到熊耳去殯葬魏公了。」知節聽說，不覺淚灑征衣道：「魏公邇來志氣昏憒，自取滅亡；但是兄輩臨事還該切諫他，或不至死。」潤甫道：「說甚話來，那夜在邢府束裝之時，弟以為此行必不妥，再三勸止。魏公以弟不與同心，登時變臉，反要加害於弟，幸虧伯當兄一力勸阻。」知節道：「兄來曾會見懋功、叔寶麼？」潤甫道：「弟曾到黎陽會見，因單二哥要會弟，弟即到東都會了單二哥。我勸他歸唐，他必不肯，囑弟將他家眷，同主管單全，送到王世充軍前去，會見雄信兄，交割明白，方纔放心轉來。」知節問道：「兄今投何處去？」潤甫道：「弟事魏無成，安望再投他處？求一山水之間，畢此餘生，看兄輩奮翼鵬程耳。幸為弟致謝心交，毋以弟為念。」舉手一拱，竟上馬去了。知節亦跨上馬，心中想道：「大丈夫生此七尺之軀，非忠即孝，須做一個奇男子。吾一生感恩知己，諸弟兄中獨尤員外最深，若無此人，吾老程還在班鳩店賣柴扒。他今滯跡瓦崗山寨，未有顯榮，吾如今趁這樣好皇帝，弄他去做幾年官，也算報他一場。」打算定當，忙趕到寨中與尤俊達、連巨真、王當仁說知魏公、伯當身故，王娘娘與王夫人聞知，放聲大哭。知節叫他們把倉庫糧餉收拾了，各家家眷都攛掇了上路，連部下兵卒，共有千餘人，齊齊起行。

行了四五日，將到獨楊嶺，只見一起人馬衝將出來。連巨真大驚，連忙叫人到後邊去報知知節。知節一騎馬如飛趕來，望見旗號，知是自己屯紮在那裡的二千人馬。原來知節生成爽直，素得軍心，當初與王世充戰敗逃走之時，他即收拾這干人馬，屯紮在此。他要看魏公投唐安穩，自己打帳尋個所在，仍復舊業，今身心事唐了，便把這干人馬帶去，因向眾軍吩咐：「你們打頭站進熊州，到熊耳山下駐紮。」對連巨真道：「這是我的人馬，不必驚疑，快趲上前去。」未及半月，已到熊州，祖君彥、柳周臣亦至，同到熊耳山下，早有許多白衣白甲的軍馬在此。徐懋功與秦叔寶接見了，徐懋功對尤俊達、連巨真道：「非是我們不來通知你寨中弟兄，撇了來此，因不知事體是禍是福，故此不來知會。」程知節道：「連弟這些事故，那裡曉得，幸虧在路遇著賈潤甫兄，送了單二哥家眷去了回來。」秦叔寶道：「單二哥家眷，潤甫兄送去完聚了，妙極妙極，他如今怎麼不見？」知節道：「他不肯再事他人，載了自己家小，尋山水之樂去矣。只是如今魏公家眷，與伯當兄家眷，弟都帶來，未知軍師作何計較？」徐懋功喜道：「魏王二公在天有靈，恰好家眷到來，尚未入土，此皆程兄之功也。叔寶兄，墓旁那三間捲棚，甚是寬敞，兄去指引他家眷安頓在內。」尤俊達與程知節站定，將四圍觀看，乃是山下一塊平陽曠地，後邊挑起一個高高土山，山後白爍爍的石砌一條帶圍，圍前搭起絕大五間草軒，軒中用石板鑿深，參差二穴。穴上停著二棺，其中拜臺甬道饗堂，俱是簇新構成，石人石馬，排列如生。古柏蒼松，葱葱並茂，外邊華表沖天，石碑巍立，四圍蘆蓆軒亭，紮成不計其數。

尤俊達看了讚嘆道：「秦、徐二兄，來得這幾時，虧他們築成這所墳墓，不愧魏公半世交結英雄。」

忙同連巨真到後隊來，與雪兒王娘娘母子，並伯當家眷說知，叫他們俱換了孝服。魏玄成、徐懋功、秦叔寶率領了眾將，前來接入墓中。王娘娘與伯當夫人，撫棺大慟，墓外邊又是王當仁雙手搖著靈座哀號。諸將見此遺雛呱呱而泣，亦俱下淚。正在傷感之際，只見王娘娘走出墓外來，朝著徐懋功、秦叔寶、魏玄成等，拜將下去。秦、魏、徐三位忙亦跪下去說道：「娘娘有話請說，不必如此。」王娘娘道：「妾今日此來，如在夢中，逢此意外之變，猶幸魏公尚未入土，得以一見，了結三生。既蒙皇恩浩蕩，諒此遺孤，罪不重科，望三位將軍，俯念夙昔交情，六尺之孤全賴始終護持。妾從此同歸泉壤，雖死猶生。」說罷，竟將身邊佩刀，向項下一刎。王當仁在旁，如飛拉住，眾將上前勸慰。正在忙亂之際，墓內王伯當夫人，也向那石上觸去；幸虧尤安人與連夫人扶定，得以幸免。程知節見內外忙亂定了，向秦叔寶道：「秦大哥，弟進長安去復命，兩公家眷，仗你好生照管。」魏玄成對程知節道：「兄去復命，弟有一札與徐義扶，兄可帶去；如有人來弔祭，兄可作速先來報知。」知節應諾，如飛趕進長安城，見了母親與秦伯母，即到西府去見秦王。

其時秦王因劉武周差宋金剛、尉遲敬德，殺敗唐將，圍了并州，齊王元吉慌了，畫了尉遲敬德圖像，帶了妻孥，偷出北門，逃回長安。秦王正與唐帝同眾大臣，在太和殿看齊王帶來敬德的畫像，知節進朝去見了唐帝、秦王，唐帝問道：「卿前去帶了多少部曲來歸唐？」知節道：「臣自己名下，只有二千步兵。瓦崗山寨有二臣，一名尤俊達，一名連明，亦有二三千甲士。徐世勣、秦瓊與眾將，在黎陽帶來馬步兵將，有四五千，共有一萬多人馬，今俱屯紮在熊州熊耳山，伺魏公入土後，諸將即便統眾來歸陛下。」唐帝大喜，問程知節道：「卿還去否？」知節道：「臣還要去送葬呢！然後即舉部曲來歸長安。」說了，即便辭朝出來，忙去會著了徐義扶，把魏玄成手札與他看了，書上止不過說李、王家眷如何貞烈，三軍如何傷感，叫他令嫚惠妃夫人，念昔日王娘娘舊誼，攛掇秦王，在朝廷面前討一壇御祭下來，以安眾心。義扶會意，即便進西府去與惠妃夫人說知。夫人常念王娘娘之情，遂與秦王說了，將魏徵與父親的書與秦王看了。秦王便向朝廷討下御祭，要在禮部堂中，差一員官去。秦王對眾謀士道：「魏家兵卒，共有准萬，今齊赴熊州。那些將士，孤曉得盡是能征慣戰，若非孤自去慰弔，焉能使眾軍士心悅誠服？」眾謀士誠恐褻尊，皆說未可。秦王道：「昔三國時，劉備與孫權共爭天下，鏖戰數番，孔明用計氣死周瑜，孔明親往吳郡，慰弔周郎，吳家兵將，為之感泣。今李密係隋之大臣後裔，門第既高，謀略又勁，非草澤英雄類比。只因他好為自用，不肯用人，以至一敗，失志來歸。今他已死，讎仇已解，孤欲去弔者，為國家計也，豈真弔李密哉！諸君何不識權變，而昧於大義耶！」眾謀士齊聲道：「此皆殿下寬仁大度，慮出萬全。」於是秦王定了旨意，帶了西府許多謀臣武士，先命徐義扶齎御祭旨意前行；惠妃夫人，亦有私弔禮儀候問王娘娘，託父親餽送。徐義扶同程知節，連夜兼程，先往熊州來報知。魏之將士，見說唐主賜了御祭，秦王又自來弔，各各歡忻。徐懋功把執事派定，魏徵、秦瓊管待西府謀臣，程知節、王當仁管待西府將士；尤俊達、連明管收來弔禮儀；王簿、柳周臣犒賞唐家兵卒。徐世勣又諭各將士，務須盔甲鮮明，旗號整齊，五里一營，十里一亭。一應各項，吩咐停當，點騎兵二十名，晝夜打探。

不多幾日，秦王到了熊州，聽見三聲砲響，早有四五百白衣甲將士來接，手中拿了一揭，跪在地上稟道：「左哨千總苗梁，迎接千歲而過。」又行了四五里，又是許多白甲兵將，放砲遞揭跪接，如此過了七八處。秦王坐在寶輦中，見那些兵馬，一個個盔甲鮮明，旗帶整齊，心中轉道：「魏之將帥經營，可稱知禮知義矣，李密無成，真為可惜。」一路緩行，離熊耳山尚有數里，忽聽得轟天三聲大砲，鼓角齊鳴。徐世勣、魏徵、秦瓊率領許多將士，齊齊鞠躬站定，將到輦邊，盡皆俯伏。秦王早已看見，忙在輦中站起身來，大聲說道：「眾位先生請起。」魏之將帥讓輦過了，齊上馬隨著。一路裡鼓樂引導，行伍簇擁，將到墓門，又是大砲三聲。秦王停輦，眾官揖進三間掛綵大捲棚內坐定。秦王問徐義扶道：「朝廷御祭過了未曾？」徐義扶道：「已過了。」秦王即起身更衣，換了暗龍純素綾袍，腰間束了藍田碧玉帶。徐世勣等，忙到軒前，向秦王拜辭。秦王不允，必要進去一祭。眾賓僚陪著擁進墓門，魏家兵將又齊齊跪下，迎進墓去。到了拜亭，秦王站定，舉眼一看，見墓外供著一個金子牌位，上寫：唐故光祿卿上柱國駙馬邢國公李諱密之位；側首一個牌位上寫：唐故右衛大將軍王諱勇之位。左首徐世勣、魏徵、秦瓊、程知節四五個將帥，俱著了麻衣衰絰還禮；右首王當仁扶著三四歲的世子啟運，亦是麻衣衰絰，俯伏在地，墓內哭聲震天。陰陽贊禮，秦王一頭祭，一頭哭，道他當初在金墉時，何等氣概，何等威風，多少非望，只此結局！只見邈邈遺雛，未滿三尺，墓內哭聲，哀號悽慘。秦王雖是英雄，覩此情景，禁不住潸然淚下。眾官看見秦王如此，亦各哀號伏泣，惹得一軍皆哭。秦王祭畢上輦，回至賓館棚內更衣。徐世勣擁了世子啟運，同眾將上前叩謝。秦王扶起懋功等道：「眾先生料理完了，作速進長安，以慰朝廷懸懸之望。」徐世勣道：「臣等不敢遲延，即在數日內，帶領諸將前來面帝。」說了如飛歸墓前。西府文武賓僚無不備紙行弔。秦王起駕，魏將仍送至十里外轉來。秦王祭禮外，又發犒賞軍銀五千兩。眾軍士無不踴躍歡喜。徐懋功忙叫書記，寫成兩道謝表，命柳周臣齎表隨秦王先入長安，即擇日將二柩下土安葬完了，料理起身。王娘娘與王伯當夫人，願甘守墓，不肯隨行；懋功等無奈，只得撥了三四十名軍校，守在墓前，再作區處。大家統領管轄兵卒，陸續起行。

到了長安，先進西府，謁了秦王。秦王率領魏家大小臣子，朝見唐帝。徐世勣把軍士花名冊籍呈上，唐帝看了大喜，即授徐世勣為左武衛大將軍、秦瓊為右武衛大將軍、羅士信為馬軍總管、尤俊達左三統軍、連明右四統軍、王簿馬步總管。王簿奏道：「臣不敢受職。」唐帝道：「為何？」王簿道：「臣此來一覲天顏，識堯舜之君；一叩謝皇恩隆故主之禮。臣冒死尚有一言上瀆天聽。」唐主道：「朕不罪汝，快奏來。」王簿道：「臣聞先王之政，敬老慈幼，罪人不孥，鰥寡孤獨，時時矜恤。今故主懷德來歸，蒙聖恩格外施仁，赦其過而隆其禮，以官爵之，以婚賜之，寵眷已極。不意故主李密一朝失志，自戕其命，眾臣皆沐恩澤，獨使孱弱之妻，幾欲捐生；懷抱之孤，如同朝露。此果死者不足矜，而生者實可恤。若論子民，今則為唐家之子民也。若論倫理，豈非唐家之姻戚耶！今獨孤公主尚居邢府，雖或伉儷未深，一經醮廟❻，即名之夫婦，豈不念彼之子，即伊之子也，忍使置之露宿野處之間，使聖神文武之君，致後世作史者，搖唇鼓舌，何以令四方仰德耶！此臣所以願為遺民，而不願為廷臣也。」唐帝聽了大喜道：「卿乃武臣，何能辨析大義若此；魏之將帥，何多能也！」即命禮部，差官迎接王氏，並伊子啟運，更名啟心，及王勇之妻，到邢府與獨孤公主贍養守孤，加賜王簿虎翼大將軍，其餘祖君彥、柳周臣等，各各賜爵。王簿同眾人謝恩歸班。

正在封賞之時，只見有晉陽澮州文書飛馬來報，說劉武周圍城緊迫，危在旦夕，伏乞陛下火速撥兵救援。唐帝道：「晉陽乃中原咽喉之所，豈可有失；但急切間，少一個能將耳。」徐世勣奏道：「臣等

---

❻ 醮廟：古代婚禮時舉行的一種禮節。

願竭犬馬掃除武周，以報萬一。」唐帝道：「朕久知卿足智多謀，有將帥之才；但恨宋金剛部下有一員將，名尉遲恭，驍勇絕倫，難以克敵。」因指壁間圖像道：「此即尉遲羯奴之像也，卿等不妨翫之。」秦王引徐世勣等一班眾臣，齊到畫像邊來細看，果是身長九尺，鐵臉圓睛，橫唇闊口，滿嘴蝦鬚，雙鼻高聳，頭戴鐵幞頭❼，身穿紅勒甲❽，手持一根竹節鋼鞭，竟如黑煞天神之狀。徐世勣道：「此不過一勇之醜奴，何足怪異？」秦瓊對秦王道：「小卒醜奴，何堪圖像，以褻大唐殿廷，乞陛下假筆與臣以塗抹之。」秦王即命左右取筆與叔寶，叔寶執筆在手，咬牙怒目，把像從上至下，盡加塗壞，俯伏奏道：「臣願領兵三千，趕到晉陽，去滅此賊，如若不勝，願甘法律。」唐帝大喜道：「恩卿肯去，必能奏功，朕何憂焉！」即敕徐世勣為討虜大元帥、秦瓊為討虜大將軍、王簿為正先鋒、羅士信為副先鋒、程知節為催糧總管，命秦王為監軍大使滅虜都招討，領唐將押後。各各辭帝，連夜領兵起行，望并州而去。正是：

若要攀龍樹勛績，還須血戰上沙場。

總評：冰冷一個死李密，弄得熱熱鬧鬧，大家重開生面，翻出許多情景。其間關目次第，斷斷續續，如風迴花舞，節節照應緊湊。霎時間把許多人收拾得乾乾淨淨，真與舊本迥異。閱者不可不細細咀嚼。

❼鐵幞頭：幞頭是一種包頭軟巾，這裡是指用鐵打成的類似幞頭的頭盔。

❽紅勒甲：紅色的鎧甲。

又評：大約忠孝之人，必有義氣之事。若圖富貴，厭貧賤，必然踽踽涼涼，千人所指，萬人所罵，那能豪傑同心，一呼百應，做出成王定霸事業來。試看徐世勣之痛哭一場，就動唐帝一點念頭，賜他禮葬。王娘娘與伯當夫人將身尋死，同歸泉壤，亦是至情感觸。至唐主御祭，秦王就唁，一軍皆哭，非忠義之氣激動人心，決不至此。作者於極忙極亂之中，寫出極閒極整之筆，又其餘事。

第五十六回　唆活人朱燦獸心　代從軍木蘭孝父

詞曰：

枉自問天心，少女離魂。沙場有路叩迷津，祇念劬勞恩切切，豈惜伶仃？　旗鼓兩相侵，拚死輕生。人人有志立功勳，莫笑英雄曾下淚，且看前程。

右調浪淘沙

兵法云：兵驕必敗。蓋驕則恃己輕人，驕則逞己失眾，失眾無以禦人，那得不敗。隋亡時，據地稱王者共有二三十處，總皆草澤奸雄，如齊人乞食墦間❶，花子唱蓮花落❷，止博片時飽腹，暫時變換行頭❸，原不想做什麼事業。怎如李密才幹，結識得幾十個豪傑，死後猶替他好好收拾。如今再說徐懋功同秦王統領許多人馬，出了長安。行了幾日，來到汴州。懋功對秦王道：「臣等帥師去伐劉武周，只慮王世充在後，倘有舉動，急切間難以救援。臣思朱燦近為淮南楊士林所逼，窮困來歸，聖上封為楚王，

❶齊人乞食墦間：齊人向墳墓間祭掃的人乞討。墦間，墳墓間。

❷蓮花落：為乞討者所唱的一種民間歌曲，用擊鼓或搖竹片為節奏。

❸行頭：戲裝、道具。這裡指變換角色。

屯駐菊潭❹。殿下該差人齎書去慰勞他，兼說王世充弒隋皇泰主，擅自奪位，乞足下統一旅之師，為唐討弒君之賊，雪天下之憤；所得鄭地，唐楚共之。朱燦係貪鄙之夫，見此書必然欣允。」秦王道：「此賊性好喫人，嘗與隋著作佐郎陸從典、通事舍人顏愍楚為賓客，闔家俱為所噉，凶惡異常，孤久欲擊滅之；雖來歸附，豈可與他和好？」懋功道：「非此之論。若朱燦肯去，殿下可分二三千人馬，遙為伐鄭助他，待鄭楚自相踐踏起來，我這裡好收漁人之利；如若不肯，我發兵去剿朱燦，牽動世充之勢。世充知有南患，恐首尾不能相顧，必不敢動兵西向，此假虞滅虢❺之計，殿下以為何如？」學士段慤道：「臣與朱燦有一面之交，待臣持書去陳說利害，叫他起兵，事必諧妥矣。」秦王道：「聞卿貪飲，恐誤軍機。」段慤道：「軍情大事，豈同兒戲，臣去即當戒酒。」秦王道：「如此孤纔放心。」段慤即賫了秦王書禮，來到菊潭。

原來朱燦在隋朝曾為亳州縣吏，時與段慤為至交酒友。今聞段慤到此，如飛出來相見，分賓主坐定。朱燦道：「闊別數年有餘，再不能相見，未知吾兄目下現歸何處？」段慤道：「弟仕唐朝，濫叨學士之職。」朱燦道：「聞得李密被王世充殺敗，帶了許多將士，前去投唐，未知確否？」段慤道：「怎麼不確？如今兵馬將士，又增了幾十萬，真正國富兵強。秦王聞知王世充弒隋皇泰主自立，氣憤不平，欲與大王永為結好，發兵共討弒君之賊。如得世充寶玉財物，讓君獨取，土地人民與君共之。」朱燦道：「秦王既有如此美意，又承故友見諭，弟敢不如命？明日即發兵去伐鄭，你們只消添助一二千人馬就彀了。」

❹ 菊潭：今河南省內鄉縣。

❺ 假虞滅虢：春秋時晉國用重禮向虞國借路滅了虢國，還軍時也將虞國滅了。

吩咐手下擺酒，便問道：「兄近來的酒量，必定一發大了？」段慤道：「弟今已戒酒，有虛勝意。」朱燦道：「昔日與君連宵暢飲，今日知己相逢，豈有不飲之理。若說公事，弟已如命；若論交情，也該開懷相敘。」即便舉盃坐定，美滿香醪，斟在面前。大凡貪飲的人，如好色的一般，隨你嫫母無鹽，見了就有些動念。今段慤見此杯中之物，便覺流涎，舉起酒巵一飲而盡。兩人談笑頗濃，兕觥交錯，段慤忘其所戒，喫一個不肯歇手。要知朱燦當初在隋時，因煬帝開濬千里汴河，連遇饑荒之歲，日以人為食，如逢暢飲，即便兩目通紅。此時俱各沉酣，段慤笑對朱燦道：「大王，你當時喜歡喫人肉，今權重位尊，還常喫麼？」朱燦見說，登時怒形於色，心中轉道：「這狗才，我如今前非俱改，卻在眾人面前，揭我短處！」便道：「我如今只喜吃讀書人，讀書人的皮肉細膩，其味不同；況啖醉人，如吃糟豬肉。」段慤怒道：「這就放屁了！你只好吃幾個小卒，讀書人那得與你喫！」朱燦道：「你道我放屁，我就喫你何妨？」段慤道：「你敢吃我，你這顆頭顱，不要想在項上。」朱燦大怒，喚刀斧手快把段慤學士殺了，蒸來與孤下酒。

可憐詞翰名流客，如同雞犬釜中亡。

誰得跟段慤的軍士，連夜逃回唐營，奏知秦王。秦王大怒，正要起兵到菊潭來滅朱燦，以報段慤之仇，恰好李靖去征林士弘，路經伊州，趁便說張善相帶領二三千人馬來歸唐，曉得秦王統兵到此，忙同張善相進大營來相見。秦王大喜，即便將朱燦醉烹段學士之事，述了一遍。李靖道：「殿下如今作何計較？」秦王道：「如此逆賊，孤欲自去討之，以雪段慤泉下之忿。」李靖道：「此禽獸之徒，何勞王駕親征。臣聞并州已失數縣，澮州危在旦夕，殿下宜速去救援。菊潭朱燦，臣同張善相領兵去走遭，必擒此賊，來見殿下。」秦王道：「若足下前去，孤何憂焉。」即撥唐將四五員，領精兵一萬，加李靖征楚大將軍，張善相為馬步總管，白顯道為先鋒。秦王道：「卿此去必得凱旋，當移兵於河南鴻溝❻界口。候孤伐了武周，即便來會，合兵去剿世充。」李靖應諾，隨同張善相辭別秦王，拔寨起行。

卻說劉武周，結連了突厥曷娑那可汗，乃始畢可汗之弟，襲其兄位，而為西突厥，居於北地；見武周有禮來講好，約他去侵犯中國，曷娑那可汗即便招兵聚眾。其時卻弄出一個奇女子來，那女子姓花，其父名弧，字乘之，拓拔魏河北人，為千夫長；續娶一妻袁氏，中原人。因外夸移一種木蘭樹，培養數年，不肯開花，因其女分娩時，此樹忽然開花茂盛，故其父母即名其女曰木蘭。後又生一女，名又蘭。一男名天郎，尚在襁褓。又蘭小木蘭四歲，姿色都與那木蘭無異。木蘭生來眉清目秀，聲音洪亮，迥與孩提覺異，花乘之尚未有兒時，將她竟如兒子一般，教她開弓射箭。到了十來歲，不肯去拈鍼弄線，偏喜識幾個字兒，講究兵法。其時突厥募召兵丁，木蘭年已十七歲，長成竟像一個漢子。北方人家，女工有限，弓馬是家家備的，木蘭時常騎著馬，到曠野處去頑耍；父母見她長成，要替她配一個對頭❼，木蘭只是不允。

一日聽見其父回來，對著妻孥說道：「目下曷娑那可汗，召募軍丁，我係軍籍，為千夫長，恐怕免不得要去走遭。」妻子袁氏說道：「你今年紀已老，怎好去當這個門戶？」花乘之道：「我又沒有大些

❻ 鴻溝：戰國時魏國所開鑿的運河，自今河南省滎陽縣北引黃河，經開封市南折流入潁河。

❼ 對頭：丈夫。

的兒子，可以頂補，怎樣可以免得？」袁氏道：「拚用幾兩銀子，或可以求免。」花乘之道：「多是這樣用了銀子告退了，軍丁從何處來；何況銀子無處設法。」袁氏道：「不要說你年老難去衝鋒破敵，就是家中這一窩兒老小，抛下怎麼樣過活？」花乘之道：「且到其間再處。」過了幾日，軍牌雪片般下來，催促花弧去點卯。乘之無奈，只得隨眾去答應。那曉得軍情促迫，即發了行糧，限三日間即要起身，惹得一家萬千憂悶。木蘭心中想道：「當初戰國時，吳與越交戰，孫武子操練女兵，若然兵原可以女為之。吾觀史書上邊，有繡旗女將，隋初有錦繖夫人，皆稱其殺敵捍患，血戰成功。難道這些女子，俱是沒有父母的，當時時勢，也是逼於王事，勉強從征，反得名標青史。今我木蘭之父如此高年，上無哥哥，下有弟妹，今若出門，倚靠何人？倘然戰死沙場，骸骨何能載歸鄉里；莫若我改作男裝，替他頂補前去，只要自己乖巧，定不敗露，或者一二年之間，還有回鄉之日，少報生身父母之恩，豈不是好。但不知我改了男人裝束，可有些廝像。」忙在房中，把父親的盔甲行頭，穿扮起來。幸喜金蓮不甚窄窄，靴子裡裹了些腳帶，行走毫無媳娜之態。便走到水缸邊來，對著影兒只一照，歎道：「慚愧，照樣看起來，不要說是千夫長，就是做將軍也做得過。」正在那裡對著影兒摹擬，不提防其母走來，看見誆了一跳，說道：「這丫頭好不作怪，為甚裝這個形像？」花乘之聽見，亦走進來看了笑道：「這是什麼緣故？」木蘭道：「爹爹，木蘭今日這般打扮，可充得去麼？」其父道：「這個模樣，怎去不得？昨日點名時，軍丁共有三千幾百，那裡有這般相貌身軀；但可惜你……，」說了半句，止不住落下幾點淚來。木蘭看見，亦下淚問道：「爹爹可惜什麼？」花乘之道：「可惜妳是個女子，若是個孩兒，做爹媽的何愁，還要想你出去幹功立業，光宗耀祖哩！」木蘭道：「爹媽不要愁煩，兒立主意，明日就代父親去頂補。」父母道：「你是個女兒家，說癡獃的話。」木蘭道：「聞得人說，亂離之世，多少夫人公主，改妝逃避，無人識破。兒只要自己小心謹慎，包管無人看出破綻。」袁氏撫著木蘭連聲說道：「使不得，那有未出閨門的黃花女兒，到千軍萬馬裡頭去覓活？」木蘭道：「爹媽不要固執，拚我一身，方可保全弟妹；拚我一身，可使爹媽身安，難道忠臣孝子，偏是帶頭巾的做得來？有志者事竟成。兒此去管教勝過那些膿包男子。只要爹媽放膽，休要啼哭，讓孩兒悄然出門，不要使行伍中曉得我是個女子，料不出醜，回來惹人家笑話。」父母見她執意要去，到弄得一家中哭哭啼啼，沒有個主意。

過了一宵，到東方發白，忽聽見外邊叩門聲急，在外喊道：「花老大，我們打夥兒去罷。」花乘之開門出來，卻是三四個同隊的兵，正要開口，只見女兒木蘭，改了男裝，紮扮停當，搶出來說道：「我父親年老，我頂替他去。」那些人看見笑道：「花老大，我們不曉得你有這般大兒子，好一個漢子！」花乘之見了這般光景，不好說得別話，只得含著淚道：「正是。」這些人道：「有那樣好兒子，正該替你老人家當差，讓他去一刀一槍，博得個官兒回來，你一家子就榮耀了。」木蘭扯父進去，拜別了父母，只說得一聲：「爹媽保重，好生照管弟妹，我去了。」背了包裹，拾了長槍，把手一搖，長揚的出門。花乘之只得忍著淚跟了，要送木蘭到營中去；反是木蘭嚴詞厲色，催逼轉來。那些鄰里曉得了，多走來埋怨他父母道：「你這兩個老人家，好沒來由！把這個大女兒幹這個道路，倘有些山高水低，如何是好。」還有那沒志氣的婦人私議道：「這大一個女兒，不思量去替她尋一個對頭完娶，教她自往千萬人隊裡，去揀可意的人兒快活，豈不是差的！」花乘之無奈，只做不聽見，心上日夜憂煎。木蘭出門之後，不上一年，乘之染成一病，竟嗚呼哀哉了。其妻袁氏，拖著幼兒幼女，不能過活，只得改嫁同里一個姓魏的，

木蘭拜別父母說：「爹媽保重，好生照管弟妹，我去了。」背了包裹，拾了長槍，把手一搖，長揚的出門。

這是後話。

今且說秦王同徐懋功，統兵與劉武周交戰，已恢復了五六處郡縣，正在柏壁關，秦叔寶與尉遲恭對壘，戰了四五陣，不分勝負。宋金剛因尉遲恭勝不得秦叔寶，疑有私心，著人督戰。尉遲恭懊恨，只得又下關來與叔寶戰了百餘合，殺個平手。秦王在陣前觀看，甚愛惜叔寶，又捨不得尉遲，日色已暮，恐怕有失，秦王便叫鳴金，二將各歸本寨。秦叔寶殺得性起，那裡肯休，便叫軍士，去點火把，前去夜戰。秦王止之，叔寶那裡肯聽。只聽得劉陣裡一聲砲響，點得火把如同白晝。敬德在陣前大叫道：「快快出來廝殺！」叔寶聽見笑道：「這羯奴到有同心。」快換了馬匹，出陣前對敬德說道：「我今夜若殺你不得，誓不回營。」敬德道：「我今夜若不砍你的頭顱，亦不還寨。」大家放出精神，各逞武藝，又戰了百餘合，那個肯輸。敬德笑道：「慚愧，你我的手段已見，何足為意；你敢與我鬭併力法麼？」叔寶道：「何為併力法？」敬德道：「昔時孟賁夏育，能生拔牛角，伍子胥能舉巨鼎，項羽力可拔山；我如今與你兩個，明人不做暗事，使乖不足為奇，你先受我幾鞭，我亦與你打幾鐧，以定強弱，此為併力法。」叔寶道：「你老大的人，說孩子家的耍話，牛是畜生，鼎是鐵器，山是土堆，都是死的；人的皮肉，是父母的遺體，不要說死，就是不死，豈可毀傷？寧可一刀一槍，倘有不測，也可揚名於後世。這樣作耍的事，我不依你。」敬德見說，想道：「這話也說得是。不要說這一鞭兩鐧打得死，就是打不死，也要做了一個殘疾的人。」瞥眼見側邊兩塊大鑾石在傍，約有一二十斤重，因對叔寶道：「兩塊石頭，可是一樣的；我與你賭：大家用兵器打，如多打一下碎的，就算他輸。」叔寶道：「你的兵器多少重？」敬德道：「我的鞭一百二十餘斤。」叔寶道：「我的鐧一根有六十四斤，兩條算來，卻也重不多幾斤。」

敬德道：「我把你的雙鐧打，你把我的單鞭打，大家交換用力，若是你打輸了，你歸降我定陽；我若打輸了，降順你唐朝。只打三下，看誰強誰弱。」叔寶道：「就是這般。」兩人齊下馬來，敬德先把戰袍拽起，把鞭遞與叔寶。叔寶也把雙鐧與他。敬德怒目猙獰，用力打去，石上並無孔隙，又儘力一下，石上只陷得二三餘寸深。敬德心上有些慌了，第三下用盡平生之力，打將去，只見撲通一聲，此石裂開，化為兩半。敬德笑道：「何如？今該你打。」叔寶也把袍袖紮起，看著巒石對天默禱道：「蒼天在上，我秦瓊與胡奴在此比試，全仗唐天子洪福。秦王得以一統天下，我秦瓊該在此建功，不消三下，此石即為分開。」把雙手舉鞭，盡力打去，石已露痕，又用力一下，石已透底分開。叔寶笑道：「何如？石尚如此，若是人此刻已為肉泥矣！你三下，我只兩鞭，還算你輸。」敬德道：「我的兵器狠，你的鐧輕。」兩人正在那裡爭論，只見四五個小卒捧著一罈酒、一盤牛肉，跪在面前說道：「殿下恐二位將軍用力太過，獻此一樽聊接神力。」敬德見了，說道：「誰要吃你家的東西，要廝殺再殺罷了！」兩人換轉兵器，再上馬時，只聽見唐陣裡金聲一響，叔寶只得撥轉馬頭回寨去了。敬德亦自歸營。此是秦叔寶與尉遲恭三鐧換兩鞭之事，實效三國時劉先主與吳大帝❽試劍砍石❾之法，何後世作者欲駭人耳目，言叔寶受三鞭，敬德換兩鐧，不亦謬乎！

今且不說叔寶歸寨，再說敬德回營，有幾個小卒高興，把陣前賭賽之事，說與宋金剛得知。金剛怒道：「鬬戰危事，豈可陣前賭勝飲酒，如此戲耍！明係私通怠玩，漏洩軍情。」即便奏知劉武周。武周

❽ 吳大帝：即孫權，三國時東吳統治者。

❾ 試劍砍石：三國演義曾描述劉備與孫權砍石試劍的故事。

大怒，忙叫左右：「與我把尉遲恭斬訖報來！」眾將再三求免，武周便差尋相去守關，貶敬德到介休去看守糧草。徐懋功打聽得知，心中甚喜。忽見沿路細作來報：曷娑那可汗起兵來助劉武周。徐懋功即向秦王，附耳說了幾句。秦王便差總管劉世讓，齎金珠前往曷娑那可汗營中去，用計止之。徐懋功便點起眾將，分頭打柏壁關。尋相久已有心歸唐，今見唐家兵多將勇，料此關不能守住，只得獻關降唐。這些李密手下將士，個個要想幹功，直殺得宋金剛的人馬，十停去了八停，止剩二三千人敗將下去。劉武周慌了，也只得移兵轉北。徐懋功知尉遲敬德差往介休去護持糧草，便差羅士信與王簿，用計先往介休；自與秦王大隊人馬，慢慢的來追趕。

卻說尉遲敬德，僥倖不殺，滿面羞慚，帶領一隊人馬離了柏壁關，遙向介休進發。行至安封地方，只見一起人夫押著糧草前來，敬德向前查點，糧計三千石，草有一萬餘束，車上各插小黃旗為號。時已日暮，即令守車軍士將糧草團聚中間，眾兵結成野營在外紮住。敬德不解衣甲，坐在營中，忽聞前途吵鬧，軍人報說：「有賊來劫營了！」敬德遂提鞭跨馬，行不上二三里，忽然聞一聲砲響，喊殺連天，敬德舉頭仰視，是夜月色微明，見一起人馬為首一將，殺奔前來。敬德問道：「你是何處來的？」那將道：「我乃大唐徐元帥手下大將王簿，奉元帥將令，特來取你家的糧草應用。」敬德道：「潑賊，你認得我麼？」王簿笑道：「我老爺怎不認得你這個殺不死的賊！」敬德大怒，忙舉手中鞭，劈面砍來；王簿舉槍來迎住。兩個一來一往，戰了五六十合，王簿只顧敗將下去。敬德緊趕不放，耳邊忽聞得喊聲震天，往後一看，只見一派火光，上下通紅，敬德撇了王簿，勒回馬來一望，惟聞霹靂之聲，霎時間大車小車，大東小東，三千糧米、准萬稻草，被唐兵燒燬無存。原來燒糧草車的是羅士信，王簿賺了敬德去，他來放火燒燬。敬德見糧草燒盡，心中愈加煩悶，又恐王簿奪了介休城去，如飛連夜趕到介休，正遇見王簿與羅士信，又殺了一陣。他兩個那裡殺得過敬德，只得讓他進介休城去，等待秦王與徐懋功大兵到來，把城池四面用兵圍繞。

秦王使尋相進城去說敬德。敬德道：「如要我降唐，且看劉武周下落；如若死了，我方再事他人；今若來逼，惟有死戰而已！」尋相無奈，只得出城，以敬德之言回覆秦王。秦王聽了，心中煩悶。忽報總管劉世讓回來，秦王大喜，相見了，世讓把劉武周與宋金剛的首級獻上。秦王又驚又喜道：「此物何處得來？」世讓道：「臣奉命而行，穿過并州，中途遇見曷娑那可汗領兵屯在萬峰山下，臣打聽得實，即往彼營中相見，把禮物表章獻上，說：『唐王要去伐鄭國，討弒隋皇泰主之罪，乞借大國之兵，同往征之。』曷娑那可汗大喜道：『我正在這裡惱恨劉武周，他要求我們來殺你家唐朝，不想他自先行；所破郡縣，子女玉帛，盡被他取去，使我們殿後以為救援。如今既是你家唐主，將禮物來和好，我就起兵來會，先去問了劉武周之罪，然後與你們去伐王世充便了。』事恰湊巧，臣住在他營中，未及兩日，只聽得說劉武周與宋金剛，被我這裡人馬殺敗，勢窮力盡，來投曷娑那可汗。曷娑那可汗大怒，用計殺了他二人，叫臣齎首級來，獻與朝廷。」秦王見說，以手加額道：「此天賜我成功也！」即厚賞了劉世讓。隨差尋相，將劉武周、宋金剛二顆首級，再進介休城，與敬德看了，好說他來歸唐。尋相奉命進城，敬德看見了兩個首級，認得是真的，號天大慟，備禮祭獻，隨將首級用棺盛殮，安葬好了，遂開城降唐。秦王一見，愛敬如賓，即飛馳奏章，以報捷音。唐帝大喜，即賜尉遲恭為左府統將軍，陞劉世讓為并州太守。其餘將佐，各有陞賞。正是：

水窮山未盡，石剖玉方新。

總評：前篇已寫麻叔謀啖嬰兒，此又寫朱燦吃人。叔謀之啖嬰兒，出於陶柳兒盜獻。燦則公然席上烹人，更為兇惡。水滸傳寫武松打虎之後，又有李逵。潘金蓮淫蕩之後，接踵閻婆惜與潘巧雲，寫來盡態極妍，全不相同。木蘭一段，前人已有詩詞誦之⑩，今經一番描寫，就覺宇宙中大有生色。

又評：議論極奇，卻寫得極正。朱燦喫人，可謂奇矣。然段愨竟不飲酒，說幾句正經話，焉得受此奇禍。只認真舊時好友，酒後狂言，所以被害，此正筆也。尉遲恭說併力法，抑又奇矣，天下罕有此事。秦叔寶說打石塊，卻又理之所有，此即三鐧換兩鞭之說，正筆也。至木蘭女扮男妝，又是奇中之正筆。曷娑那可汗忽然殺了劉武周、宋金剛，不又是正中之奇筆乎？變幻莫測，寫出當時事理如見。今觀者如入山陰道上，不暇應接。

⑩ 木蘭二句：南朝陳釋智匠輯古今樂錄已著錄木蘭詩，歷敘木蘭替父從軍的故事，本回所敘木蘭故事，全出附會。

第五十七回　改書柬竇公主辭姻　割袍襟單雄信斷義

詩曰：

伊洛湯湯繞帝城，隋家從此廢經營。斧斤未輟干戈起，丹漆方塗篡逆生。南面井蛙稱鄭主，西來屯蟻聚唐兵。興衰瞬息如雲幻，唯有邙山伴月明。

人的功業是天公註定的，再勉強不得。若說做皇帝，真是窮人思食熊掌，俗子想得西施，總不自猜，隨你使盡奸謀，用盡詭計，止博得一場熱鬧，片刻歡娛。直到鐘鳴夢醒，霎時間不但瓦解冰消，抑且身首異處，徒使孽鬼啼號，怨家唾罵。如今再說曷娑那可汗殺了劉武周、宋金剛，把兩顆首級與劉世讓齎了來見，秦王許他助唐伐鄭，拔寨要往河南進發。因見花木蘭相貌魁偉，做人伶俐，就陞他做了後隊馬軍頭領。幾千人馬到鹽剛地方，縹緲山前，衝出一隊軍馬來；曷娑那可汗看見，差人去問：「你是那裡來的人馬？」那將答道：「吾乃夏王竇建德手下大將范願便是。」原來竇建德因勇安公主綫娘，要到華州西嶽進香，差范願領兵護駕同行；此時香已進過，轉來恰逢這枝人馬。當時范願一問，知是曷娑那可汗，便道：「你們是西突厥，到我中國來做什麼？」曷娑那可汗道：「大唐請我們來助他伐鄭。」范願聽見大怒道：「唐與鄭俱是隋朝臣子，你們這些殺不盡的賊，守著北邊的疆界罷了，為甚幫別人侵犯起來？」曷娑那可汗聞知怒道：「你家竇建德是買私鹽的賊子，窩著你們這班真強盜成得什麼大事，還要饒舌！」范願與手下這干將兵，真個是做過強盜的，被曷娑那可汗道著了舊病，個個怒目猙獰，將曷娑那可汗的人馬，一味亂砍，殺得這些蠻兵，盡思奪路逃走。

曷娑那可汗正在危急之際，幸虧花木蘭後隊趕來。木蘭看見在那裡廝殺，身先士卒衝入陣中，救出曷娑那可汗，敗回本陣。木蘭叫本隊軍兵，把從人背上的穿雲砲❶，齊齊放起。范願見那砲打人利害，亦即退去。木蘭猶自領兵追趕，不提防斜刺裡無數女兵，都是一手執著團牌，一手執著砍刀，見了馬兵，盡皆就地一滾，如落葉翻風，花階蝶舞。木蘭忙要叫眾兵退後，那些女兵早滾到馬前。木蘭的坐騎，被一兵砍倒，木蘭顛翻下來，夏兵撓鉤套索拖去。又一個長大將官見了，如飛挺槍來救，只聽得弓弦一響，一個金丸把護心鏡打得粉碎，忙側身下去拾起那金丸時，亦被夏兵所獲。北兵是拖翻了兩個去，大家掉轉馬頭逃去了。竇線娘帶了木蘭與那個將官，趕上范願時，已日色西沉，前隊已紮住行營，竇線娘亦便歇馬，大家舉火張燈。竇線娘心中想道：「剛纔拏住這兩個羯奴，留在營中不妥。」叫手下帶過來。女兵聽見，將木蘭與那長大醜漢都擁到面前。那些女兵見木蘭好一條漢子，到替他可憐，便對花木蘭道：「我家公主爺軍法最嚴，你須小心答應。」木蘭只作不聽見，走進帳房，只見公主坐在上面，眾女兵喝道：「二囚跪下！」那醜漢睜著一雙怪眼，怒目而視。線娘先把木蘭一看，問道：「你那個白臉漢子，姓甚名誰？看你一貌堂堂，必非小卒終其身的；你若肯降順我朝，我提拔你做一個將官。」花木蘭道：「降便降妳，只是我父母都在北方，要放我回去安頓了父母，再來替妳家出力。」線娘怒道：「放屁！

❶ 穿雲砲：砲聲十分響亮的一種土砲。

你肯降則降，不肯降就砍了，何必饒舌！」木蘭道：「我就降妳，妳是個女主，也不足為辱；妳就砍我，我也是個女子，亦不足為榮。」線娘道：「難道你不是個男兒，到是個女子？」木蘭道：「也差不多。」公主對著手下女兵道：「妳們兩個押他到後帳房去一驗來回報。」兩個女兵扯著木蘭往後去了。線娘道：「你這個醜漢有何話說？」那漢道：「公主在上，我卻不是女子，實是個男子，妳們容我不得的。若是公主肯放了我去，或者後日見時，相報厚情。」公主聽了大怒道：「這羯奴一派胡言，與我拏去砍了罷！」五六個女兵，如飛擁他轉身，那漢口中喊道：「我老齊殺是不怕的，只可惜負了羅小將軍之託，不曾見得孫安祖一面。」線娘聽見，忙叫轉來問道：「你那漢剛纔講什麼？」那漢答道：「我沒有講什麼。」線娘道：「我明明聽見，你口中說什麼羅小將軍與孫安祖二人；問你那個孫安祖？」那漢道：「孫安祖只有一個，就在妳家做官，那裡還尋得出第二個來。」線娘便叫去了綁，賜他坐下，又問道：「足下姓甚名誰？與我家孫司馬是什麼相知？」那漢道：「我姓齊，號國遠，是山西人，與妳家主上也是相知，孫司馬是好朋友。前年承他有書寄來，叫我們弟兄兩個去做官，我因有事沒有來會他。」

原來齊國遠與李如珪兩個，當時因李密殺了翟讓，遂去投奔柴嗣昌。正值唐公起義之時，柴郡主就留兩個人為護軍校衛團練使，嗣昌又帶他兩個出去幫唐家奪了幾處郡縣。嗣昌奏知唐帝，唐帝賜他兩個為護軍校尉，就在鄠縣駐紮。為因幽州刺史張公謹五十壽誕，與柴嗣昌昔年曾為八拜之交，故特煩國遠去走遭，恰好遇見幽州總管羅公之子羅成，常到公謹署中來飲酒，遂成相知。曉得他與秦叔寶、單雄信契厚，故此寫書，附與國遠，煩他寄與叔寶。其時線娘見說，便道：「足下既是我家孫司馬的好友，又與父皇相聚過的，我這裡正缺人才，待我回去奏過父皇，就在我家做官罷了；但是你剛纔說什麼羅小將軍是那裡人？」國遠道：「就是幽州總管羅藝之子。他與山東秦叔寶是中表之親，他有什麼姻事，要秦叔寶轉求單雄信在內玉成，故此叫我去會他。不意撞著曷娑那可汗，被他拉來，裝了馬兵，與你們厮殺。」線娘聽了，頓了一頓道：「沒有這事，豈有人的婚姻大事，託朋友千里奔求的。」齊國遠道：「我老齊一生不會說謊，現有羅小將軍書札在此。」站起身來，解開戰袍，胸前貼肉掛著一個招文袋，內許多油紙裹著，取出一封書遞上。線娘叫左右接來一看，卻用大紅紙包好，上面寫著兩行大字：幽州帥府羅煩寄至山東齊州秦將軍字叔寶開拆。線娘看罷，忙把書向自己靴子內塞了進去，對左右說道：「外巡著幾個進來。」左右到帳房外去，喚四個男兵進來。線娘吩咐道：「你們點燈，送這位齊爺到前寨范帥爺那裡去，說我旨意，叫他好好看待安頓了，不可怠慢。」又對齊國遠道：「羅小將軍的書暫留在此，候足下到我國會過了孫司馬，然後繳還何如？」齊國遠此時也沒奈何，只得隨了巡兵到范願營中去了。

線娘見齊國遠已去，站起身來，只見一個女兵打跪稟道：「那白臉的人，檢驗的真是女子，並非虛誑。」線娘道：「帶進後帳房來。」坐下，問道：「妳既是個女人，姓甚何名，如何從軍起來？實對我說。」木蘭涕泣道：「妾姓花，名木蘭，因父母年高，又無兄長，膝前止有孱弱弟妹，父親出門，無人倚賴。妾深媿男子中難得有忠臣孝子，故妾不惜此軀，改裝以應王命，雖軍人莫知，而自顧實所耻也，望公主原情宥之。」說罷，禁不住淚如泉湧。線娘見這般情景，心下惻然道：「若如此說，是個孝女了。不意北方強悍之地，反生此大孝之女，能幹這樣事，妾當拜下風矣！」請過來賓禮相見。木蘭遜謝道：「名爵「公主乃金枝玉葉，妾乃裙布愚頑，既蒙寬宥，已出望外，豈敢與公主分庭抗禮。」線娘嘆道：「名爵人所易得，純孝女所難能，我自恨是個女子，不能與日月增光，不意汝具此心胸。我如今正少個閨中良友，竟與妳結為姊妹，榮辱共之何如？」木蘭道：「這一發不敢當。」線娘道：「我意已定，汝不必過謙，未知尊庚多少？」木蘭道：「癡長十七。」線娘道：「妾叨長三年，只得占先了。」大家對天拜了四拜，兩人轉身，又對拜了四拜。軍旅之中，沒有甚大筵席，止不過用些夜膳，線娘就留木蘭在自己帳房中同寢。線娘問木蘭道：「賢妹曾許配良人否？」木蘭搖首答道：「僻處荒隅，實難其人。妾雖承賢姐姐錯愛，但恐歸府時，駙馬在那裡，將妾置於何所？」線娘見說，雙眉頓蹙，默然不語。木蘭道：「姐姐標梅❷已過，難道尚無吉士❸，失過好逑❹？」線娘道：「后母雖賢，主持國政。父王東征西討，料理軍旅，何暇計及此事。」木蘭道：「正是人世上可為之事甚多，何必屑屑拘於枕席之間。」又說了些閒話，昏昏的和衣睡去。線娘悄悄起身，在靴子裡取出羅小將軍的書來，心中想道：「剛纔齊國遠說羅郎為什麼姻事，要去央煩秦叔寶，不知他屬意何人，我且挑開來，看他寫什麼言語在上。」把小刀子輕輕的弄去封簽，將書展開放在桌上，細細的翫讀。前邊不過通候的套語，念到後邊，止不住雙淚交流道：「哦，原來楊義臣死了。我說道羅郎怎不去求他，到央煩秦叔寶來。」從頭至尾看完了，不勝浩嘆道：「噯！羅郎，羅郎，你卻有心注意於我，不求佳偶，可知我這裡事出萬難。如楊老將軍不死，或者父皇還肯聽他說話。今楊義臣已亡，就是單二員外有書來，我父皇如何肯允。我若親生母親尚在，還好對她說；如今曹氏晚母雖是賢明，我做女孩兒的怎好啟齒？」想到這個地位，免不得嗚嗚咽咽哭了一場，嘆

❷ 標梅：亦作「摽梅」，喻女子已到適婚年齡。詩經召南摽有梅：「摽有梅，其實七兮。求我庶士，迨其吉兮。」

❸ 吉士：指好男兒。

❹ 好逑：好的配偶。詩經周南關雎：「窈窕淑女，君子好逑。」

道：「罷了！這段姻緣只好結在來生了，何苦為了我誤男子漢的青春？我有個主意在此：當初我住在二賢莊，蒙單家愛蓮小姐許多情義，我與他亦曾結為姊妹。今羅郎既要去求叔寶，莫若將他書中改了幾句，竟叫叔寶去求單小姐的姻，單員外是必應允，一則報了單小姐昔日之情，二則完我之願，豈不兩全其美。」打算停當，忙叫起一個女書記來，將原書改了，謄寫一個副啟上，照舊封好，仍塞在靴子裡頭。

不覺晨雞報曉，木蘭醒來，起身梳洗；線娘將她也像自己裝束。眾軍士都用了早膳，正要拔寨起行，只見四五匹報馬飛跑到帳前來，對著公主稟道：「千歲爺有令，差小將來請公主作速回國，因王世充被唐兵殺敗，差人到我家來求救，千歲即欲自去救援，因此差小將前來。」線娘道：「我曉得了，你們去罷！」便叫手下，喚昨夜送齊爺去的外巡進來。不一時，外巡喚到，線娘在靴內取出書來，又是二十兩一封程儀，對外巡道：「這書與銀子你齎到前寨去，送與昨夜那位齊爺，說我因國中有事，不及再晤。」外巡接書與銀子，收好去了。線娘把手下女兵，調作前隊，范願做了後隊，急急趕回。齊國遠曉得夏國也要出兵，亦不去見孫安祖，竟投秦叔寶去了。正是：

將軍休下馬，各自趲前程。

今再說秦王同徐懋功滅了劉武周，降了尉遲敬德，軍威甚勝。懋功對秦王道：「王世充自滅了魏公之後，得了許多地方，增了許多人馬，聲勢非比昔日；今殿下若不除之，日後更難收拾。當先差諸將，四路先去其爪牙，收其土地，絕其糧餉，然後四方攢逼攏來，使他外無救援，內難守禦，方可漸次擒滅。譬如人取巨螯，先斷其八足，雖雙鉗利害，何以橫行哉！」秦王稱善，把兵符冊籍，悉付懋功。懋功便差：「總管史萬寶，自宜陽縣進兵，取龍門一帶地方；將軍劉德威，自太行山取河內地方；上谷公王君廓，自洛口絕王世充糧道；總管黃君漢，自河陰攻取洛城；大將屈突通、竇軌，駐紮中路埋伏，接應各處緩急；王簿同程知節、尤俊達、連巨真等，往黎陽收復故魏土地；羅士信與尋相去取千金堡❺并虎牢地方；臣同殿下，與叔寶、敬德進河南，向鴻溝界口與李靖會合。」諸將奉了元帥將令，分頭領兵去了。秦王統領一班將士進河南。其時李靖已殺敗了朱燦，朱燦勢孤力盡，竟把菊潭屠了，揀肥的吃了幾日，數騎逃入河南投王世充去了。李靖將兵馬屯住在鴻溝界口，專望秦王來進兵。

未及月餘，秦王已至，彼此相見了。秦王對李靖道：「朱燦狂奴，賴卿之力，得以去除逃遁，未知世充處聲勢如何？」李靖道：「臣已差人細細打聽，他們已曉得我大唐統兵來征伐，各處分外嚴備，盡遣弟兄子姪把守：魏王王弘烈守襄陽，荊王王行本守虎牢，宋王王泰守陳州，齊王王世惲守南城，楚王王世偉守寶城，越王王君度守東城，漢王王玄恕守含嘉城，魯王王道御守曜儀城，弄得水泄不通，日夜巡警。」秦王笑道：「愚哉世充也，安有國家功業，止使一門占盡，其子弟豈盡皆賢智哉，吾立見其敗矣！」遂督將士，直趨洛陽。王世充曉得了，便點二萬人馬，自方諸門❻出兵，逼著穀水紮住，與唐兵對陣。唐將營壘未立，怕他來攻擊，各自驚惶。秦王平日慣以寡破眾，以奇取勝，全不介意道：「賊臨水結陣，是怕我兵衝突，其志已餒。」即命叔寶、敬德，衝入世充前陣，自己帶領程知節、羅士信、邱行恭、段志玄，抄到世充陣背後去，數十精騎，奮力砍殺。鄭將見秦王兵少，把馬兵圍裹攏來，史岳、

❺千金堡：在今河南省洛陽市東北，三國魏所築造。
❻方諸門：洛陽城西城門。

王常等雖殺了幾百兵卒，畢竟難出重圍。正酣戰時，秦王的坐騎，一個前失，把秦王掀將下來。鄭陣中二將，亡命挺槍刺將進來；史岳看見，大喝一聲，把一將砍倒，奪馬來與秦王騎時，那一將又被王常一箭射中咽喉，顛下馬來。前邊敬德、叔寶合著，又混殺了三四個時辰，王世充支撐不住纔退，被唐將直追到城下，斬了鄭將七千多首級回兵。

次日，秦王同懋功在寨外閒玩，只見二三十百姓，多是張弓執矢，抬著網羅機械而走。秦王看見，叫手下喚這些人過來問道：「你們是往何處去的？作何勾當？」那些百姓跪下稟道：「有人傳說，魏宣武陵❼上昨日有隻鳳鳥飛來，站在陵樹，故此我們眾獵戶去拏牠。」秦王道：「魏宣武陵有多少路？」獵戶道：「只好一二十里地。」秦王道：「你們引我去看，若是真的，我有重賞。」徐懋功道：「不可，魏宣武陵逼近王世充後寨，倘有伏兵奈何？」秦王道：「世充兩戰大敗，心膽俱喪，安敢出來挑戰？」遂全身貫甲，引五百鐵騎出寨。行至榆窠，到一個平坦戰地，周圍廣闊，山林遠照，左有飛來峰，右有瀑澗泉，幽禽怪獸，充牣其中；昔黃帝遺下石室，魏宣武營造皇陵，真是勝地。秦王左顧右盼，稱羨不已。正看時，聽得眾獵戶喊道：「那飛來的不是鳳鳥麼？」秦王定睛一看，只見一隻大鳥，後邊隨著七八十小禽，多站在一顆大樹上。那鳥是長頸花冠，五色彩羽，日中耀目，愈覺奇異。秦王道：「這是海外的野鸞，錯認他是靈鳳。」眾獵戶正要張那網羅起來，只見內中一人，把手指道：「那邊又有兵馬來，不好了！」大眾一哄而散。懋功如飛催促秦王轉身。秦王忙取一枝箭，拽滿弓，向那野鸞射去，正中其翅，帶箭飛出谷口去了。

❼ 魏宣武陵：北魏宣武帝的陵墓，在洛陽市北的邙山上。

秦王縱馬亦出谷口，見外邊盡是鄭國旗號，一將飛馬前來，口中喊道：「李世民，我鄭國大將燕伊來拏你了！」秦王一見，忙跑進澗去，便帶住馬，一箭正中燕伊咽喉，應弦而倒。秦王看那野鸞時，還在對澗樹上整理羽毛。秦王見前面是斷澗，後邊是鄭國兵馬，徐懋功又落在後邊，野鸞卻在對岸鳴啼，如呼朋引類，只得加鞭縱馬跳去，一個三四丈闊的深澗，被他跳過去了。野鸞見秦王來，又飛數十步，占在高枝上。秦王聽見對岸金鼓之聲鼎沸，心下著忙，對著野鸞說道：「靈鳥，靈鳥，你若是救得我難，你須向我啼叫三聲。」那鳥便向秦王連叫三聲。秦王看澗旁山路崎嶇，便離鞍下馬，把馬繫在樹上，隨鳥進山，攀藤附葛而行。到了頂上，遠望對岸一將，兇煞神一般，快馬跑來。秦王認得是單雄信。後邊又有一將，亦縱馬趕來，乃是徐懋功。秦王正呆看時，只聽得靈鳥又叫上一聲，秦王忙轉身想道：「靈鳥不去猶鳴，此山畢竟還有出路。」就隨著那飛鳥走去，只見一個石室，外邊立著一僧，光彩滿目，相貌端嚴，把隻手向靈鳥一招，那鳥即飛入老僧掌中，老僧便進石室去了。秦王以為奇異，忙走進石室，只見那僧盤膝而坐。秦王問道：「和尚，你剛纔取的那隻靈鳥，拏來把了我。」那僧道：「靈鳥知是君王此刻有難，從大士前飛來，你看牠麼？」在袖中取出來，箭猶在羽尾上，仔細一認，卻變成一隻白鸚鵡。那僧忙在尾上取下箭，遞與秦王道：「箭歸還君王。」鳥向空中一擲，飛去了。秦王把箭收入壺內，知是聖僧，忙問道：「孤今此難得脫去否？」那僧道：「難星只在此刻，君王快躲在貧僧背後穩睡，貧僧自有法退之。」秦王依他藏好，那僧揑成印訣，口裡念了幾句咒語，只見他頂上放出一毫白光，就把洞門封住。

鄭國單雄信熟識此地，曉得此谷為五虎谷，前澗名曰斷魂澗，無有出路。單雄信見燕伊飛趕進去，恐他奪了頭功，也趕進谷來，只見一匹空馬，飛跑出來，燕伊早已射死在地。雄信看了大怒道：「不殺此賊，以報燕伊，不為好漢。」因策馬遶谷尋來，忽聞後邊一騎馬飛奔前來，高聲叫道：「單二哥勿傷吾主，徐懋功在此。」忙趕向前，扯住雄信衣襟道：「單二哥別來無恙，前在魏公處，朝夕相依，多蒙教誨，深感厚誼。今日一見，弟正有要言欲商，幸勿窘迫吾主。」雄信道：「昔日與君相聚一處，即為兄弟；如今已各事其主，即為仇敵。誓必誅滅世民，以報先兄之靈，以盡臣子之道。」懋功道：「兄不記昔日焚香設誓乎，我主即你主也，兄何不情之甚？」雄信道：「此乃國家之事，非雄信所敢私。此刻弟不忍加刃於兄者，盡弟一點同契之情耳；兄何必再為饒舌？」隨拔佩刀割斷衣襟，加鞭復去找尋。懋功見事勢危急，如飛勒馬奔回，大叫諸將，主公有難。

時尉遲敬德，正在洛水灣中洗馬，忽見東北角上一騎馬飛奔前來。敬德定睛一看，見是懋功，聽他口中喊道：「主公被鄭將單雄信追逼至五虎谷口，快快去救！」敬德聽說，不及披掛，忙在水中，赤身露體，跨上禿馬，執鞭飛趕前去。時雄信四下一望，並無蹤跡，看見澗中泥水浮沈，濁泉泛溢，又聽得那玉鬃馬咆哮亂嘶，只得把坐騎一提，跳過澗來各處尋覓，又無影響，止見樹下玉鬃馬嘶鳴。雄信也就下馬，走上山頂，往石洞邊看去，卻是一個斑斕猛虎，蹲踞在內；見雄信來長嘯一聲，澗谷為之震動。雄信吃了一驚，自思道：「這孩子想必被虎吃了，不知還是投在澗內死了；再到下面去看。」跨上自己的馬，把秦王的馬一手挽著，將到澗邊，忽見山坡那邊一員大將，面如渾鐵，聲若巨雷，大叫：「勿傷吾主，尉遲敬德在此！」也跳過澗來。雄信忙放了秦王的馬，舉槊來刺，被敬德把身一側，一鞭打去，正中雄信手腕；敬德將鞭擱在鞍轎，隨趁勢奪雄信手中槊。雄信雖勇，當不起敬德神力，四五扯，一條

雄信大怒，忽聞後邊一騎馬飛奔前來，高聲叫道：「單二哥勿傷吾主，徐懋功在此。」忙趕向前，扯住雄信衣襟道臣主兄弟，雄信隨拔佩刀，割斷衣襟，加鞭復去找尋秦王。

槊被敬德奪去，雄信只得退逃，仍過澗去了。

再說秦王橫睡在石洞內和尚背後，看那和尚在座前弄神通。又見單雄信到洞門首，探望了三四回，不知為甚，再不敢進洞來，耳邊只聽得一片殺聲。和尚合掌念聲：「阿彌陀佛，災星已過，救兵已來，君王好出洞去了。」秦王起身謝道：「蒙聖僧法力救孤，孤回太原，當差官來敦請去供養；但不知聖僧是何法號？」和尚道：「貧僧叫作唐三藏；若說供養，自有山靈主之；但願致治太平做一個好皇帝足矣！貧僧有偈言四句，須為牢記。」乃曰：

建業唯存德，治世宜全孝。兩好更難能，本源當推保。

說完，那和尚瞑目入定去了。秦王然後捱下山來，轉過谿坡。尋著了坐騎，跨上雕鞍。只見敬德飛馬前來，見了秦王，說道：「好了，殿下沒有受驚麼？」秦王道：「沒有，雄信這強徒呢？」敬德道：「被臣奪了他的槊，逃出谷外去了。此地不是久站之所，快同臣出谷去罷。」兩騎馬縱過了澗谿，直至五虎谷口，遇鄭將樊佑、陳智略，敬德更不打話，一鞭一個，二將多打傷下去。敬德殺開一條血路，奔出重圍。只見秦叔寶、徐懋功領著諸將，正與王世充後隊交戰。敬德對李靖道：「你保殿下回寨，我再去殺賊來。」忙又趕到鄭陣中去奮勇大戰，鄭家兵將雖多，怎當得起叔寶、敬德兩個，一條鞭，兩根鐧，殺了鄭國許多兵將。敬德在忙中，猛抬頭見一人沖天翅、蟒袍玉帶的，騎在馬上，在高阜處觀戰，便撇下眾將，提鞭直奔前來，嚇得王世充如飛勒馬退逃。敬德同眾軍直追到新城，方纔轉來。徐懋功叫鳴金收回人馬，到秦王寨中來拜賀。秦王笑道：「若無敬德奮力向前，幾為此賊所困。」遂以金銀一篋賜敬德。自是秦王倍加信愛，敬德寵遇日隆。王世充見唐將利害，亦不敢出來對壘。

相持了數日，那日秦王正與眾將商議破敵之策，見各處塘報❽，雪片般飛遞下來；懋功與秦王翻閱，知是滎州、汴州、沮州、華州，多來歸附；又有顯州總管楊慶，他率領轄下二十五州縣來投降；又有尉州刺史時德叡，亦率領轄下杞、夏、隨、陳、許、潁、魏七州來降；王簿與程知節亦有文書來說伊州、黎陽、倉城，多已降唐，只有千金堡與虎牢，聞得羅士信與尋相急切難下；又有中路大將屈突通，在途巡緝，獲著鄭國細作兩個，招稱鄭國差將，潛往樂壽，向竇建德處請兵去了。徐懋功道：「鄭國土地，賴天子洪福，三分已收其二；只是虎牢與千金堡係各州縣咽喉之所，若二地不收，則所得亦難據守，須得臣自去走遭。」便辭了秦王，連夜帶領自己精兵一千，望虎牢進發。正是：

待把干戈展經綸，祇看談笑弄兵鋒。

總評：雄信追趕秦王，懋功扯住衣袂，敬德單鞭救駕，昔日未必有其事，而僅有其言。今日聽其言，竟若當年確有其事。寫得錯綜，又寫得齊整，真化工之筆，讀者勿以稗史❾忽諸。

❽ 塘報：緊急軍情報告。

❾ 稗史：記錄遺聞瑣事之書，有別於正史，故稱。

第五十八回　竇建德谷口被擒　徐懋功草廬訂約

詞曰：

磨牙兩虎鬥方酣，怒目炯眈眈。一朝國破委層嵐，千秋貽笑談。　邂逅佳人心欲醉，隨唱百年歡。王章有約話便便，將軍閫內專。

右調阮郎歸

春秋時，卞莊子刺兩虎，他何曾刺得兩個？當兩虎相鬬時，小死大傷，那死的何消刺，只刺得一個傷的；這傷的又何需多大氣力對付，這真是一舉兩得。王世充拾亡魏之餘，推心置腹，以待群雄，藉其土地以強根本。秦王聲勢雖大，急切間亦難了事。不意世充反將要害之地，盡託膏粱子弟，弄得東破西失，自己坐在洛陽，無可奈何，只得齎了金珠，著長孫安世去求夏王竇建德，落得秦王以逸待勞，反客作主。今說徐懋功恐王簿兩個不能建功，自己帶領一枝人馬，趕到千金堡來。豈知羅士信已用計破了，城內軍民，不分老弱，把他殺個一空，懋功深為嘆息。王簿亦已到得虎牢，將精兵一千，改扮了鄭國旗號，夜間賺開城門，把一個王行本在睡夢中綑縛去了，早已佔據了城。虎牢、洛陽險要二處，俱為唐家佔住，懋功不勝之喜，對王簿道：「此地雖定，但王世充差代王琬、長孫安世去求竇建德，未知建德可允發多少兵來助他。我且將二兄之功，報知秦王，看他作何計較。」

今說長孫安世，奉了世充之命，齎了許多金帛，來到樂壽，先將寶物餽遺諸將。諸將俱已領惠，唯祭酒凌敬不肯收，大將曹旦亦差人把禮物璧還。次日，長孫安世清早來見夏王，呈上文書金帛。夏王道：「鄰邦救援，本當應命；但我與唐久已修好，何又起兵端？況孤新破孟海公，凱旋未久，豈可又勞師動眾？」長孫安世道：「鄭與夏實唇齒之邦，唇亡而齒寒，理之必然。今夏不救鄭，鄭必滅亡，鄭亡恐夏亦隨之。」夏王道：「足下且退，容孤與諸臣熟商。」長孫安世暫且辭出。夏王與眾公卿計議；夏將俱得了世充金帛，便攛掇道：「亡隋失國，天下分崩，關中歸唐，河南歸鄭，河北歸夏，共成鼎足。今唐伐鄭，鄭地被唐佔去十之二三，倘鄭力不足，必為唐破；鄭破必與夏為敵，敵則恐夏亦難獨支，不如今發兵救鄭，內外夾攻，可以取勝；倘能勝唐，威名在我，乘機圖事，鄭可取則取之。合兩地之兵，以乘唐兵之疲老，關中可取，天下可平。」這幾話句，說得建德鼓掌稱快道：「諸卿議論甚妙，但恐孤力不及耳！」凌敬道：「主公之言，恐有未妥。目今唐家以重兵圍困東都，大將據住虎牢，發多少兵去對付他好；莫若我今先發大兵濟河，取懷州河陽，以重兵守之，然後鳴鼓建旗，踰太行入上黨，傳檄郡縣，進於壺口，以驚駭薄津，收取河東之地，易如拾芥，此乃上策。且有三利：唐兵俱在洛陽，國內空虛，而入師有萬全，一也；拓土而得眾，不費大力，二也；秦王知吾兵入境，必引兵還救，鄭解圍，三也。失此機會，滯疑不決，諺云：天與不取，反受其咎。願主公詳察。」諸將道：「自來救兵如救火，若照依這樣說，迂其途以取之，曠日持久，鄭國急切間，何由得解？萬一被唐兵破了，拿了王世充去，真個弄得唇亡齒寒，只道主公失信於天下。」建德亦不答，走進宮去，只見屏後曹后接住說道：「剛纔朝中所議何事？」建德將前事述了一遍，曹后道：「眾臣議論皆非，獨凌祭酒之計甚善，陛下當聽之。」建德道：「此迂闊之論。」曹后道：「夫自洛口道乘虛連營漸進，以取山北，因招突厥西襲關中，唐必還師，鄭圍不救而自解，有甚迂闊？」建德道：「孤自主裁，毋勞國后費心。」

次日早朝，長孫安世又來哀求。夏王便差曹旦為先鋒、劉黑闥為行軍總管，自同孫安祖為後隊。公主線娘因是那夜見了羅成的書，傷感成疾，便與凌敬、曹后等守國。起十五萬人馬，望虎牢進發。早有細作報知秦王。諸將恐腹背受敵，深以為憂，獨秦王大喜。李靖笑道：「不意殿下此番出師，一箭竟射雙鵰。」記室郭孝恪道：「洛陽破亡，只在目下，建德不量，遠來相救，這是天意要殿下滅此兩國，機會在此，不可輕失。」薛收道：「世充劇賊，部下又是江淮敢戰之士，止因缺了糧餉，所以固守孤城，坐以待斃；若放竇建德來與之相合，建德以糧濟助世充，則賊勢愈強，不可為矣！」李靖道：「如今只宜分兵困住洛陽，殿下自領精銳，速據成皋，養威蓄銳，以逸待勞，出奇計一鼓而即可破建德。建德既破，先聲奪人，世充聞之，當不戰而自縛麾下矣！」秦王聽了大喜道：「卿所言實獲我心；但此地重任，須仗將軍謀畫統轄。」李靖道：「不須殿下費心，大約建德完局，這裡賴主公之力，世充自然可擒。」秦王道妙。止帶叔寶與尉遲敬德二將，其餘將士，多叫屯住洛陽，統領自己玄甲兵五千，直趕到虎牢，與懋功諸將相會了。懋功道：「臣知殿下必來，更同得二位將軍到此，破賊在旦夕矣。」秦王道：「聞得夏兵共有十萬前來，未知真假？」懋功道：「不要去問他多少兵，臣今夜只消三千人，嚇他一個個心膽俱碎。」便向秦王耳邊，說了幾句。秦王鼓掌道：「妙！」懋功取令箭一枝，對羅士信道：「將軍同副將高甑生，領一千人馬，即刻起身，潛往南方鵲山埋伏。柬帖一個，付你持去預備，如法奏功。」又取令箭一枝，柬帖一個，對秦叔寶、副將梁建方道：「煩二位將軍領一千兵，到汜水東北上一個土山埋伏，速去預備，如法奏功。」叔寶、建方領計去了。懋功又取令箭一枝，柬帖一個，對敬德與副將白士讓道：「二位將軍就在虎牢西角上，照依柬帖中行事；如殺到鵲山遇著了士信，不論勝敗，即便殺將轉來。」敬德、士讓領計去了。羅士信同高甑生歸寨，把柬帖拆開一看，卻是每一兵士，要備小紅燈一盞，馬上須用銅鐵響鈴，聽中軍轟天第二砲殺出，合著火槍歸陣。秦叔寶與梁建方回寨，也把柬帖拆開，只見上寫道：「每兵要帶火毬一個，小鑼一面，聽三個轟天大砲，即便殺出，合著火槍紅燈，即便殺轉。」懋功叫軍士，在正南山豎起一個高竿，叫宇文士及合二千玄甲兵守護著。

再說夏國先鋒曹旦，到了虎牢，結營一二十里，每日到唐寨邊來挑戰，無人應敵，只道唐家曉得他們統大兵來，不敢出頭；夜間雖防來劫寨，到底兵士心上覺得懈弛，那夜方解甲安睡，只聽得一聲大砲，喊叫震天；曹旦忙跨馬趕出寨來，見無數火槍，掩著一個黑臉大漢殺來。曹旦如飛舉槍來刺，那將一鞭，早打進胸膛；曹旦忙把身子一側，火槍早著臉上，把鬍子盡行燒去，敗入陣中。敬德領這一千兵，東衝西突，並無人來攔阻；直殺到將近鵲山，忽聞第二個大砲，只見羅士信馬上，盡是紅燈響鈴，好像有幾千人馬殺來。那夏陣第二隊高雅賢，如飛領兵馬來接應，當不起羅士信這條槍，如蛟龍出洞，逢著的便傷，在夏陣中各處衝殺。那高雅賢對劉黑闥道：「兄看那南山上紅燈，必是唐家暗號，我與你射了他，那些兵馬，自然散亂了。」說罷，即便縱馬前來。那劉黑闥扯滿弓，射一箭去，正中紅燈，落將下來，復又一燈扯上；高雅賢正要射時，只見一聲大砲，無數火毬，半天裡飛將下來，衝出一員大將，口喊道：「秦叔寶在此，叛賊看鐧。」高雅賢如飛接住，被叔寶撥開槍，一鐧打下馬來。梁建方正欲去刺他，幸虧劉黑闥救了，退將下去。叔寶與敬德、士信會合了三千兵，竟似幾萬人馬，東衝西砍，殺得一個落花流水。正在高興時，唐陣上聞已鳴金，只得勒馬回營。秦王同徐懋功，在寨中排了慶賀筵席，敬德與叔寶諸將歸寨，檢點三千人馬，不曾傷失一個。秦王將羊酒銀牌，分賞了將士。徐懋功道：「今宵此舉，不過送個信與他們，要夏兵曉得我唐朝將士的利害；只是明日這一陣，諸君各要努力幹功，成敗只在此舉。」秦王心掛洛陽，也要決一戰以見雌雄。

卻說建德因前陣軍馬，夜來被唐兵攪擾了半夜，四鼓時候，就即傳令催兵馬造飯，將劉黑闥改為前隊，曹旦改為中營，自板渚地方，來到牛口谷，分遣將士，北首到河，南首到鵲山，排了二十多里。建德見唐兵不動，先遣男卒三百，渡了汜水。唐將士見夏兵威盛，也有些膽怯。秦王只不動心，同徐懋功上了一個高丘，立馬遙望。懋功道：「這賊自山東起兵來，不過攻些小小賊寇，未逢大敵；今雖結成大陣，部伍不整，紀律不嚴，總屬易破。」望見鄭國代王琬，也自帶了親隨兵馬，立在陣後監戰；只見代王戴了束髮金冠，錦袍金甲，騎了隋煬帝向來坐騎大宛國進貢的青騣馬，在旗門後影來影去。秦王道：「這小將騎的好一匹良馬！」尉遲敬德在側說道：「殿下說此馬好，待小將取來。」秦王道：「不可，不可！」敬德道：「不妨。」兩隻腿把馬一夾，直奔進夏陣中去。旁邊兩個將官高甑生、梁建方，怕敬德有失，也拍馬隨來。代王琬按著轡，在那裡看戰，只聽得耳朵裡，喝一聲：「那裡走！」似提小雞一般，被敬德提過馬去，這馬正要走，被敬德靴尖鈎住轡繩，高甑生已到，帶了馬一齊歸陣。夏陣中見唐將在陣背後，拿了代王琬去，喫了一驚，無心戀戰，慌忙退回。徐懋功大聲說道：「此時不趁勢殺賊，便待何時！」自把軍鼓大擂，唐將白士讓、楊武威、王簿、陶武欽許多精兵，一擁而進，秦王帶領輕騎，

唐將士見夏兵威盛，也有些膽怯。秦王只不動心，同徐懋功上了一個高丘，立馬遙望。

同敬德、叔寶、士信過汜水，打從夏陣背後，直殺進去，扯起大唐旗號，前後夾攻。建德將士見了大驚，夏軍只得且戰且退。唐兵追趕了三十餘里，斬了首級萬餘。建德急退，忙脫去朝衣朝冠，改裝與將士一般打扮，好來決戰；卻遇著柴紹夫妻，領了一隊娘子軍，勇不可當。建德當先來戰，早中了一槍，忙尋護駕將士，亂亂的多已逃散，要迎殺前去，又恐獨力難支；倘再中一槍，可不了卻性命？忽見牛口渚中，蘆柴茂密，可以潛身，便提馬往裡一鑽，那娘子軍也不在意，反殺向前邊去了。不提防建德身上這副金甲晃亮，動了人眼。唐軍望見，知是一員將官逃在蘆中，兩個車騎將軍白士讓、楊武威縱馬趕來，舉渾鐵槊❶往蘆林中亂搠。竇建德在蘆林中，要殺出來，身負重傷，恐廝殺不過；若在裡邊，又恐搠著，只得大叫道：「我便是夏王，將軍若能相救，平分河北，富貴共享。」楊武威道：「只要出來，我等救你。」建德提馬跳將出來，被他們一把搶來綁縛，把腳拴在馬上，恰好幾個從兵已至，一齊簇擁回到大寨。只見敬德提了劉黑闥的首級，王簿提了范願的首級，羅士信活捉了鄭國使臣長孫安世，都在那裡獻功；可憐夏國十幾萬雄兵，殺傷死亡，一朝散盡，止逃得一個孫安祖，帶了隨行二三十個小卒，奔回樂壽。

時秦王已在大寨，小校報說，拏得夏王竇建德來。眾將不信，秦王亦不以為然。只見楊武威與白士讓，押了建德，直至中軍；眾人看見，果是夏王建德。他也不跪，秦王見了笑道：「我自征討王世充，與汝何干，卻越境而來，犯我兵鋒？」建德也沒得說，說幾句渾話道：「今不自來，恐煩遠取。」秦王又笑了一笑，問楊、白二將：「如何便拏住了他？」白士讓道：「到是柴郡馬統率娘子軍趕殺他來到牛口谷，柴郡馬殺了前去，他就潛躲在蘆葦中，被我們看見拏住，應了民間豆入牛口，勢不能久之謠。」

❶ 渾鐵槊：純鐵的長矛。

秦王笑了一笑，叫監在後寨。

垂衣河北儘悠游，何事橫戈浪結仇？愎諫逞強誰與救，可憐束手作俘囚。

此時建德手下被拏的，有五萬餘人。秦王道：「殺之可惜，不如放了，任他們回轉鄉里。」眾將恐放還又與我為敵。徐懋功道：「竇建德也是草澤英雄，有眾二十萬，敗亡至此，那一個還敢收合來與我們戰？放去正使他傳殿下恩威，山東河北，可不戰而自下了。」諸將皆心服其言。秦王心下轉道：「柴紹夫婦既統兵到此，為甚不來相會，莫非被建德餘黨賺去？」忙差人問前隊將士，有的說已往洛陽去了，秦王便不再問，因對懋功說道：「我在這裡，整頓軍馬；卿同諸將，先往洛陽，煩到樂壽，收拾了夏國圖籍，安撫了郡縣，火速到洛陽來會合。」懋功領命。到次日，即便帶領自己人馬起身。不一日到了樂壽。懋功即傳令箭一枝與王簿，叫他曉諭軍士：不許妄戮一人，不許攪擾百姓，違者立斬示眾。樂壽城中百姓，一聞夏王的凶信，只道唐兵來，不知怎樣擾害地方，豈知徐軍師約法嚴明，撫慰黎庶，井井有條，因此市廛老幼，各各歡喜，迎於道路。懋功進城來，將府庫打開，查點明白，又將倉廒盡開，召幾個耆老，叫他們報名給領官糧，賑濟窮黎。那五六個耆老，伏地而泣道：「夏王治國，節用愛人，保護赤子，時沐恩澤。今彼一旦失國，我儕小民，如喪考妣，又安忍分散其儲蓄？今蒙將軍到郡安撫黎民，秋毫無犯，實出望外；願留此積蓄，以充軍餉，則樂壽雖不沾其惠，亦感將軍之德矣。」懋功點頭稱善，便將倉庫照舊封好，來到建德宮中；只見朝堂一個紗帽紅袍的官兒，面色如生，向西縊死在樑上，粉牆上有絕句一首道：

幾年肝膽奉辛勤，一著全輸事業傾。早向泉臺報知己，青山何處弔孤魂。

夏祭酒凌敬題

懋功讀罷壁間之詩，不勝浩嘆，忙叫軍士，去備棺木殯殮。又走到內宮來，只見宮中窗牖盡開，鋪設宛然，面南一個鳳冠龍帔的婦人，高高的懸樑縊在那裡；兩旁四個宮奴，姿色平常，亦縊死在側。懋功知是曹后，忙叫人放下，亦備棺木好好盛殮。搜索宮中，止不過十來個老宮奴。懋功想道：「聞得竇建德，有個女兒，勇敢了得，為何不見？」詢問宮奴。宮奴答道：「前日孫安祖回來，報知父皇被擒，那夜公主同了花木蘭，就不知去向了。」徐懋功對王簿道：「竇建德外有良臣，內有賢助，齊家治國，頗稱善全。無奈天命攸歸，一朝擒滅，命也數也，人何尤焉！」當初隋煬帝傳國玉璽并奇珍異寶，竇建德破了宇文化及，都往歸夏國，懋功一一收拾，並圖書冊籍，裝載停當。曉得有個左僕射齊善行，名望素著，養老致仕在家，請他出來，要他治守樂壽。齊善行辭道：「善行年邁病軀，與世久違，願將軍另選賢豪，放某樂覩昇平。」懋功道：「眼前苦無其人，公何必苦辭？」齊善行道：「僕有一人，薦於麾下，必能勝其任。」懋功道：「請問何人？」善行道：「此人姓名不知，人只叫他是西貝生。聞他昔年曾在魏公麾下，為參謀之職，今隱居拳石村，賣卜為活，此人大有才幹，屈其佐治，必得民心。」懋功道：「今屈尊駕暫為權攝，待我訪西貝生來，兄即解任何如？」齊善行不得已，只得收了印信，權為料理。懋功整頓軍馬起行，因問土人：「拳石村在何處？」土人道：「過雷夏去三四里，就是拳石村。」懋功命前隊王簿速速趲行。

不多幾日，前隊報說，已到拳石村了。懋功把兵馬尋一個大寺院歇下，自己易服，扮作書生，跟了兩個童子，進拳石村來。原來那村有二三百人家，是一個大市鎮，到了市中，只見路上一面沖天的大招牌，上寫道是：

西貝生術動王侯，卜驚神鬼，貧者來占，分文不取。

懋功問村人道：「這西貝生寓在那裡？」村人把手望西一指道：「往西去第三家便是。」懋功見說，忙進衖內，尋著第三家，只見門上有副對聯，上寫道：

深慚諸葛三分業，且誦文王八卦辭。

懋功知是這家，便推門進去，只見一個童子，出來說道：「貴人請坐，家師就出來。」懋功坐了片時，見一個方巾闊服的人，掀簾走將出來。懋功定睛一看，不覺拍手笑道：「我說是誰，原來賈兄在此！」賈潤甫笑道：「弟今早課中，已知軍師必到此地，故謝絕了占卦的，在此相候。」大家敘禮過，潤甫攜著懋功的手，到裡邊去，在讀易軒中坐定。潤甫道：「恭喜軍師，功成名立，將來唐家佐命功勳，第一個就要算軍師了。」懋功道：「吾兄是舊交知己，說甚佐命功勳，不過完一生之志而已。」說了茶罷，只見裡邊捧出酒餚來，懋功欣然不辭，即便把盞。潤甫道：「軍師軍旅未閒，何暇到此荒村？」懋功將擒竇建德戰陣之事，并齊善行薦了他去治理樂壽的話，說了一遍。潤甫微笑了一笑道：「弟自魏公變故，此心如同槁木死灰，久絕名利，滿擬覓一山水之間，漁樵過活；不意逢一奇人，授以先天數學，奇驗驚人。弟思此事，原可濟人利物，何妨借此以畢餘生，不意又被兄訪著。」懋功道：「正是兄的才識經濟，弟素所佩服；但星數之學，未知何人傳授，乞道其詳。」潤甫道：「兄請飲三大觥，待弟說來，兄也要羨慕。」懋功舉盃，一連飲了三觥。

潤甫道：「當初有個隋朝老將楊義臣，他是個胸藏韜略，學究天人❷的一員宿將。因隋主昏亂，不肯出仕，隱居雷夏澤中。」懋功道：「這楊義臣，弟先年也曾會過，曾蒙他教益，可是他傳的麼？」潤甫道：「非也。他有個外甥女，姓袁名紫煙，隋時曾點入宮，那女子不事鍼黹❸，從幼好觀天象，一應天文經緯度數，無不明曉，因此隋主將她拜為貴人；後因化及弒逆，她便用計潛逃到母舅家。本要落髮為尼，因楊義臣算他尚有貴人作匹配，享祿終身。前年弟偶卜居雷澤，與楊公比鄰，朝夕周旋，賤內又與袁貴人親愛莫逆，故此傳其學術。」懋功道：「如今楊公在否？」潤甫道：「楊公已於去歲仙遊矣！袁貴人同楊公乃郎，并如夫人，俱在這裡守墓。」懋功道：「墓在那裡？」潤甫推窗向西指道：「這茂林中，乃楊公窀穸之所，他家眷也住在裡邊。」懋功道：「楊公雖死，弟與他生前亦有一面，今去墓前一弔，並求貴人一見，未識可否？」潤甫道：「使得。」懋功就叫手下備楮儀❹一副，同賈潤甫步行過去。只見幾畝荒坵，一抔淺土，雖然樹木陰翳，難免狐兔雜沓，懋功嘆道：「英雄結局，不過如此！」潤甫忙過去通知了袁貴人，袁貴人就叫馨兒換了衰絰，到墓前還禮拜謝了，揖進饗堂中。懋功必要求見

❷ 學究天人：學習推究天道與人事的相互關係。
❸ 鍼黹：指縫紉刺繡等事。黹，音ㄓˇ。
❹ 楮儀：祭祀的供品。

袁貴人，袁紫煙也是不怕人的，就是這樣素妝淡服，出來拜見。懋功注目詳視，見袁貴人端莊沈靜，秀色可餐，毫無一點輕佻冶豔之態，不勝起敬道：「下官奉王命來樂壽清理夏王宮室，昨見一個宮奴，名喚青琴，是隋帝舊宮人，云是夫人侍兒，甚稱夫人才學閫範❺，在男子多所未見，下官意欲遣青琴仍歸夫人左右，但未識可否？」袁紫煙道：「妾只道此奴落於悍卒之手，不意反在王宮。但妾親從凋亡，煢煢一身，自顧難全，奚暇與從者謀食，有虛盛意。」說完，辭別進去。

懋功此時覺得心醉神飛，只得別了出來，對潤甫道：「弟向來浪走江湖，因所志未遂，尚未謀及家室，今見此女，實稱心合意。欲求兄為之執柯，未知可肯為弟玉成否？」潤甫道：「此係美事，弟何敢辭勞，管教成就。先到舍下去坐了，弟去即來覆命。」懋功慢慢的跟到潤甫家中去。坐了片時，只見潤甫笑嘻嘻的走來說道：「袁貴人始初必欲守志終天，被弟再四解喻，方得允從；但是要依她三件事，諒兄亦易處的。」懋功道：「那三件事？」潤甫道：「第一，要守滿楊公之制，方許事兄；第二，要收領楊公之子馨兒母子兩口，去撫養他上達成人；第三，有個女貞庵，係隋煬帝的四院夫人，在內焚修，與袁貴人是異姓姊妹，當年楊公送四位夫人到彼出家，原許她們每年供膳，俱是楊公送去；今若連合朱陳❻，必須繼楊公之志，以全貴人昔日結拜之情。只此三事，倘肯俯從，即是兄的人了。」懋功大喜道：「不要說此三件，就再有幾件，弟亦樂從。」就叫身邊童子，到前寨王將軍處，取銀二百兩，綵緞十表裡❼，

❺ 閫範：指婦女的品德規範。
❻ 朱陳：締結婚姻。
❼ 表裡：送禮的衣料。

身上解佩玉一塊，遞與潤甫道：「軍中匆匆，不及備儀，聊以二物銀兩，權為定偶。」潤甫忙叫手下並童子攜去，送與袁紫煙，說明依了三章之約。袁紫煙然後收了，將太乙混天毬一個，在頭上拔下連理金簪一枝，回答了潤甫；同童子從人回來，付與懋功收訖。懋功道：「承兄成全弟家室，弟明日當有些微薄敬，並管轄樂壽文書，一同送來，大家共佐明君，豈不為美。」潤甫道：「閒話且莫講，請問軍師，王世充破在旦夕，單二哥如何收煞？」懋功皺眉嘆道：「若提起單二哥，恐有些費手。」懋功又把前雄信追趕秦王一段，說了一遍。潤甫跌足道：「若如此說，單二哥有些不妥，兄與秦大哥，俱係昔年生死之交，還當竭力挽回方妙。」懋功道：「這個自然。」

正說時，天色已暮，只見許多車仗來接，懋功只得與潤甫分手。明早做下署樂壽印信文書，並書帕銀二百兩，差官送與賈潤甫，又命親隨小校兩個，將小禮百金，與宮奴青琴，送歸袁紫煙。二人去了回來說道：「宮奴禮金，夫人處俱已收訖。」差官又稟：「賈爺處文書禮儀，門戶鉗封❽，人影俱無，只得持回。」懋功大驚道：「難道我昨日是見鬼？」忙騎了馬，自己到拳石村來看，果然鐵將軍把門，問其鄰里，說是昨夜五更起身，一家都往天台去進香了。懋功嘆道：「賈兄何不情❾至此？」心上疑惑，忙又到楊公墓所來，袁紫煙叫馨兒換了服色出來拜送，懋功執手叮嚀了幾句，然後上馬登程，往洛陽進發。正是：

❽　鉗封：用鎖鎖住。
❾　不情：不講情面。

陌路頓成骨肉，臨行無限深情。

總評：人之成敗死生，與姻緣聚散，莫非天數。建德安坐河北，孰敢窺伺，而乃越境就擒，數也。紫煙潛居守墓，初無意於婚姻，而懋功安撫郡縣，得遇西貝生，與紫煙定偶，亦數也。至曹后死烈，凌敬死義，宮奴殉難，忠節凜然，可風末世。

第五十九回　狠英雄犴牢聚首　奇女子鳳閣沾恩

詞曰：

昔日龍潭鳳窟，而今孽鏡❶輪迴。幾年事業總成灰，洛水滔滔無礙。　說甚唇亡齒寒，堪嗟綠盡荒苔。霎時撇下熱塵埃，祇看月明常在。

右調西江月

天下事只靠得自己，如何靠得人；靠人不知他做得來做不來，有力量無力量；靠自己唯認定忠孝節義四字做去，隨你兇神惡煞，鐵石鋼腸，也要感動起來。如今不說徐懋功往洛陽進發，且說王世充困守洛陽孤城，被李靖將兵馬圍得水泄不通，在城將士，日夜巡視，個個弄得神倦力疲，兼之糧草久缺，大半要思獻城投降，只有一個單雄信梗住不肯，堅守南門。

一日黃昏時候，只見金鼓喧闐，有隊兵馬來到城邊，高聲喊道：「快快開城，我們是夏王差來的勇安公主在此。」城上兵士，忙報知雄信。雄信到城隅上往外一望，見無數女兵，盡打著夏國旗號，中間擁著金裝玉堆的一位公主，手持方天畫戟，坐在馬上。雄信道是竇建德的女兒，一面差人去報知王世充，

❶ 孽鏡：災殃的處境。

隨領著防守的禁兵來開城迎接。豈知是柴紹夫妻，統了娘子軍來到洛陽關，會了李靖，假裝勇安公主，賺開城門。那些女兵，個個團牌砍刀，剛進城來，早把四五個門軍砍翻。鄭兵喊道：「不好了，賊進來了！」雄信如飛挺槊來戰，逢著屈突通、殷開山、尋相一干大將，團團把雄信圍住。雄信猶力敵諸將，當不起團牌女兵，忘命的滾到馬前，砍翻了坐騎，可憐天挺英雄，只得束手就縛。好笑那喫人的朱燦，被李靖殺敗，逃到王世充處，以為長城之靠，不意城破，亦被擒拏。柴紹夫妻忙要進宮去殺王世充，只見王世充捧了輿圖國璽，背剪著步出宮來。李靖分付諸將，將王世充家小宗族，盡行搜縛出來，上了囚車，一面曉諭安民。正在忙亂之時，小校前來報道：「秦王已到了。」李靖同諸將並許多百姓，扶老攜幼，接入城去，竟到鄭王殿中。李靖同諸將上前參謁。秦王對李靖道：「孤前往虎牢時，卿許滅夏之後，鄭亦隨亡，不意果然。」李靖道：「王世充這賊，奸詭百出，防守甚嚴，幸虧柴郡主來哄開城門，世充方自綁來投獻。」秦王笑對世充道：「你當初以童子待我，隨你奸計多謀，怎出得我幾個名將的牢籠。」王世充在囚車內答道：「罪臣久思臣服歸唐，因諸將猶豫未決，又知殿下不在寨中，故此直至今日來投獻，只求聖恩免死。」秦王笑了一笑，即命諸將去檢點倉庫，開放獄囚，自往後宮，與柴紹夫妻相見，收拾珍玩。

時竇建德與代王琬、長孫安世三個囚車，與王世充、朱燦的幾個囚車，尚隔一箭之地，眾軍校見秦王與諸將散去，便將囚車骨碌碌的推來，聚在一處。王世充見了，撲簌簌落下淚來，叫道：「夏王，夏王，是寡人誤了你了！」竇建德閉著雙眼，只是不開口。旁邊代王琬又叫道：「叔父，可憐怎生救我便好？」王世充看見，一發淚如泉湧道：「我若救得你，我先自救了。」指著身旁車內太子玄應道：「你不見兄弟也囚在此，我與你尚在一搭兒，不知宮中嬸娘與諸姊妹，更作何狀貌哩！」說了不禁大哭不止。竇建德看見這般光景，不覺厭憎起來，大聲嘆道：「咳，我那裡曉得你們這一班膿包坯子；若早得知，我也不來救援了。大丈夫生於天地間，不能流芳百世，即當遺臭萬年，何苦學那些婦人女子之行徑，毫無丈夫氣概！」對旁邊的小校道：「你把我的車兒，扯到那邊去些，省得他們饒舌，有污我耳。」那些眾百姓，站在兩旁看見，有的指道：「那個夏王，聞他在樂壽，極愛惜百姓，為人清正，比我們的鄭王，好十萬倍；那皇后更加賢明，勤勞治國；今不意為了鄭王，把一個江山弄失了，豈不可惜。」眾百姓多在那裡指手畫腳的議論不題。

且說秦叔寶隨秦王回來，在第二隊，見洛陽城已破，心上因記掛著單雄信，如飛搶進城來，止見王世充弟男子姪，多在囚車中，鄭國廷臣纍纍鎖在那裡，未有發放，獨不見雄信；查問軍士，說是見過了秦王，程爺拉他往東去了。叔寶忙又尋到東街來，遇著了程知節手下一個小卒，叔寶叫住來問道：「你們老爺呢？」那小卒低低說：「同單二爺在土地廟裡。」叔寶叫他領到廟中，只見程知節同單雄信相對，坐在一間屋裡，項上帶著鎖鍊，叔寶見了，上前相抱而哭。雄信說道：「秦大哥何必悲傷。弟前日聞秦王來討鄭時，弟已把死生置之度外，今為亡國俘虜，安望瓦全；但不知夏王何故敗績如此之速？」叔寶道：「單二哥怎說這話？我們一干兄弟，原擬患難相從，死生相共，不意魏公、伯當先亡，其餘散在四方，止我數人。昔為二國，今作一家，豈有不相顧之理；況且以兄之才力，若肯為唐建功，即是佐命之人。」叔寶又把竇建德如何戰敗，如何被擒；只見外邊一人推門進來，雄信定睛一看，卻是單全，便說道：「你不在家中照顧，到此何幹？莫非家中亦有人下來麼？」單全道：「今早五更時分，潤甫賈爺到來，說是老爺的主意，將夫人小姐，立逼著起身，說要送往秦太太處去。因此小的來問老爺，曉得秦爺已到，再問個確信。」雄信對秦、程二人道：「潤甫兄弟，我久已不曾相會，這話從何說起？」程知節道：「賈潤甫兄是個有心人。他既說要送到秦伯母處，諒無疏虞。」叔寶亦道：「賈兄是個義氣的人，尊嫂與令嬡，必替兄安頓妥當，且莫愁煩。」雄信對單全道：「你還該趕上去，照管家眷。我這裡有兩個小校在此。」叔寶亦道：「主管，省得你老爺牽掛，你去尋著賈爺，看個下落，這裡我自然著人伺候。」說了，單全拭淚而去。早有四五個軍士，捱進門來，卻是秦叔寶的親隨內丁。叔寶問道：「寓所尋下了麼？」內丁道：「就在北街沿河一個叛臣張金童家，程老爺的行李，也發在一處。今保和殿上，已在那裡擺宴，只恐王爺就有旨來，傳二位老爺去上席。」程知節道：「我們一搭兒寓，絕妙的了！」叔寶對雄信道：「此地住不得，屈二哥到我那裡去。」雄信道：「弟今是犯人，理合在此，兄們請便。」程知節直喊起來道：「什麼貴人犯人，單二哥你是個豪傑，為甚把我兩個當做外人看承❷！」忙把雄信項上鍊子除下來，付與小校拿著，叔寶雙手挽著雄信，出了廟門，回到下處，分付內丁，好好伺候。

知節與叔寶到保和殿來，只見李靖在那處分撥將士，把守城門，分管街市，大懸榜文，禁止軍士擄掠，違者立斬。秦王著記室房玄齡，進中書門下省，收拾圖籍制誥，蕭瑀、竇軌封倉庫，所有金帛，囑柴嗣昌、宇文士及，驗數頒賜有功及從征將士。李靖見叔寶、知節，便道：「秦王有旨，煩二位將軍，明早運回洛倉餘米，軫恤城中百姓。」叔寶道：「洛倉糧米，只消出一曉諭，著耆老率領窮黎，到洛賑濟，何必又要運回？」便吩咐書辦出去寫示。只見屈突通奔進來，向叔寶說道：「秦將軍，單雄信在何

❷看承：對待。

處？秦王有旨，點諸犯入獄，發兵看守，獨不見了雄信。」叔寶問：「旨在何處？」屈突通在袖中取出來，叔寶接過來看，上寫道：「段達隋國大臣，助王世充篡位弒君；朱燦殘殺不辜，殺唐使命；單雄信、楊公卿、郭士衡、張金童、郭善才一干，暫將鎖縶下獄，點兵看守，俟帶回長安，候旨定奪。」叔寶蹙著眉頭，尚未回答，程知節道：「屈將軍，單雄信是我們兩個的好弟兄，在我們下處，不必叫他入獄中去，候到長安，交還你一個單雄信就是了。」時齊國遠、李如珪、尤俊達多在那裡看慰雄信，李如珪看這光景，不勝忿怒道：「我們眾兄弟，在這裡血戰成功，難道一個人也擔當不起？」屈突通道：「我也是奉王命來查，既是眾位將軍擔當，我何妨用情。」說完去了，不提那夜宴享功臣之事。

到了次日，秦王先打發柴郡主統領娘子軍起身，齊國遠、李如珪只得匆匆別了叔寶、知節亦歸鄠縣去了。其時恰好徐懋功從樂壽回來，見了秦王，秦王問樂壽如何料理，懋功說：「臣到樂壽時，祭酒淩敬已縊死朝堂，曹后同宮女四人，縊死宮中，其餘嬪妃，不過粗蠢婦女，一二十而已；但不見了他的女兒。那老幼黎民，聞了建德被擒，無不嗟嘆，臣開倉賑恤，俱不忍來領。頃見臣禁約軍士，秋毫無犯，盡願存積，以充軍餉；因此遠近仕宦，無不參謁臣服。臣就其中擇一老成持重的齊善行權為管攝，未知可合殿下之意否？」秦王點頭稱善，命淮陽王道玄同宇文士及、大將屈突通，權且鎮守洛陽。諭將士收拾班師。徐懋功聽見單雄信在叔寶下處，忙來相會，對雄信道：「弟昨日自樂壽回來，途遇一友，說見賈潤甫兄，護送二哥的寶眷在那裡，想必他知秦王之命，這一干人犯，總要到長安候旨發落，潤甫先將兄家眷，送到秦伯母處，亦為妥當。弟恐路上阻礙，忙撥一差官並軍校二十名，發行糧❸三百兩，叫他

❸ 行糧：兵丁出征行軍時所領的口糧，這裡指銀子。

們趕上盤纏，眾人到都，兄可放心無憂。」雄信道：「弟聞鳥之將死，其鳴也哀；人之將死，其言也善。弟今日處此地位，亦無言可善，亦難鳴可哀，承諸兄庇覆雄信家室，弟雖死猶生也。」叔寶叫人去僱一乘驢轎，安放單雄信坐了，自同秦王收拾起身。正是：

橫戈頓令烽煙熄，金鐙頻敲唱凱回。

不一日到了長安，報馬早已報知唐帝。唐帝命大臣並西府未隨征的賓僚，出郭迎接。只見一隊隊鼓吹旗槍，前面幾對宣令官、旗牌官，押著王世充、竇建德、朱燦並擒來的將相大臣、宗姓子姪，暨隋家乘輿法物，都列在前面。秦王錦袍金甲，騎著敬德奪的那匹駿馬，後邊許多將士，全裝貫甲，簇擁著進城，先到太廟裡獻了俘，然後入朝。唐帝御門，秦王與各將士，以次朝見。秦王即進宮去見母后。唐帝出旨：天色已晚，各將士鞍馬勞頓，著光祿寺在太和殿賜宴獎賚，夏、鄭、朱等囚俘，俱著大理寺收獄候旨定奪。時單雄信也不得不隨行向獄中去。刑部裡發了一張單兒，差十來個校尉，押著眾囚犯，來到獄門首，大聲喝道：「禁子們，走幾個出來，照單兒點了進去。此係兩國叛犯，須用心看守著。」眾禁子道：「曉得。」一個個點將進去，領到一個矮門裡，卻是三間不大明亮的汙穢密室。雄信此時，覺得有些煩悶起來。建德看那兩旁，先有一二十個披枷帶鎖的囚徒，也有坐的，也有臥的，多是鳩形鵠面，似人似鬼的在那裡。建德此時雄心，早已消磨了一半，幸虧還遇著個單雄信，是舊知己，聚在一處，訴別離情。忽見一個彪形大漢，在門首望著裡邊說道：「那個是夏王，那個是單將軍？」建德尚未開口，雄信此時一肚子焦躁，沒好氣，只道是就要叫他出去完局❹，便走近前來道：「我就是單雄信，待怎麼樣？」原來那個是禁子頭兒，便道：「請二位爺出來。」建德同雄信只得走出來，那漢引到左首一間潔房裡，裡邊床帳檯椅，擺設停當，那漢道：「方纔小的在大堂上打聽，見發下票子，如飛要回來照管，因徐老爺與秦老爺，傳去吩咐，故此歸遲。眾弟兄們不知頭腦，都一窩兒送到後邊去。」隨指著一張有鋪陳❺的床兒說道：「這是王爺的。」指著那一張沒鋪陳的床兒說道：「這是單爺的。那鋪陳秦老爺即刻差人送進來。」竇建德道：「單爺是眾位老爺吩咐，我卻從未有好處到你，為甚承你這般照顧？」那禁子道：「王爺說那裡話來，三日前就有一位孫老爺來，再三叮囑小的，蒙他賜小的東西，說如王爺發下來，他也要進來看王爺，所以預先打掃這間屋兒，在這裡伺候。」建德想道：「難道孫安祖逃了回去，又來不成？」忽聽外邊嘈嘈雜雜，六七個小校，扛進行李與一罈酒，食盒中放著肴饌，對眾禁子道：「這是單老爺的鋪陳，並現成酒殽，眾位老爺說有公幹在身，不能個進來看單爺。禁子們，叫你們好生伺候著。」說完出去了。眾禁子手忙腳亂，鋪設安排停當。竇、單二人原是豪傑胸襟，且把大事丟開，相對談心細酌。

且說竇后見秦王回來，心中甚喜，夜宴過已有二更時分，不覺睡去，夢一尊金身的羅漢，對竇后稽首說道：「汝兒已歸，我有個徒弟，承他帶來，快叫他披剃❻了，交還與我。」說完不見了。竇后醒來，把夢中之事，述與唐帝聽。唐帝道：「昨晚世民回來，未曾問他詳細，且等明日進朝，問他便了。」竇

❹ 完局：指處死刑。

❺ 鋪陳：鋪蓋，被褥之類。

❻ 披剃：披僧衣、剃髮，指出家為僧。

后輾轉不寐，聽更籌已交五鼓，忍耐不住，便叫內監傳懿旨，宣秦王進宮。時秦王在西府梳洗過，將要進朝，見有內侍來宣，忙同進宮，朝見過了，竇后道：「你把出都收兩國之事，細細述與做娘的知道。」秦王就把差段愨去和朱燦，被朱燦醉烹了段愨，直至宣武陵射中野鸞，幾被單雄信擒獲，幸遇石室中聖僧唐三藏，施顯神通，隱庇贈偈，得尉遲恭趕到救出。竇后聽了，點頭道：「兒，怪道夜來聖僧託夢，原來有這段緣故。」秦王道：「母后夢境如何？」竇后就把夢中之事，述了一遍，又道：「據為母的猜詳起來，囚俘裡面，畢竟有個好人在內。」對秦王道：「剛纔兒說那唐三藏贈的偈，錄出來待我詳察一詳察。」秦王寫了出來，大家正在那裡揣摹，只見宇文昭儀走到面前，諸妃中唯此女竇后極歡喜他，見了便對昭儀說道：「正好，妳是極敏慧的，必定揣摹得出。」竇后述了自己夢中之言，並秦王錄出遇見聖僧贈偈四句，與昭儀看。昭儀道：「第一句是明白的，隱著夏主的名字在內；第二句想必此人也是個孝子；只有第三句，解說不出；那第四句，顯而易見，沒甚難解。」竇后道：「為何顯而易見？」昭儀道：「娘娘姓竇，今建德也姓竇，水源木本，概而推之，如同一體，是要赦竇建德之罪也。」竇后點頭稱是。秦王道：「竇建德是個了得的漢子，譬如猛虎，縱之則易，縛之甚難。今邀九廟之靈，一朝為我擒獲，倘若赦之，又為我患奈何？」唐帝道：「如今且不必拘泥。朱燦殘虐不仁，理宜斬首；提出王世充來，待朕審問他的臣下，或者有個孝子在內，也未可知的。」秦王就差校尉到獄中去，提斬犯一名朱燦立決，又提斬犯一名王世充面聖。

時建德與雄信，都睡在床上，聽更籌已盡，在那裡閒話，忽聽見甬道內，有許多人腳步走動，到後邊去敲門；一回兒又聽得那屋裡頭的枷鎖鐵鍊，一齊震動起來。原來後牢房裡的眾囚徒，聽見此時下來提犯，不知是那一案，那一個，俱擔著干係，所以諕得個個戰慄起來，把枷鎖弄得叮叮噹噹，好似許多上陣兵馬甲冑穿響。建德如飛起身，往門縫裡一張，只見七八個紅衣雉尾的劊子手，先赤綁著一人前來，仔細一看，卻是朱燦；隨後又綁著一人來，乃是王世充。建德對雄信道：「單二哥，我們也要來了，起身了罷！」雄信道：「由他。」正說時，只聽得有人來叩門叫道：「單爺，家中有人在這裡。」雄信見說，如飛扒起身來開門，卻是單全。單全見了家主，捧住了跪在膝前大哭，雄信也忍不住落下淚來，便道：「你不須啼哭，起來問你：奶奶小姐在何處？」單全站起來，附雄信耳上說了幾句，雄信點點頭兒道：「我的事早已料定，你只照管奶奶與小姐，就是愛主的忠心了。我這裡有各位老爺吩咐，你不須牽掛，你若在此，反亂我的心曲。」單全猶自依依不捨，只見禁子頭兒推門進來，對著竇建德說道：「夏王爺，孫爺來了。」建德尚未開口，孫安祖已走到面前，大家見了，此時三個人，抱住了大哭。建德問道：「卿已回樂壽，為何又來？」安祖向建德耳邊，唧唧噥噥的說了許多話，卻又快活起來，建德便蹙著雙眉道：「人活百年，總是要死，何苦費許多周折。卿還該同公主回去，安葬了曹后娘娘並殉難的諸柩。」安祖卻不肯。

如今且不說孫安祖要守定竇建德，再說朱燦綁縛了出來，已去市曹斬首；王世充亦綁著進朝面聖。唐帝責他篡位弒君一段，世充奸猾異常，反將事體多推在臣子身上。唐帝又責負固抗拒，城破纔降，世充叩頭道：「臣固當誅，但秦殿下已許臣不死，還望天恩保全首領。」唐帝因秦王之意，將他貶為庶人，兄弟子姪，都安置朔方，世充謝恩出朝。唐帝又差人去拏竇建德見駕，只見黃門官前來奏道：「有兩個女子，綁縛啣刀，跪於朝門外，要進朝見陛下。」唐帝見說，以為奇怪，忙叫押進來。

不一時，只見兩個女子，裂帛纏胸，青衣露體，兩腕如玉雪白的，赤綁著，口中多啣著明晃晃的利刀一把，跪在丹墀裡頭。唐帝望去，雖非絕色，覺得皆有一種英秀之氣，光彩撩人。唐帝便有幾分矜憐之意，就叫近侍：「去了那兩女子口中的刀，扶她上殿來見朕。」內侍忙下去摘掉了刀，簇擁著上來，卻又是兩對窄窄金蓮挺挺的走上殿來跪下。唐帝便問道：「妳兩個女子，是何處人氏？為何事這個樣子來見朕？」竇線娘道：「臣妾竇氏，係叛臣竇建德之女。因妾父建德，犯罪天條，似難寬宥，妾願以身代受典刑，故敢冒死上瀆天威。」唐帝道：「竇建德豈無臣子子姪，要妳這個瑣瑣裙釵來替他？」線娘道：「忠臣良將，俱已盡節捐軀；若說子姪，宗支衰落。妾父止生妾一人，罔極深恩，在所必報；況王世充簒位弒君，尚邀恩赦。臣妾父雖據國自守，然當年曾討宇文化及，首為煬帝發喪；前在黎陽軍旅之間，又曾以陛下御弟神通並同安公主送還，較之世充，不亦遠乎？倘皇恩浩蕩，准臣妾所請，赦父之罪，加之妾身，是亦國法之不弛，而隆恩之普照，則妾雖死而猶生矣！」唐帝道：「你剛纔說竇建德止生得妳，那一個又是妳何人？」線娘未及回答，木蘭便道：「臣妾姓花，名木蘭，係河北花弧之女。」便將劉武周出兵代父從軍，直至與竇線娘結義一段，說將出來。唐帝見她兩個言詞朗朗，不勝讚嘆道：「奇哉兩孝女！聖僧所謂兩好最難能也。」正說時，只見兩個內監走來，跪下奏道：「娘娘有旨，宣殿下進宮。」秦王只得起身進宮去了。

時竇建德久已拏進朝，跪在丹墀下，聽那兩個女子對答，唐帝叫上來說道：「你助黨為虐，本該斬首。今因你女兒甘以身代，朕體上天好生之德，何忍加誅，連你之罪，法外宥汝。」就叫侍衛去了建德的鎖鏈綁縛，又對他說道：「朕赦便赦了你，只是你也是一個豪傑，若是朕賜你之爵，你曾南面稱孤道

線娘未及回答，木蘭便將代父從軍，直至與線娘結義一段，說將出來。竇建德跪在丹墀下，聽那兩個女子對答。

寡，豈肯屈居人下；朕若廢你為庶民，你怎肯忘卻錦繡江山，免不得又希圖妄想。」建德叩首道：「臣蒙陛下法外施仁，貸臣不死，已出望外，安敢又生他念？臣自被逮之後，名利之念，雪化冰消，臣今萬幸再生，情願披剃入山，焚修來世，報答皇圖，不敢再入塵網矣！」唐帝見說，大喜道：「你肯做和尚，妙極，朕倒替你覓一個法師在那裡，叫你去做他的徒弟；但恐你此心不真耳！」竇建德嘆道：「臣聞屠刀一擲，六根❼即淨，觀眼前孽鏡，總是雨後空花，有甚不真？」唐帝道：「你此心既堅，替你改名巨德，著禮部給賜度牒❽，工部頒發衣帽，即於殿前替你剃度。」秦王自宮中出來奏道：「母后知建德肯回心向道，歡喜不勝，要兩孝女進宮去一見，父皇以為可否？」唐帝就叫內侍，領兩個女子進宮朝見。竇后見了，歡喜得緊，就叫宮奴把兩副衣服，賜線娘與木蘭穿好，又賜錦墩，叫她們坐下，問她們年齒，二人回答明白。竇后又問：「線娘，曾適人否？」線娘羞澀澀未及回答，木蘭代奏道：「已許配幽州總管羅藝之子羅成。」竇后道：「羅藝歸唐，屢建奇功，聖上已封他為燕郡王，賜國姓，鎮守幽州；聞他一個兒子英雄了得，妳若嫁他，終身有託了。妳既明孝義，我也姓竇，妳也姓竇，我就把妳算做姪女兒，愈覺有光。」竇線娘也不敢推卻，只得下去謝恩。竇后又問木蘭履歷，木蘭一一陳奏。竇后亦深加獎嘆，便吩咐內侍，取內庫銀二千兩，綵緞百端，贈線娘為匳資，又取銀一千兩，綵緞四十端，贈賜木蘭，為父母養老送終之費，差內監送歸鄉里。二女便謝恩出宮。

時竇建德剛落了髮，改了僧裝，身披錦繡袈裟，頭戴毗盧僧帽❾，正要望帝拜辭。唐帝對建德說道：

---

❼ 六根：佛教謂眼、耳、鼻、舌、身、意六者為罪孽根源。

❽ 度牒：平民出家為僧尼，由官府發給的憑證。有度牒的可以免除地稅、傜役。

「你如今放心了。」只見二女易服出來，後邊許多內侍，扛了綵緞庫銀，來到殿廷。內監放下禮物，將宮中懿旨，一一奏聞。二女又向唐帝謝恩。唐帝又對建德道：「不意卿女許配羅藝之子，又為娘娘姪女，孝女得此快婿，卿可免內顧矣。」建德並未知此事，只道竇后懿旨賜婚賜物，謝恩出朝。唐帝又差官一員，賞銀二千兩，布帛一笥，送至榆窠斷魂澗內，隱靈巖中聖僧唐三藏處。建德出了朝門，只見早有一僧，挑著行李，在那裡伺候。建德定睛一看，卻是孫安祖。建德大駭道：「我是恐天子注意，削髮避入空門，你為何也做此行徑？」孫安祖道：「主公，當初好好住在二賢莊，是我孫安祖勸主公出來起義，今事不成，自然也要在一處焚修；若說盛衰易志，非世之好男子也。」建德又對線娘道：「妳既以身許事羅郎，又沐娘娘隆寵，嗣為姪女，終身有賴了，自今以後，妳是幹妳的事，我是幹我的事，不必留戀著我了。」線娘必要送父到山中去，那內監道：「咱們是奉娘娘懿旨，送公主到樂壽去，和尚自有官兒們奉陪，不消公主費心。」線娘沒奈何，只得同出長安，大哭一場，分路而行。要知後事如何，且聽下回分解。

總評：作此種書，要寫得極閒極緊，極濃極淡。囚車中二王偶語，忙亂時寫各人情性，卻甚閒暇。禁獄中，似可淡描，又寫得何等緊促。其間鋪張敘義，皆從情理中打出，一絲不亂，一針不走，前後串合，深得水滸行文之法。至孝女救父，豪傑從僧，真使人幻想不到。

❾ 毗盧僧帽：一種和尚戴的帽子。毗盧，佛名。

第六十回 出囹圄英雄慘戮 走天涯淑女傳書

詞曰：

生離死別，甚來由，這般收煞。難忍處，熱油灌頂，陰風奪魄。天涯芳草盡成愁，關山明月徒存泣。歎金蘭❶割股啖知心，情方畢。　秦與晉，堪為匹。鄭與楚，曾為敵。看他假假真真，尋尋覓覓。玉案瓊珠❷已在手，香飄丹桂猶含色。漫驅馳，尋訪著郊原朝金闕❸。

右調滿江紅

天地間是真似假，是假似真，往往有同胞手足，或因財帛上起見，或聽妻妾挑唆，隨你絕好兄弟，弄得情離心違；倒是那班有義氣的朋友，雖然是姓名不同，家鄉各別，卻倒可以託妻寄子，在情誼上賽過骨肉。所以當初管鮑分金，桃園結義，千古傳為美談。如今卻說唐帝發放了竇建德，隨將王世充一干臣下段達、單雄信、楊公卿、郭士衡、張金童、郭善才，著刑部派官押赴市曹斬決。時徐懋功、秦叔寶、

❶金蘭：指交朋友互相投合。
❷玉案瓊珠：玉案，玉製的盤。瓊珠，玉珠。
❸金闕：皇帝的宮闕。

程知節三人曉得了旨意，知秦王已出朝堂，如飛多趲到西府來，要見秦王。秦王出來，大家參拜過了，叔寶道：「末將等啟上殿下：鄭將單雄信，武藝出秦瓊之上，儘堪驅使。前日不度天命，在宣武陵有犯大駕，今被擒拏，末將等俱與他有生死之交，立誓患難相救。今懇求殿下，開一生路，使他與末將一齊報效。」秦王道：「前日宣武陵之事，臣各為主，我也不責備他；但此人心懷反覆，輕於去就，今雖投服，後必叛亂，不得不除。」程知節道：「殿下若疑他後有異心，小將等情願將三家家口保他，他如謀逆，一起連坐。」秦王道：「軍令已出，不可有違。」徐懋功道：「殿下招降納叛，如小將輩俱自異國得侍左右，今日殺雄信，誰復有來降者？且春生秋殺，俱是殿下，可殺則殺，可生則生，何必拘執？」秦王道：「雄信必不為我用，斷不可留，譬如猛虎在柙❹，不為驅除，待其咆哮，悔亦何及？」三將叩頭哀求，願納還三人官誥，以贖其死。叔寶涕泣如雨，願以身代死。秦王心中不說出，終久為宣武陵之事，不快在心，道：「諸將軍所請，終是私情，我這個國法，在所不廢。既是恁說，傳旨段達等都赴市曹斬首號令，其單雄信屍首，聽其收葬，家屬免行流徙，餘俱流嶺外。」三人只得謝恩出府。徐懋功道：「叔寶兄，單二哥家眷是在尊府，兄作速回家，吩咐家裡人，不可走漏消息；煩老伯母與尊嫂窩伴著她，省得她曉得了，尋死覓活。弟再去尋徐義扶，求他令嬡惠妃，或者有回天之力，也未可知。知節兄，你去備一桌菜，一罈酒，到獄中去了，先與雄信盤桓❺起來；我與叔寶，就到獄中來了。」

卻說單雄信在獄中，見拏了王世充等去，雄信已知自己犯了死著❻，只放下愁煩，由他怎樣擺佈；

❹ 柙：關猛獸的木籠。

❺ 盤桓：閒談。

只見知節叫人扛了酒肴進來，心中早料著三四分了。知節讓雄信坐了，便道：「昨晚弟同秦大哥，就要來看二哥，因不得閒，故沒有來。」雄信道：「弟夜來倒虧竇建德在此敘談。」知節嘆道：「弟思想起來，反不如在山東時與眾兄弟時常相聚，歡呼暢飲，此身倒可由得自主；如今弄得幾個弟兄，七零八落，動不動朝廷的法度，好和歹皇家的律令，豈不悶人！」說了看著雄信，驀地裡落下淚來。此時雄信，早已料著五六分了，總不開口，只顧吃酒。忽見秦叔寶亦走進來說道：「程兄弟，我叫你先進來勸單二哥一杯酒，為甚反默坐在此？」雄信道：「二兄俱有公務在身，何苦又進來看弟？」叔寶道：「二哥說甚話來，人生在於世，相逢一刻，也是難的。兄的事只恨弟輩難以身代，苟可替得，何惜此生。」說了，滿滿的斟上一大杯酒奉與雄信。叔寶眼眶裡要落下淚來，雄信早已料著七八分了。又見徐懋功喘吁吁的走進來坐下，知節對懋功道：「如何？」懋功搖搖首，忙起身敬二大杯酒與雄信。聽得外邊許多淅淅索索的人走出去，意中早已料著十分，便掀髯大笑道：「既承三位兄長的美情，取大碗來，待弟吃三大碗，兄們也飲三大杯。今日與兄們吃酒，明日要尋玄邃、伯當兄吃酒了！」叔寶道：「二哥說甚話來？」雄信道：「三兄不必瞞我，小弟的事，早料定犯了死著❻。三兄看弟，豈是個怕死的！自那日出二賢莊，首領❼已不望生全的了。」叔寶三人，一杯酒猶哽咽嚥不下去，雄信已吃了四五碗了。此時眾禁子❽多擁進門來，站在面前，門首又有幾個紅頭包巾的人，在那裡探望。雄信對兩傍禁子道：「你們多是要伺候

❻ 死著：死罪。

❼ 首領：首級，代指性命。

❽ 禁子：管牢獄的看守。

我的？」眾禁子齊跪下去道：「是。」雄信便道：「三兄去幹你的事，我自幹我的罷！」叔寶與懋功、知節，俱皆大慟起來。雄信止住道：「大丈夫視死如歸，三兄不必作此兒女之態，貽笑於人。」叔寶叫那劊子手進來，吩咐道：「單爺不比別個，你們好好服事他。」眾劊子齊聲應道：「曉得。」懋功道：「叔寶兄，我們先到那裡，叫他們鋪設停當。」叔寶道：「有理。」知節道：「你二兄先去，弟同二哥來。」懋功與叔寶灑淚先出了獄門，上馬來到法場；只見那段達等一干人犯，早已斬首，屍骸橫地。兩個捲棚，一個結綵的，一個卻是不結綵的。那結綵的裡邊，鑽出個監刑官兒來相見了。懋功叫手下，揀一個潔淨的所在。叔寶叫從人去取當時叔寶在潞州雄信贈他那副鋪陳，鋪設在地。

時秦太夫人與媳張氏夫人，因單全走了消息，愛蓮小姐，在家尋死覓活，要見父親一面。太夫人放心不下，只得同張夫人陪著雄信家眷前來。叔寶就安頓她們在捲棚內。只見雄信也不綁縛，攙著程知節的手，大踏步前走，一邊在棚內放聲大哭，徐懋功捧住在法場上大哭。秦太夫人叫人去請叔寶、知節過來說道：「單員外這一個有恩有義的，不意今日到這個地位，老身意欲到他跟前去拜他一拜，也見我們雖是女流，不是忘恩負義的人。」叔寶道：「母親年高的人，到來一送，已見情了；豈可到他跟前，見此光景？」秦母道：「你當初在潞州時，一場大病，又遭官事；若無單員外周旋，怎有今日？」知節道：「叔寶兄，既是伯母要如此，各人自盡其心。」如飛與雄信說了。秦太夫人與張氏夫人、雄信家眷，一總出來。叔寶扶了母親，來到雄信跟前，垂淚說道：「單員外，你是個有恩有義的人，惟望你早早昇天。」說了，即同張氏夫人，跪將下去，雄信也忙跪下，愛蓮女兒旁邊還禮。拜完了，愛蓮與母親走上前，捧住了父親，哭得一個天昏地慘。此時不要說秦、程、徐三人大慟，連那看的百姓軍校，無不墮淚。雄信道：「秦大哥，煩你去請伯母與尊嫂，同賤荊小女回寓罷，省得在此亂我的方寸。」太夫人聽見，忙叫四五個跟隨婦女，簇擁著單夫人與愛蓮小姐，生巴巴將他拉上車兒回去了。

叔寶叫從人擡過火盆來，各人身邊取出佩刀，輪流把自己股上肉割下來，在火上炙熟了，遞與雄信吃道：「弟兄們誓同生死，今日不能相從。倘異日食言，不能照顧兄的家屬，當如此肉，為人炮炙屠割。」雄信不辭，多接來吃了。秦叔寶垂淚叫道：「二哥！省得你放心不下。」叫懷玉兒子過來道：「你拜了岳父。」懷玉謹遵父命，恭恭敬敬朝著單雄信拜了四拜。雄信把眼睜了幾睜，哈哈大笑道：「快哉！真吾佳婿也！吾要去了，你們快動手。」便引頸受刑，眾人又大哭起來。只見人叢裡，鑽出一人，蓬頭垢面，捧著屍首大哭大喊道：「老爺慢去，我單全來送老爺了！」便向腰間取出一把刀，向項下自刎；幸虧程知節看見，如飛上前奪住，不曾傷損。徐懋功道：「你這個主管，何苦如此，還有許多殯葬大事，要你去做的，何必行此短見。」叔寶叫軍校窩伴❾著他。雄信首級，秦王已許不行號令❿，用線縫在頸上，抬棺木來，用冠帶殯葬。正著人抬至城外，寺中停泊，只見魏玄成、尤俊達、連巨真、羅士信同李玄邃的兒子啟心，都來送殯；王伯當的妻子也差人來送紙。大家卻又是一番傷感，然後簇擁喪車，齊到城外寺中安頓好了，徐懋功發軍校二十名看守，大家回寓。可憐正是：

秦王雖說得中原，曾不推恩救命根。四海英雄誰作主？十行血淚泣孤魂。

❾ 窩伴：陪伴；撫慰。

❿ 號令：將砍下的犯人腦袋示眾。

今說竇線娘，哭別了父親，同花木蘭歸到樂壽。署印刺史齊善行聞報，已知建德赦罪為僧，公主又蒙皇后認為姪女，差內監送來，倒是熱熱鬧鬧，免不得出郭迎接。幸喜徐懋功單收拾了夏國圖籍國寶，寢宮中叫那一二十個老宮奴封鎖看守，尚未有動。竇線娘到了宮中，見了曹后的靈柩，並四個宮奴的棺木，又是一番大慟。齊善行進朝參見了，把徐懋功要他權管樂壽之事，他又薦魏公舊臣賈潤甫有才，「不意懋功去訪，潤甫又避去，因此不得已，臣權為管攝這幾時。今正好公主到來，另擇良臣，實授其任，臣便告退。」竇線娘道：「徐軍師是見識高廣的，畢竟知卿之賢，故爾付託，況此地久已歸唐，黜陟我安得而主之？卿做去便了，不必推辭。但皇后靈柩停在宮中，不是了局，卿可為我覓一善地，安葬了便好。」齊善行道：「樂壽地方，土卑地濕。聞得楊公義臣，葬於雷夏，那邊高山峻嶺，泥土豐厚，相去甚近，兩三日可到，未知公主意下如何？」竇線娘道：「楊義臣生時，父皇實為契愛；若得彼地營葬甚妙，卿可為我訪之，我這裡厚價買他的便了。」線娘手下那些訓練的女兵，原是個個有對頭的，當其失國之時，俱四散逃去，今聞公主回來，又都來歸附。線娘擇其老成持重的收之，餘盡遣去。

不多幾日，齊善行差人到雷夏澤中，覓了一塊善地。竇線娘到那裡去起造一所大墳塋來，旁邊又造了幾帶房屋，自己披麻執杖，葬了曹后，一家多遷到墓旁住了。即便做一道謝表，打發內監覆旨。花木蘭亦因出外日久，牽掛父母，要辭線娘回去。線娘不肯放她，因她是個孝女，不好勉強，只得差兩名寡婦女兵，一個是金氏名鈴，一個是吳氏名良，贈了她些盤費，叫木蘭連父母，都遷到雷夏澤中來同居。臨行時線娘又將書一封，付與木蘭道：「河北與幽州地方相近，此書煩賢妹寄與燕郡王之子羅郎。賢妹要他自出來，覿面見了，然後將書付他；倘若門上拒阻，有他當年贈我的沒鏃箭在此，帶去叫他們上傳進，羅郎自然出來見妹。」說罷，止不住數行珠淚。木蘭道：「姊姊吩咐，妾豈敢有負尊命，是必取一個好音來回覆。」即便收拾好書信，並那枝箭，連兩個女兵都改了男裝起行。竇線娘直送到二三里外，又叮嚀了一番，灑淚分手。

木蘭等曉行夜宿，不覺已到河北地方，細認門欄，已非昔時光景。有幾個老鄰走來，一看是花木蘭，前日改裝代父從軍的，便道：「花姑娘，出去了這好幾時，今日纔回來。」扯到家裡，木蘭細問老鄰，方知父親已死，母親已改嫁姓魏的人，住在前村，務農為活。木蘭聽了心傷，不覺淚如雨下，謝了鄰里，如飛趕到前村。恰好其母袁氏，在井邊汲水，木蘭仔細一看，認得是自己母親，忙叫道：「娘，我木蘭回來了。」其母把眼一擦，見果是自己女兒，忙執手拖到家裡去。母女姊妹拜見了，哭作一團。其時又蘭年已十八，長成得好一個女子。其母將他父親染病身死，以及改嫁一段，訴說了一遍。繼父同天郎回來相見了，姊妹三個各訴衷腸，哭了一夜。次日木蘭到父親墳上去哭奠了。過了幾日，正要收拾往幽州去，不意曷娑那可汗聞知，感木蘭前日解圍之功，又愛木蘭的姿色，差人要選入宮中去。木蘭聞之，驚惶無主，夜間對又蘭道：「我的衷腸事，細細已與妳說明。入宮之事，未知可能解脫；倘必不能，竇公主之託，我此生決不肯負。須煩賢妹像我一般，改裝了往幽州走遭，停當了竇公主的姻緣，我死亦瞑目。」又蘭道：「我從沒有出門，恐怕去不得。」木蘭道：「我看妳這個光景，儘可去得，斷不負我所託。」隨把線娘的書與箭並盤纏銀五十兩，交付明白。原來又蘭倒識得幾個字，忙替她收藏好了。木蘭又叫兩個女兵，吩咐金鈴，隨又蘭到幽州去。到了明日，只見許多車騎儀從到門，其母因木蘭歸來不多幾日，哭哭啼啼，不捨她入宮去。那木蘭毫無懼色，梳妝已畢，走出來對那些來人說道：「狼主⓫之命，我們民戶人家，不敢有違；但要載我到父親墳上去拜別了，然後隨你入宮。」那些儀從應允，木蘭上了車子，叫吳良跟了父母，俱送至墳頭。木蘭對了荒塚拜了四拜，大哭一場，便自刎而死。差人慌忙回去覆旨，曷娑那可汗聞知，深為嘆息。吳良也先回去，見竇公主不題。木蘭父母把她殯殮了，就葬於父旁。

又蘭見阿姐回來，指望姊妹同住，做一番事業，不想狼主要娶她去，逼她這個結局。「倘或曷娑那可汗曉得她尚有妹子，也要娶起我來，難道我也學她輕生，倒不如往幽州去，替竇公主幹下這段姻事，或者我有出頭的好日子得來，亦未可知。」主意已定，悄悄的對金鈴說明，收拾了包裹，不通父母得知，兩個婦女竟似走差打扮；又蘭寫幾個字，放在房中。四更時出門上路，天明落了客店，僱了牲口，一直到了幽州。又蘭進城，尋了下處，問了店主人家燕郡王的衙門。又蘭改了書生打扮，便同了金鈴到王府門首來訪問。那燕郡王做官清正，紀律嚴明，府門首整飭肅清，並不喧雜，凡投遞文書柬帖的官吏，無不細細盤駁。金鈴倒底是隨公主走過道路的，便與又蘭商議道：「俺家公主這封書，不比尋常書札，不知裡邊寫些什麼在上；倘若混帳投下，那些官吏不知頭腦，總遞進去，燕郡王拆開一看，喜怒不測起來，如何是好？當初大姑娘在我那裡起身時，公主原叫她把書覿面付與羅小將軍，如今到此豈可胡亂投遞。」又蘭道：「據妳說起來，怎能個見小將軍之面？」金鈴道：「不難，二姑娘妳坐在對門茶坊裡，俺在這裡守一個知事的人出來託他，事方萬全。」又蘭到對門茶肆中坐了半晌，只見金鈴進來說道：「二爺，方爺來了。」又蘭看那人，好似旗牌模樣，忙起身來相見了坐定。又蘭便問道：「親翁上姓大名？」那人道：「學生姓方，字杏園，請問足下有何事見教？」又蘭道：「話便有一句，請兄坐了。看酒來！」

⓫ 狼主：古代北方少數民族對本族君主或首領的稱呼。

又蘭和金鈴，兩個婦女竟似走差打扮，四更時出門上路，天明落了客店，僱了牲口，一直到幽州。

走堂的見說，如飛擺上酒殽。方杏園道：「親翁有甚事，須見教明白，方好領情。」又蘭一面斟酒，隨即說道：「弟向年在河北，與王府小將軍，曾有一面；因有一件要緊物件，寄在敝友處，今此友託弟來送還小將軍，未知小將軍可能一見否？」方杏園道：「小將軍除非是出獵打圍赴宴，王爺方放出府，不然怎能個出來相見；或者有甚書札，待弟持去，付與小將軍的親隨管家，傳進裡邊，自然旨意出來。」又蘭道：「書是必要覿面送的，除非是取那信物，煩兄傳遞了進去，小將軍便知分曉。」方杏園道：「既如此，快取出來。弟還有勾當，恐怕裡面傳喚。」又蘭忙向金鈴身邊，取出那枝沒鏃箭，遞與方杏園。方杏園接來一看，卻是一個繡囊，放著枝箭在內，取出一看，見有小將軍的名字在上，不敢怠慢，忙出了店門，進府去。走不多幾步路，遇著公子身邊一個得意的內丁叫做潘美，向他說了來因。潘美道：「你住著，候我回音。」把錦囊藏在衣襟裡，到書房中。

羅公子自寫書付與齊國遠去寄與叔寶後，杳無音耗，心中時刻掛念，見潘美持箭進來，說了緣故，不勝駭異，便問：「如今來人在何處？」潘美道：「方旗牌說，在府前對門茶坊裡，還有書要面遞與公子的。」羅公子低頭想了一想，便向潘美耳邊說了幾句。潘美出來，對方旗牌道：「公子說，叫你引那來人在東門外伺候著，公子就出來打圍了。」方旗牌如飛趕到茶坊裡來與又蘭說了，又蘭便向櫃上算還了帳，三人大家站在府門首看；只見一隊人馬，擁出府門。公子珠冠紮額，金帶紫袍，騎著高頭駿馬，又蘭心中想道：「這一個美貌英雄，怎不教竇公主想他？」也就在道旁僱了腳力，尾在後邊。羅公子原不要打圍，因要見寄書人，故出城來，只在近處揀個山頭占了，吩咐手下各自去縱鷹放犬，叫潘美請那一寄書人過來。公子見是一個美貌書生，忙下坐來相見，分賓主坐定。花又蘭在靴子裡取出書來，送與羅公子。公子接來一看，見紅簽上一行字道：「此信煩寄至燕郡王府中，羅小將軍親手開拆。」公子見眼前內丁甚多，不好意思，忙把書付與潘美收藏，便問：「吾兄尊姓？」又蘭道：「小弟姓花，字又蘭。」公子又道：「兄因甚與公主相知？」又蘭答道：「與公主相知者非弟，乃先姊也。」就把曷娑那可汗起兵一段，直至與公主結義，細述出來。只見家將們多到，花又蘭便縮住了口。公子問道：「尊寓今在何處？」金鈴在後答道：「就在憲轅⑫東首直街上張老二家。」公子道：「今日屈兄暫進敝府中去敘談一宵，明早送兄歸寓。」又蘭再四推辭。公子道：「弟尚有許多衷曲問兄，兄不必固辭。」對潘美道：「吩咐方旗牌，叫他到花爺寓所去，說花爺已留進府中，一應行李，著店家好生看守，毋得有誤。」說了，攜了又蘭的手起身，叫家將取一匹馬與又蘭騎了；潘美卻同金鈴騎了一匹馬，大家一鬨進城。到了王府中，公子叫潘美領又蘭、金鈴兩個，到內書房去安頓好了。那內書房一共是三間，左邊一間是公子的臥室，右邊一間設過客的臥具在內。

公子向內宮來，羅太夫人對公子說道：「孩兒，你前日說那竇建德的女兒，到是有膽有智的。剛纔你父親說京報上，竇建德本該斬首，因其女線娘不避斧鉞，願以身代父行刑，故此朝廷將建德赦了，建德自願削髮為僧。其女線娘，太后娘娘認為姪女，又賜了許多金帛，差內監兩名送還鄉里，如此說起來，竟是個大孝之女。昔為敵國，今作一家。你父親說，趁今要差官去進賀表，便道即娶她來，與你成婚，也完了我兩個老夫婦身上的事。」公子道：「剛纔孩兒出城打獵，正遇一個樂壽來的人，孩兒細問他，方知是竇公主煩他來要下書與我的。」羅太夫人問道：「如今人在何處？」公子說：「人便孩兒留他在

⑫ 憲轅：指羅藝的官署。

外書房，書付與潘美收著。」羅太夫人隨叫左右，向潘美取書進來。母子二人當時拆開一看，卻是一幅鸞牋，上寫道：

陣間話別，言猶在耳；馬上定盟，君豈忘心？雖寒暑屢易，盛衰轉丸；而淚沾襟袖，至今如昔，始終如一也。但恨國破家亡，氤氳使已作故人，妾煢煢一身，宛如萍梗。諒郎君青年偉器，鎮國令嗣，斷不願以齊大非耦⑬，而以鄒楚為匹⑭也。雲泥之別，莫問舊題，原贈附璧⑮，非妾食言，亦蓋鏡之緣慳耳。衷腸託義妹備陳，臨楮⑯無任依依。

亡國難女竇氏線娘泣具

羅公子只道書中要他去成就姻眷，豈知到是絕婚的一幅書，不覺大慟起來，做出小孩子家身分，倒在羅老夫人懷裡哭個不止。老夫人止生此子，把他愛過珍寶，見此光景，忙抱住了叫道：「孩兒你莫哭，那做媒的是何人？」公子帶淚答道：「就是父親的好友，義臣楊老將軍，建德平昔最重他的人品，他叫孩兒去求他。幾年來因四方多事，孩兒不曾去求他，那楊公又音信杳然，故此把這書來回絕孩兒，這是

---

⑬ 齊大非耦：春秋時，齊僖公欲將其女文姜嫁給鄭國太子忽，忽辭謝。有人問其原因，忽回答說：「齊大，非吾耦也。」後因以齊大非耦指男女締婚門第不相當。

⑭ 鄒楚為匹：楚或當作莒。鄒、莒都是小國。此句指男女門第相當締婚。

⑮ 附璧：附上璧歸還。

⑯ 楮：紙的代稱。

孩兒負他，非他負孩兒也。」說罷又哭起來，只見羅公進來問道：「為什麼緣故？」老夫人把公子始初與竇線娘定婚，並今央人寄書來，細細說了一遍，就取案上的來書與羅公看了。羅公笑道：「癡兒，此事何難？目下正要差人去進朝廷的賀表，待你為父的，將你定婚始末，再附一道表章，皇后既認為姪女，決不肯令其許配庸人；天子見此表章必然歡喜，賜你為婚，那怕此女不肯，何必預為愁泣？但不知書中所云義妹備陳，為何如今來的反是一個男子？」公子見父母如此說，心上即便喜歡，忙答道：「這個孩兒還沒有問他細情。」

那夜公子治酒在花廳上，又蘭把線娘之事重新說起，說到竇公主如何要代父受刑，公子便慘然淚下；說到太后收進宮去，認為姪女，卻又喜歡起來；說到遷居守墓，卻又悲傷，直至阿姊回來，曷娑那可汗要選她入宮，自刎於墓前，公子不覺擊案嘆道：「奇哉，賢姊木蘭也！我恨不能見其生前一面耳。」直說到更餘，方大家安寢。次日，又蘭等公子出來，便道：「公主回書，還是付與小弟持去，還是公子差人到樂壽去回覆，弟今別了，好在寓中候旨。」公子道：「兄說那裡話，公主的來書，家嚴昨已看過，即日就要差官進表到都，許弟同往。兄住在此同到樂壽，煩兄作一冰人，成其美事，有何不可？」又蘭道：「小弟行李都在店中。」公子執著又蘭的手道：「行李我已著人叫店家收好。」斷不肯放。誰知金鈴到看中意了潘美，正在力壯勇猛之時，又蘭亦見公子翩翩年少，毫無赳赳之氣，心中倒捨割不下。金鈴便道：「二爺，既是大爺恁說，我去取了行李來何如？」公子道：「你這管家倒知事。」叫左右隨了金鈴去，公子與又蘭時刻相對，竟話得投機。大凡大家舉動，尚不能個便捷，何況王家侯府，卻又要作表章，撰疏稿，委官貼差，倏忽四五日。

一夜，羅公子因起身得早，恐怕驚動了又蘭，輕輕開門出去，只聽得潘美和金鈴在廂房內唧唧噥噥，似有歡笑之聲。公子驚疑，便站定了腳，側耳而聽。聽得潘美口中說道：「妳這樣有趣，待我對大爺說明，替妳家二爺討來，做個長久夫妻。」金鈴道：「扯淡，我是公主差我送她阿姊到家來的，又不是她家的人，你要我跟隨了你，總由我主。」潘美道：「倘然我們大爺曉得妳二爺是個女子，只怕亦未必肯放過。」金鈴道：「曉得了，止不過也像我與你兩個這等快活罷了。」正是隔牆須有耳，窗外豈無人，公子聽得仔細，即心中轉道：「奇怪，難道他主僕多是女人？」忙到內宮去問了安，出來恰好撞見潘美，公子叫他到僻靜所在，窮究起來，方知都是女子。公子大喜，夜間陪飲，說說笑笑，比前夜更覺有興。指望灌醉了又蘭，驗其是非。當不起又蘭立定主意不飲。公子自己開懷暢飲了幾盃，大家起身，著從人收拾了杯盤，假裝醉態，把手搭在又蘭肩上道：「花兄，小弟今夜醉了，要與兄同榻，弟還有心話要請教。」又蘭道：「有話請兄明日賜教，弟生平不喜與人同榻。」公子笑道：「難道日後與尊嫂也要推卻？」又蘭亦笑道：「兄若是個女子，弟就不辭了。」公子又笑道：「若兄果是個男子，弟亦不想同榻了。」又蘭聽了這句話，心上吃了一驚，一回兒臉上桃花瓣瓣紅映出來。公子看了，愈覺可愛，見伺候的多不在眼前，把門忙閉上，走近前捧住又蘭道：「我羅成幾世上修，今日得逢賢妹。」又蘭雙手推住了道：「兄何狂醉若此，請尊重些。」公子道：「尊使與小童都遞了口供認狀，卿還要賴到那裡去？」又蘭正色道：「君請坐了，待我說來；若說得不是，憑君所欲。」公子只得放手，兩個並肩坐下。又蘭道：「妾雖茅茨下賤，僻處荒隅，然愚姊妹頗明禮義，深慕志行。今日不顧羞恥，跋涉關山而來者，一來要完先姊的遺言，二來要成全竇公主與君家百年姻眷，非自圖歡樂也。今見郎君年少英雄，才兼文武，妾實敬愛，但男女之慾，還須以禮以正，方使神人共欽；若勒逼著一時苟合，與強梁何異？」公子聽了大笑道：「卿何處學這些迂腐之談？從古以來，月下佳期，桑間偶合，人人以為美談。請問卿為男子，當此佳麗在前能忍之乎？」又蘭道：「大丈夫能忍人所不能忍，方為豪傑。君但知濮上桑間，此輩貪淫之徒，獨不記柳下惠之坐懷⓱，秦君昭之同宿，始終不亂，乃稱厚德。妾承君不棄，援手促膝者四五日矣，妾終身斷不敢更事他人，求郎君放妾到樂壽，見了竇公主一面，明白了先姊與妾身的心跡，使日後同事君家，亦有光彩。今且權忍幾時，候與君同上長安，那時憑君去取何如？若今如此，決難從命。」公子見她言詞侃侃，料難成事，便道：「既是賢妹如此說，小生亦不敢相犯。但求如秦君昭足矣，不然，何以為情？」又蘭嘆道：「總是來的不是。」便同上床，不脫裡衣，惟相擁相抱而已。

過了幾日，羅公將表章奏疏彌封停當，便委刺史張公謹，託他照管公子，又差游擊守備二人，尉遲南、尉遲北，陪伴公子上路。公子拜別了父母，即同又蘭等一路帶領人馬，出離了幽州，往長安進發。未知後事如何，且再聽下回分解。

總評：煬帝宮中被弒，李密熊耳陣亡，死法各自不同。獨看至雄信就戮，覺得猿啼鶴唳，情景慘傷。古人云讀祭十二郎文⓲不墮淚者，非好男子也。木蘭亦死得激烈，不愧女中丈夫。至後又蘭千里奔

⓱柳下惠之坐懷：春秋魯國大夫，姓展名獲，字禽。因食邑柳下，謚惠，故稱。相傳柳下惠夜宿郭門，遇到一個沒有住處的女子，怕她受凍，抱住她坐了一夜，沒有發生非禮行為。

⓲祭十二郎文：十二郎，即唐朝韓愈之姪韓老成，因排行十二，故稱。老成為人厚謹。卒後，韓愈作文祭之，即世所傳祭十二郎文。

馳，為他人作嫁衣裳，深見男子中全信義者不可得，卻在巾幗中描寫出來，亦作者慨世之一助云。

又評：世上有真正豪傑，視死如歸者乎？有真正節女，一絲不亂者乎？讀到單雄信臨刑時慷慨不怕死，秦叔寶、徐懋功、程知節獄中言別，情緒難堪，雄信毫不介意，真豪傑也。作者能筆筆描出。花又蘭不肯苟合，羅公子書房款洽，始終難犯，令人欽敬，真節女也。此可與名將傳、烈女傳並垂不朽。

第六十一回　花又蘭忍愛守身　竇線娘飛章弄美

詞曰：

曉風殘月，為他人驅馳南北，忍著清貞空隈貼❶。情言心語，兩兩低低說。　沉醉海棠方見切，驚看彼此真難得。封章直上九重闕，甘心退遜，香透梅花峽。

右調一斛珠

世間儘有做不來的事體，獨情深義至之人，不論男女，偏做得來；人到極難容忍的地位，惟情深義至之人，不論男女，偏能謹守。為什麼緣故？情深好義者，明心見性，至公無私，所以守經從權，事事合宜，不似庸愚，只顧眼前，不思日後。今說羅成同花又蘭、張公謹、尉遲南、尉遲北一行人，出了幽州地方，花又蘭在路與羅公子私議道：「郎君還是先到雷夏竇后墓所，還是竟到長安？」羅公子道：「我意竟到長安上疏後，待旨意下來，然後到雷夏去豈不是好。」又蘭道：「不是這等說。竇公主是個有心人，當初與君馬上定姻之時，原非易許，迨後四方多事，君無暇去尋媒踐盟，彼亦未必怪君情薄。不意國破家亡，上無父母之命，下無媒妁之言，還是叫她俯就君家好，還是叫她無媒苟合好？是以寫札，託

❶ 隈貼：緊靠在一起。隈，通「偎」。

先姊面達，以探君家之意，返箭以窺君家之志。以情揆之，是郎君之薄情，非公主之負心也。今漫然以御旨邀婚，是非使彼感君之恩，益增彼之怒，挾勢掠情之舉，不要說公主所不願，即賤妾草茅亦所不甘也。郎君乃鍾情之人，何慮不及此？」說到這個地位，羅公子止不住落下淚來，雙手執住又蘭的手道：「然則賢卿何以教我？」又蘭道：「依妾愚見，今該先以弔喪為名，一以看彼之舉動，一以探彼之志行。疇昔知己，幾年闊別，尚思渴欲一見，何況郎君之意中人乎？倘彼言詞推託，力不可回，然後以綸音❷加之，使彼知郎君之不得已，感君之心，是必強而後可。」公子聽了說道：「賢卿之心，可謂曲盡人情矣！」即吩咐張公謹等竟向樂壽進發不提。

再說竇線娘，自從聞花木蘭刎死之後，鴻稀雁絕，燈前月下，雖自偷泣，亦只付之無可如何；幸有鄰居袁紫煙與楊小夫人母子時常閒話，連女貞庵中狄、秦、夏、李四位夫人，聞線娘是個大孝女子，亦因紫煙心交，也常過來敘談，稍解岑寂。線娘又把竇太后贈的匳資，營葬費了些，剩下的多託賈潤甫就在附近買了幾畝祭田，叫舊時軍卒耕種。家政肅清，閽人三尺之童，不敢放入。

一日與袁紫煙在室中閒話，只見一個軍丁打扮，掀幕進來，袁紫煙吃了一驚，公主定睛一看，見是金鈴，便道：「好呀，妳回來了，為甚麼花姑娘這樣變故？妳同何人到來？」金鈴跪下去叩了一叩，起來說道：「前日吳良起身回來之時，奴婦已同花二娘一般改裝了，到幽州羅小將軍處，見了書札信物，悲痛不勝，就款留二姑娘進府，住在書房室中半月。幸喜羅郡王曉得公子與公主聯姻，趁著差官賷表進京，便打發公子一同來，經過樂壽，刺史齊善行曉得了，接入城去，明日必到墓所來弔唁娘娘並求完姻

❷ 綸音：指皇帝的詔書。

的意思。今花二姑娘現在門首，她是個有才幹的女子，公主還該優禮待她，去迎她進來，便知詳細。」公主聽了，三四個宮女跟了出來。金鈴如飛到門首，引花又蘭到草堂中；公主舉眼望去，面貌裝束，竟像當年羅成在馬上的光景，心中老大狐疑；及至走近身前，見其眉兒曲曲，眼兒鮮鮮，方知非是，乃一個俊俏佳人。又蘭見了公主，便要行禮，公主笑道：「既承賢姐姐不棄光降，請到室中換了妝，然後好相見。」就同進裡邊來，叫宮奴簇擁又蘭到偏室中去，將一套新鮮色衣與她換了出來。公主看時，卻比其姊更覺秀美，便指著袁紫煙對花又蘭道：「此是隋朝袁夫人，與妾結義過的。當年木蘭令姊到來，妾曾與她結為異姓姊妹，二姐姐如不棄，續令先姊之盟，閨中知己，常相聚首，未識二姐姐以為可否？」花又蘭道：「公主所論，實切願懷；但恐蒲柳之質，難與國娭雁行❸。」公主道：「說甚話來！」便叫左右鋪氈，袁夫人年紀居長，公主次之，又蘭第三，大家拜了四拜，自後俱姊妹稱呼，宮奴就請入席飲酒，線娘便道：「前日吳良回來報說令姊慘變，使妾心膽俱裂，可惜好個孝義之女，捐軀成志，真古今罕有。但賢妹素昧平生，何敢又勞枉駕，去見羅郎？」又蘭道：「愚姊妹雖屬女流，頗重然諾。先姊領姐姐之託，變出意外，妹亦遵先姊之命，安敢憚勞，有負姐姐之意。幸喜羅公子天性鍾情，一見姐姐信物手書，涕泗捧讀，不忍釋手，花前月下，刻不忘情。所以燕郡王知他之意，趁差官齎表朝賀，並遣公子前來求親。」線娘總是默默不語。袁紫煙道：「這段姻緣，真是女中丈夫，恰配著人中龍虎。況羅郎來俯就，竇妹該速允從。」線娘笑道：「且待送姐姐出閣後，愚妹自有定局。」紫煙道：「是何言歟？

❸ 國娭雁行：國娭即國姻，皇帝的姻親。因上文唐高祖皇后認竇線娘為姪女，故稱。雁行，如大雁相次而行，比喻平等相待。

今花二姑娘現在門首，她是個有才幹的女子。公主去迎她進來，便知詳細。

妾若非太僕遺言，孤嫠失恃，不遇徐郎再四強求，妾亦甘心守志，安敢復有他望？」線娘道：「若說守志二字，實愜素懷，姊從其權，妾守其經，事無不可。」又微哂道：「但可惜花二妹一片熱腸，馳驅南北，付之東流而已。」

又蘭聽說，心中想道：「看看說到我身上來了，殊不知我與羅郎，雖同床共寢兩月，而此身從未沾染，此心可對天日。」便道：「竇姐姐所云守志固妙，惟在難守之中，而堅守之方可云志。」又蘭原是好量，因向來與羅公子共處，恐酒後被他點污，假說天性不飲。今到此地，盡是女流，竟安心樂意，便開懷暢飲，不覺酩酊，伏在案上。紫煙即便告別歸家。線娘便叫侍女扶又蘭到自己床上睡著。線娘隨叫那金鈴過來盤問，金鈴道：「小將軍起初不知，後來風聲有些走露，就有捉弄花姑娘的意思。聽見著實哀求，花姑娘指天發誓，立志不從，聽見他說，『待奴見過竇公主之後，明了心跡，公主成了花燭，然後從君之願。』如此說的，不知後邊可曾著體。」線娘心中想道：「豈有此理！千古以來，只有一箇柳下惠坐懷不亂，魯男子❹即不及也。安有豔女美男，移乾柴以近烈火而竟不燃，我不信也。」進房來移燈看又蘭時，只見玉山醉倒，雲護香封，真令人可愛。便向鏡臺卸了妝，上床脫去裡衣，細細替又蘭去了外衣。見她睡思正濃，便大著膽將手探其下體，果然荳蔻含葩，花房蕊裏，不勝浩歎道：「奇哉，羅郎真君子也，又蘭真義女也！我竇氏設身處地，恐未能如此。彼既以守身讓我，我當以羅郎報之，全其雙美。趁羅郎本章未到，先將衷曲奏明皇后，皇后是必鑒我之心矣！」忙起身在燈下草就奏章，叫女書記寫好封固，又寫一札送與宇文昭儀，收拾一副大禮，進呈皇后；一副小禮，送與昭儀。當初孫安祖與線

❹魯男子：指處理男女關係時能以禮自持的男子。

娘要救建德時，曾將金珠結交於宇文昭儀，今亦煩他轉達皇后，料他必能善全。明日絕早，即將盤纏付與吳良、金鈴，齎本與禮物，往京進發。那金鈴因放潘美不下，曉得公子要到賈潤甫處，便跑過去細細與賈潤甫說明就裡，並上本與皇后的話，叫潤甫作速報知公子，歸來即收拾與吳良上路去了。

今說羅公子到了樂壽，齊善行迎進城，接風飲酒。張公謹問齊善行竇公主消息，齊善行道：「竇公主不特才能孝行，兼之治家嚴肅，深有曹后之風範，今還居雷夏墓所。平日最服的一個鄰居隱士賈潤甫，外庭之事，惟潤甫之言是聽。」張公謹見說大喜道：「潤甫住在何處？」齊善行道：「就住在雷夏澤中拳石村，秦王屢次要他去做官，他不樂於仕宦，隱居於彼。」尉遲南道：「我們還是當年拜秦母的壽，寓在他家數日，極是有才情的朋友；海內英豪，多願與他結納，公子趁便該去拜訪他。」羅公子吩咐手下，備一副弔儀，去弔楊太僕；又備一副豬羊祭禮，去祭曹皇后。隨即起身，齊善行陪了，出了樂壽，往賈潤甫家來。

時賈潤甫因金鈴來說了備細，又因竇公主央他，叫人墓前搭起兩個捲棚，張幕設位，安排停當。只見一行車馬來到門首，潤甫接入草廬中，行禮坐定，各人敘了寒溫，羅公子就把來求竇公主完姻一事說了。賈潤甫道：「別的女子，可以捉摸得著，惟竇公主心靈智巧，最難測度。只據她曉得公子來求婚，連夜寫成奏章，今早五更時，已打發人往長安先去上聞皇后，這種才智，豈尋常女子所能及？」羅公子見說，吃了一驚。張公謹道：「我們的本未上，她到先去了，我們該作速趕過她頭裡去纔好。」賈潤甫道：「前後總是一般，公子且去弔唁過，火速進呈未遲。」賈潤甫同齊善行陪了羅公子與眾人，先到楊公墳上來。楊馨兒早已站在墓旁還禮，眾人弔唁後，馨兒向眾人各各叩謝了，即同到曹后墓前來。見兩個捲棚內，早有許多白衣從者，伺候在那裡。一個老軍丁跪下稟道：「家公主叫小的稟上羅爺說，皇爺在山中，無人還禮，公子遠來，已見盛情，不必到墓行禮了。」羅公子道：「煩你去多多致意公主，說我連年因軍事匆忙，不及來候問，今日到此，豈有不拜之禮；況自家骨肉，何必答禮？」老軍丁去說了，只見塚旁小小一門，四五個宮女，扶著竇公主出來，衰絰孝服，比當年在馬上時，更覺嬌豔驚人，扶入幕中去了。羅公子更了衣服，到靈前拜奠了，竇公主即走出幕外一步，鋪氈叩謝，淚如泉湧，羅公子亦忍不住落下淚來。拜完了，正打帳上前要說幾句正經話，竇公主卻掩面大慟，即轉到墓邊，扶入小門裡去了。羅公子只得出來，卸下素服。張公謹與尉遲南、尉遲北，也要到靈前一拜，賈潤甫道：「夏王又不在此，公子弔奠，公主還禮，禮之所宜。若兄等進弔，無人答禮，反覺不安。」

正說時，一個家丁走近向來稟道：「請各位爺到草堂中去用飯。」賈潤甫拉眾人步進草堂中來，見擺下四席酒，第一席是羅公子；第二席是張公謹、齊善行；尉遲南、尉遲北告過羅公子，坐了第三席；賈潤甫與楊馨兒坐了末席。酒過三巡，有幾個軍丁，抬了兩口鮮豬，兩口肥羊，四罈老酒，賞錢三十千，跪下稟道：「公主說村酒羔羊，聊以犒從者，望公子勿以為鄙褻，給賜勞之。」羅公子笑道：「總是自己軍卒，何必又費公主的心。」隨吩咐手下軍卒，到內庭去謝賞；許多從者忙要到裡邊來，只見一個女兵走出來說道：「公主說不消了，免了罷！」羅家一個軍卒笑指道：「這位大姐姐，好像前日在陣前的快嘴女兵，妳可認得我麼？」那女兵見說，也笑道：「老娘卻不認得你這個柳樹精。」大家笑了，出來領賞去分給。羅公子又吩咐手下，將銀五十兩賞竇家人；竇公主亦叫家人出來叩謝了。羅公子即起身向竇家人說道：「管家，煩你進去上覆公主，說我此來一為弔唁太后，二為公主的姻事，即在早晚送禮儀過來，望公主萬分珍重，毋自悲傷。」家人進去了一回，出來說道：「公主說有慢各位老爺，至於婚姻大事，自有當今皇后與家皇爺主張，公主難以應命。」羅公子還要說些話出來，張公謹道：「既是彼此俱有下情上聞，此時不必提起。」賈潤甫道：「佳期未遠，諒亦只在月中。」羅公子心中焦躁道：「公主之意，我已曉得，此時料難相強。但是那同來的花二爺，前日原許陪伴我到長安去的，今若公主肯許相容，乞請出來，同我上路。」家人又進去對公主說，線娘向又蘭道：「花妹，羅郎情極了，說妹許他同往長安，今逼勒著要賢妹去，妳主意如何？」又蘭道：「前言戲之耳，從權之事，僥倖只好一次，焉可嘗試？」線娘道：「如今怎樣回他，愚姊只好自謀，難為君計。」又蘭道：「不難。」便向妝臺上寫下十六字，摺成方勝，付家人道：「你與我出去，悄悄將字送與羅公子，說我多多致意公子，二姑娘是不出來的了，後會有期，望公子善自保重。」竇家人出來，如命將字付與羅公子說了，公子取開一看，上寫道：

來可同來，去難同去。花香有期，慢留車騎。

羅公子看了微笑道：「既如此，我少不得再來。管家，煩你替我對公主說：『花二姑娘是放她回去不得的，公主也須自保重。』」即同眾人出門，因日子偪促，不到潤甫家中去敘話，便上馬趕路。竇家人忙去回覆了公主，公主亦笑而不言。恰好女貞庵秦、狄、夏、李四位夫人到來，公主忙同紫煙、又蘭出來接了進去，敘了姊妹之禮，坐定，線娘道：「四位賢姐姐，今日甚風吹得到此？」秦夫人道：「春色滿林，香聞數里，豈有不來道竇妹之喜，兼來拜見花家姐姐，並欲識荊新郎一面。」線娘道：「此言說著花二妹，妾恐未必然；如不信現有不語先生為證。」就拿前日的疏稿出來與四位夫人看，狄夫人道：「若如此說，花家姊姊先替竇妹為之先容矣。」線娘道：「連城之璧❺，至今渾然，莫要誣她。」紫煙道：「若非竇妹詳述，我也不信，花妹志向真個難得。」四位夫人便扯紫煙到側邊去細問，紫煙把花又蘭一路行蹤，並那夜線娘探驗，一一說了。李夫人道：「照依這樣說，花家姐姐真守志之忍心人，竇家妹妹真閨閣中之有心人，羅家公子真種情之中厚德長者，三人舉動，使人可羨而敬。」四位夫人重新與又蘭結為姊妹，歡聚一宵，明日起身，對竇公主說道：「我們去了，改日再來。」秦夫人執著花又蘭的手道：「花妹得暇，千萬同袁家妹妹到小庵隨喜隨喜。」又蘭道：「是必准來奉候。」四位夫人即出門登車而去。

卻說羅公子同張公謹的一行人，恐怕竇公主的本章先到了，連夜兼程進發，不上二十日，已趕到長安。羅公子叫家人先進城去，報知秦爺。秦叔寶聽說羅公子與張公謹到來，忙吩咐家中整治酒席，自同兒子懷玉騎馬來接。未及里許，恰好羅公子等到來，遂同至家中鋪氈敘禮畢，羅公子要進去拜見秦母太夫人；叔寶便陪到房中，公子見了舅姑，拜了四拜。秦母見了甥兒，歡喜不勝，便問：「姑娘與姑夫身子康健麼？」又對羅公子說道：「甥兒，你前日託齊國遠寄書來，因你表兄軍旅倥偬，尚未曾來回覆你。」叔寶道：「正是前日表弟尊札，託我去求單小姐之姻，奈弟是時正與王世充對壘，世充大敗投降，單二哥亦被擒獲，朝廷不肯赦單兄之罪，弟念昔年與他有生死之盟，就將懷玉兒子許他為婿，與彼愛蓮小姐為配，單二哥方纔放心受戮。弟想姑夫聲勢赫赫，表弟青年矯矯，怕沒有公侯大族坦腹東床，兩日正欲

---

❺ 連城之璧：價值連城的美玉。這裡指少女的貞操。

寫書奉覆，幸喜表弟到來，可以面陳心跡，恕弟之罪。」羅公子見說，便道：「弟何嘗煩表兄去求單家小姐？」就把當年與竇公主馬上定姻一段說了，又道：「弟知建德昔年曾住在二賢莊年餘，畢竟與單員外相好，又知單員外與表兄是心交，故託表兄鼎言，轉致單員外要他玉成姻事。若說單家小姐，真風馬牛不相及。」叔寶道：「尊札上是要我去求單小姐的，難道我說謊？」便起身去取出羅公子的原書來，公子接來一看道：「這又奇了，並非小弟筆跡。弟當時寫了，當面交與齊國遠的，難道他捉弄我不成？」叔寶道：「不難，我去請齊國遠來便知就裡。」忙叫人去請齊國遠、李如珪、程知節、連巨真來相會。羅公子道：「齊國遠在鄠縣柴嗣昌那裡，如何在此？」叔寶道：「齊李二兄，因柴嗣昌之力，國遠已陞大理寺評事，如珪陞做鑾儀衛冠軍使。」羅公子道：「聞得表兄有位義弟羅士信，年少英雄，為何不見？」叔寶道：「聖上差往定州去了。」正說時，家人進來報道：「四位爺多請到了。」叔寶同羅公子出來相見過坐定，羅公子說起寄書一事，齊國遠對羅公子道：「弟與兄別後，在路恰值劉武周作亂，被他劫去衝鋒，遇著竇建德的女兒，好個狠丫頭，被她殺敗了許多蠻兵，把我擄去。其時還有個姓花的後生，那建德的女兒問了她幾句，看見她貌好，要留她做將軍，她說是個女子，竟牽她到寨後去了；及叫弟上去，我只道亦有些好處，不想把弟竟要短起一截來。幸喜弟有急智，只得喊出吾兄大名，並她家有個司馬孫安祖來。竇家女兒聽見，忙喝手下放了綁，叫我坐了，她竟像與兄認得的光景，便問兄近日行止，並身體可好。又盤問我字寄到那裡去。弟平生不肯道謊，只得實實與她說。那竇公主討兄的書出來接去一看，那丫頭想是個不識字的，仔細看了一回，呆了半晌，就攛在靴子裡去了，對弟說道：『此書暫留在此，伺起身時繳還。』恰好明日，其父有信來催她起身，差人送二十兩程儀併原書還弟，也還算有情的。」

羅公子忙叫家人在枕箱❻內，取出竇公主與花又蘭寄來的原書，對驗筆跡無二，方知此書是竇公主所改的。叔寶道：「這樣看起來，此女子多智多能，正好與表弟為配。」張公謹道：「不特此也。」就將前日羅公子弔唁如何款待，公主又連行修本去上皇后，金鈴如何報信，各各稱羨。李如珪大笑道：「若如此說，竇公主是羅兄的尊閫了，剛纔齊兄口裡夾七夾八的亂言，豈不是唐突羅兄。」國遠見說，忙上前賠禮道：「小弟實不知其中委曲，只算弟亂道，望兄勿罪。」眾人鼓掌大笑。長班❼進來稟說：「昨日皇爺身子有些不快，不曾坐朝。」叔寶向羅公子道：「既如此，把姑夫的賀表奏章，並你們職名封付通政司，先傳進去何如？」羅公子道：「悉聽表兄主裁。」說罷，即入席飲酒。

今說吳良、金鈴奉了竇公主之命，齎本趕到京中，忙到宇文士及家來，把禮札傳進，說了來意。士及因竇線娘是皇后認過姪女，不敢怠慢，忙出來看見金鈴、吳良，問明了始末根由，自己寫書一封，叫家人去請一個的當❽的內監出來，把送皇后的大禮本章與送他妹子昭儀的小禮，一一交付明白，叫他傳進宮去，送與昭儀。昭儀收了自己小禮，即袖了本章，叫宮奴捧了禮物，即到正宮來。正值唐帝龍體欠安，不曾視朝，與竇后在寢宮弈棋。昭儀上前朝見過，就把線娘啟稟呈上。竇后看了儀單上皆是珍珠玩好之物，便道：「她一個單身隻女，何苦又費她的心來孝順我？」唐帝在旁說道：「她有什麼本章？」宮奴忙呈在龍案之上，展開來看，只見上寫道：

---

❻ 枕箱：舊時一種上面微凹，既可當枕頭又可存放錢財、文件等重要物件的長方形小箱子。
❼ 長班：官員隨身侍候的僕人。
❽ 的當：能幹、可靠。

題為直陳愚衷，以隆盛治事。竊惟道成男女，願有室家；禮重婚姻，必從父母。若使睽情⑨吳楚，赤繩來月下之緣；而抱恨潘楊⑩，皇駿少結褵之好。浪傳石上之盟⑪，不畏桑中之約⑫。蓬門弱質，猶畏多言；亡國孱軀，敢辱先志？臣妾竇氏，酷罹憫凶，幸沐聖恩，得延喘息。繁華夢斷，誰吟麥黍之歌⑬；怙恃情深，獨飲蓼莪之泣。臣妾初心，本欲保全親命，何意同寬斧鉞，更蒙附籍天潢⑭，此亦人生之至幸矣。但臣父奉旨棄俗，白雲長往，紅樹淒涼，國破人離，形隻影單。臣妾與羅成初為敵國，視若同仇，假令覿面憐才，尚難允從諧好；若不聞擇配，驟許朱陳，情以義伸，未見其可。況臣妾初許原令求媒，蹉跎至今，伊誰之咎。曩日儼然家國，羅成尚未誠求，豈今蒲柳風霜，堪為侯門箕帚。自今以往，臣妾當束髮裹足，閱歷天涯，求親將息，同修淨土，臣妾幸而生，必欲與父相見，不幸而死，亦樂與母相依。時異事殊，我心匪石⑮，不可轉也。臣

⑨ 睽情：違背感情。

⑩ 潘楊：西晉時潘岳楊綏兩家世親聯姻，後稱世姻情好關係為潘楊。

⑪ 浪傳石上之盟：浪傳，輕率傳布。傳說唐代李源與僧圓觀友好，圓觀和李約定，待他死後十二年在杭州天竺寺相見。屆時李到寺前，有一牧童唱道：「三生石上舊精魂，賞月吟風不要論。慚愧情人遠相訪，此身雖異性長存。」牧童就是圓觀的化身。後人詩文中把石上之盟作為因緣前定的典故。

⑫ 桑中之約：喻私奔幽會。

⑬ 麥黍之歌：指西周初年箕子所作的麥秀之詩及詩王風黍離篇，均是感慨亡國，觸景生情的詩篇，後因用為感嘆家國破亡之痛的典故。

⑭ 天潢：皇族；宗室。

妾更有請者，前陛見時，義妹花木蘭同蒙慈宥，木蘭本代父從軍，守身全孝，隨臣妾歸恩，即欲旋訪故園。臣妾令軍婢追隨，囑以空函還成舊贄，乃曷娑那可汗稔知才貌，妄擬占巢，木蘭義不受辱，自刎全身，孝純義至，可為世風。尤足異者，木蘭未亡之先，恐臣妾羽化，託妹又蘭如己改妝赴燕取答；而又蘭一承姊命，勉與臣妾婢相依，羞顏馳往，返命之日，臣妾訪軍婢，知又蘭曾為羅成所識，義不苟合，桃笙⑯同處，豆蔻仍含。臣始奇而未然，繼乃信而爭羨，不意天壤之間，有此聯璧。伏維興朝首重人倫，此等裙釵，堪為世表。在臣妾則志不可奪，在又蘭則情有可矜；況又蘭與羅成連床共語，不無瓜李之嫌，援手執經，堪被桃夭之化。萬祈國母慈恩，轉達聖聰，旌木蘭之孝義，獎又蘭之芳潔，寬臣妾之罪，鑒臣妾之言。腐草之年，長與山鹿野麋，同銜雨露於不朽矣！臣妾無任瞻天仰聖，惶悚待命之至。

竇后道：「竇女前日陛見時，原議許配羅成，為甚至今不娶她去？」唐帝道：「想是羅藝嫌她是亡國之女，別定良緣，亦未可知。」宇文昭儀道：「婚姻大事，一言為定，豈可以盛衰易心，難道叫此女終身不字？況娘娘已經認為姪女，也不玷辱了她。」竇后道：「陛下該賜婚，方使此女有光。」唐帝道：「竇女純孝忠勇，朕甚嘉之；但可惜那花木蘭代父從軍的一個孝女，守節自刎，真堪旌表；至其妹花又蘭，代姊全信，與羅成同床不亂，更為難得。」宇文昭儀道：「妾聞徐世勣所定隋朝貴人袁紫煙，與竇

⑮ 匪石：比喻意志堅定。

⑯ 桃笙：桃枝竹所編的蓆子。

線娘住在一處，此本做得風華得體，或出其手，亦未可知。」只見有一個掌燈的太監，手捧著許多奏章呈上，唐帝從頭揭看，是羅藝的賀表，便道：「剛纔說羅藝要賴婚，如今已有本進呈。」忙展開來一看，只見上面寫道：

題為直陳愚悃，請旨矜全事。竊惟王政以仁治為本，人道以家室為先，從古聖明治世，未有不恤四民，而使之煢獨無依者也。臣藝本一介武夫，荷蒙聖眷，不鄙愚忠，授以重鎮，敢不竭力撫綏，是雖諸醜跳梁，幸賴天威滅盡。但前叛臣竇建德，因欲侵掠西陲，統兵犯境；臣因邊寇出師，臣男成即提兵，與竇建德截殺。夏國將帥，俱已敗北，獨建德之女名線娘者，素稱驍勇，不意一見臣男，即不以干戈相向，反願繫足赤繩，馬上一言，百年已定。此果兒女私情，本不敢穢瀆天聽，今臣兒年已二十四矣，向因四方多事，無暇議及室家；建德已臣服歸唐，超然世外，聞此女曾願身代父刑，志行可嘉，又蒙天后寵眷特隆，而煢煢少女，待字閨中；臣男冠纓已久，而赳赳武夫，孑身閫外。臣思夫婦為倫禮所關，男女以信義為重，恐捨此女，臣男難其婦；若非臣男，此女亦不得其偶。臣係藩鎮重臣，倘行止乖違，自取罪戾，姑敢冒昧上聞，伏望聖心裁定，永合良緣。臣不勝惶悚之至。

唐帝看完笑道：「恰好幽州府丞張公謹與羅成到來，明日待朕親自問他，便知備細。」只見秦王進宮來問安，唐帝將二本與秦王看了。秦王道：「建德之女，有文武之才，已是奇了；更奇在花家二女，一以全忠孝，一以全信義，木蘭之守節自刎，或者是真；又蘭之同床不亂，似難遽信。」唐帝道：「剛纔宇文妃子說，竇女本章，疑是徐世勣之妻袁紫煙所作，未知確否？徐既聘袁，為何尚未成婚？」秦王道：「世勣因紫煙是隋朝宮人，不便私納，尚要題請，然後去娶。」唐帝道：「隋時十六院女子，盡是名姬，不知何故，一個也不見？」秦王道：「竇建德討滅宇文化及，蕭后多帶了回去，眾妃想必在彼居多。今趁羅成配合，莫若連徐世勣妻袁紫煙亦召入宮庭賜婚，就可問諸妃消息。」唐帝稱然，就差宇文士及并兩個老太監，奉旨召竇線娘、花又蘭、袁紫煙三女到京面聖。未知後事如何，且看下回分解。

總評：嘗說女子無才便是德，不知有才非無德，有才便有妒心耳。線娘獨居深處，羅成音信杳然，岑寂之況，不言可知。一接花又蘭，無數歡喜，無數狐疑，聽說花二姑娘住在書房中半月，不得不著急。將酒醉她探其下體，妒到極處，驗明全璧，方歎又蘭不可及，羅郎真君子。上本辭婚，正是上本求婚；說得愈緩，見她愈急；看她愈推，見她愈就。必要唐帝作主，始見不是馬上草草定盟，才與德兼，妒又不露，真一箇奇女也。

第六十二回　眾嬌娃全名全美　各公卿宜室宜家

詞曰：

亭亭正妙年，慣躍青驄馬。只為種情人，訴說燈前話。　春色九重❶來，香遍梅花榭。共沐唱隨恩，對對看驚姹。

右調生查子

天地間好名尚義之事，惟在女子的柔腸認得真，看得切；更在海內英豪不惜己做得出，不是這班假道學偽君子，矯情強為，被人容易窺其底裡。今說羅公子、張公謹等住在秦叔寶家，清早起身，曉得朝廷不視大朝，收拾了禮儀，打帳❷用了早膳，同叔寶進西府去謁見秦王。只見潘美走到跟前，對羅公子說道：「朝廷昨晚傳旨，差鴻臚寺正卿宇文士及並兩名內監，到雷夏去特召竇公主、花二姑娘進京面聖。」羅公子道：「此信恐未必確。」潘美道：「剛纔竇公主家金鈴問到門上來，尋著小的，報知她今已起身回去通報了。」叔寶道：「既如此，我們便道先到徐懋功兄處，探探消息何如？」張公謹道：「弟正欲

❶ 九重：指天，傳說天有九層，極言其高。

❷ 打帳：打算；準備。

去拜他。」一行人來到懋功門首，閽人說道：「已進西府去了。」眾人忙到西府來，向門官報了名，把禮物傳了進去。尉遲南、尉遲北他兩個官卑職小，只投下一個稟揭回寓去了。見堂候官走出來說道：「王爺在崇政堂，眾官員請進去相見。」叔寶即領張公謹、羅公子進崇政堂來。叔寶先上臺階，只見秦王坐在胡床上，西府賓僚一二十人列坐兩旁，獨不見徐懋功。秦王見了叔寶，忙站起來說道：「不必行禮，坐了。」叔寶道：「幽州府丞張公謹，並燕郡王羅藝之子羅成，在下面要參謁殿下。」秦王便吩咐著他進來，左右出來把手一招，張公謹同羅成忙走上臺階，手執揭帖跪下，官兒忙在兩人手裡取去呈上看了。

秦王見張公謹儀表不凡，羅公子人材出眾，甚加優禮，即便賜坐。張公謹同羅公子與眾僚敘禮坐定，秦王對公謹道：「久聞張卿才能，恨未一見，今日到此，可慰夙懷。」張公謹道：「臣承燕郡王謬薦之力，殿下提拔之恩，臣有何能，敢蒙殿下盼賞。」秦王又對羅公子道：「汝父功業偉然，不意卿又生得這般英奇卓犖，今更配這文武全才之女，將來事業正未可量。」羅公子道：「臣本一介武夫，得荷天子與殿下寵眷，臣愚父子日夕竭忠，難報萬一。」秦王道：「孤昨夜在宮中覽竇女奏章，做得婉轉入情，但未知其詳，卿為孤細細述來。」羅公子便將始末直陳了一回，秦王嘆道：「閨中賢女見了知己，猶彼此憐惜推讓，何況豪傑英雄，一朝相遇，能不愛敬？」正說時，只見徐懋功走進來，參見了秦王，各各敘禮坐定。秦王笑對懋功道：「佳期在即，卿好打帳做新郎了。」懋功道：「昨承宇文兄差長班來叫臣去面會，方知此旨，真皇恩浩蕩，因羅兄佳偶亦及臣耳！」秦王道：「孤昨日在宮，父皇說：『竇女奏章，疑出自尊閫之手。』因問孤為何卿尚未成婚，孤奏說卿恐先朝宮人，不便私納，尚要題請，故父皇趁便代卿召來完娶。」懋功如飛離坐謝道：「皆賴殿下包容。」秦王就留張公謹、羅公子、懋功、叔寶到後苑，賜以便宴，按下不提。

再說花又蘭住在竇線娘家，時值春和景明，柳舒花放，袁紫煙叫青琴跟了，與花又蘭同車到女貞庵來。貞定報知，四位夫人出來接了進去，促膝談心。秦夫人道：「我們這幾個姊妹，時常聚在一塊，只恐將來聚少離多，叫我們如何消遣？」袁紫煙道：「花竇二妹綸音一下，勢必就要起身，我卻在此。」狄夫人笑道：「袁妹說甚話來？徐郎見在京師，見羅郎上表求婚，徐郎非負心人，自然見獵心喜，亦必就來娶你。」花又蘭道：「竇家姊姊量無推敲，我卻無人管束，當伴四位賢姊姊焚香灌花，消磨歲月。」花又蘭道：「前日疏上，已見竇妹深心退讓之意，我猜度竇妹還有推托，妳卻先定在正案❸上了。」花又蘭道：「為何？」夏夫人道：「竇妹天性至孝，她父親在山東時，常差人送衣服東西去問候，怎肯輕易拋撇了，隨羅郎到幽州去？設有聖旨下來，她若無嚴父之命，必不肯苟從，還要變出許多話來。」袁紫煙道：「這話也猜度得是的。」花又蘭問道：「這隱靈山從這裡去，有多少路？」李夫人道：「我庵中香工張老兒是那裡出身，停回妹去問他，便知端的。」過了一宵，眾夫人多起身，獨不見了花又蘭。原來又蘭聽見眾人說，竇線娘必要父命，方肯允從，她便把幾錢銀子賞與香工，自己打扮走差的模樣，五更起身，同香工往隱靈山去了。眾夫人四下找尋，人影俱無，忙尋香工，也不見了。袁紫煙道：「是了，同妳的香工到山中去見竇建德了。」李夫人道：「她這般裝束，如何去得？」紫煙道：「妳們不曉得她，她常對我說，我這副行頭，行動帶在身邊的，焉知她昨日沒有帶來？」眾人忙到內房查看，只見衣包內一副女衣并花朵雲鬟，多收拾在內，眾人見了，各各稱奇道：「不意她小小年紀，這般膽智，敢

❸ 正案：正式審定的名單。

作敢為。」袁紫煙心下著了急，忙回去報知竇線娘。

再說花又蘭同香工張老兒走了幾日，來到隱靈山，見一個長大和尚，在那裡鋤地。張老兒便問道：「師父，可曉得巨德和尚可在洞中麼？」那和尚放下鋤頭，抬頭一看，便問道：「你是那裡來的？」那老兒答道：「是雷夏來的。」那和尚道：「想是我家公主差來的麼？」花又蘭忙答道：「我們是賈潤甫爺差來的，有話要見王爺。」那和尚應道：「既如此，你們隨我來。」原來那僧就是孫安祖，法號巨能，隨他到石室中來，見後面三間大殿，兩旁六七間草廬。孫安祖先進去說了，竇建德出來，儼然是一個善知識的模樣。花又蘭見了，忙要打一半跪下去，建德如飛上前攙住道：「不必行此禮，賈爺近況好麼？煩你來有何話說？」又蘭道：「家爺託賴，今因幽州燕郡王之子到雷夏來，一為弔唁曹娘娘，二為公主姻事，要來行禮娶去。公主因未曾稟明王爺，立志不肯允從，自便草疏上達當今國母去了。家爺恐公主是個孝女，倘或聖旨下來，一時不肯從權，故家爺不及寫書，止叫小的持公主的本稿來呈與王爺看，求王爺的法駕，速歸墓廬，吩咐一句，方得事妥。」建德接疏稿去看了一遍道：「我已出家棄俗，家中之事，公主自為主之，我何苦又去管她？」花又蘭道：「公主能於九重前，犯顏進諫，歸來營葬守廬，煢煢一女，可謂明於孝義矣。今婚姻大事，還須王爺主之；王爺一日不歸，則公主終身一日不完。況如此孝義之女，忍使終老空閨，令彼嘆紅顏薄命乎？此愚賤之不可解者也！」建德見說，雙眉頓蹙，便道：「既如此說，也罷！足下在這裡用了素齋，先去回覆賈爺，我同小徒下山來便了。」花又蘭想道：「和尚庵中，可是女子過得夜的？」便道：「飯是我們在山下店中用過，不敢有費香積❹。如今我們先去了，

❹ 香積：佛寺的飯食。

王爺作速來罷，萬萬不可遲誤。」建德道：「當初我尚不肯輕諾，何況今日焚修戒行，怎肯打一誑語？明日就下山便了。」又蘭見說，即辭別下山，趕到店中，僱了腳力，曉行夜宿，不覺又是三四日。

那日在路天色傍晚，只見濛濛細雨飄將下來，又蘭道：「天雨了，我們趕不及客店安歇，就在這裡借一個人家歇了罷。」張香工把手指道：「前面那煙起處，就是人家，我們趕上一步就是。」兩人趕到村中，這村雖是荒涼，卻有二三十家人戶，耳邊聞得小學生子讀書之聲。二人下了牲口，繫好了，香工便推進那門裡去，只見七八個蒙童，居中有一個三十左右的俊俏婦人，面南而坐，在那裡教書。那婦人看見，站身來說道：「老人家進我門來，有何話說？」香工道：「我們是探親回去的，因天雨欲借尊府權宿一宵。」那婦人道：「我們一家多是寡居，不便留客，請往別家去罷。」又蘭在門外聽見，心中甚喜，忙推進門來說道：「奶奶不必見拒，妾亦是女流。」那婦人見是一個標致後生，便變臉發話道：「你這個人鑽進來，說甚混話，快些出去便休；不然，我叫地方來把你送到官府那邊去，叫你不好意思。」

正說時，只見又走出兩個娉娉的婦人來，花又蘭見了，忙將靴子脫下，露出一對金蓮，眾婦人方信是真，便請到裡面去敘禮坐定，彼此說明來歷。原來這三個婦人，就是隋宮降陽院賈、迎暉院羅、和明院江三位夫人，當隋亡之時，她們三個合伴逃走出來，恰好這裡遇著賈夫人的寡嫂殷氏，因此江、羅二夫人，亦附居於此。可憐當時受用繁華，今日忍著淒涼景況，江、羅以針黹度日，賈夫人深通翰墨，訓幾個蒙童，倒也無甚煩惱。今日恰逢花又蘭說來，亦是同調中人，自古說：惺惺惜惺惺，一朝遇合，遂成知己。過了一宵，明早花又蘭要辭別起行，三位夫人那裡肯放。賈夫人笑道：「佳期未促，何欲去之速？再求屈住一兩天，我們送妳到女貞庵去，會一會四位夫人，亦見當年姊妹相敘之情。」又蘭沒奈何，只得先打發香工回庵去。

卻說竇線娘因袁紫煙歸來，說花又蘭到隱靈山去了，心中想道：「花妹為我馳驅道路，真情實義，可謂深矣盡矣！但不知我父親主意如何，莫要連他走往別處去了，把這擔子讓我一個人挑。」心中甚是狐疑。忽一日，只見吳良、金鈴回來，報說：「疏禮已託鴻臚正卿宇文爺，轉送昭儀，呈上竇娘娘收訖。恰好羅公子隨後到來，雖尚未面聖，本章已上，朝廷即差宇文爺同兩個內監來召公主與花姑娘進京見駕賜婚，故此我們先趕回來，差官只怕明後日要到了，公主也須打點打點。」竇線娘道：「前日花姑娘到庵裡去拜望四位夫人，不知為甚反同香工到山中王爺那裡去了？」吳良道：「倘然明日天使到來，要兩位出去接旨，花姑娘不回，怎樣回答他們？」又見門上進來稟道：「賈爺剛纔來說，天使明後日必到雷夏，叫公主作速收拾行裝，省得臨期忙迫。」線娘道：「若無父命，即對天廷亦有推敲。」

正說時，又見一個女兵忙跑進來報說道：「王爺回來了。」公主見說，喜出望外，忙出去接了進來，直至內房，公主跪倒膝前，放聲大哭；建德亦覺傷心淚下，便雙手捧住道：「吾兒起來，虧妳孝義多謀，使汝父得以放心在山焚修。今日若不為妳終身大事，焉肯再入城市？妳起來坐了，我還有話問妳。」線娘拭了淚坐下，建德道：「前日聖上到曉得妳許配羅郎，使我一時難於措詞，不知此姻從何而起。」線娘將馬上定姻前後情由，直陳了一遍。建德道：「這也罷了，羅藝原是先朝大將，其子羅成，年少英豪，將來襲父之職，妳是一品夫人，亦不辱沒妳；但可惜花木蘭好一個女子，前日虧她同妳到京面聖，不意盡節而亡；但其妹又蘭，為什麼也肯替妳奔馳，不知怎樣個女子？」線娘道：「她已到山中來了，難道父親沒有見她？」建德道：「何嘗有什麼女子來？只有賈潤甫差來的一個伶俐小後生，並一個老頭兒，也沒有書札，止有妳的上聞疏稿把與我看了，我方信是真的。」線娘道：「怪道兒的疏稿，放在減裝內不見了，原來是她有心取去，改裝了來見父親。」建德道：「我說役使之人，那能有這樣言詞溫雅，情意懇切？」線娘道：「如今她想是同父親來了，怎麼不見？」建德道：「她到山中見了我一面，就回來的，怎說不見？」線娘道：「想必她又到庵中去了。」叫金鈴：「妳到庵中去，快些接了花姑娘回來。」建德恐孫安祖在外面去了，忙走出來。線娘又叫人去請了賈潤甫來，陪父親與孫安祖閒談。

到了黃昏時候，只見金鈴回來說道：「花姑娘與香工總沒有歸庵。」線娘見說，甚是愁煩。到了明日晚間，村中人喧傳朝廷差官下來，要召公主去，想必明日就有官兒到村中來了。果然後日午牌時候，齊善行陪了宇文士及與兩個太監，皆穿了吉服，吆吆喝喝，來到墓所。建德與孫安祖不好出去相見，躲在一室。線娘忙請賈潤甫接進中堂，齊善行吩咐役從快排香案，一個老太監對著齊善行道：「齊先兒，詔書上有三位夫人，還是總住在這裡一塊兒，還是另居？」賈潤甫問道：「不知是那三位？」那中年的太監答道：「第一名是當今娘娘認為姪女的公主竇線娘；第二名是花又蘭；第三名是徐元帥的夫人袁紫煙。」賈潤甫見說，心中轉道：「懋功兄也是朝廷賜他完婚了。」便答道：「袁紫煙就住在間壁，不妨請過來一同開讀便了。」即叫金鈴去請袁夫人到來。紫煙曉得，忙打扮停當，從墓旁小門裡進去，青琴替線娘除去素衣，換裝好了，婦女們擁著出來。她兩個住過宮中的，那些體統儀制，多是曉得的。宇文士及請聖旨出來開讀了，紫煙與線娘起來，謝了官兒們。那老太監把袁紫煙仔細一看，笑道：「咱說那裡有這樣同名同姓的，原來就是袁貴人夫人。」袁紫煙也把兩個內監一認，卻是當年承奉顯仁宮的老太監姓張，那一個是承值花萼樓的小太監姓李，袁紫煙道：「二位公公一向納福，如今新皇帝是必寵眷。」

張太監答道：「託賴粗安。夫人是曉得咱們兩個是老實人，不會鬼混，故此新皇爺亦甚青目❺。今袁夫人歸了徐老先，正好通家往來。」齊善行道：「老公公，那徐老先也是個四海多情的呢！」張太監笑道：「齊先兒，你不曉得咱們內官兒到人家去，好像出家的和尚道士，承這些太太們總不避忌。」李太監道：「聖旨上面有三位夫人，剛纔先進去的想是娘娘認為姪女的竇公主了，怎麼花夫人不見？」宇文士及道：「正是在這裡，也該出來同接旨意纔是。」袁紫煙只得答道：「花夫人是去望一親戚，想必也就回來。」說完走了進去。從人擺下酒席，眾官兒坐了，吃了一回酒，將要撤席，只聽得外面竇家的人說道：「好了，香工回來了，花姑娘呢？」張香工道：「她還有一兩日回來，我來覆聲公主。」眾家人道：「你這老人家好不曉事，眾官府坐在這裡，立等她接旨，你卻說這樣自在話兒。」賈潤甫聽見，對家人說道：「可是張香工回來了，你去叫他進來，待我問他。」從人忙去扯那香工進來。賈潤甫道：「你同花姑娘出門，為何獨自回來？」香工道：「前日下山轉來，那日傍晚，忽遇天雨難行，借一個殷寡婦家歇宿。她家有三個女人，叫什麼夫人的，死命留住，叫我先回，過兩三日，她們送花姑娘歸庵。」張太監見說便道：「就是這個老頭子同花夫人出門的麼？」從人答道：「正是。」張太監道：「你這老頭子好不曉事，這是朝廷的一位欽召夫人，你卻是騙她到那裡去了，還在這裡說這樣沒要緊的話。孩子們與我好生帶著，待咱們同他去緝訪，如找不著，那老兒就是個死。」三四個小太監，把張香工一條鍊子扣了出去，那老兒嚇得鼻涕眼淚的哭起來。線娘見得了，便叫吳良將五錢銀子，賞與香工，又將一兩銀子，付他做盤纏，叫吳良同張香工吃了飯，作速起身，去接取花姑娘回來。張太監道：「宇文老先，你同齊先兒到

❺ 青目：同「青眼」。看重。

縣裡寓中去，咱同那老兒去尋花夫人。」宇文士及道：「花夫人自然這裡去接回，何勞大駕同往？」那老太監向宇文士及耳上說了幾句，士及點點頭兒，即同善行先別起身。張、李二太監同香工出門，線娘又把十兩銀子付與吳良一路盤費，各各上馬而行。

且說花又蘭，在殷寡婦家住了兩三日，恐怕朝廷有旨意下來，心中甚是牽掛，要辭別起身；無奈三位夫人留住不放。那日正要辭了上路，只聽得外面馬嘶聲響，亂打進來，把幾個書童多已散了，賈夫人忙出來問道：「你們是些什麼人，這般放肆？」那香工忙走進來道：「夫人，花姑娘住在這裡幾日，累我受了多少氣，快請出來去罷！」賈夫人道：「花姑娘在這裡，你們好好的接他回去便了，為甚這般囉唣起來？」那二太監早已看見便道：「又是不認得的，原來眾夫人多在這裡，妙極妙極。」賈夫人認得是張、李二太監，一時躲避不及，只得上前相見，大家訴說衷腸，賈夫人不覺垂淚悲泣。張太監道：「如今幾位夫人在此？」賈夫人道：「單是羅夫人、江夫人連我，共姊妹三人，在此過活。」張太監道：「極好的了，當今萬歲爺，有密旨著咱們尋訪十六院夫人。今日三位夫人造化，恰好遇著，快快收拾，同咱們進京去罷，那二位夫人也請出來相見。」吳良在旁說道：「花姑娘亦煩夫人說聲，出來一同見了兩位公公。」不一時江、羅二夫人同花又蘭出來見了，大家敘了寒溫，隨即進房私議道：「我們住在這裡，總不了局，不如趁這顏色未衰，再去混他幾年，何苦在這裡，受這些淒風苦雨。」主意已定，即收拾了細軟，僱了兩個車兒，三位夫人并花又蘭，大家別了殷寡婦同二太監登程。

行了三四日，將近雷夏，兩太監帶著江、羅、賈三夫人到齊善行署中去了；吳良與香工另覓車兒，跟花又蘭到竇公主家收拾停當，袁紫煙安慰好了楊小夫人與馨兒，亦到公主家來。齊善行又差人來催促了起程。線娘囑父親與孫安祖料理家事，回山中去，叫吳良、金鈴跟了，哭別出門。女貞庵四位夫人，聞知內監有江、羅、賈三夫人之事，不敢來送別，祇差香工來致意。那邊宇文士及與兩內監并江、羅、賈三夫人，亦起身在路取齊。齊善行預備下五六乘騾轎，跟隨的多是牲口，不上一月，將近長安。張公謹同羅公子、尉遲南兄弟，住在秦叔寶家，打聽竇公主們到來，正要差人去接，只見徐懋功進來說道：「叔寶兄，羅兄寶眷與賤眷快到了，還是弄一個公館讓她們住，還是各人竟接入自己家裡？」叔寶道：「竇公主當年住在單二哥家裡，與兒媳愛蓮小姐曾結為姊妹，今親母單二嫂又在弟家，她們數年闊別，巴不能彀相敘片時，何不同尊閫一齊接來，不過一兩天，就要面聖完婚，何必又去尋什麼公館？」懋功見說，忙別了到家，即差幾十名家將，一乘大轎，婦女數人，叫她們上去伺候。羅公子亦同張公謹、尉遲南、尉遲北、秦懷玉許多從人，一路去迎接。

說宇文士及同二太監載了許多婦女，到了十里長亭，只見許多轎馬來迎，便叫前後車輛停住。羅公子與張公謹等上前來慰勞了一番。張公謹說：「城外難停車騎，兩家家眷暫借秦叔寶兄華居，權宿一宵，明日面聖後，兩家各自迎娶。」宇文士及點頭唯唯。時金鈴、潘美站在一處，說了許多話，金鈴就請公主與又蘭在騾轎裡出來。線娘見羅公子遠遠在馬上站著，好一個人品，心中轉道：「慚愧我竇線娘，得配此子，也算不辱沒的了。」比前推讓之心，便覺相反。上了一乘大轎，花又蘭也坐了一乘官轎，許多人跟隨如飛的去了。徐家家將也接著了袁夫人，三四個婦女如飛上前扶出來，坐了官轎，簇擁著去了。兩太監道：「那三位夫人，暫停在驛館中，待咱們進宮覆命了，然後來請妳們去。」說了，即同宇文士及入城，途遇秦王，秦王問了些說話，因王世充徙蜀，剛至定州復叛，正要面聖，便同三人進朝。曉得唐帝同竇娘娘、張尹二妃、宇文昭儀，在御苑中玩花，齊到苑中，四人上前朝見了。張太監將竇線娘、袁紫煙行藏，直找尋至花又蘭，卻遇著隋朝的江、羅、賈三位夫人，一一奏聞。唐帝見說，喜動天顏，便問道：「那三個宮妃，年紀多少？」竇后道：「此皆亡隋之物，陛下叫她們弄來，欲何所之？」張太監見竇后話頭不好，便隨口答道：「當年許廷輔選她們進宮，都只十六七歲，如今算上正三旬左右，但是這三個比那幾院顏色，略覺次之。」張妃笑道：「今陛下召她們來，也須造起一座西苑來，安放在裡邊，纔得暢意。」唐帝見他們詞色上面有些醋意，便改口道：「妳們不消費心，朕此舉非為自己，有個主意在此。」因問秦王：「在廷諸臣，那幾個沒有妻室的？」秦王答道：「臣兒但知魏徵、羅士信、尉遲恭、程知節，皆未曾娶過妻室的。」竇后問二太監道：「竇家女兒與花又蘭、袁紫煙今在那裡？」張太監道：「這三個俱在秦瓊家，那三個是在驛中。」宇文昭儀道：「竇線娘既為娘娘姪女，何不先召她們三個進苑來見？」唐帝就命李太監，立召竇、花、袁三女見駕，那李太監承辦去了。秦王將王世充在定州復叛奏聞，唐帝道：「逆賊負恩若此，即著彼處總管征剿。」不一時，只見李太監領著三個女子進來，俯伏階下，朝見了唐帝，叫她們平身。線娘又走近竇后身邊，要拜將下去，竇后叫宮奴攙了起來道：「剛纔朝見過了，何必又要多禮？」唐帝看那三個女子，俱是端莊沉靜，儀度安閒，便道：「妳們三個，一是孝女，一是義女，一是才女，比眾不同。」叫宮人取三個錦墩來，賜她們坐了。竇后對線娘道：「前日又承妳送禮物來，我正要尋些東西來賜妳，因萬歲就有旨召妳們到京，故此未曾。」線娘道：「鄙褻之物，何足當聖母掛齒？」竇后道：「妳的孝勇，久已著名，不意奏章又如此才華。」唐帝笑道：「但是妳疏上邊，遜讓他人，能無矯情乎？」線娘跪下奏道：「臣妾實出本懷，安敢矯情？當年羅成初次寫

唐帝看那三個女子，俱是端莊沉靜，儀度安閒。便道：「妳們三個，一是孝女，一是義女，一是才女，比眾不同。」叫宮人取錦墩來，賜她們坐了。

書與秦瓊，央單雄信與臣父求親，被臣妾窺見，即將原書改薦單雄信女愛蓮與羅成，不意單女已許配秦瓊之子懷玉，故使羅成復尋舊盟。」唐帝道：「這也罷了；只是妳說花又蘭與羅成聯床共蓆，身未沾染，恐難盡信。」線娘道：「此是何等事，敢在至尊前亂道，惟望萬歲娘娘命宮人驗之，便明二人心跡矣。」竇后道：「這也不難。」就對宮奴說道：「取我的辨玉珠來。」

不一時宮奴取到，竇后叫花又蘭近身，將圓溜溜光燦燦的一件東西，向又蘭眉間熨了三四熨；又蘭眉毛緊結，無一毫散亂。竇后嘆道：「真閨女也！」唐帝對花又蘭嘆道：「妳這妮子，到是個忍心人。幸虧羅成是君子，若他人恐難瓦全。今以兩佳人歸之，亦不枉矣。」又蘭見說，如飛走下來謝恩，惹得竇后、秦王與眾宮人多笑起來。唐帝又對袁紫煙道：「袁妃子擅天人之學，今歸徐卿，閫內閫外，皆可為國家之一助。」因差張太監速到驛中，宣隋宮三妃子；又差內監速召魏徵、徐世勣、尉遲恭、程知節進苑；又差李內監去宣羅成、秦瓊，并伊子懷玉媳單愛蓮見駕；又吩咐禮部官，速備花紅十三副，鼓樂六班。吩咐畢，唐帝即同秦王到偏殿坐下，只見魏徵、徐世勣、尉遲恭、程知節四臣先進殿來朝見了，唐帝道：「徐卿室人已召來了。朕思文王之政，內無怨女，外無曠夫，予獨何人，而使有功大臣，尚中饋久虛耶！故差內監覓隋宮三位麗人，趁今日良辰，三人各人拈鬮，天緣自定。」魏徵、尉遲恭、程知節齊跪下道：「臣等一身努力，難報皇恩萬一；況四海未靖，何敢念及室家？」唐帝道：「聖經云：家齊而後國治，國治而後天下平。」秦王道：「這是父王教化無私，與眾偕樂之意，諸卿無得固辭。」唐帝叫宮人取一個寶瓶，將江、羅、賈三位名字寫在紙上，團成圓兒，放在瓶內，叫魏、程、尉遲三臣，對天禱祝，將銀筯揭起，恰好魏徵拈了賈夫人，尉遲恭拈著了羅夫人，程知節拈著了江夫人，三臣各謝恩。只見張太監領了三位夫人進來朝見，唐帝問道：「那個是賈素貞？那個是羅小玉？那個是江濤？」三夫人各上前應了，唐帝對三臣道：「這三個佳人，雖非國色，而體態幽妍，三卿勿遽忽之。三妃且進內見了娘娘出來，同諧花燭。」宮人領三位夫人進去了。

又見秦瓊領了兒子懷玉，媳婦愛蓮，上前來朝見。時唐帝見了秦瓊，分外優禮，便道：「愛卿父子平身。」因指愛蓮道：「就是你媳婦單氏，可曾結褵否？」叔寶應道：「尚未。」唐帝見此女梨花白面，楊柳纖腰，香塵穩重，居然大家，便讚道：「好個女子。」即叫近侍亦引去見竇后，又對叔寶道：「剛纔竇線娘說，曾與汝媳結為姊妹，先有書薦此女與羅成，此言有之乎？」叔寶答道：「當初竇女改了羅成的書附來，臣兒已許婚單氏，因臣與單雄信有生死之交，不敢背盟，故以子許之。」唐帝道：「卿子得配此女，可稱佳兒佳婦矣，為何尚未成婚？」叔寶答道：「因兒媳單愛蓮，立意要歸家營葬父親，然後完婚。」唐帝道：「這也難得，朕今做主，趁眾緣齊偶，賜汝子完婚，滿月後賜歸殯葬其父。」對近侍道：「竇線娘給二品冠帶，諸女俱給四品冠帶，快去宣她們出來，莫負良辰，好去共諧花燭。」近侍進去領了七個女子出來，唐帝先叫魏徵、徐世勣、尉遲恭、程知節同袁、賈、江、羅四夫人成對站定，賜了花紅。四對夫婦謝了恩，就有鼓樂迎出苑去；第二起就是秦懷玉與單愛蓮，謝恩，迎送出去；第三起卻是羅成，兩旁站著竇線娘、花又蘭，謝恩下去。唐帝笑道：「羅成，大便宜了你，也虧你當時老成，今宵卻有聯璧相親。」羅成同二佳人跪下說道：「聖恩浩蕩無涯，使小臣亦沐洪庥❻；但臣妻線娘，既為聖母國戚，臣禮合同去謝恩，陛下可容臣叩謝否？」唐帝道：「這個使得。」遂起身退朝，同羅成夫

❻ 洪庥：洪恩。庥，庇蔭。

妻三人，到後苑拜見竇后。竇后深喜羅成年少知禮，賜宮奴二名，內監二名，並許多金珠衣飾，又將溫車一乘，賜與二女坐了，命撤御前金蓮燭❼并鼓樂送出苑來，惹得滿京城軍民人等，擁擠觀看，無不欣羨。未知後事如何，且聽下回分解。

總評：天生神物，必不埋沒到底。那英雄好漢事業可觀，若美貌女子亦不終身冷落，此皆天意，非人力也。線娘配羅公子，天也；江、賈、羅三夫人配程、魏、尉遲，及懋功配紫煙，亦天也。天豈肯付之荒煙蔓草中乎，人可安於命矣！

❼金蓮燭：古時宮廷用的蠟燭，燭臺似蓮花瓣，故稱。以金蓮燭送人回家是表示皇帝的恩寵。

第六十三回　王世充亡恩復叛　秦懷玉翦寇建功

詞曰：

驕馬玉鞭馳驟，同調堅貞永晝。提攜一處可相留，莫把眉兒皺。　如雪鋼腸希覯，一擊疾誅雙醜。矢心誓日生死安，若輩真奇友。

右調誤佳期

古人云：唯婦人之言不可聽。書亦戒曰：唯婦言是聽。似乎婦人再開口不得的。殊不知婦人中智慧見識，儘有勝過男子。如明朝宸濠❶謀逆，其妃婁氏泣諫，濠不從，卒至擒滅，喟然而嘆曰：「昔紂聽婦人之言失天下，朕不聽婦人之言亡國。」故知婦人之言，足聽不足聽，惟在男子看其志向以從違耳。當時唐帝叫宮監弄這幾個隋宮妃子來，原打帳要自己受用，只因竇后一言，便成就了幾對夫婦，省了多少精神。若是蕭后，就要逢迎上意，成君之過。唐帝亂點鴛鴦的，把幾個女子賜與眾臣配偶，不但男女稱意，感戴皇恩，即唐帝亦覺處分得暢快，進宮來述與諸妃聽。說到單女亦欲葬父完婚，竇后嘆道：「不意孝義之女，多出在草莽。」只見宇文昭儀墮下淚來，唐帝駭問道：「妃子何故悲傷？」昭儀答道：「妾

❶ 宸濠：即朱宸濠，明朝宗室，弘治時封為寧王。明武宗時叛亂，被王守仁所擒。

母靈柩尚在洛陽，妾兄士及未曾將她入土。」唐帝道：「明日汝兄進朝，待朕問他。」

且說張公謹在秦叔寶家，因羅公子新婚，不好催促，又因諸王妃與公侯諸大夫，皆因竇后認為姪女，又慕竇、花二位夫人孝義，爭相結納，日夕稱賀。因此張公謹恐本地方有事，只得先上朝辭聖。秦王因愛公謹之才，不肯放他去，奏過唐帝，即將張公謹留授司馬兼督捕司之職，幽州郡守改著羅成權署。旨意一下，張公謹留任長安，只得寫稟啟，差人去回覆燕郡王，并接家眷到京。羅公子亦因聖旨，擢他代張公謹之職，又牽掛父母，等不及滿月，便去辭了唐帝、竇后，至西府拜辭秦王，與眾官僚話別了；因線娘囑說，又到宇文士及家去謝別，見士及家車騎列庭，正在那裡束裝，羅公子進去相見了，便問道：「尊駕有何榮行，在此束裝？」士及道：「弟因先母之柩未葬，告假兩月，將往洛陽整理墳塋，此刻就要起身，恐不及送兄台榮歸了。」羅公子道：「弟亦在明後日就要動身。」說了出門。羅公子歸來，連夜收拾，與竇公主、花又蘭拜別了秦母、叔寶與張氏夫人。懷玉夫妻亦出來拜別，護送出門。尉遲南、尉遲北並太后賜的兩名太監，及隨來潘美等，做了前隊。羅公子與竇公主、花夫人并宮人婦女，及金鈴、吳良等做了後隊。徐惠妃差西府內監；袁紫煙亦差青琴；江、羅、賈三夫人，俱差人來送別。時冠蓋餞別，塞滿道路，送一二十里，各自歸家。

羅公子急忙要趕到雷夏墓所，迎請竇建德到幽州去，吩咐日夕趕行。不多幾日，已出潼關，將至陝州界口，一個大村鎮上。那日起身得早，尚未朝餐，前隊尉遲南兄弟，正要尋一個大寬展的飯店，急切間再尋不出；又去了里許，只見一個酒帘挑出街心，上寫一聯道：「暫停車馬客，權歇利名公。」尉遲南眾人看見了，就下馬，把馬繫好進店去，看房屋寬大，更喜來得早，無人歇下；尉遲南忙吩咐主人，打掃潔淨，整治酒餚，又出店來盼望後隊。只見街坊上來來往往，許多人擠在間壁一個庵院門首，尉遲南問土人為著何事，答道：「不曉得，你們自進庵裡去看便知。」尉遲兄弟忙擠進庵來，只見門前一間供伽藍的，進去三間佛堂，門戶窗櫺，檯桌器，多打得虀粉，三四個老尼坐在一塊兒涕泣。尉遲南問著老尼，老尼也只顧下淚未答。只聞得耳邊嘈嘈雜雜的，地方上人議論道：「那個公主，也是個金枝玉葉，不意國亡家破，被那官兒欺負。」尉遲兄弟未及細問，恐怕羅公子後隊到了，即便抽身出來，恰好羅公子與眾人騾馬一鬨而至，這旁竇公主與花夫人便下了騾轎，進店去了。

羅公子下馬，見街坊上熱鬧，叫尉遲兄弟進去，問地方上為著何事。尉遲南把土人的言語，與庵中的光景說了；竇公主見說，心中想道：「莫非隋魏後人，流落在這裡。」便叫左右去喚那個老尼來，那吳良、金鈴出外，到底是軍人打扮，她兩個是好事生風的，忙出店走進庵來，對老尼說道：「我家公主與小王爺，喚妳師父快去。」那老尼見說，忙站起來問道：「是那個王爺？又是什麼公主？」金鈴道：「妳過去便知明白。」老尼沒奈何，只得一頭走，一頭向眾人問明來歷。來到店中，見了公主、公子，打了幾個稽首。竇公主問道：「妳庵中被何人囉唣？有那朝公主在裡邊？」老尼答道：「當初隋朝有個南陽公主，少寡守節，有一子名曰禪師，因夏王討宇文化及時，夏將于士澄見公主美貌欲娶，公主不從，士澄誣禪師與化及同黨，竟坐殺之。公主向夏王哀請為尼，暫寓洛陽，因山寇竊發，回長安訪親，中途又被賊劫，故此投到小庵來住。昨晚有一官府宇文士及，在此下店，不知被那個多嘴的說了，那宇文官府走過庵來，必要請見南陽公主。公主再三不肯相見，那宇文官府立於戶外說道：『公主寡居，下官喪偶，中饋尚虛，公主若肯俯從，下官當以金屋貯之。』論來這樣青年大官府隨了他去，也完了終身，不想南陽公主聽說，不但不肯從他，反大怒起來，在內發話道：『我與汝本係仇家，今所以不忍加刃於汝首，因謀逆之日，察汝不預知耳。今若相逼，有死而已。』」宇文官府知不可屈，即便去了，他手下道我窩頓了亡隋眷屬，逼勒著要詐我們銀子沒有，故此打得這般模樣。」竇公主道：「宇文士及當初楊太僕知他有品行的，故此遺計教他投唐，以妹子進獻，方得寵眷；不意他漁色改行，以至於此，可見這班咬文嚼字之人，蓋棺後方可定論。」遂叫左右三四個婦女，即同老尼進庵去，請南陽公主到來一見。

眾婦女去不多時，擁著南陽公主到店來。但見一個雲裳羽衣，未滿三旬的一個佳人，竇公主同花夫人忙出來接見了，遜禮坐定。竇公主道：「剛纔老尼說，姐姐要往長安探親，未知何人？」南陽公主道：「唐光祿大夫劉文靜係妾亡夫至親，今為唐家開國元勳，意欲往長安依附他，以畢餘生。不想聞得劉公與裴監不睦，誣以他事，竟遭慘戮，國家殄滅，親戚凋亡，故使狂夫得以侵辱。」說罷，淚下數行。竇公主見了這般光景，不勝憐恤道：「既是姐姐欲皈依三寶，此地非止足之所，愚妹倒有個所在，未知尊意可否？」南陽公主道：「敢求公主指引。」竇公主道：「雷夏有個女貞庵，現有煬帝十六院中秦、狄、夏、李四位夫人，在內守志焚修。若姐姐肯去，諒必志同道合。」南陽公主道：「若得公主提攜，妾當朝夕頂禮慈悲，以祝公主景福。」竇公主道：「我們也要到雷夏，若尊意已允，快去收拾，便同起身。」南陽公主大喜，即起身去草草收拾停當，謝了眾尼，又到店中。竇公主把十兩銀子賞了老尼，又叫手下僱了一乘騾轎與南陽公主坐了，一同起行。潘美與金鈴往櫃上去會鈔，只見櫃內站著一個方面大耳一部虬髯的人笑道：「鈔且慢會，敢問方纔上車的，可就是夏王竇建德之女麼？」潘美答道：「正是。」又問道：「那個小王爺又是誰？」金鈴道：「就是幽州羅燕郡王之子諱成，如今皇爺賜婚與他的。」那漢又問道：「當初夏王的臣子孫安祖，未知如今可在否？」金鈴答道：「現從我們王爺，在山中修行。」那漢點頭說道：「可惜單員外的家眷，如今不知怎樣著落？」潘美道：「單將軍的女兒，前日皇爺已與我家竇公主同日賜婚，配與秦叔寶之子小將軍，皇爺賜他扶柩殯葬父親，即日要回潞州去了。」那漢見說，拍手大笑道：「快活快活，這纔是個明主。」潘美忙要稱還飯錢，催他算帳，那漢道：「夏王與孫安祖，俱係我們昔年好友，今足下們偶然賜顧一飯，何足介意。」潘美取銀子稱與他，那漢堅執不肯收，推住道：「不要小氣，請收了。但不知足下說的那單員外的靈柩，即日要回潞州，此言可真否？」金鈴道：「怎麼不真，早晚也要動身了。」那漢道：「好，請便罷！」潘美問他姓名，那漢不肯說，拱拱手反蹉進去了。潘、金二人，只得收了銀子，跨上馬望前趕去。

看官們，你道那店中的大漢是誰？也是江湖上一個有名的好漢，姓關名大刀，遼東人，昔年曾販私鹽，做強盜，無所不為的。他天性鄙薄仕宦，不肯依傍人尋討出身，近見李密、單雄信等俱遭慘戮，他便收心，在這裡開一個大飯店，遇著了貪官污吏，他便不肯放過，必要罄囊倒橐，方纔住手。好處不肯殺人，不肯做官，他道：「我祖上關公，是個正直天神，我豈可妄殺人？」又道：「關公當日不肯降曹，我今亦不去投唐。」因此四方的豪傑人多敬服他。正是：

海內英雄不易識，肺腸自與庸愚別。可笑之乎者也人，虛邀聲氣張其說。

今說竇公主要他父親一同到幽州去，先打發又蘭同眾官人到雷夏，自與羅公子到隱靈山要接父親起身；無奈竇建德與三藏和尚講論，看破塵世，再不肯下山，公主只得哭別了，仍舊到雷夏來；賈潤甫與齊善行俱來接見。女貞庵四位夫人，是時又蘭早已接到家中，各各相見。楊義臣如夫人與馨兒，徐懋功先已差人接去了。公主祭奠了曹后，墓上田產，交託兩個老家人看管，收拾行裝，差人送南陽公主與四位夫人，到女貞庵去，便同羅公子、花又蘭往北進發。賈潤甫送公子起身之後，曉得單雄信家眷扶柩回潞州，因想：「雄信當初許多情誼，多少人受了他的厚惠；我曾與他為生死之交。雄信臨刑時，秦、徐諸人，割股定姻，報他的恩德；我賈潤甫也是個有心腸的，尚未酬其萬一。今日聞得他女兒女婿，扶柩歸葬，焉有不迎上去，至靈前一拜之理？」便收拾行囊，拉了附近受過單雄信恩惠的豪傑，竟奔長安不題。且說秦懷玉與愛蓮小姐滿月後，辭了祖母父母起身，叔寶差四名家將，點四五十營兵護送。懷玉因他父親的功勳，唐已擢為殿前護衛右千牛之職，時眾官輩亦來送行，懷玉各各辭別，擁著一車起身。

行了幾日，已出長安，天將傍晚，眾家將加鞭去尋宿店。只見七八個大漢子，俱是白布短衣，羅帕纏頭，向前問道：「馬上大哥，借問一聲，那二賢莊單員外的喪車，可到這裡來麼？」家將停著馬答道：「就在後面來了。」那幾個大漢聽見，如飛去了。家將見那幾個大漢已去，心上疑惑起來，恐是歹人，忙兜轉馬頭，追趕那幾個大漢。趕了里許，只見塵煙起處，一隊車馬頭導，兩面奉旨賜葬金字牌，中間一副大紅金字銘旌，上寫：「故將軍雄信單公之柩」。沖天的招搖而來。眾好漢看見，齊拍手道：「好了，來了！」齊到柩前扒在地下，拍地呼天的大哭起來。家將見了，知不是歹人，秦懷玉忙跳下馬還禮；單夫人聽見，推開轎門，細認七八個人中，只有一個姓趙，綽號叫做莽男兒，當初殺了人，虧雄信藏他在家，費了銀子解救，其餘多不認得，想必多是受過恩的。單夫人不覺傷感大哭起來。眾好漢也哭了一回，磕了幾個響頭，站起來問道：「那一個是單員外的姑爺秦小將軍？」秦懷玉答道：「在下就是。」一個大漢走上前來，執著秦懷玉的手，看了說道：「好個單二哥的女婿！」那一個又道：「秦大哥好個兒子！」讚了幾聲，又問道：「令岳母與尊夫人可曾同來？」懷玉指道：「就在後車。」那漢便道：「眾兄弟，我們去見了單二嫂。」眾人齊到車前，單夫人尚未下車，眾好漢七上八落的在下叩頭，單夫人如飛下車還禮。眾人起來說道：「二嫂，我們聞得二哥被戮，眾兄弟時常掛念，只是不好來問候。如今妳老人家好了，招了這個好女婿，終身有靠了。」單夫人道：「先夫不幸，有累公等費心。」莽男兒道：「天色晚了，把車推到店中去罷，賈兄們在那裡候久了！」懷玉道：「那個賈兄？」眾人道：「就是開鞭杖行頭賈潤甫，他曉得令岳的喪車回來，便拉了十來個兄弟們在那裡等候。」說了，便趕開護兵，七八個好漢用力擁著喪車，風雷閃電的去了。原來賈潤甫拉齊眾好漢，恰好也投在關大刀店中，當時見喪車將近，便同眾人迎到柩前，又是一番哭拜。單夫人同秦懷玉各各叩謝了，關大刀同眾人把喪車推在一間空屋裡去。

賈潤甫領秦懷玉與單夫人、愛蓮小姐，到後邊三四間屋裡去，說道：「這幾間，他們說還是前日竇公主到他店裡來歇宿，打掃潔淨在此，二嫂姑娘們正好安寢，尊從就在外邊兩旁住了罷。」單夫人問賈潤甫道：「賈叔叔，那班豪傑那裡曉得我們來，卻聚在此？」賈潤甫道：「頭裡那一起，是關兄弟先打聽著實，知會了聚在此的。後邊這一路，是我一路迎來說起欣然同來的。這班人都是先年受過單兄恩惠的，所以如此。」說了即同懷玉出來，只見堂中正南一席，上邊供著一個紙牌，寫著：「義友雄信單公之位」。關大刀把盞，領眾好友朝上叩首下去，秦懷玉如飛還禮。關大刀把盃筯放在雄信紙位面前，然後起來說道：「賈大哥，第二位就該秦姑爺了。」賈潤甫道：「這使不得。他令岳在上，也不好對坐；二來他令尊也曾與兄弟相與，怎好僭坐？不如弟與秦姑爺坐在單二哥兩旁，眾兄弟入席，挨次而坐，乃見我們止以義氣為重，不以名爵為尊，纔是江湖上的坐法。」眾人齊聲道：「說得是。」大家入席坐定，關大刀舉杯大聲說道：「單二哥，今夜各路眾兄弟，屈你家令坦❷，在小店奉陪，二哥須要開懷暢飲一杯。」一堂的人，大杯巨觥，交錯鯨吞，都訴說當年與雄信相交的舊話，也有說到得意之處，狂歌起舞；也有說到傷心之處，出位向靈前搥胸跌足哭起來。只聽見莽男兒叫道：「秦姑爺，我記得那年九月間，你令祖母六十華誕，令岳差人傳綠林號箭到我們地方來，我們那時不比於今本分，正在外橫行的日子，不便陪眾登堂。」把手指道：「只得同那三個弟兄，湊成五六百金，來到齊州，日裡又不敢造宅，直守至二更時分，尋著了尊府後門跳進來，把銀子放在蒲包內，丟在兄家內房院子裡頭。這事想必令尊也曾與兄說過。」秦懷玉道：「家母曾道來。」

正說得高興，只聽得外面叩門聲急，關大刀如飛趕出來，開門一看，便道：「原來是單主管，來得正好，你們主兒的喪車，與太太姑爺姑娘多在裡面。」原來單全，當時隨雄信在京，見家主慘變後，即便辭了單夫人要回鄉里。秦叔寶、徐懋功，知他是個義僕，要抬舉他，弄一個小前程與他做，他必不從，逕歸二賢莊。喜的單雄信平昔做人好，沒有一個不苦惜他，所以這些房屋田產，盡有人照管在那裡，見的單全一到，多交付與他。單全毫無私心，田產利息，悉登冊籍，今聞夫人們扶柩回鄉，連夜兼程趕來，在路上打聽，曉得投在關家店裡，故此趕來。當時關大刀閉上門，領單全到堂中來，賈潤甫見了喜道：「單主管，你也來了。」單全見上邊供著主人牌位，先上去叩了四叩，又要向眾人行禮下去。眾好漢大

❷ 令坦：對別人女婿的敬稱。

家推住道：「聞得你也是有義氣的男子，豈可如此！」單全只得止向秦懷玉叩首，懷玉連忙扶起。眾人道：「主管快來坐了，我們好吃酒了。」單全道：「各位爺請便，我家太太不知下在那一房，我去見了來。」說時早有婦女領了進去，不移時出來坐了。賈潤甫道：「單主管，我們眾兄弟，念你主人生前之德，齊來扶他靈柩還鄉，到那裡還要盤桓幾日，但不知你莊上如何光景？」單全道：「莊上我已一色停當，但未擇地耳。只是如今王世充在定州，糾合了邴元真復叛，羅士信被他用計殺害，占了三四個城池，前日聞他已到潞安，如今將到平陽來，只恐路上難行奈何？」賈潤甫道：「當初我家魏公與伯當兄，好好住在金墉，被他用計送死，單二哥又被他累及身亡，幾個好弟兄，皆因他弄得七零八落。今士信兄弟，又被他殺害。我若遇著他，必手刃之，方快我心。」

秦懷玉見說士信被殺，便垂淚道：「士信叔叔與父親結為兄弟，小姪與他相聚數年，今一旦慘亡，家父聞知，是必請兵剿滅此賊，以報羅叔叔之仇。」單全道：「我昨夜在七星崗過夜，三更時分，夢見我家先老爺，叫了我姓名說道：『我回去了，可恨王世充，殺我好友義弟，又是我同起手的心交，我知此賊命數已絕，你去叫姑爺滅了他，幹了這場功。』」闞大刀道：「我們眾兄弟同去除了這賊，替羅家兄弟報了仇何如？」賈潤甫道：「若諸兄肯齊心，管叫此賊必滅。」眾人道：「計將安出？」賈潤甫道：「計策自有，必須臨時著便，今且慢說。但必要闞兄去方好，只是沒人替他開店。」闞大刀道：「店中生意，就歇兩日何妨？但要留單主管在此。」單全道：「我是要隨太太回去的。」賈潤甫道：「太太姑娘，權屈在店中住幾日，仗單二哥之靈，我們去幹了這場功，回店扶柩去未遲。」眾好漢踴躍應道：「好。」單夫人在內聽見，忙叫人請賈潤甫進去說道：「小婿年幼，恐怕未逢大敵，還是打聽他過了再走罷。」賈潤甫道：「二嫂但放心，幹事皆是眾兄弟去，我與令坦止不過在途中接應，總在我身上無妨。」說了出來，對眾人說道：「既是明早大家要去幹正經，我們早些安寢罷！」過了一宵，五更時分，關大刀向賈潤甫耳上說了幾句，又叮囑了單全一番，先與眾好漢悄然出門而去；賈潤甫同秦懷玉率領了家將，亦離店去了。

卻說關大刀同莽男兒一班，走了兩三日，將到解州地方，恰遇著了王世充的前站，見了一二十個穿白衣服的人來問道：「你們是那裡來的百姓？」眾人道：「我們是迎單將軍的柩回去的。」馬上將官問：「那個單將軍？」眾好漢答道：「就是單雄信。」那將官道：「單雄信是我家的勇將，被唐朝殺的，你們都是他什麼人，去扶他靈柩？」眾好漢道：「我們俱是他當年管轄的兵卒，感他的恩德，故此不憚路途而來，爺們可是守這裡地方的？」那將官道：「不是，鄭王爺就在後面來了，你們站一回兒，便知分曉。」正說時，只見後面塵頭起處，一簇人馬行近前來，眾好漢看了，拍手喜道：「正是我家的舊王爺。」那將官帶了一干好漢，到王世充面前說了。王世充問道：「單將軍的靈柩，你們扶他到那裡？」眾人道：「到二賢莊。」邴元真在旁邊馬上說道：「只怕是奸細。」叫人各人身上收檢，眾人神色不變，便不疑惑。王世充道：「你們都是行伍出身，何不去投唐圖個出身？」眾人道：「唐家既不肯赦我們的恩主，我們安肯背義從唐？」王世充道：「你們既是我家舊兵卒，我這裡正少人，何不就住在我帳下效用，當初你們是步兵還是馬兵？」眾好漢道：「當時是馬兵。」王世充問了各人姓名，叫書記上了冊籍，給付馬匹衣甲器械，派人第二隊。

今說賈潤甫同秦懷玉與兩個家將一行人等，慢慢的已行了三日，將近解州。賈潤甫叫秦懷玉差一個伶俐小卒，假裝了乞丐，前去打聽，自己守在一個關王廟裡。隔了兩日，只見差去的小卒歸來報道：「小的初去打聽我們這幾位爺，被王世充信任收用，已派入第二隊。昨夜他們已破平陽，今要進解州，一路百姓多逃避一空，止剩房屋，他們下寨在貓兒村，不知為甚，四更時分，只聽見軍中喧喊，嘩道有賊，故此小的忙來報知。」賈潤甫見說，忙起一課大喜道：「眾兄弟成功了，快備馬我們迎上去。」秦懷玉即便領二家將，跨馬前行。未及一二里，早望見一二十個白衣的人，頭裡那人卻是莽男兒，提著兩個首級，飛奔前來，叫道：「賈大哥，王世充、邴元真二人首級在此，後面追兵來了，快去幫他們廝殺。」賈潤甫叫人把首級挑在槍桿上，同莽男兒飛趕去，只見眾好漢在一個山前與王家兵馬，正在那裡廝殺。莽男兒跑向前大聲喊道：「我家大唐兵馬來了！」秦懷玉扯滿弓，一連射死了兩三個。賈潤甫叫道：「王世充、邴元真兩個逆賊，首級已梟在此，你們何苦自來送死！」王家兵將見了，即便敗將下去。秦懷玉與眾人，直追至貓兒村，賊兵只得棄了輜重，各自逃生。賈潤甫將賊兵擄掠遺棄之物，裝載了幾車，尚恐怕餘賊未散，又追趕三四十里，然後轉來。早有人來報道：「單二爺喪車，已被二賢莊許多莊戶，趕到關家店裡，載進潞州去了。」眾好漢此時不是步行了，俱騎了馬，連日夜兼程，趕上喪車，護進二賢莊。

地方官員曉得秦叔寶名位俱尊，其子懷玉現任千牛之職，目下又建奇功，多要想來弔候。賈潤甫在莊前擇一塊豐厚之地，定了主穴。關大刀對賈潤甫道：「賈大哥，我們這場功皆仗單二哥的陰靈，得以萬全，為什麼呢？弟前夜與趙兄弟兩個，乘王世充、邴元真酒醉熟睡時，潛蹤入幕，盜了兩人的首級，眾兄弟齊上馬出來，驚動了帳房內，只道是劫營的，齊起身來追趕。時天尚昏黑，眾弟兄因記不出路徑，只見黑暗中隱隱一人騎著馬領路，眾弟兄認是我，又不好高聲相問，只得隨著他走了三四里，天將發白，那前頭騎馬的倏然不見了，豈不是單二哥陰靈護佑我們？如今把這些衣飾銀錢，分做兩堆，一堆贈與姑爺為殯葬之資；一堆散與二賢莊左右鄰居小民，念他們往日看守房屋，今又遠來迎柩營葬，少酬其勞。」賈潤甫與眾好漢齊聲道：「關大哥說得是。」秦懷玉道：「豈有此理，這些東西，諸君取之，自該諸君剖之，我則不敢當，何況敝鄰。」

正在推讓時，只見潞州官府抬了豬羊到靈前來弔唁，秦懷玉同賈潤甫出來接住，引到靈前去拜過，見院中羅列著兩堆銀錢衣飾，問是何故。賈潤甫答道：「有幾個商賈朋友，是昔年曾與單公知交，今來迎喪，恰逢王世充逆賊臨陣，眾友推愛，齊上前用力勦滅，賊擄之物，遺棄而去。這些東西，理合眾友收領，不意眾友仗義不從，反欲賜惠小民。」那個郡守笑道：「這也算一班義士了。但是小民無功，豈可收領逆贓。既云好義，何不寄之官庫，題請了，替單公建祠立碑，以為世守，亦是美事。」那衙官見說，心中想道：「我們做了一個官兒，要百姓們一兩五錢的書帕，尚費許多唇舌，今這主大財，那班人反不肯收，不知是何肺腸？」官兒們挨了一回，見秦懷玉不言語，只得別過去了。眾好漢便招地方上這些看的窮人，近前來說道：「這一堆東西，是秦姑爺賜你們的，以當酬勞之意。你們領去從公分惠，不許因此些微之物，爭競起來，到官府責罰。自今以後，你們待秦姑爺如待單員外一般便了。」眾鄰里齊跪下去，歡呼拜謝，領了出去。

關大刀對賈潤甫說道：「賈大哥，我們的事已畢去罷！」又對秦懷玉道：「眾弟兄不及拜別令岳母了！」大家拱拱手欲別，秦懷玉道：「這貨利不好，有汙諸公志行，請各乘騎而去何如？」眾好漢道：

天色昏黑，關大刀與眾弟兄記不出路徑，只見黑暗中隱隱一人騎著馬領路，眾人隨他殺退王家兵將。又行了三四里，天將發白，那前頭騎馬的倏然不見了，關大刀以為是單雄信陰靈護佑。

「我們如此而來，自當如此而去。」盡皆岸然不顧而行，看的人無不嘖嘖稱羨。秦懷玉督手下造完了墳墓，擇了吉日，安葬好了丈人；又見主管單全，忠心愛主，就勸單夫人把他作為養子，以繼單氏的宗祧❸，將二賢莊田產，盡付單全收管，以供春秋祭掃；自同單夫人與愛蓮小姐，束裝起身。家將們帶領了王世充、邴元真二人首級，忙進了長安不提。要知後事如何，且聽下回分解。

總評：煬帝被弒，十六院美人星散，至此一一敘來，不知費多少筆墨。看他挽處合處，各有章法。南陽公主守節，不遇著竇、花兩位夫人，何由得到女貞庵，與秦、狄、夏、李四位夫人相會，落想俱從天上得來。至喪車所過，扶柩者有人，安歇處有店，序次絕無遺漏，即令畫工描寫，恐亦不能盡其曲折，而其中周旋照應，更有一番苦心，真神筆也。

又評：英雄好漢，氣岸❹各有不同。關大刀口角身分，不可移於賈潤甫。潤甫精細，大刀剛直爽快，出口便異，寫得曲盡。至殺死王世充、邴元真，仗義不取財物，此又是英雄好漢的本色，更不必言。

---

❸ 宗祧：即宗廟，這裡指繼嗣。

❹ 氣岸：氣概；意氣。

第六十四回 小秦王宮門掛帶 宇文妃龍案解詩

詞曰：

寂寂江天錦繡明，凌波空步繞花陰。一枝驀地閒相近，惹得狂蜂空喪身。　逞樂意，對芳樽，腰圍玉帶暗藏針。片詞題破驚疑事，喋血他年逼禁門。

右調鷓鴣天

天地間填不滿處不足的，惟婦人之心。非婦人之心真有不滿不足之地，止因其所好不得不然，故借此以消遣耳。今且慢說秦懷玉剿滅了王世充、邴元真回來，將二人首級獻功，唐帝賞勞。再說武德七年間，四方諸醜，虧了世民擊滅將完，時唐皇晚年，總多內寵，生兒者二十餘人，無子者不計其數，靡不思迭尋寵愛，各獻奇功。然其間好事生風敢作敢為的，無如張、尹二妃。她本是隋文帝寵用過的，忽然間唐帝又把她兩個弄起手來，今幸一統天下，雖不能做正位中宮，卻也言聽計從，無欲不遂。更值竇皇后福祿不均，先已駕崩，因此兩人的心腸更大了些。但唐帝因宮中年少佳麗甚多，便在她兩個身上，也就平淡；何知婦人家這節事，如竹簾破敗，能有幾個自悔檢束的，但看時勢之逆與順耳。

時值唐帝身子不爽，在丹霄宮中靜養，相戒諸嬪妃，非宣召不得進來，因此那些環珮嫋娜之人，皆在宮中靜守。惟有那張、尹二夫人，年紀卻在三旬之外，謔浪意味，愈老愈佳。平昔雖與建成、元吉，眉來眼去，情意往來，恨無處可以相承款曲。那日恰好尹夫人差侍兒小鶯，去請楊美人蹴毬耍子，只見建成、元吉兩個小宮監跟了走來。小鶯見了，笑逐顏開問道：「二位王爺在何處來？」建成、元吉認得小鶯是尹夫人的丫嬛，便道：「我兩個特來尋妳們二位夫人說句話兒，妳到何處去？」小鶯笑著搖頭道：「不是二位王爺是丹霄宮中出來，如今回去快活，為什麼尋我們夫人起來；若是有正經要會，何不在前日昨日，今卻說這樣話來騙我？」建成聽見，歡喜不勝道：「為甚麼該在前日昨日來？」小鶯笑道：「罷了，有人來撞見，又要搭出是非來，請各便罷，我要去幹正經了。」就要走動，當不起建成是個酒色之徒，見那小嬛說話伶俐，一把扯到側首一個花檻內，叫小監門首站著，執著小鶯雙手道：「小妮子，妳從實說與我們聽了，我把東西來送妳。」小鶯笑道：「東西我不敢領，既承二位王爺下問，待我對你說了罷。前日初十，是張夫人誕日；昨日十三，是我家尹夫人誕日。這兩天被眾夫人鬧得好厭，今日甚是清閒，張夫人又道無聊，約了我家夫人，叫我去請楊夫人來蹴毬耍子，故此我說二位王爺，既有話要會二位夫人，何不也在前兩日來，大家相聚，豈不是一場勝會？」元吉道：「眾夫人拜壽，我們怎好來親熱孝順。今日無事，正好來補賀，豈不是兩便？」建成道：「說得有理，我們弟兄兩個，回去準備了禮物就來，你與我們說聲。」小鶯道：「二位王爺認真要來，我也不去請楊夫人了，在宮專候駕臨。但恐不准，叫我那裡當得起？」建成、元吉道：「豈有此理，妳道我虛言麼，我們先將一物與妳取去，送二夫人收了何如？」小鶯道：「若得如此，方好相候。」二位王爺各在身上解下一條八寶十錦合歡絲鸞帶，付與小鶯收了，又道：「我們現今不能用情贈妳，少頃到宮來，斷不虛妳的盛情。」小鶯道：「恁說快去了來，竟到後宰門走進，更覺近些。」三人別去。正是：

慢跨富貴三春景，且放梅梢翫月明。

不說小鶯去通知張、尹二夫人，且說建成、元吉，聽見小鶯之言，歡喜不勝，疾忙趕到府中，收拾了珍珠美玉，把兩個金龍盒子盛了，叫宮監捧著，一同忙到後宰門來。門官見是二位殿下，忙把門開了。二王跨下馬，叫人牽了在外面伺候。小宮監捧著禮物，二王走到分宮樓，只見小鶯咬著指頭，站在門首懸望，見了二王喜道：「王爺們來了。」建成道：「小鶯，妳可曾與二夫人說知？」小鶯點點頭兒，引二王進去，到中堂坐下，叫兩三個宮奴，把禮物收了進去。一盞茶時，只見張、尹二位夫人跟著三四個宮娥，輕移蓮步，走將出來。二王如飛叫人把毯子鋪下，要行大禮。二位夫人那裡肯受，自己忙走近身來拖住。張夫人道：「二王怎麼要行起這個禮來，豈不要折殺我們？」元吉道：「二位夫人，如同母子，焉有聖壽不行恭拜之禮？」尹夫人道：「求二位以常禮相見，我們兩個心上方安。」二王沒奈何，只得順從了。張夫人道：「屈二王到樓上去坐坐，省得這裡不便。」尹夫人道：「姐姐主張不差。」

大家同到樓上來，二王看那三間樓的景緻，宛如曲江開宴賞，玉峽映繁華，二王坐定，用點心茶膳，彼此細陳款曲。張夫人道：「向蒙二王時常照拂，使我二姊妹夢寐不能去懷，不意復承厚貺，叫我兩個何以克當？」元吉笑道：「張夫人說甚話來，骨肉之間，不能時刻來孝順，這就是我們的罪了，怎說那個話來？」建成道：「我們心裡，時常要來奉候，一來恐怕父皇撞見，不好意思；二來又恐夫人見罪，不當穩便，故此今日慢慢的走來，恰好遇著小鶯，叫她先來通知了，方纔放心。」尹夫人道：「我家張姐姐，常常對我說，三位殿下，都是萬歲所生，不知為甚秦王見了我們，一揖之外，毫無一些好處。他倚著父皇寵愛，驕矜強悍，意氣難堪。故此前日皇上，要他遷居洛陽，幸得二位王爺叫人來說了，被我姊妹兩個，在萬歲爺面前再四說了，方纔中止。」張夫人道：「總是有我四人一塊兒做事，不怕秦王飛上天去。」元吉道：「若得二位如此留心，真是我們的母后了。」兩夫人多笑起來。時綺席珍饈，雕盤異果，無所不有。四人猜謎行令，說說笑笑。英、齊二王都是酒色中人，起初還循些禮貌，到後來各人有了些酒，謔浪歡呼，無所不至。古人云：酒是色之媒。二王酒量原是好的，祇因身邊各有個千嬌百媚的女子，相對話言，眉眼傳情，他們醉翁之意俱不在酒，便假裝醉態。元吉道：「我們酒是有了，求二位夫人稍停一會兒，再飲何如？」二夫人見了這兩個俊俏後生，狎邪旖旎，無所不至，那裡描寫得完。正是：

萬惡果然淫是首，從教手足自相殘。

少停，兩對情魂聯臂出來，建成笑對元吉說道：「清風玉磬，音響餘箏，正如巫山雲夢，難以言傳。」元吉也笑道：「風牌月陣❶，鶯囀猿吟，總是我粗淺之人也學不出。」自此英、齊二王滿心暢快，打發宮監與外面伺候的回去了，便同二妃歡呼彈唱不題。再說秦王因唐帝在丹霄宮養病，他就不回西府，晨昏定省，每日調奉湯藥，整頓了六七日。時日色已暝，月上花枝，唐帝身子略已痊可，便對秦王道：「吾病今日身體稍覺安穩，你依朕回府去看看。」秦王不敢推卻，只得領了父皇旨意，辭駕出宮。行至分宮

❶ 風牌月陣：指男女歡愛之事。

樓，忽聽見彈箏歌唱，輕一聲高一聲，韻致悠揚。秦王站了一回，見是張、尹二妃寢宮，便道：「她曉父皇有病，正該憂悶沉思，為甚歌唱起來？」就要行動，忽聽見裡面喊道：「這一大杯，該是大哥飲的，我卻先乾了！」秦王道：「他們弟兄兩個，平昔有人在我跟前說許多話，我尚猜疑。不意如今這時候，還在這裡吹彈歌唱，不特不念父皇之疾，反來淫亂宮闈，理實難容。我若敲門進去，對他訓論一番，也是正理。倘然父皇曉得，又增起病來，反為不美。」停足想了一回道：「也罷，暫將我的腰間玉帶，解下來掛在他宮門上，待他們出來見了，好叫他痛改前非。」打算停當，即將腰間玉帶解來，掛在蟠龍彩鳳之門，自即那步而出。

卻說英、齊二王，五更時候忙起身來，收拾完備了，夭夭、小鶯，各送上湯點。建成對二妃道：「我二人承妳二位如此恩情，時刻不能去懷。倘秦王這事稍可下手，我們外邊必傳進來。替妳二夫人說，如裡邊有什麼機會，也須差人報與我們得知。」張、尹二妃道：「秦王這事，總是你我四人身上之事，不必叮嚀。但是離多會少，叫我二人如何排遣？」建成猶執著二妃之手，哽咽難言。元吉道：「妳們不必愁煩，我與大兄倘一得便，即趨來奉陪。」張、尹二妃拭淚，直送至玉宮門首，開出來猛見守門宮監，將玉帶呈上云：「是昨夜不知何人掛在宮門上的。」建成忙取來一認，卻是秦王身上的，二王唬得神色俱變，便道：「這是秦王之物，畢竟昨夜他回去，在此經過，曉得我們在內頑耍，故留此以為記念，如今怎樣好？」張豔雪說道：「不必慌張。秦王既有如此賊智，拚我一口硬咬著他，這罪名看他逃到那裡去？」便向建成耳上說了幾句，建成懽喜放心，即與元吉勉強散別歸府。張、尹二妃忙進宮去打扮停當，將秦王玉帶邊鑲，四圍割斷了幾處，跟了夭夭、小鶯齊上玉輦，同到丹霄宮來朝見唐帝。唐帝吃了一驚，

建成、元吉與張、尹二妃歡呼彈唱。秦王行至分宮樓知是二王淫亂宮闈；即將腰間玉帶解來，掛在蟠龍彩鳳之門。

便問道：「朕沒有來宣你們，何故特然而來？」二妃道：「一來妾等掛念龍體，可能萬安；二來有不得已事，要來見駕。」唐帝道：「有何事必要來見朕？」張、尹二妃不覺流淚道：「妾等昨夜更深，忽然秦王大醉，闖進妾宮中來，許多甜言媚語，強要淫污，妾等不從，要扯他來見陛下，奈力不能支，被他走脫，只把他一條玉帶扯落在此，請陛下詳看，以定其罪。」唐帝道：「世民這幾日時刻在此侍奉，昨因朕病體小愈，故黃昏時候，叫他回府將息，何曾用過酒來，說甚大醉？」將玉帶細翫，又是秦王之物，便道：「玉帶雖是他的，其中必有緣故，或者是他走急了，撩在何處，你們宮奴拾了便將來誣陷他，這是使不得的呢！」尹瑟瑟道：「妾等幾年侍奉陛下，何曾誣陷他人，說這樣話來。」兩個裝出許多妖態，滿面流淚，挨近身旁，哀哭不止。唐帝不得已，只得說道：「既如此，二妃且回，待朕著人去問他。」即寫幾字著內監傳旨，命御史李綱，去會問秦王闖宮情由，明白奏聞。因此張、尹二妃，只得謝恩回宮。

卻說秦王夜間掛帶之後，忙歸府中，心中著惱，那裡睡得著，絕早起身，把家政料理了一番，便要進宮去問候。只見左右報道：「御史李綱在外要見王爺。」秦王只道是要問父皇病體，便出來相見，參謁後坐定。李綱道：「聖上龍體如何？」秦王道：「孤昨夜回來，身子已覺好些，不知今日如何，正要定省。」李綱道：「今早有個內臣傳出旨意，發到臣處，要臣來請問殿下，故臣不得不自來冒瀆。」秦王忙叫左右，擺著香案來開讀了。此時秦王顏色慘淡，便想道：「昨夜我一時聽見，故借此以警他們將來，不意他們卻反來誣陷我！」即對李綱道：「孤昨夜在父皇宮中回來，樓前偶有所聞，故將玉帶繫掛於宮門，使彼以警將來，況此係孤等家事，亦難明白訴卿。只問先生，孤何如人也，而欲以涅作淄❷乎？」

❷ 以涅作淄：指污陷別人。

李綱道：「殿下功高望重，豈臣下所敢措辭。今只具一情節來，封付臣去回覆聖旨，便可豁然矣！」秦王道：「說得有理。」便寫了幾句，封好付與李綱袖了，便辭出府去，回覆了聖旨。時唐帝忙叫內臣扶出，便殿坐下。李綱朝拜已畢，叩問了聖體，然後將秦王所封之書呈上。唐帝展開來一看，只見上寫道：

家雞野鳥各離巢，醜態何須次第敲。難說當時情與景，言明恐惹聖心焦。

唐帝看了一遍道：「這是一首絕句，叫朕那裡曉得？」李綱道：「秦王秉性忠正嚴烈，陛下素知，此詞必不敢輕寫。聞玉帶掛於宮門，諒必有故。陛下龍體初安，且放在那裡，慢慢詳察，自然明白。」唐帝道：「既如此，卿且去，待朕思之。」李綱不敢復奏，辭帝而出。當初漢蕭何治律云：捉姦捉雙，捉賊捉贓。這樣事體，必要親身看見，無所推敲，方可定案。若聽別人刁唆，總難擬斷。且大人家，一日尚有許多事體糾纏，何況朝廷。當時唐帝見李綱出宮去了，正要將此字揣摩，只見宇文昭儀同劉婕妤出來朝見。唐帝道：「奇怪，妳們二妃子為甚也出來，莫非亦有什麼事體？」二妃笑道：「剛纔曉得張、尹二夫人出來奉候，故此妾等亦走來定省。今日龍體想已萬全，還該尋些什麼樂事，排遣排遣纔是。」唐帝見說，微嘆不言。宇文昭儀瞥見了那張字紙在龍案上，便道：「此詩乃鄭衛之音❸，陛下書此何用？」唐帝道：「妃子何以知其是鄭衛？」宇文昭儀道：「陛下豈不看他四句字頭上，列著『家醜難言』四字，明白書陳，為甚不是？」唐帝到底是老實好人，便將張、尹二妃出來告訴，以至叫李綱去問秦王，故此秦王寫這幾個字來回覆，說了一遍。宇文昭儀道：「這樣事體，豈可亂談，必須親自撞見，方可定案。

❸ 鄭衛之音：本指春秋時鄭國、衛國的俗樂，後以泛指淫蕩的樂歌或文學作品。

張、尹二夫人在隋，如此胡亂朝政，他亦能甘忍。這幾年，秦王四海縱橫，豈無一女勝於此者，何今日特然駕言汙及；況前月陛下差秦王平定洛陽，又差妾等閱選隋宮美人，收府庫珍奇，嬌豔數千，秦王從不一顧，至於貲財或者有之。陛下可記得：當時妾與張、尹二夫人等，曾請各給田數十頃，與妾父母為業，已蒙陛下手敕賜與，秦王竟與淮安王神通，封還詔敕，不肯給田。以此看來，賢王等皆是惜財輕色之人，安能如陛下鍾情嬌怯者也。張、尹二夫人，或者猶以此記懷，未能釋然耶！」劉婕妤道：「三十六宮，四十八院，粉黛數千，嬌娥盈列，並無三尺之童在內，何苦以此吹毛求疵，能不免動太穆皇后泉下之悲乎？」這句話打動了唐帝的隱情，便道：「我也未必就去推問，二妃且莫論他。」正說時，有個內監進來報道：「平陽公主薨。」唐帝嘆道：「公主當初親執金鼓，興義兵以輔成大業，至有今日。不意反不克享，先我而亡。」說了不覺淚下。宇文、劉二夫人道：「陛下切念公主，尤宜善視三王。況龍體初安，諸事總係大數，陛下還宜調護。」唐帝點頭。二妃正要扶唐帝到丹霄宮去，忽兵部傳本進來，說吐谷渾❹結連突厥可汗，直犯岷州，請師救援。唐帝想了想，援筆批道：「著駙馬兵部總管柴紹，火速料理喪事後，率領精兵一萬前往岷州，會同燕郡刺史羅成，征剿二逆，毋得遲誤。」即叫內監傳旨出去，回到丹霄宮，頤養起居，龍體平復。

一日，在苑囿閒玩，英、齊二王在那裡馳馬試劍，秦王亦率領西府諸臣見駕。言論間，英、齊二王與秦王，各說武藝超群，唐帝對尉遲敬德道：「本領高低各人練習，若說膂力剛強，單鞭剗馬❺，人所

---

❹ 吐谷渾：我國古代鮮卑族建立的王朝，在今青海省北部和新疆東南部地區。谷，音ㄩˋ。

❺ 剗馬：無鞍轡之馬。

難能，不意敬德獨擅，真古今罕有。」齊王挺身說道：「敬德所言，恐皆虛誑，他道滿朝將士，盡是木偶，故如此誇口，已知我眾不能使槊，今兒與他較一勝負何如？」唐帝道：「兒與敬德比試，何所取意？」敬德道：「臣自幼學習十八般槍馬之法，並無虛發，但以理論之，殿下是君主，恭乃臣下，豈可比試使槊？」元吉道：「不妨，此刻不論品秩貴賤，只較槊法，暫試何害？」原來元吉亦喜馬上使槊，一聞敬德誇口，必要與他較一勝負，便請二哥全裝貫甲，一如榆窠敗走之狀，自假單雄信飛馬來追，「看你單鞭劀馬，能奪我槊否？」敬德道：「願赦臣死罪，恭賤手頗重，恐有傷損，只以木槊去其鋒刃，虛意相拒，獨讓殿下加刃來迎，臣自有避刃之法。」

元吉大怒，私與部下一將黃太歲說了幾句，便上馬持大桿鐵槊大呼道：「敢與我較槊麼？」秦王聽見，便挺槍勒馬而走。元吉持槊追趕，將有里許，舉槊要刺秦王。敬德乘馬趕上，喊道：「敬德在此，勿傷吾主！」元吉遂棄了秦王，挺槊來戰敬德；被敬德攔住，奪過槊來，元吉墜馬而走。只見黃太歲直趕過了元吉，挺槊來刺秦王，秦王奮不顧身而鬥，將要敗時，敬德飛馬趕來，黃太歲忙把槊來刺敬德，敬德把身一側，忙舉手中鞭打去，恰好那條槊又到面前，敬德奪過槊來一刺，可憐那黃太歲墜馬而死。敬德忙去回奏唐帝道：「黃太歲欲害秦王，故臣殺之。」元吉向前奏道：「秦王故令敬德殺我愛將，有違聖旨，乞斬敬德，以償太歲之命。」秦王道：「眼見你使太歲來害我，如此飾詞抵罪，敬德不殺太歲，吾命亦喪於太歲之手矣！」唐帝道：「黃太歲朕未嘗使之，何得尚擅自提槊追逐秦王，敬德有救主之功，朕甚惜之；況且你要他比槊，宜赦其罪，以旌忠義之心。汝弟兄當自相親愛，患難相扶，庶不失友于之意，使吾父寸心竊喜，勝於汝等定省多矣。」說了，即便散朝不提。欲知後事如何，且聽下回分解。

總評：從來上行下效，捷於影響。初時晉陽宮人，誰姦之乎？今日張、尹二妃，又誰姦之乎？以臣犯君，以子犯父，天之報施如是，而在唐時更覺不爽。淫亂之風，於斯為盛。秦王掛帶，二妃硬訴，此時唐帝即將張、尹二妃正法，豈不甚快。乃聽御史李綱之覆奏，及宇文昭儀、劉婕妤之勸解，胡亂不捉，終非了局，所以鬩牆之禍❻不能免也。尉遲敬德殺死黃太歲豈無故哉！閱者於此處，留心細翫之。

又評：建成、元吉到張、尹二妃分宮樓中歡呼快敘，誰人不知。李綱及宇文昭儀、劉婕妤對帝數語，亦是極存大體。若必要推問到底，竟成大獄。天下事有極難處者，此類是也。

❻ 鬩牆之禍：兄弟爭鬥之禍。

第六十五回　趙王雄踞龍虎關　周喜霸占鴛鴦鎮

詞曰：

世事不可極，極則天忌之。試看花開爛漫，便是送春時。況復巫山頂上，豈堪攜雲握雨，逞力更驅馳。莫倚月如鏡，須防風折枝。　百恩愛，千繾綣，萬相思。急絃易斷，誰能繫此長命絲。觸我一腔幽恨，打破五更熱夢，此際冷颼颼。天意常如此，人情更可知。

右調水調歌頭

諺云：一失足成千古恨，再回頭是百年身。不要說男子處逆境，有怨天尤人，即使婦人亦多嗟嘆，一日之間，就有無窮怨尤，總是難與人說的。這回且不說唐宮秦王兄弟奪槊之事，再說隋宮蕭后，住在突厥可汗那裡。那可汗雖是箇勇敢忠厚的蠻王，政治之外，並無絲竹管絃之樂，惟裙帶下那一答兒，是他消遣的事。年近五旬，已弄成病了。不想蕭后到來，又看上了眼，惟沙夫人與薛治兒凜不可犯，蕭后與韓俊娥、雅娘早已刮上了手。他們又是久曠的人，突厥便增了幾貼刦藥，就一旦弄死。韓俊娥、雅娘住了年餘，水土不服，先已病亡。義成公主見丈夫死了，抑鬱抱痾，年餘亦死。王義的妻子姜亭亭，又因產身亡。沙夫人把薛治兒贈與王義為繼室。羅羅雖然大了趙王五六年，卻也端莊沈靜，又且知書識禮，沙夫人竟將羅羅配與趙王。那突厥死後無嗣，趙王便襲了可汗之位，號為正統，踞守龍虎關，智勇兼備，政令肅清，退朝閒暇時，奉沙夫人等後苑游玩，曲盡孝道。

一日交秋時候，蕭后獨自閒行，佇立迴廊綠楊底下，見苑外馬廐中，有個後生馬夫，在那裡鍘草上料，閒觀那馬吃草。蕭后看他相貌，好像中國人，因喚近前來，問：「你姓甚名誰，是何處人？」馬夫道：「小的揚州人，姓尤名永。」蕭后道：「我說像中國人，你有妻小麼？為何來到此處？」馬夫道：「小的向隨王世充出征，因流落聊城，與一個相知周逢春同住，不期遇著宇文化及宮中三個女人，說是隋朝晨光院周夫人、積珍院樊夫人、明霞院楊夫人，那周夫人說起來，原來就是周逢春的族妹，因此逢春便叫周夫人嫁了小的，那樊夫人與楊夫人都嫁了周逢春。」蕭后驚訝道：「有這等事！如今三位夫人呢？」馬夫道：「周氏隨了小的年餘，因難產死了，那樊夫人也害弱症死了。只有楊夫人還隨著周逢春在臨清鴛鴦鎮上，開招商客店。」蕭后道：「你既與周逢春同住，為何又獨自來到這裡？」馬夫道：「小的因周氏已死，孤身漂泊，同伍中拉來這裡投軍，因羈留在此。」蕭后又問：「你今年幾歲了？」馬夫道：「小的三十歲。」蕭后想了一想說道：「我就是隋朝蕭后，我憐你也是中國人，故看周夫人面上，要照顧你，且還有話要細問；只是日間在此不便說得，待夜間我著人來喚你。」馬夫叩頭應諾而去。是夜蕭后正欲喚那尤永進去，不想被人知覺，傳與趙王知道。趙王疑有私情勾當，勃然大怒，立將尤永處死，正言規諫了蕭后一番，嚴諭宮奴，伺察其出入。蕭后十分的慚悶。正是：

只因數句閒言語，致令人亡己受慚。

今說柴紹領了聖旨，隨即發文書，著令部下游擊李如珪，提兵一千，知會羅成，叫他先領兵去到岷州，抵住吐谷渾，我卻提師來翦滅二寇。不一日，李如珪到了幽州，見了羅成，羅成拆開文書看了，即奏知郡王羅藝道：「岷州遠，突厥可汗那裡去近。況突厥可汗已死，今嗣子正統可汗係隋朝沙夫人之子趙王，聞得蕭后也在那裡，王義又在那裡做了大臣，俱是我們先朝的舊人。你今只消領一枝兵去，與他講明了，吐谷渾不見正統可汗助兵來，也就罷了。」羅成道：「父王之言甚善。」便歸到署中，與竇線娘說了。線娘道：「蕭后當初曾到我家，見她好一個人材，聞沙夫人是一個有志女子，我要見她，同你去走遭。」羅成道：「若得夫人同去，尤為威武。」花又蘭道：「妾也同二兒去，上上父母的墳。」原來竇線娘已養了一個兒子，叫阿大；花又蘭亦養一個兒子，叫阿二，差得半月，各有八歲了。隨叫金鈴、吳良大家收拾，辭別了燕郡王起身。行不多時，已到島口。正統可汗得了信息，忙與沙夫人商議道：「吐谷渾約我國助兵，同到中原去騷擾，兩日正在這裡選將，不想唐朝到差燕郡王之子羅成來問罪，如今怎麼樣好？」沙夫人道：「羅藝原是我先帝的重臣，其子羅成，因他勇敢，就做了唐家的大臣。況還有個竇建德的女兒線娘，賜與他夫妻。他夫妻二人，原是能征慣戰之將，不可小覷了他。」蕭后道：「不是這句話；若是他人奪了我們天下去，不要說他來征伐，就不來也要合夥兒去征剿一番。如今這李淵，你們不知，他與我家有中表之親，他家太穆竇皇后與我家先太后，是同胞姊妹，豈不是親戚；況竇線娘我也認得，是一個嬝娜之人，只是嘴頭子利害些，不見她什麼本事，她若來此，我也要去會她。」

正統可汗聽了，忙出去與王義商議，使他先領一支兵出去，自己慢慢的擺第二隊出城。李如珪要搶頭功，做了先鋒，被王義用計殺輸了，敗將下去。竇線娘第二隊已衝上來，見前面塵頭起處，好像敗下來的光景；線娘挺著方天畫戟，且趕向前，見戰將那條槍離李如珪後心不遠，著了忙，便拔壺中箭，拽滿弓射去，正中戰將槍頭上。那將著了一驚，只見王義妻子薛治兒，舞著雙刀，迎將上來。線娘把方天戟招架，兩人鬥上一二十合，薛治兒氣力不加，便縱馬跳出圈子外來問道：「妳可是勇安公主麼？」竇線娘道：「妳既知我名，何苦來尋死？」薛治兒道：「妳可認得蕭娘娘麼？」線娘道：「那個蕭娘娘？」薛治兒道：「就是先朝煬帝的正宮娘娘。」線娘道：「我們父皇曾與他誅討逆賊宇文化及，蕭后曾到我國來一次。」薛治兒笑道：「既如此，我也不來殺妳；我家可汗來了！」竇線娘笑道：「我也不來擒妳，我家做官的來了。」各自歸陣。

不說薛治兒歸寨與趙王說知。竇線娘兜轉馬頭，行不多幾步，只見羅成飛馬而來，線娘把殺陣與他說了。羅成道：「既是趙王領兵出來，我自去對付他。」忙到陣前，叫小卒去報知陣中，快請正統可汗出來，俺家主帥有話問他。小卒進去說了，趙王忙叫兵卒擺隊伍出來。正是：

沖天軟翅映龍袍，紫紫貂璫影自招。玉帶腰圍緊繡甲，金槍手腕動明標。白面光涵凝北極，烏睛遙曳定鑾蛟。何似玉龍修未穩，一方權掌協人曹。

羅成見了舉手道：「尊駕可就是先帝幼子趙王麼？」趙王道：「然也，你可是燕郡王之子羅成？」羅成道：「正是。昔為君臣，今為秦楚，奈為上命所逼，不得不來一問，不知何故要助吐谷渾來侵唐？」趙王道：「這句話係是吐谷渾借來長威，實在我沒有發兵。況唐之得天下，得之宇文化及之手，並未得罪於父皇，氣數使然，我亦不恨他。今母后蕭娘娘尚在此，汝令正竇公主，想必也在這裡，煩尊夫人進宮一會，便知端的。」羅成道：「還有一位義士王義，可在這裡？」趙王指著後面一個金盔的戰將說道：「這個就是。」王義在馬上鞠躬道：「小將軍請了。」羅成道：「請殿下先回，臣愚夫婦同王兄進城來便了。」趙王見說，便率兵先自回宮。羅成使李如珪督理軍馬在城外，王義使夫人薛治兒來迎接竇線娘，自同羅成擺隊進城。

羅成夫婦一進城來，見人居稠密，市鎮輧臻，那些民家，多是張燈掛繡，蜀綵叮噹，把那駝獅象齒叫不出的奇珍古玩，擺列門庭。羅成夫婦在馬上看了，稱羨不已。說趙王進宮，見了蕭后與沙夫人，即將王義如何與他對寨廝殺，他們敗了下去，薛治兒與竇線娘又如何較量，治兒乖巧，她要輸了，幸我出去得快，羅成也到，大家說了一番，羅成肯同線娘進宮來見蕭母后。蕭后道：「他們既要入宮，你快吩咐御膳所，好好備宴，每事齊整些。」趙王道：「這個曉得。」出去叫文武賓僚，點二千兵把守各處，直到宮門內，明槍亮刀，擺設齊整；又叫城中百姓，張燈結綵，迎天使；又叫兩個小鑾吩咐道：「你兩個快快到城外去對王爺說，如竇公主進宮，命薛夫人送至宮中。」小鑾去了不多幾時，只見四個內監進來報道：「天使到了。」趙王因羅成是個天使差官，只得到二門上接了進去，羅國后也跟二宮奴接了竇線娘，薛治兒隨了進去。蕭后、沙夫人與竇線娘見過了禮。羅成到了龍昇殿，見有香案在內，就把赤符誥命❶，供在上面，趙王朝拜了。羅成道：「殿下請進問聲蕭娘娘，可要出來接旨？」趙王如飛進去，與蕭后說知。蕭后想了一想，嘆口氣道：「噯！當初人拜我，如今我拜人。天下原不是他奪的，況又是親戚，做了一統之主，如今儼然朝命綸音，便去參謁也罷，只是沒有朝服在此奈何？」趙王道：「當初

❶ 赤符誥命：泛指皇帝的聖旨。

公主的法服，尚在篋中，何不取來穿上，豈不是好。」趙王叫宮奴取出，替蕭后穿好，與尋常絢綵迥別，出來拜了聖旨。羅成要請蕭后上坐朝拜，蕭后垂淚道：「國滅家亡，今非昔比，何云講禮，請小將軍不必。」趙王、王義皆勸常禮，羅成見說，只得常禮相見了。

蕭后進去，也請線娘上坐內席。蕭后對線娘道：「我當初亂亡之日，曾到過上宮，那時公主年方二九，於今有三旬內外了，不知有幾位令郎？」線娘道：「妾癡長三十一歲了；兩個小犬俱是八歲，一個是妾所生，一個是花二娘所生。」沙夫人道：「正是還有個花木蘭的妹子又蘭，聞得也是個有義氣的女子，想是伴著兩個小相公，住在家裡麼？」竇線娘道：「那兩兒頑劣，見我出來，他怎肯住在家。如今隨著二娘，也在寨中。」蕭后道：「既如此，何不請到宮中一會？」沙、羅二夫人忙叫人進來，差他拿兩個寶輦，到羅老爺大寨裡去請花夫人同二位小相公進來。小鑾領命而去。竇線娘亦叫金鈴出去對羅成說知，叫他著人回寨保送進來。蕭后道：「普天混亂之時，不意你們這些若男若女，自立經濟，各得其所。但不知女貞庵內四位夫人可安否？」竇線娘道：「娘娘不知，她四位夫人，起初只有楊、徐、秦三家供膳，如今因江驚波賜與程知節，賈林雲賜與魏徵，羅佩聲賜與尉遲敬德，這三家都是徐、秦通家好弟兄，各出己財，替她置買田地，供養她安逸得緊。」沙夫人道：「三位夫人在何處，得以朝廷寵賜？」線娘就把又蘭到女貞庵❷回來遇雨，住在殷寡婦家，遇了三位夫人，欽差太監知是江、羅、賈三位，同至京中，細細述了一遍。沙夫人道：「江、羅、賈三位夫人，該享厚福。若是當初同我們走出，如今也在一處，因她命中該招貴夫，故此不幸中得了寵幸。」羅國母道：「如今這四位欽賜夫人可好麼？」線

❷ 女貞庵：應是隱靈山，下山遇雨才到女貞庵。見六十二回。

娘道：「想比當時更覺得意些。袁紫煙生了一子，聞要聘賈林雲的女兒；江鶯波生了一女，聞許配羅佩聲的兒子，都是相愛相敬的。」蕭后道：「我也常在此想念，巴不能中國有人來，同我回家去，看看先帝的墳墓。如今好了，我同妳們回去，死也死在中國。」

正說時，只見一個小鬟進來報道：「花二夫人到了！」沙夫人同羅國母迎了上去，竇線娘見了說道：「小大、小二，快同做娘的來拜見了蕭娘娘三位。」花又蘭忙請蕭后上去坐了見禮，蕭后不肯道：「快請常禮見了，我們講話。」花又蘭道：「草茅賤質，有辱娘娘賜召。」蕭后道：「說那裡話來，璠璵共載❸，何妨倚璧侵光❹？」又蘭與沙夫人、羅國母及薛冶兒見了禮，蕭后見兩個孩子恭恭敬敬，也在那裡作揖，忙叫抱來，雙手搿了兩個，坐在膝上道：「何物雙珠，生此寧馨❺聯璧？」線娘道：「娘娘可放那兩個小犬，到殿上去見了殿下。」羅國母道：「妾同二位相公去看如何見禮。」蕭后說：「我們大家去走走。」到了外面，正在那裡坐席，趙王看見了，甚是懽喜，就叫把椅兒來坐了，眾夫人亦進來飲酒。蕭后看線娘面貌，不要說人材端正，兼之倜儻風流，更自可人。看又蘭體段，與線娘差不多，那肌膚的白法，真似柔荑瓠犀❻，但覺楚腰寬褪了些。蕭后叫宮奴，取曆日來看了一看說道：「後日是出行

❸ 璠璵共載：璠璵，美玉名。此句是說與美玉在一起。

❹ 倚璧侵光：與美玉在一起得到浸潤。

❺ 寧馨：如此；這樣。

❻ 柔荑瓠犀：柔荑，軟和的茅草嫩芽，用以形容女子手的纖細白嫩。瓠犀，葫蘆裡的籽，潔白整齊，用來比喻美女的牙齒。語出詩衛風碩人。

日期，老身便同公主夫人，回中原去走遭。」線娘笑道：「娘娘若到了中原去，恐怕中原人，不肯放娘娘轉來奈何？」蕭后道：「除非是我先帝九泉回陽，或者可以做得些主。」停回吃完了酒，趙王領了羅家兩個孩子進來，蕭后對趙王說了，要回南去看先帝的墳墓，沙夫人再三不肯。趙王等蕭后陪了線娘去說話，便對沙夫人道：「母后好不湊趣，這裡有母后足矣，她在這裡也無幹，既要回去，由她回去。」說了出來，如飛與王義說知。王義道：「娘娘要去看先帝墳墓，極是有志的事，臣亦要同去哭拜先帝。」

趙王進來，恰好竇線娘等要辭別起行，趙王道：「家母后總是後日要回南去，公主請住在這裡一兩天，同行如何？」蕭后、沙夫人亦再三挽留。線娘住在蕭后宮中，蕭后對線娘道：「當初我見公主外邊軍律精嚴，閨中行動規矩，凜然不可犯，為甚如今這般溫柔和軟，使人可愛可敬？」線娘道：「當初妾隨母后的時節，母后治家嚴肅，言笑不苟，不知為甚跟了羅郎之後，被他提醒了幾句，便覺溫和敬愛，時刻為主，喜笑怒罵別有文章。」蕭后道：「如此說，妳們燕婉之情❼想篤的了。」因不覺墮下淚來道：「先皇帝當年與我他亦是如此，他撇我在此，弄得如槁木死灰，老景難堪。」線娘道：「我聞得當今唐天子，一統山河，也喜快活的了，不多幾時，選了幾個美人進去。」蕭后點點頭兒，吩咐宮奴打疊行裝。倏忽過了兩日，羅成已先差潘美寫文書，關會柴紹了。自同線娘等做了前隊，李如珪與王義夫婦做了後隊，指撥停當，便謝別起行。蕭后與沙夫人、羅國母，亦各大哭一場上輦。羅成在路上，換了趙王的旗號，如接應吐谷渾的光景，不提。

再說柴紹得了旨意，忙完了喪葬，即點兵起程，到了岷州，將地圖擺列著，看了一遍，叫土人詢問

---

❼ 燕婉之情：指夫妻和愛之情。

一番，毫無虛謬，即便進征。那吐谷渾曉得了，也便擇一個高山，名曰五姑山，那山有許多的好處，但見：

層巒掩映，青松鬱鬱。連錦疊石潆迴，翠柏森森亂舞。雲間風寂，喧天雷鼓居中；日腳霞封，震地鳴鑼成吼。說甚盔纓五色，一派長戈利刃，猶如踏碎雷車❽；不過駝馬八方，許多殺氣寒煙，宛似掣開閃電。正是交兵不暇揮長劍，難退英雄幾萬師。

柴郡王與此山，止遠一二箭地，扎住營寨；又暗調許多將士，將一個胡床坐了，呆看那山峰高疊翠，果然好景。那吐谷渾鑾兵，見他這般舉動，恐怕柴紹是個勁敵，倏忽間要衝上山來，便飛箭如雨，攢將下來。柴郡馬將士，毫無驚惶之意，按陣站定，箭至面前，一步不移，口銜手掉，各各擒拿，絕無一個損傷。柴紹叫兩個女子，年方十七八，嬌姿妙態，手撥琵琶，長短輕喉，相對歌舞。吐谷渾見了大駭，各停戈細看，那一對翻江倒海，蝶亂花飛，歌舞好一回，又一對上場，愈出愈奇的裝演擺弄，賽過弋陽女子、走索佳人，將有了兩三個時辰；只聽得五姑山後，一聲砲響，忽然四下吶喊。柴郡馬知羅成率領人馬已到，忙帥精騎殺上山來，前後夾攻，虜眾大潰退去。柴、羅二軍追至三四十里，方纔凱捷班師。王義見了柴紹，說是送蕭后回南。柴紹亦見了蕭后，一隊兒同行。柴紹恐怕朝廷疑忌，即於奏捷疏中，說起蕭后要回南省墓，預差李如珪速行上聞，自因要去會齊國遠在山東做官，故與羅成同走。竇線娘要到雷夏拜墓，一同起行。

❽ 雷車：雷神之車。

一日行至臨清，天色傍晚，蕭后問王義道：「可到鴛鴦鎮過麼？」左右回道：「這是必由之路。」蕭后道：「聞得鴛鴦鎮有個周家飯店，我們在那裡去歇罷。」眾人應聲，趕到前面，見一個招牌，寫著：「周逢春招商客店」。眾人歇了。柴紹、羅成恐怕一個店裡住不下，各尋一店歇了。蕭后坐在轎中，看見店外站著一個大漢，約有三旬之外，櫃內坐著一個好婦人，仔細一看，正是明霞院楊翩翩，見她對著那大漢說道：「當家的，你去問她是誰家寶眷，接了進來。」那時薛治兒先下馬來，把楊夫人定眼一看，便失聲道：「這是楊夫人，為什麼在此？」楊夫人見說，忙走出一看，見是薛夫人，忙各相見道：「一向在那裡？今同那個來？前面是誰？」薛治兒道：「就是蕭后娘娘。」時楊翩翩對外面喊道：「走堂的，把蕭娘娘行李，接到關的那一間屋裡去！」蕭后下轎來，楊翩翩接了蕭后、薛治兒進去，到堂屋內，要叩見蕭后。蕭后不要，常禮見了，執著那楊翩翩手道：「我只道夢裡與妳相會，不意這裡遇著。」大家慰問一番，蕭后道：「我進門來，見那櫃外站的，可是妳丈夫麼？」翩翩道：「正是，他原是一個武弁出身，妾隨他有六七年了。」蕭后假意問道：「妳獨自一個出來的，還有別個？」翩翩道：「還有周夫人、樊夫人。」蕭后道：「她兩個如今在那裡？」翩翩道：「樊夫人與我同住，染病而亡；周夫人嫁了尤永，一二年就死了。」蕭后道：「妳房做在那裡？」翩翩把手向前指道：「就是這一間裡。」聽見外面丈夫叫，就走了出去。蕭后追思往昔，不勝傷感，落下淚來，再睡不著；不想明日火炭般發起熱來，女眷們擁著問候，柴、羅忙叫人請醫生看治。住了兩日，蕭后胸中塞緊，尚行動不得；柴紹閱得遞報❾，說宮中許多不睦，隨與羅成話別，先起身覆旨去了。未知後事如何，且聽下回分解。

❾ 遞報：即邸報。漢唐時代地方長官在京師設邸，傳抄朝廷詔令奏章等，以報於諸藩，故稱。

楊翩翩對外面喊道：「走堂的，把蕭娘娘行李接到屋裡！」蕭后下轎來，楊翩翩接了進去。

總評：此回單說蕭后末路不堪，昔日繁華，有如冰解，今宵冷淡，實覺難安，令人頓生傷感。至於收拾韓俊娥、雅娘并義成公主、姜亭亭，更覺次第井然。

第六十六回　丹霄宮嬪妃交譖　玄武門兄弟相殘

詞曰：

喜殺佳期，懽愛裡，情深意熱。幸青春未老，鴛鴦蝴蝶。百和❶香勻連理枝，三星氣暖同心結。問蒼天，何事慢追求？肝腸咽。　眉間恨，峰重疊。心下事，星明滅。看抹綠殘紅，江山改色。卻望一朝龍虎會，豈知長樂雨雲歇？嘆今宵此恨最難明，憑誰說？

右調滿江紅

人生最難是以家為國，父子群雄振起一時，使謀定計，張兵挺刃，傳呼斬斫，不知廢了多少謀畫，擔了無數驚惶，命中該是他任受，隨你四方振動，諸醜跳梁，不久終歸殄滅。至於內廷諸事，諒無他變，斷不去運籌處置，可知這節事，總是命緣天巧，氣數使然。不要說建成、元吉，疾世民功高望重，與張、尹二妃共為奸謀，就再有幾個有才幹的，亦難曲挽天心。今慢說蕭后在周喜店中害病，且說秦王當時以玉帶掛於張、尹二妃宮門，原是要她們知警改過，各各正道為人。不意唐帝誤信讒言，反差李綱去問他。若說父子不過是情理，若說朝廷卻有律法，那時怎個剖分？虧得李綱教秦王書一詞以覆奏，幸虧唐帝寬

❶ 百和：即百和香，一種用多種香料配製而成的香料。

宏大度，一則是有功嬪妃；一則是嫡親瓜葛，又虧宇文、劉二妃，平昔受過英、齊二王的東西，便輕輕淡淡，把這件事說得冰冷，唐帝把此事也就抹殺。秦王見父皇不來究問，也便不提。建成、元吉競結納了嬪妃，以通消息。張、尹二妃曉得平陽公主會葬，宗戚大臣盡要去護送，便透消息出來，叫英、齊二王行事。那建成、元吉，是個喪心病狂之人，得此機會，送了公主之葬，便在途中普救禪院相候著了，假意殷勤，團聚在一處，疾忙擺下筵席。秦王是個豁達之主，只道他們警醒，毫不介意，被英、齊二王以鴆酒相勸。剛飲半盃，只見梁間乳燕呢喃，飛鳴而過，遺穢盃中，沾污秦王袍服。秦王起身更衣，便覺心疼腹痛，疾忙回府，終宵泄瀉，嘔血數升，幾乎不免。西府群臣聞知，都來問安，力勸早除二王。

其時上宮中，秦王亦有心腹，唆與唐帝曉得了，喫了一驚，念江山人物，都是他的功勞，如飛駕幸西宮問疾。唐帝執手問道：「兒自有生以來，從無此疾，何今忽發，莫非此中有故麼？」秦王眼中垂淚，就把昨日送葬，中途遇著英、齊二王，同至寺中飲酒，細細述了一遍，不覺喟然長嘆道：「六宮喧笑，三井傳呼，日麗風和，花香酒熟，彼此奪棗爭梨，豈非友于懽愛，奚羨漢家長枕，姜氏大被❷？豈意變起倉卒，心碎血奔！兒數該如此，則天乎已酷，人也奚辜；但恐其中未必然耳。今幸賴父皇高厚之福，聖母在天之靈，得以無恙，庶可仰慰皇恩矣。」說了，灑下淚來。唐帝見了這般光景，心中亦覺不安，因對秦王道：「朕昔年首建大謀，削平海內，皆汝之功。當時原欲立汝為嗣，汝又固辭。今建成年已及長，為嗣日久，朕不忍奪之。觀汝兄弟似不相容，如若同處京邑，必有爭競，當遣汝建行臺居洛陽，自陝以東皆汝主之，仍命汝建天子旌旗，如漢梁孝王故事❸可也。」秦王垂淚辭道：「父子相依，人倫佳

---

❷ 漢家長枕二句：語出漢朝蔡邕協初賦，後來用為兄弟友愛歡聚的典故。

況，豈可遠離膝下，有違定省？」唐帝道：「天下一家，東西兩都，道路甚邇，朕若思汝，即往汝處一見，又何悲哀？」說罷，便上輦回宮。

秦王眷屬賓僚，聽見此言，以為脫離火坑，無不踴躍懽喜。建成曉得了，只道去此荊棘，可以無憂，忙去報與元吉知道。元吉聽了跌腳道：「罷了，此旨若下，我輩俱不得生矣！」建成大駭道：「何故？」元吉道：「秦王功大謀勇，府中文武備足，一有舉動，四方響應。如今在此家庭相聚，彼雖多謀，只好癡守，英雄無用武之地。若使居洛陽，建天子旗號，妄自尊大起來，土地已廣，糧餉又足，凡彼提拔薦引將士，大半陝東之人，倘若謀為不軌，不要說大哥踐位，即父皇治事，亦當拱手讓之。那時你我俱為几上之肉，尚敢與之挫抑乎？」建成道：「弟論甚當，今作何計以止之？」元吉道：「如今大哥作速密令數人上封事，言秦王左右，聞往洛陽，無不喜躍，觀其志趣，恐不復來；更遣近幸之臣，以利害說上；我與大哥如飛到內宮去，叫他們日夜譖愬世民於上，則上意自然中止，仍舊將他留於長安，如同一匹夫何異。然後定計罪他，豈不容易？」建成聽說笑道：「吾弟之言，妙極，妙極。」於是兩個人，便去差人做事不提。正是：

採薪已斷峰前路，棲畝空懷郭外林。

世間隨你英雄好漢，都知婦人之言不可聽。不知席上枕邊，偏是婦人之言入耳，說來婉婉曲曲，覺

---

❸漢梁孝王故事：梁孝王是漢景帝的同母弟，深得其母竇太后的喜愛，因此出入、居住都與天子相同。故事，舊事。

得有著落又疼熱，任你力能舉鼎，才可冠軍，到此不知不覺，做了肉消骨化，只得默默忍受。倘若更改，偏生許多煩惱，弄得耳根不靜。唐帝此時，因年紀高大，亦喜安居尊重，憑受他們許多鶯言燕語，更兼太子齊王，買囑他們刁唆謀畫，把一個絕好旨意，竟成冰消瓦解，還要虛誣駕陷，要唐帝殺害秦王。幸得唐帝仁慈，便不提起。那些秦王僚屬，無不專候明旨。時天氣炎熱，秦王絕早在院子裡賞蘭，只見杜如晦、長孫無忌排闥而入，秦王驚問道：「二卿有何事，觸熱而至？」如晦尚未開口，無忌皺著雙眉說道：「殿下可知東宮圖謀，勢不容緩，恐臣等不能終事殿下奈何？」秦王道：「何所見而云然？」如晦道：「前東宮差內史到楚中，招引了二三十個亡命之徒，早養入府中去了；又有河州刺史盧士良，送東宮長大漢子二十餘人，這是月初的事，我在驛前目見的。昨夜黃昏時候，又有三四十人，說是關外人，要投東宮去的。殿下試思他又不掌禁兵，又不習武征遼，又不募勇敵國，巍巍掖廷❹，要此等人何用？」秦王正要答話，又見徐義扶同程知節、尉遲敬德進來見禮過了，知節把扇子搖著身體說道：「天氣炎熱，人情急迫，鬩牆之釁，延及柴門，殿下何尚安然而不為備耶！」秦王道：「剛纔如晦也在這裡對吾議論，但是骨肉相殘，古今大惡，吾誠知禍在旦夕，意欲俟其先發，然後以義討之，庶罪不在我。」敬德道：「殿下之言，恐未盡善。人情誰不愛其死，今眾人以死供奉殿下，乃天授也。禍機垂發，而殿下猶若罔聞，殿下縱自輕，如宗廟社稷何？殿下不用臣之言，臣將竄身草澤，不能留居大王左右，束手受戮也。」無忌道：「殿下不從敬德之言，事大敗矣。倘敬德等不能仰體於殿下，即無忌亦相隨而去，不能復事殿下矣！」秦王道：「吾所言亦未可全棄，容更圖之。」知節道：「今早臣家小奴程元，在熟麵鋪裡，看

❹ 掖廷：朝廷。

見公座邊七八個人，在那裡吃麵，都是長大強漢。程元擠在一個廂房裡邊，聽他內中有個人說大王爺怎麼樣待我們好。那幾個道大王爺如何怎樣厚典。又有個人道就是二王爺，也甚慷慨多恩。正說得高興，只見二人走進來說道：『叫咱各處找尋，你們卻在這裡用麵飯。王爺起身了，快些去罷。』眾人留他喫麵，那人麵也不要吃，大家一鬨出門。小廝認得那人，是世子府中買辦的王尅殺，歸家與臣說知。臣看此行徑，火延旦夕，豈容稍緩。」徐義扶道：「二王平昔尋故，貽害殿下，已非一次。只看他將金銀一車，贈與護軍尉遲，尉遲幸賴不從。又以金帛賜段志元，志元卻之。又譖總管程知節出為康州刺史，幸知節抵死不去。這幾個人都是殿下股肱翼羽，至死不易，倘有不測，其何以堪？」說了，禁不住涕泗交流，秦王道：「既如此說，你同知節火速到徐勣❺處，長孫無忌與杜如晦到李靖那裡去，把那些話，備細述與他們聽，看他兩個的議論何如。」眾人聽了，即便起身。

且不說徐義扶同程知節到徐懋功處。且說長孫無忌與杜如晦，都是書生打扮，跟了兩個能幹家人，星夜來到安州大都督李藥師處。藥師見了，一則以喜，一則以懼，喜的是知己相聚，懼的是二公易服而至。忙留他們到書房中去，杯酒促膝談心，杜如晦忙把朝裡頭的事體，細細述與藥師聽了。藥師道：「軍國重務，我們外廷❻之臣，尚好少參末議；況有明主在上，臣等亦不敢措詞。至於家庭之事，秦王功蓋天下，勳滿山河，將來富貴，正未可量，今值鬩牆小釁，自能權衡從事，何必要問外臣？煩二兄為弟婉言覆之。」無忌、如晦再三懇求，李但微笑謝罪而已。如晦沒奈何，只得住了一宵，將近五更，恐怕朝

❺ 徐勣：即徐世勣。

❻ 外廷：相對內廷而言，指在京城外任官。

中有變，寫一字留於案上，同無忌悄悄出門。走了四五十里，絕好一個天氣，只見山腳底下推起一陣烏雲上山，一霎時四面狂風驟起。無忌道：「天光變了，我們尋一個人家去歇息一回方好。」如晦的家人杜增說道：「二位老爺緊趕一步，不上二三里轉進去，就是徐老爺的住居了。」如晦道：「正是，我們快趕一步。」無忌問：「那個徐老爺？」如晦道：「就是徐德言，他的妻子就是我家表姊樂昌公主。」無忌道：「哦，原來就是破鏡重圓的，這人為什麼不做官，住在這裡？」如晦道：「他不樂於仕宦，願甘林泉自隱。」無忌道：「這夫婦兩個，是有意思的人，我們正好去拜望他。」大家加鞭縱馬，趕到村前，只見一灣綠水潯潯，聲拂清流；幾帶垂楊嬝嬝，風迴橋畔。遠望去好一座大莊房，共有四五百人家，在田疇間耕耘不止。一行人過橋來，到了門首便下了牲口，門上人就出來問道：「爺們是那裡？」杜增應道：「我們是長安杜老爺，因到安州在此經過，故來拜望老爺。」那門上人道：「我家老爺，今早前村人家來接去了。」杜如晦道：「你同我家人進去稟知公主，說我杜如晦在此，公主自然明白。」就對杜增道：「你進去看見公主，說我要進來拜見。」門上人應聲，同杜增進去了一回，只見開了一二重門出來，請如晦、無忌到中堂坐下。少頃，見兩個垂髫女子，請如晦進內室中去，只見公主：

雅躭鉛槧❼，酷嗜縹緗❽。妝成下蔡❾，紗偏泥泥❿似陽和；人如初日，容映紛紛似流影。好個

❼鉛槧：古人書寫文字的工具。也指著作和校勘。鉛，鉛粉筆。槧，木板。

❽縹緗：古時書衣或書囊常用淡青、淺黃色的絲帛，後因以代指書卷。縹，淡青色。緗，淺黃色。

❾下蔡：古邑名，故城在今安徽省鳳臺縣。宋玉登徒子好色賦：「嫣然一笑，惑陽城，迷下蔡。」後因以「下蔡」指貴族萃集之地或美人眾多之所。

天裝豔色，皴成雙闕之紅；岫抹雲藍，滴作萬家之翠。真是畫眉樓畔即是書林，傳粉房中便為家塾。

如晦見了，要拜將下去。樂昌公主曰：「天氣炎熱，表弟請常禮罷。」如晦揖畢，坐了問道：「姊姊，姊夫往那裡去了？」公主道：「這裡村巷，每三七之期，有許多躬耕子弟，邀請當家的去講學，申明孝悌忠信之義，因此同我寧兒前去。我已差人去請了，想必也就回來。」兩個又問了些家事，公主便道：「聞得表弟在秦王府中做官，為何事出來奔走，莫非朝中又有什麼緣故麼？」如晦道：「姊姊真神仙中人也。」遂將秦王與建成、元吉之事，細細述了一遍。公主道：「這事我已略知一二，今表弟又欲何往？」如晦皺眉道：「秦王叫我二臣，往安州都督李藥師處，問他以決行止，不意他卻一言不發，你道可恨否？」公主道：「依愚姊看來，此是藥師深得大臣之體，何恨之有？況藥師的張夫人，前日曾差人來問候，因說藥師惟以國事為憂，亦言早晚朝中必有舉動。」如晦道：「姊姊識見高敏，何知藥師深得大臣之體？為甚先已略知一二？」公主道：「當初我在楊府中，張、尹二夫人曾慕我之名，與我禮尚往來，今稍希疏。其嬪妃中尚有昔年與我結為姊妹，一個是徐王元禮之母郭婕妤；一個是道王元霸之母劉婕妤，她兩個與我甚是情密。劉夫人前日差人來送東西與我，我曾問他朝政，他說張、尹二夫人與英、齊二王，如何要害秦王，把金銀買囑了有兒子的夫人，在朝廷面前攛唆。我家郭、劉二妹還好些，那張、尹與這班都緊趁著幫襯他，曉得秦府智略之士，心腹可憚者，如李靖、徐勣之儔，皆置之外地；房玄齡

❿ 泥泥：柔嫩光澤貌。

與弟長孫無忌等，今皆日夕譖之於上而思逐之；倘一朝盡去，獨剩一秦王在彼，如摧枯拉朽，誠何所用。況吾弟朝夕居其第，食其祿，不思盡忠，代為籌畫，以盡臣職，反東奔西走，難道徐、李真有田光⓫之智麼？」如晦尚要分辯，只見家人報道：「老爺回來了。」徐德言忙進來見了禮，便問道：「老舅久違了，外面何人？」如晦道：「是長孫無忌。」徐德言道：「他從沒有到我這裡，豈可讓他獨坐在外，弟同老舅到廳上去。」便對公主道：「快收拾便飯來。」

大家到廳上來，徐德言與無忌相見了，真是英雄懽聚，非比泛常。一霎兒擺出酒飯來，大家入席。無忌將二王之事，述與徐德言聽。德言道：「這是家事，不比國政。常人尚有經緯從權處之；何況天挺雄豪，又有許多名賢輔佐，何患不能成事。不知令姊如何教兄？」如晦將公主之言，述了一遍。德言道：「此言不差，但我前日看見報⓬上說，突厥郁射設將數萬騎屯河北，此事只怕早晚就要出兵，更變⓭你們了。」無忌聽了，心上覺得要緊，忙吃完了飯，見雨陣已過，如飛催促如晦起身。德言道：「本該留二公在此寬待幾天，只是此時非閒聚之日，二兄返長安，每事還當著緊，遲則有變矣！」如晦進房去謝了公主，即同無忌等出門，跨馬而行。

不到一日，來到長安，進見秦王，無忌將李靖之言說了，又說起遇見了如晦姊丈徐德言。秦王道：「樂昌公主與徐德言，也是個不凡的人，她夫婦怎麼說？」如晦遂將公主之言，及德言之話說了。秦王

⓫ 田光：戰國時燕人，為人多智謀而深沉，曾薦荊軻給燕太子丹以刺秦王。

⓬ 報：邸報。

⓭ 更變：變更；改變。

道：「正是，燕王羅藝因突厥郁射兕勇，在此請兵，英、齊二王特將我西府士臣要薦一半去。前日義扶與知節回來，述徐勣之言，亦與李靖無二；但甚稱張公謹龜卜如神，孤叫敬德去召他，想此刻就來。」正說時，只見張公謹到來，見了秦王，便問道：「殿下召臣何事？」秦王即將建成、元吉淫亂宮中之言，說了一遍；又將眾臣欲靖宮闈之慫也說完了，便指著香案上道：「靈龜在此，望卿一卜以決之。」張公謹大笑，以龜投地道：「卜以決疑，今事在不疑，尚何卜乎！倘卜而不吉，庸得已乎？況此事外臣已知，如轉靜養宮闈，成何體統！」李淳風等亦極言相勸。秦王道：「既如此，孤意已決，明日朝參時，即當帥兵去問二人之罪矣！」時張公謹已為都捕，守玄武門，對秦王道：「殿下，臣等雖係腹心，每事須當謹密。明日早朝時，臣自有方略應候。」說了便出府而去。

卻說李如珪，奉了柴紹的將令，行了月餘，已到長安；將柴郡馬本章，傳進唐帝看了，即宣如珪進去，朝拜了。唐帝問了些戰陣軍旅并蕭后回南之事，如珪一一對答了，唐帝道：「你助戰有功，就在此補一缺罷！」如珪謝恩出朝。

時當己未⑭，太白復又經天⑮，傅奕密奏太白見秦分，秦王當有天下。唐帝以其狀密授秦王。秦王便奏建成、元吉，淫亂宮闈，且言臣於兄弟，無絲毫有負，今欲殺臣，以為李密、世充報讎，臣今枉死，永違君親，魂歸地下，實恥見諸賊，亦密奏上。唐帝覽之愕然，批道：「明當鞫問，汝宜早參。」秦王便將柬帖幾封，叫人馳付西府僚屬，打點明早行事。張、尹二夫人竊知秦王表章之意，忙遣人與建成、

⑭ 己未：為唐高祖武德九年五月初一。

⑮ 經天：橫貫天地。

元吉說知。建成速召元吉計議，元吉以為宜勒宮府精兵，託疾不朝，以觀動靜。建成道：「我們兵備已嚴，怕他什麼，明早當與弟入朝面質。」

時已庚申，將到四更時候，秦王內甲外袍，同尉遲敬德、長孫無忌、房玄齡、杜如晦內皆裹甲，帶了兵器，將要出門，秦王道：「且慢，有個信符在此，叫家將快些放起三個炮來。」那個花炮，是征外國帶來的，大有五六寸，響徹雲泥，一連放了三個信炮。只聽見四下裡，就有三四個照應放起來。走過了兩三條街，遠遠望見一隊人馬將近，杜如晦叫把號炮放起一個來，那邊也放一個來接應，原來是程知節、尤俊達、連巨真等幾人；斜刺裡又有一隊人馬，放一個炮出來，卻是于志寧、白顯道、史大奈、陸德明一行人；只聽見又有一個信炮放將起來，竟不見有人，未知何故，眾人都靜悄悄集在天策門樓停住。只見西府兩個小卒來報，東府也有四五百人來了，秦王急把袍服卸下，單穿錦甲，執劍先向前迎。敬德縱馬說道：「不須主公動手。」便帶十來騎殺向前去，與這班敢死之士，大鬥起來。那些死士，怎鬥得這些虎將過，被敬德先撕翻了三四個，就都敗將下去。剛到臨湖殿，秦王一騎馬趕上建成，建成連發三矢，射秦王不中；秦王亦發一矢，卻中建成後心，翻身落將下來。長孫無忌如飛搶上前來，一刀斬訖。元吉著了忙，騎著馬往後亂跑，秦王緊趕。只聽見一聲信炮，躦出一個小將軍，喝道：「逆賊到那裡去？」一槍刺著，元吉把馬一側，掀將下來。秦王如飛趕上斬了。秦王看那小將，卻是秦懷玉，把元吉的頭與懷玉拿了，便道：「剛纔聽見信炮之聲，隱隱相近，又不見來彙齊，我正不解；只是你家父親又不在家，你那裡曉得我行事，在這裡相候？」秦懷玉道：「這是昨夜程知節老伯來與小臣說的。」秦王聽了，帶轉馬頭，對敬德、知節說道：「二賊已誅，諸公無妄殺戮。」因此眾人讓東府兵刃退了下去。

剛到臨湖殿，秦王一騎馬趕上建成，建成連發三矢，射秦王不中；秦王發一矢，卻中建成後心，翻身落將下來。元吉騎著馬往後亂跑，只聽一聲信炮，趲出一個小將軍，一槍刺著，元吉亦撇將下來。

時翊衛車騎將軍馮翊、馮立，聞建成死信，嘆曰：「豈有生受其恩，而死逃其難乎？」乃與副護軍薛萬徹、屈咥，直府左車騎萬年、謝方叔帥東宮齊府精兵一千，馳赴玄武門，正值張公謹與雲麾將軍敬君弘、中郎將呂世衡，相持廝殺。張公謹把呂世衡搠死，又值馮立軍來時，公謹又把馮立射亡，獨閉關拒絕，彼軍雖眾則不得入。時唐帝方泛舟海池⑯，聞宮外人亂，正召裴寂、蕭瑀議事，恰好秦王使尉遲敬德入宿衛侍，持矛擐甲，直至天子面前。唐帝大驚問道：「今日亂者是誰，卿來此何為？」敬德道：「秦王以太子與齊王作亂，舉兵誅之，恐驚動陛下，遣臣宿衛。」唐帝道：「英、齊二子安在？」敬德道：「俱被秦王殄滅矣！」唐帝拍案大哭，對裴寂等道：「不圖今日乃見此事。」裴寂、蕭瑀道：「英、齊二王本不豫義謀，又無功於天下，疾秦王功高望重，共為姦謀，今秦王已討而誅之，陛下不必傷悲。秦王功蓋宇宙，率土歸心，若處以元良⑰，委之國事，無復慮矣。」唐帝道：「這原是朕的本心。」敬德請降手敕，合諸軍並受秦王處分。唐帝即使裴寂同敬德出去曉諭諸將。時秦兵尚與東府亂殺，裴寂、敬德竟到玄武門來，曉諭了薛萬徹等，即解兵逃遁。秦府諸將，欲盡誅餘黨，敬德固爭道：「罪在二凶，既伏其辜，可以休矣；若濫及羽黨，非所以求安也。」乃止。唐帝下詔，赦天下凶逆之罪，止於建成、元吉，其餘黨眾，一無所問，立秦王為皇太子，詔以軍國庶事，無論事之大小，悉委太子處分，然後奏聞。要知後事如何，且聽下回分解。

---

⑯ 海池：皇宮御花園中的池塘名。

⑰ 元良：太子。

總評：唐帝有言曰：「今日破家亡軀由汝，化家為國亦由汝。」是唐帝原以天下許世民。今四方平定，唐帝一旦食前言，已啟兄弟之隙矣。又欲遣居洛陽，建天子旗旌，如漢梁孝王故事，是二天子矣，速其亂也。無論兄弟不和，即友於最篤的，亦必互相嫌疑，況建成、元吉瀆亂宮闈，淫惡素著，而小人有不乘間作亂者乎？玄武門之舉，秦王不得已，天下人皆快心者也。唐帝聞之，尚拍案大哭，足見其愚而已。

第六十七回 女貞庵妃主焚修 雷塘墓夫婦殉節

詞曰：

懺悔塵緣思寸補，禪燈雪月交輝處，舉目寥寥空萬古。鞭心語，迥然明鏡橫天宇。蝶夢南華❶方栩栩，相逢契闊欣同侶，今宵細把中懷吐。江山阻，天涯又送飛鴻去。

右調漁家傲

天下事自有定數，一飲一酌，莫非前定；何況王朝儲貳，萬國君王，豈是勉強可以僥倖得的？又且王者不死，如漢高祖鴻門之宴❷，滎陽之圍❸，命在頃刻，而卒安然逸出。楚霸王何等雄橫，竟至烏江自刎。使建成、元吉安於義命，退就藩封，何至身首異處。今說秦王殺了建成、元吉，張、尹二妃初只道兩個風流少年，可以永保歡娛；又道掇轉頭來，原可改弦易轍，豈知這節事不破則已，破則必敗；一

❶ 蝶夢南華：莊子齊物論記莊子夢見自己化為蝴蝶。後來因稱夢為蝶夢，含有夢幻非真之意。

❷ 鴻門之宴：鴻門，古地名，今陝西省臨潼縣東。楚漢相爭，項羽駐軍並宴會劉邦於此，項羽謀主范增圖謀刺殺劉邦，劉邦在項伯、樊噲等幫助下始得脫險。

❸ 滎陽之圍：滎陽，今河南省滎陽縣。楚漢相爭時，項羽將劉邦包圍於此。劉邦採用陳平計策，方得突圍。

回兒宮中行住坐臥，都是談他們的短處。唐帝曉得原有些自差❹，只得將張、尹二妃退入長樂宮，連這老皇帝也沒得相見了，祇與夭夭、小鶯等，抹牌鞠毬，消遣悶懷而已。時秦王立為太子，將文武賓僚，個個陞陟得宜，就是建成、元吉的舊臣，亦各復其職位。惟魏徵當年在李密時，是有恩於秦王，因歸唐之後，唐帝見建成學問平常，叫魏徵為太子師傅，今必要駕馭一番。即召魏徵，徵至。秦王道：「汝在東府時，為何離間我兄弟，使我幾為所圖？」魏徵舉止自樂，毫不驚異，答道：「先太子早從徵言，安有今日之禍？」秦王大怒道：「魏徵到此，尚不自屈，還要這般光景，拿出斬了！」左右正要動手，程知節等跪下討饒。秦王道：「吾豈不知其才，但恐以先太子之故，未必肯為我用耳！」遂改容禮之，拜為詹事主簿；王珪、韋挺亦召為諫議大夫。唐帝見秦王每事仁政，舉措合宜，眾臣亦各抒忠事之，因即讓位太子。武德九年八月，秦王即位於東宮顯德殿，尊高祖為太上皇，詔以明年為貞觀元年；立妃長孫氏為皇后；追封故太子建成為息隱王，齊王元吉為海陵刺王；立子承乾為皇太子；政令一新。

且說蕭后在周喜店中，冒了風寒，只道就好，無奈胸膈蔽塞，遍體疼熱，不能動身，月餘方痊；將十兩銀子，謝了楊翩翩，同王義、羅成等起程。路上聽見人說道：「朝中弟兄不睦，殺了許多人。」蕭后因問王義：「宮中那個弟兄不睦？」王義道：「羅將軍說建成、元吉與秦王不和，已被秦王殺死，唐帝禪位於秦王了。」自此曉行夜宿，早到潞州。王義問蕭后道：「娘娘既要到女貞庵，此去到斷崖村，不多幾步。臣與羅將軍兵馬停宿在外，只同女眷登舟而去甚便。」蕭后道：「女貞庵是要去的，只檢近的路走罷了。」王義道：「既如此，娘娘差人去問竇公主一聲，可要同行麼？」蕭后便差小喜同宮奴到

❹ 自差：自己有過錯。

竇公主寓中問了，來回覆道：「竇公主與花二娘多要去的。」

正說時，許多本地方官府來拜望羅成。羅成就著縣官，快叫了一隻大船，選了十個女兵，跟了竇公主、花二娘、兩位小相公。線娘差金鈴來接了蕭后。薛治兒過船去，小喜兒宮奴跟隨。真是一泓清水，蕩槳輕搖，過了幾個灣，轉到斷崖村，先叫一個舟子上去報知。且說女貞庵中，高開道的母親已圓寂三年了，今是秦夫人為主；見說吃了一驚問道：「蕭后怎樣來的？同何人在這裡？」舟子道：「船是在本地方叫的，一個姓羅，一個姓王的二位老爺，別的都不曉得。」秦、狄、夏、李四位夫人聽了，大家換了衣裳，同出來迎接。剛到山門，只見嬝嬝婷婷一行婦女，在巷道中走將進來。到了山門，秦夫人見正是蕭后、竇公主，眼眶裡止不住要落下淚來。大家接到客堂上，蕭后亦垂淚說道：「慾海迷蹤，今日始游仙窟。」秦夫人道：「借航寄跡，轉眼即是空花。請娘娘上坐拜見。」蕭后道：「妾與夫人輩，俱在邯鄲夢❺中，駒將鳴矣，何須講禮？」秦夫人輩俱以常禮各相見了。蕭后把手指道：「這是羅小將軍、竇夫人的令郎，這位是花夫人的令郎。」又指薛治兒道：「妳們還認得麼？」狄夫人道：「那位卻像薛治兒的光景。」夏夫人道：「怎麼身子肥胖長大了些？」蕭后道：「夫人們不知那姜亭亭已故世，沙夫人就把她配了王義。王義已做了彼國大臣，她也是一位夫人了。」四位夫人重要推她在上首去，薛治兒道：「治兒就是這樣拜了。」四位夫人忙回拜後，各各抱住痛哭。桌上早已擺列茶點，大家坐了。竇線娘道：「怎不見南陽公主？」李夫人道：「在內面楞嚴壇❻主懺，少刻就來。」蕭后道：「他在這裡好

❺ 邯鄲夢：唐人小說記有盧生在邯鄲旅店中遇道者呂翁。翁以枕授生，生睡入夢，歷數十年富貴繁華。及醒，主人煮黃粱還未熟。後因以比喻富貴終歸虛幻。

麼？」秦夫人道：「公主苦志焚修，身心康泰。」狄夫人道：「娘娘，為什麼沙夫人與趙王不來？」蕭后把突厥夫妻死了無後，立趙王為國王，羅羅為國母一段說了。狄夫人道：「自古說：有志者事竟成。沙夫人有志氣，守著趙王，今獨霸一方，也算守出的了。」秦夫人道：「夢回知己散，人靜妙香聞，到蓋棺時方可論定。」夏夫人道：「娘娘的聖壽增了，顏色卻與兩個小相公一般。」蕭后道：「說甚話來？我前日在鴛鴦鎮周家店裡害病，幾乎死在那裡，有什麼快活。」李夫人笑道：「娘娘心上無事，善於排遣。」薛治兒道：「夏夫人、李夫人的容顏依舊，怎麼秦夫人、狄夫人的臉容這等清黃？」小喜兒在背後笑道：「倒是楊夫人的龐兒❼，一些也不改。」李夫人道：「那裡見楊翩翩？」蕭后把楊、樊二夫人隨了周喜，周夫人隨了尤永，周、樊二夫人都已死了，那楊夫人與周喜開著飯店在鴛鴦鎮那裡，說了一遍。李夫人道：「楊翩翩與那周喜可好？」蕭后道：「如膠投漆。」夏夫人嘆道：「周、樊二夫人也死了！」寶線娘道：「四位夫人，有多少徒弟？」秦夫人道：「我與狄夫人共有三個，夏夫人、李夫人俱未曾有。」花又蘭道：「如今的懺事，是何家作福？」秦夫人道：「今年是秦叔寶的母親八十壽誕，我庵是他家護法，出資置產供養，故在庵中遙祝千秋。」寶線娘道：「可曉得單家妹子夫妻好麼？」李夫人道：「後生夫妻有甚不好。」狄夫人道：「單夫人已添了兩個令郎在那裡。」蕭后起身道：「我們同到壇中，去看看法事。」

大家握手，正要進去，只聽見鐘鼓聲停，冉冉一個女尼出來。線娘道：「公主來了。」蕭后見也是

❻ 楞嚴壇：佛教舊法，從農曆四月十三日到七月十三日九十天中，眾僧設楞嚴壇，每天在壇前集合，諷誦經咒。

❼ 龐兒：臉兒。

妙常打扮，但覺臉色深黃，近身前卻正是她，不覺大慟起來。南陽公主跪在膝前，嗚嗚咽咽，哭個不止。蕭后雙手挽她起來說道：「兒不要哭，見了舊相知。」南陽公主拜見竇線娘道：「伶仃弱質，得蒙鼎力提攜，今日一見，如同夢寐。」線娘拜答道：「滾熱蟻生，重覩仙姿，不覺塵囂頓釋。」又與花又蘭、薛治兒相見了，蕭后執著南陽公主的手道：「兒，妳當初是架上芙蓉，為甚今日如同籬間草菊？」南陽公主道：「母后，修身只要心安，何須皮活？」秦夫人引著走到壇中來，燈燭輝煌，幢旛燦爛，好一個齊整道場，眾人瞻禮了大士。蕭后對五個尼姑，各各見禮過。竇線娘道：「這三位小年紀的，想是二位夫人的高徒了。」秦夫人道：「正是，這兩位真定、真靜師太，還是高老師太披剃的。高老師太的龕塔，就在後邊，停回用了齋去隨喜隨喜。」眾人道：「我們去看了來。」

秦夫人引著，過了兩三帶屋，只見一塊空地上，背後牆高插天，高聳一個石臺，以白石砌成龕子在內，雕牌石柱，樹木陰翳；中間饗堂拜堂，甚是齊整。線娘道：「這是四位夫人經營的，還是她的遺貲？」秦夫人道：「不要說我們沒有，就是師太也沒有所遺，多虧著叔寶秦爺替她布置。」蕭后道：「這為什麼？」秦夫人把秦瓊昔年在潞州落難時，遇著了高開道母親贈了他一飯，故此感激護法報恩。眾人嘖嘖稱羨。線娘道：「秦夫人，領我們到各位房裡去認認。」蕭后忙轉身一隊而行，先到了秦夫人的臥室，卻是小小三間，庭中開著深淺幾朵黃花；那狄夫人與南陽公主同房，就在秦夫人後面，雖然兩間，倒也寬敞。狄夫人道：「我們這裡，真是茅舍荒廬；夏、李二夫人那裡，獨有片雲埋玉。」蕭后道：「在那裡？」狄夫人道：「就在右首。」花夫人道：「快去看了，下船去罷！」秦夫人道：「且用了齋，住在這裡一天，明早起身；若今晚就回去，你羅老爺道是我們出了家薄情了。」一頭說時，走到一個門首，秦夫人道：「這是李夫人的房。」蕭后走進去，只見微日掛窗，花光映榻，一個大月洞，跨進去卻有一株梧桐，罩著半窗，窗邊坐一個小尼，在那裡寫字。蕭后問是誰人。李夫人道：「這是舍妹，快來見禮。」那小尼向各人拜見了。裡面卻是一間地板房，鋪著一對金漆床兒被褥，衣飾盡皆絢綵。蕭后出來，向寫字的桌邊坐下，把疏箋一看，讚道：「文理又好，書法更精，幾歲了，法號叫什麼？」小尼低著頭答道：「小字懷清，今年十七歲了。」蕭后道：「幾時會見令姊，在這裡出家幾年了？」李夫人道：「妹子是在鄉間出家的，記掛我，來這裡走走。」薛冶兒道：「娘娘，到夏夫人房中去。」蕭后道：「二師父同去走走。」遂挽著懷清的手，一齊走到夏夫人房裡，也是兩間，卻收拾得曲折雅緻，其鋪陳排設，與李夫人房中相似。夏夫人問起蕭后在趙王處的事體，李夫人亦問花又蘭別後事情，只見兩個小尼進來，請眾人出去用齋。蕭后即同竇線娘等，到山堂上來坐定。

眾婦人多是風雲會合過的，不是那庸俗女子，單說家事粗談，她們撫今思昔，比方喻物，說說笑笑，真是不同。蕭后道：「秦夫人的海量，當初怎樣有興，今日這般消索，豈不令人懊悔！」秦夫人道：「只求娘娘與公主夫人多用幾杯，就是我們的福了。」狄夫人道：「我們這幾個不用，李夫人與夏夫人，怎不勸娘娘與眾夫人多用一杯兒？」原來秦、狄、南陽公主都不吃酒。李、夏夫人見說，便斟與蕭后公主夫人猜拳行令，吃了一回，大家多已半酣。蕭后道：「酒求免罷，回船不及，要去睡了。」秦夫人道：「不知娘娘要睡在那裡？」蕭后道：「到在李夫人那裡歇一宵罷。」秦夫人道：「我曉得了，娘娘與薛夫人住在李夫人房裡；竇公主與花夫人榻在夏夫人屋裡罷。」狄夫人道：「大家再用一大杯。」各各滿斟，蕭后吃了一杯，餘下的勸與懷清吃了起身。夏夫人領了線娘、又蘭與兩個小相公去；蕭后、薛冶兒同李夫人進房，見薛夫人的鋪陳，已攤在外間，丫環鋪打在橫頭。小喜問蕭后道：「娘娘睡在那一張床上？」蕭后一頭解衣，一頭說道：「我今夜陪二師父睡罷。」懷清不答，只弄衣帶兒。李夫人道：「娘娘，不要她孩子家睡得頑，還說夢話，恐怕誤觸了娘娘。」蕭后道：「既如此說，妳把被窩鋪在李夫人床上罷，大家好敘舊情。」小喜把自己鋪蓋，攤在懷清床邊，蕭后洗過了臉，要睡尚早，見案上有牙牌，把來一搽，便對李夫人道：「我只曉得搽牌❽，不曉得打牌，妳可教我一教。」二人坐定，打起牌來；妳有天天九，我有地地八；此有人七七，彼有和五五。兩個一頭打牌，一頭說話，坐了二更天氣，上床睡了。

到了五更，金雞三唱，李夫人便披衣起身，點上燈火，穿好衣裳，走到懷清床邊叫道：「妹妹，我去做功課，妳再睡一回，娘娘醒來，好生陪伴著。」懷清應了，又睡一忽，卻好蕭后醒來叫道：「小喜，李夫人呢？」小喜道：「佛殿上做功課去了。」蕭后道：「二師父呢？」懷清道：「在這裡起身了。」慌忙到蕭后床前，掀開帳幔道：「阿呀，娘娘起身了，昨夜可睡得安穩？」蕭后道：「我昨夜被妳們弄了幾杯酒，又與李妹子說了一會兒的話，一覺直睡到這時候了。手也沒有解，妳坐了。」懷清道：「娘娘身上不冷麼？」蕭后道：「不冷。」懷清見粉白胸膛嫩乳雙湧，把手向前道：「待我替娘娘把鈕兒扣了。好個嬌滑的身子，玉雪尚覺次之。這一雙粉乳就放一萬金子在那裡也無處尋覓，那種紅色與十七八歲女子相同。」蕭后道：「二師父，妳不要說這頑話。」絞完了腳❾，下去解手，聽見小喜道：「秦夫

❽ 搽牌：把牌整理好。搽，音ㄆㄛˊ。

❾ 絞完了腳：用裹腳布纏裹好小腳。

人來了，起得好早。」秦夫人在外房對薛夫人道：「妳們做官的，在外邊要見妳呢。」蕭后道：「我家誰人在那裡？」秦夫人道：「就是王老爺，他跟了四五個人，絕早來要會薛夫人，如今坐在東齋堂裡。」說罷出房去了。夏、狄、李三夫人亦進來強留，薛冶兒出去，會了王義，亦來催促。蕭后道：「這是我的正事，就要起身，待我祭掃與陛見過，再來未遲。」眾夫人替蕭后收拾穿戴了，竇公主、花夫人亦進來說道：「娘娘，我們謝了秦夫人等去罷。」蕭后把六兩銀子封好，竇公主亦以十兩一封，俱贈與秦夫人常住收用，薛冶兒也是四兩一封。秦夫人俱不敢領。蕭后又以二兩一封贈李夫人，李夫人推之再三，方纔收了。蕭后又與南陽公主些土儀物事，叮嚀了幾句，大哭一場，齊到客堂裡來。秦夫人請蕭后同眾夫人用了素餐，蕭后把禮儀推與秦夫人收了，忙與公主幾位謝別出門。南陽公主與四位夫人亦各灑淚，看她們下了船，然後進去。卻好小喜直奔出來，狄夫人道：「妳為何還在這裡？」小喜道：「娘娘一個小妝盒忘在李夫人房中，我取了來。夫人們，多謝。」說了，趕下船中，一帆風直到濮州。驢轎乘馬，羅成都已停當，差五十名軍丁，護送娘娘到雷塘墓所去，約在清江浦會齊進京，大家分路。正是：

江河猶喜逢知己，情客空懷弔故墳。

不說羅成同竇線娘、花又蘭，領著兩個孩兒，到雷夏墓中去祭奠岳母。單說蕭后與王義夫妻一行人，走了幾日，到了揚州，就有本地方官府來接。蕭后對王義道：「此是何時，要官府迎接，快些回他不必勞頓。」那些人曉得了，也就回去，獨有一人神清貌古，三綹髯鬚，方巾大服，家人持帖而來，拜王義。王義看了帖子駭道：「賈潤甫我當初隨御到揚州，曾經會他一面，後為魏司馬之職，聲名大著，如今不屑仕唐也算有志氣的人，去見見何妨。」忙跳下馬來迎住，大家寒溫敘過禮。賈潤甫道：「小弟前年從雷夏遷來，住在這裡，與隋陵未有二里之遙，何不將娘娘車輦，暫時停止舍下，待她們收拾停當，然後去未遲。」王義正要吩咐，只見兩個老公公，走到面前大叫道：「王先兒，你來了麼？娘娘在何處？」王義把手指道：「後面大車輪❿裡，就是娘娘在內。」二太監緊走一步，跪在車旁叫道：「娘娘，奴婢們在此叩首。」蕭后掀開簾來，看了問道：「你是我們上宮老奴李雲、毛德，為什麼在此？」二監道：「今天子著我們兩個，守隋先煬帝的陵。」蕭后道：「想當初他兩個，在宮中何等威勢，如今卻流在這裡，看守孤墳。」二監道：「旂帳鼓樂，禮生祭禮，都擺列停當，只候娘娘來祭奠。」蕭后道：「旗鼓禮生，我都用不著，這是那裡來的？」太監道：「這是三日前，有羅將軍的憲牌⓫下來伺候的。」蕭后就對自己內丁道：「你去對王老爺說，先帝陵前，止用三牲酒醴楮錠⓬，餘皆賞他一個封兒，叫他們回去，我就來祭奠了。」內丁如飛去與王義說知，王義忙同賈潤甫走到賈家，封好了賞包兒，便到陵前，把這些人都打發回去，自己悄悄叩了四個頭，與賈潤甫各處安排停當。

蕭后當初正位中宮時，有事出宮，就有鑾輿扈從，寶蓋旌旗，這些人來供奉。今日二太監沒奈何，只在賈潤甫處，借了二乘肩輿，在那裡伺候。蕭后易了素服羽衣，上了轎子，心中無限悽慘，滿眼流淚，到了墓門，蕭后就叫住了下來，小喜等扶著，同薛冶兒一頭哭，一頭走；只見碑亭坊表，沖出雲霄，樹

---

❿ 大車輪：即大車。

⓫ 憲牌：上級長官的通知命令。

⓬ 楮錠：祭祀時用的紙錢。

影披橫，平空散亂。見主穴下邊，尚有數穴，中間玉柱高出，左首一石碑，是烈婦朱貴兒美人靈位，右首是烈婦袁寶兒美人靈位，兩旁數穴，俱有石碑，是謝夫人、梁夫人、姜夫人、花夫人、薛夫人及吳絳仙、杳娘、妥娘、月賓等，這是廣陵太守陳稜，搜取各人棺木來埋葬的。王義領娘娘逐個宣讀看過，蕭后見了巍然青塚，忙撲倒地上去，大哭一場，低低叫道：「我那先帝呀，你死了尚有許多人扈從，叫妾一人怎樣過？」淒淒楚楚，又哭起來。獨有薛冶兒捧著朱貴兒石欄，把當初分別的話，一一訴將出來：我如何要隨駕，妳如何吩咐我許多話，必要我跟沙夫人，再三以趙王託我，今趙王已為正統可汗，不負妳所託了。橫身放倒，咬住牙關，好像要哭死的一般。

王義見妻子哭得悲傷，蕭后甚覺哭得平常，料想沒有他事做出來，對小喜並宮奴說道：「你們快扶娘娘起來。」眾婦女齊上前，挽了蕭后起身，化了紙，奠了酒，先行上轎。王義走到陵前，高聲叫道：「先帝在上，臣矮民王義，今日又在此了。臣當時即要來殉國從陛下九泉，因陛下有趙王之託，故此偷生這幾年。今趙王已作一方之主，立為正統可汗，先帝可放心，臣依舊來服侍陛下。」說完站起來，望碑上奮力一撲，自後跌倒。眾人喊道：「王老爺！怎麼樣？」時薛冶兒正要上轎，聽見了掉轉身來，飛趕上前，對眾人道：「你們閃開。」冶兒看時，只見王義天亭華蓋⓭，分為兩半，血流滿地，只見那雙眼睛，瞪開不閉。薛冶兒道：「丈夫也算是隋家臣子，你快去伺候先帝，我去回覆貴姐的話兒了來。」薛冶兒見王義登時雙目閉了，即向朱貴兒碑上，儘力一撞，一回兒香消玉碎，血染墓草，已作泉下幽魂矣。賈潤甫同眾人忙去報知蕭后，蕭后坐在小轎上，吃了一驚，想道：「好兩個癡妮子，他們死了，叫

⓭ 天亭華蓋：頭頂前額。

蕭后祭奠煬帝，見了巍然青塚，忙撲倒地上去，大哭一場。

我同何人到清江浦去？」賈潤甫道：「不知娘娘果要去檢視？」蕭后想道：「去看他，還是同他們死好，還是撇了他們去好？」把五十兩銀子，急付於賈潤甫道：「煩大夫買兩口棺木，葬了二人，但是我如今要到清江浦同羅老爺進京，如何是好？」賈潤甫道：「娘娘不要愁煩，臣到家去一次就來，送娘娘去便了。」蕭后道：「如此說，有勞大夫。」潤甫到家，把銀子付與兒子，叫他買棺木殯殮，自即騎了牲口，同蕭后起行。未知此去如何，且聽下回分解。

總評：作文不論今古，須看章法，有開闔、有提挈、有挽合、有收拾。若少開闔、提挈、挽合、收拾，文雖佳，總散衍無緒。若此回敘述中，讀者但見其委委曲曲，每于閒處著筆，如畫工然，無一筆不到，步步引人入勝。不知蕭后一進庵中，秦、狄、夏、李四位夫人接見時，追敘昔年光景，處處是開闔，處處是提挈，處處是挽合、收拾。及見南陽公主跪在膝前哭箇不止，此母子至情，見者聞者，亦當酸鼻。王義與薛冶兒夫婦同時殉節墓前，忠節可嘉，亦是收拾隋帝前文之章法也。

第六十八回　成后志怨女出宮　證前盟陰司定案

詞曰：

九十春光如閃電，觸目垂慈，便覺陽和轉。幽恨綿綿方適願，普天同慶恩波徧。　生死一朝風景變，漫道黃泉，也自通情面。滿地荊榛繞指揃，驚回惡夢堪欣羨。

右調蝶戀花

凡人好行善事，而人不之知，則為陰德；或一時一念之感發，或真心誠意之流行，無待勉強，不事矯飾，蓋有不期然而然者，語云：有陰德者，必有陽報。昔長興顧氏宦成無子，娶姬妾十餘人，一日與內君酌，諸姬皆侍，嘆曰：「我平生事皆陰德，何以絕我嗣乎？」一姬曰：「陰德不在遠。」某悟曰：「我今行陰德，當嫁汝輩。」姬曰：「我豈自言，理固如是，我死從夫子耳！」某盡嫁十餘人，已而生三子，母即言死從者。何況朝廷舉動，有關宗廟社稷，其獲報又何可量哉。話說羅成將到長安，叫潘美率督兵丁，護著家眷慢行，自己先入京會見秦叔寶。聞知柴紹已於去年夏間復命，隨同叔寶進去，拜見秦老夫人，先把壽儀補送。叔寶道：「表弟遠隔幾千里，家母壽期至今不忘。」羅成便把征北一段，至同蕭后回南，賤內到女貞庵會見秦、狄、夏、李四位夫人，知是舅母八十整壽，在那裡遙祝千秋，及蕭后到揚州祭奠，撞死了王義夫妻的話來說完。秦老夫人道：「羅家甥兒，既是你二位娘子並令郎多在這裡，快叫人把轎馬去接了進來。」叔寶道：「母親，蕭后尚在旅中，待她陛見了安頓過，好接兩位表嫂來。」秦老夫人道：「既如此，且叫懷玉到城外去接蕭娘娘、二位夫人到承福寺中，暫住一二日。」懷玉如飛帶了家丁出城，去安頓蕭后及羅成家眷。

羅成朝見過太宗，賞勞再三，賜宴旌功，早有旨意出來，差四個內監，宣蕭后進宮。竇、花二夫人到叔寶家，又獻上壽儀，拜過老夫人的壽，與張夫人交拜。單小姐亦拜見，命二子出來，與羅家二子拜見了，互相問候。袁紫煙及江、羅、賈三位夫人聞知，亦時差人餽送禮物。住了月餘，羅成辭朝回去，便道到花弧墓上祭掃不提。

卻說太宗自登極已後，四方平定，禮樂迭興；魏徵、房玄齡輩，知無不言，言無不盡，君臣相得。一日奉太上皇，置酒未央宮，時當秋暑，那日恰逢天氣清朗，金紫輝映。上皇命頡利可汗起舞，馮智戴詠詩，既而笑道：「胡越一家，古未有也！」太宗捧觴上壽說道：「此皆陛下教化，非臣智力所及。昔漢高祖亦從太上皇宴此宮，妄自矜大，臣不取也。」上皇大悅，問秦叔寶：「你母親好麼？今多少年紀了？」叔寶跪答道：「臣母今年八十有三，托賴上皇陛下洪福，得以粗安。」隨命眾臣自皇族以下，各依品級而坐，無得喧譁失禮。眾臣皆循序列班坐定，命黃門行酒，琴瑟齊鳴，歌聲盈耳。君臣正在歡飲，不意尉遲敬德，坐在任城王下首，忽大怒起來，便道：「汝有何功，卻坐在我上！」任城王卻不理他，他便伸出一隻大拳頭打來，正中道宗左目，眾人起身勸時，道宗目睛反轉，青腫幾眇，便逃席而出。上皇問什麼緣故，眾臣以直奏上。上皇心上不悅道：「任城王道宗，是朕宗支，不要說有功無功，就是他僭越了，今日是個良會，也該忍耐，為甚就動起手來！」太宗率眾臣謝罪，便命罷宴，奉上皇還宮。

到了次日，太宗視朝，對群臣道：「昨日朕同上皇君臣相樂，一時良會，敬德有失人臣之禮，朕甚不樂。況任城王實朕之親族，彼便如是行兇，況其他乎！朕之此言，甚非有私道宗也。」言未畢，左右奏敬德自縛請罪，眾臣懷懼，皆為跪請道：「敬德武臣，本不習儒雅，今無禮有忤聖旨，乞陛下念其汗馬之勞，而生全之。」太宗召敬德入，命左右去其縛，對敬德道：「朕欲與卿等共保富貴，然卿居官數犯法，朕不以過而掩卿之功，乃知漢室韓彭一旦葅醢，非高祖之過也。」敬德叩頭謝罪。太宗道：「國家紀綱，惟賞與罰，非分之恩，不可數得，勉自修飾，無致後悔。」敬德再拜而出，由是強暴頓斂。

貞觀九年五月，上皇有疾，崩於太安宮；頒詔天下，謚曰神堯。一日，太宗閒暇，與長孫皇后眾嬪妃遊覽至一宮，即有許多宮女承應，看去雖多齊整，然老弱不一。太宗見了，覺有些厭憎。有幾個奉茶上來，皇后問道：「妳們這些宮奴，都是幾時進宮的？」眾宮人答道：「也有近時進宮的，隋時進宮的居多。」皇后道：「隋時進宮有二十餘年了。」眾宮奴道：「十二三歲進宮，今已三十五六歲了。」皇后道：「當初隋煬帝嬪妃雖廣，為甚要這許多人伺候？」宮人道：「當初煬帝有夫人、美人、昭儀、充華、婕妤、才人等名，安頓各宮。安得如萬歲與娘娘仁慈儉素，合宮無不共沐天恩。」太宗道：「朕想天子一人，就是嬪御，像朕不過三四人足矣，精力有限，何苦用著這許多人伺候，使這班青春女子，終身禁錮宮中。」徐惠妃道：「看她們情景，原覺可憫。」太宗對皇后道：「御妻，朕欲將此輩放些出去，讓她們歸宗擇配，完她下半世受用。」皇后笑道：「恩威悉聽上裁，妾何敢仰參。不要真個放她們出去，就是這點念頭，亦是一種大陰德。」太宗笑道：「朕豈戲言耶！」只見眾宮娥俱跪下謝恩，娘娘與嬪妃等都大笑起來。太宗對內侍說道：「你去對掌宮人的內監說，把這些宮女，都造冊籍進呈來。」內侍對掌宮監臣魏荊玉說了，那一夜各宮中宮娥彩女，如同鼎沸。天明造完，交與魏荊玉。荊玉伺天子視朝畢，將冊籍呈上，太宗看了一回道：「你去叫她們多到翠華殿來。」那魏監領旨去了。太宗回宮指著冊籍，對皇后道：「那些宮女，不知糜費了民間多少血淚，多少錢糧，今卻蔽塞在此，也得數日工夫去查點她。」皇后道：「不難，陛下點一半，妾同徐夫人點一半，頃刻就可完了。」

太宗便同皇后登了寶輦，徐惠妃坐了平輿，到翠華殿來；見這班宮娥，擁擠在院子裡。太宗與皇后，各自一案坐了；徐惠妃坐在皇后旁邊。宮女均為兩處點名，點了一行，又是一行，都是搽脂抹粉，妍媸參半。太宗揀年紀二十內者，暫置各宮使喚；其年紀大者，盡行放出，約有三千餘人。叫魏監快寫告示，曉諭民間，叫她父母領去擇配，如親戚遠的，妳自揀對頭，與他配合。三千宮娥，懽天喜地，叩謝了恩，攜了細軟出宮。魏監將一所舊庭院，安放這些宮女，即出榜曉諭。一月之間，那些百姓曉得了，近的領了去，遠的魏監私下受了些財禮嫁去，到也熱鬧。不上兩月，將及嫁完，止剩夭夭、小鶯兩個，她是關外人，親戚父母都不見來；又因夭夭出宮時，害起病來，小鶯伏侍她，住在魏太監寓中三四個月，依舊養得身子肥壯。

偶然一日，魏太監有個好友，錦衣衛揮使姓韋名玄貞來拜，年紀將近四旬，妻子竟不生嗣，著實要替他娶妾，他竟不肯。那日魏監留在書房中小飲，說起放宮女事，魏太監道：「韋老先，你尚無子，聞得你嫂子又賢惠，前日何不來娶一個好些的，生個種兒出來，也是韋門之幸。」玄貞搖手道：「妻子生得出也好，生不出也就罷了。」魏太監道：「如今剩得兩個，就像一父母所生，生得甚好，待我叫她出來，你賞鑑一賞鑑。」就對小太監說了。不一時那兩個走將出來，朝著韋官兒行禮下去，玄貞如飛站起來回禮，見她兩個身材嬝娜，肌膚嫩白，忙說道：「請進。」魏監道：「韋老先如何？」玄貞道：「使不得，這是上用過的，我們做官兒的娶去為妾，就是失體統了。」魏太監笑道：「真是老婆子的話兒！前日那李官兒，也娶了蔡修容，張官兒也討了趙玉嬌去。偏你娶不得！」便也不提。喫完了酒，韋玄貞別去了。過了一日，魏太監打聽韋揮使不在家中，便喚一個車兒，叫小鶯、夭夭坐了，對一個小太監說道：「你到韋家進去，看見他夫人，說我曉得韋老爺無子，故此公公特送這兩個美人來。」小鶯、夭夭到了韋家，見了韋夫人，韋夫人懽喜不勝，等玄貞進門時，將他兩個藏在書房碧紗窗裡。玄貞看見了，知是夫人美意，就在書房內睡了一回，忙同進去謝了夫人。自是妻妾相得，後來各生下子女：小鶯生一女，為中宗皇后，封玄貞為上洛王，這是後話休提。

時房玄齡因諫諍之事，見上頗疏，便告老回去。貞觀十年六月間，長孫皇后疾病起來，漸覺沉重，遂囑太宗道：「妾疾甚危，料不能起，陛下宜保聖躬，以安天下。房玄齡事陛下久，小心謹密，且無大故，不可棄之。妾之家族，因緣以致祿位，既非德舉，易致顛危，願陛下保全之，慎勿與之權要。妾生無益於人，若死後勿高邱壠，勞費天下，因山為墳，器用瓦木可也。更願陛下親君子，遠小人，納忠諫，屏讒佞，省作役，止遊畋，妾雖死亦無恨。」又對太子道：「爾宜竭盡心力，以報陛下付託之重。」太子拜道：「敢不遵母后之命。」后囑咐罷，是夜崩於仁靜宮。

次日，宮司❶將皇后採擇自古得失之事，為女則❷三十卷進呈。太宗覽之悲慟，以示近臣道：「皇

❶ 宮司：掌後宮中事宜的人。

后此書，足以垂範百世。朕非不知天命，而為無益之悲。但入宮不聞規諫之言，失一良佐，故不能忘懷耳。」乃遣黃門召房玄齡復其位。冬十一月，葬文德皇后于昭陵❸，近竇太后獻陵❹里許。上念后不已，乃於苑中作層樓觀以望昭陵。嘗與魏徵同登，使徵視之。徵熟視良久道：「臣昏眊不能見。」上指視之，魏徵道：「臣以為陛下望獻陵，若昭陵則臣固見之矣！」上泣為之毀觀，然心中終覺悲傷。

一日，太宗忽然病起來，眾臣日夕問候，太醫勤勤看視。過四五日不能痊可，恍惚似有魔祟。惟秦瓊、尉遲恭來問安時，頗覺神清氣爽，因命圖二人之像於宮門以鎮之。及病勢沉重，乃召魏徵、李勣等入宮受顧命，李勣道：「陛下春秋正富，豈可出此不吉之言。」魏徵道：「陛下勿憂，臣能保龍體轉危為安。」太宗道：「吾病已篤，卿如何保得？」說罷轉面向壁，微微的睡去了。魏徵不敢驚動，與李勣等退至宮門前。李勣問道：「公有何術，可保聖躬轉危為安？」魏徵道：「如今地府，掌生死文簿的判官，乃先帝駕下舊臣，姓崔名珏，他生前與我有交，今夢寐中時常相敘。我若以一書致之，託他周旋，必能起死回生。」李勣聞言，心卻未信。少頃，宮人傳報皇爺氣息漸微，危在頃刻矣。魏徵即於宮門廂閣中，寫下一封書，親持至太宗榻前焚化了，吩咐宮人道：「聖體尚溫，切勿移動，靜候至明日此時定有好意。」遂與眾官住宮門前伺候。

且說太宗睡到日暮時，覺渺渺茫茫，一靈兒竟出五鳳樓前；只見一隻大鵪飛來，口中銜著一件東西。

---

❷ 女則：長孫皇后所撰之書，敘述古代婦女事，宣揚古代婦女的道德規範。

❸ 昭陵：即唐太宗李世民墓。

❹ 獻陵：即唐高祖李淵墓。

太宗平昔深喜佳鷂，見了懽喜，定睛一看，心上轉驚道：「奇怪！此鷂乃是魏徵奏事時，我匿死懷中之物，為甚又活起來？」忙去捉他，那鷂兒忽然不見，口中所銜之物，墜於地上。太宗拾起看時，卻是一封書柬，封面上寫著：「人曹官魏徵，書奉判兄崔公。」下註云：「崔珏係先朝舊臣，伏乞陛下面致此書，以祈回生。」太宗看了懽喜，把書袖了，向前行去。好一個大寬轉的所在，又無山水，又無樹木，正在驚惶，見有一個人走將來，高聲叫道：「大唐皇帝往這裡來。」太宗聞言，抬頭一看，那人紗帽藍袍，手執象笏，腳穿一雙粉底皂靴，走近太宗身邊，跪拜路旁，口稱：「陛下，赦臣失誤遠迎之罪。」太宗問道：「卿是何人？是何官職？」那人道：「微臣是崔珏，存日曾在先皇駕前為禮部侍郎；今在陰司為酆都判官。」太宗大喜，忙將御手挽起來道：「先生遠勞，朕駕前魏徵有書一封，欲寄先生，命好相遇。」崔判官問：「書在何處？」太宗在袖中取出，遞與崔珏。崔珏接來，拆開看了說道：「陛下放心，魏人曹書中，不過要臣放陛下回陽之意，且待少頃見了十王，臣送陛下還陽，重登玉闕便了。」太宗稱謝。又見那邊走兩個軟翅的小官兒來，說道：「閻王有旨，請陛下暫在客館中寬坐一回，候勘定了隋煬帝一案，然後來會。」太宗道：「隋煬帝還沒有結卷麼？」二吏道：「正是。」太宗對崔珏道：「朕正要看隋煬帝這些人，煩崔先生引去一觀。」崔珏道：「這使得。」

大家舉步前行，忽見一座大城，城門上邊寫著「幽明地府鬼門關」七個大字。崔珏道：「微臣在前引著陛下去，恐有污穢相觸。」領太宗入城，順街而行，看那些人蓬頭跣足，好似乞丐一般。走了里許，只見道旁邊走出先帝李淵，後邊隨著故弟元霸；太宗見了，正要上前叩拜父皇，轉眼就不見了。又走了幾步，忽見建成引著元吉、黃太歲而來，大聲喝道：「世民來了，快還我們命來！」崔判官忙把象笏擎起說道：「這是十殿閻君請來的，不得無禮！」三人聽了，倏然不見。太宗問道：「翟讓、李密、王伯當、單雄信、羅士信想還在此？」崔珏道：「他們早已託生太原荊州數年矣！」還要問太穆皇后、文德皇后在何處，只見一座碧瓦樓臺，甚是壯麗，外面望去，見裡面環珮叮噹，仙香奇異。正在凝眸之際，見三個長大漢子，後面有七八個青面獠牙鬼使押著。崔珏道：「陛下可認得那三個麼？」太宗道：「有些面善，只是叫他不出。」崔珏道：「那第一個披豬皮的是宇文化及；第二個穿牛皮的是宇文智及；第三個穿狗皮的是王世充。他們俱定了案，萬劫為豬牛狗，受後來的千刀萬剮，以償生前弒逆之罪。」正是：

有惡到頭終有報，只爭來早與來遲。

太宗正在那裡觀看，聽見兩邊人說道：「又是那一案人出來了？」崔珏看是何人，見一對青衣童子執著幢幡寶蓋，笑嘻嘻的引著一個後生皇帝，後面隨著十餘個紗帽紅袍的，兩個官吏隨著。崔珏叫道：「張寅翁，這一宗是什麼人？」那官吏說道：「是隋煬帝的宮女朱貴兒，她生前忠烈，罵賊而死，曾與楊廣馬上定盟，願生生世世為夫婦。後面這些是從亡的袁寶兒、花伴鴻、謝天然、姜月仙、梁瑩娘、薛南哥、吳絳仙、妥娘、杳娘、月賓等。朱貴兒做了皇帝，那些人就是她的臣子；如今送到玉霄宮去修真一紀❺，然後降生王家。」太宗聽了笑道：「朕聞朱貴兒等盡難之時，表表精靈，至今述之，猶為爽快。但生為天子，不知是在那個手裡？」又見兩個鬼卒，引著一個垂頭喪氣的煬帝出來，後面跟著三四個黑

❺ 修真一紀：學道修行三十年。

太宗見一對青衣童子執著幢幡寶蓋，笑嘻嘻的引著一個後生皇帝，後面隨著十餘個紗帽紅袍的。又見兩個鬼卒引著一個垂頭喪氣的煬帝出來。

臉凶神。崔珏又問跟出來的鬼吏押他到那裡去。那鬼吏答道：「帶他到轉輪殿去，有弒父弒兄一案未結，要在畜生道❻中受報。待四十年中，洗心改過，然後降生陽世，改形不改姓，仍到楊家為女，與朱貴兒完馬上之盟。」崔珏問道：「為何頂上白綾還未除去？」鬼吏道：「他日後託生帝后，受用二十餘年，仍要如此結局。」崔珏點頭。太宗道：「煬帝一生殘虐害民，淫亂宮闈，今反得為帝后，難道淫亂殘忍，倒是該的？」崔珏道：「殘忍，民之劫數。至若姦烝❼，此地自然降罰。今為妃后，不過完貴兒盟言。」太宗正要細問，見一吏走來對太宗道：「十王爺有請。」太宗忙走上前，早有兩對提燈，照著十位閻王降階而至，控背躬身迎接。太宗謙讓，不敢前行。十王道：「陛下是陽間人王，我等是陰間鬼王，分所當然，何須過讓？」太宗道：「朕得罪麾下，豈敢論陰陽人鬼之道。」遜之不已。

太宗前行，竟入森羅殿上，與十王禮畢坐定。秦廣王❽拱手說道：「先年有個涇河老龍，告殿下許救，而終殺之何也？」太宗道：「朕當時曾夢老龍求救，實是允牠生全，不期牠犯罪當刑，該人曹官魏徵處斬。朕宣魏徵在殿下棊，豈知魏徵倚案一夢而斬，這是龍王罪犯當死，又是人曹官出沒神機，豈是朕之過咎。」十王聞言伏禮道：「自那老龍未生之前，南斗生死簿上已註定，該殺於魏人曹之手，我等皆知。但是牠折辯定要陛下來此，三曹對質，我等將牠送入輪藏轉生去了。但令兄建成、令弟元吉，且

❻ 畜生道：佛教所說的六道之一。根據佛教輪迴的說法，人都要在地獄道、餓鬼道、畜生道、修羅道、人道、天道這六道中輪迴。

❼ 姦烝：指與母輩通姦。

❽ 秦廣王：十殿閻王之一。

夕在這裡哭訴陛下害他性命，要求質對，請問陛下這有何說？」太宗道：「這是他弟兄合謀，要害朕躬，假言奪槊，使黃太歲來刺朕；若非尉遲敬德相救，則朕一命休矣。又使張、尹二妃設計挑唆父皇；若非父皇仁慈，則朕一命又休矣。置鴆酒於普救禪院，滿斟歡飲；若非飛燕遺穢相救，則朕一命又休矣。屢次害朕不死，那時又欲提兵殺朕，朕不得已而救死，勢不兩立，彼自陣亡，於朕何與？昔項羽置太公於俎上以示漢高，漢高曰：『願分吾一杯羹。』為天下者不顧家，父且不顧，何有於兄弟，願王察之。」十王道：「吾亦對令兄令弟反覆曉諭，無奈他執訴愈堅，吾暫將他安置閒散，俟他時定奪，今勞陛下降臨，望乞恕我等催促之罪。」言畢，命掌生死簿判官：「快取簿來，看唐王陽壽天祿該有多少。」

崔判官急轉司房，將天下萬國之王天祿總簿一看，只見南贍部洲❾大唐太宗皇帝註定貞觀一十三年。崔判官看了，吃了一驚，急取筆蘸墨將一字上添上兩畫，忙出來將文簿呈上。十王從頭一看，見太宗名下註定三十三年，十王又問：「陛下登基多少年了？」太宗道：「朕即位已經一十三年。」十王道：「陛下還有二十年陽壽，此一來已是對案明白，請還陽世。」太宗聽見，恭身稱謝。十王差崔判官、朱太尉送太宗還魂。

太宗謝別出殿。朱太尉執著一枝引魂旛在前引路，只見一座陰山，覺得凶惡異常。太宗道：「這是何處？」崔判官道：「這是枉死城，前日那六十四處煙塵草寇，眾好漢頭目，枉死的鬼魂，都在裡頭，無收無管，又無錢鈔用度，不得超生。陛下該賞他些盤纏，纔好過去。」太宗道：「朕空身在此，那裡有錢鈔？」崔判官道：「陛下的朝臣尉遲恭有制錢三庫，寄存在陰司，陛下若肯出名立一契，小判作保，

❾南贍部洲：佛經中所說的四大洲之一。

借他一庫，給散與這些餓鬼，到陽間還他。那些冤鬼，便得超生，陛下可安然竟過。」太宗大喜，情願出名借用。崔判官呈上紙筆，太宗遂立了文書，崔判官袖著，將到山邊，聽得神嚎鬼哭，亂哄哄擁出許多鬼來，盡是拖腰折臂，也有無頭的，也有無腳的，都喊道：「李世民來了，還我命來！」太宗嚇得膽戰心驚，拖住崔判官。崔判官道：「你們不得無禮，我替大唐皇爺借一庫銀子的票兒在此，他們去叫那魔頭來領票去支付分給便了。唐皇爺陽壽未終，到陽間去還要做水陸道場，超度你們哩！」眾鬼聽了，如飛去叫那魔頭來；崔判官吩咐了，把票兒付與魔頭，眾鬼歡喜而去。三人又走了里許，見一條青石大橋，滑潤無比，太宗向橋上走去，剛要下橋，聽得天庭一個霹靂，吃了一驚，跌將下來，忙叫道：「跌死我也！跌死我也！」開眼看時，見太子嬪妃，都在旁伺候。

太子忙傳魏徵等，魏徵走近御床，牽衣說道：「好了，陛下回陽了。」太宗醒了片時，太醫進定心湯吃了，站起身來。魏徵問道：「陛下到陰司可曾會見崔珏？」太宗點頭道：「虧他護持。」便將幽夢所見，細細述與眾人聽了；眾人拜賀而出。太宗即傳旨，宣隱靈山法師唐三藏、竇巨德至京。天使到時，竇巨德已圓寂四五天了。使者隨唐三藏到京，建水陸道場，超度幽魂；又命以金銀一庫還尉遲恭，恭辭不受，太宗再三勉諭，敬德拜受而出。庫吏將銀盤交敬德，照冊缺了五百貫，庫吏驚惶，只見梁上墮下一帖；取視之，乃大業十二年，敬德打鐵時，支付書生票也，聞者奇異。太宗在宮中，調養了三四天，御體比前愈覺強健，不期被火焚了大盈庫⑩，魏徵道：「天災流行，皆由宮中陰氣抑鬱所致，乞將先帝所御老嬪妃盡行放出。」太宗見說，深以為是，即將老宮女盡數放出；復有三千餘人連張、尹二妃，亦

⑩ 大盈庫：朝廷倉庫。

出宮歸家，宮禁為之一空。遂差唐儉往民間點選良家女子，年十四五歲者，止許百名，預使太常少卿祖孝孫教習音樂。將近四五月，唐儉選秀女回來，太宗散給後宮，止選武媚娘⓫為才人，安頓福綏宮，寵幸無比。要知後事如何，且聽下回分解。

總評：放宮女原是一節快事，妙在長孫皇后幫貼⓬數語，覺與蕭后天淵。朱貴兒等忠烈久已揭過，今從太宗魂遊地府，目聽擊勘煬帝一案，或現帝王宰官⓭身，或現婦女畜生身，顛之倒之，以彰報應，以踐盟誓。結上案正為後面張本，作者苦心，幸勿草草閱過。

⓫ 武媚娘：即武則天，名曌，中國歷史上唯一的女皇帝。曌，同「照」。

⓬ 幫貼：贊成；附和。

⓭ 宰官：泛指官吏。

第六十九回　馬賓王香醪濯足　隋蕭后夜宴觀燈

詩曰：

春到王家亦太穠，錦香繡月萬千重。笑他金谷❶能多大，羞殺巫山只幾峰。屏鑑照來真富貴，羊車❷引去實從容。祇愁雲雨終難久，若個佳人留得儂。

宋時維揚秦君昭，妙年遊京師，有一好友姓鄧，載酒祖餞；畀❸一殊色小環，至前令拜。鄧指之道：「某郡主事某所買妾也，幸君便航附達。」秦弗諾，鄧懇之再三，勉從之。舟至臨清，天漸熱，夜多蚊，秦納之帳中同寢，直抵都下。主事知之取去，三日方謁謝道：「足下長者也，弟昨已作簡，附謝鄧公矣！」此真不近女色之奇男子。還有商時九侯❹，有女色美而莊重，獻於紂，奈此女不好淫，觸紂怒，殺女而

❶金谷：指晉石崇於金谷澗中所築的金谷園，後泛指富貴人家好景不常的豪華園林，多含諷喻。

❷羊車：古代宮內所乘小車。羊，通「祥」。吉祥之意。

❸畀：音ㄅㄧˋ。通「俾」。使。

❹九侯：殷代諸侯。亦稱鬼侯。

醢九侯；鄂侯❺諫，並烹之，此真不喜近男子之美婦人。是知男女好惡，原有解說不出的。太宗是個天挺豪傑，並不留情於色慾，不想長孫皇后仙逝，又選了武氏進宮，色寵傾城，歡愛無比。卻說那武氏，她父親名士彠，字行之，住居荊州；高祖時，曾任都督之職，因天性恬淡，為宦途所鄙，遂棄官回來。妻子楊氏，甚是賢能，年過四十無子，楊氏替他娶一鄰家之女張氏為妾。月餘之後，張氏睡著了，覺得身上甚重，拿手一推，卻把自己推醒，自此成了娠孕。過了十月，時將分娩，行之夢見李密，特來拜訪云：「欲借住十餘年，幸好生撫視，後當相報。」醒來卻是一夢。張氏遂爾脫身，行之意是一兒，及看時卻是女兒。張氏因產中犯了怯症，隨即身亡。武行之夫婦，把這女兒萬分愛護。到了七歲，就請先生教她讀書。先生見她面貌端麗，叫做媚娘。及至十二三歲，越覺妖豔異常，便與同學讀書的相通，茶餘飯罷，行步不離。父母只道她幼小嬉戲，豈知兩下裡相與綢繆。又過年餘，是她運到，唐儉點選進宮，敕賜才人，性格聰敏，凡諸音樂，一習便能，敢作敢為，並不知宮中忌憚。太宗行幸之時，好像與家中知己一般，纔動手就叫她、摟她、親她、媚她，太宗從沒有經過這般光景，愈久愈覺魂消，因此時刻也少她不得。

如今且說太子承乾，是長孫皇后所生，少有躄疾，喜聲色畋獵馳騁，有妨農事。魏王名泰，太子之弟，乃韋妃所生，多才能，有寵於帝，見皇后已崩，潛有奪位之意，折節下士，以求聲譽，密結朋黨為腹心。太子知覺，陰遣刺客紇干承基❻，謀殺魏王，正值吏部尚書侯君集，怨望朝廷，見太子暗劣，欲

❺ 鄂侯：殷代諸侯。

❻ 紇干承基：刺客名。紇干，姓。

乘釁圖之，因勸太子謀反，太子欣然從之，遂將金寶厚賂中郎將季安儼等，使為內應。不意太宗聞知，便把太子承乾，廢為庶人，侯君集等典刑❼。時魏王泰日入侍奉，太宗面許立為太子。褚遂良、長孫無忌固請立晉王治。太宗謂侍臣道：「昨青雀投我懷云：臣今日始得為陛下子，臣有一子，臣死之日，當為陛下殺之，傳於晉王，朕甚憐之。」褚遂良道：「陛下失言。此國家大事，存亡所繫，願熟思之；且陛下萬歲後，魏王據天下之重，肯殺其愛子，以授晉王哉！今必立魏王，願先措置晉王，始得安全耳。」太宗流涕，因起入宮，想起太子二王，不覺懊恨填胸，擊床大嘆。徐惠妃、武才人問道：「陛下有何悶事，發此長嘆？」太宗把太子與魏王、晉王之事說了，又道：「朕臨敵萬陣，屢犯顛危，未嘗稍掛胸臆，不意家室之間，反多狂悖，何以生為？」徐惠妃道：「陛下平定四海，征伐一統，得有今日，何苦以家政細務，常生憂戚。」太宗道：「妃子豈不知向日建成、元吉，淫亂於前，二王欲步武❽於後，所為如此，我心誠無聊賴。」因自投於床，拔佩刀欲自刺。武氏忙上前奪住道：「陛下何輕易如此，不肖者已廢之，圖謀者亦未妥，何不收此蛤蚌，盡付漁人之利。晉王亦皇后所生，立之未為不可。」徐惠妃道：「晉王仁孝，立之為嗣，可保無虞。」太宗聞言甚悅，即御太極殿，召群臣說道：「承乾悖逆，泰亦凶險，諸子誰可立者？」眾皆嘆呼道：「晉王仁孝，當為嗣。」太宗遂立晉王治為皇太子，時年十六。太宗謂侍臣道：「我若立泰，則是太子之位，可經營而得。自今太子失道，藩王窺伺者，皆兩棄之，傳諸子孫永為世法。」晉王既立，極盡孝敬，上下相安。

❼ 典刑：按照法律處死。

❽ 步武：追隨；效法。

時維九月，正值秦叔寶母親九十壽誕，太宗親自臨幸，見瓊宅無堂，命輟小殿之材以搆之，五日而成，手書「仁壽堂」以賜之，又賜錦屏褥几杖等；徐惠妃賞齎亦甚厚。瓊上表申謝，太宗手詔道：「卿處至此，蓋為太上皇報德，何事過謝？」話分兩頭。卻說有清河茌平人，姓馬名周，號賓王，少孤貧好學，精於詩賦，落拓不為州里所敬。曾補傅州助教，日飲醇醪，不以講授為務，刺史屢加咎責，周乃拂衣，遊於長安，宿新豐市中。主人惟供諸商販，有失款待，賓王自己無聊，把青田石製漢將李陵一牌，戰國時孫臏一牌，供在桌上，沽酒飲醉了，便擊桌大哭道：「李陵呵！汝有何負，而使汝辱及妻孥；漢王何心，而使汝終於沙漠！」哭了一番，吃一回酒，又向孫臏的牌位哭道：「孫臏呵！汝何修未得，以致結怨於好友；汝何罪見招，以致顛躓於終身！」哭了又吃酒，總是處逆境之人，若狂若癡，好像擲下了東西，坐臥不安的光景，其激烈處，恨不化為博浪椎❾，為秦庭筑，為田將軍❿淚；感憤處，恨不化為斬馬劍，為散盜車，為荊軻匕首。因是不與世俗伍。

一日遇見中郎將常何，雖是武官無學，頗有知人之識，知馬賓王必成大器，延至家中，待為上賓，一應翰墨之事，盡出其手。是時星變異常，下詔文武官，極言得失。常何遂煩馬周，代陳便宜二十餘事進上。馬周旅邸無聊，袖了些杖頭，散步出門。那日恰是三月三日上巳佳節⓫，傾城士女，皆至曲江祓禊⓬，雜劇吹彈，旗亭都張燈結綵。馬周也到那裡去閒玩。上了店中，踞了一個桌兒，在那裡獨酌暢飲。

❾ 博浪椎：秦始皇時，張良散家財募得力士，在博浪沙用鐵錐襲擊秦始皇，誤中副車。

❿ 田將軍：即田橫。

⓫ 三月三日上巳佳節：三月上旬的巳日，為古代節日。漢魏以後，一般習用三月初三日，不再定為巳日。

那些公侯駙馬，帝子王孫，都易服而來嬉耍。只見一個宦者，跟了幾個相知，許多僕從，也在座頭吃酒。見馬周飲得爽快，便對馬周道：「你這個狂生，獨酌村醪，這般有興；我有一瓶葡萄御酒在此，贈與你吃了罷。」家人們把一瓶酒，送與馬周。馬周把酒，揭開一看，卻有七八斤，香噴無比，把口對了瓶，飲了一回；飲下的，瞥見桌邊有一拌麵的瓦盆兒在，便把酒傾在裡頭，口中說道：「高陽知己⑬，不意今日見之。」一頭說，一頭將雙襪脫下，把兩足在盆內洗濯。眾人都驚喊道：「這是貴重之物，豈可如此輕褻？」馬周道：「我何敢輕褻？豈不聞身體髮膚，受之父母，不敢毀傷。曾子云：啟予足，啟予手，我何敢媚於上而忽於下？」洗了，抹乾了足，把盆拿起來，吃個罄盡。剛飲完時，只見七八個人，搶進店來，說道：「好了，馬相公在此了！」馬周道：「有何事來尋我？」常何家裡二人說道：「聖上宣相公進朝。」原來太宗在宮，翻閱臣僚本章，見常何所上二十條，申說詳明，有關政治。因思常何是個武臣，那有此學問，就出宮來召問常何。常何只得奏云：「是臣客馬周所代作。」太宗大喜，即著內監出來宣召。當時馬周見說，忙到常何寓中，換了衣衫靴帽，來到文華殿。太宗把二十條事，細細詳問，馬周抗詞質辯，一一剖悉，真個是學富五車，才高八斗。太宗大喜，即拜他為刺史之職，賜常何綵絹二十疋出朝。

太宗即散朝進宮，行至鳳輝宮前，只見那裡笑聲不絕，便跟了兩個宮奴，轉將進去。見垂柳拖絲，

⑫ 祓禊：古代民俗，三月上巳日到水濱洗濯，洗去宿垢，稱祓禊。三國魏後用三月初三日。

⑬ 高陽知己：漢朝劉邦兵過陳留，高陽（今河北省高陽縣）人酈食其入謁，自稱高陽酒徒。以後即為善飲酒者代稱。食其，音ㄧˋ ㄐㄧ。

一個宦者將葡萄御酒贈與馬周飲了，馬周卻把御酒傾在瓦盆裡頭，將雙襪脫下，把兩足在盆內洗濯。

拂境清幽；姹紫嫣紅，迎風弄鳥，別有一種賞心之境。聽見笑聲將近，卻是一隊宮女奔出來，有的說打得好，竟像一隻紫燕斜飛；有的說這般年紀，一些也不吃力，還似個孤鶴朝天，盤旋來往。太宗叫住一個宮奴問道：「妳們那裡來？為什麼笑聲不絕？」那宮奴奏道：「在倚春軒院子裡，看蕭娘娘打鞦韆耍子。」太宗道：「如今還在那裡打麼，可打得好？」宮奴道：「打得甚好，如今還在那裡頑。」太宗見說，即便行到鳳輝宮來下輦偷覷，見院子裡站著許多婦女，在那裡望著大笑。看見鞦韆架上，站著一個女人，淺色小龍團襖，一條松色長裙扣了兩邊，中間紮著大紅緞褲，翻天的飛打下來，做一個蝴蝶穿花；又打起來，做一個丹鳳朝陽；改了個飢鷹掠食勢，撲將下來：真個風流嬝娜，體態輕狂。太宗正側著身子，掩在石屏間細看，只見一個宮奴瞥眼看見，忙說道：「萬歲爺來了！」那些宮奴一鬨而散。

太宗此時，不好退出，只得走將進去。蕭后如飛下了架板⑭，小喜忙把蕭后頭上一幅塵帕，取了下來，又除下裙扣。蕭后直到太宗膝前，跪下說道：「臣妾不知聖駕降臨，有失迎接，罪該萬死。」太宗把手扶起道：「蕭娘娘有興，尋此半仙⑮之樂。」蕭后道：「偶爾排遣，稍解岑寂，有污龍目，實為惶悚。」太宗攜著蕭后進宮坐下，小喜捧上茶來，太宗喫了，心中覺有些意思，鼻間有陣異香，一沁人心窩，令人好過不去。太宗道：「香從何來？」兩人走進臥房，四圍一看，並不見寶鼎噴煙。因走近床邊細看，但見錦衾虛擁，繡褥疊裝，又是一種香氣，遂留幸焉。蕭后泣對太宗道：「妾以衰朽之姿，得蒙恩寵，實出意外；但生前常望眷顧，死後得葬於吳公臺下，妾願畢矣。」太宗許諾，因說：「今日清明

---

⑭ 架板：鞦韆的踏腳板。

⑮ 半仙：傳說仙人居住在高空，因而稱盪鞦韆於半空為半仙。

佳節，宮中張燈設宴，娘娘可同翫賞。」蕭后道：「今日清明，民間都打掃墳墓，妾先帝墓木已拱，無人祭掃，言之痛心。」太宗道：「朕當為置守塚三百戶，并撥田五頃，以供春秋祭祀。」后隨謝恩。太宗道：「少頃朕來宣妳。」又道：「為何適聞香氣，今卻寂然？」蕭后笑而不言。原來此香，乃外國製的結願香，在突厥可汗那裡帶來的。當下太宗回宮傳旨，宣蕭娘娘看燈。蕭后即喚小喜跟隨，來到太宗宮中，朝見畢，與徐惠妃、武才人等相見了。太宗坐首席，請蕭后坐左邊第一席。武才人戲說道：「娘娘何不就與陛下同席？」蕭后道：「妾蒲柳衰質，強陪至尊，甚非所宜，就是這席還不該坐。」太宗笑道：「總是一家，不必推遜。」於是坐定，行酒奏樂，至晚合宮都張起花燈，光彩奪目。蕭后道：「清明不過小節，怎麼宮掖間這般盛設名燈？」太宗道：「朕自四方平定之後，凡遇令節與除夜上元⓰，一樣擺設慶賞。」蕭后道：「金翠光明，燦同白晝，佳麗得緊；只是把那些燈焰之氣，消去了更妙。」

太宗問蕭后道：「朕之施設，與隋主何如？」蕭后笑而不答。太宗固問，蕭后道：「彼乃亡國之君，陛下乃開基之主，奢儉固自不同。」太宗道：「奢儉到底，各具其一。」蕭后道：「隋主享國十餘年，妾常侍從，每逢除夜，殿前與諸院，設火山數十座，每山焚沉香數車，火光若暗，則以甲煎⓱沃之，焰起數丈，其香遠聞數十里。一夜之中，則用沉香二百餘車，甲煎二百餘石。殿內宮中，不燃膏火，懸大珠一百二十顆以照之，光比白日。又有外國歲獻明月寶夜光珠，大者六七寸，小者猶徑三寸，一珠之價，值數十萬金。今陛下所設，無此珠寶，殿中燈燭，皆是膏油，但覺煙氣薰人，實未見其清雅。然亡國之

⓰ 除夜上元：除夜，除夕。上元，元宵節。

⓱ 甲煎：香料名，又稱甲香。唐本草謂取蠡類之靨，燒灰合香。

事，亦願陛下遠之。」太宗口雖不言，遙思良久，心服隋主之華麗道：「夜光珠，明月寶，改日當為娘娘致之。」於是觥籌交錯，傳杯弄盞，足有兩更天氣。武才人看那蕭后無限抑揚、婉轉丰韻關情處，竟不似五十多歲的光景，暗想：「她那種事兒，不知還有許多勾引人的伎倆。」蕭后亦只把武夫人細看，越看越覺豔麗，但無一種窈窕幽閒之意。徐惠妃與眾妃，見他三人玩成一塊，俱推更衣，各悄悄的散去。蕭后亦要辭出，太宗挽著蕭、武二人說道：「且到寢室之中，再看一回燈去。」未知後事何如，且聽下回分解。

總評：從來有正史，即有野史。正史傳信不傳疑，野史傳信亦傳疑，並軼事亦傳之。故耳聞目覩之事，正史所有，人人能道之，不足為異。若耳所未聞，目所未覩之事，人聞之見之，未有不驚駭為後人之誣前人也，不知皆野史中之確有所見，確有所聞之軼事也。回中寫馬周洗足，蕭后賞燈，看者安得不疑，然皆史中之可據者，但描寫曲盡，如艷花錦簇，引人觀翫不了，此文人之妙筆也。

又評：回中以武媚娘為李玄邃後身，以見媚娘後日改唐為周，殺唐子孫殆盡，非無因也。此正作者苦心處。

第七十回 隋蕭后遺櫬歸墳 武媚娘披緇入寺

詩曰：

治世須憑禮法場，聲名一裂便乖張。已拚流毒天潢內，豈惜邀懽帝子旁？國是可勝三嘆息，人言不恤更籌量。千秋莫道無金鑑❶，野史稗官話正長。

人之遇合分離，自有定數，隨你極是智巧，揣摩世事，億則屢中的，卻度量不出。蕭后在隋亡之時，只道隨波逐浪，可以快活幾時；何知許多狼狽？今年將老矣，轉至唐帝宮中，雖然原以禮貌相待，卻是身不由己。今日太宗突然臨幸，在婦女家最難得之喜，她則不然，曾經滄海難為水，除卻巫山豈是雲。曉得太宗寵一個如花似玉的武媚娘，自知又不能減了一二十年年紀，反老還童起來，與她爭上去；故此太宗雖然一幸，覺得付之平淡。不想被太宗看燈接去，通宵達旦，媚娘見她風流可愛，便生起妬忌心來，卻極力的攛掇太宗冷淡了。她又把兩個蠢宮奴，換了小喜，去與太宗幸了。因此蕭后日常飲恨，眉頭不展，憑你佳餚美味，拿到面前，亦不喜吃；即使清歌妙舞，卻也懶觀，時常差宮奴去請小喜到來，指望說說隱情。那武才人卻又奸滑，叫兩個心腹跟了，她衷腸難吐，彼此慰悶了一番，即便別去。蕭后只得

❶ 千秋莫道無金鑑：唐玄宗時，以八月初五生日為千秋節，宰相張九齡上事鑑十章，號千秋金鑑錄，以伸諷諭。

自嗟自嘆，擁衾而泣，染成怯症，不多幾時，卒於唐宮。太宗聞知，深為惋惜，厚加殯殮，詔復其位號，謚曰「愍」，使行人司以皇后鹵簿，扶柩到吳公臺下，與隋煬帝合葬。小喜要送至墓所，武才人不許，只得回宮。

武才人因蕭后已死，懽喜不勝，弄得太宗神魂飛蕩，常餌金石❷。會高士廉卒，太宗將往哭之，長孫無忌、褚遂良諫道：「陛下餌金石，於方不得臨喪，奈何不為宗廟社稷自重？」太宗不聽，無忌中道伏臥，流涕固諫，太宗乃還，入東苑南望而哭，涕下如雨，遂命圖畫功臣二十四人於淩煙閣❸，列其姓名爵里，已故者書謚。適徐勣得一疾，太醫說惟鬚灰可療，太宗親自剪鬚，為之和藥，勣頓首泣謝。太宗又因勣妻袁紫煙新逝，姬妾甚少，恐他無人侍奉，意欲選一二宮奴，賜他作伴。勣再三辭謝，太宗道：「朕為社稷，非為卿也，何須遜謝？」即日著內監，選兩個有年紀的宮奴，賜與李勣不提。時太白屢晝見，太史令占道女主昌，民間又傳祕記云：「唐三世之後，女主武王代有天下。」太宗聞言，深惡之。

一日，會諸武臣宴於宮中，行酒令使言小名。左武衛將軍李君羨，自言小名五娘，其官稱封邑皆有武字，出為華州刺史。御史復奏，君羨謀不軌，遂坐誅。因密問太史令李淳風：「祕記所云信有之乎？」淳風對道：「臣仰稽天象，俯察歷數，其人已在陛下宮中，自今不過三十年，當有天下，殺唐子孫殆盡，其兆既成。」太宗道：「疑似者盡殺之何如？」淳風對道：「天之所命，人不能違，王者不死，徒多殺無辜。況自今以往三十年，其人已老，或者頗有慈心，為禍或淺。今若得而殺之，天或更生壯者，肆其

❷ 金石：指古代丹藥。

❸ 淩煙閣：唐太宗貞觀十七年建高閣，繪功臣圖像於其中。

怨毒，恐陛下子孫無遺類矣！」太宗聽言乃止，心中雖曉得才人姓武有礙，但見媚娘性格柔順，隨你胸中不耐煩，見了她就回嗔作喜，頃刻不忍分手，因此雖放在心上，亦且再處。武才人也曉得大臣的議論，諒天子意思，必不加刑，但欲遜避，恨無其策。日復一日，太宗因色慾太深，害起病來，那太子晉王朝夕入侍，瞥見武才人顏色，不勝駭異道：「怪不得我父皇生這場病，原來有這個尤物在身邊，夜間怎能個安靜。」意欲私之，未得其便，彼此以目送情而已。

一日晉王在宮中，武才人取金盆盛水，捧進晉王盥手。晉王看她臉兒妖豔，便將水灑其面，戲吟道：

乍憶巫山夢裡魂，陽臺❹路隔恨無門。

武才人亦即接口吟道：

未曾錦帳風雲會，先沐金盆雨露恩。

晉王聽了大喜，便攜了武才人的手，同往宮後小軒僻處，殢雨尤雲，取樂一回。武才人道：「陛下聞知，取罪不小。」晉王笑道：「我今與妳會合也是天緣，何人得知。」武才人扯住晉王御衣泣道：「妾雖微賤，久侍至尊，今日欲全殿下之情，遂犯私通之律；倘異日嗣登九五，置妾於何地？」晉王見說，便矢誓道：「倘宮車異日晏駕，冊汝為后，有違誓言，天厭絕之。」武才人叩謝道：「雖如此說，只是廷臣物議不好，倘皇爺要加罪於妾身，何計可施？」晉王想了一想道：「有了，倘父皇著緊問妳，妳須如此

❹陽臺：傳說中臺名。見宋玉高唐賦。後也稱男女合歡的地方為陽臺。

如此說，自可免禍，又可靜以待我了。」武才人點首，晉王乃解九龍羊脂玉鈎贈武才人，才人收了，隨即別出。時京中開試，放榜未定日期，太宗病間，召李淳風問道：「今歲開科取士，不知狀元的係何地何人，料卿必知。」淳風道：「臣昨夜夢入天廷，見天榜已放，臣看完，只見迎榜首出來，他彩旗上面有詩一首。」太宗道：「詩句怎麼樣說？」淳風道：「臣猶記得。」遂朗吟：

美色人間至樂春，我淫人婦婦淫人。色心若起思亡婦，遍體蛆鑽滅色心。

太宗聽了說道：「詩後二句，甚不解其意，不知何處人，什麼姓名？」淳風道：「聖天子洪福不淺，今科三鼎甲❺，乃是忠直之士，大有裨於社稷。姓名雖知，不便說出，恐洩漏於臣，上帝震怒不淺，乞陛下賜臣於密室，寫其姓名籍貫，封固盒中，俟揭榜後開看便知。」太宗叫太監取一個小盒，淳風寫了封在盒內，太宗又加上一封，藏於櫃中。淳風辭了出來。不一日開榜時，太宗取櫃中李淳風寫的一對，卻是狀元狄仁傑，山西太原人；榜眼駱賓王，浙江義烏人；探花李日知，京兆萬年人。不勝駭異，始信淳風所言非誑，讖數之言必准。因思：「今已如此大病，何苦留此餘孽，為禍後人。」便對才人武氏說道：「外廷物議，道妳姓應圖讖❻，妳將何以自處？」武才人跪下泣奏道：「妾事皇上有年，未嘗敢有違誤。今皇上無故，一旦置妾於死，使妾含恨九泉，何以瞑目？況妾當時同百人選進宮，蒙皇上以眾人為宮娥，妾獨賜為才人，受恩無比；今日若賜妾死，反為他人笑話，望陛下以好生為心，使妾披剃入空

❺ 三鼎甲：科舉制度，狀元、榜眼、探花合稱三鼎甲。

❻ 圖讖：古代方士或儒生編造的關於帝王受命徵驗一類的書，多為隱語、預言。

門，長齋拜佛，以祝聖躬以修來世，垂恩不朽。」說罷大慟。太宗心上原不要殺她，今見她肯削髮為尼，不勝大喜道：「妳心肯為尼，亦是萬幸的事；宮中所有，快即收拾回家，見父母一面，隨即來京，賜於感業寺削髮為尼。」武才人同小喜謝恩，收拾出宮。正是：

玉龍且脫金鉤網，試把相思付與誰。

時武士彠聞知媚娘要出宮為尼，忙差人去接到家中相聚。家人領命，不多幾日，接到家中。楊氏母親，見媚娘當年怎麼樣進宮，今日這般樣出來，不覺大哭一場；小喜亦思量起父母死了，如今要見她，怎能彀了，亦哭了一場。大家拜見過，武媚娘道：「聞得父親過繼個三思姪兒，怎麼不見？」楊氏道：「他怎比當初，近來准日有許多朋友，不是會文，定是講學，日日在外面，吃得大醉回來。」媚娘道：「我忘記今年幾歲了？」楊氏道：「當年妳父親過繼他來時，已是三歲，如今已一十五歲了，看去像個人，不知他胸中如何？」

正說時，只見武三思半醉的進來。楊氏道：「三思，你家姑娘回來了，快來拜見。」媚娘擡頭一看，只見：

生得唇紅齒白，更兼目秀眉清，風流俊雅正青春，必是偷香首領。昔日角端未露，今朝滿座皆驚。等閒難與共為群，須得姮娥相稱。

媚娘與小喜忙起身，與三思見了禮。三思道：「姑娘在宮中受用得緊，為什麼朝廷聽信那廷臣之議，把姑娘退出宮來，卻要去削髮為尼。這皇帝也算無情了，虧他捨得放妳出來。」媚娘止不住落下淚來。三思道：「姑娘妳不要愁煩，我看那些尼姑到快活，並無憂愁。」媚娘心上初出宮的時節，倒覺難過，今見了三思相貌嬌好，也就罷了。吃了夜飯，三思見父母與小喜走開，即走近媚娘身邊，帶醉的說道：「姑娘，我看妳好股青絲細髮，日後怎捨得剃將下來？」媚娘因是自家骨肉，又見他年紀雖小，龐兒俊俏，一把摟在懷裡。三思道：「姑娘睡在那裡？」媚娘道：「就在母親房內。」三思道：「我有許多話要問姑娘，今夜我陪姑娘睡了罷。」媚娘道：「有話待我母親睡著了，你可以進房來說。」三思道：「如此卻切記，不要閂了門。」媚娘點點頭兒。

那夜武三思，伺父母睡著，悄悄挨進媚娘房中，成了鶉鵲之亂❼。過了幾日，武士彠恐怕弄出事來，只得打發媚娘、小喜出門。武三思送了一二里，媚娘悄對他說道：「姪兒，你若憶念我，到了考試之期，竟到感業寺中來會我。」三思唯唯，灑淚而別。在路上行了幾日，到了感業寺中。那庵主法號長明，出來接了武媚娘與小喜進去，見媚娘千嬌百媚，花枝般一個佳人，又見小喜年紀，二十四五，丰神綽約，也不是安靜主顧，想道：「如此風流樣子，怎出得家？」領到佛堂中，四五個徒弟在那裡動響器，長明老尼叫武媚娘參拜了佛，便與她祝了髮❽，小喜也改了打扮，佛前懺悔過。停了音樂，各人下來見禮。長明小喜看到第四個，宛如女貞庵裡二師父，心裡是這般想，因初相見不好說破，大家定睛看了一回。長明道：「這四個俱是小徒。」指著懷清道：「這位是去歲冬底來的。」就領武夫人進去說道：「這兩間是

❼ 鶉鵲之亂：指長輩與晚輩通姦。

❽ 祝了髮：削髮為尼。

感業寺長明老尼叫武媚娘參拜了佛，便與她祝了髮。小喜也改了打扮，佛前懺悔過。

夫人喜姐住的房，間壁就是這位四師父的臥室。」媚娘聽了，暫時收拾，安心住著。

到了黃昏時候，只見小喜笑嘻嘻的走進來。媚娘道：「妳這個女兒，倒像慣做尼姑的，到這個地位，還有什麼好笑？」小喜道：「夫人不知，那位四師父，就是女貞庵李夫人的妹子懷清，是我認得的，剛纔不好叫出來。如今在她房裡，問了別後的事情，故此好笑。」媚娘道：「什麼女貞庵李夫人？」小喜把當初隋蕭后回南上墳，到女貞庵與隋南陽公主、秦、狄、夏、李四位夫人相會，說了一遍。媚娘道：「如此說她好了，為什麼又到這裡來？」小喜道：「濮州連歲饑荒，又染了疫症，秦、夏、李三位夫人，相繼病亡。她被一個士子挈了要同到京，不想中途士子被盜殺了，她卻跳在水中，被商船上救了，帶至京都，送在此地暫寓。」媚娘道：「她們果有人來往麼？」小喜道：「她說有個姓馮的表弟，住在藍橋開張藥鋪，常來走走。」媚娘點點頭兒。一日媚娘正在佛堂內看懷清寫對，聽得外面叩門，恰好長明老尼不在庵中，領眾徒到人家念經去了；懷清出來，問道：「是誰？」那人道：「阿妹，是我。」懷清知是馮小寶，懽喜不勝，忙開了進來。懷清道：「為什麼多時不來？」馮小寶道：「聞得妳們庵中，有甚麼朝廷送的武夫人，在此出家，故此我不敢來。今見寺門閉著，想是徒弟不在家，我悄悄來會妳一會。」懷清道：「那武夫人在堂中，你要去見見麼？」那馮小寶隨了懷清進來，見武夫人倚在桌上看懷清寫的榜對。懷清道：「五師父，我們的兄弟在這裡看我，見個禮兒。」媚娘掉轉身來一看，只見：

身軀寡弱，態度幽嫻。鼻倚瓊瑤，眸含秋水。眉不描而自綠，唇不抹而凝朱。生成秀髮，儘堪盤雲髻一窩；天與嬌姿，最可愛桃花兩頰。慢道落水中宵夢，欲卜巫山一段雲。

媚娘忙答一禮道：「這個就是令弟麼？」恰好小喜尋媚娘進去，小寶見了，也與她揖過。小喜問道：「此位尊姓？」懷清道：「就是前日說的馮家表弟。」小喜道：「原來就是令弟，失敬了。」說罷，懷清同著小寶，走到自己的房中，只見小寶走到桌邊，取一幅花箋，寫一絕道：

天賦癡情豈偶然，相逢已自各相憐。笑予好似花間蝶，纔被紅迷紫又牽。

懷清笑道：「妾亦有一絕贈君。」提起筆來，寫在後面道：

一覩芳容即耿然，風流雅度信翩翩。想君命犯桃花煞，不獨郎憐妾亦憐。

寫完，懷清出房，到廚下去收拾酒菜，同小寶在房中吃酒頑耍。媚娘在房，細想了一回，隨同小喜走到懷清房門首，悄悄立著，只聽得外面敲門聲響，曉得老師父領眾回來。媚娘便走進房，小喜出去開門，那懷清亦出來。只見長明領了四個徒弟，婆子背著經懺，懷清與那幾個說些閒話，小喜恐怕媚娘冷淡，即便歸房去，只見媚娘展開了鸞箋❾，上寫道：

花花蝶蝶與朝朝，花既多情蝶更妖。竊得玉房❿無限趣，笑他何福可能銷。從來樂事恨難長，倏爾依回恣採香。討盡花神許多債，慢留幾點未親嘗。

❾ 鸞箋：彩色的箋紙。

❿ 玉房：玉飾的房子，多指神仙所住的地方。

兩人正在那裡看詩，見懷清進來說道：「武上師，妳同六師父到我房裡去談談。」媚娘道：「你有令弟在那裡，我怎好來？」懷清道：「自古說：四海之內皆兄弟。何況妳我？」媚娘道：「既如此說，何不同到我房裡來坐坐，我泡好茶相候。」懷清道：「我同六師父去挽他來。」攜了小喜出房，不一時先把酒餚送到，小喜也先進來。媚娘道：「妳可曾拿我的詩麼？」小喜道：「詩在案上，沒有人動，我剛纔在她房裡，見桌上一幅字，也是什麼詩兒，被我袖在這裡，與夫人看。」放了東西，在袖子裡取出來，媚娘接來細看，乃是懷清與小寶唱和的兩首絕句。忽見懷清與小寶走進來，媚娘悄悄將詩藏過，便道：「四師父，我在這裡沒有破鈔，怎好相擾？」懷清道：「幾個小菜，叫人笑死。」便將高燭放在中間，叫小寶朝南坐了，自向媚娘對席，叫小喜也坐在橫頭，大家滿斟細酌，狎邪嘲笑，飲酒歡樂，不提。

貞觀二十三年五月，太宗疾甚，召長孫無忌、褚遂良、徐勣輩，至榻前說道：「朕與卿等，掃除群醜，費了無數經營，始得歸於一統。今四方寧靖，正欲與卿等共享太平，不意二豎忽侵，魏徵、房玄齡先我而去，近又喪我李靖、馬周，朕今將分手，別無他囑。太子躬行仁儉，言動禮儀，可謂佳兒佳婦，卿等共輔佐之。」說了大慟。無忌等拜謝道：「陛下春秋正富，正好勵精圖治。今龍體偶不豫，何出此不祥之語。」太宗道：「朕已預知，故為叮嚀耳。」諸臣辭了出宮。是夜上崩，太子即位，是為高宗。頒白詔於天下，詔以明年為永徽元年。時武氏在感業寺，聞之亦為之慟泣。後因太宗忌日，高宗詣感業寺行香，恰值馮小寶在庵，迴避不及；長明無奈，只得把小寶落了髮。高宗問及，說是姪兒，在土地堂裡出家，纔來看我。高宗道：「白馬寺中，田地甚多，僧眾甚少，朕給度牒一紙與他，限他明日即往白馬寺住箚。」武氏見了高宗大慟，高宗亦為之泣下，悄悄吩咐長明，叫武氏束髮，朕即差人來取。囑咐了即起行。未知後事如何，且聽下回分解。

總評：天下真有之事，寫得不好，令人厭觀；絕無之事，寫得可聽，不覺聽之不倦，况真有而非絕無者乎？但寫之者從確見確聞中，釀花成蜜，寫出一段當時實事，不比淫詞艷曲，句句無根，且見得上天好善惡惡，欲世上人為善不為惡，為善者得善報，為惡者受惡報，昭然不爽。如蕭后在隋時何等作業⓫，末路何等結局。今日武后何等起手，已伏後來何等收場，寫到極可笑處，正寫其極可憐處，豈真稗官野史也哉！

⓫ 作業：即作孽，指做壞事。

第七十一回　武才人蓄髮還宮　秦郡君建坊邀寵

詞曰：

景物因人成勝概，滿目更無塵可礙。等閒驀地喜相逢，愁方解，心先快，明月清風如有待。
誰信門前鸞輅隘，別是人間花世界。座中無物不清涼，情也在，恩也在，流水白雲真一派。

右調天仙子

情癡婪慾，對景改形，原是極易為的事。若論儲君，畢竟非禮勿視，非禮勿聽，非禮勿言，非禮勿動，從幼師傅涵養起來，自然悉遵法則。不意邪癡之念一舉，那點姦淫，如醉如癡，專在五倫中喪心病狂做將出來；反與民間愚魯，火樹銀臺，桑間濮上，尤為更甚。今不說高宗到感業寺中行香回宮。再說武夫人到了房中，懷清說道：「夫人好了，皇爺駕臨，特囑夫人蓄髮，便要取妳回宮；將來執掌昭陽，可指日而待，為何夫人雙眉反蹙起來？」媚娘道：「宮中寵幸，久已預料必來，可自為主。只是如今一個馮郎，反被我三人弄得他削髮為僧，叫我與妳作何計籌之？」懷清道：「我們且不要愁他，看他進來怎麼樣說。」只見馮小寶進房來問道：「妳們為什麼悶悶的坐在此？」小喜道：「武夫人與四師父，在這裡愁你。」小寶道：「妳們好不癡呀！夫人是不曉得，我姐姐久已聞知，我小寶上無父母，下無兄弟妻室，又不想上進，只想在溫柔鄉裡過活。今日逢著夫人，難得懷清姐姐分愛，得沾玉體，又兼喜姑娘幫襯；這種恩情，不要說為妳三人剃了頭髮，就死亦不足惜。」懷清道：「只是出了家，難得婦人睡在身邊，生男育女。」小寶道：「姐姐，妳不知那些有竅的婦人，巴不能弄著個有本事的和尚，整日夜摟住不放出來。」武夫人道：「若如此說，你將來有了好處，不想我們的了。」小寶道：「是何言歟！若要如夫人這般傾城姿色，世所罕有；即如二位之尚義情癡，亦所難得；但只求夫人進宮時，攛掇朝廷，賞我一個白馬寺主，我就得揚眉了，料想和尚沒有什麼官兒在裡頭，可以做得。」懷清道：「你這話就差了，難道皇帝只是男子做得，或者武夫人掌了昭陽，也做起來，亦未可知。」武夫人笑道：「這且慢與他爭論，只要你心中有我們就彀了。」小寶跪下罰誓道：「蒼天在上，若是我馮懷義，日後忘了武夫人與懷清師父、小喜姑娘的恩情，天誅地滅。」武夫人脫下一件汗衫，懷清解下玉如意，小喜也脫一件粗衣，三件東西，贈與馮小寶，正在叮嚀之際，只見長明執著一壺酒，老婆子捧了夜膳，擺在桌上。長明道：「馮師父，我斟一壺酒與你送行，你不可忘了我。論起剛纔在天子面前，我認了你是個姪兒，你今夜該睡在我房裡纔是；但是我老人家年紀有了，不敢奉陪，只要你到白馬寺中去，收幾個好徒弟來下顧就是。快些喫杯酒兒睡了，明日好到寺裡去。」說了，出房去了。小寶與媚娘等三人你貪我愛，你說我泣，弄了一夜到五更時，聽見鐘聲響動，只得起身收拾，大家下淚送別懷義出庵不題。

再說高宗過了幾日，即差官選納武才人與小喜進宮，拜才人為昭儀。高宗歡喜不勝。亦是武昭儀時來運至，恰好來年就生一子，年餘又生一女，高宗寵幸益甚。王皇后、蕭淑妃，恩眷已衰，會昭儀生女，后憐而弄之。后出，昭儀潛扼殺之，上至昭儀宮，昭儀陽為歡笑，發被觀之，女已死矣，驚啼問左右，皆言皇后適來此。高宗大怒道：「后殺吾女！」昭儀也泣數其罪。后無以自明，由是有廢立之意。

高宗一日退朝，召長孫無忌、李勣、褚遂良、于志寧於殿內，遂良道：「今日之事，多為宮中。既受顧託，不以死爭之，何以下見先帝？」勣稱疾不入。無忌等至內殿，高宗道：「皇后無子，武昭儀有子，今欲立昭儀為后何如？」遂良道：「先帝臨崩，執陛下手，謂臣道：『朕佳兒佳婦，今以付卿。』此陛下所聞，言猶在耳，皇后未聞有過，豈可輕廢。」上不悅而罷。明日又言之，遂良道：「陛下必欲易皇后，伏請妙擇天下令族❶，何必武氏。況武氏經事先帝，眾所共知，萬代之後，謂陛下為何如？」因置笏於殿階，免冠叩頭流血。高宗大怒，命宮人引出。昭儀在簾中大言曰：「何不撲殺此獠？」無忌道：「遂良受先帝顧命，有罪不敢加刑。」韓瑗因間奏事，泣涕極諫，高宗皆不納。隔了幾日，中書舍人李義府叩閣，表請立武昭儀。適李勣入朝，高宗道：「朕欲立武昭儀為后，前問遂良，以為不可，子當何如？」李勣道：「此陛下家事，何必更問外人？」許敬宗從旁讚道：「田舍翁多收十斛麥，尚欲易婦，況天子乎？」帝意遂決，廢王皇后、蕭淑妃為庶人，命李勣齎璽綬❷，冊武氏為皇后。貶褚遂良為潭州都督，又貶愛州刺史，尋卒。自後僭亂朝政，出入無忌，每與高宗同御殿閣聽政，中外謂之二聖。高宗被色昏迷，心反畏懼武后，即差人封懷義為白馬寺主。又令行人司，迎請母親來京，贈父武士彠司徒，賜爵周國公，封母楊氏為榮國太夫人，武三思等俱令面君，親賜官爵，置居京師。因恨王皇后、蕭淑妃，令人斷其手足，投於酒甕中道：「二賤奴，在昔罵我至辱，今待她骨醉數日，我方氣休。」因此

❶ 令族：望族。

❷ 璽綬：指印璽。

日夜荒淫。

武后懷著那點初心，要高宗早過，便百般獻媚。弄得高宗雙目枯眩，不能票本❸。百官奏章，即令武后裁決。武后曾經涉獵文史，弄些聰明見識，凡事皆稱聖意，因遂加徽號曰天后。一日，高宗因目疾枯塞，心下煩悶，因對天后道：「朕與你終日住在宮中，目疾怎能得愈？聞得嵩山甚是華麗，朕與妳同去一游，開爽眼界何如？」天后亦因在宮中，時見王、蕭為祟，巴不能個出去游幸，便道：「這個甚好。」高宗令宮監出來說了，不一時鑾儀衛擺列了旗帳隊伍，跟了許多宮女。高宗同天后上了一個雙鳳鑾輿坐下，天后道：「文臣自有公務，要他們跟來做甚，只帶御林軍四五百就彀了。」高宗遂傳旨大小文臣，不必隨御，一應文臣便自回衙門辦事。鑾儀衛把那些旗帳，齊齊整整擺將出來，甚是嚴肅。在路曉行夜宿，逢州過縣，自有官員迎接供奉。

不日已到嵩山，但見奇峰疊出，高聳層雲，野鳥飛鳴，齊歌上下。寺門前一條石橋，沸滾的長川沖將下來。奈是秋杪的時候，只有紅葉似花，飄零石砌。又見那寺裡日宮月殿，金碧輝煌。只可恨那寺後一兩進小殿，被了火災，還沒有收拾。因天已底暮，在寺門前看那紅日落照，遊了一回，便轉身上輦。天后呆坐了仔細凝思。高宗道：「御妻想什麼？」天后道：「聊有所思耳！」因取鸞箋一幅，上寫道：

陪鑾游禁苑，侍賞出蘭闈。雲掩攢峰蓋，霞低揷浪旂。日宮疏澗戶，月殿啟巖扉。金輪❹轉金地，

---

❸ 票本：本指附有簽條供帝王批示的章奏。這裡指批閱奏章。

❹ 金輪：佛家語，指大地。一說為太陽。

香閣曳香衣。鐸吟輕吹發，幡搖薄露稀。昔遇焚芝❺火，山紅迎野飛。花臺無半影，蓮塔有金輝。
實賴能仁力，攸資善世威。慈緣興福緒，於此欲皈依。風枝不可靜，泣血竟何為？

高宗看天后寫完，拿起來念了一遍，讚道：「如此詞眼新豔，用意古雅，道是翰苑大臣應制之作，豈屬佳人游戲之筆？妙極，妙極。」行了數日，已到宮門首，幾個大臣來接駕奏道：「李勣抱痾半月，昨夜三更時已逝矣！」高宗見說，為之感傷，賜謚貞武；其孫敬業，襲爵英公。高宗因天后斷事平允，愈加歡喜。天后覽臣工奏章，見內有薛仁貴討突厥餘黨，三箭定了天山，因嘆道：「幾萬雄師，不如仁貴之三箭耳！」遂問高宗道：「此人有多少年紀？」高宗道：「只好三十以內之人。」天后道：「待他朝見時，妾當覷他。」高宗臨朝，薛仁貴進朝覆旨，天后在簾內私窺，見其相貌雄偉，心中甚喜，攛掇高宗以小喜贈之。時天后設宴於華林園，宴其母榮國夫人並三思，高宗飲了一回，有事與大臣會議去了。楊氏換了衣服，同天后、三思，各處細翫園中景緻。但見：

樓閣層出，樹影離奇。縱橫怪石，嵌以精廬。環池以憩，萬片游魚。紺樹鏤楹，視花光為疏密；長榥複道，依草態以縈迴。既燠房之奧窔❻，亦涼室之虛無。乃登峭閣，眺層丘，條八窗之競開，洗萬壑之爭流。能不結遙情之亹亹❼，真堪增逸興之悠悠。

---

❺ 焚芝：比喻賢人遭難。
❻ 奧窔：室內的深暗角落。
❼ 亹亹：不絕貌。

游玩一遍，榮國夫人辭別天后升輿回第。三思偕楊氏去後，換了衣服，也來殿上游翫一遍，各自散歸。武后回宮不提。

且說沛王名賢，周王名顯，因宮中無事，各出資財，相與鬬雞為樂，以表輸贏。時王勃為博士，年少多才，二王喜與之談笑。每至鬬雞時，王勃亦為之歡飲，因作鬬雞檄文云：

> 蓋聞昂日⑧，著名於列宿，允為陽德之所鍾。登天垂象於中孚⑨，實惟翰音⑩之是取。歷晦明而喔喔，大能醒我夢魂；遇風雨而膠膠，最足增人情思。處宗窗下，樂興縱談⑪，祖逖床前，時為起舞。肖其形以為幘，王朝有報曉之人⑫；節其狀以作冠，聖門稱好勇之士⑬。秦關早唱，慶公子之安全⑭；齊境長鳴，知群黎之生聚⑮。決疑則薦諸卜⑯，須赦則設於竿⑰。附劉安之宅以上

---

⑧ 昂日：昂星，二十八宿之一。

⑨ 中孚：易卦名，六十四卦之一。

⑩ 翰音：飛向高空的聲音。

⑪ 處宗窗下二句：處宗，即宋處宗，晉兗州刺史。相傳他曾買得一隻長鳴雞，養在窗下，雞遂作人語，與處宗談論，極有言智，終日不輟。

⑫ 肖其形以為幘二句：古代報曉之官稱雞人。唐朝王維和賈舍人早朝大明宮之作詩：「絳幘雞人報曉籌，尚衣方進翠雲裘。」

⑬ 節其狀以作冠二句：孔子學生子路戴雄雞冠，好勇力。

⑭ 秦關早唱二句：此指戰國時孟嘗君使秦，秦王留之，孟嘗君靠門客中的雞鳴狗盜之徒，得以逃出秦關返國。

⑮ 齊境長鳴二句：詩經齊風雞鳴全篇以對話形式寫妻子於天未明時即一再催促丈夫起身。詩序稱齊哀公荒淫，

升，遂成仙種⑱；從宋卿之窠而下視，常伴小兒⑲。惟爾德禽，固非凡鳥。文頂武足，五德⑳見推於田饒；雜霸雄王，二寶呈祥於嬴氏㉑。邁種首云祝祝㉒，化身更號朱朱㉓。蒼蠅惡得混其聲，蟋蟀安能竊其號。即連飛之有勢，何斷尾之足虞？體介距金，邀榮已極；翼舒爪奮，赴鬭奚辭？雖季郈猶吾大夫㉔，而塒桀隱若敵國。兩雄不堪並立，一喙何敢自安？養威於棲息之時，發憤在呼號之際。望之若木，時亦趾舉而志揚；應之如神，不覺尻高而首下。於村於店，見異己者即攻；為鸛為鵝，與同類者爭勝。爰資梟勇，率遏鴟張。縱眾寡各分，誓無毛之不拔；即強弱互異，信有喙之獨長。昂首而來，絕勝鶴立；鼓翅以往，亦類鵬摶。摶擊所施，可即用充公膳；翦降略盡，

故陳賢妃日夜警戒相成之道。

⑯ 決疑則薦諸卜：古代越巫用雞骨占卜，以卜吉凶，稱雞卜。

⑰ 頒赦則設於竿：古代製金雞附於竿頂，皇帝下赦令時用之。

⑱ 附劉安之宅二句：劉安，西漢淮南王，好神仙術。據王充論衡記載，劉安得道，舉家升天，雞犬皆仙。

⑲ 從宋卿之窠二句：宋卿，即宋處宗，晉兗州刺史。他曾買得一長鳴雞，養於窗下，雞遂作人語，與他終日長談。

⑳ 五德：韓詩外傳謂雞有文、武、勇、仁、信五德。

㉑ 二寶呈祥於嬴氏：秦文公時，有神來，如雄雞，號曰陳寶。嬴氏，秦文公姓。事見漢書郊祀志。晉太康地志稱秦文公時有二童子來，一雄一雌，人逐童子，童子化為雞。

㉒ 祝祝：喚雞的聲音。

㉓ 朱朱：呼雞聲。

㉔ 雖季郈猶吾大夫：季郈，指春秋魯國大夫季孫氏、叔孫氏。郈為叔孫氏封地，故地在今山東省東平縣東南。

寧猶容彼盜啼。豈必命付庖廚，不啻魂飛湯火。羽書捷至，驚聞鵝鴨之聲；血戰功成，快覩鷹鸇之逐。於焉錫之雞幃，甘為其口而不羞；行且樹乃雞碑㉕，將味其肋而無棄。倘違雞塞㉖之令，立正雞坊㉗之刑。牝晨而索家者㉘有誅，不復同於彘畜；雌伏而敗類者必殺，定當割以牛刀。此檄。

高宗見了檄文，便道：「二王鬭雞，王勃不行諫諍，反作檄文，此乃交搆之際㉙。」遂斥王勃出沛府。王勃聞命，便呼舟省父於洪都。舟次馬當山下，阻風濤不得進。那夜秋杪時候，一天星斗，滿地霜華。王勃登岸縱觀，忽見一叟坐石磯上，鬚眉皓白，顧盼異常，遙謂王勃道：「少年子何來？明日重九，滕王閣有高會㉚；若往會之，作為文詞，足垂不朽，勝於鬭雞檄多矣！」勃笑道：「此距洪都，為程六七百里，豈一夕所能至？」叟道：「茲乃中元，水府㉛是吾所司，子欲決行，吾當助汝清風一帆。」勃

㉕雞碑：晉戴逵年幼時用雞蛋汁溲白瓦屑作鄭玄碑，當時人稱之為雞碑。
㉖雞塞：即雞鹿塞，古塞名，在今內蒙古磴口西北哈薩格乃峽谷口，是古代貫通陰山南北的交通要衝。
㉗雞坊：唐代宮庭養雞之所。
㉘牝晨而索家者：此句本尚書牧誓。原文為「牝雞之晨，惟家之索」。意思是母雞如果報晨，這個家就要完了。
㉙交搆之際：指有意擴大事態。
㉚滕王閣有高會：滕王閣，樓閣名，舊址在江西省新建縣西章江門上，西臨大江。唐顯慶四年滕王李元嬰為洪州都督時所建。高會，大宴會。
㉛水府：水神所管轄的區域。

方拱謝，忽失叟所在。勃回船，即促舟子發舟，清風送帆，倏抵南昌。舟人叫道：「好呀，謝天地，真個一帆風已到洪州了！」王勃聽見，歡喜不勝。

時宇文鈞新除江州牧，因知都督閻伯嶼，有愛婿吳子章，年少俊才，宿搆序文，欲以誇客，故此開宴賓僚。王勃與宇文鈞，亦有世誼，遂更衣入謁，因邀請赴宴，勃不敢辭，與那群英見禮過，即上席。因他年方十四，坐之末席。笙歌迭奏，雅樂齊鳴，酒過幾巡，宇文鈞說道：「憶昔滕王元嬰，東征西討，做下多少功業，後來為此地刺史，牧民下士，極盡撫綏。黎庶不忘其德，故建此閣，以為千秋儀表；但可惜如此名勝，並無一個賢人做一篇序文，鐫於碑石，以為壯觀。今幸諸賢彙集，乞盡其才，以紀其事何如？」遂叫左右取文房四寶，送將下去。諸賢曉得吳子章的意思，各各遜讓，次第至勃面前。勃欲顯己才，受命不辭。閻公心中轉道：「可笑此生年少不達，看他做什麼出來！」遂起更衣，命吏候於勃旁。「看他做一句報一句，我自有處。」王勃據了一張書案，提起筆來，寫著：「南昌故郡，洪都新府㉜。」書吏認真寫一句報一句，閻公笑道：「老生常談耳。」次云：「星分翼軫，地接衡廬。」閻公道：「此故事也。」又報至：「襟三江而帶五湖，控蠻荊而引甌越。」閻公即不語。俄而數吏沓報至，閻公即頷頤而已，至「落霞與孤鶩齊飛，秋水共長天一色」，不覺矍然道：「奇哉此子，真天才也！快把大杯去助興。」頃而文成，左右報完，忽見其婿吳子章道：「此文非出自王兄之大才，乃贋筆也。如不信，婿能誦之，包你一字不錯。」眾人大驚。只見吳子章從「南昌故郡」背起，直至「是所望於群公」，眾人深以為怪。王勃說道：「吳兄記誦之功，不減陸績諸人矣。但不知此文之後，小弟還有小詩一首，吳兄可誦

㉜ 南昌故郡二句：此句以下均是王勃滕王閣序中文字。

得出麼？」子章無言可答，抱慚而退。只見王勃又寫上「一言均賦，四韻俱成」：

滕王高閣臨江渚，佩玉鳴鸞罷歌舞。畫棟朝飛南浦雲，朱簾暮捲西山雨。閒雲潭影日悠悠，物換星移幾度秋。閣中帝子今何在？檻外長江空自流。

閻公與宇文鈞見之，無不讚美其才，贈以五百縑，才名自此益顯。

卻說高宗荒淫過度，雙目眩眊。天后要他早早歸天，時刻伴著他頑耍，朝中事務，俱是天后垂簾聽政。一日看本章內，禮部有題請建坊旌表貞烈一疏。天后不覺擊案的歎道：「奇哉！可見此等婦人之沽名釣譽，而禮官之循聲附會也。天下之大，四海之內，能真正貞烈者，代有幾人？設或有之，定是蠢然一物，不通無竅之人；不是為勢所逼，即為義所束。閨閣之中，事變百出，掩耳盜鈴，誰人守著。可笑這些男子，總是以訛傳訛，把些銀錢，換一個牌坊，假裝自己的體面，與母何益？我如今請貞烈建坊的一概不准，卻出一詔，凡婦人年八十以上者，皆版授郡君賜宴於朝堂，難道此旨不好是前朝？」遂寫一道旨意於禮部頒諭天下，時這些公侯駙馬以及鄉紳婦女，聞了此旨，各自高興，寫了履歷年庚，遞進宮中。天后看了一遍，足有數百，天后揀那在京的年高者，點了三四十名，定於十六日到朝堂中赴宴。至日，席設於寶華殿，連自己母親榮國夫人亦預宴。時各勳戚大臣的家眷，都打扮整齊而來。

獨有秦叔寶的母親寧氏，年已一百有五，與那張柬之的母親滕氏，年登九十有餘，皆穿了舊朝服，來到殿中。各各朝見過，賜坐飲酒。天后道：「四方平靜，各家官兒，俱在家靜養，想精神愈覺健旺。」秦太夫人答道：「臣妾聞事君能致其身，臣子遭逢明聖之主，知遇之榮，不要說六尺之軀，朝廷豢養，即彼之寸心，亦不敢忘寵眷。」天后道：「令郎令孫，都是事君盡禮，豈不是太夫人訓誨之力？」張柬之的母親道：「秦太夫人壽容，竟如五六十歲的模樣，百歲坊是必娘娘敕建的了。」榮國夫人道：「但不知秦太夫人正誕在於何日，妾等好來舉觴。」秦母道：「這個不敢，賤誕是九月二十三日；況已過了。」酒過三巡，張母與秦母等，各起身叩謝天后。明日，秦叔寶父子暨張柬之輩，俱進朝面謝。天后又賜秦母建坊於里第，匾曰：「福壽雙高」。此一時絕勝。後事如何，且聽下回分解。

總評：從來婦人能為天子有天下乎？亙古以來，惟武氏一人而已。武氏之能為天子，有天下者何？賴李勣、許敬宗之言，高宗遂廢皇后、淑妃而立武氏為皇后也。高宗之能廢能立者何？其禍不始於聽李、許之言，而在武氏束髮還宮一段，此履霜㉝之始也。高宗喪心滅倫，而武氏又蠱惑之，穢亂不堪道，以亂天下。嗚呼！此皆天也。貞觀十一年秋，洛水盈溢，越兩月而武氏入宮，至為昭儀，越一月而水入寢殿。夫水，陰象也，天已告之矣，人君不察，而罹此大禍。讀史者曰麟德以前之天下，帝與武氏共之；麟德以後之天下，悉為武后有之，可不惜哉！此回較正史尤為詳悉。

㉝履霜：周易坤卦：「履霜堅冰至。」意謂行於霜上而知嚴寒冰凍將至。

天后賜秦母寧氏建坊於里第，匾曰「福壽雙高」，為一時絕勝。

第七十二回　張昌宗行儺幸太后　馮懷義建節撫碩貞

詩曰：

春風著處惹相思，總在多情寄綠枝。莫怪啼鶯窺繡幕，豈憐佳樹繞遊絲。盈盈碧玉❶含嬌目，梟梟文姬❷下嫁時。博得回眸舒一笑，憑他見慣也魂癡。

諺云飽暖思淫慾，是說尋常婦人；若是帝后，為天下母儀，自然端莊沉靜，無有邪淫的。乃古今來，卻有幾個？秦莊襄后❸晚年淫心愈熾，時召呂不韋入甘泉宮；不韋又覓嫪毒❹，用計詐為閹割，使嫪毒如宦者狀，后愛之，後被殺，不韋亦車裂❺。漢呂后亦召審食其入宮，與之私通。晉夏侯氏，至與小吏牛金❻通，而生元帝，流穢宮內，遺譏史策。可惜月下老佈置姻緣，何不就揀這幾個配偶，使他心滿意

❶ 碧玉：人名，南朝宋汝南王妾。

❷ 文姬：即蔡琰，字文姬，東漢陳留人，蔡邕之女，有才名。初嫁衛仲道，夫亡無子，後為亂兵所掠，嫁南匈奴左賢王，生二子。居留匈奴十二年，被曹操贖回。

❸ 秦莊襄后：秦始皇母親。原是呂不韋家歌女，有娠，獻秦莊襄王，生子政，即秦始皇。

❹ 嫪毒：音ㄌㄠˋ ㄞˇ。秦王政時太監，與太后私通。後因謀反被殺。

❺ 車裂：古代一種酷刑，用車撕裂人體。但此處所說不實，呂不韋是服毒自殺的。

足，難道他還有什麼癡想？如今再說天后在宮中淫亂，見高宗病入膏肓，歡喜不勝。一日高宗苦頭重，不堪舉動，召太醫秦鳴鶴診之。鳴鶴請刺頭出血可愈。天后不欲高宗疾愈，怒道：「此可斬也，乃欲於天子頭刺血！」高宗道：「但刺之未必不佳。」乃刺二穴出少血。高宗道：「吾目似明矣！」天后舉手加額道：「天賜也。」自負綵百疋，以賜鳴鶴。鳴鶴叩頭辭出，戒帝靜養。天后好像極愛惜他，時伴著依依不捨。豈知高宗病到這個時，還不肯依著太醫去調理，還要與天后親熱，火升起來，旋即駕崩，在位三十四年。天后忙召大臣裴炎等於朝堂，冊立太子英王顯為皇帝，更名哲，號曰中宗；立妃韋氏為皇后，詔以明年為嗣聖元年，尊天后為皇太后，擢后父韋玄貞為豫州刺史，政事咸取決於太后。

一日，韋后無事，在宮中理琴，只見太后一個近侍宮人，名喚上官婉兒，年紀只有十二三歲，相貌嬌艷，性格和順；生時母夢人畀大秤而生，道使此女稱量天下，後遂頗通文墨，有記誦之功。偶來宮中閒耍，韋后見了便問道：「太后在何處，妳卻走到這裡來？」婉兒道：「在宮中細酌。我不能進去，故步至此。」韋后道：「豈非馮、武二人耶！」婉兒點頭不語。韋后道：「妳這點小年紀，就進去何妨？」婉兒道：「太后說我這雙眼睛最毒，再不要我看的。」韋后道：「三思猶可，那禿驢何所取焉！」正說時，只見中宗氣忿忿的走進宮來，婉兒即便出去。韋后道：「朝廷有何事，致使陛下不悅？」中宗道：「剛纔御殿，見有一侍中缺出，朕欲以與汝父，裴炎固爭，以為不可。朕氣起來對他們說，我欲以天下與韋玄貞，何不可，而惜侍中耶！眾臣俱為默然。」韋后道：「這事也沒要緊，不與他做也罷了；只是

❻ 牛金：三國時魏將軍。因當時有「牛與馬，共天下」的讖言，被司馬懿毒死。與夏侯氏私通的不是牛金，而是琅琊王府中姓牛的小吏。

太后如此淫亂奈何？聽見馮武又在宮中喫酒頑耍。」中宗道：「詩上邊說『有子七人，莫慰母心❼』。母要如此，叫我也沒奈何。」韋后道：「你到有這等度量，只是事父母幾諫，寧可悄悄的諫她一番。」中宗道：「不難，我明日進宮去與她說。」到了明日，中宗朝罷，先有宮監將中宗要與韋玄貞為侍中並欲與天下，與太后說了。太后道：「這般可惡。」不期中宗走進宮來，令諸侍婢退後，悄悄奏道：「母后恣情，不過一時之樂，恐萬代後青史中不能為母后隱耳，望母后早察。」太后正在含怒之際，見他說出這幾句話來，又惱又慚，便道：「你自幹你的事罷了，怎麼毀謗起母來？怪不得你要將天下送與國丈，此子何足與事！」遂召裴炎廢中宗為廬陵王，遷於房州；封豫王旦為帝，號曰睿宗，居於別宮。所有宮內大小政事，咸決於太后，睿宗不得與聞。太后又遷中宗於均州，益無忌憚，心甚寬暢。又知宗室大臣怨望，心中不服，欲盡殺之。盛開告密之門，有告密稱旨者，不次除官。用索元禮、周興、來俊臣共撰羅織經❽一卷，教其徒網羅無辜。中宗在均州聞之，心中惴惴不安，仰天而祝，因拋一石子於空中道：「我若無意外之虞，得復帝位，此石不落。」其石遂為樹枝勾掛。中宗大喜，韋后亦委曲護持之。中宗道：「他日若復帝位，任汝所欲，不汝制也。」這是後事不提。

且說洛陽有張易之、張昌宗兄弟二人，他父親原是書禮之家，一日因科舉到京應試，寓在武三思左近。恰好三思與懷義不睦，要奪他寵愛，遂薦昌宗兄弟於太后，不提。

卻說懷清見懷義到白馬寺裡去，料想他不能個就來，適有一睦州客人陳仙客，相貌魁偉，更兼性好

---

❼ 有子七人二句：此詩句出自詩經邶風凱風。

❽ 羅織經：周興、來俊臣等編的書，其主旨是如何虛構罪名，陷害無辜大臣。

邪術，懷清竟蓄了髮，跟他到睦州；那寺側毛皮匠，也跟去做了老家人。恰值那年睦州亢旱，地裡忽裂出一個池來，中間露出一條石橋，橋上刻著「懷仙」兩字，人到池邊照影，一生好歹，都照出來。因此懷清夫妻也去照照，那知池中現出竟如天子皇后的打扮，並肩而立。懷清深以為怪，對仙客道：「橋上『懷仙』二字，合著你我之名。又照見如此模樣，武媚娘可以做得皇帝，難道我們偏做不得？」遂與仙客開起一個崇義堂來，只忌牛犬，又不喫齋，所以人都來皈依信服。男人懷清收為徒，女人仙客收為徒，不上一兩年，竟有數千餘人。懷清自立一號曰碩貞，揀那些精壯俊俏後生，多教了他法術，皆能呼風喚雨。不期被縣尹曉得了，要差兵來捕他，那些徒弟們慌了，報知陳仙客、碩貞。碩貞見說，選了三四百徒弟，擁進縣門，把縣尹殺了，據了城地，豎起黃旗，自稱文佳皇帝。仙客稱崇義王，遠近州縣，望風納款。揚州刺史陰潤，只得申文報知朝廷。

是日太后閒著無事，恰值差人去請懷義在宮中二雅軒宴飲。見了奏章，太后微笑道：「天下只道惟我在女子中有志敢為，可謂出類拔萃者矣。不意此女亦欲振起巾幗之意，擅自稱帝。」懷義道：「莫非就是睦州的文佳皇帝陳碩貞麼？前日有兩個女尼，對臣說那陳碩貞凶勇無比，說起來就是感業寺裡懷清，未知確否？」正說時，只見象州刺史薛仁貴，申文請發兵討陳碩貞，附有夫人小喜一副私禮，稟啟中備說陳碩貞就是懷清，在睦州起義，曾遇異人，得了天書籙符，兇鋒難犯，或撫或剿，恩威悉聽上裁。太后笑道：「我說那裡有這樣鬬氣的女子，原來果是令姊。」懷義亦笑道：「罷了，男人無用的了，怎麼一個柔弱女子，便做得這個田地？」太后笑道：「這樣話只算得放屁。舜何人也，予何人也，有為者亦若是。難道女子只該與男子踐如敝屣的？我前日的意思，建官分職，原要都用女子，男人只充使令。舉

懷清與仙客開起崇義堂，自立一號曰碩貞。揀那些精壯俊俏後生，多教了他法術，皆能呼風喚雨。

朝皆婦人，安在不成師濟之盛？我今煩你去招安她，難道她不肯來？」懷義道：「臣無官職，怎能個去招她？」太后道：「我封你一個大將軍之職，你去何如？」即傳旨封懷義為右衛大將軍之職，星往❾睦州，招撫陳碩貞。咨文發下，懷義便辭朝，太后又叮嚀了許多話，差御林軍三千助之。又移咨象州刺史薛仁貴，會兵接應。仁貴得了旨意，亦發兵進剿。

原來陳碩貞夫妻兩個近日不睦，仙客嫌妻擁著精壯徒弟，不與他管；碩貞亦嫌其搶擄嬌娃，帶了隨處宣淫。你道我兵強，我道己兵強，因此大家分路，各自建功。仁貴將到淮上，早有細作來報道：「崇義王陳仙客，帶了一二千人馬，離此地只有三十餘里，要到徐州借糧，伏乞老爺主裁。」薛仁貴即便駐紮，點三百精兵，扮作逃難百姓，星夜趕去伏著；又發一百精兵，扮做販酒煮❿的客人；又發二百精兵，扮作香客，看前頭下得手處埋伏。吩咐完了，各自起行。仁貴自己統領大軍，連夜追趕，離賊只有二三里，便停住。候至半夜，只聽得一聲號砲，仁貴如飛趕上前去，只見後邊火星迸起，砲聲不絕。仁貴持槍，直殺到寨門，可憐那些賊兵，從未逢這樣精銳，各自卸了甲冑走了。陳仙客尚在炕上安寢，睡夢中聽得殺喊，正要想逃走，那曉得仁貴一條槍直刺進來，被後邊四五個精兵殺進，逃走不及，被仁貴一槍刺死在地，梟了首級。還有七八百人，見主帥被誅，只得棄戈投降。

卻說懷義同了三千御林軍起行，預先差四五個徒弟，扮做遊方僧人，去打聽可是懷清還俗的。眾徒弟領命去了，自己卻慢慢而行。過了幾日，只見那四五個徒弟同了一個老人家轉來，懷義問道：「所事

❾ 星往：星夜趕往。

❿ 販酒煮：即販私酒。

可有著實麼?」徒弟道:「文佳皇帝一個親隨家人,被我們哄到這裡,師爺去問他便知。」懷義出來問道:「你是那裡人?姓什麼?」那老者道:「難道老爺不認得小的了?小的姓毛,名二,長安人,當年住在慼業寺側首,做皮匠為活。小的單身,時常家懷清師父熱湯茶飯,總承我的;不想被那睦州陳仙客王爺,到寺中拐了六師父,竟往睦州蓄了髮,做了夫妻,小的也只得隨他去了。」懷義問道:「他們有什麼本事,哄騙得這些人動?」毛二道:「那陳仙客,喜的是咒詛邪術,不想遇著六師父更聰明,把這些書符秘訣,練習精熟,著實效驗,故此遠近男女知道,都來降服皈依。」懷義道:「你知陳仙客勇力如何?」毛二垂淚道:「老爺,我們的主兒已死,還要問他什麼勇力?」懷義聽見喜道:「幾時死的?」毛二道:「前日被薛仁貴來剿他,不意路上撞見,黑夜裡殺進寨來。我那主人正在睡夢中,不及穿甲,被他殺了。」懷義道:「你這話不要調謊。」毛二道:「小的若是調謊,聽憑老爺處死。」懷義道:「你如今要往那裡去?」毛二道:「小的要去報知王爺的死信。」懷義道:「你不曉得,你文佳皇帝與我是親戚。」毛二道:「小的怎麼不曉得?」懷義道:「朝廷曉得她造反,故此差我來招安。你今要去報知她崇義王死信,可同我的人去,她便明白了。」說罷,懷義就寫一封書,一件東西,付與四個徒弟,又叮嚀了一番,徒弟同毛二起身去了。

行不多幾日,到了沛縣。只見他們擺著許多營盤,在城外把守,守營軍卒看見了問道:「毛老伯,你為何回來了?你們那裡何如?」毛二搖手道:「少頃便知,皇爺在何處?」小卒道:「在中軍。」毛二如飛走到中軍報知,叫毛二進去,毛二跪在地上,只是哭泣。陳碩貞心焦道:「你這老兒好不曉事,好歹說出來罷了,為什麼只管啼哭?」毛二將崇義王如何行兵,薛仁貴如何舉動,不想王爺正在宴樂之時，殺進來死了。陳碩貞不覺大慟。正哭時，毛二又說道：「皇爺且莫哭，有一件事在此，悉憑皇爺主裁。」取出那懷義的一封書來。陳碩貞接了書，看見封面上寫著「白馬寺主家報」，便問：「你如何遇見了懷義？」毛二將騙去一段說了。陳碩貞將懷義的書拆開，只見上寫道：

憶昔情濃宴樂，日夕佳期，不意翠華臨幸，忽焉分手，此際之腸斷魂消，幾不知有今日也。自賢姊喬遷，細訪至今，始知比丘改作花王，雨師堪為敵國，雖楊枝之水，一滴千條，反不如芸香片席，共沐蓮床⓫也。良晤在即，先此走候。統惟慈照不宣。懷清賢姊妝次，辱愛弟馮懷義頓首拜。

毛二道：「他那裡差四個童子在外。」碩貞便叫喚他進寨來。毛二出去不多時，領著四個徒弟，走進寨門。兩邊刀槍密密，劍戟重重，上邊一個柔弱女子，相貌端嚴，珠冠寶頂，著一件暗龍羢色戰袍，大紅花邊鑲袖口。四個徒弟，見了這般光景，只得跪下叩頭道：「家爺啟問娘娘好麼？」陳碩貞道：「你家老爺，朝廷待得好麼？」徒弟答道：「好。家爺有一件東西在此，奉與娘娘，須屏退眾人。」陳碩貞道：「多是我的心腹。」那徒弟就在袖中取將出來，碩貞接在手中一看，卻是前日臨別時贈與懷義的白玉如意，見了雙淚交流便道：「我只道我弟永不得見面的了，誰知今日遭逢。」便對四個徒弟道：「這裡總是一家，你們住在此，待你老爺來罷。」四人只得住下。

過了一宵，五更時分，聽得三個轟天大砲，早有飛馬來報道：「敵兵來了！」陳碩貞道：「這是我家師爺，說甚敵兵！」各寨穿了甲冑，如飛擺齊隊伍，也放三聲大砲，放開寨門，碩貞差人去問：「是

⓫ 蓮床：佛床。

何處人？」懷義的兵道：「我們是白馬寺主右衛大將軍馮爺，你們來的是何人？」軍卒答道：「是文佳皇帝在此。」說了，就轉身去報與陳碩貞。碩貞選了三四十人跟了，跨上馬，來接聖旨。懷義叫三千御林軍駐紮站立，自同三四十個徒弟，背了玉旨，昂然而來。到碩貞寨中，香案擺列。碩貞接拜了聖旨，兩個相見過，擁抱大哭，到後寨中去各訴衷情。正欲擺酒上席，城內各官俱來參謁。懷義差人辭謝了，對碩貞道：「賢姊既已受安，部下兵馬如何處置？」碩貞道：「我既歸降，自當同你到京面聖，兵馬且屯紮睦州再處。」懷義道：「如此絕妙。」碩貞傳眾軍頭目說了，軍馬只得暫在睦州駐紮候旨；止帶三四十親隨，同懷義親切的慢慢而行。行不及兩三日，遇見了薛仁貴兵馬，懷義把招安事體，對他說了。仁貴道：「既是事體已妥，師爺同令姊面聖，學生具疏上聞，去守地方了。」大家相別，仁貴自回象州去了。懷義同碩貞一路而行，到了京中，報知太后。太后曉得陳碩貞到了，懷義先進宮去說明，差個官兒去接，即召陳碩貞進宮。太后一見，悲喜交集，大家把別後事情說了，留在宮中，住了兩三日，贈了金銀緞疋，買一所民房居住，敕賜碩貞為歸義王，與太后為賓客；懷義賜封鄂國公。

後事如何，下回分解。

總評：淫穢之事，流毒宮闈，古今未嘗無之，但在武氏最彰明較著者也。然其最著處，又經後人十分描寫，裝點曲盡，而惡惡之心，始覺快然無憾，或者當時未必盡然。子貢曰：「紂之不善，不如是之甚也。是以君子惡居下流，天下之惡皆歸焉。」讀者又宜諒之矣。至懷義之惡滔天，又有招安一段，增其作孽，天下事不可解者，每每如此，安得不掩卷嘆息也。

第七十三回　安金藏剖腹鳴冤　駱賓王草檄討罪

詞曰：

兔走烏飛，一霎時，翻騰滿目。興告訐，網羅欲盡，律嚴刑酷。眼底赤心肝一片，天邊鰐淚愁千斛。吐盡懷草檄，整天廷，仇方復。　　斟綠酒，濃情續。燒銀燭，新妝簇。向風亭月榭，細談衷曲。此夜綢繆恩未竟，來朝離別情何促？倩東風，博得上林歸，雙心足。

右調滿江紅

從古好名之士，為義而死；好色之人，為情而亡。然死於情者比比，死於義者百無一二。獨有春秋時衛大夫弘演❶，納懿公❷之肝於腹中；戰國時齊臣王蠋❸，聞閔王死，懸軀樹枝，自奮絕脰❹而亡。

❶ 弘演：春秋時衛國大夫。狄人攻衛，殺衛懿公並盡食其肉，獨剩其肝。弘演自己剖腹，把懿公之肝納於自己腹中而死。

❷ 懿公：即衛懿公，名赤，春秋時衛國國君。喜好鶴而不體恤百姓士卒，因此狄人攻衛而戰敗被殺。

❸ 王蠋：戰國時齊國百姓。燕軍攻破齊國，聽說王蠋賢良，備禮請蠋，蠋辭謝不往，燕人強迫他，王蠋於是上吊自殺。

❹ 絕脰：絕頸，即上吊。脰，音ㄉㄡˋ。頸項。

立心既異，亦覺耳目一新，在宇宙中雖不能多，亦不可少。今說太后在宮追歡取樂，倏忽間又是秋末冬初。太平公主，乃太后之愛女，貌美而艷，丰姿綽約，素性輕佻，慣恃母勢胡作敢為。先適薛紹，不上兩三年即死；歸到宮中，又思東尋西趁，不耐安靜。太后恐怕拉了她心上人去，將她改適大夫武攸暨，不在話下。是日恰值太后同武三思在御園遊玩，太后道：「兩日天氣甚是晴和。」三思道：「天氣雖好，只是草木黃落，覺有一種凋零景象，終不如春日載陽，名花繁盛之為濃艷耳！」太后道：「這又何難？前日上林苑丞，奏梨花盛開，梨花可以開得，難道他花獨不可開；況今又是小春❺時候，明日武攸暨必來謝親，賜宴苑中，當使萬花齊放，以彰瑞慶。」三思道：「人心如此，天意恐未必可。」太后笑道：「明日花若開了，罰你三大玉杯酒。」三思亦笑道：「白玉盃中酒，陛下時常賜臣飲的，只是如今秋末冬初的天氣，那得百花齊放來？」太后怒目而視，別了三思回宮，便傳旨宣歸義王陳碩貞入朝，將前事與她說了，叫她用些法術，把苑中樹木盡開頃刻之花，以顯瑞兆。碩貞道：「若是明日筵宴，陛下要一二種花，臣或可向花神借用；若要萬花齊發，這是關係天公主持，須得陛下詔旨一道，待臣移檄花神，轉奏天廷，自然應命。」太后展開黃紙，寫一詔道：

明朝游上苑，火速報春知。花須連夜發，莫待曉風吹。

太后寫完，將詔付陳碩貞；碩貞又寫了一道檄文，別了太后，竟到苑中，施符作法，焚與花神不題。太后又傳旨著光祿寺正卿蘇良嗣，進苑整治筵席。

❺ 小春：農曆十月，也稱小陽春。

再說武三思回家，途遇了懷義。懷義問道：「上卿何不宿於宮，而跋涉道塗耶？」三思道：「可笑太后要向花神借春，使明早萬花齊放。我想人便生死由你，這發蕊放花係上帝律令，豈花神可以借得。我與你到明日看苑中之花，便知天意。」兩人大笑而別。到了明日，天氣愈覺融和，懷義放心不下，忙進苑來；只見萬卉敷榮，群枝吐豔；一轉轉到暢華堂來，一個官兒在那裡主持。原來蘇良嗣為因旨意，叫他檢點筵席，故早到此。懷義被他看見，便道：「何物禿驢輒敢至此！」懷義見他說這兩句話，道他眼睛有些近視，只得忍著氣對蘇良嗣道：「蘇老先，彼此朝廷正卿，難道學生來不得的？」蘇良嗣道：「今日是武駙馬謝親，是一席喜筵，朝廷差我在此料理。你是何科目出身，居為正卿，妄自尊大？你若不走，我就把朝笏來批你的頰，看你把我如何？」懷義掙著眼睛，要發出話來，不意蘇良嗣向著懷義把牙笏照臉批來，打了幾下。懷義著了忙，只得逃進太后宮中，雙膝跪下。太后道：「你為何這般光景？」懷義道：「蘇良嗣無禮，見了臣僧，便批臣的頰。」太后道：「他在何處打你？」懷義道：「在苑中暢華堂。」太后便挽他起來道：「是朕叫他在那裡主持酒席的，你為什麼到那裡閒走起來？南衙宰相往來，今後阿師當從北門出入。」便叫內侍吩咐司北宰門的官兒「今後上師進來，不可禁止」。又對懷義道：「你今日住在此，待他們酒席散了，朕與你去遊賞如何？」且說蘇良嗣在暢華堂檢點，屏開孔雀，座映芙蓉，滿山百花開放，照耀的好不熱鬧。只見御史狄仁傑，領著各官進來，見了這些花朵，不勝浩歎道：「奇哉，天心如此，人意何為？」內史安金藏道：「不知萬卉中可有不開的？」眾臣各處閒看，惟有槿樹，杳無萌芽，仍舊凋零，不覺讚歎道：「妙哉槿樹，真可謂持正不阿者矣！」正說時，只見駙馬武攸暨進宮去朝見了，到暢華堂來領宴。又見許多宮女，擁著太后進來，叫大臣不必朝參，排班坐定。太后道：

「草木凋零，毫無意興，故朕昨宵特敕一旨，向花神借春，不意今朝萬花齊放，足見我朝太平景象。此刻飲酒，須要盡興回去，或詩或賦做來，以記盛事。」又吩咐內侍去看萬卉中可有違詔不開的，左右道：「萬花齊放，只有槿樹不開。」太后命左右翦除枝榦，謫在野間，編籬作障，不許復植苑中。

那武三思輩，這些諂佞之徒，無不諛詞讚美。獨有狄仁傑等俱道：「春榮秋落，天道之常。今眾花特發，亦陛下威福所致。但冬行春令，還宜修省。」酒過三巡，眾臣辭退。太后也因懷義在內，命駕進宮。武三思看見太后不邀他到宮裡去，心中疑惑，走到旁邊，穿過了玩月亭，將到翠碧軒轉去，只見上官婉兒倚欄呆想。正是：

淡白梨花面，輕盈楊柳腰。倚欄惆悵立，嫵媚覺魂消。

三思在太后處，時常見她，也彼此留心。今日見他獨自在此，好不歡喜，便道：「婉姐，妳獨自在此想著甚來，敢是想我麼？」婉兒撇轉頭來，見是三思，笑道：「我是不想你，另有個心上人在那裡想著。」三思道：「是那個？」婉兒道：「我且問你，今日在暢華堂中赴宴，為何闖到這裡？」三思道：「妳莫管我，同妳到翠碧軒裡去，有話問妳。」婉兒道：「有話就在此說罷。」三思笑道：「我偏要到軒裡去說。」婉兒沒奈何，只得隨了他到軒裡來。三思問道：「誰在太后宮中頑耍？」婉兒道：「是懷僧。」三思便把婉兒摟住道：「親姐姐，妳方纔說有人想我，端的是那個？」婉兒就把韋后在宮時，「我常在他面前讚你如何風流，如何溫存，又說你同太后在宮，如何舉動，她便長嘆一聲，好似癡呆的模樣道：『怪不得太后愛他！』這不是她想你麼？可惜如今同聖上移駕房州去了。她若得回來，我引你去，豈不勝過上宮麼？」三思道：「韋后既有如此美情，我當在太后面前竭力周全，召還廬陵王便了。」說了，分手而別。

時索元禮、周興、來俊臣輩，同在暢華堂與宴，覺得狄仁傑、安金藏諸正人，意氣矜驕，殊不為禮，心中飲恨。懷義又怪蘇良嗣批其頰，大肆發怒。適虢州人楊初成，矯制募人迎帝於房州。太后敕旨捕之。懷義買囑周興，誣蘇良嗣、狄仁傑與安金藏等同謀造反，來俊臣又投一扇於匭❻上，有醉花陰詞二首，云是皇嗣譏訕母后，同謀不軌。詞云：

花到春開其常耳，破臘花有幾，除卻一枝梅，再要花開，只恐無其二。上苑催花丹詔至，不許拘常例。草木亦何知，役使隨人，博得天顏喜。

違例開花花何意？要把君王媚。昨夜詔花開，今早來看，卻果都開矣。槿樹一枝偏獨異，不肯隨凡卉。籬下儘悠然，萬紫千紅，對此應含媿。

太后見了大怒，然知狄仁傑乃忠直之臣，用筆抹去，餘諭索元禮勘問。元禮臨審酷烈，不知誣害了多少人，把蘇良嗣一夾，要他招認謀反。良嗣喊道：「天地九廟之靈在上，如良嗣稍有異心，臣等願甘滅族。」又把安金藏要夾起來。金藏道：「為子當孝，為臣當忠；如君欲臣死，孰敢不死？但欲勘臣去陷君，臣不為也。今既不信金藏之言，請剖心以明良嗣不反。」即引佩刀，自剖其胸，五臟皆出，血湧法堂。杜景儉、李日知他兩個尚存平恕，見了忙叫左右奪住佩刀，奏聞太后。太后即傳旨，著俊臣停推，

❻匭：唐武則天時設匭院，朝堂上設置四個箱子，稱為匭。凡臣民有狀，可以分別投匭。實際是武則天為鎮壓反抗而廣開告密之門。

索元禮把蘇良嗣一夾，要他招認謀反。又把安金藏要夾起來，金藏道：「請剖心以明良嗣不反。」即引佩刀自剖其腹，五臟皆出，血湧法堂。

叫太醫院看視。

安金藏此事遠近傳聞。眉州刺史英公李敬業同弟敬猷，行至揚州，忽聞此報，不勝駭怒道：「可惜先帝天挺英雄，數載親臨鏖戰，始得太平。至今日被一婦人不肯坐享，把他子孫，翦滅殆盡。難道此座，竟聽他歸之武氏乎？舉朝眾公卿，何同木偶也！」敬猷道：「吾兄是何言歟？眾臣俱在輦轂之下，各保身家，彼雖淫亂，朝廷之紀綱尚在，但可恨這班狐鼠之徒耳。如今日有忠義之士，出而討之，誰得而禁哉！」正說時，只見唐之奇、駱賓王進來。原來唐、駱因坐事貶謫，皆會於揚州，二人聽見了，便道：「好呀！你們將有不軌之志，是何緣故？」敬業道：「二兄來得甚妙，有京報在這裡，請二兄去看便知。」二人看了一遍，唐之奇只顧嘆氣。駱賓王對敬業道：「這節事，令祖先生若存，或者可以挽回；如今說也徒然。」敬業道：「賢兄何必如此說，人患不同心耳。設一舉義旗，擁兵而進，孰能禦之？」唐之奇道：「既如此說，兄何寂然？」駱賓王道：「兄若肯正名起義，弟當作一檄以贈。」敬業道：「兄若肯扶助，弟即身任其事，即日祭告天地，祀唐祖宗，號令三軍，義旗直指耳。且把酒來吃，兄慢慢的想起來。」駱賓王道：「這何必想，只要就事論事說去，已書罪無窮矣。」敬猷道：「只就斷后妃手足，這種利害之心，實男子所無。」一回兒擺上酒來，大家用巨觴飲了數杯，賓王立起身來說道：「待弟寫來，與諸兄一看，悉憑主裁。」忙到案邊，展開素紙寫道：

偽周武氏者，人非和順，地實寒微。昔充太宗下陳，曾以更衣入侍。洎乎晚節，穢亂春宮，潛隱先帝之私，陰圖後庭之嬖。入門見妬，蛾眉不肯讓人；掩袖工讒，狐媚偏能惑主。踐元后於翬翟❼，陷吾君於聚麀❽。加以虺蜴為心，豺狼成性，近狎邪僻，殘害忠良，殺姊屠兄，弒君鴆母，人神之所共嫉，天地之所不容。猶復包藏禍心，窺竊神器❾。君之愛子，幽之於別宮；賊之宗盟，委之以重任。嗚呼霍子孟❿之不作，朱虛侯⓫之已亡。燕啄王孫⓬，知漢祚之就盡；龍漦帝后⓭，識夏庭⓮之遽衰。敬業皇唐舊臣，公侯冢子，奉先君之承業，荷朝廷之厚恩。

敬業坐在旁邊，看他一頭寫，一頭眼淚落將下來，忍不住移身去看，只見他寫到：

公等或居漢地，或叶周親；或膺重寄於話言，或受顧命於王室；言猶在耳，忠豈忘心？一抔之土未乾，六尺之孤何託？請看今日之域中，竟是誰家之天下！

敬業看完，不覺杯兒落將下來，雙手擊案大慟。賓王寫完，把筆擲於地上道：「如有看此不動心者，

❼ 翬翟：后妃的禮服。

❽ 聚麀：指兩代人間的亂倫行為。麀，音ㄧㄡˇ。牝鹿。

❾ 神器：指帝位。

❿ 霍子孟：即霍光，字子孟，漢武帝晚年的親信大臣。受遺詔輔佐幼主昭帝。昭帝崩，迎立昌邑王賀，多淫行，廢之，又迎立宣帝，天下大治。

⓫ 朱虛侯：即劉章，漢高祖劉邦孫，呂后封其為朱虛侯。與周勃、陳平誅滅諸呂迎立文帝。

⓬ 燕啄王孫：本指漢趙飛燕陰謀毒害皇孫的故事，後因以作后妃殺害皇子的典故。王，原文作皇。

⓭ 龍漦帝后：指禍國的女子當上皇后。

⓮ 夏庭：夏王朝。

直禽獸也！」眾人亦走來念了一遍，無不涕泗交流。豈知一道檄文，如同治安策⑮，可為痛哭者一，可為流涕者二，可為長嘆息者六。弄得一堂之上，彼此哀傷。敬猷道：「這節事不是哭得了事的，只要諸公商議做去便了。」大家復坐。敬業道：「明日屈二兄早來，尚有幾個好相知，邀他同事。」駱、唐二人，唯唯而別。時狄仁傑為相，見獄中引虛伏罪者，尚有八百五十餘人。仁傑具疏，將索元禮等殘酷之事，奏聞太后，命嚴思善按問。思善與周興方推事對食，謂興道：「囚多不承，當為何法？」興道：「令囚入甕，以火炙之，何事不承？」思善乃索大甕，熾炭如興法，因起謂興道：「有內狀⑯推公，請公入此甕。」興叩頭伏罪，流嶺南為仇家所殺。索元禮、來俊臣棄市，人爭啖其肉，斯須而盡。太后知天下惡之，乃下制數其罪惡，加以赤族之誅。這些殘酷之事，一朝除滅殆盡，軍民相賀道：「自今眠者背始貼席矣。」

一日，武三思進宮，將徐敬業檄文，并裴炎回敬業書，與太后看。太后看罷，不覺悚然長歎，問：「此檄出自誰手？」三思道：「駱賓王。」太后道：「有才如此，而使之流落不偶，則前此宰相之過也。」三思因問敬業約炎為內應，而炎書祇有「青鵝」二字，眾所不解。太后道：「此何難解。青者十二月也，鵝者我自與也，言十二月中至京，我自策應也。今裴炎出差在外，且不必追捉，只遣大將李孝逸，征討敬業便了。但我想廬陵王在房州，他是我嫡子，若有異心，就費手了，要著一個心腹去看他作何光景？

⑮ 治安策：漢文帝時賈誼所上之疏。在文章中，賈誼陳述時弊及使國家長治久安的方略。認為事勢可為痛哭者一，可為流涕者二，可為長嘆息者六。

⑯ 內狀：內廷文書。審周興者是來俊臣，故有「請君入甕」的典故。此處謂嚴思善，當是小說家言。

只是沒有人去得。」三思想起婉兒說韋后慕我之意，便道：「我不是陛下的心腹麼，就去走遭。」太后道：「你是去不得的。」三思道：「此行關係國家大事，若他人去，真假難信。」太后唯唯，只見宮娥報說：「師爺進來了！」太后叫婉兒「你且送武爺出去」。婉兒對三思道：「我同你到右首轉出去罷。」三思道：「為什麼不往東邊走？」婉兒道：「西邊清淨些。」三思會意，勾住她的香肩，取樂一回，又把太后要差人往房州去的事說了，叫她攛掇我去。婉兒道：「這在我，我有些禮物，送與韋娘娘，待我修書一封，打動她便了，只是日後不要把我撇在腦後。」三思道：「這個自然。」隨即分手出宮。到了次日，太后有旨，著武三思速往房州公幹。三思得了旨意，進宮辭別太后，太后叮嚀數語，婉兒暗將禮物並書遞與三思；三思隨即起身。不多幾日，已到房州，天色已晚，上店歇了，隨叫手下假說是文爺在這裡買些小貨。

三思到了夜間，閒語中問及：「廬陵王在這裡可好麼？」店主人道：「王爺甚好，惟與比丘時常往來。這裡有感德寺大和尚，號慧範，王爺朔望必到寺中，聽他講經說法。至於百姓，真是秋毫無犯。可惜這個好皇爺，不知為了什麼事，他母后不喜歡，趕了出來。」三思心上想道：「廬陵如此舉動，無異心可知的了，更喜今日是十四，明日是望日，待他出門，我去方妙。」過了一宵，明日捱到日中，跟了三四個小使，肩輿而至。門上人知是武三思，不知為什麼事體，忙去報知韋后。韋后叫太監進去問：「那武爺是怎樣來的？還有何人奉陪？」太監答了。韋后道：「既如此，他與我們是至戚，不妨請進宮來相見。」太監出去請進宮來。三思看見韋后走將出來，但見：

身軀嫋娜，體態娉婷。鼻倚瓊瑤，眸含秋水。生成秀髮，儘堪盤窩龍髻；天與嬌姿，漫看舞袖吳宮⑰。

三思連忙拜將下去，韋后也回拜了坐定。韋后問道：「太后好麼？」三思笑道：「比先略覺寬厚些。」韋后垂淚道：「我們皇爺，偶然觸了母后一句，不想被逐，如今我夫婦不知何日再得瞻依膝下？」三思道：「想皇爺不在宮中麼？」韋后道：「今早往感德寺，已差人去請了。不知武爺何來？」三思道：「因上官婉兒思念娘娘，故齎書到此。」向靴裡取出書來送與韋后，左右就把禮物放下。韋后把婉兒的書拆開，看了微笑，忽見女奴進來報道：「王爺回來了。」韋后進去，中宗出來，與三思敘禮坐定，中宗先問了母后的安，又敘了寒暄，彼此把朝政家事說了。中宗道：「兄如今何往？寓在何處？」三思道：「在府前飯店；暫過一宵，明日即行。」中宗道：「豈有此理，兄不以我為弟耶？何欲去之速也！弟還有許多話問兄。」對左右說：「武爺行李在寓所，你去吩咐他們取了來。」一回兒請到殿上飲酒，三思把安金藏剖腹屠腸說了，又把目今李敬業討檄一段，太后差李孝逸去剿滅，今差我到揚州，命妻師德去合剿，故此枉道來問候。中宗聽了大怒道：「李勣是太后的功臣，母后何等待他，不想他子孫如此倡亂，若擒住他，碎屍萬段，不足以服其辜。」更命整席在後書齋，中宗進內更衣去了。三思見內已擺設茶菓，又見剛纔隨韋后的宮奴，捧上茶杯，近身悄悄對三思道：「武爺不要用酒醉了，娘娘還要出來與武爺說話。」正說時，中宗出來入席，大家猜謎行令，倒把中宗灌醉，扶了進去。

⑰ 吳宮：春秋時吳王夫差的宮殿，西施曾居住於此。

三思見裡邊一間床帳，已擺設齊整，兩個小廝，住在廂房；三思叫他們先睡了，自己靠在桌上看書。不多時韋后出來，三思忙上前接住道：「下官何幸，蒙娘娘不棄？」韋后道：「噤聲！」把手向頭上取那明珠鶴頂⓲與袖中的碧玉連環，放在桌上，兩個共赴陽臺⓳，追歡取樂。韋后道：「你卻不要薄情待我。」三思道：「我回去如飛在太后面前，說王爺許多孝敬，包妳即日召回。」韋后道：「如此甚好，妾鶴頂一枝，聊以贈君，所言幸勿負我。婉兒我不便寫書，替我謝聲；碧玉連環一副，乞為致之。」別了三思進去。三思在府中三日，恐住久了，太后疑心，就與中宗話別，上路回京。要知後事，且聽下回分解。

總評：天生武后，穢亂極矣；又生韋后，唐之天下日壞，天厭不甚深乎？止賴二三正人，如狄仁傑、駱賓王輩，內外扶持，正氣所以不墜，萬世之後，一貶一褒，令人毫髮畢現。嗟乎！人何不自省，稍為失腳，遺恨千秋矣。

⓲鶴頂：指一種頭飾。

⓳陽臺：指男女合歡的地方。

第七十四回 改國號女主稱尊 閱賓筵小人懷肉

詞曰：

武氏居然改號，唐家殆矣堪哀。卻緣妖夢費疑猜，留得廬陵❶還在。 只怪僧尼戀色，怎教臣庶持齋。阿誰懷肉首將來，笑殺小人無賴。

右調西江月

國勢顛危之際，還虧那有手段的出來，支傾振墜，做個中流砥柱；若都像那一班豬狗之徒，未有不把祖宗櫛風沐雨之天下，拱手而付之他人。國號則改為周，宗廟則易武氏，視中宗、睿宗如几上之肉。豈知天不厭唐，撥亂反正之玄宗，早已挺生宮掖矣。今且不說武三思在房州，別了中宗回來。且說有個傅游藝，原係無籍，因其友杜肅與懷義相好，懷義薦二人於太后，遂俱得幸，擢為侍御。游藝聳諛太后，更改國號，又請立武承嗣為太子。太后大喜，遂改唐為周，改元天授，自稱聖神皇帝，立武氏七廟。正是：

❶ 廬陵：即唐中宗李顯，武則天之子。武氏欲篡唐，貶中宗為廬陵王。

皇后稱皇帝，小君作大君。絕無僅有事，亙古未曾聞。

武三思回到京中，聞武承嗣欲謀為太子，心懷不平；及入宮復命，突遇上官婉兒，三思問：「太后安否？」婉兒道：「太后日來偶患目疾，如今叫沈南璆在那裡醫。王爺處怎麼光景？」三思道：「王爺日夕奉佛，作事甚好。韋娘娘已諧素願，她說不及寫書，送妳碧玉連環一雙，叫我多多致謝。」袖中取出連環付與婉兒收了。婉兒道：「此時太后閒著，你快去見了。兩日武承嗣在此營求為太子，你須小心承奉。」三思依言，隨即進宮，朝見太后，稱賀畢，把中宗如何思念太后，如何佛前保佑太后，細細說完；見太后默然，半晌不語。

一日太后夜夢不祥，召狄仁傑詳解。太后道：「朕夜來夢見先帝授我鸚鵡一隻，雙翼披垂，朕撫弄移時，兩翼再不能起。」仁傑道：「武者陛下國姓，召回佳兒佳婦，則兩翼振矣。」太后道：「卿言甚是；但武承嗣求為太子，事當如何？」仁傑對道：「文皇帝親冒鋒鏑，以定天下，傳之子孫。先帝以二子託陛下，今乃欲移之他族，無乃非天意乎！且姑姪與母子孰親？陛下立子，則千秋萬歲後，配饗太廟，承繼無窮。陛下欲立姪，未聞有姪為天子，而祔姑於廟者也。」后悟，由是召回中宗。母子相見，悲喜交集不提。

一日太后與三思在窗前細語，恰好昌宗兄弟進來。太后笑道：「我正擬九個美人題在此，要眾人分做。」昌宗在案上取來一看，卻是美人浴、美人睡、美人醉許多好題目。尚未看完，只見太平公主攜著婉兒的手走來。原來昌宗、易之，久與太平公主有染，太后亦微知其事，當日大家上前見了，太平公主道：「苑中荷花大放，母后怎不去看，卻在此弄這個冷淡生活？」太后笑道：「正是同去看來。」隨命擺宴在苑中，大家同到苑中來；只見嘯鶴堂前，那荷花開得紅一片，綠一堆，芳香襲人。太后道：「妙呀！兩日荷花正在不濃不淡之間。」四圍看了一遍，入席飲了一回酒。太后道：「今日之宴，實為賞心，寧可有詩無花，豈可有花無詩？」婉兒道：「正是花、酒、詩四美具矣，豈可使它虛負！」太平公主道：「花、酒、詩只有三樣，為何說四美具？」婉兒道：「難道人算不得一美的？」大家笑了一回，易之道：「荷花吟詠甚多，何不以人喻之，方不盜襲。」太后道：「五郎之言甚善。剛纔詩題尚在上宮，快寫出來。」昌宗道：「在臣袖中。」取來送與太后，太后接了笑道：「題目恰好十二個，只要隨意描寫，不要寫出宮闈中身分，可拈鬮取題，六人在此，一人做兩首。」便命婉兒寫了十二個鬮子，成團兒放在盒兒裡。先是太后拈了兩個，其餘各各拈齊。太后先向上邊桌上，執筆而寫；公主與婉兒兩個，向旁邊東首桌上做；三思與易之、昌宗，向近窗桌上凝思。太后不多時已做完，起身來道：「聊以塗鴉，殊失命題之意。」眾人齊來看，只見上寫道美人醉：

細酌流霞盡少年，宜都春好自陶然。玉山蕩影無堅壁，銀海光搖欲拽天。黽勉添香還裹足，艱難臨鏡又憑肩。聽郎啐語和郎笑，丐爾溫存一霎眠。

第二題是美人睡：

羅家夫婦太輕狂，如許終宵一半忙。曉起自嫌星眼倦，午餘猶覺錦衾涼。朦朧楚國行雲雨，撩亂梁家墮馬妝❷。耳畔俏呼身乍轉，粉腮凝汗枕痕香。

眾人正在那裡讚美，只見昌宗與婉兒的詩亦完。太后先把昌宗的來看，是美人坐：

咄咄屏窗對落暉，飛花故故點春衣。支頤靜聽林鶯語，抱膝遙看海燕歸。愛把玉釵撩鬢髮，閒將金尺整腰圍。賣花牆外聲聲喚，懶得擡身問是非。

再有第二首是美人憶：

記得離亭折柳條，風姿何處玉驄驕？春情得夢虛鴛枕，世態依人幾綈袍？其雨日高誰適沐，曰歸河廣不容刀。金錢卜慣難憑准，亂翦燈花帶淚抛。

太后讚道：「這二首得題之神，清新俊逸，兼而有之。」看婉兒的詩，第一首是美人浴：

秋炎扶夢倚闌干，小婢傳言待浴蘭。絛脫漸鬆衫半掩，步搖徐解髻重盤。春含荳蔻香生暖，雨暈芙蓉膩未乾。怪底小姑歪劣甚，俏拈窗紙背奴看。

第二首是美人誰：

❷ 梁家墮馬妝：東漢末年大將軍梁冀妻孫壽色美而善為妖態，髮髻側在一邊，稱墮馬髻，京師婦女歙然風從。墮馬妝，猶墮馬髻。

盈盈十五慣嬌癡，正是偷閑謔浪時。方勝疊香移月姊，繡裙圍樹笑風姨❸。申嚴仲子❹三章法，細數諸姑百兩期。何事俏將巾帶裹？教人錯認是男兒。

太后看了笑道：「我說妳是慣家，自與人不同。即使梓行於世，人亦不認是宮闈中做的。」只見三思也寫完，呈將上來。太后一看，卻是美人語：

何人輸卻口脂香，罵盡東風負海棠。連袂踏青憶款曲，臨池對影自商量。頻嫌東陸行長日，未許西鄰聽隔牆。不盡喁喁繡幕外，細教鸚鵡數檀郎❺。

第二題是美人病：

悄裏常州透額羅，畫床綺枕皺凌波。原因憶夢成消瘦，錯認傷春受折磨。翦綵情懷今寂寞，踏青竟況久蹉跎。兒家夫婿誰知道？減卻腰圍剩幾多？

只見太平公主也呈上來，卻是「美人影」：

何事追隨不暫離？慣將肥瘦與人知。日中斜傍花陰出，月下橫移草色披。避雨莫窺眉曲曲，搖風

❸ 風姨：風神。

❹ 仲子：即將仲子，詩經鄭風篇名。寫一女子因「畏父母」、「畏諸兄」、「畏人之多言」而婉詞拒絕約會。

❺ 檀郎：晉潘安小字檀奴，姿儀秀美。後以檀郎為美男子的代稱。

多見袖垂垂。堪憐臨水萍開處，白小❻吹波亂唼伊。

第二題乃美人步：

款蹴香塵冉冉移，畏行多露滑春泥。花陰點破來無跡，月影銜開去有期。覓句推敲何覺懶？尋芳搖曳故教遲。玉奴步步蓮花地❼，應為東風異往時。

太后未及品題，張易之也完了呈上，卻是美人立：

凝睇中天顧影明，遲回卻望最含情。斜抱琵琶空占影，穩垂環珮不聞聲。閒將衣帶和衫整，懶為花枝繞砌行。露濕弓鞋猶待月，小鬟頻喚未將迎。

第二題是美人歌：

雍門三日有餘聲❽，不為驪駒唱渭城❾。子夜言情能婉轉，羅敷❿訴怨最分明。朱唇乍啟千人靜，

---

❻ 白小：即銀魚。

❼ 玉奴步步蓮花地：南朝齊東昏侯妃潘氏小字玉兒，玉奴即指潘妃。東昏侯曾以黃金鑿成蓮花狀貼地，令潘妃行其上，稱為「步步生蓮花」。

❽ 雍門三日有餘聲：春秋時韓娥善於歌唱。到齊國，過齊城雍門，賣歌求食。去後，餘音繞梁，三日不絕。

❾ 不為驪駒唱渭城：驪駒，詩經逸篇名，告別之歌。唱渭城，唐詩人王維渭城曲詩，為著名的送別之詩。渭城，地名，在今陝西省咸陽市東北。

皓齒纔分百媚生。譜盡香山長恨句⓫，聽來真與燕鶯爭。

太后看了笑道：「你四人的詩，不但俱得香匳之體⓬，如出一人之手。」正說時，只見宮奴捧著蓮花三四枝進來，三思把一枝置於昌宗耳邊戲道：「六郎面似蓮花。」太后笑說道：「還是蓮花似六郎耳。」飲酒笑說了一回，三思、昌宗、易之等散出，太后著內監牛晉卿去召懷義。那曉得懷義自做了鄂國公之後，積蓄多金，倚勢驕蹇，私藏著極美的婦人，日夜取樂。這日正吃得大醉，忽見牛晉卿傳太后有旨宣召，懷義怒道：「這裡嬌花嫩蕊，尚不暇攀折；況老樹枯藤乎？你且回去，我當自來。」晉卿無奈，只得回宮，以懷義之言實告。太后聽了，不覺大怒道：「禿子恁般無禮！前者火燒天堂⓭，延及明堂，都因此禿，今又如此可惡！」正在大怒之際，恰好太平公主進來，見太后大怒，忙問其故。晉卿將懷義之言說知。公主道：「禿奴無禮極矣！母后不須發怒，待兒明日處死他便了。」太后道：「須處得泯然無跡。」太平公主領命而出。

明日絕早起身，選了二三十個壯健宮娥去苑中伏著。又叫兩個太監，往召懷義，哄他進苑來。那懷義因宵來酒醉失言，懊悔無及，又聞差人來召他，正要粉飾前非，即同二太監從後宰門進宮。太平公主先令宮娥於半路傳諭道：「太后在苑中等著，可快進去。」懷義並不疑心，忙進苑來，宮娥引到幽僻之

---

❿ 羅敷：古樂府陌上桑：「秦氏有好女，自言名羅敷。」後作為貌美有節操的婦女的通稱。

⓫ 香山長恨句：唐詩人白居易別號香山居士，著長恨歌，中有「此恨綿綿無絕期」句。

⓬ 香匳之體：即香匳體，專以婦女身邊瑣事為題材的詩詞，多綺麗脂粉之語。

⓭ 天堂：佛堂名，證聖元年（西元六九五年）毀於火。

處，只見太平公主坐著，將一紙叫他看。懷義拿來一看，卻是王求禮請閹懷義的疏。兩個內監，即時動手割閹，又加痛打，不消半刻，懷義氣絕身亡，將屍首裝入蒲包內，送到白馬寺中，放火燒了，回奏太后不提。

且說太后因明堂火災，天堂中所供佛像，都已損壞；又四方水旱頻仍，各處奏報災異，遂下詔著百官修省，禁止民間屠宰，甚至魚蝦之類，亦不許捕捉。這禁屠之令一下，軍民士庶，無不凜遵。其時翼國公秦叔寶，致仕家居，尚有老母在堂，叔寶極盡孝養。其子秦懷玉，蒙高祖賜婚單雄信之女，生二子，長名秦琮，次名秦瑀。瑀娶拾遺張德之女，一胎雙生二子，叔寶與叔寶之母，俱甚歡喜。到滿月時，為湯餅之會⑭。朝中各官，都往稱賀。叔寶父子開筵宴客，張德亦在座，傅游藝與杜肅也隨眾往賀，一同飲宴。只見杯盤羅列，水陸畢具，極其豐腆。張德對著眾官道：「若論奉詔禁屠，今日本不該有此陳設。只因敝親翁老年得這曾孫，不勝欣喜。又承諸公枉顧，不敢褻慢，故有此席。違禁之愆，仰祈容庇。」叔寶父子也一齊拱手道：「總求諸兄見原。」眾官俱唯唯，只有傅游藝、杜肅這兩個小人，口雖答應，心裡不然，要想去太后面前出首獻功。游藝目視杜肅而笑。杜肅會意，乘著眾人酌酒酬酢之時，暗將盤中肉餡包子一枚，藏於袖內，至晚散席，各自別去。

次日早朝已罷，百官俱退，游藝、杜肅獨留身奏事，隨太后至便殿。太后問道：「二卿欲奏何事？」杜肅奏道：「陛下遇災修省，禁止屠宰，人皆奉法，不敢有犯；大臣之家，尤宜凜遵詔旨。乃翼國公之

---

⑭ 湯餅之會：即湯餅會。舊俗壽辰及小孩出生第三天或滿月、周歲時舉行的慶賀宴會，因備有象徵長壽的湯麵，故名。

秦瑀妻子一胎雙生二子，叔寶與母親俱甚歡喜。到滿月時，為湯餅之會，朝中各官都往稱賀。

子秦懷玉，因次子秦瑪生男宴客，臣與傅游藝俱往赴宴，見其珍羞畢備，干犯明禁。臣已竊懷其一物為證，乞陛下治其違旨之罪，庶臣民知畏，詔令必行。」奏罷，將昨日所袖的肉餡包子獻上。傅游藝亦奏道：「拾遺張德狥庇姻私，囑託眾官使相容隱，殊屬不法，亦宜加罪。」太后聞奏，微微而笑，即傳旨召秦懷玉、張德。少頃，二人宣至。太后問秦懷玉道：「聞卿次子秦瑪之妻張氏，連舉二雄；秦家得子，張家得甥，大是喜事。」懷玉與張德，俱頓首稱謝。太后道：「昨日在家宴客乎？」懷玉奏道：「臣父因祖母年高，欲弄孫以娛之，偶召親故小飲，不識陛下何以聞之？」太后命左右將那肉餡包子與他看，笑道：「此非卿家筵上之物耶，張拾遺雖欲為卿隱蔽，其如有懷肉出首之人何？」懷玉與張德俱大驚，叩頭道：「臣等干犯明禁，罪當萬死。」太后道：「朕禁止屠宰，為小民無端聚飲，殘害物命故耳。至於吉凶慶弔之所需，原不在禁內。卿父為開國功臣，且又年老，況有老母在堂，今喜連得二曾孫，湯餅嘉會，擊鮮烹肥，理固宜然，豈朕所禁。但卿自今請客，亦須擇人。」因指著傅游藝、杜肅道：「如此等輩，不必再請也。」懷玉、張德叩頭謝恩而退。傅游藝、杜肅羞慚無地，太后揮之使出。二人出得朝門，眾官無不唾罵。正是：

莫道老妖作怪，有時卻甚通情。犯禁不准出首，小人枉作小人。

太后思念昔日功臣，死亡殆盡，又聞程知節亦謝世，凌煙閣上二十四人，惟秦叔寶一人尚在。喜其得了曾孫，特命以綵緞二十端，金錢二貫，賜與新生的二小兒；又賜二名，一名思孝，一名克孝。叔寶父子，俱入朝謝恩。不及一月，叔寶之母身故，叔寶因哭母致病，未幾亦亡。太后聞訃，為之輟朝三日，賜祭賜謚。正是：

開國元勳都物故，空留畫像在凌煙。

總評：從來女子無才便是德，有才者往往有醜行，彼視醜行為細事無妨也，亦大失權衡矣。武后淫亂宮闈，不顧羞恥，然其才終不可及。改元及定服色、官名，除唐宗室，立武氏七廟，此等事，無才而能之乎？以祿位收人心，刑賞御天下，無才而能之乎？且貢士殿試，宰相撰時政記，迄今尚行之，無才者不能也。見駱賓王檄，即曰：「宰相之過，人有才如此，而使之流落不偶乎？」何其見事敏捷也。傳游藝、杜肅將肉包子出首時，武后即召秦懷玉云：「卿自今請客，亦須擇人。」何其胸中了了，小人甘心為小人也。至於賞花賦詩，又其餘事耳。三代以下，有才之中主能如是乎？惜乎其司晨也，遺臭也。

第七十五回　釋情癡夫婦感恩　伸義討兄弟被戮

詞曰：

有意多緣，豈必盡朱繩牽接。祇看那紅拂才高，藥師情熱。司馬臨邛琴媚❶也，文君志向何真切。乍相逢，眼底識英雄，堪怡悅。　有一種，天緣結。有一種，萍蹤合。歎芳情未斷，癡魂未絕。不韋西秦曾斬首，牛金東晉亦誅滅。這其間，史冊最分明，何須說？

右調滿江紅

天下治亂嘗相承，久治或可不至於亂，而亂極則必至於復治。雖無閒世首出之王者，亦必有撥亂反正之英主，挺生於其間。有英主，即有一二持正不阿之元宰，遇事敢言之侍從，應運而興，足以挽回天意，維持世道，其關係豈淺尠哉！今且不說中宗到京，尚在東宮，太后依舊執掌朝政，年齒雖高，淫心愈熾。又以張昌宗為奉宸令，每內廷曲宴，輒引諸武、二張飲博嘲嗤。又多選美少年，為奉宸內供奉，品其妍媸，日夜戲弄。魏元忠為相，奏道：「臣承乏宰相，使小人在側，臣之罪也。」元忠秉性忠直，

❶ 司馬臨邛琴媚：西漢司馬相如過臨邛（今四川省邛崍縣），飲酒於大富商卓王孫家。用琴聲挑逗卓王孫女文君，文君遂與相如私奔。

不畏權勢，由是諸武、二張深怨，太后亦不悅元忠。昌宗乃譖元忠私議道：「太后年老，且淫亂如此。不若挾太子為久長，東宮奮興，則狎邪小人，皆為避位矣！」太后知之大怒，欲治元忠。昌宗恐怕事不能妥，乃密引鳳閣舍人張說，賂以多金，許以美官，使證元忠。張說思量要推不管，他就變起臉來，不好意思。倘若再尋了別個，在元忠宰相身上，有些不妥。我且許之，且到臨期再商，只得唯唯而別。

太后明日臨朝，諸臣盡退，止留魏元忠與張昌宗廷問。太后道：「張昌宗，你幾時聞得魏元忠私議的？卻與何人說之？」昌宗道：「元忠與鳳閣舍人張說相好，前言是對張說說的，乞陛下召張說問之，便知臣言不謬。」太后即命內監去召張說。是時大臣尚在朝房探聽未歸，聞太后來召張說，知為元忠事，說將入，吏部尚書宋璟謂說道：「張老先生，名義至重，鬼神難欺，不可黨邪陷止，以求苟免。若獲罪流竄，其榮多矣。倘事有不測，璟等叩閽力爭，與子同生死。努力為之，萬代瞻仰，在此一舉也！」又有左史劉知幾道：「張先生無汙青史，為子孫累。」張說點頭唯唯，遂入內庭。太后問之，張說默然無語。昌宗從旁促使張說言之。張說便道：「臣實不聞元忠有是言，但昌宗逼使臣證之耳。」太后怒道：「張說反覆小人，宜一併治之！」於是退朝。

隔了幾日，太后叫張說又問，說對如前。太后大怒，元忠貶高要尉，說流嶺表。昌宗因張說不肯誣證元忠，挾太后之勢，連夜要促他起身。卻說張說有愛妾姓寧，名懷棠，字醒花；生時母夢人授海棠一枝，因而得孕，其諸母戲道：「海棠睡未足耶！」其母道：「名花宜醒不宜睡。」故號醒花。及歸張說，時年十七，姿容豔麗，文才敏捷，張說所有機密事故，俱她掌管。一日有個同年之子，姓賈名全虛，父親賈恪，官拜禮部尚書。全虛年方弱冠，應試來京，特來拜望張說，因見全虛年少多才，留為書記；凡書札來往，皆彼代筆。住在家中，忽忽過了一夏，秋來風景，甚是可人：殘梧落葉，早桂飄香。全盧偶至園中綠玉亭前閒玩，劈面撞見了醒花，全盧色膽如天，竟上前深深作揖道：「小生蘇州賈全盧，偶爾遊行，失於迴避，望娘子恕罪。」那醒花也不回言，答了一禮，竟望裡邊進去了。醒花心上思想起來：「吾家老爺，止說賈相公文學富贍、家世貴顯，並不提起他丰姿秀雅，性格溫和。看他舉止安詳，決不像個落薄之人，吾今在此，雖然享用，終無出頭之日。」倒有幾分看上他的意思。全盧雖然一見，並不知此是何人，又無從那裡訪問，胸中時刻想念，只索付之無可如何。

過了一日，正直張說有事，全盧出去打聽了回家，獨坐書齋，月色如畫，聽見窗外有人嗽聲。全盧出來一看，見一女郎緩步而至，全盧驚問。女郎答道：「吾乃醒娘侍女碧蓮。曩日醒娘亭前一見，偶爾垂情，至今不忘。茲因老爺在寓，即日起行，醒娘欲見郎君一面，特命妾先容。」語未完，只見醒花移步而來，滿身香氣氤氳。全盧迎上一揖道：「綠玉亭前，瞥然相遇，度娘子決不是凡人，所以敢於直通款曲。今幸娘子降臨，天遣奇緣。若是娘子不棄，便好結下百年姻眷了。」那醒花卻也安雅，徐徐的答道：「我在府中一二年，所見往來貴人多矣，未有如君者。君若不以妾為殘花敗絮，請長侍巾櫛，承此多故之際，如李衛公之挾張出塵，飄然長往，未識君以為可否？」全盧道：「承娘子謬愛，全盧有何不可，只是年伯面上不好意思。」醒花道：「你我終身大事，那裡顧得，須自為主張。」碧蓮攜著酒肴，二人對酌。全盧道：「卿字醒花，只恐夜深花睡去奈何？」醒花笑道：「共君今夜不須睡，否則恐全盧此一刻千金也。」相與大笑。碧蓮道：「隔牆有耳，為今之計，三十六著，走為上著。」疾忙收拾，連夜逃遁。正是：

婚姻到底皆前定，但得多情自有緣。

早已有人將此事報知張說，張說差人四下緝獲住了，來見張說。張說要把全虛置之死地，全虛厲聲道：「覩色不能禁，亦人之常情。男子漢死何足惜，只是明公如此名望素著，如此爵祿尊榮，今雖暫謫，不久自當遷擢，安知後日寧無復有意外之虞，緩急欲用人乎？何靳一女子而置大丈夫於死地，竊謂明公不取也。且楚莊王不究絕纓之事❷，袁盎不追竊姬之書生❸，楊素亦不窮李靖之去向，後來皆獲其報，豈明公因一女子，而欲殺國士乎？」張說奇其語，遂回嗔作喜道：「汝言似亦有理，今以醒花贈汝，並命家人厚具匳資贈之。」全虛也不推辭，攜之而去。太后聞知，以張說能順人情，不獨不究前事，且命以原官兼為睿宗第三子隆基之傅。這隆基即後來中興之主玄宗皇帝也，但那時節正未得時，太后亦等閒視之。其時太后所寵愛的人，自諸武而外，只有太平公主與安樂公主。那安樂公主乃中宗之女，下嫁於太后之姪武崇訓。太后從武氏一脈推愛，故亦愛之。她倚了夫家之勢，又會諂媚太后，得其歡心，因便驕奢淫佚，與太平公主一樣的橫行無忌。

❷楚莊王不究絕纓之事：相傳戰國時楚莊王宴群臣，日暮酒酣，燈燭滅，有人拉莊王姬之衣，莊王姬扯斷其人冠纓，命點燭以求此人。莊王知後，命飲酒者都去冠纓而再點燈，盡歡而散。後二年，晉與楚戰，一員楚將作戰十分勇敢，終於戰勝晉國。這人即扯楚王姬衣之人。後來即以此事作為度量寬大的典故。

❸袁盎不追竊姬之書生：西漢袁盎任吳國相時，有屬官與其侍女私通，袁盎不加追究，待之如故。屬官畏懼逃跑，袁盎親自追還，將侍女賜予。後吳王叛亂，欲殺袁盎。看守袁盎之將領悄悄放跑袁盎，其人即早年與侍女私通者。

張說即以醒花贈給賈全虛，並命家人厚具匳資贈之。全虛亦不推辭，擕之而去。

一日，兩個公主同在宮中閒坐，偶見壁上掛著一軸美人鬬百草的畫圖，且是畫得有趣，有西江月詞道得好：

春草春來交茂，春閨春興方濃。爭教小婢向園中，偏覓芳菲種種。　各出多般多品，賭看誰異誰同。因何一笑展歡容，鬬著宜男心動。

太平公主看了畫圖，對安樂公主說道：「美人鬬草，春閨韻事。今方二月，百草未備，待春深草茂之時，我和妳做個鬬草會，大家賭些什麼何如？」安樂公主欣然應諾。到得三月初旬，正欲預遣宮女們去御苑中採覓各種異草，適上官婉兒來閒話，聞知其事，因說道：「公主若但使人覓草，只怕妳會覓，她也會覓，何能取勝？必須覓得一件他人所必無之物方好。」公主道：「妳道那一件是他人所無的？」婉兒道：「這倒不必拘定是草不是草，只要與草相類的便了。」公主道：「妳且說何物與草相類？」婉兒道：「草為地之毛，人身有五毛，亦如地之有草，五毛之中鬚為貴。吾聞南海祇洹寺塑的維摩詰之像，其鬚乃晉朝名公謝靈運面上的，此真世間有一無二的東西，得此一物，定可取勝。」安樂公主聞言大喜。原來晉時謝靈運，一代名人，官封康樂郡公，生得一部美髯，不但人人欣羡，自己亦甚愛惜。後因犯罪刑，臨死之時，不忍埋沒此鬚，親自翦付眾人。其時適當南海祇洹寺內裝塑維摩詰像，遺命將此鬚捨為維摩詰法像之鬚。後世因相傳為此寺中一件勝蹟。那維摩詰是釋迦牟尼佛同時的人，他與文殊菩薩最相善，其往來問答之語，載在內典❹，今藏經中有維摩詰所說經。此乃西天一個未出家不落髮的居士，

❹ 內典：佛教稱自己的典籍之語。

所以塑其像者，要用鬚髯。

閒話少說。且說安樂公主聽了上官婉兒之言，立即密遣內侍林茂飛騎往南海衹洹寺，將維摩詰之鬚，翦取一半，以備鬬草之用。林茂既行之後，公主又想：「我若取鬚之半，倘太平公主知道，也遣人去翦了那一半來，卻不大家扯直了。不如一併翦取，一則鬬草必勝，二則留此一部全鬚，以為奇事，卻不甚妙？」遂令遣內侍陽春景，星夜前往。比及到半途，已見林茂轉來了。陽春景一面自去翦取餘鬚，林茂自將先翦之鬚，回宮覆命。原來太平公主，正約定這一日與安樂公主，各出珍奇寶玩，在長春宮內滿綠軒中鬬草賭勝，請上官婉兒監局。卻好正值見林茂到了，料道鬚已取得，心中歡喜，且不說破，便先將各樣異草相比，只見他多的，我也不少；我有的，他也不無，兩家賭個持平。安樂公主道：「地上的草，不如人身上的草。我有一種草，是古人身上遺留下來的，豈非世上無雙之物？」太平公主問是何物。安樂公主道：「是晉人謝靈運之鬚。」太平公主道：「吾聞謝靈運死時，已將此鬚捨與衹洹寺裝塑在維摩詰面上了，妳何從得之？」安樂公主笑道：「靈運能捨，我能取，今已取得在此了。」便叫林茂快把來看。林茂捧過一個錦囊，於中取出鬚來，放在桌上，果然好鬚，卻像在生人頦下翦下來的，極其光潤。正看間，可煞作怪，忽地軒前起一陣香風，把鬚兒吹向空中，悠悠揚揚的飄散了。林茂不知高低，趕著風，向空捉搦，指望搶得幾莖，卻被階石絆了一跌，把右臂跌壞，臥地不能起。眾內侍扶之出宮，太平公主道：「佛面上的鬚，原不該去翦祂，今此報應，必是佛心不喜。」上官婉兒聞言，自想：「這件事，是我說起的。」心上好生驚駭不安，默然無語。安樂公主還強爭道：「且莫閒講，鬬草要算我勝了。」太平公主笑道：「莫說鬚原當不得草，只今鬚在那裡哩！正好大家不算輸贏罷了。」當時嬉笑宴飲而散。

安樂公主雖然未贏，卻也不輸，只可惜鬚兒被風吹去，不曾留得。還想那一半，即日取到，好留為珍祕。又過了好幾日，陽春景方取得餘鬚回報。原來那陽春景，也於路上跌壞了右臂，故而歸遲。公主既得了鬚，十分歡喜；正拿在手中細看，卻又作怪，一霎時香風又起，又把鬚兒吹入空中去了。香風過後，繼以狂風，將庭前樹上開的花卉，盡皆吹落，不留一朵，眾俱大駭。有詞為證：

靈運面，維摩面，何妨佛面如人面。此鬚借作彼鬚留，怎因嬉戲輕相翦？　纔喜見，吹不見，不許妖淫女子見。誰將金翦向慈容，翦得鬚時兩臂斷。

當下安樂公主，驚懼之極，合掌向空懺悔。太平公主與上官婉兒聞知，更加駭異，於是三個女子各捐帑千金，給與祇洹寺，增修殿宇，重整金身，不在話下。

且說那時朝中大臣，自狄仁傑死後，只有宋璟極其正直，丰采可畏，太后亦敬禮之，諸武都不敢怠慢他。至於張易之、張昌宗兩個，其畏憚宋璟，與向日畏憚狄仁傑一般。當初狄仁傑存日，適海國進貢一裘，名曰集翠裘，乃集翠鳥身上軟毛做成的，最輕暖鮮麗，是一件奇珍難得之物。張昌宗見而欲之，恃愛乞恩求賜，太后便把來賜與他。昌宗謝了恩，便就御前穿著起來，太后看了笑道：「你著了此裘，越覺嫵媚了。」昌宗欣欣得意。適狄仁傑入宮奏事，太后既准其所奏之事，意欲引仁傑與昌宗親暱，因見几案之上，有棋局棋子，遂命二人對坐弈棋。二人領旨，彼此坐定。太后道：「棋高者用白棋，昌宗棋頗高。」仁傑起身奏道：「臣自信是精白一心，涅而不淄之人，弈雖小數，願從其類，請用白者。」太后道：「任卿取用可也，但你二人，須各賭一物，今所賭何物？」仁傑道：「請即賭昌宗身所穿之裘。」

太后道：「卿以何物為對？」仁傑道：「臣亦即以身所穿紫袍為對。」太后笑道：「此集翠裘，價踰千金，卿袍安能與相抵？」仁傑道：「此袍乃大臣朝見奏對之衣；昌宗此裘，乃嬖佞寵幸之服。以袍對裘，臣猶不屑也。」太后聞言，笑而不答，昌宗心赧氣沮，遂累局連北。仁傑即對御褫其裘，披於身上，謝恩而出，至光範門，便脫下來，付家奴服之而歸。太后知之，亦置不問。因此群小都畏憚他。在廷正人，如張柬之、桓彥範、敬暉、袁恕己、崔元暐等，又皆仁傑所薦引，與宋璟共矢忠心，誓除逆賊。

一日同中宗南山出獵，張柬之五人隨騎而行，到了山中幽僻之處，五人下馬奏道：「臣等幽懷向欲面奏，因耳目眾多，不敢啟齒；今事勢已迫，不能再隱。臣思陛下年德皆備，太后惑二張言語，貪位不還。近聞二張寵幸太過，太后欲將寶位讓與六郎，萬一即真，則置陛下於何地？臣等情急，只得奏聞。陛下籌之。」中宗聞言大驚道：「為今奈何？」柬之道：「直須殺卻張武亂臣，方得陛下復位。」中宗道：「太后尚在，怎生殺得？」柬之道：「臣定計已久，無煩聖慮，但恐驚動聖情，故先與聞。」中宗道：「二張可殺；武氏之族，係我中表之親，望看太后之面留之。」柬之道：「臣兵至宮闈，不遇則已，如或遇著，恐刀劍無情，不能自主。」中宗道：「孤若得位，反周為唐，當封汝等為王。」柬之稱謝。遂草草獵畢而回，歸至朝門，各各散去。中宗回至宮中，恰好武三思那日曉得中宗出獵，正與韋后在宮頑耍，見左右報說王爺回來，三思驚得身子戰慄。韋后道：「不須害怕，我同你在外頭書室裡去打一盤雙陸❺，他進來看見了，包你不說一聲，還要替我們指點。」三思沒奈何，只得隨韋后出來，坐了對局。中宗走進來，看見笑道：「你兩個好自在，在此打雙陸。」三思忙下來見了。中宗道：「你們可賭什麼？」

❺ 雙陸：古代博戲，今已失傳。

韋后道：「賭一件玉東西。」中宗坐在旁邊道：「待我點籌，看你們誰贏。」下了兩局，大家一勝一北，第三盤卻是三思輸了。中宗道：「什麼玉東西？拏出來！」三思道：「粗蠢之物，陛下看不得的，改日還要與娘娘復局。天已昏黑，臣要回去了。」中宗道：「今夜且在此用了夜讌，然後回去何妨？」

三思同中宗到內書房裡，只見燈燭輝煌，讌已齊備，二人坐了。三思道：「我們怎麼樣喫酒？」中宗想道：「我且卜一卦，看外廷之事如何？」便道：「擲個狀元❻罷！」三思道：「狀元雖好，只是兩個人有何意味？」中宗道：「你與我總是親戚，我請娘娘與上官昭儀出來，四人共擲，豈不有趣。」三思見說，心中大喜，道：「妙！」中宗吩咐了左右。只見韋后與上官昭儀，俱素淨打扮，另有一種婀娜韻致，大家坐了擲起，不多幾擲，中宗就是一個么渾純，三人鼓掌笑道：「妙呀！狀元還是殿下占著。」中宗道：「好便好，只是么色；若是純六，再無人奪去。」三思道：「說甚話來，一是數之始，絕妙的了，所謂一元復始，萬象更新，快奉一巨觴與殿下。」中宗飲乾，三人又擲。上官昭儀擲了四個四，說道：「好了，我是榜眼。」韋后道：「不要管榜眼探花，也該喫一盃。待我擲六個四出來，連殿下都扯下來。」兩個在那裡擲，中宗心上想：「此時初更時分，怎麼還不見動靜。若是他們做不來，不如且放三思回家去，我今叫人去打聽一回。」就叫婉兒道：「妳看他兩個再擲，有了探花，我就要考了。我去一回就來。」

三思見中宗去了，把椅子移近了韋后，名雖擲色，免不得捏手捏腳。昭儀知趣，笑道：「娘娘，妾

❻ 狀元：古代一種博戲，以六骰卜彩，最大者為狀元，其次榜眼、探花，最小為秀才，局畢計籌，以所得多少分勝負。

去看看王爺來。」韋后恨不得昭儀起身去了。韋后連侍女們也都遣開，正待與三思做些勾當，只見昭儀嚷將進來道：「娘娘不好了！」二人聽見，忙走開坐了，問道：「有什麼不好？」話未說完，只見中宗已在面前叫道：「武大哥，我叫婉兒陪你，暫且後邊閣中坐一回兒。」三思道：「此時為甚人聲鼎沸？」中宗便把張柬之等五人，要斬絕張、武二氏，我再三勸他，不要加害於你，二張想已誅矣！三思聽見，忙雙膝跪下道：「萬歲爺救臣之命！」只見身上戰慄不已。韋后道：「皇爺留你在此，自有主意，何必驚懼？」說時只見許多宮奴，跑進來稟道：「眾臣在外，請皇爺出去。」中宗忙叫婉兒，推三思到閣中去了，即便來到外面。原來張柬之等統兵已到中宮，恰好二張正與武后酣寢，躲避不及，被軍士們一刀一個，雙雙殺了。太后大驚，柬之等請太后即日遷入上陽宮，取了璽綬，來見中宗奏道：「太后已遷，玉璽已在此，眾臣都在殿上，請陛下速登寶位。」中宗升殿，柬之等先獻上璽綬，又將張昌宗、張易之首級呈驗，然後各官朝賀，復國號曰唐，仍立韋后為皇后；封后父玄貞為上洛王，母楊氏為榮國夫人；張柬之等五人，俱封為王。柬之道：「武三思一門，必欲如二張之罪誅之。前蒙陛下吩咐，只得姑免，今若仍居王位，臣等實難與為僚。」中宗聽了，不得已削三思王位為司空。眾人謝恩出朝。洛州長史薛季昶對五王說道：「二凶雖除，產祿❼猶存，去草不除根，終當復生。」五王道：「大事已定，彼猶几肉耳，何復能為？」季昶嘆道：「三思不死，我輩不知死所矣！」中宗改元神龍，尊武后號曰則天大聖皇帝，封弟旦為湘王，大赦天下，萬民歡悅。

太后被柬之等遷到上陽宮去，思想前事，如同一夢，時常流淚，患病起來，日加沉重。三思心上不

❼ 產祿：呂產、呂祿，西漢呂后之姪。呂后死後被周勃、陳平等人所殺。此指武氏諸人。

好意思，只得進宮去問候，見太后睡臥，顏色黃瘦，不勝駭嘆道：「臣因多故，不便時常進宮，不意聖容消瘦如此。」便把手來著體撫摩。太后對三思道：「我的兒呀！你許久不進來，可知我病已入膏肓，只在旦夕要長別了，不知我宗族可能保全否？」三思道：「不必陛下憂煩，聖上已面許生全武氏，尊體還當著意調攝，自然痊愈。」三思又訴張柬之等凶惡，所以不能時進宮來，說罷大哭。太后歎一聲道：「兒呀，近聞得韋后與你私通，甚是歡愛，你去訴與她知，叫她設計，除此五惡，我屬可高枕矣。」三思點首，太后道：「你去請皇上來，我有話吩咐他。」三思出去，與中宗說知。中宗忙到上陽宮，太后叮嚀了一回。過了兩日，太后駕崩，中宗頒詔天下，整治喪禮不提。

且說三思門下，兵部尚書宗楚客、御史中丞周利用、侍御史冉祖雍、太僕李俊、光祿丞宋之遜、監察御史姚紹之，為之耳目，是為五狗；與韋后、婉兒日夜譖柬之等五王不已。三思陰令人疏皇后穢行，榜於天津橋，請加廢黜。中宗知之，不勝大怒，命監察御史姚紹之，窮究其事。紹之奏言敬暉等五王使人為之，雖曰廢后，實謀大逆，請族誅張柬之等，以雪皇后之憤。中宗命法司結其罪案，將柬之等五名流邊遠各州；三思又遣人矯制於途中殺之。三思方得放心，於是權傾天下，誰不懼著他。中宗也沒了主意，每事反去問他，亦聽其節制。況韋后一心愛他，常對他說道：「我欲如你姑娘，自得登臨寶位，方遂我心。」未知後事如何，且聽下回分解。

總評：醒花與賈生一段姻緣，實出意外。張說贈而遣之，太后聞而是之，此亦惟太后可張說耳。雙陸黠籌，狀元擲色，此中宗所不為，即太后亦不為也。

第七十六回　結綵樓嬪御評詩　游燈市帝后行樂

詞曰：

試誦斯干❶訓女，無非還要無儀❷。炫才宮女漫評詩，大褻儒林文字。　帝后嬪妃公主，尊嚴那許輕窺。外臣陪侍已非宜，怎縱俳優謔戲？

右調西江月

人亦有言，男子有德便是才，女子無才便是德。蓋以男子之有德者，或兼有才；而女子之有才者，未必有德也。雖然如此說，有才女子，豈反不如愚婦人？周之邑姜❸序於十亂❹，惟其才也。才何必為女子累，特患恃才妄作，使人歎為有才無德，為可惜耳。夫男子而才勝於德，猶不足稱，乃若身為女子，穢德彰聞，雖夙具美才，埘為韻事，傳作佳話，總無足取。故有才之女，而能不自炫其才，是即德也。

❶斯干：詩小雅篇名，小序謂是周宣王建築宮室落成時的祝頌歌辭，後人用為儉約宮室的典故。
❷無儀：不自專斷。儀，專制。詩小雅斯干中辭。
❸邑姜：周武王之妻，呂尚之女，周成王之母。
❹十亂：指周武王十個具有治國才能的大臣。亂，治。

然女子之炫才，皆男子縱之之故，縱之使炫才，便如縱之使炫色矣。此在士庶之家且不可，況皇家嬪御，宜何如尊重，豈可輕炫其才，以至褻士林而瀆國體乎？無奈唐朝宮禁不嚴，朝臣俱得見后妃公主，侍宴賦詩，恬不為怪，又何有於嬪御之流？甚或宦官宮妾與俳優侏儒，雜聚諧謔，狂言浪語，不忌至尊，殊堪嗤笑。如今且不說中宗昏闇，韋后弄權，且說那時朝臣中有兩個有名的才子：一姓宋，名之問，字延清，汾州人氏，官為考功員外郎；一姓沈，名佺期，字雲卿，內黃人氏，官為起居郎。若論此二人的文才，正是一個八兩，一個半觔。那宋之問，更生得丰雅俊秀，兼之性格風流，於男女之事，亦甚有本領。他在武后時已為官，因見張易之、張昌宗輩，俱以美丈夫為武后所寵幸，富貴無比，遂動了個羨慕之心；又每於御前奏對之時，見武后秋波頻轉，顧盼著他，似有相愛之意，卻只不見召他入內；他心癢難忍，託一個極相契的內監於武后前從容薦引，說他內才外才都妙。武后笑道：「朕非不愛其才，但聞其人有口臭，故不便使之入侍耳。」原來宋之問，人雖俊雅，卻自小有口臭之疾，曾有人在武后前說及，故武后不欲與之親近。當時內監將武后所言，述與宋之問聽了，之問甚是慚恨，自此日常含雞舌香❺於口中，以希進幸；即此一端，可知是個有才無品行的人了。那沈佺期亦與張易之輩交通，後又在安樂公主門下走動，曾因受贓被劾，長流驩州，夤緣安樂公主，復得召用。安樂公主強奪臨川長寧公主舊第，改為新宅，邀中宗御駕游幸，召沈佺期陪往侍宴，因命賦詩，以紀其事，限韻天字。佺期應制，即成一律云：

皇家貴主好神仙，別業初開雲漢邊。山出盡如鳴鳳嶺，池成不讓飲龍川。妝樓翠幌教春住，舞閣

❺ 雞舌香：即丁香。

金鋪借日懸。敬從乘輿來至此，稱觴獻壽樂鈞天。

中宗與公主見詩十分讚賞。公主道：「卿與宋之問齊名，外人競稱沈宋，今日賦詩，既有沈不可無宋。」遂遣內侍，立宣宋之問到來，也要他作詩一首；先將佺期所詠，付與他看過。公主道：「沈卿已作七言律詩，卿可作五言排律罷。」宋之問道：「佺期蒙皇上賜韻，臣今亦乞公主賜一韻。」公主笑道：「卿才空一世，便用空字為韻何如？」之問領命，即賦一律云：

英藩築外館，愛主出皇宮。賓至星槎❻落，仙來月宇空。玳梁❼翻賀燕，金埒❽倚長虹。簫奏秦臺❾裡，書開魯壁❿中。短歌能駐日，豔舞欲嬌風。聞有淹留處，山阿花滿叢。

詩成，公主歎賞；中宗看了，亦極稱讚，命各賜綵幣二端，公主又另有賞賚；二人謝恩而出。那沈佺期心甚怏怏，你道為何？蓋因當時沈宋齊名，不相上下，今見公主獨稱宋之問才空一世，為此心中不服。

---

❻ 星槎：比喻貴賓駕臨。

❼ 玳梁：即玳瑁梁，畫有玳瑁斑紋的屋梁。

❽ 金埒：用錢築成的界垣，比喻豪奢。

❾ 秦臺：即秦穆公為其女弄玉所建之樓，亦名鳳樓。相傳弄玉好樂，蕭史善吹簫作鳳鳴。秦穆公以弄玉妻之，為之作鳳樓。二人吹簫，鳳凰來集，後乘鳳飛升而去。

❿ 魯壁：孔子故宅之壁，在魯之曲阜，故名。西漢時魯恭王拆毀孔子舊宅擴建宮室，在夾壁中得古文經傳等書籍。

至景龍三年，正月晦日，中宗欲游幸昆明池，大宴朝臣。這昆明池，乃是漢武帝所開鑿。當初漢武帝好大喜功，欲征伐昆明國，因其國有滇池，方三百里，極為險要，故特鑿此昆明池，以習水戰。此池闊大洪壯，池中有樓臺亭閣，以備登臨。當下中宗欲來游幸宴集，先兩日前，傳諭朝臣，是日各獻即事五言排律一篇，選取其中佳者，為新翻御製曲。於是朝臣都爭華競勝的去做詩了。韋后對中宗道：「外庭諸臣，自負高才，不信我宮中嬪御，有才勝於男子者。依妾愚見，明日將這眾臣所作之詩，命上官昭容當殿評閱，使他們知宮庭中有才女子，以後應制作詩，俱不敢不竭盡心思矣。」中宗大喜道：「此言正合吾意。」上官婉兒啟奏道：「臣妾以宮婢而評品朝臣之詩，安得他們心服。」中宗笑道：「只要妳評品得公道確當，不怕他們不心服。」遂傳旨於昆明池畔，另設帳殿一座，帳殿之間，高結綵樓，聽候上官昭容登樓閱詩。

此旨一下，眾朝臣紛紛竊議：也有不樂的，以為褻瀆朝臣；也有喜歡的，以為風流韻事。到那日，中宗與韋后及太平公主、安樂公主、長寧公主、上官昭容等，俱至昆明池游玩，大排筵宴，諸臣畢集朝拜畢，賜宴於池畔。帝后與公主輩，就帳殿中飲宴。酒行既罷，諸臣各獻上詩篇。中宗傳諭道：「卿等雖俱美才，然所作之詩，豈無高下。朕一時未暇披覽，昭容上官氏，才冠後宮，朕思卿等才子之詩，當使才女閱之，可作千秋佳話，卿等勿以為褻也。」諸臣頓首稱謝。中宗命諸臣俱於帳殿綵樓之前，左邊站立，其詩不中選者，逐一立向右邊去。少頃，只見上官婉兒，頭戴鳳冠，身穿繡服，飄輕裙，曳長袖，恍如仙子臨凡；先向中宗與韋后謝了恩，內侍宮女們簇擁著上綵樓，臨樓檻而坐。樓前掛起一面硃書的大牌來，上寫道：

昭容上官氏奉詔評詩，只選其中最佳者一篇，進呈御覽；不中選者，即發下樓，付還本官。

檻前供設書案，排列文房四寶，內侍將眾官詩篇呈遞案上。婉兒舉筆評閱。眾官都仰望著樓上。須臾之間，只見那些不中選的詩，紛紛的飄下樓來。每一紙落下，眾人爭先搶看，見了自己名字，即便取來袖了，默默無言的立過右邊去。只有沈佺期、宋之問二人，憑他落紙如飛，只是立著不動，更不去拾來看。他自信其詩，與眾不同，必然中選。不一時，眾詩盡皆飄落，果然只有沈宋二人之詩，不見落下。沈佺期私語宋之問道：「奉旨只選一篇，這二詩之中，畢竟還要去其一。我二人向來才名相埒，莫分優劣，只看今日選中那一個的詩，便以此定高下，以後勿得爭強。」宋之問點頭笑諾。良久，只看又飄飄的落下一紙，眾人競取而觀之，卻是沈佺期的詩。其詩云：

法駕乘春轉，神池象漢迴。雙星⓫遺舊石，孤月隱殘灰。戰鷁⓬逢時去，恩魚⓭望幸來。山花緹綺繞，堤柳帳城開。思逸橫汾唱，歌流宴鎬杯。微臣彫朽質，差覩豫章才。

詩後有評語云：

⓫ 雙星：即牽牛、織女二星。

⓬ 戰鷁：戰船。船首常畫鷁首，故名。

⓭ 恩魚：漢武帝鑿昆明池，有大魚托夢武帝，求去其鉤。第二天，武帝見昆明池中有條大魚嘴邊帶魚鉤，武帝命人取魚去鉤而放之，後魚啣夜明珠報之。後以「恩魚」為稱頌聖德之語。

玩沈、宋二詩，工力悉敵；但沈詩落句辭氣已竭，宋作猶陡然健舉，故去此取彼。

眾人方聚觀間，婉兒已下樓復命，將宋之問的詩呈上。中宗與韋后及諸公主傳觀，都稱讚好詩，並稱贊婉兒之才。中宗即召諸臣至御前，將宋之問的詩，傳與觀看。其詩云：

春豫靈池會，滄波帳殿開。舟淩石鯨動，槎拂斗牛迴。節晦蓂全落，春遲柳暗催。象溟看浴景，燒刦辨沉灰。鎬飲周文樂，汾歌漢武才。不愁明月盡，自有夜珠來⑭。

原來漢武帝當初鑿此昆明池之時，池中掘出黑灰數萬斛，不知是何灰，乃召東方朔問之。東方朔道：「此須待西域梵教中人來問之便曉。」後來西方有人號竺法蘭者，入中國，因以此灰示之，問是何灰。竺法蘭道：「世界終盡，刦火洞燒，此乃刦燒之餘灰也。東方朔固已知之矣，何待吾言耶！」又池中有臺，名豫章臺，臺下刻石為鯨魚，每至雷雨，石魚鳴吼震動。旁有二石人，傳聞是星隕石，因而刻成人像。有此許多奇蹟，故二詩中都言及之。當下眾官，見了宋之問的詩，無不稱羨；沈佺期也自謂不及。中宗並索佺期之詩來看，又看了婉兒的評語，因笑道：「昭容之評詩，二卿以為何如？」二人奏言評閱允當。中宗又問：「眾卿之詩，多被批落了，心服否？」眾官俱奏道：「果是高才卓識，即沈宋二人，尚且服其公明，何況臣等。」中宗大悅，當日飲宴極歡而罷。自此沈佺期每遜讓宋之問一分，不敢復與爭名。正是：

⑭ 自有夜珠來：典同⑬。

漫說詩才推沈宋，還憑女史定高低。

且說中宗為韋后輩所玩弄，心志蠱惑，又有那些俳優之徒，諂佞之臣，趨承陪奉，因此全不留心國政，惟日以嬉游宴樂為事。時光荏苒，不覺臘盡春回，又是景龍四年正月，京師風俗，每逢上元燈夕，燈事極盛，六街三市，花團錦簇，大家小戶，都張燈結綵，游人往來如織，金鼓喧闐，笙歌鼎沸，通宵達旦，金吾不禁⑮。曾有念奴嬌一詞為證：

煌煌火樹，正金吾弛禁，漏聲休促。月照六街人似蟻，多少紫騮雕轂⑯。紅袖妖姬，雙雙來去，嬌冶渾如玉。墜釵欲覓，見人羞避銀燭。　但見回首低呼，上元佳勝，祇有今宵獨。一派笙歌何處起？笑語徐歸華屋。斗轉參橫，暗塵隨馬，醉唱昇平曲。歸來倦倚，錦衾帳裡芬馥。

韋后聞知外邊燈盛，忽發狂念，與上官婉兒及諸公主，邀請中宗，一同微服出外觀燈。中宗笑而從之。於是各換衣妝，打扮做富家男女模樣，又命武三思等一班近臣，也易服相隨，打夥兒的徧游街市，與這些看燈的人，挨挨擠擠，略無嫌忌。軍民士庶，有乖覺的，都竊議道：「這班看燈的男婦，像是大內出來的，不是公主，定是嬪妃；不是王子王孫，定是公侯駙馬。可笑我那大唐皇帝，難道宮中沒有好

---

⑮ 金吾不禁：金吾，漢置官名，掌管京城戒備，禁人夜行。惟正月十五夜及其前後各一日敕許金吾開放夜禁。因此稱元宵節徹夜遊樂為金吾不禁。

⑯ 紫騮雕轂：紫騮，駿馬名，泛指駿馬。雕轂，豪華的車子。

韋后與中宗各換衣妝，打夥兒的遍遊街市，與這些看燈的人挨挨擠擠，略無嫌忌。

燈賞玩，卻放他們出來，與百姓們飽看。如此人山人海，男女混雜，貴賤無分，成何體統！」眾人便如此議論，中宗與韋后卻率領著一班男婦，只揀熱鬧處游玩，全不顧旁人矚目駭異。又縱放宮女幾千人，結隊出游，任其所往。及至回宮查點，卻不見了好些宮女。因不便追緝，只索付之不究，糊塗過了。正是：

韋后觀燈街市行，市人矚目盡驚心。任他宮女從人去，贏得君王大度名。

燈事畢後，漸漸春色融和，中宗與后妃公主，俱幸玄武門，觀宮女為水戲，賜群臣筵宴，命各呈技藝以為樂。於是或投壺，或彈鳥，或操琴，或擊鼓，一時紛紛雜雜，各獻所長。獨有國子監祭酒祝欽明，自請為八風之舞⑰，捲袖趨至階前，舞將起來：彎腰屈足，舒臂聳肩，搖曳幌目，備諸醜態。中宗與韋后、諸公主見了，俱撫掌大笑；內侍宮女們，亦無不掩口。吏部侍郎盧藏用，私向同坐的人說道：「祝公身為國子先生，而作此醜態，五經掃地盡矣！」時國子監司業郭山暉在坐，見那做祭酒的如此出醜，不勝慚憤。少頃，中宗問及：「郭司業亦有長技，可使朕一觀否？」郭山暉離席頓首答道：「臣無他技，請歌詩以侑酒。」中宗道：「卿善歌詩乎，所歌何事？」山暉道：「臣請為陛下歌詩經鹿鳴、蟋蟀之篇⑱。」遂肅容抗聲而歌。先歌鹿鳴之篇云：

---

⑰ 八風之舞：模仿八方之風的舞蹈。

⑱ 鹿鳴蟋蟀之篇：鹿鳴，詩經小雅篇名，為宴會賓客時奏的樂歌。蟋蟀，詩經唐風篇名，小序謂刺晉僖公「儉不中禮」。

呦呦鹿鳴，食野之苹。我有嘉賓，鼓瑟吹笙。吹笙鼓簧，承筐是將。人之好我，示我周行。呦呦鹿鳴，食野之蒿。我有嘉賓，德音孔昭。視民不恌，君子是則是傚。我有旨酒，嘉賓式燕以敖。呦呦鹿鳴，食野之芩。我有嘉賓，鼓瑟鼓琴。鼓瑟鼓琴，和樂且湛。我有旨酒，以燕樂嘉賓之心。

又歌蟋蟀之篇云：

蟋蟀在堂，歲聿其莫。今我不樂，日月其除。無已太康，職思其居。好樂無荒，良士瞿瞿。蟋蟀在堂，歲聿其逝。今我不樂，日月其邁。無已太康，職思其外。好樂無荒，良士蹶蹶。蟋蟀在堂，役車其休。今我不樂，日月其慆。無已太康，職思其憂。好樂無荒，良士休休。

郭山暉歌罷，肅然而退。中宗聞歌，回顧韋后道：「此郭司業以詩諫也，其意念深矣。」於是不復命他人呈技，即徹宴而罷。正是：

祭酒身為八風舞，堪歎五經掃地盡。鹿鳴蟋蟀抗聲歌，還虧司業能持正。

時安樂公主乘間，請昆明池為私沼。中宗曰：「先帝未有以與人者。」公主不悅，遂開鑿一池，名曰定昆池，其意欲勝過昆明池，故取名定昆，言可與昆明抗衡之也。司農卿趙履溫為之繕治，不知他耗費了多少民財，勞動了多少民力，方得鑿成這一池。又於池上起建樓臺，極其巨麗。中宗聞池已告成，即率后妃及內侍俳優雜技人等，前來游幸。公主張筵設席，款留御駕；從駕諸臣，亦俱賜宴。中宗觀覽此池，果然宏闊壯觀，勝似昆明，心中甚喜，傳命諸臣，就筵席上各賦一詩，以誇美之。諸臣領命，方欲搆思，只見黃門侍郎李日知離席而起，直趨御前啟奏道：「臣奉詔賦詩，未及成篇，先有俚言二句，敢即奏呈。」遂高聲朗誦云：

所願暫思居者逸，勿使時稱作者勞。

中宗聽了笑道：「卿亦效郭山暉以詩諫耶！」因沉吟半晌，命內侍傳諭：「諸臣不必賦詩了，且只飲酒。」及酒酣，優人共為迴波之舞⑲。中宗看了大喜，遂命諸臣，各吟迴波辭以侑酒。那日宋之問因病告假，沈佺期卻在賜宴諸臣之列。他原任給事中考功郎，自落職流徙後，雖幸復得召用，卻還未有遷擢，今欲乘機借迴波自嘲，以感動君心。因遂吟云：

迴波爾如佺期，流向嶺外生歸。身名幸蒙齒錄，袍笏未復牙緋。

中宗聽了微微而笑。安樂公主道：「沈卿高才，牙笏緋袍，誠不為過。」韋后道：「陛下當即有以命之。」中宗道：「行將擢為太子詹事。」沈佺期便叩首謝恩。時有優人臧奉，向中宗、韋后前叩頭奏道：「臣亦有俚語，但近乎詼諧，有犯至尊；若皇帝皇后赦臣萬死，臣敢奏之。」中宗與韋后都道：「汝可奏來，赦汝無罪。」臧奉乃作曼聲而吟云：

---

⑲ 迴波之舞：原為樂府商調曲，每句六言，第一句用「迴波爾如」四字起。後亦為舞曲。

迴波爾如栲栳[20]，怕婆卻也大好。外頭只有裴談，內裡無過李老。

原來那時有御史大夫裴談，最奉釋教，而其妻極妒悍，裴談畏之如嚴君。嘗云妻有可畏者三：當其少好之時，視之如生菩薩，安有人不畏生菩薩者；及男女滿前之時，視之如九子魔母[21]，安有人不畏九子魔母者；及其年漸老，薄施脂粉，或青或黑，視之如鳩盤茶[22]，安有人不畏鳩盤茶者。此言傳在人耳，共為笑談，因呼之為裴怕婆。時韋后舉動，欲步趨武后一般，也會挾制夫君，中宗甚畏之，因此臧奉敢於唱此詞，他為韋后張威，不怕中宗見罪。正是：

欺夫婆子怕婆夫，笑罵由人我自吾。卻怪當年李家老，子如其父媳如姑。

當下中宗聞歌大噱，韋后亦欣然含笑，意氣自得。座間卻惱了一個正直的官員，乃諫議大夫李景伯，他因看不上眼，聽不入耳，蹶然而起，進前奏道：「臣亦有一詞奏上。」道是：

迴波爾持酒卮，微臣職在箴規。侍宴不過三爵，讙譁或恐非儀。

中宗聽罷，有不悅之色。同三品蕭至忠奏道：「此真諫官也，願陛下思其所言。」於是中宗傳命罷

[20] 栲栳：用柳條或竹篾編成的盛物器具。

[21] 九子魔母：即佛經中的鬼子母。傳說生有五百子，逐日吞食王舍城中的童子。後經獨覺佛點化，成為佑人生子的女神。

[22] 鳩盤茶：梵語，佛書中謂吸人精氣之鬼。

宴，起駕回宮。次日朝臣中，也有欲責治優人臧奉者，卻聞韋后到先使人齎金帛賞賜臧奉，因嘆息而止。

俳優謔浪膽如天，帝不敢嗔后加獎。紀綱掃地不可問，堪歎陽消陰日長。

未知後事如何，且聽下回分解。

總評：佳人閱才子之文，極是趣事。然或閨閣閒評，彼此欣賞則可。若朝臣文字，命宮婢品題，則褻瀆甚矣。況穢德彰聞如上官婉兒者，又何足稱佳人乎？當時沈、宋輩為其所賞，正是為其所辱耳！

又評：中宗與韋后微行觀燈於市，且縱宮女幾千人出游，多不歸者，此事載在綱目，真絕無僅有之事。至於內庭開宴，俳優雜技，嬉戲諧謔，又不足怪矣。

第七十七回　鳩昏主竟同兒戲　斬逆后大快人心

詞曰：

天子至尊也，因何事卻被后妃欺。奈昏瞶無能，優柔不斷。斜封墨敕❶，人任為之。故一旦宮庭興變亂，寢殿起災危。似錦江山，如花世界，回頭一想，都是傷悲。　還思學武后，刑與賞，大權盡我操持。冀立千秋事業，百世根基，再欲更逞荒淫。為歡不足，躬行弒逆，獲罪難辭。試看臨淄❷兵起，終就刑誅。

右調內家嬌

從來宮闈之亂，多見於春秋時。周襄王娶翟女為后，通於王弟叔帶，致生禍患。其他侯國的夫人，如魯之文姜❸、衛之南子❹輩，不可枚舉。至於秦漢晉，以及前五代❺，亦多有之。總是見之當時，則

❶ 斜封墨敕：唐中宗時，韋后及太平公主等仗勢用事，貪納貨賄，別於側門降下皇帝親筆書寫任命官員的命令，斜封付中書省授官。皇帝的這種命令稱為墨敕，所任命的官員稱為斜封官。

❷ 臨淄：即臨淄王，即以後繼位的唐明皇。

❸ 文姜：春秋魯桓公夫人，齊僖公女。與兄齊襄公私通，魯桓公發怒。齊襄公遂殺魯桓公。

遺羞宮闈；傳之後世，則有污史冊，然要皆未有如唐朝武韋之甚者也。有了如此一個武后，卻又有韋后繼之，且加以太平、安樂等諸公主，與上官婉兒等諸宮嬪，卻是一班寡廉鮮恥、敗檢喪倫的女人。好笑唐高宗與中宗，恬然不以為羞辱，不惟不禁之，而反縱之，使釀成篡竊弒逆之事，一則幾不保其子孫，一則竟至殞其身，為後人所嗤笑唾罵，歎息痛恨。如今且說上官婉兒，自綵樓評詩之後，才名大著，中宗愈加寵愛，陞她做了婕妤，其穿的服飾與住的宮室，都如妃子一般。她愈恃寵驕恣，又倚著皇后與諸公主都喜歡她，更自橫行無忌。中宗又特置修文館❻，選擇公卿中之善為詩文者，如沈佺期、宋之問、李嶠等二十餘人，為修文館學士，時常賜宴於內庭，吟詩作賦，爭華競美，俱命上官婉兒評定其甲乙，傳之詞林，或播之樂府。由是天下士子，爭以文采相尚，一切儒學正人與公讜正言，俱不得上達。正是：

不求方正賢良士，但炫風雲月露篇。

上官婉兒又與韋后公主們私議，啟奏中宗。聽說婉兒自立私第於外，以便諸學士時常得以詩文往還評論，因此那些沒品行的官員，多奔走出入其私第，以希援引進用。婉兒因遂勾結其中少年精銳者，潛入宮掖，與韋后公主們交好。於是朝臣中崔湜、宗楚客等，俱先通了婉兒，後即為韋后與公主們的心腹。

❹ 南子：春秋衛靈公夫人。與宋子朝私通，太子十分痛恨。南子進讒言於靈公，太子被迫逃亡。

❺ 前五代：唐人稱梁、陳、齊、周、隋為五代，是為前五代。

❻ 修文館：唐高祖武德四年（西元六二一年）門下省設修文館，九年改為弘文館。館置學士，掌管校正圖書、教授生徒，並參議朝廷禮儀制度的沿革。

中宗自觀燈市里之後，時或微服出游，或即游幸上官婉兒私第，或與韋后公主們同來游幸。婉兒既自有私第在外，宮女們日夕來往，宮門上出入無節，物議沸騰，卻沒人敢明言直諫。只有黃門侍郎宋璟獨上一密疏，其略曰：

臣前者聞諸道路，天子與后妃公主，微服夜游市里觀燈，士庶矚目稱異。臣初以為必無是事，既而知人言非妄，不勝駭詫。周禮云：夫人過市罰一幕，世子過市罰一帟❼，命夫過市罰一蓋，命婦過市罰一帷，國君過市則刑人赦。誠以市里囂塵，逐利者之所趨，非君子所宜入也！夫國君世子，命夫、命婦、夫人等一過市中，尚且有罰；況帝后妃主之尊，而可改妝易服，結隊夜游，招搖過市乎！至於怨女❽三千，放之出宮，乃太宗皇帝之美政，陛下既不此之法，而縱宮人數千，任其出游，以致逋逃者，無可追查，成何體統？且宮妃豈容居外第，外臣豈容於與宮妃往還，此皆大褻國體之事，伏乞陛下立改前失，速下禁約，嚴別內外，稽察宮門出入；更不可白龍魚服❾，非時游幸；亦不可無端宴集，使諂媚者流，閒吟浪詠，更唱迭和；尤不可使俳優侏儒，與朝臣混雜於帝后妃主之前，戲謔無忌。輕萬乘而瀆百僚，致滋物議也。

中宗覽疏，也不批發，也不召問，竟置之不理，宋璟也無可如何。韋后等愈無忌憚，太平公主、安

❼ 一帟：一頂小帳幕。帟，音ㄧˋ。
❽ 怨女：宮女。
❾ 白龍魚服：白龍化魚，比喻貴人微行的危險。

樂公主久已奉詔，各自開府第，自置官屬。這班無恥倖進之徒，多營謀為公主府中官員。

安樂公主府中，有兩個少年的官兒，一個姓馬，名秦客；一個姓楊，名均。那馬秦客深通醫術，楊均卻最善於烹調食品。二人都生得美貌，為安樂公主所寵愛，因薦與韋后，又極蒙愛幸。由是馬秦客，夤緣得陞為散騎常侍；楊均亦得陞為光祿少卿。那崔湜與宗楚客，既私通上官婉兒，又轉求韋后公主，於中宗面前，交口稱讚，說此二人可作宰相。中宗遂以宗楚客為中書令，崔湜同平章事。自此小人各援引其黨類，濫官日多，朝堂充溢，時人以為三無坐處。謂有三樣官，因做的人多，朝堂中坐不下也。你道那三樣官？卻是宰相、御史、員外郎，這三樣官是何等官職，乃至人多而無坐處，則其餘眾官之濫可知矣！時吏部侍郎鄭愔掌選，贓污狼藉，有選人⑩繫百錢於靴帶上，愔問其故，答曰：「當今之選，非錢不行。」愔默不言。中宗又惑於小人之說，謂朝廷當不次用人，遂於吏部銓選之外，另用墨敕除授官職，於是太平公主、安樂公主與長寧公主、上官婉兒俱招權。

時突厥默啜，侵擾邊界，屢為朔方總管張仁愿所敗。默啜密與宗楚客交通，楚客受其重賄，阻撓邊事。監察御史崔琬上疏劾之，當殿朗讀彈章。原來唐朝故事，大臣被言官當殿面劾，即俯躬趨出，立於朝堂待罪。是日宗楚客竟不趨出，且忿怒作色，自陳忠鯁為崔琬所誣，宋璟厲聲道：「楚客何得強辯，故違朝廷法制！」中宗更弗推問，只命崔琬與宗楚客結為兄弟，以和解之。時人傳作笑談，因呼為和事天子。

時處士韋月將抗疏，直言武三思私通宮掖，必生逆亂。韋后聞知大怒，勸中宗速殺之。宋璟道：「彼

⑩ 選人：候補、候選的官員。

言中宮私於武三思，陛下不究其所言，而即殺其人，何以服天下。若必欲殺月將，請先殺臣，不然臣終不敢奉詔。」中宗乃命貸其死，長流嶺南。自此中宗心裡亦頗懷疑，傳旨查察宮門出入之人，群小因此亦多不自安。太子重俊，亦有明斷，中宗唯唯不決。次日魏元忠入內殿奏事，中宗以立太女廢太子之說密詢之。元忠道：「太子初無失德，陛下豈可輕動國本。皇太女之稱向未曾有，且公主稱太女，駙馬作何稱號？此斷不可。」中宗意悟，將此二事俱置不行。韋后與公主好生不悅；那安樂公主，又急欲韋后專政，使自己得為皇太女，卻一時無計可施。

一日楊均以烹調之事，入內供應，韋后因召他至密室中，屏退左右，私相謀議。韋后道：「此老近來多信外臣之言，而有疑惑宮中之意，此不可不慮。」楊均道：「我看娘娘玉貌生光，將來必有喜慶。皇上千秋萬歲後，娘娘自然臨朝稱制了，何必多慮。」韋后驚訝道：「他若心變，我怎等得他千秋萬歲後？」楊均沉吟半晌道：「若依娘娘如此說，此事要用著些人謀了。」韋后附耳道：「有甚好藥，可以了此事否？」楊均道：「藥是問馬秦客便有；但此事非同小可，當相機而行，未可造次。」

不說二人密謀。且說太子重俊，聞知韋后欲要謀廢，他心懷疑懼，又恐為三思、婉兒輩所陷，因欲先發制人，與東宮官屬李多祚等，矯詔引羽林軍殺入武三思私第。恰值武崇訓在三思處飲酒，都被拿住，太子仗劍手刃之，更命軍士亂剁其屍，合家老幼男女，盡都誅死；又勒兵至宮門欲殺上官婉兒。中宗聞變大驚，急登玄武門樓，宣諭軍士；一面令宮闈令楊思勗與李多祚交戰。多祚戰敗兵潰，自刎而死，太子亦死於亂軍中。正是：

太子拚身誅逆賊，休將成敗論英雄。此時若便清宮闈，何待臨淄建大功？

武崇訓既誅死，中宗命武延秀為安樂公主駙馬，延秀即崇訓之弟也，以嫂妻叔，倫常掃地矣！自此韋武之權愈重。時有許州參軍燕欽融上疏，言韋后淫亂干政，宗楚客等圖危社稷。中宗覽疏，未及批發，韋后即傳旨，將燕欽融撲殺。中宗心下怏怏不悅，未免露之顏色，韋后十分疑忌，密謂楊均道：「此老漸已心變，前所云進藥之說，若不急行，禍將不測。」楊均道：「馬秦客有一種末藥⑪，人服之腹中作痛，口不言，再飲人參湯，即便身死，不露傷跡。」韋后道：「既有此藥，可速取來。」楊均笑道：「事成之後，要封我為武安君哩！」韋后道：「不必多言，同享富貴便了。」楊均遂與馬秦客密謀取藥進宮。韋后知中宗喜喫三酥餅，即將藥放入餅餡裡，乘中宗那日在神龍殿閒坐，尚未進膳，便親將餅兒供上。中宗連喫了幾枚，覺得腹脹微微作痛，少頃大痛起來，坐立不寧，倒於榻上亂滾。韋后佯為驚問，中宗說不出話，但以手自指其口。韋后急呼內侍道：「皇爺想欲進湯，可速取人參湯來！」此時人參湯早已備著，韋后接手，急來灌入中宗口中；中宗喫了人參湯，便滾不動了。淹至晚間，嗚呼崩逝。正是：

昔日點籌煩聖慮，今將一餅報君王。可憐未死慈親手，卻被賢妻把命傷。

韋后既行弒逆，祕不發喪。太平公主聞中宗暴死，明知死得不明白，卻又難於發覺，只得且隱忍，急與上官婉兒議草遺詔，意欲扶立相王；韋后與安樂公主都不肯，乃議立溫王重茂。遺詔草定，然後召

---

⑪ 末藥：此處指一種毒藥。

大臣入宮，韋后託言中宗以暴疾崩，稱遺詔立溫王重茂為太子嗣，即皇帝位。時年方十五，韋后臨朝聽政，宗楚客勸韋后依武后故事，以韋氏子弟典南北軍，深忌相王與太平公主，謀欲去之；又妄引圖讖，謂韋氏當革唐命，遂與安樂公主及都知兵馬使韋溫等密謀為亂，將約期舉事。時相王第三子臨淄王隆基，曾為潞州別駕，罷官回京，因見群小披猖，乃陰聚才勇之士，志圖匡正。兵部侍郎崔日用，向亦依附韋黨，今畏臨淄王英明，又忌宗楚客獨擅大權，知其有逆謀，恐日後連累著他，遂密遣寶昌寺僧人普潤，至臨淄王處告變。臨淄王大驚，即報與太平公主知道，一面與內苑總監鍾紹京、果毅校尉葛福順、御史劉幽求、李仙鳧等，計議乘其未發，先事誅之。眾皆奮然，願以死自效。太平公主亦遣其子薛崇行、崇敏、崇簡來相助。葛福順道：「賢王舉事，當啟知相王殿下。」臨淄王道：「吾舉大事為社稷計，事成則福歸父王。如或不成，吾以身殉之，不累及其親。今若啟而聽從，則使父王預危事；倘其不從，將敗大事計，不如不啟為妥。」於是易服，率眾潛入內苑。時夜將半，忽見天星落如雨。劉幽求道：「天意如此，時不可失。」葛福順拔劍爭先，直入羽林營典軍，韋溫、韋璿、韋播、高嵩等出其不意，措手不及，俱被福順所殺。劉幽求大呼道：「韋后鴆弒先帝，謀危宗社，今夕當共誅奸逆，立相王以安天下。敢有懷兩端助逆黨者，罪及三族。」羽林軍士稽顙聽命，臨淄王引眾出南苑門，鍾紹京率苑中匠丁二百餘人，執斧鋸以從，諸衛兵俱來接應。

其時中宗的梓宮停於太極殿，韋后亦在殿中。臨淄王勒兵至玄武門，斬關而入；那些宿衛梓宮的軍士，鼓譟應之。韋后大駭，一時無措，止穿得小衣單衫，奔出殿門，正遇楊均、馬秦客，韋后急呼救援，二人左右攙扶，走入飛騎營⓬，指望暫避，卻被本營將卒，先把楊均、馬秦客斬首，砍其屍為肉泥。韋

臨淄王勒兵至玄武門而人，韋后奔出殿門哀求饒命，眾人都嚷道：「弒君淫賊，人人共憤！」

后哀求饒命，眾人都嚷道：「弒君淫賊，人人共憤！」一齊舉刀亂砍，登時砍死於亂刀之下。臨淄王聞韋后已為眾所誅，傳令掃清宮掖。武延秀方與雲從私宿於玉樹軒，被李仙鳧搜出，雙雙斬首。劉幽求將上官婉兒挾至臨淄王前，說她曾與太平公主共草遺詔，議立相王，可免其一死。臨淄王道：「此婢妖淫，瀆亂宮闈，不可輕恕。」即命斬訖；隨遣劉幽求收安樂公主。時天已曉，安樂公主深居別院，還不知外變；方早起新沐，對鏡畫眉，劉幽求率眾突入，即揮兵從後砍之，頭破腦裂而死，並將其家屬都誅死。宗楚客逃奔至通化門，被門吏擒獻，即時腰斬於市。內外既定，臨淄王乃叩見相王，謝不先稟白之罪。相王道：「社稷宗廟不墜於地，皆汝功也。」劉幽求等請相王早正大位。是日早朝，少帝重茂，方將升座，太平公主手扶去之說道：「此位非兒所宜居，當讓相王。」於是眾臣共奉相王為皇帝，是為睿宗，改號景雲元年⑬。重茂仍為溫王；進封臨淄王為平王；祭故太子重俊；贈卹李多祚、燕欽融等；追復張柬之等五人官爵；追廢韋后、安樂公主為庶人，搜捕韋黨諸人。惟崔日用以出首叛逆有功，仍舊供職，其餘俱治罪。韋后之妹崇國夫人，為祕書監王滘之妻，王滘恐因妻被禍，以鴆酒毒死其妻，自白於官。御史大夫竇從一之妻，乃韋后之乳母，俗呼乳母之夫為阿奢。竇從一每自稱皇后阿奢，恬然不以為恥，至此乃自殺其妻以獻。正是：

昔依婦勢真堪恥，今殺妻身太寡恩。豈是有心學吳起⑭，阿奢妹丈總休論。

---

⑫ 飛騎營：唐代皇帝的侍衛部隊。

⑬ 景雲元年：即西元七一〇年。景雲，唐睿宗年號。

景雲元年，議立東宮，睿宗以宋王成器居嫡長，而平王隆基有大功，遲疑不決。宋王涕泣叩首固辭道：「從來建儲之事，若當國家安則先嫡長，國家危則先有功；今隆基功在社稷，臣死不敢居其上。」劉幽求奏道：「平王有大功，宋王有讓德，陛下宜報平王之功，以成宋王之讓。」睿宗乃降詔，立平王隆基為太子。後人有詩，稱贊宋王之賢道：

儲位本宜推嫡長，論功辭讓最稱賢。建成昔日如知此，同氣三人可保全。

未知後事如何，且看下回分解。

總評：韋氏之復為后也，宜以武氏為鑒，痛改前非，何今所行，反更甚於武氏，彼只記惟卿所欲語耶？中宗憒憒，禍及於身，誠不足惜。而韋氏之肆行無忌，傾危宗稷，非臨淄王之義兵匡復，盡斬諸韋，則宮廷之淆亂，何日已哉！

又評：重俊以子舉兵，三思誅而身殞於亂軍。隆基以姪舉兵，韋氏誅而相王即帝位。內行⓯不修，外釁疊起，家庭之內，兵刃相加，視為常事，皆太宗貽謀之不善致之也。

⓮ 吳起：戰國初著名軍事家，娶齊田氏為妻；齊攻魯，魯君欲用吳起，又懷疑其妻；吳起遂殺其妻而為魯將，大敗齊軍。

⓯ 內行：平日家居的操行。

第七十八回 慈上皇難庇惡公主 生張說不及死姚崇

詞曰：

太平封號，公主名稱原也妙。不肯安平，天道難容惡貫盈。　嘉賓惡主，漫說開筵遵聖旨。誅死鴻篇，卻被亡人算在先。

右調減字木蘭花

酒色財氣四字，人都離脫不得，而財色二者為尤甚。無論富貴貧賤、聰明愚鈍之人，總之好色貪財之念，皆所不免。那貪財的，既愛己之所有，又欲取人之所有，於是被人籠絡而不覺。那好色的，不但男好女之色，女亦好男之色；男好女猶可言也，女好男，遂至無恥喪心，滅倫敗紀，靡所不為，如武后、韋后、安樂公主、太平公主等是也。且說太平公主與太子隆基，共誅韋氏，擁立睿宗為帝，甚有功勞。睿宗既重其功，又念她是親妹，極其憐愛。公主性敏，多權略，凡朝廷之事，睿宗必與她商酌；自宰相以下，進退係其一言。其所引薦之人，驟登清要者甚多，附勢謀進者，奔趨其門下如市。薛崇行、崇敏、崇簡，皆封為王，田園家宅，偏於畿甸。公主怙寵擅權，驕奢縱慾，私引美貌少年至第，與之淫亂；奸僧慧範，尤所最愛。那班倚勢作威的小人，都要生事擾民。虧得朝中有剛正大臣，如姚崇、宋璟輩侃侃諤諤❶，不畏強禦；太子隆基，更嚴明英察，為群小所畏忌，因此還不敢十分橫行。

卻說太子原以兵威定亂，故雖當平靜之時，不忘武事。一日閒暇，率領內侍及護衛東宮的軍士們，往郊外打圍射獵。一行人來到曠野之處，排下一個大大的圍場。太子傳令，眾人各放馬射箭，發縱鷹犬，鬧了多時，獵取得好些飛禽走獸。正馳騁間，只見一隻黃獐，遠遠的在山坡下奔走。太子勒馬向前，親射一箭，卻射不著，那獐兒望前亂跑。太子不捨，緊緊追趕，直趕至一個村落，不見了黃獐；但見一個女人，在那裡採茶。太子勒馬問道：「你可曾見有一隻黃獐跑過去麼？」那女人並不答應，只顧採茶。此時太子只有兩個內侍跟隨，那內侍便喝道：「兀那婦人好大膽，怎的殿下問妳話，竟不回答！」女人不慌不忙，指著茶籃道：「我心只在茶，何有於獐也，那知什麼殿下？」說罷，便提著籃走進一個柴扉中去了。太子見那女子舉止不凡，吩咐內侍，不許囉唣，望那柴扉中也甚有幽致。

正看間，只見一個書生，跨著蹇驢而來。他見太子頭戴紫金冠，身披錦袍，知是貴人，忙下驢伏謁。內侍道：「此即東宮千歲爺。」書生叩拜道：「村僻愚人，不知殿下駕臨，失於候迎，乞賜寬宥。」太子道：「孤因出獵，偶爾至此。」因指著柴扉內問道：「此即卿所居耶？」書生道：「臣暫居於此，雖草廬荒陋，倘殿下鞍馬勞倦，略一駐足，實為榮幸。」太子聞言，欣然下馬，進了柴扉，見花石參差，庭階幽雅，草堂之上，圖書滿案，囊琴匣劍，排設楚楚，太子滿心歡喜坐定，便問書生何姓何名。書生答道：「臣姓王名琚，原籍河南人。」太子道：「觀卿器宇軒昂，門庭雅飭，定然佳士。頃見採茶之婦，言笑不苟，想即卿之妻也。」王琚頓首道：「村婦無知，失於應對，罪當萬死。」太子笑道：「卿家既

❶ 侃侃諤諤：直言無忌的樣子。

業採茶，必善烹茶，幸假一杯解渴。」王琚領命，忙進去取。太子偶翻看他案上書籍，見書中夾著一紙，乃姚崇勸他出仕寫與他的手札，其略云：

足下奇才異能，愚所稔知，乘時利見，此其會矣。若終為韞匵❷之藏，自棄其才能於無用，非所望於有志之士也。一言勸駕，庶幾幡然。

太子看罷，仍舊把來夾在書中，想道：「此人與姚崇相知，為姚崇所識賞，必是個奇人。」少頃王琚捧出茶來獻上，太子飲了一杯，賜王琚坐了，問道：「士子懷才欲試，正須及時出仕，如何遁跡山野？」王琚道：「大凡士人出處，不可苟且，須審時度勢，必可以得行其志，方可一出。臣竊聞古人易退難進之節，不敢輕於求仕，非故為高隱以傲世也。」太子點首道：「卿真可云有品節之士矣。」正閒話間，那些射獵人馬轟然而至，太子便起身出門，王琚拜送於門外。太子上馬，珍重而別，不在話下。

且說太平公主，畏忌太子英明，謀欲廢之，日夜進讒於睿宗，說太子許多不是處。又妄謂太子私結人心，圖為不軌。睿宗心中懷疑，一日坐於便殿，密語侍臣韋安石道：「近聞中外多傾心太子，卿宜察之。」韋安石道：「陛下安得此亡國之言，此必太平公主之謀也。太子仁明孝友，有功社稷，願陛下無惑於讒人。」睿宗悚然道：「朕知之矣！」自此讒說不得行，太平公主陰謀愈急，使人散布流言，云目下當有兵變。睿宗聞知，謂侍臣道：「術者言五日內，必有急兵入宮，卿等可為朕備之。」張說奏道：「此必奸人造言，欲離間東宮耳。陛下若使太子監國，則流言自息矣！」姚崇亦奏道：「張說所言，真

❷韞匵：藏在櫃子裡。韞，音ㄩㄣˋ。藏也。

社稷至計，願陛下從之。」睿宗依奏，即日下詔，命太子監理國事。太子既受命監國，便遣使臣齎禮，往聘王琚入朝。王琚不敢違命，即同使臣來見。時太子正與姚崇在內殿議事，王琚入至殿庭，故意紆行緩步。使臣搖手止之道：「殿下在簾內，不可怠慢。」王琚大聲說道：「今日何知所謂殿下，只知有太平公主耳！」太子聞其言，即趨出簾外見之，王琚拜罷，太子道：「適有卿之故人在此，可與相見。」便引王琚入殿內，指著姚崇道：「此非卿之故人耶？」王琚道：「姚崇實與臣有交誼，不識陛下何由知之？」太子笑道：「前日在卿家，案頭見有姚卿手札，故知之耳。其手札中所言，卿今能從之否？」王琚頓首道：「臣非不欲仕，特未遇知己耳。今蒙陛下恩遇，敢不致身圖報。但臣頃者所言，殿下亦聞之乎？」太子道：「聞之。」王琚因奏道：「太平公主擅權淫縱，所寵奸僧慧範，恃勢橫行，道路側目。公主兇狠無比，朝臣多為之用，將謀不利於殿下，何可不早為之計？」姚崇道：「王琚初至，即能進此忠言，此臣所以樂與交也。」太子道：「所言良是；但吾父皇止此一妹，若有傷殘，恐虧孝道。」王琚道：「孝之大者，當以社稷宗廟為事，豈顧小節。」太子點頭道：「當徐圖之。」遂命王琚為東宮侍班，常與計事。

太極元年七月，有彗星出於西方，入太微❸，太平公主使術士上密啟於睿宗道：「彗所以除舊佈新，且逼近帝座，此星有變，皇太子將作天子，宜預為備。」欲以此激動睿宗，中傷太子。那知睿宗正因天象示變，心懷恐懼，聞術士所言，反欣然道：「天象如此，天意可知，傳德弭災，吾志決矣！」遂降詔傳位太子。太平公主大驚，力諫以為不可；太子亦上表力辭。睿宗皆不聽，擇於八月吉日，命太子即皇

❸ 太微：古代星宿名，位於北斗之南。

帝位，是為玄宗皇帝。尊睿宗為太上皇，立妃王氏為皇后，改太極元年為先天元年，重用姚崇、宋璟輩，以王琚為中書侍郎，黜幽陟明，政事一新，天下欣然望治。只有太平公主，仍恃上皇之勢，恣為不法。玄宗稍禁抑之，公主大恨，遂與朝臣蕭至忠、岑羲、竇懷貞、崔湜等結為黨援，私相謀畫，欲矯上皇旨，廢帝而別立新君，密召侍御陸象先同謀。象先大駭連聲道：「不可不可，此何等事，輒敢妄為耶！」公主道：「棄長立幼，已為不順；況又失德，廢之何害？」象先道：「既以功立，必以罪廢。今上新立，天下向順，彼無失德，何罪可廢？象先不敢與聞。」言罷，拂衣而出。

公主與崔湜等計議，恐矯旨廢立，眾心不服，事有中變，欲暗進毒，以謀弒逆，遂私結宮人元氏，謀於御膳中置毒以進。王琚聞其謀。開元元年❹七月朔日早朝畢，玄宗御便殿，王琚密奏道：「太平公主之事迫矣，不可不速發！」玄宗尚在猶豫，時張說方出使東都，適遣人以佩刀來獻，長史崔日用奏道：「說之獻刀，欲陛下行事決斷耳！陛下昔在東宮，或難於舉動，今大權在握，發令誅逆，有何不順，而遲疑若是？」玄宗道：「誠如卿言，恐驚上皇。」王琚道：「設使奸人得志，宗社顛危，上皇安乎？」正議論間，侍郎魏知古直趨殿陛，口稱臣有密啟。玄宗召至案前問之。知古道：「臣探知奸人輩，將於此月之四日作亂，宜急行誅討。」於是玄宗定計，與岐王範、薛王業、兵部尚書郭元振、龍武將軍王毛仲、內侍高力士，及王琚、崔日用、魏知古等，勒兵入虔化門，執岑羲、蕭至忠於朝堂斬之，竇懷貞自縊，崔湜及宮人元氏俱誅死，太平公主逃入僧寺，追捕出，賜死於家，並誅奸僧慧範；其餘逆黨死者甚多。上皇聞變驚駭，乘輕車出宮，登承天門樓問故。玄宗急令高力士回奏，言太平公主結黨謀亂，今俱

❹ 開元元年：西元七一三年。開元，唐玄宗年號。

伏誅，事已平定，不必驚疑。上皇聞奏，歎息還宮。正是：

公主空號太平，作事不肯太平；直待殺此太平，天下方得太平。

玄宗既誅逆黨，聞陸象先獨不肯從逆，深嘉其忠，擢為蒲州刺史，面加奬諭道：「歲寒然後知松柏也。」象先因奏道：「書云：殲厥渠魁，脅從罔治。今首惡已誅，餘黨乞從寬典❺，以安人心。」玄宗依其言，多所赦宥。又以太平公主之子薛崇簡常諫其母，屢遭撻辱，特旨免死，賜姓李，官爵如故。其他功臣爵賞有差。自此朝廷無事，玄宗意欲以姚崇為相，張說忌之，使殿中監姜皎入奏道：「陛下欲擇河東總管，而難其選，臣今得之矣。」玄宗問為誰。姜皎道：「姚崇文武全才，真其選也。」玄宗笑道：「此張說之意，汝何得面欺？」姜皎惶恐，叩頭服罪。玄宗即日降旨，拜姚崇為中書令。張說大懼，乃私與岐王通款，求其照顧。姚崇聞知，甚為不滿。一日入對便殿，行步微蹇。玄宗問道：「卿有足疾耶？」姚崇因乘間奏言：「臣有腹心之疾，非足疾也。」玄宗道：「何謂腹心之疾？」姚崇道：「岐王乃陛下愛弟，張說身為大臣，而私與往來，恐為所誤，是以憂之。」玄宗怒道：「張說意欲何為？明日當命御史按治其事。」

姚崇回至中書省，並不提起。張說全然不知，安坐私署之中。忽門役傳進一帖，乃是賈全虛的名刺，說道有緊急事特來求見。張說駭然道：「他自與寧醒花去後，久無消息；今日突如其來，必有緣故。」便整衣出見。賈全虛謁拜畢，說道：「不肖自蒙明公高厚之恩，遁跡山野，近因貧困無聊，復至京師，

❺ 寬典：寬大處理。

移名易姓，傭書於一內臣之家。適間偶與那內臣閒話，談及明公私與岐王往來，今為姚相所奏，皇上大怒，明日將按治，禍且不測。不肖驚聞此信，特來報知。」張說大駭道：「如此為之奈何？」全虛道：「今為明公計，惟有密懇皇上所愛九公主關說方便，始可免禍。」張說道：「此計極妙；但急切裡無門可入。」全虛道：「不肖已覓一捷徑，可通款於九公主。但須得明公所寶之一物為贄耳。」張說大喜，即歷舉所藏珍玩，全虛道：「都用不著。」張說忽想起：「雞林郡❻曾獻夜明簾一具可用否？」全虛道：「請試觀之。」張說命左右取出，全虛看了道：「此可矣，事不宜遲，只在今夕。」張說便寫一情懇手啟，並夜明簾付與全虛。全虛連夜往見九公主，具言來歷，獻上寶簾並手啟。九公主見了簾兒，十分歡喜，即諾其所請。正是：

前日獻刀取決斷，今日獻簾求遮庇。一是為公矢忠心，一是為私行密計。

明日九公主入宮見駕，玄宗已傳旨，著御史中丞同赴中書省究問張說私交親王之故。九公主奏道：「張說昔為東宮侍臣，有維持調護之功，今不宜輕加譴責。且若以疑通岐王之故，使人按問，恐王心不安，大非吾皇上平日友愛之意。」原來玄宗於兄弟之情最篤，嘗為長枕大被與諸王同臥，平日在宮中相敘，只行家人禮。薛王患病，玄宗親為煎藥，吹火焚鬚。左右失驚。玄宗道：「但願王飲此藥而即愈，吾鬚何足惜。」其友愛如此，當聞九公主之言，惻然動念，即命高力士至中書省，宣諭免究，左遷張說為相州刺史。張說深感賈全虛之德，欲厚酬之；誰知全虛更不復來見，亦無處尋訪他，真奇人也。正是：

❻ 雞林郡：即新羅，在今朝鮮半島上。

拯危排難非求報，只為當年贈愛姬。

姚崇數年為相，告老退休，特薦宋璟自代。宋璟在武后時，已正直不阿，及居相位，更丰格端莊，人人敬畏。那時內臣高力士、閒廄使王毛仲❼，俱以誅亂有功，得幸於上。王毛仲又以牧馬蕃庶，加開府儀同三司，榮寵無比，朝臣多有奔趨其門者，宋璟獨不以為意。王毛仲有女與朝貴聯姻，治裝將嫁，玄宗聞之問道：「卿嫁女之事，已齊備否？」王毛仲奏道：「臣諸事都備，但欲延嘉賓，以為光寵，正未易得耳。」玄宗笑道：「他客易得，卿所不能致者一人必宋璟也，朕當為卿致之。」乃詔宰相與諸大臣，明日俱赴王毛仲家宴會。

次日，眾官都早到，只宋璟不即至，王毛仲遣人絡繹探視。宋璟託言有疾，不能早來，容當徐至，眾官只得靜坐拱候。直至午後，方纔來到，且不與主人及眾客講禮，先命取酒來，執杯在手說道：「今日奉詔來此飲酒，當先謝恩。」遂北面拜罷，舉杯而飲，飲不盡一杯，大呼腹痛，不能就席，向眾官一揖，即升車而去。王毛仲十分慚愧，奈他剛正素著，朝廷所禮敬，無可如何，只得敢怒而不敢言，但與眾官飲宴，至晚而散。正是：

作主固須擇賓，作賓更須擇主；惡賓固不可逢，惡主更難與處。

後王毛仲恃寵而驕，與高力士有隙，其妻新產一子，至三朝，玄宗遣高力士齎珍異賜之，且授新產

---

❼ 閒廄使王毛仲：閒廄使，官名，負責官府牧馬。王毛仲，高麗人，唐玄宗親信大臣，後因罪被殺。

之兒五品官。毛仲雖然謝恩，心甚怏怏，抱那小兒出來與力士看，說道：「此兒豈不堪作三品官耶！」力士默然不答，回宮覆命，將此言奏聞，再添上些惡言語。玄宗大怒道：「此賊受朕深恩，卻敢如此怨望！」遂降旨削其官爵，流竄遠州。力士又使人訐告他許多驕橫不法之事，奉旨賜死，此是後話。

且說姚崇罷相之後，以梁國公之封爵，退居私第。至開元九年間，享壽已高，偶感風寒，染成一病，延醫調治，全然無效；平生不信釋道二教，不許家人祈禱。過了幾日，病勢已重，自知不能復愈，乃呼其子至榻前，口授遺表一道，勸朝廷罷冗員、修制度、戢兵戈、禁異端，官宜久任，法宜從寬，亹亹數百言，皆為治之要道，即謄寫奏進。又將家事囑咐了一番，遺命身故之後，不可依世俗例，延請僧道，追修冥福，永著為家法。其子一一受命。及至臨終，又對其子說道：「我為相數年，雖無甚功業，然人都稱我為救時宰相，所言所行，亦頗多可述，我死之後，這篇墓碑文字，須得大手筆為之，方可傳於後世。當今所推文章宗匠，惟張說耳。但他與我不睦，若徑往求他文字，他必推託不肯。你可依我計，待我死後，你須把些珍玩之物，陳設於靈座之側。他聞訃必來弔奠，若見此珍玩，不顧而去，是他記我舊怨，將圖報復，甚可憂也。他若逐件把弄，有愛羨之意，你便說是先人所遺之物，盡數送與他，即求他作碑文，他必欣然許允，你便求他速作。待他文字一到，隨即勒石，一面便進呈御覽方妙。此人性貪多智，而見事稍遲。若不即日鐫刻，他必追悔，定欲改作，既經御覽，則不可復改。且其文中既多贊語，後雖欲尋瑕摘疵，以圖報復，亦不能矣，記之記之！」言罷，瞑目而逝。公子擗踊❽哀號，隨即表奏朝廷，訃告僚屬，治理喪具。

❽ 擗踊：捶胸頓足，表示極其哀痛。擗，同「擗」。

大殮既畢，便設幕受弔，在朝各官，都來祭奠。張說時為集賢院學士，亦具祭禮來弔。公子遵依遺命，預將許多古玩珍奇之物，排列靈座旁邊桌上。張說祭弔畢，公子叩顙拜謝；張說忽見座旁桌上排列許多珍玩，因指問道：「設此何意？」公子道：「此皆先父平日愛玩者，手澤❾所存，故陳設於此。」張說道：「令先公所愛，必非常物。」遂走近桌上，逐件取來細看，嘖嘖稱賞。公子道：「此數物不足供先生清玩，若不嫌鄙，當奉貢案頭。」張說欣然道：「重承雅意，但豈可奪令先公所好？」公子道：「先生為先父執友，先父今日若在，豈惜貽贈。且先父曾有遺言，欲求先生大筆，為作墓道碑文；倘不吝珠玉，則先父死且不朽，不肖方當銜結圖報，區區玩好之微，何足復道。」說罷，哭拜於地。張說扶起道：「拙筆何足為重，既蒙囑役，敢不揄揚盛美。」公子再拜稱謝。張說別去。公子盡撤所陳設之物，遣人送與。又託人婉轉求其速作碑文，預使石工磨就石碑一座，只等碑文鐫刻。張說既受了姚公子所贈，心中歡喜，遂做了一篇絕好的碑文，文中極贊姚崇人品相業，並敘自己平日愛慕欽服之意。文纔脫稿，恰好姚公子遣人來領，因便付於來人。公子得了文字，令石工連夜鐫於碑上。正欲進呈御覽，適高力士奉旨來取姚崇生時所作文字，公子乘機便將張說這篇碑文，託他轉達於上。玄宗看了贊道：「此人非此文不足以表揚之！」正是：

救時宰相不易得，碑文讚美非曲筆。可惜張公多受賄，難說斯民三代直。

卻說張說過了一日，忽想起：「我與姚崇不和，幾受大禍。今他身死，我不報怨也彀了，如何倒作

❾ 手澤：指前輩或先人的遺物、遺墨。

張說往祭姚崇，隨後走近祭桌，將桌上珍玩逐件取來細看，嘖嘖稱賞。

文讚他？今日既讚了他，後日怎好改口貶他？就是別人貶他，我只得要回護他了，這卻不值得。」又想文字付去未久，尚未刻鐫，可即索回，另作一篇，寓貶於褒之文便了。遂遣使到姚家索取原文，只說還要增改幾筆。姚公子面語來使道：「昨承學士見賜鴻篇，一字不容易移，便即勒石，且已上呈御覽，不可便改了。銘感之私，尚容叩謝。」使者將此言回覆了主人。張說頓足道：「吾知此皆姚相之遺算也，我一個活張說，反被死姚崇算了，可見我之智識不及他矣！」

連聲呼中計，追悔已嫌遲。

姚崇死後，朝廷賜謚文獻。後張說與宋璟、王琚輩，相繼而逝。又有賢相韓休、張九齡二人，俱為天子所敬畏者，亦不上幾年，告老的告老，身故的身故，朝中正人漸皆凋謝。玄宗在位日久，怠於政事，當其即位之初，務崇節儉，曾焚珠玉錦繡於殿前，又放出宮女千人；到得後來，卻習尚奢侈，女寵日盛。諸嬪妃中，惟武惠妃最親倖；皇后王氏遭其讒譖，無故被廢。又譖太子瑛及鄂王、光王，同日俱賜死，一日殺三子，天下無不驚歎。不想武惠妃，亦以產後血崩暴亡，玄宗不勝悲悼。自此後宮無有當意者。高力士勸玄宗廣選美人，以備侍御。玄宗遂降旨採選民間有才貌的女子入宮。正是：

靡不有初，鮮克有終❿。開元天寶，大不相同。

總評：從來宮闈之亂，至唐極矣。武氏之後，有韋氏；韋氏之後，又有太平公主。更繼之以惠妃之讒譖，

❿ 靡不有初二句：語出詩經大雅蕩，意思是做事無不有個好的開端，但很少有堅持到底的。

貴妃之寵愛，而天下大亂。可見賢相如姚崇、宋璟、張九齡、韓休，不敵宮中一牝雞⓫也。可慨也，嗟乎！郭元振諸人，豈可少哉！史中所述，炳如日星，一經指視，更覺纖毫畢露，豈非董狐之筆⓬。

⓫牝雞：喻指女子。

⓬董狐之筆：董狐，春秋時晉國史官，以秉筆直書著稱。後世以董狐為良史的代稱。董狐之筆即直書不諱之意。

第七十九回　江采蘋恃愛追歡　楊玉環承恩奪寵

詞曰：

國色自應供點選，一入深宮，必定多留戀。不是眉尖送花片，也教眼角飛鶯燕。　只道始終適所願，不料紅絲，恰又隨風轉。始知月老亦無憑，端合成全好姻眷。

右調蝶戀花

人生處世，無過情與理而已。忠臣孝子，作事循理，不消說得；而大奸極惡之人，行事背理，亦不消說得。至於情總屬一般，孟夫子所云：知好色則慕少艾，有妻子則慕妻子❶。今古同然，無有絕情者。試看蘇子卿❷窮居海上，嚙雪吞氈，死生置於度外，猶不免娶胡婦生子。胡澹庵❸貶海外十年，比其歸，日飲於湘潭胡氏園，喜侍姬黎倩❹，作詩贈之。乃知情慾移人，賢者不免，而況生居盛世貴為天子乎？

❶ 知好色則慕少艾二句：語出孟子萬章上。少艾，美貌的少女。

❷ 蘇子卿：即蘇武，字子卿，漢武帝時人。

❸ 胡澹庵：即胡銓，字邦衡，號澹庵。南宋初任樞密院編修官。因上疏要求處死秦檜等人，受秦檜迫害，被流放到新州（今廣東省新興縣）。

今且不說玄宗遣人點選美女。且說閩中興化縣珍珠村，有一秀才，姓江名仲遜，字抑之，人物軒昂，家私富厚，年過三旬，尚無子嗣。夫人廖氏，單生一女，小名阿珍，九歲能誦二南❺，語父道：「吾雖女子，期以此為志。」仲遜奇之，遂名采蘋，生得花容月貌，便是月裡嫦娥，也讓她幾分顏色；更兼文才淹博，諸子百家，無不貫串，琴棋書畫，各件皆能。她性喜梅花，仲遜遣人於江浙山中，遍覓各種最古梅，植於庭除，額曰梅亭。采蘋朝夕觀玩，遂自號梅芬，性耽文藝，有蕭蘭、梨園、梅亭、叢桂、鳳笛、玻盃、剪刀、綺窗八賦，為時傳誦，名聞籍甚。高力士自湖廣歷兩粵，各處採選，並無當意者；至興化，聞采蘋名，得之以進。采蘋年方二八，美貌無雙，玄宗一見，喜動天顏，即令嬪妃隨侍入宮，賜江仲遜黃金千兩，綵緞百端，回家養老；命高力士陪他赴光祿寺飲宴，仲遜含淚出朝。玄宗入宮，即命左右擺宴，與江妃共飲，飲了一回，玄宗興致已濃，攜著江妃退歸寢室，共效鸞凰。但見江妃的愁思未遭風和雨，玄宗的興趣偏施雨與風，一點花心，被玄宗採戰不休，江妃只得嚙齒忍受，雲情雨意，初未知也。有西江月一詞為證：

傾國傾城一貌，為雲為雨千觴。花間起舞散幽香，從此驚鴻絕賞。

謝女❻休誇好句，班姬❼正倚新妝，數奇不頗似王嬙❽，誰向長門悒快❾。

❹ 黎倩：南宋歌妓，胡銓愛之，題有「君恩許歸此一醉，傍有梨頰生微渦」之句。

❺ 二南：詩經的周南、召南。

❻ 謝女：指謝道韞，東晉時著名才女。

❼ 班姬：指漢成帝的妃子班婕妤。

玄宗與江妃恣意交歡，任情取樂，真箇歡娛夜短，正好受用。又早雞鳴鐘動，天光欲曙，免不得起身出朝聽政。

一日回到宮中，見江妃在那裡看梅亭賦，因知江妃喜梅，遂命宮中各處栽梅，朝夕遊玩，賜名梅妃。玄宗道：「朕幾日為朝政所困，今見梅花盛開，清芬拂面，玉宇生涼，襟期頓覺開爽；嬪色花容，令人顧戀，縱世外佳人，怎如妳淡妝飛燕乎？」梅妃道：「只恐落梅殘月，他時冷落淒其。」玄宗道：「朕有此心，花神鑒之。」梅妃道：「但願不負此言，妾雖碎身，不足以報。」玄宗道：「妃子高才，前所作八賦，翰林諸臣無不歎賞。卿今可為梅花賦，待朕頒示詞臣。」梅妃道：「賤妾蓬閨陋質，安敢藝苑鴻才，既辱鈞旨，謹當獻醜。」言未畢，只見內侍報道：「嶺南刺史韋應物、蘇州刺史劉禹錫，各選奇梅五種，星夜進呈。」玄宗甚喜，吩咐高力士用心看管，以待宴賞。遂同梅妃回宮。不一日，玄宗宴諸王於梅園，命梨園子弟承應，絲竹迭奏，果然清音緩節。有詩為證：

金屋畫堂光閃閃，烹龍炮鳳敲檀板。歌喉婉囀繞雕梁，瓊漿滿泛玻璃盞。

諸王飲至半席間，忽聞宮中笛聲嘹喨。諸王問道：「笛聲清妙，不知何人所吹，似從天上飛來。」玄宗道：「是朕梅妃所吹。諸兄弟若不棄嫌，宣她一見何如？」諸王道：「臣等願洗耳請教。」命高力士宣梅妃來。不一時梅妃宣到，諸王見禮畢，玄宗道：「朕常稱妃子乃梅精也，吹白玉笛作驚鴻舞❿，

---

❽ 王嬙：即王昭君，名嬙。漢元帝時遠嫁匈奴。

❾ 誰向長門悒怏：長門，漢宮名。漢武帝皇后陳阿嬌失寵，退居長門宮，愁悶悲思，不可排解。

一座生輝；今宴諸王，梅妃試舞一回。」梅妃領旨，裝束齊整，向筵前慢舞。有西江月詞為證：

紫燕輕盈弱質，海棠標韻嬌容。羅衣長袖慢交橫，絡繹迴翔穩重。　纖縠蛾飛可愛，浮騰雀躍仙蹤。衫飄綽約動隨風，恍似飛龍舞鳳。

舞罷，諸王連聲讚美。玄宗道：「既覩妙舞，不可不快飲。今有嘉州進到美酒，名瑞露珍，其味甚佳，當共飲之。」即命內侍取酒至，斟於金盞，命梅妃偏酌諸王。時寧王已醉，見梅妃送酒來，起身接酒，不覺一腳踢著了梅妃繡鞋。梅妃大怒，登時回宮。玄宗道：「梅妃為何不辭而去？」左右道：「娘娘珠履脫綴，換了就來。」等了一回，又來再宣。梅妃道：「一時胸腹作疾，不能起身應召。」玄宗道：「既如此罷了。」即令撤席而別。寧王驚得魂不附體，猛然想起駙馬楊迴，足智多謀，又是聖上寵愛的，密地差人請來商議。不一時楊迴到來，禮畢，寧王道：「寡人侍宴梅園，只因多吃幾杯酒，幹了一樁天大不明白的事。」楊迴道：「不是戲梅妃的事麼？」寧王道：「你為何知道？」楊迴道：「若要不知，除非莫為。如今那一個不曉得，止有聖上不知。」寧王道：「請你來商議此事，倘若梅妃在聖上面前，說些是非，叫我怎得安穩哩！」楊迴想了一想，說道：「不妨，我有二計在此，包你無事。」附寧王耳低言道，只須如此如此。寧王大喜，依了他計，相約次日早朝，肉袒膝行，請罪道：「蒙皇上賜宴，力不勝酒，失錯觸了妃履。臣出無心，罪該萬死。」玄宗道：「此事若計論起來，天下都道我重色，而輕天倫了。你既無心，朕亦付之不較。」寧王叩頭謝恩而起，楊迴乃密奏玄宗道：「臣見諸宮嬪妃，約有

❿驚鴻舞：美女輕盈優美的舞蹈。劉禹錫有「彩筆諭戎矜倚馬，華堂留客看驚鴻」的詩句。

三萬餘人，又令高力士遍訪美人何用？」玄宗道：「嬪妃固多，絕色者少，願得傾國之色，以博一生大樂耳。」楊迴道：「陛下必欲得傾城美貌，莫如壽王妃子楊玉環，姿容蓋世，實是罕有。」玄宗道：「與梅妃何如？」楊迴道：「臣未曾親見，但聞壽王作詞贊她，中一聯云：三寸橫波迴慢水，一雙纖手語香絃。開元二十一年冬至壽邸時，有人見了贊道：『只有天在上，更無山與齊。』陛下莫若召來便見。」玄宗聞之喜甚，即差高力士快去宣楊妃來。

力士領旨，即到壽王宮中，宣召楊妃。楊妃道：「聖上宣我何幹？」力士道：「奴婢不知，娘娘見駕，自有分曉。」楊妃慘然來見壽王道：「妾事殿下，祈訂白頭，誰知聖上著高力士宣妾入朝；料想此去，必與殿下永訣矣！」壽王執楊妃之手大哭道：「勢已如此，料不可違。倘若此去，不中上意，或者相逢有日，百凡珍重。」力士催促不過，楊妃只得拜別壽王，流淚出宮。正是：

宣諭多嬌珍重甚，回軒應問鏡臺無。

高力士領著楊妃來覆旨。楊妃含羞忍恥參拜畢，俯伏在地，玄宗賜她平身。此時宮中高燒銀燭，階前月影橫空，玄宗就在燈月之下，將楊妃定睛一看。但見：

黛綠雙蛾，鴉黃⓫半額。蝶練裙不短不長，鳳綃衣宜寬宜窄。腰枝似柳，金步搖曳。夏翠鳴珠，鬢髮如雲。玉搔頭掠青拖碧，乍迴雪色，依依不語。春山脈脈，幽妍清倩，依稀似越國西施；婉

⓫ 鴉黃：唐代婦女塗在額上的黃粉。

轉輕盈，絕勝那趙家合德⓬。豔冶銷魂，容光奪魄。真個是回頭一笑百媚生，六宮粉黛無顏色。

玄宗吩咐高力士，令妃自以其意，乞為女道士，賜號太真，住內太真宮。對楊迴道：「二卿暫回，明日朕有重賞。」寧王方纔放心，與楊迴叩謝出朝。天寶四載，更為壽王娶左衛將軍韋昭訓女為妃。潛納太真於宮中，命百官於鳳凰園，冊太真宮女道士楊氏為貴妃。其父楊玄琰，弘農華陰人，徙居蒲州之獨頭村，開元初為蜀州司戶，貴妃生於蜀，早孤，養於叔父河南府士曹玄珪家。冊妃日，贈玄琰兵部尚書；母李氏，涼國夫人；叔玄珪，為光祿卿；兄銛，侍御史；從兄釗，拜侍郎。那楊釗原係張昌宗之子，寄養於楊氏者。玄宗以釗字有金刀之象，改賜其名為國忠。楊氏權傾天下。貴妃進見之夕，奏霓裳羽衣曲⓭，授金釵鈿盒。玄宗自執麗水鎮庫紫磨金⓮琢成步搖，至妝閣⓯親與插鬢。自寵了貴妃，便疏了梅妃。

梅妃問親隨的宮女嫣紅道：「妳可曉得皇上兩日為何不到我宮中？」嫣紅道：「奴婢那裡得知，除非叫高力士來，便知分曉。」梅妃道：「妳去尋來，待我問他。」嫣紅領旨出宮尋問，走到苑中，見力士坐在廊下打瞌睡。嫣紅道：「待我耍他一耍。」見一棵千葉桃花，嬌紅鮮豔，便折下一小枝來，將花插在他頭上，取一嫩枝，塞向力士鼻孔中去。力士陡然驚醒，見是嫣紅，問道：「嫣紅妹子，妳來做甚？」

⓬趙家合德：指趙飛燕的妹妹趙昭儀，曾侍奉漢成帝。

⓭霓裳羽衣曲：唐樂曲名。本傳自西涼，經唐玄宗潤色，改為今名。

⓮紫磨金：上等黃金。

⓯妝閣：指閨房。

此時宮中高燒銀燭，階前月影橫空，玄宗就在燈月之下，將楊妃定睛一看。

嫣紅笑道：「我家娘娘特來召你。」力士便同嫣紅，走到梅妃宮中，叩頭見過。梅妃問力士道：「聖上這幾日，為何不進我宮中？」力士道：「啊呀，聖上在南宮中，新納了壽王的楊妃，寵幸無比，娘娘難道還不知麼？」梅妃道：「我那裡曉得。且問你聖上待她意思如何？」力士道：「自從楊妃入宮之後，龍顏大悅，親賜金鈿珠翠，舉族加官，宮中號曰娘子，儀體⑯侔於皇后。」梅妃聽了這句話，不覺兩淚交流道：「我初入宮之時，便疑有此事，不想果然。你且出去，我自有道理。」高力士出宮去了。嫣紅將適間苑內所見如何行徑，如何快活，說與梅妃知道。梅妃聽了，不勝怨恨。嫣紅道：「娘娘不要愁煩，依奴婢愚見，娘娘莫若裝束了，步到南宮去看皇爺怎麼樣說。」梅妃見說，便向妝臺前整雲鬢。梅妃對了菱花寶鏡，歎道：「天乎！我江采蘋如此才貌，何自憔悴至此，豈不令人腸斷！」說了雙淚交流，強不出精神來梳妝。嫣紅與宮女再三勸慰，替她重施朱粉，再整花鈿，打扮得齊齊整整，隨了七八個宮奴，向南宮緩步而來。

卻見玄宗獨立花陰。梅妃上前朝見。玄宗道：「今日有甚好風，吹得妳來？」梅妃微微的笑道：「時布陽和，忽南風甚競，故循循至此，以解寂寥耳。」玄宗道：「名花在側，正要著人來宣妃子，共成一醉。」梅妃道：「聞得陛下納寵楊妃，賤妾一來賀喜，二來求見新人。」玄宗道：「此是朕一時偶惹閒花野草，何足掛齒。」梅妃定要請見。玄宗不得已道：「愛卿既不嫌棄，著她來參見妳就是。但她來時，卿不可著惱。」梅妃道：「妾依尊命，須要她拜見我便了。」玄宗道：「這也不難。」即召楊妃出來，楊妃望著梅妃叩頭畢。玄宗即命擺宴，酒過三巡，玄宗道：「梅妃有謝女之才，不惜佳句，贊她一首何

⑯儀體：禮儀的程序法式。

如？」梅妃道：「惟恐不能表揚萬一，望乞恕罪。」楊妃道：「妾係蒲姿柳質，豈足當娘娘翰墨揄揚？」玄宗道：「二妃不必過謙。」叫左右快取一幅錦箋，放在梅妃面前。梅妃只得提起筆來，寫上七絕一首：

撇卻巫山下楚雲，南宮一夜玉樓春。冰肌月貌誰能似？錦繡江天半為君。

梅妃寫完，呈於玄宗。玄宗看了，連聲讚美，付與楊妃。楊妃接來看了一遍，心中暗想：「此詞雖佳，內多譏諷。她說撇卻巫山下楚雲，笑奴從壽邸而來；錦繡江天半為君，笑奴肥胖的意思。待我也回她幾句，看她怎麼說？」便對梅妃道：「娘娘美豔之姿，絕世無雙，待奴回贊一首何如？」梅妃道：「俚詞描寫萬一，若得美人不吝名言，妾所願也。」楊妃亦取箋寫道：

美豔何曾減卻春，梅花雪裡亦清真。總教借得春風早，不與凡花鬥色新。

玄宗見楊妃寫完，贊道：「亦來的敏快得情。」拿與梅妃道：「妃子妳看何如？」梅妃取來一看，暗想道：「她說梅花雪裡亦清真，笑我瘦弱的意思；不與凡花鬥色新，笑我已過時了。」兩下顏色有些不和起來。高力士道：「娘娘們詩詞唱和，奴婢有幾句粗言俗語解分。」玄宗道：「你試說來。」高力士道：「皇爺今日同二位玉美人，步步嬌，走到高陽台，二位娘娘雙勸酒，飲到月上海棠。奴婢打一套三棒鼓⑰，唱一套賀新郎，大家沉醉東風。皇爺卸下皂羅袍，娘娘解下紅衲襖，忽聞一陣錦衣香，同睡在銷金帳，那時節花心動將起來，只要快活三⑱，那裡管念奴嬌惜奴嬌。皇爺慢慢的做個蝶戀花，魚遊

⑰ 三棒鼓：即花鼓。用三棒上下交替拋擲擊鼓，唐代稱三杖鼓。

春水，豈不是萬年歡天下樂？」只見二妃聽到他說到「花心動，快活三」，不覺的都嘻嘻微笑起來。玄宗道：「力士之言有理。朕今日二美既具，正當取樂，休得爭論。」遂挽手攜著二妃回宮。梅妃性柔緩，後竟為楊妃所譖，遷於上陽東宮。

一日玄宗閒步梅園，忽想起梅妃來，差高力士去探望。力士領旨到上陽宮，只見梅妃正在那裡傷感。力士連忙叩頭。梅妃道：「高常侍，我自別聖駕已來，久無音問，今日甚事有勞你來？」力士道：「聖上今日偶步梅園，十分思念娘娘，特著奴婢來探望。」梅妃聞言，便歡歡喜喜問力士道：「聖上著你來探望，終非棄我，汝可為我叩謝皇恩，說我無日不望覩天顏，還祈皇恩始終無替。」力士領命，隨即回至梅園，將梅妃所言奏上。玄宗聞言，不覺嗟嘆道：「我豈遂忘汝耶！高力士，你可選梨園⑲最快戲馬⑳，密召梅妃到翠華西閣相敘，不可遲誤。」力士應聲而去。玄宗連聲叫道：「轉來，你須悄地裡去，不可使楊妃知道。」力士道：「奴婢曉得。」便到梨園選了一匹上等駿馬，竟到東樓，見了梅妃。梅妃道：「高常侍，你為何又來？」力士道：「奴婢將娘娘之言，述與皇爺聽了，皇爺浩歎道：『我豈忘汝！』就令奴婢選上等駿馬，密召娘娘到翠華西閣敘話。」梅妃道：「既是君王寵召，緣何要暗地裡來？」力士道：「只恐楊娘娘得知，不是當耍。」梅妃道：「陛下為何怕著這個肥婢？」力士道：「娘娘快上馬，皇爺等久了。」

---

⑱ 快活三：指快活。後宋元方言指胖子。

⑲ 梨園：唐玄宗曾選樂工三百人、宮女數百人，教授樂曲於梨園，後世因稱戲班為梨園。

⑳ 戲馬：快馬。

梅妃便上馬而來，到了閣前，玄宗抱下馬來道：「愛卿，我那一日不想妳來。」梅妃參拜道：「賤妾負罪，將謂永捐，不料又得復覩天顏。」玄宗就命宮女擺酒，飲至數巡，梅妃斟上一盃，敬與玄宗道：「陛下果終不棄賤妾，幸滿飲此盃。」玄宗吃了，也斟一杯回賜。梅妃飲至半醉，玄宗雙手捧著她面龐細看道：「妃子花容，略覺消瘦了些。」梅妃道：「如此情懷，怎免消瘦？」玄宗道：「瘦便瘦，卻越覺清雅了。」梅妃笑道：「只怕還是肥的好哩！」玄宗也笑道：「各有好處。」又飲了幾杯，便同梅妃進房，解衣上床，交合了一會，弄得梅妃如醉夢一般。兩情歡暢，鳳倒鸞顛，霎時雲收雨散。玄宗身體微倦，抱頸而睡，不覺失曉。

楊妃在宮，不見玄宗駕來，問念奴道：「聖上何在？」念奴道：「奴婢聞萬歲著高力士，召梅娘娘至翠華西閣。」楊妃聽了，忙自步到閣前，驚得那些常侍飛報道：「楊娘娘已到閣前，當如之何？」玄宗披衣，抱梅妃藏夾幙間。楊妃走到裡面見禮畢，問道：「陛下為何起得遲？」玄宗道：「還是妃子來得早。」楊妃道：「賤妾聞梅精在此，特此相望。」玄宗道：「她在東樓。」楊妃道：「今日宣來，同至溫泉一樂。」玄宗只是看著左右，也不去回答她。楊妃怒道：「肴核狼藉，御榻下有婦人珠舄㉑，枕邊有金釵翠鈿，夜來何人侍陛下寢，歡睡至日出，還不視朝，是何體統？陛下可出見群臣，妾在此閣，以俟駕回。」玄宗愧甚，拽衾向屏復睡道：「今日有疾，不能視朝。」楊妃怒甚，將金釵翠鈿擲於地，竟歸私第。不想小黃門見楊妃勢急，恐生餘事，步送梅妃回宮。玄宗見楊妃已去，欲與梅妃再圖欣慶，卻被黃門送去，大怒，斬之，親自拾起金釵翠鈿珠舄包好，又將夷使所貢珍珠一斛，著永新領去，並賜

㉑ 珠舄：綴珍珠的鞋。

梅妃。永新領旨，前往東樓。梅妃問道：「聖上著人送我歸來，何棄我之深乎？」永新道：「萬歲非棄娘娘，恐楊娘娘性惡，所送黃門，已斬訖矣。」梅妃道：「恐憐我又動這肥婢情，豈非棄我也？原物俱已拜領，所賜珍珠不敢受，有詩一首，煩你進到御前道，妾非忤旨不受珍珠，恐怕楊妃聞知，又累聖上受氣耳。」永新領命而去，將珍珠並詩獻上。玄宗拆開一看，念道：

柳葉蛾眉久不描，殘妝和淚濕紅綃。長門自是無梳洗，何必珍珠慰寂寥？

玄宗覽詩，悵然不樂，又喜其詩之妙，令樂府以新聲度之，號一斛珠。楊妃既懷前恨，又知此事，逐日思量害她。未知後事如何，且聽下回分解。

總評：普天下有一不妒之婦人乎？偶有之，亦是讓千乘之國，好名之人耳，非真不妒也。然妒有隱與顯之別，無才而妒，梅妃是也。觀其要見新人，要她拜見，妒之藏於內者也，無才者也。若楊妃能遷梅妃於東宮，能擲金釵於地下，此妒之形於外者也。敗亡之禍，萌於此矣。作者先將兩人性情各各寫出，而玄宗周旋其間，無可如何景狀，可發一粲。

第八十回　安祿山入宮見妃子　高力士沿街覓狀元

詞曰：

幸得君王帶笑看，莫偷安。野心狼子也來看，漫拈酸。　俏眼盈盈戀所愛，儘盤桓。卻教說在別家歡，被他瞞。

右調太平時

從來士子的窮通顯晦，關乎時命，不可以智力求；即使命裡終須通顯，若還未遇其時，猶不免橫遭屈抑，此乃常理，不足為怪。獨可怪那女子的貴賤品格，卻不關乎其所處之位。儘有身為下賤的，倒能立志高潔；那位居尊貴的，反做出無恥污辱之事。即如唐朝武后、韋后、太平公主、安樂公主，這一班淫亂的婦女，攪得世界不清，已極可笑、可恨，誰想到玄宗時，卻又生出個楊貴妃來。她身受天子寵眷，何等尊榮；況那天子又極風流不俗，何等受用，如何反看上了那塞外蠻奴安祿山，與之私通，濁亂宮闈，以致後來釀禍不小，豈非怪事。且說那安祿山，乃是營州夷種。本姓康氏，初名阿落山，因其母再適安氏，遂冒姓安，改名祿山，為人奸猾，善揣人意。後因部落破散，逃至幽州，投託節度使張守珪麾下。守珪愛之，以為養子，出入隨侍。

一日守珪洗足，祿山侍側，見守珪左腳底有黑痣五個，因注視而笑。守珪道：「我這五黑痣，識者以為貴相，汝何笑也？」祿山道：「兒乃賤人，不意兩腳底都有黑痣七枚，今見恩相貴人腳下亦有黑痣，故不覺竊笑。」守珪聞言，便令脫足來看，果然兩腳底俱有七痣，狀如七星，比自己腳上的更黑大，因大奇之，愈加親愛，屢借軍功薦引，直薦他做到平盧討擊使。時有東夷別部奚契丹❶，作亂犯邊，守珪檄令安祿山，督兵征討。祿山自恃強勇，不依守珪方略，率兵輕進，被奚契丹殺得大敗虧輸❷。原來張守珪軍令最嚴明，諸將有違令敗績者，必按軍法。祿山既敗，便顧不得養子情分，一面上疏奏聞，一面將祿山提至軍前正法。祿山臨刑，對著張守珪大叫道：「大夫欲滅賊，奈何輕殺大將！」守珪壯其言，即命緩刑，將他解送京師，候旨定奪。祿山賄囑內侍們，於玄宗面前說方便。當時朝臣多言祿山喪師失律，法所當誅，且其貌有反相，不可留為後患。玄宗因先入內侍之言，竟不准朝臣所奏，降旨赦祿山之死，仍赴平盧原任，帶罪立功。祿山本是極乖巧善媚，他向在平盧，凡有玄宗左右偶至平盧者，皆厚賂之。於是玄宗耳中，常常聞得稱譽安祿山的言語，遂愈信其賢，屢加陞擢，官至營州都督平盧節度使。至天寶二年，召之入朝，留京侍駕。祿山內藏奸狡，外貌假裝愚直。玄宗信為真誠，寵遇日隆，得以非時謁見，宮苑嚴密之地，出入無禁。

一日，祿山覓得一隻最會人言的白鸚鵡，置之金絲籠中，欲獻與玄宗。聞駕幸御苑，因便攜之苑中來。正遇玄宗同著太子在花叢中散步。祿山望見，將鸚鵡籠兒掛在樹枝上，趨步向前朝拜，卻故意只拜

❶ 奚契丹：即奚族，匈奴族之一支，唐朝時建立奚國，居住於我國的河北、遼寧一帶。

❷ 虧輸：戰敗。

了玄宗，更不拜太子，玄宗道：「卿何不拜太子？」祿山假意奏說：「臣愚，不知太子是何等官爵，可使臣等就當至尊面前謁拜？」玄宗笑道：「太子乃儲君，豈論官爵，朕千秋萬歲後，繼朕為君者，卿等何得不拜？」祿山道：「臣愚，向只知皇上一人，臣等所當盡忠報效；卻不知更有太子，當一體敬事。」玄宗回顧太子道：「此人樸誠乃爾。」正說間，那鸚鵡在籠中便叫道：「安祿山快拜太子。」祿山方纔望著太子下拜，拜畢，即將鸚鵡攜至御前。玄宗道：「此鳥不但能言，且曉人意，卿從何處得來？」祿山扯個謊道：「臣前征奚契丹至北平郡，夢見先朝已故名臣李靖，向臣索食，臣因為之設祭。當祭之時，此鳥忽從空飛至，臣以為祥瑞，取而養之，今已馴熟，方敢上獻。」言未已，那鸚鵡又叫道：「且莫多言，貴妃娘娘駕到了。」

祿山舉眼一望，只見許多宮女簇擁著香車，冉冉而來。到得將近，貴妃下車，宮人擁至玄宗前行禮。太子也行禮罷，各就坐位。祿山待欲退避，玄宗命且住著。祿山便不避，望著貴妃拜了，拱立階下。玄宗指著鸚鵡對貴妃說道：「此鳥最能人言，又知人意。」因看著祿山道：「是那安祿山所進，可付宮中養之。」貴妃道：「鸚鵡本能言之鳥，而白者不易得；況又能曉人意，真佳禽也。」即命宮女念奴收去養著。因問：「此即安祿山耶，現為何官？」玄宗道：「此兒本塞外人，極其雄壯，向年歸附朝廷，官拜平盧節度。朕愛其忠直，留京隨侍。」因笑道：「他昔曾為張守珪養子，今日侍朕，即如朕之養子耳。」貴妃道：「誠如聖諭，此人真所謂可兒矣。」玄宗笑道：「妃子以為可兒，便可撫之為兒。」貴妃聞言，熟視祿山，笑而不答。祿山聽了此言，即趨至階前，向著貴妃下拜道：「臣兒願母妃千歲。」玄宗笑說道：「祿山，你的禮數差了，欲拜母先須拜父。」祿山叩頭奏道：「臣本胡人，胡俗先母後父。」玄宗顧視貴妃道：「即此可見其樸誠。」說話間，左右排上宴來，太子因有小病初愈，不耐久坐，先辭回東宮去了，玄宗即命祿山侍宴。祿山於奉觴進酒之時，偷眼看那貴妃的美貌，真個是：

施脂太赤，施粉太白。增之太長，減之太短。看來豐厚，卻甚輕盈。極是嬌憨，自饒溫雅。洵矣胡天胡帝，果然傾國傾城。

那安祿山久聞楊妃之美，今忽得覩花容，十分欣喜；況又認為母子，將來正好親近，因遂懷下個不良的妄念。這貴妃又是個風流水性，她也不必以貌取人，只是愛少年，喜壯士；見祿山身材充實，鼻準豐隆，英銳之氣可掬，也就動了個不次用人的邪心。正是：

色既不近貴，冶容又誨淫。三郎❸忘大度，二人已同心。

話分兩頭。且不說安祿山與楊貴妃相親近之事。且說其時適當大比之年，禮部奏請開科取士，一面移檄各州郡，招集舉子來京應試。當時西蜀綿州，有個才子，姓李名白，字太白，原係西涼主李暠九世孫；其母夢長庚星❹入懷而生，因以命名。那人生得天姿敏妙，性格清奇，嗜酒耽詩，輕財狂俠，自號青蓮居士。人見其有飄然出世之表，稱之為李謫仙。他不求仕進，志欲遨遊四方，看盡天下名山大川，嘗遍天下美酒。先登峨嵋，繼居雲夢，後復隱於徂徠山竹溪，與孔巢父、韓準、裴政、張叔明、陶沔，

❸ 三郎：指唐玄宗。玄宗兄弟排行第三，故稱。

❹ 長庚星：金星的別名。

日夕酣飲，號為竹溪六逸。因聞人說湖州烏程酒極佳，遂不遠千里而往，暢飲於酒肆之中，且飲且歌，旁若無人。適州司馬吳筠經過，聞狂歌之聲，遣人詢問，太白隨口答詩四句道：

青蓮居士謫仙人，酒肆逃名三十春。湖州司馬何須問？金粟如來❺是後身。

吳筠聞詩驚喜道：「原來李謫仙在此，聞名久矣，何幸今日得遇。」當下請至衙齋相敘，飲酒賦詩，留連了幾時，吳筠再三勸他入京取應。太白以近來科目一途，全無公道，意不欲行。正躊躇間，恰好吳筠陞任京職，即日起身赴京，遂拉太白同至京師。

一日，偶於紫極宮❻閒遊，與少監賀知章相遇，彼此通名道姓，互相愛慕。知章即邀太白至酒樓中，解下腰間金魚，換酒同飲，極歡而罷。到得試期將近，朝廷正點著賀知章知貢舉，又特旨命楊國忠、高力士為內外監督官，檢點試卷，錄送主試官批閱。賀知章暗想道：「吾今日奉命知貢舉，若李太白來應試，定當首薦。但他是個高傲的人，若與通關節，反要觸惱了他，不肯入試。他的詩文千人亦見的，不必通甚關節，自然入彀❼。只是一應試卷，須由監督官錄送，我今只囑託楊、高二人，要他留心照看便了。」於是一面致意楊國忠、高力士，一面即託吳筠，力勸太白應試。太白被勸不過，只得依言，打點入場。那知楊、高二人，與賀知章原不是一類的人，彼以小人之心，度君子之腹，只道知章受了人的賄

❺ 金粟如來：佛教中維摩詰佛的別稱。
❻ 紫極宮：唐代重道教，玄宗於京城及各地建老君廟，號紫極宮。
❼ 入彀：指科舉考試中式。

賂，有了關節，卻來向我討白人情，遂私相商議，專記著李白名字的試卷，偏不要錄送。到了考試之日，太白隨眾入場，這幾篇試作，那轂一揮，第一個交卷的就是他。楊國忠見卷面上有李白姓名，便不管好歹，一筆抹倒道：「這等潦草的惡卷，何堪錄送？」太白待欲爭論，國忠謾罵道：「這樣舉子，只好與我磨墨。」高力士插口道：「磨墨也不適用，只好與我脫靴。」喝令左右將太白扶出。正是：

文章無口，爭論不得。堪嘆高才，橫遭揮斥。

太白出得場來，怨氣沖天，吳筠再三勸慰。太白立誓，若他日得志，定教楊國忠磨墨，高力士脫靴，方出胸中惡氣。這邊賀知章在闈中閱卷，暗中摸索，中了好些真才，只道李白必在其內，及至榜發，偏是李白不曾中得，心中十分疑訝。直待出闈，方知為楊、高二人所擯，其事反因叮囑而起。知章懊恨，自不必說。

且說那榜上第一名是秦國楨，其兄秦國模，中在第五名，二人乃是秦叔寶的玄孫，少年有才。兄弟同掇巍科❽，人人稱羨。至殿試之日，二人入朝對策，日方午，便交卷出朝，家人們接著，行至集慶坊，只聽得鑼鼓聲喧，原來是走太平會的。一霎時，看的人擁擠將來，把他兄弟二人擠散。及至會兒過了，國楨不見了哥哥，連家人們也都不見，只得獨自行走。正行間，忽有一童子叫聲：「相公，我家老爺奉請，現在花園中相候。」國楨道：「是那個老爺？」童子道：「相公到彼便知。」國楨只道是那一個朝貴，或者為科名之事，有甚話說，因不敢推卻。童子引他入一小巷，進一小門，行不幾步，見一座絕高

❽巍科：古代科舉考試，榜上名分等次，排在前列者稱巍科。

的粉牆；從牆邊側門而入，只見裡面綠樹參差，紅英絢爛，一條街徑，是白石子砌的，前有一池，兩岸都種桃花楊柳，池畔彩鴛白鶴，成對兒游戲；池上有一橋，朱欄委曲。走進前去，又進一重門，童子即將門兒鎖了，內有一帶長廊，庭中修竹千竿，映得廊檐碧翠；轉進去是一座亭子，匾額上題著「四虛亭」三字，又寫西州李白題。亭後又是一帶高牆，有兩扇石門，緊緊的閉著。童子道：「相公且在此略坐，主人就出來也。」說罷，飛跑的去了。國楨想道：「此是誰家，有這般好園亭？」正在遲疑，只見石門忽啟，走出兩個青衣的侍女，看了國楨一看，笑吟吟的道：「主人請相公到內樓相見。」國楨道：「妳主人是誰，如何卻教女使來相邀？」侍女也不答應，只是笑著，把國楨引入石門；早望見畫樓高聳，樓前花卉爭妍，樓上又走下兩個侍女來，把國楨簇擁上樓。只聽得樓簷前，籠中鸚鵡叫道：「有客來了。」國楨舉目看那樓上，排設極其華美，琉璃屏，水晶簾，照耀得滿樓光亮；桌上博山爐內，爇著龍涎妙香，氤氳撲鼻，卻不見主人。忽聞侍女傳呼夫人來，只見左壁廂一簇女侍們擁著一個美人，徐步而出，那美人怎生模樣？

眼橫秋水，眉掃春山。可憐楊柳腰，柔枝若擺。堪愛桃花面，豔色如酣。寶髻玲瓏，恰稱綠雲高挽；繡裙穩貼，最宜翠帶輕垂。果然是金屋嬌姿，真足稱香閨麗質。

國楨見了，急欲退避，侍女擁住道：「夫人正欲相會。」國楨道：「小生何人，敢輕與夫人覿面？」那夫人道：「郎君果係何等人，乞通姓氏。」國楨心下驚疑，不敢實說，將那秦字楨字拆開，只說道：「姓余名貞木，本未列郡庠，適因春遊，被一童子誤引入潭府，望夫人恕罪，速賜遣發。」說罷深深一揖，夫人還禮不迭，一雙俏眼兒，把國楨覷看，見他儀容俊雅，禮貌謙恭，十分憐愛，便移步向前，伸出如玉的一隻手兒，扯著國楨留坐。國楨逡巡退遜道：「小生輕造香閣，蒙夫人不加呵斥，已為萬幸，何敢共坐？」夫人道：「妾昨夜夢一青鸞，飛集小樓，今日郎君至此，正應其兆。郎君將來定當大貴，何必過謙。」國楨只得坐下，侍女獻茶畢，夫人即命看酒。國楨起身告辭。夫人笑道：「妾夫遠出，此間並無外人，但住不妨。況重門深鎖，郎君欲何往乎？」國楨聞言，放心坐定。少頃侍女排下酒席，夫人拉國楨同坐共飲，說不盡佳肴美味，侍女輪流把盞。國楨道：「不敢動問夫人何氏？尊夫何官？」夫人笑道：「郎君有緣至此，但得美人陪伴，自足怡情，何勞多問。」國楨因自己也不曾說真名字，便也不去再問她。兩個一遞一盃，直飲至日暮，繼之以燭，彼此都已半酣，國楨道：「酒已闌矣，可容小生去否？」夫人笑道：「酒興雖闌，春興正濃，何可言去？今日此會，殊非偶然，如此良宵，豈宜虛度。」此時夫人春心蕩漾，國楨也情興勃然。遂大家起身，摟摟抱抱，命侍女撤去筵席，整頓床褥。兩箇擁入羅幃，解衣寬帶，倒鳳顛鸞。這一夜的歡娛，有黃鶯兒一詞為證：

何意忽成雙，遇偏奇，興太狂，鸞顛鳳倒同歡暢。春宵正長，春事正忙，五更生怕雞聲唱。囑情郎還圖後會，恩愛莫相忘。

二人雲雨既畢，交頸而睡。

至次日，夫人不肯就放國楨出來，國楨也戀戀不忍言別。流連取樂了四五日，那知殿試放榜，秦國楨狀元及第，秦國模中二甲第一，金殿傳臚❾，諸進士畢集，單單不見了一個狀元，禮部奏請遣官尋覓。

玄宗聞知秦國模，即國楨之兄，傳旨道：「不可以弟先兄，國楨既不到，可改國模為狀元，即日赴瓊林宴。」國模啟奏道：「臣弟於廷試日出朝，至集慶坊，遇社會❿擁擠，與臣相失，至今不歸。臣遣家僮四處尋問未知蹤跡，臣心甚惶惑。今乞吾皇破例垂恩，暫緩瓊林赴宴之期，俟臣弟到時補宴，臣不敢冒其科名。」玄宗准奏，姑寬宴期，著高力士督率員役於集慶坊一帶地方，挨街挨巷，查訪狀元秦國楨，限二日內尋來見駕。這件奇事，鬨動京城，早有人傳入夫人耳中，夫人也只當做一件新聞，述與秦國楨道：「你可曉得外邊不見了新科狀元，朝廷差高太監沿路尋訪，豈不好笑。」國楨道：「新科狀元是誰？」夫人道：「就是會榜第一的秦國楨，本貫齊州，附籍長安，乃秦叔寶的後人。」國楨聞言，又喜又驚，急問道：「如今狀元不見，瓊林宴怎麼了？」夫人道：「聞說朝廷要將那二甲第一秦國模，改為狀元。國模推辭，奏乞暫寬宴期，待尋著狀元，然後覆旨開宴哩！」國楨聽罷，忙向夫人跪告道：「好夫人，救我則個。」夫人一把拖起道：「這為怎的？」國楨道：「實不相瞞，前日初相見，不敢便說真名姓，我其實就是秦國楨。」

夫人聞說，呆了半晌，向國楨道：「親哥哥，你如今是殿元公⓫了，朝廷現在追尋得緊，我不便再留你，只得要與你別了，好不苦也。」一頭說，一頭便掉下淚來。國楨道：「妳我如此恩愛，少不得要圖後會，不必愁煩。但今聖上差高太監尋我，這事弄大了，倘究問起來，如何是好？」夫人想了一想道：

❾ 傳臚：科舉時，殿試後宣讀皇帝詔命唱名叫傳臚。其制始於宋代。

❿ 社會：指節日演藝集會。

⓫ 殿元公：進士殿試第一名，即狀元。

「不妨，我有計在此。」便叫侍女取出一軸畫圖，展開與國楨看，只見上面五色燦然，畫著許多樓臺亭閣，又畫一美人，凭欄看花。夫人指著畫圖道：「你到御前，只說遇一老媼云：奉仙女之命召你，引至這般一個所在，見這般一個美人，被她款住。所吃的東西，所用的器皿，都是外邊絕少的，相留數日，不肯自說姓名，也不問我姓名，今日方纔放出行動，都被她以帕蒙首，教人扶掖而行，竟不知她出入往來的門路。你只如此奏聞，包管無事。」國楨道：「此何畫圖，那畫上美人是誰，如何說遇了她，便可無事？」夫人道：「不必多問，你只仔細看了，牢牢記著，但依我言啟奏。我再託人賄囑內侍們，於中周旋便了。本該設席與你送行，但欽限二日尋到，今已是第二日了，不可遲誤，只奉三杯罷。」便將金杯斟酒親手相遞，不覺淚珠兒落在杯中，國楨也淒然下淚。兩人共飲了這杯酒。國楨道：「我的夫人，我今已把真名姓告知你了，你的姓氏也須說與我知道，好待我時時念誦。」夫人道：「我夫君亦係朝貴，我不便明言。你若不忘恩愛，且圖後會罷。」說到其間，兩下好不依依難捨。夫人親送國楨出門，卻不是來時的門徑了，別從一曲徑，啟一小門而出。看官，你道那夫人是誰？原來她複姓達奚，小字盈盈，乃朝中一貴官的小夫人。這貴官年老無子，又出差在外，盈盈獨居於此，故開這條活路，欲為種子⓬計耳。正是：

> 欲求世間種，暫款榜頭人。

當下國楨出得門來，已是傍晚的時候，踉踉蹌蹌，走上街坊，只見街坊上人，三三兩兩，都在那裡

⓬ 種子：借指傳宗接代。

傳說新聞。有的道：「怎生一個新科狀元，卻不見了，尋了兩日，還尋不著？」有的道：「朝廷如今差高公公於城內外寺觀中，及茶坊酒肆妓女人家，各處挨查，好像搜捕強盜一般。」國楨聽了，暗自好笑。又走過了一條街，忽見一對紅棍，二三十個軍牢，擁著一個騎馬的太監，急急的行來。國楨心忙，不覺衝了他前導。軍牢們呵喝起來，舉棍欲打。國楨叫道：「呵呀！不要打！」只聽得側首一小巷裡，也有人叫道：「呵呀！不要打！」好似深山空谷中，說話應聲響的一般。原來那馬上太監，便是奉旨尋狀元的高力士。他一面親身遍訪，一面又差人同著秦家的家僮，分頭尋覓，此時正從小巷出來。那家僮望見了主人，恰待喊出來，卻見軍牢們扭住國楨要打，所以忙嚷不要打，恰與國楨的喊聲相應。當下家僮喊說：「我家狀元爺在此了！」眾人聽說，一齊擁住。力士忙下馬相見說道：「不知是殿元公，多有觸犯，高某那處不尋到。殿元兩日卻在何處？」國楨道：「說也奇怪，不知是遇怪逢神，被他阻滯了這幾時，今日纔得出來，重煩公公尋覓，深為有罪。今欲入朝見駕，還求公公方便。」力士道：「此時聖駕在花萼樓，可即到彼朝參。」

於是乘馬同行。來至樓前，力士先啟奏了，玄宗即宣國楨上樓朝參畢，問：「卿連日在何處？」國楨依著達奚盈盈所言，宛轉奏上。玄宗聞奏，微微含笑道：「如此說，卿真遇仙矣，不必深究。」看官，你道玄宗為何便不究了？原來當時楊貴妃有姊妹三人，俱有姿色。玄宗於貴妃面上，推恩三姊妹，俱賜封號，呼之為姨：大姨封韓國夫人，三姨封虢國夫人，八姨封秦國夫人。諸姨每因貴妃宣召入宮，即與玄宗諧謔調笑，無所不至。其中惟虢國夫人，更風流倜儻，玄宗常與相狎，凡宮中的服食器用，時蒙賜賚，又另賜第宅一所於集慶坊。這夫人卻甚多情，常勾引少年子弟，到宅中取樂，玄宗頗亦聞之，卻也

國楨衝了前導，軍牢們呵喝起來，舉棍欲打。原來那馬上太監，便是奉旨尋狀元的高力士。

不去管她。那達奚盈盈之母曾在虢國府中，做針線養娘，故備知其事。這軸圖畫，亦是府中之物，其母偶然攜來，與女兒觀玩的。畫上那美人，即虢國夫人的小像。所以國楨照著畫圖說法，玄宗竟疑是虢國夫人的所為，不便追究，那知卻是盈盈的巧計脫卸。正是：

張公吃酒李公醉，鄭六生兒盛九當。

當下玄宗傳旨，狀元秦國楨既到，可即刻赴瓊林宴。國楨奏道：「昨已蒙皇上改臣兄國模為狀元，臣兄推辭不就，今乞聖恩，即賜改定，庶使臣不致以弟先兄。」玄宗道：「卿兄弟相讓，足徵友愛。」遂命兄弟二人，俱賜狀元及第，國楨謝恩赴宴。內侍齎著兩副宮袍，兩對金花，至瓊林宴上，宣賜秦家昆仲，好不榮耀。時已日暮，宴上四面張燈，諸公方纔就席。從來說杏苑看花，今科卻是賞燈；且玉殿傳金榜，狀元忽有兩個，真乃奇聞異事。次日，兩狀元率諸新貴赴闕謝恩，奉旨秦國模、秦國楨俱為翰林承旨；其餘諸人，照例授職，不在話下。

且說宮中一日賞花開宴，貴妃宣召虢國夫人入宮同宴，明皇見了虢國夫人，想起秦國楨所奏之語，遂乘貴妃起身更衣時，私向夫人笑問道：「三姨何得私藏少年在家？」那知虢國夫人，近日正勾引一個千牛衛官的兒子，藏在家中取樂。今聞此言，只道玄宗說著這事，乃斂袵低眉含笑說道：「兒女之情，不能自禁，乞天恩免究罷！」玄宗戲把指兒點著道：「姑饒這遭。」說罷，相視而笑。正是：

阿姨風騷，姨夫識竅。大家錯誤，付之一笑。

總評：天地間誤裡傳誤，錯中多錯，何處不有。當初虢國夫人之像，如何在盈盈手中，非伊母為養娘不可得也。此理之所有，寫來何等識力。玄宗料秦國楨在虢國夫人家，不究此事；夫人直認不辭，只因藏著少年耳。寫得花團錦簇，誤者不誤，錯者不錯，化工筆也。

第八十一回　縱嬖寵洗兒賜錢　惑君王對使翦髮

詞曰：

癡兒肥蠢，娘看偏奇俊。何意洗兒蒙賜，更阿父能幫興。　不堪嬌妒性，暫離宮寢。一縷香雲輕翦，便重得君王幸。

右調霜天曉角

人生七情六慾，惟有好色之念，最難袪除。豔冶當前而不動心者，其人若非大聖賢、大英雄，定是個愚夫騃漢。所以古人原不禁人好色。但好色之中，亦有禮焉：茍徒逞男女之情慾，不顧名義，瀆亂體統，上下宣淫以致醜聲傳播，如何使得？且說秦國模、秦國楨兄弟二人，都在翰林供職，這秦國模為人剛正，只看他不肯佔其弟之科名，可知是個有品有志之人。他見貴妃擅寵，楊氏勢盛，祿山放縱，宮闈不謹，因激起一片嫉邪愛主之心，便同其弟計議，連名上一疏，謂朝廷爵賞太濫，女寵太盛；又道安祿山本一塞外健兒，謬膺節鉞，宜令效力邊疆，不可縱其出入宮闈，致滋物議，其言甚切直。疏上，玄宗不悅。群小交進讒言，說他語涉訕謗，宜加重譴。有旨著廷臣議處，虧得賀知章與吳筠上疏力救，玄宗乃降旨道：「秦國模、秦國楨越職妄言，本當治罪，念係勳臣後裔，新進無知，姑免深究，著即致仕去。

今後如再有瀆奏者，定行重處。」此旨一下，朝臣側目。時奸相李林甫，欲乘機蔽主專權，對眾諫官說道：「今上聖明，臣子只宜將順，豈容多言？諸君不見立仗之馬❶乎，日食三品料❷。若一鳴，便斥去矣。」自此諫官結舌不言。玄宗只道天下承平無事，又嘗親閱庫藏，見財貨充盈，一發志驕意滿，視金帛如糞土，賞賜無限，一切朝政，俱委之李林甫。那李林甫奸狡異常，心雖甚忌楊國忠，外貌卻與和好；又畏太子英明，常思與國忠潛謀傾陷；又能揣知安祿山之意，微詞冷語，說著他的心事，使之心服驚佩；卻又以好言撫慰之，使之欣感不忘。因而朋比為奸，迎合君心，以固其寵。玄宗深居宮中，日事聲色，以為天下承平無事，那知道楊貴妃竟與安祿山私通。正是：

大腹肥軀野漢，千嬌百媚宮娃。何由彼此貪戀，前生懽喜寃家。

自此安祿山肆橫無忌。玄宗又命安祿山與楊國忠兄妹結為眷屬，時常往來，賞賜極厚，一時之貴盛莫比；又加賜韓國、虢國、秦國三夫人，每月各給錢十萬，為脂粉之資。三位夫人之中，虢國夫人尤為妖艷，不施脂粉，自然天生美麗。當時杜工部❸有首詩云：

虢國夫人承主恩❹，平明騎馬入宮門。卻嫌脂粉污顏色，淡掃蛾眉朝至尊。

❶ 立仗之馬：唐武則天時，每日在宮門外排列八匹馬，號南衙立仗馬，隨儀仗一起退下。
❷ 三品料：指用三品官的俸祿來飼養馬匹。
❸ 杜工部：即杜甫，因其曾任檢校工部員外郎，故稱。
❹ 虢國夫人承主恩：見張祜集靈臺。

一日，值祿山生日，玄宗與楊貴妃俱有賜賚。楊家兄弟姊妹們，各設宴稱慶。鬧過了兩日，祿山入宮謝恩，御駕在宜春院，祿山朝拜畢，便欲叩見母妃楊娘娘。玄宗道：「妃子適間在此侍宴，今已回宮，汝可自往見之。」祿山奉命，遂至楊妃宮中。楊妃此時方侍宴而回，正在微酣半醉之間，見祿山來拜謝恩，口中聲聲自稱孩兒。楊貴妃因戲語道：「人家養了孩兒，三朝例當洗兒，今日恰是你生日的三朝了，我今日當從洗兒之例。」於是乘著酒興，叫內監宮女們都來，把祿山脫去衣服，用錦緞渾身包裹，作襁褓的一般，登時結起一綵輿，把祿山坐於輿中，宮人簇擁著繞宮遊行。一時宮中多人，喧笑不止。那時玄宗尚在宜春院中閒坐看書，遙聞喧笑之聲，即問左右：「後宮何故喧笑？」左右回奏道：「是貴妃娘娘，為洗兒之戲。」玄宗大笑，便乘小車，來至楊妃宮中觀看，共為笑樂，賜楊妃金錢銀錢各十千，為洗兒之錢。正是：

樗蒲點籌，洗兒賜錢。家法相傳，啟後承前。

話分兩頭。那楊妃便寵眷日隆，這邊梅妃江采蘋，卻獨居上陽宮，十分寂寞。一日偶聞有海南驛使到京，因問宮人：「可是來進梅花的？」宮人回說是進荔枝與楊貴妃娘娘的。原來梅妃愛梅，當其得寵之時，四方爭進異種梅花；今既失寵，自此無復有進梅者。楊妃是蜀人，愛吃荔枝，海南的荔枝，勝於蜀種，必欲生致之。乃置驛傳，不憚數千里之遠，飛馳以進。此正杜牧之❺所云：

❺杜牧之：杜牧字牧之，人稱「小杜」，以別於杜甫。

貴妃乘著酒興，叫內監宮女們把祿山脫去衣服，用錦緞渾身包裹，作襁褓的一般，為洗兒之戲。

一騎紅塵妃子笑，無人知道荔枝來❻。

當下梅妃聞梅花絕獻，荔枝遠來，不勝傷感，即召高力士來問道：「你日日侍奉皇爺，可知道皇爺意中還記得有個江采蘋三字麼？」力士道：「皇爺非不念娘娘，只因礙著貴妃娘娘耳！」梅妃道：「我固知肥婢妒我，皇上斷不能忘情於我也。我聞漢陳皇后遭貶，以千金賂司馬相如作長門賦獻於武帝，陳皇后遂得復被寵遇。今日豈無才人若司馬相如者，為我作賦，以邀上意耶？我亦不惜千金之贈，汝試為我圖之。」力士畏楊妃勢盛，不敢應承，只推說一時無善作賦者。梅妃嗟嘆說道：「這是何古今人之不相及也！」力士道：「娘娘大才，遠勝漢后。何不自作一賦以獻上？」梅妃笑而點首。力士辭出，宮人呈上紙墨筆硯，於是梅妃即自作樓東賦一篇，其略云：

玉鑑塵生，鳳奩香殄。懶蟬鬢之巧梳，閉縷衣之輕練。苦寂寞於蕙宮，但注思乎蘭殿；信標梅之盡落，隔長門而不見。況乃花心颺恨，柳眼弄愁。暖風習習，春鳥啾啾。樓上黃昏兮，聽鳳吹而回首；碧雲日暮兮，對素月而凝眸。溫泉不到，憶拾翠❼之舊事；閒庭深閉，嗟青鳥❽之信修。緬夫太液清波，水光蕩浮；笙歌賞宴，陪從宸遊。奏舞鸞之妙曲，乘畫鷁之仙舟。君情繾綣，深

❻ 一騎紅塵妃子笑二句：見杜牧過華清宮。

❼ 拾翠：原指拾取翠鳥羽毛以為首飾，後以指婦女春日嬉遊的景象。

❽ 青鳥：據班固漢武故事。漢武帝時，有青鳥從西來，東方朔說西王母將來。是晚，西王母果至。後多借指使者。

敘綢繆。誓山海而常在，似日月而靡休。何期嫉色庸庸，妒心沖沖，奪我之愛幸，斥我乎幽宮。思舊懽而不得，相夢著乎朦朧。度花朝與月夕，慵獨對乎春風。欲相如之奏賦，奈世才之不工。屬愁吟之未竟，已響動乎疏鐘。空長嘆而掩袂，步躊躇乎樓東。

賦成，奏上。玄宗見了，沉吟嗟賞，想起舊情，不覺為之憮然。楊妃聞之大怒，氣忿忿的來奏道：「梅精江采蘋庸賤婢子，輒敢宣言怨望，宜即賜死。」玄宗默然不答，楊妃奏之不已。玄宗說道：「她無聊作賦，全無悖慢語，何可加誅？為朕的只置之不論罷了。」楊妃道：「陛下不忘情於此婢耶，何不再為翠華西閣之會？」玄宗又見提其舊事，又慚又惱，只因寵愛已慣，姑且忍耐著。楊妃見玄宗不肯依她所言，把梅妃處置，心中好生不然，侍奉之間，全沒有個好臉色，常使性兒，不言不語。

一日，玄宗宴諸王於內殿，諸王請見妃子，玄宗應允，傳命召來，召之至再，方才來到；與諸王相見畢，坐於別席。酒半，寧王吹紫玉笛為念奴和曲，既而宴罷，席散，諸王俱謝恩而退。玄宗暫起更衣，楊妃獨坐，見寧王所吹的紫玉笛兒，在御榻之上，便將玉手取來把玩了一番，就按著腔兒吹弄起來。此正是詩人張祜所云：

深宮靜院無人見，閒把寧王玉笛吹。

楊妃正吹之間，玄宗適出見之，戲笑道：「汝亦自有玉笛，何不把它拿來吹著。此枝紫玉笛兒是寧王的，他才吹過，口澤尚存，汝何得便吹？」楊聞言，全不在意，慢慢的把玉笛兒放下，說道：「寧王吹過已久，妾即吹之，諒亦不妨；還有人雙足被人勾踹，以致鞋幫脫綻，陛下也置之不問，何獨苛責於妾也？」玄宗因她酷妒於梅妃，又見她連日意態蹇傲，心下著實有些不悅，今日酒後同她戲語，她卻略不謝過，反出言不遜，又牽涉著梅妃的舊事，不覺勃然大怒，變色厲聲道：「阿環何敢如此無禮！」便一面起身入內，一面口自宣旨：「著高力士即刻將輕車送她還楊家去，不許入侍！」正是：

妒根於心，驕形於面。語言觸忤，遂致激變。

楊貴妃平日恃寵慣了，不道今日天威忽然震怒，此時待欲面謝哀求，恐盛怒之下，禍有不測；況奉旨不許入侍，無由進見。只得且含淚登車出宮，私託高力士照管宮中所有的物件。當下來至楊國忠家，訴說其故。楊家兄弟姊妹忽聞此信，吃驚不小，相對涕泣，不知所措。安祿山在旁，欲進一言以相救，恐涉嫌疑，不得輕奏；且不敢入宮，也不敢親自到楊家來面候，只得密密使人探問消息罷了。正是：

一女人忤旨，群小人失勢。禍福本無常，恩寵固難恃。

卻說玄宗一時發怒，將楊貴妃逐回，入內便覺得宮闈寂寞，舉目無當意之人。欲再召梅妃入侍，不想她因聞楊妃欲譖殺之，心中又惱恨，又感傷，遂染成一病，這幾日正臥床上，不能起來。玄宗寂寞不堪，焦躁異常，宮女內監們多遭鞭撻，高力士微窺上意，乃私語楊國忠道：「若欲使妃子復入宮中，須得外臣奏請為妙。」時有法曹官吉溫，與殿中侍御史羅希奭，用法深刻，人人畏憚，稱為羅鉗、吉綱。二人都是酷吏，而吉溫性更貪忍，最多狡詐。宰相李林甫尤愛之，因此亦為玄宗所親信。楊國忠乃求他救援，許以重賄。

吉溫乃於便殿奏事之暇，從容進言曰：「貴妃楊氏，婦人無識，有忤聖意，但向蒙恩寵，今即使其罪得死，亦只合死於宮中，陛下何惜宮中一席之地，而忍令辱於外乎？」玄宗聞其言，慘然首肯。及退朝回宮，左右進膳，即命內侍霍韜光，撤御前玉食及珍玩諸寶貝奇物，齎至楊家，宣賜妃子。楊貴妃對使謝恩訖，因涕泣說道：「妾罪該當萬死，蒙聖上的洪恩，從寬遣放，未即就戮。然妾向荷寵寵，今又忽遭棄置，更何面目偷生人世乎？今當即死，無以謝上，妾一身衣服之外，無非聖恩所賜，惟髮膚為父母所生，竊以一莖，聊報我萬歲。」遂引刀自翦其髮一綹，付霍韜光說道：「為我獻上皇爺，妾從此死矣，幸勿復勞聖念。」霍韜光領諾，隨即回宮覆旨，備述妃子所言，將髮兒呈上。玄宗大為惋惜，即命高力士以香車乘夜召楊妃回宮。楊貴妃毀妝入見，拜伏認罪，更無一言，惟有嗚咽涕泣。玄宗大不勝情，親手扶起，立喚侍女，為之梳妝更衣，溫言撫慰，命左右排上宴來。楊貴妃把盞跽獻說道：「不意今夕得復覩天顏。」玄宗掖之使坐，是夜同寢，愈加恩愛。

至次日，楊國忠兄弟姊妹，與安祿山俱入宮來叩賀。太華公主與諸王亦來稱慶。玄宗賜宴盡懽。看官聽說，楊貴妃既得罪於被遣，若使玄宗從此割愛了，禁絕不准入幸，則群小潛消，宮闈清淨，何致釀禍啟亂。無奈心志蠱惑已深，一時擺脫不下，遂使內豎得以窺視其舉動，交通外奸，逢迎進說，心中如藕斷絲連，遣而復召，終貽後患。此雖是他兩個前生的孽緣未盡，然亦國家氣數所關。正是：

手翦青絲酬聖德，頓教心志重迷惑。回頭再顧更媚主，從此傾城復傾國。

楊貴妃入宮之後，玄宗寵幸比前更甚十倍。楊氏兄弟姊妹，作福作威，亦更甚於前日，自不必說了。

未知後事如何，且聽下回分解。

總評：宮闈之亂，至唐而極，然亦氣數使然。明皇倘不為楊妃所惑，祿山安得擅權作逆？賜洗兒錢，亙古未有，明皇不以為怪；遣歸之後，從此一刀割絕，亦大快事。而群小輩又從中聳動至尊，令其復入，以至釀成禍亂。國家傾覆，豈非數乎？此回筆筆寫出，以戒後世之惑於婦人者。

第八十二回　李謫仙應詔答番書　高力士進讒議雅調

詞曰：

當殿揮毫，番書草就番人嚇。脫靴磨墨，宿憾今朝釋。雅調清平，一字千金值。憑屈抑，醉鄉酣適，富貴真何必？

右調點絳唇

自古道：凡人不可貌相；況文人才子，更非凡人可比，一發難限量他。當其不得志之時，肉眼不識奇才，儘力把他奚落。誰想他一朝發達，就吐氣揚眉了；那奚落他的人，昔日肆口亂道誹謗之言，至今日一一身自為之。可知道有才之人，原奚落他不得的。他命途多舛，遇人不淑，終遭屈抑。然人但能屈其身，不能遏其才華，損其聲譽，遇雖蹇而名傳不朽，彼奚落屈抑之者，適為天下後世所譏笑耳。今且不說楊妃復入宮中，玄宗愈加寵愛。且說那時四方州郡節鎮官員，聞楊貴妃擅寵，天子好尚奢華，皆迎合上意，貢獻不絕於道路。以致殊方異域，亦聞風而靡；多有將靈禽怪獸，異寶奇珍及土產食物，梯山航海而來貢獻者。玄宗歡喜，以為遐邇咸賓。忽一日，有一番國，名曰渤海國，遣使前來，卻沒甚方物上貢，只有國書一封，欲入朝呈進。沿邊官員，先飛章奏聞。不幾日間，番使到京，照例安歇於館驛。

玄宗皇帝命少監賀知章為館伴使❶，詢其來意。那通事番官答道：「國王致書之意，使臣不得而知，候中朝天子啟書觀看，便能知其分曉了。」到得朝期，賀知章引番使入朝面聖，呈上一封國書，閤門舍人傳接，遞至御前。玄宗皇帝命番使臣且回館驛，候朕諭旨，一面著該值日宣奏官，將番書拆開宣奏上聞。那日該值宣奏官兒，卻是侍郎蕭炅。當下蕭炅把番書拆看，大大的吃了一驚，原來那番書上寫的字，正是：

非草非隸非篆，跡異形奇體變。便教子雲❷難識，除是蒼頡❸能辨。

蕭炅看了數次，一字不識，只得叩頭奏說道：「番書上字跡，皆如蝌蚪之形，臣本庸愚，不能辨識，伏候聖裁。」玄宗笑道：「聞卿嘗誤讀伏臘❹為伏獵，為同僚所笑。是漢字且多未識，何況番字乎？可付宰相看來。」於是李林甫、楊國忠二人，一齊上前取看，只落得有目如盲，也一字看不出來，跼蹐無地。玄宗再叫專掌番譯外國文字的官來看，又命傳示滿朝文武官僚，卻並無一人能識者。玄宗發怒道：「堂堂天朝，濟濟多官，如何一紙番書，竟無人能識其一字！不知書中是何言語，怎生批答？可不被小邦恥笑耶！限三日內若無回奏，在朝官員，無論大小，一概罷職。」是日朝罷，各官悶悶而散。

❶ 館伴使：陪同官員。
❷ 子雲：即揚雄，字子雲，成都人，西漢著名學者。
❸ 蒼頡：即倉頡，傳說始創文字的人。
❹ 伏臘：秦漢時，夏天的伏日，冬天的臘日，都是節日，合稱伏臘。

賀知章且往館驛陪侍番使，更不提起番書之事；至晚回家，鬱鬱不樂。那時李太白正寓居賀家，見賀知章納悶不樂，當即問其緣故。知章因把上項事情，述了一遍道：「如今欽限嚴迫，急切得狠，怎生回奏；若有能識此字者，不問何等人，舉薦上去，便可消釋上怒。」太白聽說此，微微笑道：「番字亦何難識，惜我不得為朝臣，躬逢一見此書耳。」知章驚喜說道：「太白果能辨識番書，我當即奏上聞。」太白笑而不答。次日早朝，知章出班啟奏說道：「臣有一布衣之交，西蜀人士，姓李名白，博學多才，能辨識番書，乞陛下召來，以書示之。」玄宗准奏，遣內侍至賀家，立召李白見駕。李白即對天使拜辭道：「臣乃遠方賤士，學識淺陋，所以文字且不足以入朝貴之目，何能仰對天子乎？謬蒙寵命，不敢奉詔。」內侍以此言回奏。知章復啟奏道：「臣知此人文章蓋世，學問驚人，諸子百家，無書不覽。只因去年入試，被外場官❺抹落卷子，不與錄送，故未得一第，今日以布衣入朝，心懷慚愧，所以不即應召故也。乞陛下特恩，賜以冠帶，更使一朝臣往宣，乃見聖主求賢下士之至意。」楊國忠與高力士聽了，方欲進些讒言阻撓，只見汝陽王璡、左相李適之、京兆尹吳筠、集賢院待制杜甫，一齊同聲啟奏道：「李白奇才，臣等知之稔矣，乞陛下速召勿疑。」

玄宗見眾口交薦李白之才，便傳旨賜李白以五品冠帶朝見，即著賀知章速往宣來。楊國忠、高力士二人，遂不敢開口。知章奉旨，到家宣諭李白，且備述天子惓惓之意。李白不敢復辭，即穿了御賜的冠帶，與知章乘馬同入朝中。三呼朝拜畢，玄宗見李白一表人材，器度超俊，滿心懽喜，溫言撫慰道：「卿高才不第，誠為惋惜，然朕自知卿可不至終屈也。今者番國遣使臣上書，其字跡怪異，無人能識者，知

❺ 外場官：指監考官。

卿多聞廣見，必能為朕辨之。」便命侍臣將番書付李白觀看。李白接來看了一遍，啟奏說道：「番字各不相同，此正渤海國之字也。但舊制番書上表，悉遵依中國字體，別以副函，寫本國之字，送中書存照。今渤海國不具表文，竟以國書上呈御覽，已屬非禮之極。況書中之語言悖慢，殊為可笑。」玄宗道：「他書中所求何事，所說何言？卿可明白宣奏於朕聽。」李白聞命，當時持番書於手中，立在御座前，將中國唐音，一一譯出，即高聲朗誦於御座之前。其番書說略曰：

渤海大可毒❻，書達唐朝官家：自你佔卻高麗，與我國偪近，邊兵屢次侵犯疆界，想出自官家之意。俺今不可耐者，差官齎書來說，可將高麗一百七十六城讓與我國，我有好物相送：太白山之兔、南海之昆布❼、柵城之鼓、扶餘之鹿、郟頡之豕、率賓之馬、沃野之綿、河沱湄❽之鯽、九都❾之李、樂游之梨，你家都有分，一年一進貢；若還不肯，俺國即起兵來廝殺，且看誰勝誰敗。

眾文武官員，見李白看著番書，宣誦如流，無不驚異。玄宗聽了書中之言，龍顏不悅，問眾官說道：「番邦無狀，輒欲爭佔高麗，財力俱耗，將何以應之？」李林甫奏道：「番人雖肆為大言，然度其兵力，豈能抗衡天朝。今宣傳諭邊將，嚴加防守，倘有侵犯，興師誅討可也。」楊國忠說道：「高麗遼遠，原

❻ 大可毒：即大可汗，渤海國的最高統治者。
❼ 昆布：指海帶、裙帶菜等海藻類植物。
❽ 河沱湄：泛指河流。
❾ 九都：泛指北方都市。

在幅員之外，與其兵連禍結，爭此鞭長不及之地，不如將極邊的數城棄置，專力固守內邊的地方為便。」時朔方節度使王忠嗣，適在朝中，聞二人之言，因奏道：「昔太宗皇帝三征高麗，財力俱竭。至高宗皇帝時，大將薛仁貴以數十萬雄兵，大小數十戰，方才奠定。今日豈容輕於議棄？但今日承平日久，人幾忘戰，倘或復動干戈，亦不可忽視小邦而輕敵也。」諸臣議論不一。玄宗沉吟未決，李白奏道：「此事無煩聖慮，臣料番王慢辭瀆奏，不過試探天朝之動靜耳，明日可召番使入朝，命臣面草答詔，另以別紙，亦即用彼國之字示之，詔語恩威並著，懾伏其心，務使可毒拱手降順。」玄宗大悅，因問：「可毒是彼國王之名耶？」李白道：「渤海國稱其王曰可毒，猶之回紇稱可汗、吐蕃稱贊普、南蠻稱詔、訶陵稱悉莫威，各從其俗也。」玄宗見他應對不窮，十分歡喜，即擢為翰林學士，賜宴於金華殿中，著教坊樂工侑酒。是夜即命於殿側寢宿。眾官見李白這般隆遇，無不歎羨。只有楊國忠、高力士二人，心下不樂，卻也無可如何。

次早玄宗升殿，百官齊集。賀知章引番使入朝候旨。李白紗帽紫袍，金魚象笏，雍容立於殿陛，飄飄然有神仙淩雲之致，手執一封番書，對番使官說道：「小邦上書，詞語悖慢，殊為無禮，本當加兵誅討，今我皇上聖度如天，姑置不較，有詔批答，汝宜靜候恭聽。」番使戰戰兢兢，鵠立於丹墀之下。玄宗命設七寶文几於御座之旁，鋪下文房四寶，賜李白坐錦繡墩草詔。李白即奏說道：「臣所穿的靴子，深恐不淨，怕污茵席，乞陛下寬恩，容臣脫靴易履而登。」玄宗便傳旨，將御用的吳綾巧樣雲頭朱履，著小內侍與學士穿著。李白叩頭說道：「臣有一言，乞陛下恕臣狂妄，方敢奏聞聖聽。」玄宗准奏道：「任卿言之。」李白道：「臣前應試，橫遭右相楊國忠、太尉高力士斥逐。今見二人列班於陛下之前，臣氣不旺。況臣今日奉命草詔，手代天言，宣諭外國，事非他比，伏乞聖旨著楊國忠磨墨，高力士脫靴，以示寵異，庶使遠人不敢輕視詔書，自然誠心歸附。」玄宗此時正在用人之際，且心中深愛李白之才，即准其所奏。楊、高二人暗想：「前日科場中輕薄了他，今日乘此機關便來報復，我們心中甚為恨卻；況番書滿朝無人可識，皇上全賴他能，不敢違旨。」只得一個與他脫靴，一個與他磨墨，二人侍立相候。李白見此境況，才欣然就坐，舉起兔毫筆一枝，手不停揮，須臾之間，草成詔書一道，另將別紙一幅，寫作副封，一并呈於龍案之上。

玄宗覽畢，大喜說道：「詔語堂皇，足奪遠人之魄。」及取副封一看，咄咄稱奇，原來那字跡與他來書無異，一字不識，傳與眾官看了，無不駭然。玄宗道：「學士可宣示番邦使官聽罷，然後用了大寶⑩人函。」遂命高力士仍與李白換了雙靴。李白下殿，呼番使聽詔，將詔書朗宣一遍。其詔曰：

> 大唐皇帝詔諭渤海可毒：本朝應命開天，撫有四海，恩威並用，中外悉從。頡利背盟，旋即被縛。是以新羅奏織錦之頌，天竺致能言之鳥，波斯進捕鼠之蛇，沸菻獻曳馬之狗；白鸚鵡來自訶陵，夜光珠貢於林邑，骨利幹⑪有名馬之納，泥婆羅⑫有良鮓之饋，凡諸遠人，畢獻方物，要皆畏威懷德，買靜求安。高麗拒命，天討再加，傳世九百，一朝殘滅，豈非逆天衡大之明鑑歟！況爾小

---

⑩ 大寶：指皇帝御璽。

⑪ 骨利幹：唐代敕勒部落，其地在今西伯利亞。

⑫ 泥婆羅：尼泊爾國的舊譯名。

高力士與他脫靴，楊國忠與他磨墨，二人侍立相候。李白欣然就坐，須臾之間，草成詔書一道。

國，高麗附庸，比之中朝，不過一郡，士馬芻糧，萬不及一。若螳臂自雄，鵝癡不遜，天兵一下，玉石俱焚，君如頡利之俘，國為高麗之續。今朕體上天好生之心，恕爾狂悖，急宜悔過，洗滌其心，勤脩歲事，毋取羞辱於前，翻悔誅戮於後，為同類者所笑爾。所上書不遵天朝書法，蓋因爾邦所居之地，遐荒僻陋，未覩中華文字，故朕茲答爾詔言，另賜副封，即用爾國字體，想宜知悉，敬讀不怠。

李白宣讀詔書，聲音洪朗，番國使官俯首跽聽，不敢仰視，聽畢受詔辭朝。賀知章送出都門，番使私問道：「學士何官，可使右相磨墨，太尉脫靴。」賀知章道：「右相大臣、太尉近臣，不過是人間貴官，那個李學士乃上界謫仙，偶來人世，贊助天朝，自當異數⑬相待。」番使咄嗟歎詫而別。回至本國，見了國王，備述前言。那可毒看了詔書及副封字大驚，與本國在朝諸臣商議：「天朝有神仙幫助，如何敵得他過？」遂寫了降表，遣使官入朝謝罪，情願按期朝貢，不敢復萌異志，此是後話。正是：

干戈不動遠人服，一紙賢於十萬師。

且說玄宗敬愛李白，欲賜以金帛珍玩，又欲重加官職。李白俱辭謝不受道：「臣一生但願逍遙閒散，供奉左右，如東方朔事漢之故事；且願日得美酒痛飲足矣！」玄宗乃下詔光祿寺，日給與上方佳釀，不拘以職業，聽其到處游覽，飲酒賦詩，又時常召入內庭，賞花賜宴。是時宮中最重大芍藥花，是揚州所

⑬ 異數：特殊的禮遇。

貢，即今之牡丹也，有大紅、深紫、淡黃、淺紅、通白，各色名種，都植於興慶池東，沉香亭下。時值清和之候，此花盛開，玄宗命內侍設宴於亭中，同楊貴妃賞玩。楊貴妃看了花說道：「此花乃花中之王，正宜為皇帝所賞。」玄宗笑說道：「花雖好而不能言，不如妃子之為解語花也。」正說笑間，只見樂工李龜年，引著梨園中一班新選的一十六色子弟，各執樂器，前來承應，叩拜畢，便待皇上同貴妃娘娘飲酒命下，奏樂唱曲。玄宗道：「且住，今日對妃子賞名花，豈可復用舊樂耶！」即著李龜年：「將朕所乘玉花驄馬，速往宣召李白學士前來，作一番新詞慶賞。」

龜年奉旨飛走，連忙出宮，牽了玉花驄馬，自己也騎了馬，又同著幾個夥伴，一直走到翰林院衙門裡來，宣召李白學士。只見翰林院中人役回說道：「李學士已於今日早晨，微服出院，獨往長安市上酒肆裡吃酒去了。」李龜年於是便叫院中當差人役，立刻拿了李白學士的冠袍玉帶象笏，一同尋至市中，四處找尋；許多時候，忽聽得前街一座酒樓上，有人高聲狂歌道：

三杯通大道，一斗合自然，但得酒中趣，莫為醒者傳。

當時李龜年聽了，說道：「這個高歌詩的聲音，不是李學士麼？」遂下了馬，同眾人入酒肆，大踏步走上樓來了。果見李白學士占著一副臨街的座頭⑭，桌上瓶中供著一枝兒繡球花，獨自對花而酌，已吃得酩酊大醉，手中尚持杯不放。龜年上前高聲說道：「奉聖旨立宣李學士至沉香亭見駕。」眾酒客方知是李學士，又聽說有聖旨，都起身站過一邊。李白全然不理，且放下手中杯，向龜年念一句陶淵明的

⑭ 座頭：座位。

詩來道：「我醉欲眠君且去。」念罷，便瞑然欲睡。龜年此時無可奈何，只得忙叫跟隨眾人，一齊上前，將李白學士簇擁下樓來，即扶攙上玉花驄馬，眾人左護右持，龜年策馬後隨。到得五鳳樓前，有內侍傳旨，賜李白學士走馬入宮。龜年叫把冠帶袍服，就馬上替他穿著了，衣襟上的鈕兒，也扣不及。一霎時走過了興慶池，直至沉香亭，才扶下了馬，醉極不能朝拜。玄宗命鋪紫氍毹毯子於亭畔，且教少臥一刻，親往看視，解御袍覆其體；見他口流涎沫，親以衣袖拭之。楊貴妃道：「妾聞冷水沃面，可以解醒。」乃命內侍取興慶池中之水，使念奴含而噀之，李白方在睡夢中驚醒，略開雙目，見是御駕，方掙扎起來，俯伏於地奏道：「臣該萬死。」玄宗見他兩眼矇朧，尚未甦醒，命左右內侍，扶起李白學士，賜坐亭前；一面叫御廚光祿庖人，將越國所貢鮮魚鮓，造三分醒酒湯來。

須臾，內侍以金盌盛魚羹湯進上來。玄宗見湯氣太熱，手把牙筯調之良久，賜李白飲之。彼時李白吃下，頓覺心神為之清爽，即叩頭謝恩說道：「臣過貪杯斝，遂致潦倒不醒，陛下此時不罪臣躬疏狂之態，反加恩眷，臣無任慚感，雖後日肝腦塗地，不足報陛下今日於萬一也。」玄宗說道：「今日召卿來此，別無他的意思。」當即指著亭下說：「都只為這幾本芍藥花兒盛開，朕同妃子賞玩，不欲復奏舊樂，故令工停作，待卿來作新詞耳。」李白領命，不假思索，立賦清平調一章呈上，道是：

雲想衣裳花想容，春風拂檻露華濃。若非群玉山頭見，會向瑤臺月下逢。

玄宗看了，龍顏大喜，稱美道：「學士真仙才也！」便命李龜年與梨園子弟，立將此詞譜出新聲，著李謩吹羌笛，花奴擊羯鼓，賀懷智擊方響⑮，鄭觀音撥琵琶，張野狐吹觱栗⑯，黃幡綽按拍板，一齊兒和唱起來，果然好聽得狠。少頃樂闋，玄宗道：「卿的新詞甚妙，但正聽得好時，卻早完了，學士大才，可為我再賦一章。」李白奏道：「臣性愛酒，望陛下以餘樽賜飲，好助興作詩。」玄宗道：「卿醉方醒，如何又要吃酒，倘卿又吃醉了，怎能再作詩呢？」李白道：「臣有詩云：酒渴思吞海，詩狂欲上天。臣妄自稱為酒中仙，惟吃酒醉後，詩興愈高愈豪。」玄宗大笑，遂命內侍將西涼州進貢來的葡萄美酒，賜與學士一金斗。李白叩受，一口氣飲畢，即舉起兔毫筆再寫道：

一枝紅艷露凝香，雲雨巫山枉斷腸。借問漢宮誰得似？可憐飛燕倚新妝。

玄宗覽罷，一發懽喜，讚歎道：「此更清新俊逸，如此佳詞雅調，用不著眾樂工嘈雜。」乃使念奴囀喉清歌，自吹玉笛以和之，真個悠揚悅耳。曲罷又笑，說與李白道：「朕情興正濃，可煩學士再賦一章，以盡今日之懽娛。」便命以御用的端溪硯，教楊貴妃親手捧著，求學士大筆。李白逡巡遜謝，頃刻之間，濡其兔毫筆來，又題了一章獻上。其詩云：

名花傾國兩相懽，常得君王帶笑看。解釋春風無限恨，沉香亭北倚欄杆。

玄宗大喜道：「此詩將花面人容，一齊都寫盡，更妙不可言。今番歌唱，妃子也須要相和。」乃即命永新、念奴，同聲而歌，玄宗自吹玉笛，命楊妃彈琵琶和之。和罷，又命李龜年，將三調再叶絲竹，

⑮ 方響：古打擊樂器，銅鐵製成。

⑯ 觱栗：古代狀似胡笳的樂器，本出龜茲，後傳入中原。觱，音ㄅㄧˋ。

重歌一轉，為妃子侑酒。玄宗仍自弄玉笛以倚曲，每曲遍將換一調，則故遲其聲以媚之。曲既終，楊妃再拜稱謝，玄宗笑道：「莫謝朕，可謝李學士。」楊貴妃乃把玻璃盞，斟酒敬李學士，斂衽謝其詩意。李白轉身退避不迭，跪飲酒訖，頓首拜賜。玄宗仍命以玉花驄馬，送李白歸翰林院。自此李白才名愈著，不特玄宗愛之，楊妃亦甚重之。

那高力士卻深恨脫靴之事，想道：「我蒙聖眷，甚有威勢，皇太子也常呼我為兄；諸王伯侯輩，都呼我為翁，或呼為爺。叵耐⑰李白小小一個學士，卻敢記著前言，當殿辱我。如今天子十分敬愛他，連貴妃娘娘也深重其才華，萬一此人將來大用，甚不利於吾輩，怎生設個法兒，阻其進用之路才好。」因又想道：「我只就他所作的清平調兒中，尋他一個破綻，說惱了貴妃娘娘之心，縱使天子要重用他，當不得貴妃娘娘於中間阻撓，不怕他不日遠日疏了。」計策已定，一日入宮見楊貴妃娘娘，獨自凭欄看花，口中正微吟著清平調，點頭得意。高力士四顧無人，乘間奏道：「老奴初意娘娘聞李白此詞，怨之刻骨，何反拳拳如是？」楊妃驚訝道：「有何可怨處？」力士道：「他說可憐飛燕倚新妝，是把趙飛燕比娘娘。試想那飛燕當日所為何事，卻以相比，極其譏刺，娘娘豈不覺乎？」原來玄宗曾閱趙飛燕外傳，見說她體態輕盈，臨風而立，常恐吹去，因對楊妃戲語道：「若汝則任其吹多少。」蓋嘲其肥也。楊妃頗有肌體，故梅妃詆之為肥婢，楊妃最恨的是說她肥。李白偏以飛燕比之，心中正喜，今卻被高力士說壞，暗指趙飛燕私通燕赤鳳之事，合著她暗中私通安祿山，以為含刺，其言正中其他的隱微，於是遂變為怒容，反恨於心。正是：

⑰ 叵耐：可恨，豈有此理的意思。

小人讒譖，道著心病。任你聰明，不由不信。

自此楊妃每於玄宗面前，說李白縱酒狂歌，放浪難羈，無人臣禮。玄宗屢次欲陞擢其官，都為楊妃所阻。楊國忠亦以磨墨為恥，也常進讒言。玄宗雖極愛李白，卻因宮中不喜他，遂不召他內宴，亦不留宿殿中。李白明知為小人中傷，便即上疏乞休。玄宗那裡就肯放他回去，溫旨慰諭了一番，不允所請。李白自此以後，乃益發狂飲放歌。正所謂：

安得山中千日酒，酩然直到太平時。

未知後事如何，且聽下回分解。

總評：從來有才人而淪落不偶者，可勝道哉。李學士幸遇明皇，得以揚眉吐氣。磨墨有人，脫靴有人，清平調至今膾炙人口。倘有其才，不值好賢之主，終身廢棄，清夜思之，淚濕青衫⑱幾透矣。作者安得不為之痛絕。

⑱淚濕青衫：唐朝白居易琵琶行有「江州司馬青衫濕」之句，表達作者懷才不遇的感嘆。後因以「淚濕青衫」比喻懷才不遇。

第八十三回　施青目學士識英雄　信赤心番人作藩鎮

詞曰：

英雄遭禍身幾殞，幸遇才人，留得奇人，好作他年定亂人。　巧言能動君王聽，輕信奸臣，誤遣藩臣，眼見將來大不臣。

右調採桑子

古來立鴻功大業，享高爵厚祿的英雄豪傑，往往始困終亨，先危後顯，所謂天將降大任，必先拂亂其所為。不但大才常屈於小用，甚至無端罹重禍，險些把性命斷送了，那時卻絕處逢生，遇著有眼力、有意思的人，出力相救，得以無恙，然後漸漸時來運轉，建功立業，加官進爵，天下後世，無不讚他的功高一代，羨他的位極人臣，那知全虧了昔日救他的這位君子；能識人，能愛人才，能為國留得那英雄豪傑，為朝廷扶危定亂。若彼小人，便始而互相依託，後則互相忌嫉，始而養癰畜疽，後則縱虎放鷹，只顧巧言惑主，利己害人，那顧國家後患，真可痛可恨也。話說李白被高力士進讒，以致楊妃嗔怪，因此玄宗不復召他到內殿供奉。李白見機，即上疏乞休。玄宗原極愛其才，溫旨慰留，不准休致❶。李白

❶ 休致：官吏去職退休。

乃益自放縱於酒，以避嫌怨，其酒友自賀知章以外，又有汝陽王璡、左相李適之以及崔宗之、蘇晉、張旭、焦遂諸人，都好酒豪飲，李白時常同他們往來飲酒。杜工部嘗作飲中八仙歌云：

知章騎馬似乘船，眼光落井水底眠。汝陽三斗始朝天，道逢麴車口流涎，恨不移封向酒泉。左相日興費萬錢，飲如長鯨吸百川，銜杯樂聖稱避賢。宗之瀟灑美少年，舉觴白眼望青天，皎如玉樹❷臨風前。蘇晉長齋繡佛前，醉中往往愛逃禪。李白一斗詩百篇，長安市上酒家眠；天子呼來不上船，自稱臣是酒中仙。張旭三杯草聖傳，脫帽露頂王公前，揮毫落紙如雲煙。焦遂五斗方卓然，高談雄辯驚四筵。

李白日逐與這幾個酒友飲酒吟詩，不覺又在京師混過了幾時。一日酒後，偶遇安祿山於朝門外，安祿山欺他是醉人，言語戲謔，未免唐突。李白乘著酒興，把祿山一場痛罵，祿山十分忿怒，無奈他是天子愛重之人，雖以加害，只得含忍。李白自料為女子小人輩所忌，若不早早罷官歸去，必有後禍；又見楊國忠、李林甫等，各自結黨弄權，蠱惑君心，政事日壞，身非諫官，勢不能直言匡救，何取乎備位朝端❸；因又懇懇切切的上了一個辭官乞歸之疏。玄宗知其去志已決，召至御前，面諭道：「卿必欲捨朕而去，未便強留，許卿暫回田里。但卿草詔平番，有功與國，豈可空歸。然朕知卿高雅，必無所需求，卿所不可一日缺者，惟獨酒耳。」遂御筆親寫敕書一道以賜之，其敕略云：

---

❷ 玉樹：比喻姿貌秀美，才幹優異的人。

❸ 朝端：位居首席的朝臣，指尚書省的長官。

敕賜李白為閒散逍遙學士，所到之處，官司支給酒錢，文武官員軍民人等毋得怠慢。倘遇有事當上奏者，仍聽其具疏奏聞。

李白拜受敕命。玄宗又賜與錦被金帶與名馬安車。李白謝恩辭朝。他本無家眷在京，只有僕從人等。當下收了行裝，別了眾僚友，出京而去。在朝各官，俱設宴於長亭餞送。惟楊國忠、高力士、安祿山三人，懷恨不送。賀知章等數人，直送至百里之外，方分袂而別。李白因聖旨許他閒散逍遙，出京之後，不即還鄉，且只向幽燕一路，但有名山勝景的所在，任意行遊，真個逢州支鈔，過縣給錢，觸景題詩，隨地飲酒，好不適意。一日行至并州界中，該地方官員，都來迎候，李白一概辭謝，只借公館安頓行李，帶了幾個從人，騎馬出郊外，要遊覽本處山川。正行之間，只見一夥軍牢打扮的人，執戈持棍，押著一輛囚車，飛奔前來。見李學士馬到，閃過一邊讓路。李白看那囚車中，囚著一個漢子。那個漢子，怎生模樣兒？

頭如圓斗，鬢髮蓬蓬；面似方盆，目光閃閃。身遭束縛，若站起長約丈餘；手被拘攣，倘舒開大應尺許。儀容甚偉，未知何故作困囚。相貌非常，可卜他年為大物。

原來那人姓郭名子儀，華州人氏，骨相魁奇，熟諳韜略，素有建功立業，忠君愛國之志。爭奈未遇其時，暫屈在隴西節度使哥舒翰麾下，做個偏將。因奉軍令，查視餘下的兵糧，卻被手下人失火把糧米燒了，罪及其主，法當處斬。時哥舒翰出巡已在并州地界，因此軍政司把他解赴軍前正法。當下李白見

李白謝恩辭朝，游行幽燕。一日行至并州，只見一夥軍牢押著一輛囚車，囚著一個漢子。李白問是何人，所犯何罪，郭子儀在囚車中訴說原由，聲如洪鐘。

他一貌堂堂，便勒住馬問是何人，所犯何事何罪，今解往何處。郭子儀在囚車中，訴說原由，其聲如洪鐘。李白想道：「這個人恁般儀表，定是個英雄豪傑。今天下方將多事，此等品格相貌，正是為朝廷有用之人才，國家之柱石，豈容輕殺。」便吩咐眾人：「爾等到節度軍前且莫解進去，待我親自見節度，替他說情免死。」眾人不敢違命，連聲應諾。李白回馬，傍著囚車而行。一頭走，一頭慢慢的試問他些軍機武略，子儀應答如流，李白愈加敬愛。

說話之間，已到哥舒翰駐節之所。李白叫從人把個名帖傳與門官，說李學士來拜，門官連忙稟報。那哥舒翰也是當時一員名將，平昔也敬慕學士之才名，如雷貫耳，今見他下顧，誠以為榮幸萬一，隨即將營門大開，延入，賓主敘坐，各道寒暄。獻茶畢，李白即自述來意，要求他寬釋郭子儀之罪。哥舒翰聽罷，沉吟半晌說道：「學士公見教，本當敬從。但學生平時節制部下軍將，賞罰必信，今郭子儀失火燒了兵糧，法所難貸。且事關重大，理合奏聞天子，學生未敢擅專，便自釋放，如之奈何？」李白說道：「既如此，學生不敢阻撓軍法，只求寬期緩刑，節度公自具疏請旨。學生原奉聖上手敕，聽許飛章奏事，今亦具一小摺，代奏乞命何如？」哥舒翰欣然允諾道：「若如此，則情法兩盡矣！」遂傳令將郭子儀收禁，候旨定奪。李白辭謝而出。於是哥舒翰一面具奏題報，李白亦即繕疏，極言郭子儀雄才偉略，足備干城腹心之選，失火燒糧，乃手下僕夫不謹，實非子儀之罪，乞賜矜全，留為後用。將疏章附驛遞，星馳上奏。自己且暫留於并州公館中候旨，日日閒散逍遙。哥舒翰遂同手下文官武將，連本州地方上的官員，天天遂設宴款待，李學士吟詩飲酒作樂。不則一日，聖旨已下，准學士李白所奏，祇將郭子儀手下僕人失慎的，就地正法，赦郭子儀之罪，許其自後立功自効。正是：

若不遇識人學士，險送卻落難英雄。喜今日幸邀寬典，看他年獨建奇功。

郭子儀感激李白活命之恩，誓將銜環❹圖報。李白別了郭子儀，并哥舒翰等眾官，自往他處行游去了。臨行之時，又諄屬哥舒翰青目郭子儀。自此子儀得以軍功，漸為顯官，此是後話。且說朝中自李白去後，賀知章也告休致去了；左相李適之，因與李林甫有隙，罷相而歸；林甫又陷他以事，偪之自盡。林甫倚著天子信任，手握重權，安祿山亦甚畏之，楊國忠也心懷嫉忌，然其勢不得不互為黨援。玄宗往年連殺三子❺之後，林甫勸立壽王瑁為太子，玄宗從高力士之言，立忠王璵為太子。林甫疑忌，謀傾陷之。時有戶曹官楊慎矜依附楊國忠，自認為楊氏同族，又與羅希奭、吉溫等，俱為李林甫門下鷹犬，林甫因與計議，教他上密疏，誣告刑部尚書韋堅，與節度使皇甫惟明，同謀廢帝，而立太子，引楊國忠為證。原來那韋堅，乃太子妃韋氏之兄，皇甫惟明是邊方節度使，偶來京師，曾參謁太子，又曾面奏天子，說宰相弄權。林甫懷恨，因借端誣揑，并以動搖東宮。玄宗覽疏大怒，虧得高力士力辯其誣，乃不顯言二人之罪，只傳旨貶削二人之官。太子聞知，驚惶無措，上表請與韋氏離婚。玄宗亦因高力士勸諫，不允太子所請。李林甫又密奏，乞將此事付楊慎矜與羅希奭、吉溫等鞫問，并請著楊國忠監審。玄宗降旨，只將韋堅、皇甫惟明賜死，事情不必深究，於是太子之心始安。

❹ 銜環：即黃雀銜環。傳說漢時楊寶曾救獲一隻受傷的黃雀，黃雀傷癒飛去，後贈其玉環四枚。後因以為報恩的典故。

❺ 往年連殺三子：唐玄宗開元二十五年，太子李瑛、鄂王李瑤、光王李琚因遭李林甫等人誣陷，被玄宗所殺。

過了幾時，適有將軍董延光，奉詔征伐吐蕃❻，不能奏功，乃委罪於朔方節度使王忠嗣，說道他阻撓軍計。李林甫乘機，使楊國忠誣奏王忠嗣，欲擁兵奉太子。玄宗遂召王忠嗣入京，命三司鞫之。太子又驚惶無措，幸王忠嗣係哥舒翰所薦，哥舒翰素有威望，玄宗甚重其人品，卻未曾面覿其人；今因王忠嗣之事，特召哥舒翰陛見，欲面問此事之虛實。哥舒翰聞召，當時星夜赴京，其幕僚都勸他多將金帛到京使用，以救王忠嗣。哥舒翰說道：「吾豈惜金帛，但若公道尚存，君主必不致冤死其人；若無公道，金帛雖多，用之何益？」遂輕裝往京而來；及至京師面君，玄宗先問了些邊務事情，哥舒翰一一奏對，玄宗甚為懽喜。哥舒翰乃力言王忠嗣之負冤，太子之被誣，語甚激切，玄宗感悟，乃云：「卿且退，朕當思之。」

次日，即召三司面諭道：「吾兒居深宮之中，安得與外藩交通，此必妄說也！爾其勿復問。但王忠嗣阻撓軍計，宜貶官爵以示罰。」遂貶王忠嗣為漢陽太守，將軍董延光亦削爵。哥舒翰回鎮并州，太子匍匐御前涕泣，叩首謝恩。玄宗好言慰之，自此父子相安。可恨這李林甫屢起大獄，以楊國忠有掖庭之親，凡事有微涉東宮者，輒使之劾奏，或援以為證。幸因太子是高力士勸玄宗立的，他常在天子前保護；太子又仁孝謹靜，不敢得罪於楊貴妃，以此得無恙。那知道楊家兄弟姊妹，驕奢橫肆，日甚一日，總之倚著妃子之勢。當時民間有幾句謠言道：

生男勿歡喜，生女勿悲酸。男不封侯女作妃，君看女卻是門楣。

❻ 吐蕃：即西藏。

楊國忠、楊銛與韓、虢、秦三夫人宅院，都在宣陽里中，甲第之盛，擬於宮掖。國忠與這三個夫人，原不是真兄弟妹。三個夫人中，虢國夫人尤為淫蕩奢靡，每造一堂一閣，費資巨萬；若見他家所造，有更勝於己者，即自拆毀復造，土木之工，無時休息。其所居宅院，與楊國忠宅院相連，往來最近，便當得很，遂與國忠通奸。楊國忠入朝，或有時竟與虢國夫人並輿同行，見者無不竊笑，而二人恬然不以為恥。安祿山亦乘間與虢國夫人往來甚密，夫人私贈以生平所最愛的玉連環一枚。祿山喜極，珮帶身旁，不意於宴會之中，更衣時為國忠所見。國忠只因祿山近日待他簡傲，心甚不平，今見此玉連環，認得是虢國夫人之物，知他兩下有私，遂恨安祿山切骨，時於言語之間，隱然把他暗中私通貴妃之事，為危詞以恐嚇之；又常密語楊妃，說祿山行動不謹，外議沸然，萬一天子知覺了，這是些什麼事，為禍非同小可。楊妃聞國忠所言，也著實心懷疑懼。正是：

貴妃不自貴，難為貴者諱。無怪人多言，人言大可畏。

一日，玄宗於昭慶宮閒坐，祿山侍坐於側旁，見他腹垂過於膝，因指著戲說道：「此兒腹大如抱甕，不知其中藏的何所有？」祿山拱手對道：「此中並無他物，惟有赤心耳。臣願盡此赤心，以事陛下。」玄宗聞祿山所言，心中甚喜。那知道：

人藏其心，不可測識。自謂赤心，心黑如墨。

玄宗之待安祿山，真如腹心；安祿山之對玄宗，卻純是賊心、狼心、狗心，乃真是負心、喪心；人方切齒痛心，恨不得即剖其心，食其心，虧他還哄人說是赤心。可笑玄宗還不覺其狼子野心，卻要信他是真心，好不癡心。閒話少說。且說當日玄宗與安祿山閒坐了半晌，回顧左右，問：「妃子何在？」此時正當春深時候，天氣尚暖，楊妃方在後宮，坐蘭湯洗浴，宮人回報玄宗說道：「妃子洗浴方完。」玄宗微微笑說道：「美人新浴，正如出水芙蓉。令宮人即宣妃子來，不必更梳妝。」少頃，楊妃來到，你道她新浴之後，怎生模樣？有一曲黃鶯兒說得好：

皎皎如玉，光嫩如瑩。體愈香，雲鬢慵整偏嬌樣。羅裙厭長，輕衫取涼，臨風小立神駘宕❼。細端詳，芙蓉出水，不及美人妝。

當下楊妃懶妝便服，翩翩而至，更覺風豔非常。玄宗看了，滿臉堆下笑來。適有外國進貢來的異香花露，即取來賜與楊妃，叫她對鏡勻面，自己移坐於鏡臺旁觀之。楊妃勻面畢，將餘露染掌撲臂，不覺酥胸略袒，寶袖寬退，微微露出二乳來了。玄宗見了，說道：「妙哉！軟溫好似新剝雞頭肉❽。」安祿山在旁，不覺失口說道：「滑膩還如塞上酥。」他說便說了，自覺唐突，好生跼促。楊妃亦駭其失言，只恐玄宗疑怪，捏著一把汗。那些宮女們聽了此言，也都愕然變色。玄宗卻全不在意，倒喜孜孜的指著祿山說道：「堪笑胡兒亦識酥。」說罷哈哈大笑。於是楊貴妃也笑起來了，眾宮女們也都含著笑。咦！

❼ 駘宕：舒緩蕩漾。

❽ 雞頭肉：雞頭，芡之別名，以喻婦人之乳。

若非親手撫摩過，那識如酥滑膩來？只道赤心真滿腹，付之一笑不疑猜。

安祿山只因平時私與楊妃戲謔慣了，今當玄宗面前，不覺失口戲言，幸得玄宗不疑。但楊妃已先為國忠危言所動，只恐弄出事來，自此日以後，每見安祿山，必切切私囑，叫他語言慎密，出入小心。祿山亦曉得國忠嗔怪他，恐為他所算，又想國忠還不足懼，那李林甫最能窺察人之隱微，這不是個好惹的。今楊李之交方合，倘二人合算我一人，老大不便。不如討個外差暫避，且可徐圖遠大之業。但恐貴妃與虢國夫人不捨他，因此躊躇未決。那邊楊國忠暗想：「安祿山將來必與我爭權，我必當翦除之。但他方為天子所寵幸，又有貴妃與虢國夫人等助之，急切難以搖動。只不可留他在京，須設個法兒，弄他到邊上去了，慢慢的算計他便是。」正在籌量，卻好李林甫上奏一疏，請用番人為邊鎮節度使。原來唐時邊鎮節度使，都用有才略、有威望的文臣，若有功績，便可入為宰相。今林甫獨自專權，欲絕邊臣入相之路，奏稱文人為邊帥，怯於矢石，無以禦侮。不若盡用番人，則勇而習戰，可為國家捍衛。玄宗允其所奏，於是邊鎮節度使，都要改用番人。

國忠乘此機會，要發遣安祿山出去，便上疏說道：「河東重地，固須得番人為帥。然亦必以番人之中有才略、有威望者鎮之，非安祿山不足以當此重任。」玄宗覽疏，深以為然，即召安祿山來面諭說道：「汝以滿腹赤心事朕，本應留汝在京，為朕侍衛。但河東重鎮，非汝不可，今暫遣出為邊帥，仍許不時入朝奏對。」遂降旨以安祿山為平盧、范陽、河東三鎮節度使，賜爵東平郡王，剋期走馬赴任。祿山聞命，倒也合著他的意思，叩頭領旨，即日入宮拜辭楊妃，兩下依依不捨。楊妃叫入密室，執手私語道：

「你今此行，皆因為吾兄相猜忌之故。我和你歡敘多時，一旦遠離，好生不忍。但你在京日久，起人嫌疑，出為外鎮，未必非福；你放心前去，我自當使心腹人來通信與你，早晚奴在天子面前，留心照顧著你。你只顧自去圖功立業，不必疑慮。」安祿山點頭應諾。正說間，宮人傳報說道：「三位夫人已入宮來了。」楊貴妃接見敘禮畢，安祿山也各各相見。虢國夫人聞知安祿山今將遠行，甚為怏怏，奈朝命已下，無可如何。祿山也不敢久留宮中，隨即告辭出宮。到臨行之時，玄宗又賜宴於便殿，祿山謝過了恩，辭朝赴鎮。

李林甫等設席餞行。飲酒之間，林甫舉杯相屬道：「安公為節度，出鎮大藩，責任非輕，凡所作為，須熟計詳審，合情中理。林甫身雖在朝，而各藩鎮利弊，日夕經心，聲息俱知。今三大鎮得安公為節度使，正足為朝廷屏障，唯善圖之。」這幾句話，明明籠絡挾制。祿山平日素畏林甫，今聞此言，惟有唯唯聽命，且逡巡遜謝道：「祿山才短氣粗，當此大鎮，深懼不能勝任，敢不恪遵明訓，諸凡不到之處，全賴相公❾照拂。」說罷作揖，拜辭起行。

前一日，楊國忠曾設宴請祿山餞別，祿山託故不往。這日國忠也假意來相送。祿山懷忿，傲倨不為禮。國忠大怒，自此心中愈加銜怨。祿山既至任所，查點軍馬錢糧，訓練士卒，屯積糧草，坐鎮范陽，兼制平盧、范陽、河東，自永平以西至太原，凡東北一帶要害之地，皆其統轄，聲勢強盛，日益驕恣。後人有詩云：

❾ 相公：漢魏以來拜相者必封公，故稱丞相為相公。

番人頓使作強藩，只為奸臣進一言。今日虎狼輕縱逸，會看地覆與天翻。

總評：明皇之溺於聲色，楊妃之肆其淫亂，安祿山之敢於擅權為惡，舉朝夢夢⑩不言也。王忠嗣兼四鎮而西北安，忠嗣罷而祿山兼東北三鎮，是虎生翼矣。天下安得不敗壞哉！一經妙筆描寫，便覺當年情事，有如是之可笑可恨者，安得不為之三歎云。

⑩ 夢夢：昏亂。

第八十四回　幻作戲屏上嬋娟　小游仙空中音樂

詞曰：

寶屏歷現嬌容，姓名通，絕勝珠圍翠繞肉屏風。青雲路杳，鵲橋可駕任行空。明日恍然疑想，如在夢魂中。

右調相見懽

自來神怪之事不常有，然亦未嘗無。惟正人君子，能見怪不怪，而怪亦遂不復作，此以直心正氣勝之也。孔子不語怪，亦並不語神，蓋怪固不足語，神亦不必語，人但循正道而行，自然妖孽不能為患，即鬼神亦且聽命於我矣。若彼奸邪之輩，其平日所為，都是變常可駭之事，只他便是家國之妖孽了，何怪乎妖孽之忽見？此所謂妖由人興，孽自己作也。至若身為天子，不務修實德，行實政，而惑於神仙幽怪之說，便有一班方士術者來與之周旋，或高談長生久視，或多作遊戲神通，總無益於身心，而適足為其眩惑，前代如秦皇、漢武，俱可為殷鑒❶。且說楊國忠乘機遣發了安祿山出去，少了個爭權奪寵之人，眼前止讓得李林甫一個人了。這一個人卻搖動他不得的，他既生性陰險，天子又十分信他，寵眷隆重。

❶殷鑒：泛指可作鑑戒的前事。

一日降旨，著百官公閱歲貢之物於尚書省，閱畢回奏。玄宗命將本年貢物，以車載往李林甫家中賜之，其寵眷如此。林甫之子李岫，亦官於朝，頗懷盈滿之懼，嘗從林甫閒步後園，見一役夫倦臥樹下，因密告林甫道：「大人久專朝政，仇怨滿天下。倘一旦禍患忽作，欲似此役夫之高臥，豈可得乎？」林甫默然不答。自此常恐有刺客俠士暗算他，出則步騎百餘人，左右翼衛，前馳在數百步外，辟人除道；居則重門複壁，如防大敵，一夕屢徙其臥榻，雖家人莫知其處。那個楊國忠卻又不然，他自恃椒房之戚，爵居右相之尊，一味驕奢淫佚，也不怕人嗔恨，也不管人恥笑。

時值上巳之辰，國忠奉旨，與其弟楊銛及諸姨姊妹，齊赴曲江修禊。於是五家各為一隊，各著一色衣，姬侍女從不計其數，新妝炫服，相映如百花煥發，乘馬駕車，不用傘蓋遮蔽，路傍觀者如堵。國忠與虢國夫人，並轡揚鞭，以為諧謔，眾人直游玩至晚夕，秉燭而歸，遺簪墜舄，徧於路衢。杜工部有麗人行云：

三月三日天氣清，長安水邊多麗人。態濃意遠淑且真，肌理細膩骨肉勻。繡羅衣裳照暮春，蹙金
孔雀銀麒麟。頭上何所有，翠微㔩葉❷垂鬢脣。背後何所見，珠壓腰衱穩稱身。就中雲幕椒房親，
賜名大國虢與秦。紫駝之峰❸出翠釜，水晶之盤行素鱗。犀筯厭飫久未下，鑾刀縷切空紛綸。黃
門飛鞚❹不動塵，御廚絡繹送八珍。簫鼓哀吟感鬼神，賓從雜遝實要津。後來鞍馬何逡巡，當軒

❷ 㔩葉：婦女髻上戴的花葉飾物。㔩，音ㄜˋ。

❸ 紫駝之峰：駱駝背上的肉峰，內貯大量脂肪，古人列為珍貴食品。

下馬入錦茵。楊花雪落覆白蘋，青鳥飛去銜紅巾。炙手可熱勢絕倫，慎莫近前丞相嗔。

當日一行人遊玩過了，次日俱入宮見駕謝恩。玄宗賜宴內殿，國忠奏道：「臣等奉旨修禊，非圖燕樂，正為聖天子及諸宮眷，迎祥迓福。昨赴曲江，威儀美盛，萬姓觀瞻，眾情欣悅，具見太平景象，臣等不勝慶幸。」玄宗大喜道：「卿等於游戲之中，不忘君上，忠愛可嘉，當有賞賚。」宴罷，至明日，出內府珍玩，頒賜諸人，賜韓國夫人照夜璣，賜虢國夫人鎖子帳，賜秦國夫人七葉冠❺。當時楊妃奏道：「陛下前以寶屏賜妾，屏上雕刻前代美人容貌，以妾對之，自覺形穢，今請陛下轉賜妾兄國忠何如？」玄宗笑道：「朕聞國忠婢妾極多，每至冬月，選婢妾之肥碩者，環立於後，謂之肉屏遮風；今以此屏賜之，殊勝他家肉屏風。」原來這屏名號為虹霓屏，乃隋朝遺物，屏上雕鏤前代美人的形像，宛然如生，各長三寸許，水晶為地，其間服玩衣飾之類，都用眾寶嵌成，極其精巧，疑為鬼工，非人力所能造作的。後人有詞為證：

屏似虹霓變幻，畫非筆墨經營。渾將雜寶當丹青，雕刻精工莫並。　試看冶容種種，絕勝妙畫真真。若還逐一喚嬌名，當使人人低應。

玄宗將此屏賜與國忠，又命內侍傳述貴妃奏請之意。國忠謝恩拜受，將屏安放內宅樓上，常與親友

---

❹ 飛鞚：指策馬飛奔。

❺ 七葉冠：七葉本指七世。此處謂世代珍貴之冠。

族輩家眷等觀玩，無不歎美欣羨，以為希世之珍。

一日，國忠獨坐樓上納涼，看看屏上眾美人，暗想道：「世間豈真有此等尤物，我若得此一二人，便為樂無窮矣。」正想念間，不覺困倦，因就榻上偃臥；才伏枕，忽見屏上眾美人，一個個搖頭動目，恍惚間都走下屏來，頓長幾尺，宛如生人，直來臥榻前，一一稱名號：或云我裂繒人❻也，或云我步蓮人也，或云我浣紗人❼也，或云我當爐人❽也，或云我解珮人❾也，或云我拾翠人❿也，或云我是許飛瓊，或云我是薛夜來，或云我是桃源仙子⓫，或云我是巫山神女，如此等類，不可枚舉。楊國忠雖睜著眼兒歷歷親見，卻是身體不能動一動，口中不能發一聲。諸美女各以椅列坐，少頃有纖腰倩妝女伎十餘人，亦從屏上下來，云是楚章華踏謠娘也，遂連袂而歌，其聲極清細。歌罷諸女皆起，那一個自稱巫山神女的，指著國忠說道：「你自恃權相，實乃誤國鄙夫，何敢褻玩我等，又輒作妄想，殊為可笑可惡！」諸女齊拍手笑說道：「阿環無見識，三郎又輕聽其言，以致虹霓寶屏，見辱於庸奴。此奴將來受禍不小，吾等何必與他計較，且去且去。」於是一一復回屏上。國忠方才如夢初醒，嚇得冷汗渾身，急奔下樓，

❻ 裂繒人：指夏桀妃妹喜。據晉皇甫謐帝王世紀，妹喜好聞撕裂繒帛之聲，桀即為她撕裂繒帛，以引其笑。

❼ 浣紗人：即西施。

❽ 當爐人：指卓文君。

❾ 解珮人：西漢劉向列仙傳記載，鄭交甫曾在江漢間遇江妃二女，二女解下珮玉與鄭交甫。

❿ 拾翠人：三國魏曹植洛神賦：「或采明珠，或拾翠羽。」本指婦女拾取翠鳥羽毛以為首飾，後將拾翠人比作美女。

⓫ 桃源仙子：即陶淵明桃花源記中之桃花源中人。

楊國忠獨坐樓上納涼，不覺困倦，才伏枕，忽見屏上眾美人，一個個搖頭動目，恍惚間都走下屏來。

將家下的用人，將此屏掩過，鎖閉樓門。自此每當風清月白之夜，即聞樓上有隱隱許多女人，歌唱笑語之聲，家內大小上下男女，無一人敢登此樓者。國忠入宮，密將此事與楊貴妃說知，只隱過了被美人責罵之言。楊妃聞此怪異，大為驚詫，即轉奏玄宗，欲請旨毀碎此屏。玄宗說道：「屏上諸女，既係前代有名的佳人美女，且有仙娥神女列在其內，何可輕毀？吾當問通玄先生與葉尊師，便知是何妖祥。」

你道通玄先生同葉尊師是誰？原來玄宗最好神仙，自昔高宗尊奉李老君為玄元皇帝，至玄宗時又求得李老君的遺像，十分敬禮，命天下都立廟，招住持奉侍。於是方士輩競進。有人薦方士張果，是當世神仙，用禮召至京師，拜為銀青光祿大夫，賜號通玄先生；又有人薦方士葉法善，有奇術，善符咒，玄宗亦以禮召來至京師，稱為尊師。其他方士雖多，惟此二人為最名。玄宗暇日即與他講論長生卻老之方，或有鬼神之事，亦都問此二人。當下玄宗將國忠所言屏上美人出現之說問之。張果道：「妖由人興，此必楊相看了屏上的嬌容，妄生邪念，故妖孽應念而作耳，葉師治之足矣！」葉法善說道：「凡寶物易為精怪，況人心感觸，自現靈異。臣當書一符，焚於屏前以鎮之。今後觀此屏者，勿得玩褻，每逢朔望，用香花供奉，自然無恙。」玄宗便請法善手書正乙靈符⓬一道，遣內侍齎付國忠，且傳述二人之言。國忠聞說妖由邪念而生，自己不覺毛骨悚然，隨即登樓展屏，將符焚化；焚符之頃，只見滿樓電光閃爍。自此以後，樓中安靜，絕無聲響。至朔望瞻禮時，說也奇異，見屏上眾美人愈加光彩奪目，但看去自有一種端莊之度，甚覺比前不同了。正是：

⓬ 正乙靈符：即道教正乙道的符書。

正能治邪，邪不勝正。以正治邪，邪亦反正。

玄宗聞知，愈信葉法善之神術。一日私問法善道：「張果先生道德高妙，朕常詢其生平，但笑而不答，何也？」法善道：「他的生平，即神仙輩亦莫能推測，但知他在唐堯時，曾官為侍中耳。若其出處履歷，惟臣知之，餘人不知也。」玄宗欣然道：「尊師請試言之。」葉法善說道：「臣懼禍及，故不敢直言奏聽。」玄宗道：「尊師神仙中人，有何禍之可懼，幸勿託詞隱秘。」法善沉吟道：「陛下必欲臣直言，臣今言之必立死。陛下幸憐臣，可立召張先生，不惜屈體求之，臣庶可更生矣。」玄宗連聲許諾，法善請屏退左右，密奏說道：「他是混沌初分時，白蝙蝠精也。」言未已，忽然口吐鮮血，昏絕於地。玄宗即呼內侍，速傳口敕，立召張果入宮見駕。少頃張果攜杖而至，玄宗降座迎之，說道：「葉尊師得罪於先生，皆朕之過，朕今代為之請，幸看薄面恕之。」說罷，便欲屈膝下去。張果忙起道：「何敢勞陛下屈尊，但小子不當饒舌耳！」遂以手中杖，連擊法善三下道：「可便轉來！」只見法善蹶然而醒，即時站起，整衣向玄宗謝恩，隨向張果謝罪。張果笑道：「吾杖不易得也。」法善再三稱謝。玄宗大喜，各賜之茶果而退。

過了幾日，適有使者從海上來，帶得一種惡草，其性最毒，海上人傳言，雖神仙亦不敢食此草。玄宗以示法善，問識此草否。法善道：「此名烏堇草，最能毒人，使臣食之，亦當小病也。他仙若中其毒，性命不保。惟張果先生，或不畏此耳。」玄宗乃密置此草於酒中，立召張果至內殿賜宴，先飲以美酒，玄宗問：「先生實能飲幾何？」張果說道：「臣飲不過數爵，臣寓中有一道童，可飲一斗，多亦不能也。」

玄宗道：「可召來否？」張果道：「臣請呼之。」乃向空中叫道：「童子，可速來見駕！」叫聲未絕，只見一個童子，從屋簷飛下，年可十四五歲，頭尖腹大，整衣肅容，拜於御前。玄宗驚異，即命以大斗酌酒賜之。童子謝了恩，接過酒來，一口氣吃乾。玄宗皇帝見他吃得爽快，命更飲一斗，童子又接來便吃，卻吃不上兩三口，只見那吃的酒，從頭頂上骨都都滾將出來。張果笑道：「汝量有限，何得多飲。」遂取桌上桃核一枚擲之，閣閣有聲，應手而仆，酒流滿地，仔細一看，卻原來不是童子，是一個盛酒的葫蘆，其中僅可容一斗酒。玄宗看了大笑道：「先生游戲，神通甚妙，可更進一觴。」乃密令內侍把烏堇酒，斟與他吃。張果卻不推辭，一飲而盡。少頃，只見張果垂頭閉目，就坐席上，昏然睡去。玄宗當時吩咐內侍說，不要驚動他，由他熟睡。沒半個時辰，即欠伸而起笑道：「此酒非佳酒也，若他人飲此酒，不復醒矣！」袖中出一小鏡子自照道：「惡酒竟壞我齒。」玄宗看時，果見其齒都黑了。張果不慌不忙，雙手向兩頤一拍，把口中黑齒盡數都吐出來了，登時又重生了一口雪白的好牙齒。玄宗一見，驚喜讚嘆道好。正是：

戲將毒草試神仙，只博先生一覺眠。不壞真身依舊在，齒牙落得換新鮮。

自此玄宗愈信神仙之術。

時至上元之夕，玄宗於內庭高札綵樓，張燈飲宴，不召外臣陪飲，亦不召嬪妃奉侍，只召張果、葉法善二人。張果偶他往未即至，法善先來。玄宗賜坐首席，舉觴共飲，一時燈月交輝，歌舞間作，十分歡喜。玄宗酒酣，指著燈綵笑道：「此間燈事，可謂極盛，他方安能有此耶！」法善舉眼，四下一看，用手向西指道：「西涼府城中，今夜燈事極勝，不亞於京師。」玄宗道：「先生若有所見，朕不得而見也。」法善道：「陛下欲見，亦有何難。」玄宗連忙問道：「尊師有何法術，可使朕一見勝境乎？」法善道：「臣今承陛下御風而往，轉回不過片時。」玄宗欣然而起。旁邊走高力士過來，俯伏奏道：「葉尊師雖有妙法，皇爺豈可以身為試，願勿輕動。」玄宗道：「尊師必不誤朕，汝切勿多言，我亦不須汝同行，你只在此候著便了。」高力士不敢再說，唯唯而退。

法善請玄宗暫撤宴更衣；小內侍二人，亦更換衣服，俱出立庭中，都叫緊閉雙目，只覺兩足騰起，如行霄漢中。俄頃之間，腳已著地，耳邊但聞人聲喧鬧，都是西涼府語音。法善叫請開眼。玄宗開目一看，只見綵燈綿亙數里，觀燈之人，往來雜沓，心上又驚又喜，雜於稠人之中，到處游看，私問法善道：「尊師得非幻術乎？」法善道：「陛下若不信今夜之游，請留徵驗。」遂問內侍：「你等身邊帶得有何物件？」內侍道：「有皇爺常把玩的小玉如意在此。」法善乃與玄宗入一酒肆中，呼酒共飲，須臾飲訖，即以小玉如意，暫抵酒價，請唐皇寫了一紙手照⓭，約幾日遣人來取贖。出了店門，步至城外，仍教各自閉目，頃刻之間，騰空而回，直到殿前落地。高力士接著，叩頭口稱萬歲，看席上所燃的金蓮寶燭，猶未及半也。

玄宗正在驚疑，左右傳奏張果先生到，玄宗即時延入。張果道：「臣偶出游，未即應召而至，伏乞陛下恕臣之罪。」玄宗道：「先生輩閒雲野鶴，豈拘世法，有何可罪之有；但未知先生適間何往？」張果道：「臣適往廣陵訪一道友，不意陛下見召，以致來遲。」玄宗道：「廣陵去此甚遠，先生之往來，

⓭ 手照：即手簡。

何其速也！」張果笑道：「朝遊北海，暮宿蒼梧，仙家常事，況如西涼廣陵，直跬步⑭間耳。」因問法善道：「西涼燈事若何？」法善道：「與京師略同。」玄宗問道：「先生適從廣陵來，廣陵亦行燈事否？」張果老道：「廣陵燈事亦極盛，此時正在熱鬧之際。」法善道：「臣不敢啟請陛下，更以餘興至彼一觀，亦頗足以怡悅聖情。」玄宗欣喜道：「如此甚妙。」因問張果道：「先生肯同往麼？」張果老道：「臣願隨聖駕，此行可不須騰空御風，亦不須游行城市。臣有小術，上可不至天，下可不著地，任憑陛下玩賞。」玄宗道：「此更奇妙，願即施行神術。」張果道：「請陛下更衣，穿極華美冠裳。」叫高力士亦著華服，又使梨園伶工數人，亦都著錦衣花帽。張果老卻解下自己腰間絲縧向空一擲，化成一座綵橋，起自殿庭，直接雲霄。怎見得這橋的奇異？有西江月詞一闋為證：

白玉瑩瑩鋪就，朱欄曲曲遮來。凌雲駕漢近瑤臺，一望霞明雲靄。　穩步無須回顧，安行不用疑猜。臨高視下歎奇哉，恍若身居天界。

當下張果老與法善前導，引玄宗徐步上橋。高力士及伶工等俱從，但戒勿回頭反顧，只管向前行去。行不數百步，張果、法善二人早立住了腳，說道：「陛下請止步，已至廣陵地。」城中燈火之多，陳設之盛，不減於西涼。那些看燈的士女們，忽觀空中有五色彩雲，擁著一簇人各樣打扮，衣冠華麗，疑是星官仙子出現，都向空中瞻仰叩拜。玄宗及高力士等立於橋上，仰看天漢，月明如晝，低頭下視廣陵城市燈火，大喜。法善請敕伶工，奏霓裳羽衣一曲。奏畢，張果老同法善，仍引玄宗與高力士伶工眾人等，

⑭跬步：半步。

於橋上步回宮禁；才步下橋，張果老即時把袖一拂，橋忽不見，只見張果老手中，原拿著絲帶一絛，仍舊把來繫於腰間。高力士伶工眾人等，皆大驚異。玄宗此時說道：「先生神術通靈，真乃奇妙！」張果老回說道：「此是仙家游戲小術，何足多羨。」玄宗再命洗盃賜酒，直至天曉時候，方才罷宴各散。後人有詩嘆道：

仙家游戲亦神通，卻使君王學御風。萬乘至尊宜自重，怎從術士步空中？

次日，玄宗密遣使者，即將西涼府酒店中主人寫的手照，到彼酒店取贖小玉如意。使者行了幾日，卻果然取贖回來，乃信上元十五夜之游，是真非幻。過了幾月，廣陵地方官上疏奏稱：「本地於正月十五夜二更後，天際中忽現五色祥雲萬朵，雲中仙靈，歷歷可覩。又聞仙樂嘹喨，迥非人間聲調，此誠聖世瑞徵，合應奏聞。」玄宗覽疏，暗自稱奇，即不明言此事，只批個知道了。原來這霓裳羽衣曲，乃是玄宗於開元之時，嘗夢遊月宮，見有仙女數十，素練寬衣，環珮丁東，歌舞於廣寒宮中，聲調佳妙，非人世所能有。玄宗因問：「此何曲為名？」眾女答道：「名為霓裳羽衣曲。」玄宗夢中密記其聲調，及醒來一一記得，遂傳示樂工，譜成此曲，果然不是人間聲調也。玄宗益信二人為神仙。又聞張果每出，必乘一白驢，其行如飛，及歸便把此驢，摺疊如紙，置於巾箱中，欲乘則以水噀之，依舊成驢。玄宗愈奇其術，思欲與之聯為姻眷，要將玉真公主下嫁與他。張果堅辭，說道：「臣有別業在王屋山中，向曾以太平錢三十萬聘娶韋氏女在彼，今豈容更娶？況臣疏野性成，不慕榮祿，入京已久，念切遠山，伏乞天恩放回，實為至幸。」玄宗說道：「先生不肯尚主，朕亦不敢相強，卻如何便欲捨朕而去耶！先生與葉尊師同在朕左右，二位不可缺一，方思朝夕就教，幸勿遽萌去志。」張果感其誠意，遂與葉法善仍留京邸。

法善昔年嘗隱於松陽，與刺史李邕相契。李邕極是多才，既能作文，又善寫字，法善曾求他為其祖作碑文一篇，及被召入京時，李邕也陞了京官，心中卻不喜法善弄術，恐其眩惑君心。法善要把他前日所作碑文，求他一寫，李邕再三不肯，說道：「吾方悔為公作，豈能更為公寫！」法善笑道：「公既為吾作，豈能不為吾寫。今日且不必相強，容後更圖之。」當下含笑而別。是夜法善乃於密室中，陳設紙墨筆硯，至三更時，仗劍步罡⑮，焚符一道，口中念念有詞，把令牌一拍，只見李邕忽從壁間步出。法善更不同他言語，只把劍來指揮，叫他將紙筆墨硯寫碑文，一面使道童翦燭磨墨。須臾之間，碑文寫完，法善再寫一符焚化，口中念動咒語，把劍一指，喝一聲，李邕倏然不見。原來因日間求他寫文不肯，故於夜間攝他的魂魄來寫了。至明日親往拜謝，以其所書示之，笑說道：「此即公昨夜夢中所書也。」李邕看了，嚇得目瞪口呆，通身汗下。法善道：「既重公之文，不欲屑以他人之筆，故即求公大筆一書。因公未許，故而聊以相戲，多有開罪之處，幸恕不恭。」李邕又驚又惱，未發一言。法善仍具一分厚禮，以為潤筆之資，李邕也不肯受。玄宗聞知此事，驚歎說道：「神仙固不可與相抗也。」李邕所寫此碑，當時就名為追魂碑。自此朝廷益信神仙之道，那些方士，亦日益進。一日，鄂州地方守臣上疏，薦方士羅公遠，廣極神通，大有奇術，特送來京見駕。正是：

---

⑮ 步罡：即步罡踏斗，道士朝拜星宿，遣神召靈，行走進退步位，轉折略如北斗星象位置，故名。罡，音ㄍㄤ。北斗斗柄。

朝裡仙人尚未歸，遠方仙客又來到。莫道仙人何太多，只因天子有酷好。

未知後事如何，且聽下回分解。

總評：神仙方術，世以為真乎？假乎？此可以欺帝王，不可以欺聖賢也。秦皇漢武之君，人欺之耳；若明皇空中神語，乃自欺也。西涼、廣陵之遊，快哉樂乎，豈料馬嵬之播越，已接踵於後哉！

第八十五回　羅公遠預寄蜀當歸　安祿山請用番將士

詞曰：

仙客寄書天子，無幾字，藥名兒最堪思。漢戍忽更番戍，君王偏不疑。信殺姓安人，好卻忘危。

右調定西番

從來為人最忌貪、嗔、癡三字，況為天子者乎。自古聖帝賢王，惟是正己率物，思患防微，勵精圖治，必不惑於異端幽渺之說。若既身為天子，富貴已極，卻又想長生不老之術，因而遠求神仙，甚且以萬乘之尊嚴，好學他家的幻術，學之不得，而至於怨怒，妄行殺戮，豈非貪而又嗔。究竟其人若果可殺，即非神仙。若是神仙，殺亦不死，不惟不死而已，他還把日後之事，預先寄個啞謎兒與你。還不省悟，依然從信奸邪，以致變更舊制，貽害於後，畢竟認定惡人為好人，這又是極癡的了。且說玄宗款留住了張果、葉法善，不放還山。鄂州守臣又薦羅公遠，表奏他的術法神通，起送到京師。那羅公遠，不知何處人也，亦不知為何代人，其容貌常如十六七歲一個孩子，到處閒游，蹤跡無定。一日游至鄂州，恰值本州官府，因天時亢旱，延請僧道於社稷壇內啟建法事，祈求雨澤。禱告的人甚多，人叢中有個穿白的人，在那裡閒看，其人身長丈餘，顧盼非常，眾皆屬目，或問其姓名居處，答道：「我姓龍，本處人氏。」正說間，羅公遠適至，見了那人，怒目咄嗟道：「這等亢旱，汝何不去行雨濟人，卻在此閒行？」那人斂容拱手道：「不奉天符，無處取水。」公遠道：「汝但速行，吾當助汝。」那人連聲應道是，疾趨而去。眾人驚問：「此是何人？」羅公遠道：「此乃本地水府龍神也，吾敕令速行雨，以救亢旱。奈他未奉上帝之敕令，不敢擅自取水，吾今當以滴水助之，救濟此處的禾稻。」一面說，一面舉眼四下觀看，見那僧道誦經的桌上，有一方大硯，因才寫得疏文，硯臺池中積有這些墨水，公遠上前把口向硯中池裡，一口吸起，望空一噴，喝道：「速行雨來！」只見霎時間，日掩雲騰，大風頓作。公遠即對眾人說道：「雨將至矣！列位避著，不要被雨打濕了衣服。」說猶未了，雨點驟至，頃刻之間，如傾盆倒甕，落了半晌，約有尺餘，方才止息。卻也作怪，那雨落在地上，沾在衣上，都是黝黑的一般。原來龍神全憑仗仙力，就這口墨水化作雨澤，以救亢旱，故雨色皆黑。當下人人嗟異，個個歡喜，問了羅公遠的姓名，簇擁去見本州太守，具白其事。太守欲酬以金帛，公遠笑而不受。太守說道：「天子尊信神仙，君既有如此道術，吾定當薦引至御前，必蒙敬禮。」公遠道：「吾本不喜遨游帝庭，但聞張、葉二仙在京師，吾正欲一識其面，今乘便往見之，無所不可。」於是太守具疏，遣使伴送。公遠來至京中，使者將疏章投進，玄宗覽疏，即傳旨召見。

那日玄宗坐慶雲亭上，看張果與葉法善對弈。內侍引公遠入來，將至亭下，玄宗指著張、葉二仙道：「此鄂州送來異人羅公遠，二位先生試與一談。」張、葉二人舉目一看，遙見公遠體弱容嫩，宛如小孩童，將要成冠一般的樣兒，都笑道：「孩提之童，有何知識，亦稱異人。」公遠不慌不忙，行至亭階之下，玄宗敕免朝拜，命升階賜坐，因指張、葉二仙師道：「卿識此二人否，此即張果先生、葉法善尊師也。」公遠道：「聞名未曾謀面，今日幸得相晤。」張果笑道：「小輩固當不識我。」葉法善道：「安有神仙中人，而不識張果先生者乎？」公遠道：「世無不知禮讓之神仙，況今二師簡傲如此，僕之不相識，亦未足為恨也。」張果大笑說道：「吾且不與子深談，人人都稱子為異人，想必當有異術。吾今姑以極鄙淺之技相試，倘能中竅，自當刮目相待。」便與法善各取棋子幾枚，握於手中問說道：「試猜我二人手中棋子各幾枚。」公遠道：「都無一枚。」二人哈哈大笑，即開手來看時，卻果一個也不見了。只見羅公遠袖中，伸出雙手，棋子滿把的笑說道：「棋子已入吾手中矣，二位老仙翁遇著小輩，直教兩手俱空的了。」張、葉二仙師，方大驚異，各起身致敬。正是：

學無前後達為先，莫恃高年欺少年。混沌初分張果老，還同小輩並稱仙。

當下玄宗大喜，即賜宴於慶雲亭上，給以冠袍，又賜與邸第，尊稱為羅仙師。自此公遠常與張、葉二人，談論仙家宗旨，彼此敬服。過了幾日，張果、葉法善具疏，堅請還山道：「羅公遠道術殊勝臣輩，留彼在京，足備陛下諮訪。臣等出山已久，思歸念切，乞賜放還，以遂臣等野性。」玄宗知其歸志已決，不便強留，准其暫回家山❶，有問之處，再候宣召。二人謝恩出京，凡玄宗天子所賜之物，及各官員所贈之珍奇，一無所受，二人遂各飄然而去。正是：

❶家山：家鄉。

閒雲野鶴，海闊天空。來去自由，不受樊籠。

自此之後，在京方士輩，只有羅公遠為玄宗所尊信，時常召見，叩問長生不死之方。公遠道：「長生無方，只要清心寡慾，便可卻病延年。」玄宗勉從其說，或時獨處一宮，嬪妃不御，後庭宴會，比前也略稀疏了。楊妃意中甚不懽喜。時值中秋月明之夜，玄宗不召嬪妃宴集，獨自與公遠對月閒談，說起去年上元佳節，曾同張、葉二位仙師，騰空遠游，甚是奇異，因問：「先生亦有此道術否？」公遠道：「此亦何難之有？陛下昔年曾夢游月宮，卻不曾身親目覩，臣今請陛下親見月宮之景可乎？」玄宗大喜。公遠即起身，向庭前桂樹上折取數枝，用綵線相結，置於庭中，吹口氣化作一乘彩輿，請玄宗升輿端坐。又將手中所執如意，化作一隻大白鹿，駕車而行，往觀月殿。時當高力士奉差他往，又有一個得寵的太監，叫做輔璆琳，叩頭啟奏道：「前張、葉二仙師，奉駕行游，曾多帶內侍同行，今奴輩願隨駕而往。」羅公遠道：「月宮非比他處，汝輩何得往觀，只我一人護駕足矣！」說罷，即喝一聲道起，只見那白鹿駕著彩輿，騰空而起，直入霄漢。公遠步於空中，緊緊相隨，教玄宗只把雙眼望著月，千萬不可回顧，亦不可他視。

轉瞬間已近月宮，公遠扶住車子，玄宗凝眸一望，只見月中宮殿重重，門戶洞開，遙見裡面琪花瑤草，映耀奪目，遠勝昔日夢中所見。玄宗道：「可入去否？」公遠道：「陛下雖貴為天子，卻還是凡軀，未容遽入，只可在外面觀望。」少頃只聞得異香氤氳，一派樂聲嘹喨，仔細聽之，正是霓裳羽衣曲。玄宗聽罷，低聲問道：「世人稱美貌女子，必比之月裡嫦娥，今嫦娥已在咫尺，可使朕一覩其冶容乎？」

公遠道：「昔穆天子與王母相會，夙有仙緣故也，陛下非此之比，今得至此，瞻仰宮殿，已是奇福，豈可妄生輕褻之念。」言未已，忽見月中門戶盡閉，光彩四散，寒風襲人，公遠即喚白鹿來駕彩輿，以羽扇障風而行，少頃冉冉有聲及地。公遠道：「陛下幾觸嫦娥之怒，且喜萬安。」玄宗才下車，只見彩輿仍化為桂枝，白鹿亦不見，如意仍在公遠手中。玄宗又驚又喜。當下公遠告辭回寓。玄宗還獨坐呆想，嘖嘖歎異。那內監輔璆琳，因怪公遠不許他同往，便進言道：「此幻術惑人，何足驚異，願皇爺切勿輕信。」玄宗道：「就是幻術，亦殊可喜，朕當學其一二，以為娛悅。」輔璆琳便逢迎道：「幻術中惟隱身法可學，皇爺若學得時，便可暗察內外人等機密之事。」玄宗喜道：「汝言甚是。」

次日，即召公遠入宮，告以欲學隱身法之意。公遠道：「隱身法乃仙家借以避俗情纏擾，或遇意外倉卒相偪之事，聊用此法自全耳。陛下一身天下之主，正須向陽出治，如易經云：聖人作而萬物覩，如何要學起隱身法來？」玄宗道：「朕學此法，亦藉以防身耳。」公遠道：「陛下尊居萬乘，時際太平，車駕所至，百靈呵護，有何不樂，何欲以此法防身耶！陛下若學得此法，只於宮中偶一為之，尚且不可；況日後以為常情，定將懷璽入人家，為所不當為，萬一更遇術士，能破此法者，那時白龍魚服，必為豫且❷所困矣。」玄宗道：「朕學得此法，不過在宮中聊為偶戲，決不輕試於外，幸即相傳，望先生萬勿吝教。」公遠此時，當不過玄宗再三懇求，只得將符咒秘訣，一一傳授，並教以學習之法。玄宗大喜，便就宮中如法教習。及至習熟試演，始則尚露半身，既而全身俱隱，但終不能泯然無跡，或時露一履，或時露冠髾，或時露衣裾，往往被宮人覺見。玄宗立召公遠入宮，要他面作此法來看。公遠把手向空書

❷ 豫且：古代神話中漁人名。傳說白龍下清泠之淵化為魚，漁者豫且射中其目。

符，口中念念有詞，即時不見其形，少頃卻見他從殿門外入來。玄宗便也學他書空作符，捻訣念呪，卻只是隱了身子，露出衣冠。內侍們都含著笑。玄宗問道：「同此符咒，如何自我做來，獨不能盡善？」公遠道：「陛下以凡軀而遽學仙法，安能盡善？」玄宗因演隱身法不靈，致被左右竊笑，已是懷慚無地了，又見公遠對著眾人，說他是凡軀，好生不悅道：「便是神仙少不得也是凡軀做起，如何只說朕是凡軀，如何凡軀便學不得仙法，還是傳法者，不肯盡傳其訣耳！」說罷拂衣而入，傳命公遠且退。自此玄宗心中懷怒。

恰值宰相李林甫因夫人患病垂危，聞得公遠常以符藥救人危疾，因親自來求他，救治夫人之病。公遠說道：「夫人祿命已盡，不可救療。況夫人幸得善終於相公之前，生榮死哀，其福過相公十倍矣，何必多求。」李林甫怪其言慢，也心中懷怒，是夜其妻果死。過了一日，秦國夫人忽然患病沉重，楊國忠奉著貴妃之命，來見公遠，要求他救治。公遠道：「神仙只救得有緣分之人與能修行之人，夫人夙世既無仙緣，今生又無美行，享非分之福，還不自知修省，惡孽且未易懺除，今得命壽終於內寢，較之諸姊妹，已為萬幸矣，豈復有方有術可療？七日之後，名登鬼籙矣！」國忠怒道：「不能相救也罷，何得妄言謗毀？」遂回報楊妃。楊妃大怒，泣奏天子，說道：「羅公遠謗毀宮眷，且加咒詛，大不敬上。」李林甫也便乘間奏他妖妄惑眾。玄宗已是不悅，況又內外讒言交至，激成十分大怒來了，傳旨立即將羅公遠斬首西市。公遠在寓邸聞命，呵呵大笑，也不肯綁縛，直飛步至西市中伸頸就刑，鋼刀落處，並無點血；但見一道青氣，從頭頂中直出，透上重霄。正是：

如罽賓國王，斬師子和尚❸。是亦善知識，以殺為供養。

玄宗一時恨怒，立即命斬羅公遠，旋即自思他是個有道術之人，何可輕殺，連忙呼內侍快傳旨停刑，及到時卻已早殺過了。玄宗懊悔不已，命收其屍首，用香木為棺槨成殮。至七日之後，秦國夫人果然病死。玄宗聞訃，不勝嗟悼，贈卹極其豐厚。正是：

三姨如鼎足，秦國命何促？死或賢於生，壽終還是福。

玄宗因秦國夫人之死，益信公遠之言不謬，念念不忘，然已無可如何。因思到張果、葉法善，不知今在何處，遂命輔璆琳往王屋山迎請張果老，他若不肯復來，便往訪葉法善，二人之中，必得其一。璆琳奉了聖旨，帶著僕從車馬，出京趕行，忽聞路人傳說：「張果老先生，已死於揚州地方了。」璆琳正在疑信之際，卻接得京報，揚州守臣某人上疏，奏張果於本年某月某日，在瓊花觀中端坐而逝，袖中有謝恩表文一道，其屍身未及收殮，立時腐敗消化。璆琳得了此信，遂不往王屋山去了，只專心訪問葉法善居處。有人說曾在蜀中成都府見過他來，輔璆琳即令僕從人等，望蜀中道上一路而行。既入蜀境，山路崎嶇，甚是難走得很，忽見山嶺上，一個少年道者迤邐而來，口中高聲歌唱道：

山路崎嶇那可行，仙人往矣縱難迎。須知死者何曾死，只愁生者難長生。

❸ 師子和尚：師子，佛家用以喻佛，指其無畏，法力無邊。相傳罽賓國王斬殺師子和尚後，終遭報應。

那道者一頭歌，一頭走，漸漸行至馬前。輔璆琳仔細一看，大吃一驚。原來不是別人，卻是一個羅公遠。輔璆琳連忙下馬作揖，問：「仙師無恙？」公遠笑道：「天子尊禮神仙，卻如何把貧道恁般相戲。如今張果老先生怕殺，已詐死了。葉尊師也怕殺，遠游海外，無處可尋，不如回京去罷。」輔璆琳道：「天子方悔前過，伏祈仙師同往京中見駕，以慰聖心。」公遠笑道：「我去何如天子來，你可不必多言，我有一封書並一信物寄上於天子，你可為我致意。」即刻於袖中取出一封書來，內有纍然一物，外面重重緘題，付與璆琳收了。璆琳道：「天子正有言語，欲叩問仙師，還求師駕一往。」公遠道：「無他言，但能遠卻宮中女子，更謹防邊上女子，自然天下太平。」璆琳私問朝中諸大臣休咎何如。公遠道：「李相惡貫滿盈，死期近矣，還有身後之禍。楊相尚有幾年頑福，其後可想而知也。」璆琳又問自己將來休咎。公遠道：「凡人能不貪財，便可無禍患。」說罷，舉手作揖而別，騰空直去。璆琳同從人等，無不咄咄稱異，想道：「葉法善既難尋訪，不如回京覆奏候旨罷。」主意已定遂趲程回京，直到宮裡，見了玄宗，細細備奏過嶺遇羅公遠之事，把書信呈上。玄宗大為驚詫，拆視其書，卻無多語，只有四個大字，下註一行小字。道是：

安莫忘危　外有一藥物名曰蜀當歸　謹附上

玄宗看了書同藥物，沉吟不語。璆琳又密奏公遠所云宮中女子、邊上女子之說。玄宗想道：「他常勸我清心寡慾，可以延年，今言須要遠女子，又言莫忘危，疑即此意；那蜀當歸或係延年良藥，亦未可知；但公遠明明被殺，如何卻又在那裡？」遂命內侍速啟其棺視之，原來棺中已一無所有。玄宗嗟嘆說

公遠笑道：「我有一封書，並一信物，寄上於天子。你可為我致意。」即於袖中取出一封書來，付與璆琳收了。

道：「神仙之幻化如此，朕徒為人所笑耳！」看官，你道他所言宮中女子，明明指是楊妃；其所云邊上女子，是說安祿山也，以安字內有女字故耳。蜀當歸三字，暗藏下啞謎；至言安莫忘危，已明說出個安字了，玄宗卻全不理會。此時安祿山正兼制范陽、平盧、河東三鎮，坐擁重兵，久作大藩；又有宮中線索，勢甚驕橫。但常自念當時不拜太子，想太子必然見怪。玄宗年紀漸高，恐一旦晏駕，太子即位，決無好處到我，因此心不自安，常懷異志。祿山平日所畏忌的，只有一個李林甫，常呼李林甫為十郎，每遇使者從京師來，必問李十郎有何話說；若聞有稱獎他的言語，便大懽喜；若說李丞相寄語安節度，好自檢點，即便攢眉嗟嘆，坐臥不安。李林甫也時常有書信問候他，書中多能揣知其情，道著他的心事，卻又預為布置，安放於此，受其籠絡，不敢妄有作為。那知林甫自妻亡之後，自己也患病起來了。適當輔璆琳回京時，林甫已臥床上不能起來，病中忽聞羅公遠未死，這個吃驚非同小可，自說道：「我曾劾奏他的，不意他果是一個神仙，殺而不死，今倘來修怨，不比凡人可以防備，卻如何解救？」自此日夕驚惶恐懼，病勢愈重，不幾日間嗚呼死了。正是：

天子殿前去奸相，閻王台下到凶囚。

可恨那李林甫自居相位，惟有媚事左右，迎合上意，以固其寵；杜絕言路，掩蔽耳目，以成甚其奸；妒賢嫉能，排抑勝己，以保其位；屢起大獄，誅逐賢臣，以張其威；自東宮以下，畏之側目。為相一十九年，養成天下之亂，玄宗到底不知其奸惡，聞其身死，甚為嘆悼。太子在東宮，聞林甫已死，歎道：「吾今日臥始貼席矣！」楊國忠本極恨李林甫，只因他甚得君寵，難與爭權，積恨已久，今乘其死，復要尋事洩忿，乃劾奏林甫生前多蓄死士於私第，託言出入防衛，其實陰謀不軌。又道他屢次謀陷東宮，動搖國本，其心叵測。又諷朝臣交章追劾他許多罪款。楊妃因怪他挾制安祿山，也於玄宗面前說他多少奸惡之處。玄宗此時，方才省悟，下詔暴其惡逆之狀，頒貼天下，追削官爵，剖其棺，籍其家產；其子侍郎李岫，亦即革職，永不復用。果然應了羅公遠所言這身後之禍。正是：

生作權奸種禍殃，那知死後受摧戕。非因為國持公論，各快私心借憲章❹。

李林甫死後，楊國忠兼左右相，獨掌朝權，擅作威福，內外文武各官，莫不震畏；惟有安祿山不肯相下，他只因李林甫狡猾勝於己，故心懷畏忌。那楊國忠是平日所相狎，一向藐視他的，今雖專權用事，祿山全不在意。四處藩鎮，都遣人齎禮往賀，獨祿山不賀。楊國忠大怒，密奏玄宗道：「安祿山本係番人，今雄據三大鎮，殊非所宜，當有以防之。」玄宗不以為然。國忠乃厚結隴右節度使哥舒翰，要與他并力排擠安祿山。時隴右富庶甲天下，自安遠❺門西盡唐境，凡一萬二千餘里，閭閻相望，桑麻徧野，國忠奏言，此皆節度使哥舒翰撫循調度之功，宜加優擢。詔以哥舒翰兼河西節度使，撫制兩鎮。祿山聞知，明知得是國忠藉為黨援，愈加不樂，常於醉後，對人前將國忠謾罵。國忠微聞其語，一發惱恨，又密奏玄宗，說：「安祿山向同李林甫狼狽為奸，今林甫死後，罪狀昭著，安祿山心不自安，目前必有異謀。陛下若不肯信，詔遣使往召入覲，彼且必不奉詔，便可察其心矣。」

❹ 憲章：效法。
❺ 安遠：即安遠寨，當在甘肅省天水市境。

玄宗唯唯而起，退入宮中，沉吟不決。楊妃問：「陛下有何事情，縈於心中？」玄宗道：「汝兄國忠，屢奏安祿山必反，我未之深信。今勸朕遣使往召入覲，若他不來，其意可知，便當問罪。我意此兒受我厚恩，未必相負於我，故心中籌畫未定。」楊妃著驚道：「吾兄何遽意祿山必反耶！彼既如此懷疑，陛下當如其所奏，遣一內侍往召安祿山。若祿山肯來，妾兄同陛下便可釋疑矣。」玄宗依其言，即作手敕，遣輔璆琳齎赴范陽召安祿山入朝見駕。輔璆琳領了敕命，正將起行，楊妃私以金帛賜之，付手書一封密致安祿山，教他聞召即來，凡事有我在此，從中周旋，包管他有益無損，切勿遲回觀望，致啟天子之疑。璆琳一一領命，星夜不息，來至范陽，祿山拜迎敕諭。輔璆琳當堂宣讀道：

皇帝手敕東平郡王范陽、平盧、河東節度使安祿山：卿昔事朕左右，歡敘如家人，乃者遠鎮外藩，遂爾睽隔。朕甚念卿，意卿亦必念朕，顧卿即相念，非徵召何緣入見？茲於敕到，即可赴闕，暫來即返，無以跋涉為勞，朕亦欲面詢邊庭事也。見諭速赴來京毋怠。

安祿山接過手敕，設宴款待天使，問道：「天子召我何意？」璆琳道：「天子不過相念之深耳！」祿山沉吟道：「楊相有所言否？」璆琳道：「相召是天子意，非宰相意也。」祿山笑道：「天子意即宰相意也。」璆琳屏退左右，密致楊妃手書並述其所言，祿山方才歡喜，即日起馬星馳到京，入朝面聖。玄宗大喜道：「人言汝未必肯來，獨朕信汝必至，今果然也。」遂命行家人禮，賜宴於內殿，祿山涕泣道：「臣本番人，蒙陛下寵擢至此，粉身莫報。奈為楊國忠所嫉忌，臣死無日矣！」玄宗撫慰說道：「有朕在，汝可無慮也。」是夜留宿內庭。

次日，入見楊妃，賜宴宮中，深情暢敘。祿山道：「兒非不戀，但勢不可久留，明日便須辭行。」楊妃道：「吾亦不敢留你，明日辭朝後速走勿遲。」祿山點頭會意。次日奏稱邊政重任，不敢曠職，告辭回鎮。玄宗准奏，親解御衣賜之，祿山涕泣拜受，即日辭朝謝恩。隨行之時，走馬至楊國忠府第，匆匆一見，即刻飛星出京，晝夜兼行，不日到鎮。他恐國忠請奏留之，故此急急回任。自此玄宗愈加親信，人有首告祿山欲反者，玄宗命將此人縛送范陽，聽其究治，由是人無敢言者。祿山自此益無忌憚，因想：「三鎮之中，守把各險要處的將士，都是漢人。倘他日若有舉動，必不為我所用，不如以番將代之為妙。」遂上疏奏稱，邊庭險要之處，非武健過人者，不能守禦。漢將柔弱，不若番將驍勇，請以番將三十一人，代守邊漢將。疏上，同平章事韋見素，進言說道：「祿山久有異志，今上此疏，反狀明矣，其所請必不可許。」玄宗不悅，說道：「向者邊政俱用文臣，漸至武備廢弛。今改用番人為節度，邊庭壁壘一新，即此看來，安見番人不可以代漢將？祿山為國家計，欲慎固封守，故有此請，卿等何得動言其反？」遂不聽韋見素之言，即就批旨：依卿所請奏，三鎮各險要處，都用番將戍守；其舊戍漢將，調內地別用。自此番人據險，祿山愈得其勢，邊事不可問矣。正是：

番人使為漢地守，漢地將為番人有。君王偏獨信奸謀，枉卻朝臣言苦口。

不知後事如何，且聽下文分解。

總評：秦皇漢武，窮極以求神仙，卒無所遇。玄宗好道，何所遇皆異人？葉法善、張果之遊西涼、廣陵，已極其靈異。復遇羅公遠，揮如意，乘白鹿，駕遊月宮，何等神奇，宜玄宗所尊敬。至以學隱身法不遂，卒以讒誅，寫出玄宗之庸愚可笑。輔璆琳之遇公遠，遙寄蜀當歸，並「安莫忘危」四字文書，見之大關係處，非閒筆也。

第八十六回　長生殿半夜私盟　勤政樓通宵歡宴

詞曰：

恩深愛深，情真意真。巧乘七夕私盟，有雙星證明。　時平世平，賞心快心。樓存勤政虛名，奈君王倦勤。

右調醉太平

卻說佛氏之教，最重誓願一道。若是那人發一願，立一誓，冥冥之中，便有神鬼證明，今生來世必要如其所言而後止。說便是這等說，也須看他所立之願，合理不合理，可從不可從。難道那不合理、不可從的誓願，也必如其所言不成？大抵人生誓願，唯於男女之間為最多。然山盟海誓，都因幽期密約而起，其間亦有正有不正，有變有不變。至若身為天子，六宮妃嬪以時進御，堂堂正正，用不著私期密約，又何須海誓山盟。惟有那耽於色、溺於愛的，把三千寵幸萃於一人，於是今生之樂未已，又誓願結來生之歡，殊不知目前相聚，還是因前生之節義，了宿世之情緣，何得於今生又起妄想。且既心惑於女寵，宜乎惟婦言是用，以奢侈相尚，以風流相賞，置國家安危於不理，天下將紛紛多事，卻還只道時平世泰，極圖娛樂，亦何異於處堂之燕雀❶乎？且說玄宗聽信安祿山之言，將三鎮險要之處，盡改用番人戍守，韋見素進諫不從。一日，韋見素與楊國忠同在上前，高力士侍立於側。玄宗道：「朕春秋漸高，頗倦於政，今以朝事付之宰相，以邊事付之將帥，亦復何憂？」高力士奏道：「誠如聖諭，但聞南詔❷反叛，屢致喪師。又邊將擁兵太盛，朝廷必須有以制之，方能無有後患。」玄宗說道：「汝且勿言，宰相當自有調度。」原來那南詔，即今雲南地方，南蠻人稱其王為詔，本來共有六詔，其中有名蒙舍詔者，地在極南，故曰南詔。五詔俱微弱，南詔獨強，其王皮邏閣，行賄於邊臣，請合南地六詔為一。朝廷許之，賜名歸義，封之為雲南王，後竟自恃強大，舉兵反叛。劍南節度使鮮于仲通率兵與戰，被他殺敗，士卒死者甚多。楊國忠與鮮于仲通有舊好，掩其敗狀，仍敘其功；後又命劍南留守李密，引兵七萬討之，復被殺敗，全軍覆沒。國忠又隱其敗，轉以捷聞，更發大兵前往征討，前後死者，不計其數，人莫有敢言者。當下高力士偶然言及，國忠連忙掩飾道：「南蠻背叛，王師征討，自然平定，無煩聖慮。至若邊將擁兵太盛，力士所言是也。即如安祿山坐制三大鎮，兵強勢橫，大有異志，不可不慎防之。」玄宗聞其言，沉吟不語。韋見素奏道：「臣有一策，可潛消安祿山之異志。」玄宗問道：「是有何策？」韋見素道：「今若內擢安祿山為平章事，召之入朝，而別以三大臣分為范陽、平盧、河東三鎮，則安祿山之兵權既釋，而奸謀自沮矣。」楊國忠道：「此策甚善，願陛下從之。」玄宗口雖應諾，意猶未決。

當日朝退回宮，把這一席話說與楊妃知道。楊妃意中雖極欲祿山入朝，再與相敘，卻恐怕到了京師，未免為國忠所謀害。乃密啟奏玄宗道：「安祿山未有反形，為何外臣都說他要反？他方今掌握重兵在外，

---

❶ 處堂之燕雀：比喻居安忘危的人。

❷ 南詔：即唐初烏蠻六詔之一，居於今雲南省巍山彝族回族自治縣南境，後統一六詔。

無故頻頻徵召，適足啟其疑懼。不如先遣一中使往覘之，若果有可疑之處，然後召之，看他如何便了。」玄宗依其言，即遣內侍輔璆琳，齎極美菓品數種，往賜安祿山，潛察其舉動。璆琳當奉玄宗之命，直至范陽。祿山早已得了宮中消息，知其來意，遂厚款璆琳，又將金帛寶玩送與璆琳，託他好為周旋。璆琳受了賄賂，一力應承，星夜回來復旨，極言安祿山在邊，忠誠為國，並無二心。玄宗聽說，信以為然，乃召楊國忠入宮面諭道：「國家待安祿山極厚，安祿山亦必能盡忠報國，決不敢於相負，朕可自保其無他，卿等不必多疑。」國忠不敢爭論，只得唯唯而退。正是：

奸徒得與援，賄賂已通神。莫漫愁邊事，君王作保人。

自此玄宗竟以邊境無事，安意肆志，且又自計年已漸老，正須及時行樂，遂日夕與嬪妃內侍，及梨園子弟們，徵歌逐舞，十分快活。楊妃與韓國夫人、虢國夫人輩，愈加驕奢淫佚。華清宮中，更置香湯泉一十六所，俱極精雅，以備嬪妃侍女們不時洗浴。其奉御浴池，俱用文瑤❸寶石砌成，中有玉蓮溫泉，以文木雕刻鳧雁鴛鷺等水禽之形，縫以錦繡，浮於泉水之上，以為戲玩。每至天暖之時，酒闌之後，池中溫暖，玄宗與楊妃各穿單袷短衣，乘小舟游盪於其中，游至幽隱之處，或正炎熱難堪，即便解衣同浴，玄宗親自把繡巾為楊妃拭體。正是：

妃子風流天子狂，攜雲握雨浴池塘。方誇被底鴛鴦好，又見鴛鴦水畔藏。

❸ 文瑤：瑪瑙一類的寶石。

每自宮眷浴罷之後，池中水退出御溝，其中遺珠殘珥，流出街渠，路人時有所獲，其奢靡如此。楊妃因身體頗豐，性最怕熱，每當夏日，止衣輕綃，使侍兒交扇鼓風，猶揮汗不止。卻又奇怪得很，她身上出的汗，比人大不相同，紅膩而多香，拭抹於巾帕之上，色如桃花，真正天生尤物，絕不猶人。又因有肺渴之疾，常含一玉魚兒於口中，取涼津潤肺。一日偶患齒痛，玉魚兒也含不得，於是手托香腮，悶悶的閒坐窗前。玄宗看了，愈見其嫵媚，可憐可愛，說道：「為朕的恨不能為妃子分痛也！」後人有畫楊貴妃齒痛圖者，馮海粟題其上云：

華清宮一齒動，馬嵬坡一身痛。漁陽鼙鼓動地來，天下痛。

天寶十載之夏，玄宗與楊妃避暑於驪山宮。那宮中有一殿，名曰長生殿，極高爽涼快。其年七月七日夜，乞巧之夕，天氣正當炎熱，玄宗坐於長生殿庭中納涼，楊妃陪著同坐，直至二更以後，方才入寢室中同臥，宮女亦都散去歇息。楊妃苦熱，睡不安穩，乃拉著玄宗起來，再同出庭前乘涼，更不呼喚宮娥侍女們伏侍。二人坐到更深，天熱未臥，手揮輕扇，仰看星斗。此時萬籟無聲，夜景清幽，坐了一回，漸覺涼爽，玄宗一手搖扇，一手摩弄楊妃雙乳低聲密語道：「今夜牛女二星相會，未知其樂何如？」楊妃道：「鵲橋渡河之說，未知果有此事否。若果有之，天上之樂，自然不比人間。」玄宗笑道：「若論他會少離多，倒不如我和妳日夕歡聚。」楊妃說道：「人間歡樂，終有散場，怎如天上雙星，永久成配。」說罷不覺愴然嗟嘆。玄宗感動情懷，把楊妃摟住，臉貼著臉的說道：「妳我恁般恩愛，豈忍相離。今就星光之下，妳我二人密相誓願，心中但願生生世世，長為夫婦。」楊貴妃聽玄宗之說，點頭道：「阿環同此誓言，雙星為證。」玄宗聽了此說，不覺大喜之極。兩個又勾肩疊股的坐了半晌，然後相摟相抱，同入羅幃作陽臺之夢。後來白居易長恨歌中，曾詠及此事，有句云：

七月七日長生殿，夜半無人私語時。在天願作比翼鳥，在地願為連理枝。

後人有詩譏刺玄宗，溺寵偏愛，私心妄想，道是：

皇后無端遭廢斥，今生夫婦且乖張。如何妃子偏承寵，來世還期莫散場。

又有詩譏笑楊貴妃云：

長生私語成長恨，空自盟心牛女前。若與三郎永配合，祿山壽邸豈無緣？

且說玄宗自此把楊妃更加恩愛。是年秋九月，蓬萊宮中那柑橘結實。這種柑橘，是開元年間，江陵進貢來的，味極甘美。玄宗命將數枚種於蓬萊宮，一向只開花不結實，還有時鮮花也不開，那年忽然結實二百餘顆，與江南及蜀中進貢者，毫無異味。玄宗欣喜，親自臨視，命摘來頒賜各朝臣。楊國忠率眾官上表，俯伏金階之下稱賀，其表略云：

伏以自天所育者，不能改有常之質；曠古所無者，乃可謂非常之祥。橘柚所植，南北異名，惟陛下玄風真紀，六合為一家。雨露攸均，混天區❹而齊被；草木有性，憑地氣以潛通。故茲江外之珍果，結成禁中之佳實。綠蒂含霜，芳流綺殿；金衣爛日，色麗彤庭。欣荷寵頒，慚無補報。臣等欣瞻之至，不勝景仰之誠，謹上表以聞。

玄宗覽表大悅，溫旨批答。那柑橘中，卻有一個是合歡的，左右進上。玄宗見了，愈加歡喜，與楊妃互相把玩，玄宗說道：「此菓早知人意，我與妃子同心一體，所以結此合歡之實。我二人可共食之，以應其祥。」乃促其坐同剖，交口而食；因命畫工寫合歡柑橘圖，傳之於後世。楊國忠於此又復獻諛詞，以為此乃非常之祥瑞，陛下宜頒醻稱慶。正是：

屈軼❺曾生黃帝時，草能指佞最稱奇。唐家柑橘成何用？翻使諛臣進佞詞。

玄宗聽了楊國忠諛佞之言，遂降旨以宮中有珍菓之祥，賜民大醻❻。於是選擇吉日，率嬪妃及諸王輩御勤政樓，大張聲樂，陳設百戲，聽人縱觀，與民同樂。京城內百姓中，士民男女，擁集樓前，好不熱鬧。教坊女人，有一個王大娘者，其技能為舞竿，將一丈八尺長的一根大竹竿，捧置頭頂，竿兒上綴著一坐木山，為瀛洲方丈之狀，使一小兒手扶絳節❼，出入其間，口中歌唱，王大娘頭頂著竿，旋舞不輟，卻正與那小兒的歌聲節奏相應。玄宗與嬪妃諸王等看了，俱嘖嘖稱奇。時有神童劉晏，年方九歲，

❹天區：上下四方。

❺屈軼：神話中的草名。傳說太平之世，生於庭前，能指向佞人，故又名指佞草。

❻大醻：古代帝王為表示歡慶，特許民間舉行的大會飲。

❼絳節：此處指紅色的類似符節的長竿。

聰穎過人，因朝臣舉薦登朝，官為秘書省正字。是日玄宗召於樓中侍宴，命王大娘舞竿，因命劉晏詠王大娘舞竿的詩一首。劉晏應聲即吟道：

樓前百戲競爭新，惟有長竿妙入神。說道綺羅偏有力，猶嫌輕便更著人。

玄宗同嬪御及諸王，見劉晏吟詩敏捷，詞句中又有隱帶諧謔之意，都歡喜讚歎。楊貴妃抱他坐於膝上，親為之梳髮。梳罷，玄宗招之近前，親執其手戲問道：「汝以童年，官為正字，未知正得幾字？」劉晏應口答說道：「諸字都正，只有一個朋字未正。」這句話分明說那些一班朝臣，各立朋黨，難於救正，恰好合著朋字形體，偏而不正之意。玄宗聞其言，連聲稱善，顧左右道：「此兒非特聰慧，且識力異人，將來居官任事，必有可觀者焉！」眾人俱稱賀朝廷得佳士。玄宗大喜，即命以牙笏錦袍賜之，說道：「朕知汝他年必能自立，必不傍人門戶也。」後人有詩云：

同道為朋何有黨，正因邪正兩途分。漫言朋字終難正，欲正臣時先正君。

是日歡宴至晚夕，樓上掛起花燈，各樣名色不同，光彩眩目。玄宗正與眾官賞玩間，只聽得樓前人聲鼎沸，也有嬉笑的，也有爭嚷的，也有你呼我應者的，聲音極其嘈雜。玄宗問是何故，內侍眾人啟奏，說樓下百姓，爭看花燈，擁擠喧譁，呵斥不止，伏候聖裁。玄宗道：「可著該管官嚴飭禁約，再著衛士振威彈壓。如再不止，拿幾個責治示眾便了。」劉晏忙奏道：「人聚已眾，不可輕責。況陛下與民同樂，許其眾看，如何又加責治。以臣愚見，莫如使梨園樂工，當樓奏技，傳諭眾人靜聽，無令喧譁，彼百姓喜於聞所未聞，則人聲自息矣。」玄宗點頭道：「此言極善。」遂命內侍先傳聖旨，曉諭眾人，隨後命梨園眾子弟，一個個的錦衣花帽，手執樂器，出至樓頭，齊齊整整的都站立於花燈之下。眾人擁著觀望，那懽笑之聲雖未即止，然不似從前的喧鬧了。高力士奏道：「眾樂工之中，惟李謩的羌笛尤為擅名，是乃眾人之所最為喜聽，宜令樓下眾人，清聽一曲，以息眾喧。」玄宗依其所奏，傳命李謩先獨自當樓吹笛。李謩領旨，當樓面前向下把手一指，高聲說道：「我李謩奉聖旨先自吹笛，使與你們眾人聽聽。你們若果知音，須靜聽者。」說罷，雙手按著一枝紫紋雲夢竹的笛兒，嘹喨嚦嚦，吹將起來了。這一笛兒，真吹得響徹雲霄，鸞翔鶴舞，樓下萬萬千千的人，都定睛側耳，寂然無聲。玄宗大喜。正是：

莫道喧譁難禁止，一聲可息萬千聲。

你道李謩的那笛，如何恁般入妙？蓋緣玄宗洞曉音律，絲竹管絃，無不各盡其妙。有時自製曲調，隨意即成，清濁疾徐，迴環轉變，自合節奏。於諸樂器中，獨不喜琴聲，聞人鼓琴，便欲別奏他樂以洗耳，謂之解穢。其所最愛者，羯鼓❽與笛，以此為八音之領袖，為諸樂之所不可少。每當宮中私宴，梨園奏曲，玄宗或親自擊鼓，或吹玉笛以和之。楊妃亦善吹玉笛。

先是天寶初年，嘗遇二月初旬，晨起巾櫛方畢，時值宿雨初晴，景色明麗，內殿庭中，柳杏將芽。玄宗閒坐四顧，咄嗟而起道：「對此景物，豈可不與他判斷？」遂命楊妃先吹玉笛一遍，隨後親自臨軒，擊羯鼓一通，其名曰春光好，亦是玄宗自製的雅調。鼓音才歇，回顧庭前柳杏都已葉舒花放，天顏大喜，

❽ 羯鼓：古羯族樂器，形如漆桶，用兩棍擊之，音聲急促高烈。

李謩雙手按著笛兒，嘹喨嚦嚦，真吹得響徹雲霄，鸞翔鶴舞。樓下萬萬千千的人都寂然無聲。

指向眾嬪妃看了笑道：「此一事可不喚我作天工耶！」眾皆頓首，口稱萬歲。

又一日，玄宗晝寢於玉清宮中，忽夢有仙女數人，從空而降，容貌俱極美麗，手中各執一樂器，向著玄宗舞吹了一回，聲音之絕妙異常，其中笛聲，尤為佳妙。仙女道：「此乃神仙之樂，名曰紫雲迴。陛下既深通音律，可傳受了去。」玄宗醒來，樂音猶然在耳，遂自吹玉笛習之，盡得其節奏。過了兩三日，偶乘月明之夜，與高力士改換了衣服，出宮微行游戲，走過了幾處街坊，回走至宮牆外一座大橋之上，立著看月，忽聞遠遠的地方兒有笛聲嘹喨，仔細聽之，卻正是紫雲迴的聲調。玄宗驚訝道：「此吾夢中所傳受，親自譜就的新翻妙曲，並未曾傳授他人，何故外間亦有此調？」大為可怪，遂密諭高力士道：「明日可與我查訪那個吹笛的人，不要驚嚇了他，好好引來見我。」高力士領旨，至次日早晨帶著從人，依昨夜笛聲所在，挨戶查過，有人說：「此間有個姓李的少年，最善吹笛，昨夜吹笛的就是他。」力士著人引至李家，以天子之命，召那少年入宮見駕。玄宗問他：「昨夜所吹的笛曲，從何處得來？」那少年奏道：「臣姓李名謩，自幼性好吹笛，因精於其技。前兩三夜，偶於宮牆外大橋上步月，聞得宮中笛聲，細聽節奏，極其新異，非復人間所有，因用心暗記，以指爪書譜，回家即依調試吹之，愈知其妙。昨夜便自演習，不料有污聖耳，臣該萬死，望陛下恕之。」玄宗喜其聰慧知音，遂命為押班❾梨園之長，時常得供奉左右。此正連昌宮詞❿所云：

---

❾ 押班：即領班。

❿ 連昌宮詞：連昌宮，唐朝宮殿名，故址在今河南省宜陽縣。唐元稹長慶集卷二四有連昌宮詞。

李謩擪笛傍宮牆，悟得新翻數般曲。

自此李謩更得盡傳內府新聲，其技愈加精妙。當夜在勤政樓頭奏技，萬民樂聞，天子稱賞。笛聲既畢，眾樂齊作，繼以清歌妙舞，樓下眾人，都靜觀寂聽，更無喧鬧。玄宗直至權宴到曉鐘初鳴起來，方才罷散。正是：

俱向樓頭勤取樂，何嘗肯把政來勤。

未知後事如何，且聽下回分解。

總評：長生殿私盟，在玄宗不過偶然諧謔，而在傳中則為大關目處。何也？以玄宗與貴妃今生配偶，從煬帝與貴兒盟誓中來，則殿中私盟，正照馬上私誓，重申生生世世之情。豈知貴妃罪孽，不敵貴兒忠貞，故誓願有成有不成，暗見天心福善禍淫處。勤政樓歡宴，雖寫玄宗之樂而忘返，卻補出李謩擪笛傍宮牆一段，轉折層次，俱有章法。

第八十七回　雪衣娘誦經得度　赤心兒欺主作威

詞曰：

死生有命不相饒，禽鳥也難逃。還仗慈悲佛力，頓教脫去皮毛。　笑他養子飛揚拔扈，惡勝鴟鴞。向道赤心滿腹，而今漸覺蹊蹺。

右調朝中措

聖人云：死生有命，富貴在天。此不但人之死生有命，即一物之微，其死生亦有命存焉。人當死期將至，往往先有個預兆。以此推之，一切眾生，凡有情有識之物，當其將死，亦必先有預兆，人雖不知之，彼必自驚覺，但口不能言耳。大抵死生有定限，凡事既不能與命爭，則生寄死歸，聽其自然，惟須稍種福因，以作後果可也。至於富貴為人所同欲，卻又不是人力所可強求。若說大富大貴，固主之在於天，就是一命之榮，一錢之獲，亦無非天意主之，天者理而已矣。可笑那無理之人，作非理之想，為非理之事，以圖非理之富貴，卻不自思現在所享之富貴，已屬非分。如何還要逆天而行，欺君背德，肆志作威，此真獲罪於天，後禍不小。且說玄宗御勤政樓，賜民大酺，通宵宴樂，自以為天下太平，天下休祥無事。楊國忠總理朝政，一味逢君欺君，招權納賄。這些貪位慕祿趨炎附勢之徒，奔走其門如市。只有個陜郡進士張象，在京候選，見此光景，慨然嘆息道：「此輩倚楊右相如泰山，以我視之，乃冰山耳。皎日一出，附之者即失所恃矣！吾褰裳避之，猶恐波及其身，何可與同事耶！」遂絕意仕進，即日出京，隱居嵩山去了。那時有識者，都知天下將亂。玄宗卻自恃承平，安然無慮，惟日夕在宮中取樂。楊妃亦愈加驕縱，內庭掌管貴妃位下，織錦刺繡，及雕鏤器物者數百人，以供其賀生辰慶時節之用。玄宗又常遣中使，往各處採辦新奇可喜之物進奉。各處地方官，有以奇巧珍玩衣服等物貢獻貴妃者，俱得不次升遷。玄宗游幸各處，多與楊妃同車並輦而行。楊妃平常不喜坐輿，欲試乘馬，因命御馬監選擇好馬，調養得極其純良，以備妃子坐騎。每當上馬時，眾宮娥侍女，扶策而上，高力士執轡授鞭，內宮女伏侍者數十人，前後擁護。楊妃倩妝緊束，窄袖輕衫，垂鞭緩走，媚態動人。玄宗亦自乘馬，或前或後，揚鞭馳騁，以為快樂。楊妃見了笑道：「妾舍車從騎，初次學乘，怎及陛下常事游獵，鞍馬嫻熟，馳逐之際，固當讓著先鞭。」玄宗戲道：「只看騎馬，我勝於妳，可知風流陣上，妳終須讓我一籌。」楊妃也戲說道：「此所謂老當益壯。」說罷，二人相顧，皆大笑不止。後人有詩云：

號國朝天走馬來，蛾眉淡掃見驕才。今看肥婢驕乘馬，預兆他年到馬嵬。

自此宮中飲宴，即創為風流陣之戲。你道如何作戲？玄宗與楊妃酒酣之後，使楊妃統率宮女百餘人，玄宗自己統率小內侍百餘人，於掖庭之中排下兩個陣勢，以繡幃錦被張為旗旛，鳴小鑼，擊小鼓，兩下各持短畫竹竿，嬉笑吶喊，互相戲鬬。若宮女勝了，罰小內侍各飲酒一大觥，要玄宗先飲；若內侍們勝了，罰宮女們齊聲唱歌，要楊妃自彈琵琶和曲。此戲即名之曰風流陣。時人以為宮中之游戲，忽一變為戰爭之狀，乃不祥之兆。有詩云：

宮人學作戰場人，陣號風流樂事新。他日漁陽鼙鼓動，堪嗟嬉戲竟成真。

一日風流陣上，宮女戰勝了，楊妃命照例罰內侍們二斗酒，將金斗奉於玄宗先飲。玄宗亦將金杯賜與楊妃說道：「妃子也須陪飲一杯。」楊妃道：「妾本不該飲，既蒙恩賜，請以此杯與陛下擲骰子賭色，若陛下色勝於妾，妾方可飲。」玄宗笑而許之，高力士便把色盆骰子進上。玄宗與楊妃各擲了兩擲，未有勝負，至第三擲，楊妃已占勝色，玄宗將次輸了，惟得重四，可以轉敗為勝。於是再賭賽一擲，一頭擲，一頭吆喝道：「要重四。」只見那骰兒輾轉良久，恰好滾成重四雙雙。玄宗大喜笑向楊妃道：「朕呼盧❶之技如何？妳可該飲酒麼？」楊妃舉杯說道：「陛下洪福齊天，妾雖不勝杯斝，何敢不飲。」玄宗道：「朕得色，卿得酒，福與共之。」楊妃拜謝立飲，口稱萬歲。玄宗回顧高力士說道：「此重四殊合人意，可賜以緋。」當時高力士領旨，便將骰子第四色，都用些胭脂點染，如今骰上紅四自此始。正是：

骰子亦蒙賜緋，可謂澤及枯骨。如以赤心相託，君恩至今不沒。

當日玄宗因擲骰得勝，心中甚為欣喜，同楊妃連飲了幾杯，不覺酣醉，乘著醉興，再把骰子來擲，

❶ 呼盧：古時一種賭博。削木為子，共五個，一子兩面，一面塗黑，畫牛犢；一面塗白，畫雉。五子都黑，叫盧，得頭彩。擲子時，高聲大喊，希望得到全黑，所以叫呼盧。

收放之間，滾落一個於地，高力士忙跽而拾之。玄宗見高力士爬在地下拾骰子，便戲將骰子盆兒，擺在他背上，扯著楊妃席地而坐，就在他背上擲骰。兩個一遞一擲，你呼六，我喝四，擲個不止。高力士雙膝跽地，雙手撐地，一動也不敢轉動，正好吃力，只聽得屋梁上邊，咿咿啞啞，說話之聲道：「皇爺與娘娘只顧要擲四擲六，也讓高力士起來擲擲么。」這擲擲么三字，正隱著說直直腰。玄宗與楊妃聽了，俱大笑而起，命內侍收過了骰盆，拉了高力士起來，力士叩頭而退。玄宗與楊妃亦便同入寢宮去了。

看官，你道那梁間說話的是誰？原來是那能言的白鸚鵡。這鸚鵡還是安祿山初次入宮，謁見楊妃之時所獻，畜養宮中已久，極其馴擾，不加羈絆，聽其飛止，牠總不離楊妃左右，最能言語，善解人意，聰慧異常，楊妃愛之如寶，呼為雪衣女。一日飛至楊妃妝臺前說道：「雪衣女昨夜夢兆不祥，夢己身為鷙鳥所傴，恐命數有限，不能常侍娘娘左右了。」說罷慘然不樂。楊妃道：「夢兆不能憑信，不必疑慮；你若心懷不安，可將般若心經，時常念誦，自然福至災消。」鸚鵡道：「如此甚妙，願娘娘指教則個。」楊妃便命女侍爐內添香，親自捧出平日那手書的心經來，合掌莊誦了兩遍，鸚鵡在旁諦聽，便都記得明白，朗朗的念將出來，一字不差。楊妃大喜。自此之後，那鸚鵡隨處隨時念心經，或朗聲念誦，或閉目無聲默誦，如此兩三個月。

一日，玄宗與楊妃游於後苑，玄宗戲將彈弓彈鵲，楊妃閒坐於望遠樓上觀看，鸚鵡也飛上來，立於樓窗橫檻之上。忽有個供奉游獵的內侍，擎著一隻青鷂，從樓下走過；那鷂兒瞥見鸚鵡，即騰地飛起，望著樓檻上便撲。鸚鵡大驚，叫道：「不好了！」急飛入樓中，虧得有一個執拂的宮女，將拂子儘力的拂那鷂兒，恰正拂著了鷂兒的眼，方才回身展翅，飛落樓下。楊妃急看鸚鵡時，已悶絕於地下，半晌方

楊妃捧出心經，誦了兩遍，鸚鵡朗朗的念將出來，一字不差。自此之後，那鸚鵡隨處隨時念心經。

醒轉來。楊妃忙撫慰之道：「雪衣女，你受驚了。」鸚鵡回說道：「惡夢已應，驚得心膽俱碎，諒必不能復生，幸免為牠所啖，想是誦經之力不小。」於是緊閉雙目，不食不語，只聞喉顙間，喃喃吶吶的念誦心經。楊貴妃時時省視。三日之後，鸚鵡忽張目向楊妃娘娘說道：「雪衣女全仗誦經之力，幸得脫去皮毛，往生淨土矣。娘娘幸自愛。」言訖長鳴數聲，聳身向著西方，瞑目戢翼，端立而死。正是：

人物原皆有佛性，人偏昧昧物了了。鸚鵡能言更能悟，何可人而不如鳥。

鸚鵡既死，楊妃十分嗟悼，命內侍監殮以銀器，葬於後苑，名為鸚鵡塚，又親自持誦心經一百卷，資其冥福。玄宗聞之，亦嘆息不已，因命將宮中所畜的能言鸚鵡，共有幾十籠，盡數都取出來問道：「你等眾鳥，頗自思鄉否？吾今日開籠，放你們回去何如？」眾鸚鵡齊聲都呼萬歲。玄宗即遣內侍持籠，送至廣南山中，一齊放之，不在話下。

且說楊妃思念雪衣女，時時墮淚。她這一副淚容，愈覺嫣然可愛。因此宮中嬪妃侍女輩，俱欲效之，梳妝已畢，輕施素粉於兩頰，號為淚妝，以此互相衒美。識者已早知其以為不祥之兆矣。有詩云：

無淚佯為淚兩行，總然嫵媚亦非祥。馬嵬他日悲悽態，可是描來作淚妝？

楊妃平日愛這雪衣女，雖是那鸚鵡可愛可喜，然亦因是安祿山所獻，有愛屋及烏之意。在今日悲念，亦是感物思人。那邊安祿山在范陽，也常想著楊妃與虢國夫人輩，奈為楊國忠所忌，難續舊好。他想若非奪國篡位，怎能再與歡聚，因此日夜欲提兵造反，只為玄宗待之甚厚，要俟其晏駕，方才起事。叵耐那楊國忠時時尋事來撩撥他，意欲激他反了，正欲以實己之言。於是安祿山也生了一個事端來，撩撥朝廷，遂上一章疏來，請獻馬於朝廷。其疏上略云：

臣安祿山承乏邊庭，所屬地方，多產良馬。臣今選得上等駿騎三千餘匹，願以貢獻朝廷。臣雖不如昔日王毛仲之牧馬蕃庶，然以此上充天廄，他年或大駕東封西狩，亦足稍壯萬乘觀瞻。計每馬一匹，用執鞍軍人二名，臣更遣番將二十四員部送，俟擇吉日，即便起行。伏乞敕下經歷地方，各該官吏，預備軍糧馬草供應，庶不致臨期缺誤，謹先以表奏聞。

安祿山此疏，明明是託言獻馬，謀動干戈，要乘機侵據地方，且看朝廷如何發付他。當下玄宗覽疏，也沉吟道：「祿山欲獻馬，固是美事，只卻如何要這許多軍將遣送？」因將此疏付中書省議覆。楊國忠次日入奏道：「邊臣獻馬於朝廷，亦是常事。今祿山固意要多遣軍將部送三千匹，而執鞭隨送者，反有六千人，那二十四員番將，又必各有跟隨的番漢軍士，共計當有萬餘人，行動與攻城奪地者何異！其心叵測，不可輕信，當降嚴旨切責，破其狡謀。」玄宗道：「彼以貢獻為本，偽託所請，無所問罪。即云部送人多，亦未必便有異志，不可遽加切責，只須諭令減少人役罷了。」國忠道：「彼名請貢獻，實欲叛逆耳。若非嚴旨切責，說破他不軌之謀，彼將以為朝廷無人。」玄宗道：「事勿急遽，朕當更思之。」國忠怏怏而退。玄宗正在猶豫時，有河南尹達奚珣，即達奚盈盈的宗族，他因閱邸報，見了安祿山請獻馬之疏，大為驚異，即飛章密奏說：「安祿山表請獻馬，而欲多遣部送軍將，事有可疑，乞以溫言諭止之。」

玄宗看了達奚珣的密疏，還沉吟未決。是日燕坐於便殿，高力士侍立於殿陛之下，玄宗呼之近前，對他說道：「朕之待安祿山，可謂至厚，彼既受我厚恩，當必不相負，朕意不以為然，前者朕曾遣輔璆琳到彼窺察，回奏說道他是忠誠愛國，並無二心，難道如今便忽然改變了不成？」原來輔璆琳平日恃寵專恣，與高力士不睦，因此高力士便乘間叩頭奏說道：「人心難測，陛下亦不可過信其無他。以老奴所耳聞，輔璆琳兩番奉使差到范陽，多曾私受安祿山賄賂，故此飾詞覆旨，其所言未可信也。」玄宗聽說驚訝道：「有這等事！輔璆琳受賄汝何以知之？」高力士奏道：「老奴向已微聞其事，而未敢深信，近因璆琳奉差採辦回來，老奴往候之，值其方浴，坐以待其出，因於其書齋案頭上，見有安祿山私書一封，書中細詢朝中舉動與宮中近事；又託他每事須曲為周旋遮飾，又須每事密先報知。那時老奴方竊窺未完，璆琳遽出，連忙取來藏過。據此看來，他內外交結賄賂，故此相通，信有其事矣。老奴正欲密將此事上聞，適蒙上諭，敢此啟知。」玄宗大怒道：「輔璆琳這個惡奴，我以何等之事相託，乃敢大膽受賄欺主，好生可恨！」遂傳旨立喚輔璆琳來面訊，又即著高力士率羽林官校至其第中，搜取私書物件。不一時，璆琳喚到，其所取的私書與所受的賄賂，都被搜出，上呈御覽。原來璆琳與祿山，往來的私書甚多。高力士檢看其中有關涉楊妃說話的，即行銷毀去了，因此宮中私情之事，幸未有敗露。當下玄宗怒甚，欲重處輔璆琳立死，高力士密啟奏道：「皇爺即欲加罪璆琳，就於內庭立時撲殺，須託言他事以懲之，且請陛下萬勿發露通私書信之事及受賄之舉動，不然恐有激變。」玄宗點頭道是，遂命將璆琳正法。只說因採辦不奉旨賜死。可笑那輔璆琳因貪賄賂，喪了性命。當初羅公遠先師，原是曾對他說來道只莫貪賄，自然免禍，彼自不能悟耳。正是：

不貪乃為寶，有賄必焚身。忘卻仙師語，時時與禍鄰。

玄宗平日認定安祿山，是個滿腹赤心的好人，今見他賄結輔璆琳，去探朝廷與宮闈之事，方才有些疑心起來。楊妃也不能復為之解，惟有暗地咨嗟嘆息罷了。玄宗依著達奚珣所奏，溫言諭止祿山獻馬，遣中使馮神威，齎手詔往諭之。其略云：

覽卿表獻馬於朝廷，具見忠悃，朕甚嘉悅。但馬行須冬日為便，今方秋初，正田稻將成，農務未畢之時，且勿行動。俟至冬日，官自給夫部送來京，無煩本軍跋涉之勞，特此諭知。

馮神威齎了詔書，星夜來至范陽，祿山已窺測朝廷之意，且又探知楊國忠有這許多說話，心中十分惱怒，及聞詔到，竟不出迎。馮神威不見安祿山接詔，竟自齎詔到他府第來。祿山乃先於府中大陳兵仗，排列得刀槍密密，劍戟層層，旌旗耀日，鼓角如雷。馮神威見了，心甚驚疑。安祿山踞胡床而坐，見馮神威齎詔而來，也不起身迎接；馮神威開詔宣讀畢，祿山滿面怒容說道：「傳聞貴妃近日於宮中，也學乘馬，吾意官家亦必愛馬，我這裡最有好馬，故欲進獻幾匹。今詔書既如此，我不獻亦可。」馮神威見他恁般作威做勢，意態驕傲，語言唐突，必不懷好意，遂不敢與他爭論，只有唯唯而已。祿山也不設宴款待他，且教他出就館舍。

過了幾日，馮神威欲還京復命，入見祿山，問他可有回奏的表文否。祿山道：「詔書云：馬行須俟冬日，至十月間我即不戲馬，亦將親詣京師，以觀朝臣近政，今亦不必用表文，為我口奏可也。」馮神威不敢多言，逡巡而別，兼程趕行，回京見駕，將他這些無禮之狀與無禮之言，一一奏聞皇上。玄宗聽了，又驚，又羞，又惱。時楊妃侍坐於側，玄宗向她怒說道：「我和你待此倭奴不薄，今乃如此無狀，其反叛之形情已露，無怪人之多言也。自今人言不可不信！」說罷，撫几嘆息；楊妃也低著頭，嗟嘆不已。正是：

今日方嗟負心漢，從前誤認赤心兒。

未知後事如何，且聽下回分解。

總評：鸚鵡夜夢不祥，為鷙鳥所擊，貴妃念是祿山初入宮時所獻，覩物思人，不勝愴感，故教之心經，以免厄而卒，不謂正映貴妃死期將至之兆。點綴照應，極有法脈❷。少陵云：「毫髮無遺憾，波瀾獨老成❸。」吾於此書亦云。開天遺事❹所載玄宗貴妃軼事，傳中採取無遺。及閱致虛閣雜俎❺，載明皇與太真於皎月之下，以錦帕裹目，在方丈之間，互相捉戲。太真捉上每易，而太真

---

❷ 法脈：法則。

❸ 毫髮二句：此句出自杜甫敬贈鄭諫議十韻。憾，一作「恨」。

❹ 開天遺事：即開元天寶遺事，五代王仁裕撰，四卷。記載唐玄宗佚聞舊事，多採摭於遺民之口，為當時正史所不載。

❺ 致虛閣雜俎：宋人筆記，存一卷，記敘唐人軼事。

太真輕捷，上每失之，宮人撫掌大笑。一夕，太真服袖上多結流蘇香囊，與上戲，上屢捉屢失。太真故以香囊引之，上得香囊無等，已而笑曰：「我比貴妃更勝也，謂之捉迷藏。」此事甚新，附錄於此。

第八十八回　安祿山范陽造反　封常清東京募兵

詞曰：

野心狼子終難養，大負君王，不顧娘行，陟起干戈太逞狂。　權奸還自誇先見，激反強梁，勢已披猖，縱募新兵那可當。

右調醜奴兒

自古以來，亂臣賊子，人人得而誅之，所賴為君者，能覺察於先，急為翦除，庶不致滋蔓難圖。更須朝中大臣，實心為國，燭奸去惡，防奸於未然，弭患於將來，方保無虞。若天子既誤認奸惡為忠良，亂賊在肘腋之間而不知，始則養癰，繼則縱虎。朝中大臣，又狗私背公。其初則朋比作奸，其後復又彼此猜忌。那亂賊尚未至於作亂，卻以私怨，先說他必作亂，反弄出許多方法，去激起變端，以實己之言，以快己之意。但能致亂，不能定亂，徒為大言，欺君誤國，以致玩敵輕進之人，不審事勢，遽議用兵。於是舊兵不足，思得新兵，召募之事，紛紛而起，豈不可嘆可恨！且說玄宗因內監馮神威，奏言安祿山不迎接詔書，倨傲無禮，心中甚怒。神威又奏道：「據他恁般情狀，奴婢那時如入虎口，幾幾乎不能復見皇爺天顏矣！」說罷嗚咽流涕，玄宗愈加惱怒。自此日夕在宮中，說安祿山負恩喪心，恨罵一回，又沉吟凝想一回。楊妃沒奈何，只得從容解勸道：「安祿山原係番人，不知禮數。又因平日過蒙陛下恩愛寵極，待之如家人父子一般，未免習成驕傲惰慢之故態，不覺一時狂肆，何足惱亂聖懷。他前日表請獻馬，或者原無反意，現今他有兒子在京師，結婚宗室，他若在外謀為不軌，難道不自顧其子麼？」原來祿山的長子名慶宗，次子名慶緒。那慶宗聘玄宗宗室之女榮義郡主為配，因此祿山出鎮范陽時，留他在京師就婚。既成婚之後，未到范陽，尚在京師，故楊妃以此為解。當下玄宗聽說，沉吟半晌道：「前日安慶宗與榮義郡主完婚之時，朕曾傳諭禮官，召祿山到京來觀禮，他以邊務倥偬為辭，竟不曾來。如今可即著安慶宗上書於其父，要他入朝謝罪，看他來與不來，便可知其心矣。」隨命高力士諭意於安慶宗，作速寫書，遣使送往范陽去。又道朕近於清華宮新置一湯泉，專待祿山來洗浴，彼豈不憶昔年洗兒之事乎，書中可並及此意。

慶宗領旨，隨寫下一書呈上御覽，即日遣使齎去，只道祿山自然見書便來。誰知楊國忠心裡，卻恐怕祿山看了兒子的書，真個來京時，朝廷必要留他在京；他有宮中線索，將來必然重用，奪寵奪權，與我不便；不如早早激他反了，既可以實我之言，又可永絕了與我爭權之人，豈不甚妙。時有祿山的門客李超在京中，國忠誣害他，打通關節，遣人捕送御史臺獄，按治處死，使祿山危不能自安。又密奏玄宗說：「慶宗雖奉旨寫書，一定自另有私書致其父，臣料祿山必不肯來，且不日必有舉動。」又一面密差心腹，星夜潛往范陽一路，散布流言，說道：「天子以安節度輕褻詔書，侮慢天使，又察出他的交通宮中私事，十分大怒，已將其子安慶宗拘囚在宮，勒令寫書，誘他父親入朝謝罪，便把他們父子來殺了。」祿山聞此流言，甚是驚怕可懼。不一日，果然慶宗有書信來到，祿山忙拆書觀看，其書略云：

前者大人表請獻馬，天子深嘉忠悃，止因部送人多，恐有騷擾，故諭令暫緩，初無他意。乃詔使回奏，深以大人簡忽天言，可為怪。幸天子寬仁，不即督過，大人宜便星馳入朝謝罪，則上下猜疑盡釋，讒口無可置喙，身名俱泰，爵位永保，豈不善哉！昨又奉聖諭云：華清宮新設泉湯，專等爾父來就浴，彷彿往時耍戲洗兒之戲，此尤極荷天恩之隆渥也。況男婚事已畢，而定省久虛，渴思仰覲慈顏，少申子婦之誠心。不孝男慶宗，書啟到日，即希命駕。

祿山看了書信，詢來使道：「吾兒無恙否？」使者回說道：「奴輩出京時，我家大爺安然無事。但於路途之間，聞說門客李超，犯罪下獄。又聞人傳說，近日宮裡邊，有什麼事情發覺了，大爺已被朝廷拘禁在那裡，未知此言何來？」祿山道：「我這裡也是恁般傳說，此言必有來由。」因又密問道：「你來時，貴妃娘娘可有甚密旨著你傳來麼？」使者道：「奴輩奉了大爺之命，齎著書信未停就走，並不聞貴妃娘娘有甚旨意。」安祿山聞言，愈加驚疑。看官，你道楊妃是有心照顧他安祿山的，時常有私信往來，如何這番卻沒有？蓋因安慶宗遵奉上命，立偪著他寫書遣使，楊妃不便夾帶私信，心中雖甚欲祿山入京相敘，只恐他身入樊籠，被人暗算。若竟不來，又恐天子發怒，因欲密遣心腹內侍，寄書與祿山，教他且勿親自來京，只急急上表謝罪便了。書已寫就，怎奈楊國忠已先密地移檄范陽一路，關津驛遞所在，說邊防宜慎，須嚴察往來行人，稽查奸細。楊妃有密信不敢發，探聞如此，深怕嫌疑，是非之際，倘有洩露，非同小可，因此遲疑未即遣使。這邊安祿山不見楊貴妃有密信來，只道宮中私事發覺之說是真，想道：「若果覺察出來，我的私情之事，卻是無可解救處。今日之勢，且不得不反了！」遂與部下心腹孔目官太僕丞嚴莊、掌書記屯田員外郎高尚、右將軍阿史那承慶等三人，密謀作亂。

嚴莊、高尚極力攛掇道：「明公擁精兵，據要地，此時不舉大事，更待何時？」祿山道：「我久有此意，只因聖上待我極厚，俟其晏駕，然後舉動耳。」嚴莊道：「天子今已年老，荒於酒色，權奸用事，朝政舛錯，民心離散，正好乘此時舉事，正可得計。若待其晏駕之後，新君即位，苟能用賢去佞，勵精圖治，則我不但無釁可乘，且恐有禍患之及矣。」阿史那承慶道：「若說禍患，何待新君，只目下已大可慮。但今不難於舉事，而難於成事，須要計出萬全，庶幾一舉而大勳可以集。」高尚道：「今國家兵制日壞，武備廢弛，諸將帥雖多，然權奸在內，使不得其道，必不樂為之用，徒足以僨事耳。我等只須同心協力，鼓勇而行，自當所向無敵，不日成功，此至萬全之策耳！」祿山大喜，反志遂決。

次日，即號召部下大小將士，畢集於府中。祿山戎服帶劍，出坐堂上，卻先詐為天子勅書一道，出之袖中，傳示諸將說道：「昨者吾兒安慶宗處有人到來，傳奉皇帝密勅，著我安祿山統兵入朝，誅討奸相楊國忠，公等務當努力同心，助我一臂之力，前去掃清君側之惡。功成之後，爵賞非輕，各宜努力。」諸將聞言，愕然失色，面面相覷，不敢則聲。嚴莊、高尚、阿史那承慶三人，按劍而起，對著眾人厲聲說道：「天子既有密勅，自應奉勅行事，誰敢不遵！」祿山亦按劍厲聲道：「若不遵者，即治以軍法。」諸將平日素畏祿山兇威，又見嚴莊等肯出力相助，便都不敢有異言。祿山即刻遂發所部十五萬眾兵卒，反自范陽，號稱二十萬，即日大饗軍將，使范陽節度副使賈循守范陽，平盧副使呂知誨守平盧，又令別將高秀巖守大同，其餘諸將，俱引兵南下，聲勢浩大，此天寶十四載十一月事也。後人有詩嘆云：

天寶十四年十月，安祿山發所部十五萬眾兵卒，反自范陽，號稱二十萬。引兵南下，聲勢浩大。

番奴反相人曾說，天子偏云是赤心。漫道豬龍❶難致雨，也能驟使水淋淋。

原來當初宰相張九齡在朝之時，曾說過安祿山有反相，若不除之，必為後日心腹之患，玄宗不以為然。又嘗於勤政樓前，陳設百戲，召祿山觀之。玄宗坐在一張大榻上，即命祿山坐於榻旁，一樣的朝外坐著，皇太子倒坐在下面。少頃，玄宗起身更衣，太子隨至更衣之處，密奏說道：「歷觀古今，從未有君與臣南面並坐而閱戲者，父皇寵待祿山，毋乃太過乎？眾人屬目之地，恐失觀瞻。」玄宗微笑道：「傳聞祿山，外人都說他有異相，吾故此讓之耳！」祿山侍宴嘗在於宮中，醉而假寐，宮人們竊而窺之，只見其身變為龍，而其首卻似豬❷，因大奇異，密奏於玄宗知道。玄宗略無疑忌，以為此豬龍耳，非興雲致雨之物，不足懼也，命以金雞帳❸張之。那知他到今日，卻是大為國家禍患。所以後人作詩，言及此事。

且說當日祿山反叛，引兵南下，步騎精銳，煙塵千里。那時海內承平已久，百姓累世不見兵革，猝然聞知范陽兵起，遠近驚駭。河北一路，都是他的一路統屬之地，所過州縣，望風瓦解。地方官員，或有開門出迎的，或有棄城逃走的，或有為他擒戮的，無有一處能拒之者。安祿山以太原留守楊光翽依附楊國忠為同族，欲先殺之。乃一面發動人馬，一面預遣部將何千年、高邈，引二十餘騎，託言獻射生手❹，

❶ 豬龍：傳說唐玄宗曾與安祿山夜宴，祿山醉臥，化為一豬而龍首。左右侍從告訴玄宗，玄宗說：「此豬龍，無能為。」龍為帝象，身為豬，言其終不能成帝業。事見宋朝樂史太真外傳下。

❷ 其首卻似豬：應為龍首豬身。

❸ 金雞帳：即金雞障，以金雞羽為飾的屏風。

乘驛至太原。楊光翽此時尚未知安祿山的反信，只道范陽有使臣經過，出城迎之，卻被劫擄去了，解送祿山軍前殺了。玄宗初聞人言安祿山已反，還疑是怪他的訛傳其事，及聞楊光翽被殺，太原報到，方知安祿山果然反了，大驚大怒。楊妃也驚得目瞪口呆。玄宗於是召集在朝諸臣，共議此事，眾論紛紛不一，也有說該剿的，也有說該撫的，惟有楊國忠揚揚得意說道：「此奴久萌反志，臣早已窺其肺腑，故屢瀆天聽，陛下乃今日方知臣言之不謬。」玄宗道：「番奴負恩背叛，罪不容誅，今彼恃士卒精銳，衝突而前，當何以禦之？」國忠回奏說道：「陛下勿憂，今反者止祿山一人而已，其餘將士，都不欲反，特為安祿山所偪耳。朝廷只須遣一旅之師，聲罪致討，不旬日之間，定當傳首京師，何足多慮。」玄宗信其言，遂坦然不以為意。正是：

奸相作惡，乃致外亂。大言欺君，以寇為玩。

卻說安慶宗自發書遣使之後，指望其父入京，相會有日。不想倒就反起來了，一時驚惶無措，只得肉袒面縛，詣闕待罪。玄宗憐他是宗室之婿，意欲赦之。楊國忠奏說道：「安祿山久蓄異志，陛下不即誅之，致有今日之叛亂。今慶宗乃叛人之子，法不可貸，豈容復留此逆子以為後患乎？」玄宗意猶未決，國忠又奏說道：「安祿山在京城時，蒙聖旨使與臣為親，平日有恩而無怨，乃無端切齒於臣。楊光翽偶與臣同姓，祿山且還怨及於彼，誘而殺之。慶宗為祿山親子，陛下今倒赦而不殺，何以服天下人心乎？」玄宗乃准其所奏，傳旨將安慶宗處死。國忠又奏請將其妻子榮義郡主，亦賜自盡。正是：

❹射生手：善於騎射的人。

未將元惡除，先將逆孽去。他年弒父人，只須一慶緒。

玄宗既誅安慶宗，即下詔布宣安祿山之罪狀，遣將軍陳千里，往河東招募民兵，隨使團練以拒之。其時適有安西節度使封常清，入朝奏事，玄宗問以討賊方略。那封常清乃封德彝之後裔，是個志大言大之人，看的事體輕忽，便率意奏道：「今因承平已久，世不知兵，武備單弱，所以人多畏賊，望風而靡；然事存順逆，勢有奇變，不必過慮。臣請走馬赴東京，開府庫，發倉廩，召募驍勇，跳馬箠渡河，擊此逆賊，計日取其首級，獻於闕下。」玄宗大喜，遂命以封常清為范陽平盧節度使，即日馳赴遞驛，直趕到東京，募兵討賊，聽其便宜行事。

說話的，自古道：養兵千日，用在一朝。那兵是平時備著用的，如何到變起倉卒，才去募兵。又如何才有變亂，便要募兵起來，難道安祿山有兵，朝廷上倒沒有兵麼？看官，你有所不知。原來唐初時，府兵之制甚妙，分天下為十道，置軍府六百三十四，而關內居其半，俱屬諸衛管轄，各有名號，而總名為折衝府。凡府兵多寡，其數分上中下三等：一千二百人為上等；一千人為中等；八百人為下等。民自二十歲從軍，至六十歲而免，休息有時，徵調有法。折衝府都設立木契銅魚❺，上下府照，朝廷若有徵發，下勅書契魚，都督郡府參驗皆合，然後發遣。凡行兵則甲胄衣裝俱自備，國家無養兵之費，罷兵則歸散於野，將帥無握兵之權。其法制最為近古。止因從軍之家，不無雜徭之累，後來漸漸貧困，府兵多逃亡。張說在朝時建議，另募精壯為長從宿衛兵，名曰彍騎，於是府兵之制日壞，死亡者有司不復添補，

❺ 木契銅魚：官員出入宮門、徵調軍隊、更換官長的憑證。木契，木刻的符信。銅魚，銅製的魚形之符。

府兵調入宿衛者，本衛官將役使之如奴隸，其守邊者，亦多為邊將虐使，利其死而竟沒其資財，府兵因此盡都逃匿。李林甫當國，奏停折衝府上下魚書❻，自是折衝府無兵，空設官吏而已。到天寶年間，并彍騎之制，亦皆廢壞，其所召募之兵，俱係市井無賴子弟，不習兵事。且當此時承平已久，議者多謂國中之兵，可銷禁約，民間挾持兵器，人家子弟有為武官者，父兄擯棄不齒。猛將精兵，多聚於邊塞，而西北尤甚。中國全無武備，所謂一旦有變，無兵可用，其勢不得不出於召募。蓋祖宗之善制，子孫不能修弊補廢，振而起之，輕自更張，以致大壞兵政。乃安祿山所用兵馬，本來眾盛，又因番人部落突厥阿布司為回紇攻破，安祿山誘降其眾，所以他的部下，兵精馬壯，天下莫及。

閒話少說。且言封常清奉詔募兵，星夜馳至東京，動支倉庫錢糧，出榜召募勇壯。一時應募者如市，旬日之間募到六萬餘人，然皆市井白徒❼，並非能戰之士。又探聽得安祿山的兵馬強壯，竟是個勁敵，方自悔前日不該大言於朝，今已身當重任，無可推委，只得率眾斷河陽橋，以為守禦之備。玄宗又命衛尉卿張介然，為河南節度使，統陳留等十三郡，與封常清互為聲援。祿山兵至靈昌，時值天寒，祿山令軍士以長繩連束戰船并雜草木，橫截河流，一夜冰凍堅厚，似浮梁一般，兵馬遂乘此渡河，來陷靈昌郡。賊兵步騎縱橫，莫知其數，所過殘殺。張介然到陳留才數日，安祿山兵眾突至，介然連忙督率民兵，登城守禦；怎奈人不及戰，民心懼怕，天氣又極其苦寒，手足僵冷，不能防守。太守郭訥徑自率眾開城出降，祿山入城，擒獲張介然斬於軍門之下。

❻ 魚書：唐代徵調軍隊、易官長，均發銅魚符，附以敕牒，故兼名魚書。

❼ 白徒：未受過軍事訓練的人。

次日，又探馬來報說道：「天子詔諭天下，說安祿山反叛，罪極大惡，其長子安慶宗，在京已經伏誅。文武官員軍民人等，有能斬安祿山之頭來獻者，封以王爵；罪止及安祿山一人而已，其餘附從諸將文武官員兵卒等歸順，俱赦宥一概不問。」安祿山聽說其子安慶宗在京被殺，大怒，大哭道：「吾有何罪，而今竟殺吾子，是所勢不兩立也！」遂縱大兵大殺降人，以洩胸中之忿。正是：

身親為叛逆，還說吾何罪。遷怒殺無辜，罪更增百倍。

陳留失守，張介然被害之信，報到京師，舉朝震怒。玄宗臨朝，面諭楊國忠與眾官道：「卿等都說安祿山之造反，不足為慮，易於撲滅。今乃奪地爭城，斬將害民，勢甚猖獗，此正勁敵，何可輕視？朕今老矣，豈可貽此患於後人？今當使皇太子監國，朕親自統領六師，躬自帶兵將出征，務要滅此忘恩負義之逆賊！」正是：

天子欲親征，太子將監國。奸臣驚破膽，庸臣計無出。

未知後事如何，且聽下回分解。

總評：祿山之欲反而不即反者，以玄宗待之甚厚，欲俟其晏駕，而後舉動。無奈國忠日夜有以激之，卻獻馬，殺慶宗，祿山不得不反。祿山反，置哥舒翰、郭子儀諸將不用，而用封常清、高仙芝，躁率輕進，已為失策。又令邊令誠即其軍斬之，至喪師辱國，天子蒙塵。國忠之罪，上通於天，雖殺其軀亦不足贖。

第八十九回　唐明皇夢中見鬼　雷萬春都下尋兄

詞曰：

人衰鬼弄，魑魅公然來入夢。女貌男形，爾我相看前世身。　難兄難弟，今日行蹤彼此異。全節全忠，他日芳名彼此同。

右調減字木蘭花

大凡有德之人，無論男女與富貴貧賤，總皆為人所敬服，即鬼神亦無不欽仰，所謂德重鬼神欽敬是也。若無德可欽敬，徒恃此勢位之尊崇以壓制人，當其盛時，乘權握柄，作福作威，窮奢極欲，亦復洋洋志得意滿，叱咤風生。及至時運衰微，祿命將終之日，不但眾散親離，人心背叛，即魑魅魍魎也都來了，生妖作怪，播弄著你，所謂人衰鬼弄人是也。惟有那忠貞節烈之人，不以盛衰易念，即或混跡於俳優技藝之中，廁身於行伍偏裨之列，而忠肝義膽天性生成，雖未即見之行事，要其志操，已足以塞天地而質諸鬼神，此等人甚不可多得，卻又有時鍾於一門，會於一家。如今且說玄宗，因安祿山攻陷陳留郡，張介然遇害報到京師，方知賊勢甚猛，未易即能撲滅，召集朝臣共議其事，眾論紛紛，並無良策。楊國忠前日故為大言，到那時也俛首無計。玄宗面諭群臣道：「朕在位已經五十載，心中久已要退閒去作便事，意欲傳位於太子。只因水旱頻仍，不欲以餘災遺累後人，故爾遲遲。今不意逆賊橫發，朕當親自統兵征討之，使太子暫理國事，待寇亂既平，即行內禪❶，朕將高枕無憂矣！」遂下詔御駕親征，命太子監國。群臣莫敢進一言。

楊國忠乃大吃了一驚，想道：「我向日屢次與李林甫朋謀，陷害東宮，太子心中好不懷恨，只礙著貴妃得寵，右相當朝，他還身處儲位，未攬大權，故隱忍不發。今若秉國政，必將報怨，吾楊氏無噍類❷矣！」當日朝罷，急回私宅，哭向其妻裴氏與韓、虢二夫人道：「吾等死期將至矣！」眾夫人驚問其故。國忠道：「天子欲親征討，將使太子監國，行且禪位於太子。奈太子素惡於吾家，今一旦大權在手，我與姊妹都命在旦夕矣，如之奈何？」於是舉家驚惶泣涕，都說道：「反不如秦國夫人先死之為幸也。」虢國夫人說道：「我等徒作楚囚❸，相對而泣，於事無益。不如同貴妃娘娘密計商議，若能勸止親征，則監國禪位之說，自不行矣。」國忠說道：「此言極為有理，事不宜遲，煩兩妹入宮計之。」兩夫人即日命駕入宮，託言奉候貴妃娘娘，與楊妃相見，密啟其事，告以國忠之言。楊妃大驚道：「此非可以從容緩言者！」乃脫去簪珥，口銜黃土，匍匐至御前，叩頭哀泣。玄宗驚訝，親自扶起問道：「妃子何故如此？」楊妃說道：「臣妾聞陛下將身親臨戰陣，是褻萬乘之尊，以當一將之任，雖運籌如神，決勝無疑，然兵凶戰危，聖躬親試凶危之事，六宮嬪御聞之，無不驚駭。況臣妾尤蒙恩寵，豈忍遠離左右？自

❶ 內禪：古代帝王讓位給內定的繼承人。
❷ 噍類：能嚼東西的動物，特指活著的人。
❸ 楚囚：本指被俘的楚國人。後用以泛指囚犯或處境窘迫的人。

恨身為女子，不能隨駕從征，情願碎首階前，欲效侯生之報信陵君❹耳！」說罷又伏地痛哭。玄宗大不勝情，命宮人掖之就坐，執手撫慰說道：「朕之欲親征討，原非得已之計，凱旋之日，當亦不遠，妃子不須如此悲傷。」楊妃道：「臣妾想來，堂堂天朝，豈無一二良將，為國家殄滅小醜，何勞聖駕親征？」正說間，恰好太子具手啟，遣內侍來奏辭監國之命，力勸不必親征，只須遣一大將或親王督師出剿，自當成功。

玄宗看了太子奏啟，沉吟半晌道：「朕今竟傳位於太子，聽憑他親征不親征罷，我自與妃子退居別宮，安享餘年何如？」楊妃聞言，愈加著驚，忙叩頭奏道：「陛下去秋欲行內禪之事，既而中止，謂不忍以災荒遺累太子也。今日何獨忍以寇賊，遺累太子乎？陛下臨御已久，將帥用命，還宜自攬大權，制勝於廟堂之上，傳位之說，待徐議於事平之後，未為晚也。」玄宗聞言點頭道：「卿言亦頗是。」遂傳旨停罷前詔，特命皇子榮王琬為元帥，右金吾大將軍高仙芝副之，統兵出征。又欲與高力士為監軍，力士叩頭固辭，乃以內監邊令誠為監軍使。詔旨一下，楊貴妃方才放心，拭淚拜謝。當時玄宗命宮中宮人，為妃子整妝，且令宮中排宴與妃子解悶。韓國、虢國二位夫人也都來見駕，一同赴席飲宴。後人有詩嘆云：

脫簪永巷稱賢后❺，為欲君王戒色荒。今日阿環苦肉計，毀妝亦是學周姜。

❹侯生之報信陵君：戰國時，信陵君好士，優禮侯生。秦圍趙，趙求救於魏。魏王畏秦，使晉鄙將兵救趙，而留軍於鄴以觀望。侯生獻計信陵君，盜兵符，使勇士椎殺晉鄙而奪其軍，破秦而存趙。

那日筵席之上，玄宗心欲安慰妃子。楊妃姊妹三人，又欲使玄宗天子開懷，真個是愁中取樂，互相勸飲。梨園子弟同宮女們，歌的歌，舞的舞，飲至半酣，興致勃發，玄宗自擊鼓，楊妃彈一回琵琶，吹一回玉笛，直飲至夜深方罷。兩夫人辭別出宮。是夜玄宗與楊妃同寢，畢竟因心中有事，寤寐不安。朦朧之際，忽若己身在華清宮中，坐一榻上，楊妃坐於側旁椅上，隱几而臥，其所吹玉笛懸於壁上掛之。卻見一個奇形怪狀的魑魅，不知從何而至，一直來到楊妃身畔，就壁上取下那一枝玉笛按上口邊，嗚嗚咽咽的吹將起來。玄宗大怒，待欲叱咤他，無奈喉間一時哽塞，聲喚不出。那個鬼竟公然不懼，把笛兒吹罷，對著楊妃嬉笑跳舞。玄宗欲自起來逐之，身子再立不起，回顧左右，又不見一個侍從。看楊妃時，只是伏在桌上，睡著不醒。恍惚間，見那伏在桌上的卻不是楊妃，卻是一個頭戴沖天巾、身穿滾龍袍的人，宛然是個一朝天子模樣，但不見他面龐；那鬼尚在跳舞不休，看看跳舞到自己身前，忽然他手執著一圓明鏡把玄宗一照。玄宗自己一照，卻是個女子，頭挽烏雲，身披繡襖，十分美麗，心中大驚。正疑駭間，只見空中跳下一個黑大漢來。你道他怎生打扮，怎生面貌？

頭上玄冠翅曲，腰間角帶圍圓。黑袍短窄皂靴尖，執笏還兼佩劍。　　眼豎交睜豹目，髮蓬連接虬髯。專除邪祟治終南，魑魅逢之喪膽。

那黑大漢，把這跳舞的鬼只一喝，這鬼登時縮做一團，被這黑大漢一把提在手中，好像做捉雞的一

❺ 脫簪永巷稱賢后：周宣王早臥晏起，迷戀女色，周宣王后姜氏取下簪珥等首飾，在永巷自責請罪，周宣王因而感動，勤於政事，終成中興。此事就成為婦女有德行的典故。

是夜玄宗與楊妃同寢，寤寐不安。矇朧之際，卻見一個奇形怪狀的魑魅，不知從何而至。恍惚間，見那伏在桌上的卻不是楊妃，卻是一個天子模樣。那鬼忽執圓鏡把玄宗一照，竟是個女子，玄宗大驚，疑駭間，只見空中跳下一個黑大漢來，道是終南不第進士鍾馗。

般。玄宗急問道：「卿是何官？」黑大漢鞠躬應道：「臣乃終南不第進士鍾馗是也。生平正直，死而為神，奉上帝命令治終南山，專除鬼祟。凡鬼有作祟人間者，臣皆得啖之。此鬼敢於乘虛驚駕，臣特來為陛下驅除。」言訖，伸著兩手，把那個鬼的雙眼挖出，納入口中吃了，倒提著他的兩腳，騰空而去。玄宗天子悚然驚醒，卻是一場大夢，凝神半晌，方才清楚。

那時楊妃從睡夢中驚悸而寤，口裡猶作咿啞之聲。玄宗摟著便問道：「阿環為甚不安麼？」楊妃定了一回，方才答說道：「我夢中見一鬼魅從宮後而來，對著我跳舞；旁有一美貌女子，搖手止之，鬼只是不理。他卻口口聲聲稱我陛下，我不敢應他，他便把一條白帶兒撲面的丟來，就兜在我頸項上，因此驚魘。」玄宗聽說，便也把自己所夢的述了一遍，楊妃咄咄稱怪。玄宗寬解道：「總因連日心緒不佳，所以夢寐不安，不足為異。但我所夢鍾馗之神甚奇，不知終南果有其人否？」楊妃道：「夢境雖不足憑，只是如何女變為男，男變為女。又怎生我夢中，也見一女子，也恰夢見那鬼，呼我為陛下，這事可不作怪麼？」玄宗戲道：「我和你恩愛異常，原不分你我，男女易形，亦鸞顛鳳倒之意耳！」說罷大家都笑起來。看官，你可知楊貴妃本是隋煬帝的後身，玄宗本是貴兒再世。夢中所見的，乃其本來面目。此亦因時運向衰，鬼來弄人，故有此夢。正是：

時衰氣不旺，夢中鬼無狀。帝妃互相形，現出本來相。

次日玄宗臨朝，傳旨問：「在朝諸臣，可知終南有已故不第進士，姓鍾名馗者麼？」文班中，只見給事中王維出班奏曰：「臣維向曾僑居終南，因終南有進士鍾馗於高祖武德皇帝年間，為應舉不第，以頭觸石而死，故時人憐之，陳請於官，假袍笏以殉葬之。嗣後頗著靈異，至今終南人奉之如神明。」玄宗聞奏，一發驚異，遂宣召那最善圖畫的吳道子來，當面告以夢中所見鍾馗之形像，使畫一圖，傳為真像；特追賜袍笏，兼賜鍾馗狀元及第。又因楊妃夢鬼從宮後而來，遂命以鍾馗之像，永鎮後宰門，如昔年太宗皇帝，畫尉遲敬德、秦叔寶之像於宮門的故事一樣。至今人家後門上，都貼鍾馗畫像，自此始也。又時人至今呼之為鍾狀元。正是：

當年秦尉兩將軍，曾為文皇辟邪穢。今日還看鍾狀元，前門後戶遙相對。

玄宗因畫鍾馗之像，想起昔年太宗畫秦叔寶、尉遲敬德二人之像，喟然說道：「我夢中的鬼魅，得鍾馗治之，那天下的寇賊，未知何人可治？安得再有尉遲敬德、秦叔寶這般人材，與我國家扶危定亂？」因忽然相思著秦叔寶的玄孫秦國模、秦國楨兄弟二人：「當年他兄弟曾上疏諫我，不宜過寵安祿山，極是好話。我那時不惟不聽他，反加廢斥，由此思之，誠為大錯，還該復用他為是。」遂以手敕諭中書省起復原任翰林承旨秦國模、秦國楨仍以原官入朝供職。

卻說那秦氏兄弟兩個人，自遭廢斥，即屏居郊外，杜門不出，間有朋友過訪，或杯酒敘情，或吟詩遣興，絕口不談及朝政。國楨有時私念起那當初集慶坊所遇的美人，卻怕哥哥嗔怪，只是不敢出諸口。也有時到那裡經過，密為訪問，並無消息。那美人也不知何故，竟不復來尋訪。忽然一日，有一個通家舊朋友款門而來，姓南名霽雲，排行第八，魏州人氏。其為人慷慨有志節，精於騎射，勇略過人。他祖上也是個軍官出身，與秦叔寶有交，因此他與國模兄弟是通家世交，投契之友。幼年間，也隨著祖父來過兩次，數年以來蹤跡疏闊，那日忽輕裝策馬而來。秦氏兄弟十分歡喜，接著敘禮罷，各道寒暄。秦國模道：「南兄久不相晤，愚兄弟時刻思念，今日甚風吹得到此？」南齊雲說道：「小弟自祖父背棄，一身淪落不偶，無所依託，行蹤靡定。前者弟聞賢昆仲高發，方為雀躍，隨又聞得仕途不利，暫時受屈。然直聲著聞，天下不勝欽仰。今日小弟偶而浪游來京，得一快敘，實為欣幸。」秦國模道：「以兄之英勇才略，當必有遇合。但斯世直道難容，宜乎所如不偶。今日未諗我兄欲何所圖？」齊雲道：「原任高要尉許遠❻，是弟父輩相知，其人深沉有智，節義自矢，他有一契友是南陽人，姓張名巡❼，博學多才，深通戰陣之法，開元中舉進士，先為清河縣尹，改調真源，許公欲使弟往投之。今聞其朝覲來京，故此特來訪他。」秦國楨道：「張、許二公，是世間奇男子，愚兄弟亦久聞其名。」秦國模道：「吾聞張巡乃文武全才，更有一奇處，人不可及：任你千萬人，一經他目，即能認其面貌，記其姓名，終身不忘，真奇士也。那許遠乃許敬宗之後人，不意許敬宗卻有此賢子孫，此真能蓋前人之愆者。」齊雲道：「弟尚未得見張公，至於許公之才品，弟深知之久矣，真可為國家有用之人，惜尚未見其大用耳！」國模道：「兄今因許公而識張公，自然聲氣相投，定行見用於世，各著功名，可勝欣賀。」國楨道：「難得南兄到此，路途辛苦，且在舍下休息幾日，然後往見張公未遲。」當下置酒款待，互敘闊情，共談心事。

正飲酒間，忽聞家人傳說，范陽節度使安祿山舉兵造反，有飛驛報到京中來了。秦氏兄弟拍案而起

❻ 高要尉許遠：高要，今廣東省高要縣。許遠，唐初名臣許敬宗曾孫，玄宗召拜睢陽太守。後城為安祿山攻破而死。

❼ 姓張名巡：張巡，開元時中進士。安祿山反，張巡起兵討賊。與許遠守睢陽，城破被殺。

說道：「吾久知此賊，必懷反叛，況有權奸多方以激之，安得不遽至於此耶！」霽雲拍著胸前說道：「天下方亂，非我輩燕息之時，我這一腔熱血須有處灑了！卻明日便當往候張公，與議國家大事，不可遲緩。」當夜無話。

次日早膳飯罷，即寫下名帖，懷著許遠的書信，騎馬入京城，訪至張巡寓所問時，原來他已陞為雍丘防禦使，於數日前出京上任去了。霽雲乘興而來，敗興而返，怏怏的帶馬出城，想道：「我如今便須別了秦氏兄弟，趕到雍丘去，雖承主人情重，未忍即別，然卻不可逗留誤事。」一頭想，一頭行，不覺已到秦宅門首。才待下馬，只見一個漢子，頭戴大帽，身穿短袍，策著馬趲行前來。看他雄赳赳甚有氣概，霽雲只道是個傳邊報的軍官，勒著馬等他。行到面前，舉手問道：「尊官可是傳報的軍官麼？范陽的亂信如何？」那漢見問，也勒住馬把霽雲上下一看，見他一表非俗，遂不敢怠慢，亦拱手答道：「在下是從潞州來，要入京訪一個人。路途間聞人傳說范陽反亂，甚為驚疑。尊官從京中出來，必知確報，正欲動問。」霽雲道：「在下也是來訪友的，昨日才到。初聞亂信，尚未知其詳。如今因所訪之友不遇，來此別了居停❽主人，要往雍丘地方走走，不知這一路可好往哩？」那漢道：「貴寓在何處？主人是誰？」霽雲指道：「就是這裡秦府。」那漢舉目一看，只見門前有欽賜的兄弟狀元匾額，便問道：「這兄弟狀元可是秦叔寶公的後人，因直言諫君罷官閒住的麼？」霽雲道：「正是。這兄弟兩個，一名國模，一名國楨的了。」一面說，一面下馬。那漢也連忙下馬施禮道：「在下久慕此二公之名，恨無識面，今豈可過門不入？敢煩尊公，引我一見何如？只是造次得狠，不及具柬❾了。」霽雲道：「二公之為人，慷慨

❽ 居停：暫留歇足的地方。

好客，尊官便與相見何妨，不須具柬。」

那漢大喜，遂各問了姓名，一同入內，見了秦氏兄弟，敘禮畢，就相邀坐。齊雲備述了訪張公不遇而返，門首邂逅此兄，說起賢昆仲大名，十分仰敬，特來晉謁。二秦逡巡遜謝，動問尊客姓名居處。那漢道：「在下姓雷名萬春，涿州人氏，從小也學讀幾行書，求名不就，棄文習武，頗不自揣，常思為國家效微力，爭奈未遇其時。今因訪親特來到此，幸遇這一位南尊官，得謁賢昆仲兩先生，足慰生平仰慕之意。」齊雲與二秦，見他言詞慷慨，氣概豪爽，甚相欽敬，因問：「雷兄來訪何人？」萬春道：「要訪那樂部中雷海青。」齊雲聽說，怫然不悅道：「那雷海青不過是梨園樂部的班頭，俳優之輩，兄何故還來訪他，難道兄要屈節賤工耶？以為謀進身之地，似乎不可。」萬春笑道：「非敢謀進身之地，因他是在下的胞兄，久不相見，故特來一候耳。」齊雲道：「原來如此，在下失言了。」秦國模說道：「令兄我也常見過，看他雖屈身樂部，大有忠君愛主之心，實與儕輩不同，南兄也不可輕量人物。」萬春因問：「南兄，你說訪張公不遇，是那個張公？」齊雲道：「是新任雍丘防禦使張巡是也。」雷萬春說道：「此公是當今一奇人，兄與他是舊相知麼？」齊雲道：「尚未識面，因前高要尉許公名遠的薦引來此。」萬春道：「許公亦奇人也。兄與此兩奇人相周旋，定然也是個奇人。今即欲去雍丘，投張公麾下麼？」齊雲道：「今祿山反亂，勢必猖狂，吾將投張公共圖討賊之事。」雷萬春慨然說道：「尊兄之意，正與鄙意相合，倘蒙不棄，願隨侍同行。」秦國楨說道：「二兄既有同志，便可結盟，拜為異姓兄弟，共圖戮力皇家。」南雷二人大喜，遂大家下了四拜，結為生死之交，誓同報國，患難相扶，各無二心。正是：

---

❾ 具柬：準備柬帖，即準備名片。

為尋同胞兄，得結同心友。篤友愛兄人，事君心不苟。

當下秦氏兄弟設席相待。萬春道：「南兄且暫住此一兩日，待小弟入城去見過家兄，隨即同行。」霽雲道：「方才秦先生說，令兄亦非等閒人，弟正欲與令兄一會。今晚且都住此，明日我同兄入城，拜見令兄一會何如？」雷萬春應諾。

至次日早晨，用過點心，二人一齊騎馬進城，來到雷海青住宅，下了馬，萬春先入宅內，拜見了哥哥，隨同海青出來迎迓霽雲到宅內，敘禮而坐。萬春略說了些家事，並述在秦家結交南霽雲，要同往雍丘之意。海青歡喜，向霽雲拱手道：「秦家兩狀元是正人君子，尊官和他兩個相契，自非凡品。舍弟得與尊官作伴，實為萬幸。」霽雲遜謝道：「此是令弟謬愛，量小子有何才能。」海青對著萬春道：「賢弟你聽我說：我做哥哥的，雖然屈身俳優之列，卻多蒙聖上恩寵，只指望天下無事，天子永享太平之福。誰知安祿山這個逆賊，大負聖恩，稱兵謀反，聞其勢甚猖獗，以誅楊右相為辭。那知這個楊右相，卻一味大言欺君，全無定亂安邦之策，將來國家禍患，不知如何。我既身受君恩，朝夕盤桓，自當拚得捐軀圖報。賢弟素有壯志，且自勇略勝人，今又幸得與南官人交契，同往投張公，自可相與有成，實當竭力報國。從今以後，我自守我的分，你自盡你的忠，你自今不必以我為念。」說罷淚下如雨，萬春也揮淚不止。霽雲在旁，慨然歎息不止。海青著人取出酒殽，滿酌三杯，隨即起身說道：「我逐日在內庭供奉，無暇久敘，國家多事，正英雄建功立節之時也，不必作兒女子留戀之態了。」遂將一包金銀，贈為路費，大家各自灑淚而別。霽雲嗟嘆道：「雷兄，你昆仲二人，真乃難兄難弟，我昨日狂言唐突，正所謂以小人之心度君子之腹矣！」當日二人同回至秦家，兄弟又置酒相待。畢後便束裝起行，秦氏兄弟送至十里長亭，又飲酒餞別，各贈贐儀。二人別了主人，自取路徑，直往雍丘去了。

且說秦國模、秦國楨二人，自聞安祿山反信，甚為朝廷擔憂，兩個人日夕私議征討之策，後又聞官軍失利，地方不守，十分忿怒，意欲上疏條陳便宜。又想不在其位，不當多言取咎。正躊躇間，恰奉特旨降下，起復秦氏兄弟二人原官。中書省行下文書來，秦國模、秦國楨兄弟二人拜恩受命，即日入朝，面君謝恩。正是：

只因夢中一進士，頓起林間兩狀元。

未知後事如何，且聽下回分解。

總評：此回乃大關目處。隋自隋，唐自唐，傳以隋唐立名者，以李淵與世民即肇基於開皇中，故以隋唐合傳。但唐至太宗即位，而隋之氣數已終。作者乃先於煬帝清夜遊幸之時，幻出與朱貴兒馬上定盟，願生生世世為夫婦。隋於太宗魂遊地府，目覩聽勘煬帝一案，以貴兒忠烈，降生皇家，以煬帝荒淫，反現婦女身，完馬上之盟，正見隋唐之所以合處。此復寫明皇夢中，恍見楊妃是一帝王，而己卻一女子，遙應上文，即為洪都道士招魂伏案。至以吳道子畫鍾馗，襯出太宗之畫敬德、叔寶。因思及叔寶之玄孫國模、國楨曾疏諫不宜過寵祿山，仍以原官起用。後之迎上皇，遇盈盈，早已伏脈❿於此。照應起伏，如天衣無縫，其筆法皆從太史公來。

❿伏脈：伏筆。

第九十回　失忠貞顏真卿起義　遭妒忌哥舒翰喪師

詞曰：

由來世亂見忠臣，矢志掃妖氛。堪羡一門雙義，笑他諸郡無人。　專征大將，待時而動，可建奇勳。只為一封丹詔，頓教喪卻三軍。

右調朝中措

從來忠臣義士，當太平之時，人都不見得他的忠義。及禍亂既起，平時居位享祿，作威倚勢，搖唇鼓舌的這一班人，到那時無不從風而靡。只有一二忠義之士，矢丹心，冒白刃，以身殉之，百折不回，而今而後，上自君王，下至臣庶，都聞其名而敬服之，稱嘆之不已，以為此真是有忠肝義膽的人，然要之非忠臣義士之初心也。他的本懷，原只指望君王有道，朝野無虞，明良遇合，身名俱泰，不至有捐軀殉難之事為妙。若必到時窮世亂，使人共見其忠義，又豈國家之幸哉！至國家既不幸遭禍患，不得已而命將出師，那大將以一身為國家安危所係，自必相度時勢，可進則進，不可進則暫止，其舉動自合機宜。閫以外，當聽將軍制之，奈何惑於權貴疑忌之言，遙度懸揣，生偪他出兵進戰，以致墮敵人之計中，喪師敗績，害他不得為忠臣義士，真可嘆息痛恨，愴天呼地而不已也！卻說玄宗天子復召秦國模、秦國楨仍以原官起用，二人入朝面君。謝恩畢後，玄宗溫言撫慰一番，即問二人討賊之策。兄弟二人以次陳言，大約以用兵宜慎，任將宜專為對。正議論間，吏部官啟奏說：「前者睢陽太守員缺，逆賊安祿山乘間偽進其黨張通悟為睢陽太守，隨被單父尉賈賁率吏民斬擊之，今宜即選新官前去接任。特推朝臣數員，恭候聖旨選用。」秦國模奏道：「睢陽為江淮之保障，今當賊氛擾亂之後，太守一官，非尋常之人所能勝任，宜勿拘資格擢用。以臣所知，前高要尉許遠，既有志操，更饒才略，堪充此職，伏乞聖裁。」玄宗聽說准奏，即諭吏部以許遠為睢陽太守；又問：「二卿，亦知今日可稱良將者為誰人？」秦國楨奏道：「自古云：天下危，注意帥。今陛下所用之將，如封常清、高仙芝之輩，雖亦嫻於軍旅之事，未必便稱良將。昔年翰林學士李白，曾上疏奏待罪邊將郭子儀，足備干城之選，腹心之寄，陛下因特原其所犯之罪，許以立功自效。郭子儀屢立戰功，主帥哥舒翰表薦，已歷官至朔方右廂兵馬使九原太守，此真將才也。李白之言不謬。」玄宗點頭道是，因又問：「哥舒翰將才何如？」秦國模奏道：「哥舒翰素有威名，只嫌用法太峻，不恤士卒。朝廷若專任此，聽其便宜行事，當亦不負所委託，但近聞其抱病不治事。」玄宗道：「彼自能為我力疾辦事。」遂降旨即陞郭子儀為朔方節度使，又命哥舒翰為兵馬副元帥。哥舒翰上奏告病，玄宗不准所告，令將兵十萬，防禦安祿山。那時，安祿山既陷靈昌及陳留，聲勢益張，並攻破滎陽，直偪東京。封常清屯兵武牢以拒之，無奈部下新募的官軍，都是市井白徒，不習戰陣，見賊兵勢猛，先自惶懼。安祿山特以鐵騎衝來，官軍不能抵當，大敗而走。正是：

早知今日取勝難，追悔當初出大言。

當下封常清收合餘眾，再與廝殺，又復大敗，賊兵乘勢奮擊，遂陷東京。河南尹達奚恂，出城投降，獨留守李憕、中丞盧奕、采訪判官蔣清，不肯投降，城破之日，穿朝服坐於堂上，安祿山使人擒至軍前，三人同聲罵賊，一時三人都被殺。封常清收聚敗殘兵馬，西走陝州。時高仙芝屯兵於陝，封常清往見之，涕泣而言道：「在下連日血戰，賊鋒銳不可當。竊計潼關兵少，倘賊衝突入關，則長安危矣！不如引屯陝之兵，先據潼關以拒賊。」高仙芝從其言，即與封常清引兵退守潼關，修完守備。賊兵果然復至，不得入而退，這也算是二人守禦之功了。誰知那監軍宦官邊令誠，常有所干求於仙芝，不遂其欲，心中懷恨。又怪封常清時時無所餽獻，遂密疏劾奏封常清，以賊搖眾，未見先奔，高仙芝輕棄陝地數千里，又私減軍糧，以入己囊，大負朝廷委任之意。玄宗聽信其言，勃然震怒，即賜令誠密勅，使即軍中斬此二人。令誠乃佯託他事，請二人面議。二人既至，未及敘禮，邊令誠舉手道：「有聖旨勅賜二位大夫死。」遂喝左右：「代我拿下！」宣勅示之。常清道：「敗軍之將，死罪奚逃。但朝議俱以祿山之眾為不難殄戮，非確論也。臣死之後，願勿輕視此賊，宜專任良將，多練精兵以圖之。」仙芝道：「吾遇賊而退，罪固當死不辭，謂我私侵軍糧，豈不冤哉！」二人就刑之時，部下士卒，皆大呼稱冤枉，其聲震動天地。後人有詩嘆云：

> 宦者監軍軍氣沮，何當輕殺兩將軍。此時偏聽猶如此，那得人心肯向君？

二人既死，命哥舒翰統其眾，並番將火拔歸仁部卒，亦屬統轄，號稱二十萬，鎮守潼關。

且說安祿山既陷河南，遣其黨段子光齎李憕、盧奕、蔣清之首，傳示河北，令速納款，傳至平原郡。

平原郡的太守，乃臨沂人，姓顏名真卿，字清臣，復聖顏子❶之後裔，是個忠君愛國的人。他於祿山未反之先，預早知其必反，時值久雨之時，借此為由，築城浚濠，簡練丁壯，積貯倉廩，暗作準備。祿山以書生目真卿，不把他放在心中。及到反叛之時，河北郡縣俱披靡，只道平原亦必降順，乃檄令真卿，為本郡兵防守河津。真卿佯受其檄，密遣心腹，懷牒馳赴諸郡，暗約其舉兵討賊，一面召募勇士得萬餘人，涕泣諭以大義，眾皆感憤，願效死力。那賊黨段子光，冒冒失失的將那三個忠臣的頭來傳示，被真卿拿住縛於城上，腰斬示眾。取三個頭續以蒲身❷，棺殮葬之，祭哭受弔。於是清池尉賈載、鹽山尉穆寧，聞真卿舉義，乃共殺偽景城太守劉道元，獲其甲仗五十餘船并其首級，送至長史李暐處。暐以祿山叛黨嚴莊是景城人，遂收其宗族數十人口，盡行殺戮，將劉道元的首級與甲仗等物，轉送平原太守顏真卿處。饒陽太守盧全誠、河間司法李奐、濟陽太守李隨，都將祿山所署的偽太守長史等官，多皆殺了，各有兵數千，推顏真卿為盟主。真卿即遣本州司法兵馬使李平齎表文，並偽檄，從間道直入京師，奏聞玄宗。

初祿山作亂時，河北震恐，無一能與之抗者。玄宗聞之，嗟嘆說道：「二十四郡曾無一義士耶！」及李平齎表章至，乃大喜道：「朕不識顏真卿作何狀，乃能如此！」遂即降道御旨，詔加顏真卿河北采訪使，在任即陞，仍領平原等處事務，免其來京陛見。後來宋朝忠臣文天祥，過平原有詩云：

❶ 復聖顏子：復聖，元文宗封顏回為兗國復聖公，明嘉靖時罷封爵，止稱復聖。顏子，即顏回，字子淵，孔子弟子。

❷ 蒲身：用蒲草編成人的軀體（以便與頭續合而殮葬）。

平原太守顏真卿，長安天子不知名。一朝漁陽動鼙鼓，大河以北無堅城。君家兄弟奮戈起，二十七郡同連盟。賊聞失色分軍還，不敢長驅入兩京。明皇父子得西狩，由是靈武起義兵。唐家再造李郭力，逆賊牽制公威靈。哀哉常山賊鉤舌，公歸朝廷氣不折。崎嶇坎坷不得去，出入四朝老忠節。當年幸脫安祿山，白首竟陷李希烈。希烈安能遽殺公，宰相盧杞欺日月。亂臣賊子歸何所？茫茫煙草中原土。公視於今六百年，忠精赫赫雷行天！

那詩中所云「白首竟陷李希烈」，是說顏真卿至德宗時，奸相盧杞忌其忠直，使往宣慰逆賊李希烈，其時竟為其所害，時年已七十有七矣。此是後話。所云「常山鉤舌」之事，乃顏真卿的族兄顏杲卿，其人之忠義，與真卿無異。當祿山叛亂之時，他為常山太守，祿山兵至藁城，常山危急，杲卿自度常山兵力不足，一時難以拒守；乃以長史袁履謙❸計議，姑先往以迎之，以緩其鋒。祿山喜其來迎，賜以紫袍金帶，使仍舊守常山。杲卿遂與履謙密謀起義，恰好真卿遣甥盧逖至常山，與杲卿相約，欲連兵斷祿山的歸路。那時安祿山方僭號稱大燕皇帝，改元聖武，杲卿乃假傳祿山的恩命，召偽井陘守將李欽湊率眾前來，受那登極的犒賞，俟其來至，與之痛飲至醉，縛而斬之，宣諭解散其眾。賊將高邈、何千年，適奉祿山之命，往北方徵兵，路過常山，亦為杲卿所殺。時在祿山手下部將名張獻誠，正統兵圍困饒陽，杲卿先聲言，朔方節度使郭子儀令兵馬使李光弼與武鋒使僕固懷恩，統眾兵卒出井陘來了。獻誠聞之大

❸ 袁履謙：唐玄宗天寶中為常山長史。安祿山反，履謙與太守顏杲卿同謀抗賊。玄宗拜履謙為常山太守。史思明攻之，城破被執，賊斷其手足而殺之。

懼，杲卿乃遣人往說之，使解饒陽之圍，獻誠遂引兵遁去。杲卿令袁履謙入饒陽，慰勞將士，傳檄諸郡，於是河北響應。杲卿以李欽湊的首級與高邈、何千年二人，獻於京師，使其子顏泉明與內丘丞張通幽，齎表文赴京師奏報。那張通幽即張通悞之弟，他恐因其兄降賊，禍及家門，思為保全之計，知太原尹王承業，與楊國忠有交，欲藉以為援；乃力勸王承業留住顏泉明，改其奏文，攘其功為己功。杲卿起義才數日，賊將史思明引兵突至城下，杲卿使人往太原告急，王承業既攘其功，正利於杲卿之死，擁兵不救。杲卿悉力拒戰，糧盡兵疲，城遂陷，為賊所執，解送祿山軍前。安祿山大喝一聲道：「你何背我而反！」杲卿瞋目大罵，祿山怒甚，令人割其舌，並袁履謙一同遇害。二人至死，罵不絕口。正是：

通幽顧家不顧國，承業冒功更忌功。坐使忠良被兵刃，空將血淚灑西風。

杲卿盡節而死，卻因王承業掩冒其功，張通幽詭誕其事，楊國忠蒙蔽其說，朝廷竟無卹贈之典❹。直至肅宗乾元年間，顏真卿泣涕訴於肅宗，轉達上皇❺。那時王承業已為別事，被罪而死，張通幽尚在，上皇命杖殺之。追贈杲卿為太子太保，謚曰忠節。其子泉明，為賊所掠，後於賊中逃脫，求得其父屍，並求得袁履謙之屍，一體棺殮以歸。凡顏氏族人及其父之舊將吏妻子流落者，都出貲贖回五十餘家，共三百餘口，人皆稱其高義。此亦是後話。

且說真卿一日聞杲卿之死，大哭大驚，哭是哭其兄，驚的是常山失守，賊據要衝，深為可慮。忽探

❹ 卹贈之典：皇帝對臣下規定的喪葬、贈官、善後的禮式。

❺ 上皇：太上皇。即唐玄宗。

馬來報，說郭子儀奉詔進取東京，特薦李光弼為河東節度使，分兵萬餘，從井陘而來，一路進取。顏真卿喜道：「如此則常山可復矣！」時清河縣吏民，使其邑人李萼至平原，奉粟帛器械，以資軍用，且乞借兵以為戰守之助。那李萼年方弱冠，器宇軒昂，言詞明快。真卿奇其人，以兵五千借之。李萼因進言說道：「朝廷已遣兵出崞口，賊據險相拒，官軍不得前。公今引兵先擊魏郡，公兵開崞口以引出官軍，因討平汲鄴以北諸郡縣，然後合諸鎮兵，南臨孟津，據守要害，制其北走之路；但須表奏朝廷，堅壁勿戰，不過月餘，賊必有內潰相圖之事矣！」真卿然其說，命參軍李擇交等，將兵會清河、博平，兵屯於堂邑。偽魏郡太守袁知泰率眾來戰，官軍奮力擊之，賊眾潰敗，遂拔魏郡，軍聲大振。北海太守賀蘭進明引兵會屯於平原城之南，真卿待之甚厚，且以堂邑之功讓之。進明居之不疑，竟自具表上奏，真卿亦不以為怪。又聞李光弼已恢復常山，郭子儀與李光弼合兵一處。賊將史思明來戰，子儀用計，思明露髻跣足，持折槍❻步行，私自逃去，河北十餘郡皆下。又聞雍丘防禦使張巡與賊連戰，屢敗賊眾。正歡喜間，忽聞朝廷上有詔，催促副元帥哥舒翰出戰。

原來哥舒翰屯軍潼關，為長安屏障之計，按兵不動，待時而進。河源軍副使王思禮乘間進言曰：「今天下以楊國忠召亂，莫不切齒，公當上表，請斬楊國忠之頭，以謝天下，則人心皆快，各效死力矣！」哥舒翰搖頭不應。王思禮又道：「若是上表，未必便如所請，僕願以三十騎，劫取楊國忠至潼關斬之。」哥舒翰愕然道：「若如此，真是哥舒翰反，不是安祿山反了。此言何可出諸君口？」思禮乃不敢復言。那邊楊國忠也有人對他說：「朝廷重兵，盡在哥舒翰掌握之中。倘假人言為口實，如拔旗西指，為不利

❻ 折槍：槍桿折斷之槍。

真卿命參軍李擇交等，將兵會清河、博平，兵屯於堂邑。偽魏郡太守袁知泰率眾來戰，官軍奮力擊之，賊眾潰敗，遂拔魏郡，軍聲大振。

於公，將若之何？」國忠聽說乃大懼，方尋思無計，忽人報賊將崔乾佑在陝，兵不滿四千，羸弱不堪，甚屬無備。國忠即奏啟玄宗，遣使催哥舒翰進兵恢復陝洛。哥舒翰飛章奏言道：「安祿山習於用兵，豈真無備。今特示其弱者，誘我出兵耳！我兵若輕出敵，正墮他的詭計。且賊遠來，利在速戰，我兵據險，利於堅守。況賊殘虐，失眾民心，勢已日蹙，將有內變，因而乘之，可不戰而自戢❼。要在成功，何必務速？今諸道徵兵，尚多未集，請姑待之。」郭子儀、李光弼亦上言：「請引兵北攻范陽，覆其巢穴，擒賊黨之妻孥為質，以招之，賊必內潰。潼關大兵，惟宜固守，不可輕出。」顏真卿亦上言：「潼關險要之地，屏障長安，固守為尚。賊羸師以誘我，幸勿為閒言所惑。」奏章紛紛而上，無奈國忠疑忌特深，只力持進戰之說。玄宗信其言，連遣中使，往來不絕的催出戰，且降手勅切責云：

卿擁重兵，不乘賊無備，急圖恢復要地，而欲待賊自潰，按兵不戰，坐失事機，卿之心計，朕所未解。倘曠日持久，使無備者轉為有備，我軍遷延，或無成功之績，國法具在，朕自不敢狗也。

哥舒翰見聖旨降下，嚴厲切責，勢不能止，撫膺慟哭一回，遂整飭隊伍，引兵出關，與崔乾佑之兵，遇於靈寶西原。賊兵據險以待，南向阻山，北向阻河，中向隘道，七十餘里；王思禮等將兵五萬俱前，副將龐忠等引兵十萬繼進。哥舒翰自引兵三萬，登河南高阜，揚旗擂鼓，以助其勢。崔乾佑所率不過萬人，部伍不整，官軍望見，都皆笑之。誰知他已先伏精兵於險要之處，未及交兵，佯為偃旗曳戈，好像要逃遁的一般。官軍懈不為備，方觀望間，只聽連聲砲響，一齊伏兵多起，賊眾乘高抛下木石，官軍被

❼ 自戢：自己平息。

擊死者甚多，隘道之中，人馬受束，槍桿俱不施用；哥舒翰以氈車❽數十乘為前驅，欲藉以為衝突。崔乾佑卻以草車❾數十乘，塞於氈車之前，縱火燒焚。恰值那時東風暴發，火趁風威，風因火勢，煙焰沸騰，官軍不能開目，妄自相殺，只道賊兵在煙焰中，一齊把箭射將去，及知箭盡，方知無賊。乾佑遣將，率精騎數萬，從山南轉出官軍之後，首尾夾攻，官軍駭亂，大敗而奔，或棄甲竄匿，而逃入山谷；或拋槍奔走，而誤入河中，溺死者不計其數。後軍見前軍如此敗走，亦皆自潰，河北軍望見，也都逃奔，一時兩岸官軍俱空。這一場好厮殺，但見：

初爲誘敵，作為散散疏疏；乍爾交鋒，故作慌慌縮縮。一霎時後兵擁至，轉瞬間伏兵齊起。砲響連天，鼓聲動地。相逢狹路，用不著大劍長槍；獨占高岡，亂抛下木頭石塊。風能助火，頓教雙目被煙迷；箭未傷人，卻笑一時都射盡。眼見全軍既覆，足令大將獲擒。

官軍既敗，哥舒翰獨與麾下百餘騎，自首陽山渡河，向西入關。餘眾奔至關外，時已昏夜，關前原有三個極闊極深的大坑塹，以防賊人衝突的，那時敗兵逃歸，爭先入關，慌亂裡黑暗中，不覺連人帶馬，多被跌入坑塹內，須臾之間，坑塹填滿。後來者踐之而過，如履平地。二十萬人馬出戰，敗後得歸者，八千餘人。崔乾佑乘勝，攻破潼關。哥舒翰退至關西驛中，揭榜收合敗卒，欲圖再戰。部下番將火拔歸仁心欲降賊，及聲言賊兵將至，促哥舒翰出驛上馬。火拔歸仁言道：「主帥以二十萬眾，一戰而盡，有

❽ 氈車：掛氈毯的大車，可防木石襲擊。
❾ 草車：裝載草木等可燃物的大車。

何顏復見天子；況又權相所疑忌，獨不見高仙芝、封常清之事乎？即請東行，以圖自全之策。」哥舒翰道：「吾身為大將，豈肯降賊。」便欲下馬。歸仁叱部卒，縶哥舒翰兩足於馬腹，不由分說，加鞭而行，諸將有不從者，都被纏縛。遇賊將田乾真，引兵來接應，遂將哥舒翰等執送祿山軍前。祿山本與哥舒翰不睦的，那時卻不記舊怨，用言勸他降順。哥舒翰只得降了，火拔歸仁自誇其功，大言於眾，以為哥舒翰之降，我之力也。祿山聞之大怒道：「歸仁背朝廷，偪主帥，不忠不義！」命即斬其首以示眾。當年安祿山奏請用番將守邊，後來反叛，多得番將之力；火拔歸仁自誇是番將，故敢大言誇功，亦不想竟為祿山所殺。正是：

反賊亦難容反賊，小人枉自為小人。

哥舒翰既降賊，祿山命為司空，偪令作書，招李光弼等來降。光弼等皆復書切責之。祿山知其無效，乃囚之於後院中。後人有詩嘆云：

哥舒本名將，喪師非其罪。權奸能制命，大帥如傀儡。戰所不宜戰，我心先自餒。辱身更辱國，千載有餘悔。

這一場喪師，非同小可。此信報到京師，吃驚不小。正是：

將軍失利邊疆上，天子驚心宮禁中。

未知後事如何，且聽下回分解。

總評：封常清、高仙芝引兵退守潼關，亦是妙美，玄宗信邊令誠之譖，降敕誅之，是自壞其長城。幸虧哥舒翰撐持東南半壁，又聽楊國忠讒忌，偪令出戰，喪師降賊，可勝浩歎。寫顏平原昆仲❿忠義凜凜有生氣。袁履謙之遇害，其亦蓬生蔴中，不扶自直者歟。

❿顏平原昆仲：指顏杲卿、顏真卿兄弟。

第九十一回　延秋門君臣奔竄　馬嵬驛兄妹伏誅

詞曰：

昔日窮奢極麗，今日殘山剩水。拋離宮院陟崔嵬❶，問因誰？　昔日皇恩獨眷，今日人心都變。

冰山消盡玉環捐，悔從前。

右調添字昭君怨

自古賢君相與賢妃后，無不謹身修德，克儉克勤，上體天心，下合人意。所以能防患於患未作之先，轉禍於福將至之日，庶幾四方可以無慮，萬民因而得所。如其不然，為上者驕奢淫佚，不知敬天勤民；而權惡庸劣之臣，與那怙寵恃勢、敗檢喪節的嬪妃戚畹❷，擅作威福，只狥一己之私，不顧國家之事，以致天怒人怨，干戈頓起，地方失守，宗社幾傾。彼賣國權臣，以及蠱惑君心的女子小人固終不免於誅戮，然萬民已受其塗炭，天子且至於蒙塵。到那時，方咨嗟歎悼，追悔前非，則亦何益之有哉！卻說玄宗聽信楊國忠之言，催逼哥舒翰出戰，遂至全軍覆沒，主帥遭殃，潼關失陷，於是河東、華陰、馮翊、

❶ 崔嵬：有石塊的土山，這裡指坎坷。

❷ 戚畹：外戚親貴。

上洛等處，守將都棄城而走。唐朝制度，各邊鎮每三十里設立一煙墩，每日黃昏時分，放煙一炬，接遞至京，以報平安，謂之平安火。那時平安火三夜不至，玄宗心甚惶惑。忽飛馬連報，說哥舒翰喪師失地，賊兵乘勝而進，勢不可當。玄宗大驚，立即召集廷臣商議。

楊國忠怕人埋怨他催戰之誤，倒先大言道：「哥舒翰本當早戰，以乘賊之無備。只因戰之不早，使賊轉生狡謀，墮彼之計。」同平章事韋見素道：「輕敵而敗，悔已無及。為今之計，宜速徵諸道兵入援，更命大將督率京中新募丁壯守衛京城。」翰林承旨秦國楨道：「還須速敕郭子儀、李光弼等，急移兵以禦賊入京之路。」楊國忠卻只沉吟不語。玄宗問：「宰相之見若何？」國忠奏道：「徵兵禦賊，督兵守城，固皆要著。但潼關既陷，長安危甚，賊勢方張，漸偪京師，外兵未能遽集，所謂遠水難救近火。以臣愚見，莫如車駕暫幸西蜀，先使聖躬安穩，不為賊氛所侵擾，然後徐待外兵之至，乃為萬全之策。」玄宗聞奏，未及開言，只見翰林承旨秦國楨出班奏道：「逆賊犯順，勢雖猖披，然豈能敵天朝兵力。即今郭子儀、李光弼、顏真卿、張巡等，皆屢戰屢勝。近又報東平太守吳王祇義師，屢次殺賊甚多。聞安祿山詬罵其黨嚴莊、高尚說：『汝前日勸我反以為計出萬全，今我屢為官軍所逼，萬全何在？』高、嚴二賊無言可對。祿山欲殺之，左右勸解而止。是賊氣已挫，行當殄滅。今我兵潼關之敗，失在違眾議而催出戰，非盡哥舒翰之罪也。若外兵雲集，恢復有期。奈何以一敗之故，遽思奔避？大駕一行，京都孰守？獨不為宗廟社稷計乎？幸蜀之說，臣愚以為不可。」玄宗傳諭，在廷諸臣各抒所見，諸臣都唯唯莫對，但回奏道：「容臣等赴中書共議良策覆旨。」玄宗悶悶不悅，隨罷朝回宮。

看官，你道楊國忠為何忽有幸蜀之說？卻原來他向曾為劍南節度使，西川是他的熟徑；前日一聞祿山反叛，他即私遣心腹，密營儲蓄於蜀中，以備緩急，故今倡議幸蜀，圖自便耳。正是：

只因自己營三窟，強欲君王駐六飛❸。

當下國忠見眾論不一，上意未決，想道：「前日天子又欲親征，又欲禪位，多虧我姊妹們勸止。今日幸蜀之計，也須得她們去攛聳纔妙。」遂乘間打從便門來到虢國夫人府中，相與密議其事。那時虢國夫人，正從宮中宴會出來，同韓國夫人各歸私第。每家一隊，隊著五色衣，車仗儀從，燈火輝煌，相映如百花之煥發，正在那裡下輦，步到廳堂。恰好國忠慌慌張張的來到，口中只連聲道：「急走為上！急走為上！」虢國夫人忙問：「有何急事？」國忠道：「潼關失守，賊兵將至，為今之計，莫如勸聖駕速幸蜀中。我們有家業在彼，到那裡可不失富貴。爭奈眾論紛紜，聖意不決，須得妳姊妹急入宮去，與貴妃一同勸駕為妙。若更遲延，賊信緊急，人心一變，我輩虀粉矣！」虢國夫人聞言著了慌，把家中這樁怪事，且丟過一邊，急約了韓國夫人，一齊入宮；見了楊妃，密將國忠所言述了一遍。姊妹三個同見玄宗，力勸早早幸蜀。你一句，我一言，繼以涕泣，不由玄宗不從，遂密召國忠入宮共議。國忠又極言幸蜀之便，且云：「陛下若明言幸蜀，廷臣必多異議，必至遲延誤事，今宜慮下親征之詔，一面竟起駕西行。」玄宗依言，遂下詔親征，以京兆尹魏方進為御史大夫兼置頓使，少尹崔光遠為西京留守將軍，命內官邊令誠掌管宮門鎖鑰，又特命龍武將軍陳玄禮，整敕護駕軍士，給與錢帛，選閒廄馬千餘匹備用，總不使外人知道。是日玄宗密移駐北內❹。

❸ 六飛：古代帝王用六匹馬駕車。飛，形容奔馳迅速。

至次日黎明，獨與楊妃姊妹、皇太子并在宮中的皇子、妃主、皇孫、楊國忠、韋見素、魏方進、陳玄禮，及親近宦官宮人出延秋門而去。臨行之時，玄宗欲召梅妃江采蘋同行。楊妃止之道：「車駕宜先發，餘人不妨另日徐進。」玄宗又欲徧召在京的王孫王妃，隨駕同行。楊國忠道：「若如此，則遲延時日，且外人都知其事了。不如大駕先行，徐降密旨，召赴行在可也。」於是玄宗遂行。梅妃與諸王孫妃主之在外者，俱不得從。車駕既行，人猶未知。百官猶入朝，宮門尚閉，猶聞漏聲，三衛❺立仗儼然。及宮門一啟，宮人亂出，嬪妃奔竄，喧傳聖駕不知何往，中外擾攘。秦國模、秦國楨料玄宗必然幸蜀，飛騎追隨，其餘官員士庶，四出逃避。小民爭入宮禁及官宦之家，盜取財寶，或竟騎驢上殿。公子王孫，有一時無可逃避者，號泣於路旁。後來杜工部曾有哀王孫詩云：

長安城頭頭白烏，夜飛延秋門上呼。又向人家啄大屋，屋底達官走避胡。金鞭斷折九馬死，骨肉不得同馳驅。腰下寶玦青珊瑚，可憐王孫泣路隅。問之不肯道姓名，但道困苦乞為奴。已經百日竄荊棘，身上無有完肌膚。高帝子孫盡隆準❻，龍種自與常人殊。豺狼在邑龍在野，王孫善保千金軀。不敢長語臨交衢❼，且為王孫立斯須。昨夜春風吹血腥，東來橐駝滿舊都。朔方健兒好身手，昔何勇銳今何愚。竊聞太子已傳位，聖德北服南單于❽。花門剺面❾請雪恥，慎勿出口他人

❹ 北內：長安皇宮。
❺ 三衛：唐襲隋制，設親衛、勳衛、翊衛三衛，掌管宮廷禁衛。
❻ 高帝子孫盡隆準：高帝，漢高祖劉邦。隆準，高鼻梁。
❼ 交衢：指道路交錯要衝之處。

狙。哀哉王孫愼勿疏，五陵❿佳氣無時無。

且說玄宗倉卒西幸，駕過左藏，只見有許多軍役，手中各執草把在那裡伺候。玄宗停車問其故，楊國忠奏道：「左藏積財甚多，一時不能載去，將來恐為賊所得，臣意欲盡焚之，無為賊守。」玄宗愀然道：「賊來若無所得，必更苛求百姓，不如留此與之，勿重困吾民。」遂叱退軍役，驅車前進，纔過了便橋，國忠即使人焚橋，以防追者。玄宗聞之，咄嗟道：「百姓各欲避賊求生，奈何絕其生路？」乃敕高力士率軍士速往撲滅之。後人謂玄宗於患難奔走之時，有此二美事，所以後來得仍歸故鄉，終享壽考。正是：

三言星退舍，天意原易回。倉卒不忘民，庶幾國脈培。

玄宗駕至咸陽望賢宮，地方官員俱先逃避，日已晌午，猶未進食。百姓或獻糲飯，雜以麥豆，王孫輩爭以手掬食之，須臾而盡。玄宗厚酬其值，好言慰勞，百姓多哭失聲，玄宗亦揮淚不止。眾百姓中有個白髮老翁，姓郭名從謹，涕泣進言道：「安祿山包藏禍心，已非一日，當時有赴闕若言其反者，陛下

❽ 竊聞二句：太子傳位，謂肅宗即位靈武；南單于指回紇，事見後文。

❾ 花門剺面：花門，回紇的代稱。剺面，用刀劃臉。古代回紇的風俗，凡遇大憂大喪，就用刀劃臉，表示悲愁。剺，音ㄌㄧˊ。

❿ 五陵：漢朝皇帝每立陵墓，都把四方富家豪族和外戚遷至陵墓附近居住，最著名的為長陵、安陵、陽陵、茂陵、平陵等五陵。後來泛指豪門貴族聚居之地。

輒殺之，使得逞其奸逆，以致乘輿播遷。所以古聖王務延訪忠良，以廣聰明也。猶記宋璟為相，屢進直言，天下賴以安；然頻歲以來，諸臣皆以言為諱，唯阿諛取容，是以闕門之外，陛下俱不得而知。草野之人，早知有今日久矣。但九重嚴邃，區區之心，無路上達，事不至此，何由得覩天顏而訴語乎？」玄宗頓足嗟嘆道：「此皆朕之不明，悔已無及。」溫言謝遣之。從行軍士乏食，聽其散往各莊村覓食。是夜宿金城館驛，甚是不堪。

次日，駕臨至馬嵬驛，將士飢疲，都懷憤怒。適河源軍使王思禮從潼關奔至，玄宗方知哥舒翰被擒，因即以思禮為河西隴右節度使，令即赴鎮收集散卒，以候東討。思禮臨行，密語陳玄禮道：「楊國忠召亂起釁，罪大惡極，人人痛恨，僕曾勸哥舒翰將軍上表，請殺之，惜其不從我言。今將軍何不撲殺此賊，以快眾心？」陳玄禮道：「吾正有此意。」遂與東宮內侍李輔國商議，正欲密啟太子；恰值有吐蕃使者二十餘人，因來議和好，隨駕而行。這一日遮楊國忠馬前，訴以無食，國忠未及回答，陳玄禮即大呼：「楊國忠交通番使謀反，我等何不殺反賊！」於是眾軍一齊鼓譟起來。國忠大駭，急策馬奔避，眾軍蜂擁而前，兵刃亂下，登時砍倒，屠割肢體，頃刻而盡，以槍揭其首於驛門外，並殺其子戶部侍郎楊暄。正是：

任是冰山高萬丈，不難一旦付東流。

國忠纔被殺，湊巧韓國夫人乘車而至，眾軍一齊上前，也將韓國夫人砍死。虢國夫人與其子裴徽並國忠的妻子幼兒，都逃至陳倉，被縣令薛景仙率吏民追捕著，也都被誅戮。正是：

眾軍蜂擁而前，兵刃亂下，登時砍倒國忠，屠割肢體。並殺其子戶部侍郎楊暄。

昔年淡掃眉，今日血污頸。可憐天子姨，卒難保首領。恨不如沐猴，幻化潛蹤影。

玄宗當日聞楊國忠為眾軍所殺，急出至驛門，用好言安慰眾軍，令各收隊。眾軍只是喧鬧擾攘，圍住驛門不散。玄宗傳問：「爾等為何還不散？」眾軍譁然道：「反賊雖殺，賊根猶在，何敢便散？」陳玄禮奏道：「眾人之意，以國忠既誅，貴妃不宜復侍至尊，伏候聖斷。」玄宗驚訝失色道：「妃子深居宮中，國忠即謀反，與她何干？」高力士奏道：「貴妃誠無罪，但眾將士已殺國忠，而貴妃猶在帝左右，豈能自安。願皇爺深思之，將士安則聖躬方萬安。」玄宗默然點頭，轉步回驛，不忍入行宮，只於驛旁小巷中，倚杖垂首而立。京兆司錄韋諤，即韋見素之子，那時正侍立於側，乃跪奏道：「眾怒難犯，安危在頃刻間，願陛下割恩忍愛，以寧國家。」玄宗乃步入行宮，見了貴妃，一字也說不出口，但撫之而哭。門外譁聲愈甚，高力士道：「事宜速決。」玄宗攜著貴妃，出至驛道北牆口，大哭道：「妃子，我和妳從此永別矣！」楊妃亦涕泣嗚咽道：「願陛下保重，妾負罪良多，死無所恨，乞容禮佛而死。」玄宗哭道：「願仗佛力，使妃子善地受生。」回顧高力士：「汝可引至佛堂善處之。」說罷，大哭而入。楊妃上佛堂禮佛畢，高力士奉上羅巾，促令自縊於佛堂前一果樹下，年三十有八，時天寶十五載六月也。噫，此正白樂天長恨歌中所云：

九重城闕煙塵生，千乘萬騎西南行。翠華搖搖行復止，西出都門百餘里。六軍⓫不發無奈何，宛轉蛾眉馬前死。

⓫ 六軍：周朝制度，天子有六軍，諸侯國有三軍、二軍、一軍不等。這裡泛指唐玄宗禁衛軍。

後人題詠馬嵬坡甚多，惟杜真卿一詩極佳。詩云：

楊柳依依水拍堤，春城茅屋燕爭飛。海棠正好東風惡，狼藉殘紅襯馬蹄。

楊妃既死，高力士即出驛門，對眾宣言道：「妃子楊氏，已奉聖旨賜死了！」眾軍還未肯信，高力士奉諭將楊妃之屍，用繡衾⑫覆於榻上，置之驛庭中，敕陳玄禮率領眾軍將入視。玄禮揭其半衾抬其首，以示眾人，於是眾人知其果死，都免甲釋冑頓首呼萬歲而出。玄宗命高力士速具棺殮，草草的葬之於西郊之外道北坎下。纔葬畢，適南方進荔枝到來，玄宗觸物思人，放聲大哭，即命以荔枝祭於塚前，張祜有詩云：

旌旗不整奈君何，南去人稀北去多。塵土已殘香粉艷，荔枝猶到馬嵬坡。

玄宗因顧謂高力士道：「妃子向常有異夢，今日應矣！」力士道：「貴妃何夢，老奴未知。」玄宗道：「妃子曾說來，夢與朕同遊驪山，至興元驛對食。後院忽火發，倉卒出走，回望驛門中，樹木俱為烈焰。俄有二龍至，朕跨白龍，其行甚速；妃子跨黑龍，其行甚遲。左右無人，惟見一蓬頭黑面之物，狀如鬼魅，自云：是此峰之神，承上帝之命，授妃子為益州牧蠶元后。悚然而覺，明日即聞漁陽叛信。如今想起來，與朕遊驪山，驪者離也，方食火發，失食之兆；火為兵象，驛木俱焚，驛與易同，加木於旁楊字也。朕跨白龍，西行之象，妃子跨黑龍，幽陰之象；峰神者，山鬼也，山鬼乃嵬字；益州牧蠶元

⑫ 繡衾：覆蓋屍體的刺繡的單被。

后，牧羉所以致絲，益旁加絲，縊字也，正縊死於馬嵬之兆。」高力士道：「夢兆不祥，誠如聖諭。老奴猶記昔年遇一術士李遐周，彼曾詠一詩云：燕市人皆去，函關馬不歸。若逢山下鬼，環上繫羅衣。彼說此詩所言應在後日，由今思之，燕市一句，指祿山之叛；函關句謂哥舒翰之敗；山下鬼乃嵬字，即馬嵬驛也。貴妃小字玉環，今日老奴奉以羅巾自縊，所謂環上繫羅衣也。定數如此，聖上宜自寬，不必過於傷情。」正說間，陳玄禮入奏，請旨約飭軍隊起行。玄宗傳諭即行。時樂工張野狐在側，玄宗揮淚向他說道：「此去劍門，鳥啼花落，水綠山青，無非助朕悲悼妃子之由也。」正是：

好景不堪愁裡看，偶然觸目更傷情。

未知後事如何，且聽下回分解。

總評：玄宗西幸，欲召江采蘋同行，楊妃叱止之，雖云見妒，正為末後團圓張本。楊國忠欲焚左藏，斷便橋，亦未為不可。玄宗急叱退軍士，救止焚毀，雖於流離顛沛之中，猶念念不忘民瘼，賢聖之君，不過如此。徒以女色起釁，幾至喪身亡國，可不戒哉！

第九十二回　留靈武儲君即位　陷長安逆賊肆凶

詞曰：

西土忽來大駕，朔方頓耀前星❶。共言人事隨天意，急難豈忘親？　獨恨輕拋骨肉，致教並受邅迍❷。權奸女寵多貽禍，不止自家門。

右調烏夜啼

國家當太平有道之時，朝廷之上，既能君君臣臣，則宮闈之間，自然父父子子。由是從一本之親，推而至於九族之眾，凡屬天潢，無不安享尊榮，共被一人惇敘❸之德。流及既衰，為君者不能正其身，為臣者專務惑其主，因而內寵太甚，外寇滋生，一旦變起倉卒，遂至流離播遷，猶幸天命未改，人心未去，天子雖不免蒙塵，儲君卻已得踐祚。然而事勢已成，倉皇內禪，畢竟授者不能正其終，受者不能正其始。何況勢當危迫，匆匆出奔，宗廟社稷，都不復顧，其所顧戀不捨者，惟是一二嬖幸之人，其餘骨

❶ 前星：漢書五行志下之下：「心，大星，天王也。其前星，太子；後星，庶子也。」後因以前星指太子。

❷ 邅迍：比喻處境不順當。

❸ 惇敘：按照次序，使之篤愛和睦。

肉之戚，俱棄之如遺，遂使王孫公子，都至飄零，玉葉金枝，悉遭戕賊。如唐朝天寶末年之事，真思之痛心，言之髮指者也。且說玄宗駕至馬嵬，眾將誅殺楊國忠及韓、虢二夫人，玄宗沒奈何，只得把楊妃賜死，陳玄禮方才約飭眾軍，請旨啟行。眾人以楊國忠部下將吏，俱在蜀中，不肯西行。或請往河隴，或請往太原，或請復還京師，眾論紛紛不一。玄宗意在入蜀，卻又恐拂眾人之意，只顧低頭沉吟，不即明言所向。韋諤奏道：「太原河隴，俱非駐蹕之地。若還京師，必須有禦賊之備。今士馬甚少，未易為計。以臣愚見，不如且至扶風，徐圖進止。」玄宗聞言首肯，命以此意傳諭眾人，眾皆從命，即日從馬嵬發駕起行。及臨行之時，有許多百姓父老，遮道挽留，紛紛擾攘，都道：「宮闕是陛下家居，陵寢是陛下墳墓，今日捨此，將欲何往？」玄宗用好言撫慰，一面宣諭，一面前行，百姓卻越聚得多了。

玄宗乃命太子於車駕之後，諭止眾百姓。於是眾百姓擁住太子的馬說道：「皇爺既不肯留駕，我等願率子弟，從太子東向去破賊，保守長安。」太子道：「至尊冒險而行，我為子者，豈忍一日暫離左右？」眾百姓道：「若皇太子與至尊都往蜀中去了，中原百姓誰為之主？」太子道：「爾等眾百姓即欲留我，奈何尚未面辭，亦須還白至尊，更稟進止。」說罷，策馬欲行，卻被眾百姓簇擁住了，不得行動。那時太子之子廣平王俶、建寧王倓，俱乘馬隨後。此二王都是極有智勇的，當下建寧王見人情如此，乃前執太子之鞍進諫道：「逆賊犯闕，四海分崩，不因人情，何以興復？今殿下若從至尊入蜀，倘賊兵燒絕棧道，則中原土地，拱手授賊。人情既離，豈能復合，他日雖欲復至此，不可得矣！為今之計，不如收集西北守邊之兵，召郭子儀、李光弼於河北，與之並力東討逆賊，克復二京，削平四海，掃除宮禁，以迎至尊，使社稷危而復安，宗廟毀而復存，此豈非孝之大者。何必徒事區區溫清定省之文，為兒女子之慕戀乎？」廣平王亦從旁贊言道：「人心不可失，倓之言甚善，願殿下審思之。」東宮侍衛李輔國至皇太子馬前，叩首請留，眾百姓又喧呼不止。太子乃使廣平王俶，馳馬往駕前啟奏，請旨定奪。

此時玄宗方執轡停車，以待太子，久不見至，正欲使人偵探，恰好廣平王來見駕，具述百姓遮留之狀。玄宗道：「人心如此，即是天意。朕不使焚絕便橋，朕與百姓同奔，正為人心不可失耳！今人心屬太子，是朕之幸也。」遂命將後軍二千人，及飛龍廄馬匹，分與太子，且傳諭將士云：「太子仁孝，可奉宗廟，汝等宜善輔之。」又傳語太子道：「西北諸部落，吾撫之素厚，今必得其用，汝勉圖之，吾即當傳位於汝也。」太子聞詔，西向號泣。廣平王即宣諭眾百姓道：「太子已奉詔留後撫安爾等。」於是眾百姓都呼萬歲，歡然而散。太子既留，莫知所適。李輔國道：「日已晏矣，此地非可久駐，今眾意將欲往何處？」眾皆莫對。建寧王道：「殿下昔日曾為朔方節度使，彼處將吏，歲時致啟，倓略識其姓名；今河隴之眾多敗降於賊，其父兄子弟，多在賊中，恐生異志。朔方道近，士馬全盛，河西行軍司馬裴冕在彼，此人乃衣冠名族，必無二心，可往就之，徐圖大舉。賊初入長安，未暇徇地，乘此急行，乃為上策。」眾皆以為然，遂向朔方一路而行。至渭水之濱，遇著潼關來的敗殘人馬，誤認為賊兵，與之廝殺，死傷甚眾；及收聚餘卒，欲渡渭水，苦無舟楫，乃擇水淺之處，策馬涉水而渡。步卒無馬者，都涕泣而返。太子至新平，連夜馳三百餘里，士卒器械失亡過半，所存軍眾不過數百而已。正是：

從來太子堪監國，若使行軍號撫軍。此日流離國難守，無軍可撫愧儲君。

話分兩頭。且說玄宗既留下太子，車駕向西而進，來至岐山，訛傳賊兵前鋒將到；玄宗催趲眾軍，星夜馳至扶風郡宿歇。眾士卒因連日飢疲，都潛懷去就之志，流言頻興，語多不遜。陳玄禮不能挾制，玄宗甚以為憂。秦國楨奏道：「眾心洶洶之際，非可以威驅勢迫，當以情意感動之。」玄宗然其說。適成都守臣貢常例春綵十萬餘疋至扶風，玄宗命陳列於庭，召眾將士入至庭下，親自臨軒宣諭道：「朕年來昏耄，任託失人，以致逆賊作亂，勢甚披猖，不得不暫避其鋒。卿等倉卒從行，不及別父母妻子，跋涉至此，勞苦已極，此由朕政之不德所致，心甚愧之。今將入蜀，道路阻長，人馬疲瘁，遠行不易，卿等可各自還家，朕自與子孫及中官內人輩，勉力前往。今日與卿等別，可共分此春綵，以助資糧，歸見父母妻子及長安父老，為朕致意，幸好自愛，無煩相念也。」言罷，涕淚沾襟。眾人聞言傷感，亦都涕泣，叩頭奏道：「臣等死生，願從陛下，不敢有貳。」玄宗亦揮淚不止，良久起身入內，猶回顧眾人道：「去留聽卿，不忍相強。」秦國模在後宣言道：「天子仁愛如此，眾心豈不知感？」於是眾人大哭而出。玄宗命陳玄禮，將春綵盡數給賞於軍士，流言自此頓息。正是：

三軍一時忽欲變，誰說威尊命必賤？不用勢迫與刑驅，仁心入人心可轉。

軍心既定，玄宗即於次日起駕，望蜀中進發。行至河池地方，蜀郡長史崔圓前來迎駕，且說蜀土豐稔，甲士全備。玄宗歡喜，即令於駕前為引道。既入蜀境，路過一大橋，玄宗問是何橋，崔圓道：「此名萬里橋。」玄宗聞言，恍然點首道：「一行僧❹之言驗矣，朕可無憂矣！」你道甚麼一行僧之言？原來唐朝有一神僧，法名一行，精通天文曆法，曾造渾天儀覆矩圖❺，極為神妙；其數學與袁天罡、李淳

❹ 一行僧：唐代高僧，著名天文學家。

風不相上下。玄宗嘗幸東都，與他同登天宮寺西樓，徘徊瞻眺，慨然發嘆道：「朕撫有此山川，必得長享無虞方好。」因問一行道：「朕得終無禍患否？」一行道：「陛下游行萬里，聖壽無疆。」玄宗當時聞此言，只道是祝頌之語，誰知今日遠行西川，所過此橋，恰名萬里，因想一行之言，至今始驗。又想他說聖壽無疆，可知朕躬無恙，所以心中欣喜說道：「朕可無憂矣！」正是：

萬里橋名應遠游，神僧妙語好推求。幸然聖壽還無量，珍重前途可免憂。

當下玄宗催趲軍士前行，不則一日，來至成都駐蹕。其殿宇宮室，與一切供御之物，雖都草創，不甚齊整，卻喜山川險峻，城郭完固，賊氛已遠，且暫安居。只是眼前少了一個最寵愛的人，想起前日馬嵬驛之事，時時悲歎。高力士再三寬解。韋見素、韋諤、秦國模、秦國楨等，俱上表請亟為討賊之計。玄宗降詔，以皇太子分總節制，然都不即使出鎮，特敕永王璘充山南東道嶺南黔中江南西道節度都使，以少府西監竇紹為之傅；以長沙太守李峴為副都大使，即日同赴江陵坐鎮。又詔以太子充天下兵馬大元帥，領朔方、河北、平盧節度都使，收復長安、雒陽。

那知此詔未下之先，太子已正位為天子了。你道如何便正位為天子？原來太子當日渡過渭水，來到彭城，太守李遵出迎，以衣糧奉獻，至平涼閱監牧馬，得幾萬匹；又召募得勇士三千餘人，軍勢稍振。時有朔方留後杜鴻漸、六城水陸運使魏少游、節度判官崔漪、度支判官盧簡金、監池判官李涵等五人，

❺ 渾天儀覆矩圖：渾天儀，我國古代觀測天體位置的儀器，類似現在的天球儀。覆矩圖，天象圖，據新唐書天文志，此圖「可以稽日食之多少，定晝夜之長短」。

相與謀議道：「太子今在平涼，然平涼散地，非屯兵之所。靈武地方，兵食完富，若迎請太子至此，北收諸城兵，西發河隴勁騎，南向以定中原，此萬世一時也。」謀議既定，李涵上牋於太子，且籍朔方士馬甲兵粟帛軍需之數以獻。杜鴻漸、崔漪親至平涼，面啟太子道：「朔方乃天下勁兵之處，今吐蕃請和，回紇內附，四方郡縣俱堅守拒賊，以俟興復。殿下若治兵於靈武，移檄四方，收攬忠義，按轡長驅，逆賊不足屠也。臣等已使魏少游、盧簡金，在彼葺治宮室，整備資糧，專候殿下駕幸。」廣平王、建寧王，俱以兩人之言為然，於是太子遂率眾至靈武駐紮。

過了數日，適河西司馬裴冕奉詔入為御史中丞，因至靈武參謁太子，乃與杜鴻漸等定議，上太子牋，請遵大駕發馬嵬時欲即傳位之命，早正大位，以安人心。太子不許道：「至尊方馳驅道途，我何得擅襲尊位？」裴冕等奏道：「將士皆關中人，豈不日夜思歸？其所以不憚崎嶇，遠涉沙塞者，亦冀攀龍附鳳，以建尺寸之功耳；若殿下守經而不達權，使人心一朝離散，大勳不可復集矣！願即勉狥眾情，為社稷計。」太子猶未許允，牋凡五上，方准所奏。天寶十五載秋七月，太子即位於靈武，是為肅宗皇帝，即改本年為至德元載，遙尊玄宗為上皇天帝，裴冕、杜鴻漸等，俱加官進秩。

正欲表奏玄宗，恰好玄宗命太子為元帥的詔到了。肅宗那時方知玄宗車駕已駐蹕蜀中，隨即遣使齎表入蜀，將即位之事奏聞。玄宗覽表喜道：「吾兒應天順人，吾更何憂？」遂下詔：「自今章奏，俱改稱太上皇。軍國重事，先請皇帝旨，仍奏聞朕。俟克復兩京之後，朕不預事矣。」又命文部侍郎平章事房琯，與韋見素、秦國模、秦國楨齎玉冊玉璽赴靈武傳位；且諭諸臣不必復命，即留行在，聽新君任用。肅宗涕泣拜領冊寶，供奉於別殿，未敢即受。正是：

天寶十五年秋七月，太子即位於靈武，是為肅宗皇帝。改本年為至德元年，遙尊玄宗為太上皇。

寶位已先即，寶冊然後傳。授受原非誤，只差在後先。

後來宋儒多以肅宗未奉父命，遽自稱尊，謂是乘危篡位，以子叛父。說便這等說，但危急存亡之時，欲維繫人心，不得已而出此。況玄宗屢欲內禪傳位之說，已曾宣之於口，今日肅宗靈武即位之事，只說恪遵前命，理猶可恕，篡叛之說，似乎太過。若論他差處，在即位之後，寵嬖張良娣，當軍務倥傯之際，與之博戲取樂，此真可笑耳。正是：

若能不以位為樂，便是真心幹蠱人❻。

然雖如此，即位可也，本年便改元，是真無父矣。若使此時鄴侯李泌早在左右，必不令其至此。後人有詩嘆云：

靈武遽稱尊，猶曰遺多故。本歲即改元，此舉真大錯。當時定策者，無能正其誤。念彼李鄴侯，咄哉來何暮？

閒話少說。且說當日天子西狩，太子北行，那些時為何沒有賊兵來追襲？原來安祿山不意車駕即出，戒約潼關軍士勿得輕進。賊將崔乾祐頓兵觀望，及車駕已出數日之後，祿山聞報，方遣其部將孫孝哲，督兵入京。賊眾既入京城，見左藏充盈，便爭取財寶，日夜縱酒為樂，一面遣人往洛陽報捷，專候祿山

❻ 幹蠱人：指能矯正父母之過而處事有材能的人。

到來；因此無暇遣兵追襲，所以車駕得安行入蜀，太子往朔方亦無阻虞，此亦天意也。正是：

左藏不焚留餌賊，遂教今日免追兵。

祿山至長安，聞馬嵬兵變，殺了楊國忠，又聞楊妃賜死了，韓、虢二夫人被殺，大哭道：「楊國忠是該殺的，卻如何又害我阿環姊妹？我此來正欲與她們歡聚，今已絕望，此恨怎消！」又想起其子安慶宗夫婦，被朝廷賜死，一發忿怒；乃命孫孝哲大索在京宗室皇親，無論皇子皇孫，郡主縣主，及駙馬郡馬等國戚，盡行殺戮。又命將宗室男婦，被殺者悉刳去其心，以祭安慶宗。祿山親臨設祭，那日於崇仁坊高掛錦帳，排下安慶宗的靈座，行刑劊子聚集眾屍，方待動手刳心。說也奇怪，一霎時天昏地暗，雷電交加，狂風大作，劊子手中的刀，都被狂風刮去城垛兒上插著；霹靂一聲，把安慶宗的靈位擊得粉碎，錦帳盡被雷火焚燒。祿山大懼，向天叩頭請罪，於是不敢設祭，命將眾尸一一埋葬。正是：

治亂雖由天意，凶殘大拂天心。不意雷霆警戒，這番慘痛難禁。

看官聽說，前日玄宗出奔時，原要與眾宗室皇親同行的，因楊國忠諫阻而止。今日眾人盡遭屠戮，皆國忠害之也，此賊真死有餘辜矣。正是：

一言遺大害，萬剮不蔽辜。

當日眾屍雖免刳心之慘，然凡祿山平日所怨惡之人，都被殺戮，還道：「李太白當日乘醉罵我，今日若在此，定當殺之！」又凡楊國忠、高力士所親信的人，也都殺戮；朝官從駕而出者，其家眷在京，亦都被殺；只有秦國模、秦國楨的家眷，俱先期遠避，未遭其害。內侍邊令誠投降，以六宮鎖鑰奉獻。祿山遣人徧搜各宮，搜到梅妃江采蘋的宮畔，獲一腐敗女人之屍，便錯認梅妃已死，更不追求。天幸梅妃不曾被賊人搜去，上皇歸後，因得團圓偕老。可笑楊妃於愴惶被難之時，猶懷嫉妒，諫阻天子，不使梅妃同行，那知馬嵬變起，自己的性命倒先斷送了。後人有詩云：

> 自家姊妹要同行，天子嬪妃反教棄。馬嵬聚族而殲旃，笑殺當初空妒忌。

祿山下令，凡在京官員，有不即來投順者，悉皆處死。於是京兆尹崔光遠、故相陳希烈，與刑部尚書張均、太常卿張垍等，俱降於賊。那張均、張垍，乃燕國公張說之子也，張垍又尚帝女寧親公主，身為國戚，世受國恩，名臣後裔，不意敗壞家聲，一至於此！

> 父爵燕國公，子事偽燕帝。辱沒燕世家，可稱難兄弟。

祿山以陳希烈、張垍為相，仍以崔光遠為京兆尹，其餘朝士都授以偽官，其勢甚熾。然賊將俱粗猛貪暴，全無遠略，既克長安，志得意滿，縱酒婪財，無復西出之意。祿山亦心戀范陽與東京，不喜居西京。正是：

> 貪殘戀土賊人態，妄竊燕皇聖武名。

未知後事如何，且聽下回分解。

總評：眾父老擁住太子，不使前行，人心未去，逆賊可除。廣平、建寧執鞚數言，深識時務，故能興復兩京，掃除群逆。玄宗給散春綵，慰諭將士，如老父幼子叮嚀囑付，纏綿愷惻❼之致，動人心脾，讀之能令酸鼻。

❼ 愷惻：和樂惻隱。

第九十三回　凝碧池雷海青殉節　普施寺王摩詰吟詩

詞曰：

談忠說義人都會，臨難卻通融。梨園子弟，偏能殉節，莫賤伶工。　伶工殉節，孤臣悲感，哭向蒼穹。吟詩寫恨，一言一淚，直達宸聰。

右調青衫濕

自古忠臣義士，都是天生就這副忠肝義膽，原不論貴賤的。儘有身為尊官，世享厚祿，平日間說到忠義二字，卻也侃侃鑿鑿；及至臨大節當危難，便把這兩個字撇過一邊了，只要全軀保家，避禍求福。於是甘心從逆，反顏事仇。自己明知今日所為，必致罵名萬載，遺臭萬年，也顧不得。偏有那位非高品，人非清流，主上平日不過以俳優畜之，即使他當患難之際，貪生怕死，背主降賊，人也只說此輩何知忠義，不足深責。不道他到感恩知報，當傷心慘目之際，獨能激起忠肝義膽，不避刀鋸斧鉞，罵賊而死。遂使當時身被拘囚的孤臣，聞其事而含哀，興感形之筆墨，詠成詩詞，不但為死者傳名於後世，且為己身免禍於他年。可見忠義之事，不論貴賤，正唯賤者，而能盡忠義，愈足以感動人心。卻說安祿山雖然僭號稱尊，佔奪了許多地方，東西兩京都被他竊據，卻原只是亂賊行徑，並無深謀大略，一心只戀著范陽故土，喜居東京，不樂居西京。既入長安，命搜捕百官宦者宮女等，即以兵衛送赴范陽，其府庫中的金銀幣帛，與宮闈中的珍奇玩好之物，都輦去范陽藏貯。又下令要梨園子弟，與教坊諸樂工，都如向日一般的承應，敢有隱避不出者，即行斬首。其苑廄中所有馴象舞馬等物，不許失散，都要照舊整頓，以備玩賞。

看官聽說，原來當初天寶年間，上皇注意聲色，每有大宴集，先設太常雅樂，有坐部，有立部：那坐部諸樂工，俱於堂上坐而奏技；立部諸樂工，則於堂下立而奏技。雅樂奏罷，繼以鼓吹番樂，然後教坊新聲與府縣散樂雜戲，次第畢呈。或時命宮女，各穿新奇麗豔之衣，出至當筵清歌妙舞，其任載樂器往來者，有山車陸船制度，俱極其工巧；更可異者，每至宴酣之際，命御苑掌象的象奴，引馴象入場，以鼻擎杯，跪於御前上壽，都是平日教習在那裡的；又嘗教習舞馬數十匹，每當奏樂之時，命掌廐的圉人，牽馬到庭前，那些馬一聞樂聲，便都昂首頓足，回翔旋轉的舞將起來，卻自然合著那樂聲的節奏。

宋儒徐節孝先生曾有舞馬詩云：

開元天子太平時，夜舞朝歌意轉迷。繡榻盡容騏驥足，錦衣渾蓋渥洼泥。纔敲畫鼓頭先奮，不假金鞭勢自齊。明日梨園翻舊曲，范陽戈甲滿關西。

當年此等宴集，祿山都得陪侍。那時從旁諦觀，心懷豔羨，早已萌下不良之念。今日反叛得志，便欲照樣取樂。可知那聲色犬馬，奇技淫物，適足以起大盜覬覦之心。正是：

天子當年志太驕，旁觀目眩已播搖。漫誇百獸能率舞，此日奢華即盜招。

那時祿山所屬諸番部落的頭目，聞祿山得了西京，都來朝賀。祿山欲以神奇之事，誇哄他們；乃召集眾番賜宴於便殿，對眾人宣言道：「我今受天命為天子，不但人心歸附，就是那無知的物類，莫不感格效順。即如上林苑中所畜的象，見我飲宴，便來擎杯跪獻；那個廄中的馬，聞我奏樂，也都欣喜舞蹈，豈非神奇之事！」眾番人聽說，俱俯伏呼萬歲。那祿山便傳令，先著象奴牽出象來看。不一時，象奴將那十數頭馴象，一齊都牽至殿庭之下，眾番人俱注目而觀，要看牠怎麼樣擎杯跪獻。不想這些象兒，舉眼望殿上一看，只見殿上南面而坐者，不是前時的天子，便都僵立不動，怒目直視。象奴把酒盃先送到一個大象面前，要牠擎著跪獻；那象卻把鼻子捲過酒盃來，拋去數丈。左右盡皆失色，眾番人掩口竊笑。祿山又羞又惱，大罵道：「孽畜，恁般可惡！」喝把這些象都牽出去，盡行殺訖。於是輟宴罷席，不歡而散。當時有人作詩譏笑道：

有儀有象故名象，見賊不跪真倔強。堪笑紛紛降賊人，馬前屈膝還稽顙。

祿山被象兒出了醜，因疑想那些舞馬，或者也一時倔強起來，亦未可知，不如不要看牠罷，遂命將舞馬盡數編入軍營馬隊去。後來有兩匹舞馬，流落在逆賊史思明軍中。那思明一日大宴將佐，堂上奏樂；二馬偶繫於庭下，一聞樂聲，即相對而舞。軍士不知其故，以為怪異，痛加鞭箠；二馬被鞭，只道嫌牠舞得不好，越發擺尾搖頭的舞個不止。軍士大驚，棍棒交加，二馬登時而斃。賊軍中有曉得舞馬之事者，忙叫不要打時，已都打死了。豈不可笑？正是：

象死終不屈節，馬舞橫被大杖。雖然一樣被殺，善馬不如傲象。

話分兩頭，不必贅言。只說祿山在西京恣意殺戮，因聞前日百姓乘亂，盜取庫中所藏之物，遂下令著府縣嚴行追究，且許旁人訐告。於是株連蔓引，搜捕窮治，殆無虛日。又有刁惡之人，挾仇誣首❶，有司不問情由，輒便追索，波及無辜，身家不保。民間雖然無日不思念唐室，相傳皇太子已收聚北方勁兵，來恢復長安，即日將至；或時喧稱太子的大兵已到了，百姓們便爭相奔走出城，禁止不住，市里為之一空。賊將望見北方塵起，也都相顧驚惶。祿山料長安不可久居，何不早回洛陽。乃以張通儒為西京留守，安忠順為將軍，總兵鎮守關中；又命孫孝哲總督軍事，節制諸將，自己與其子安慶緒，率領親軍，及諸番將還守東都，擇日起行。卻於起行之前一日，大宴文武官將，於內府四宜苑中凝碧池上，先期傳諭梨園子弟，教坊樂工，一個個都要來承應。這些樂工子弟們，惟李暮、張野狐、賀懷智等數人，隨駕西走，其餘如黃幡綽、馬仙期等眾人，不及隨駕，流落在京，不得不憑祿山拘喚，只有雷海青託病不至。

那日凝碧池頭，便殿上排設下許多筵席。祿山上坐，安慶緒侍坐於旁，眾人依次列坐於下。酒行數巡，殿陛之下，先大吹大擂，奏過一套軍中之樂，然後梨園子弟、教坊樂工，按部分班而進。第一班按東方木色，為首押班的樂官，頭戴青霄巾，腰繫碧玉軟帶，身穿青錦袍，手執青旛一面，旛上書東方角音四字，其字赤色，用紅寶綴成，取木生火之意。旛下引樂工子弟二十人，都戴青紗帽，著青繡衣，一

❶ 誣首：誣告。

簇兒立於東邊。第二班按南方火色，為首押班的樂官，頭戴赤霞巾，腰繫珊瑚軟帶，身穿紅錦袍，手執紅旛一面，旛上書南方徵音四字，其字黃色，用黃金打成，取火生土之意。旛下引樂工子弟二十人，都戴絳綃冠，著紅繡衣，一簇兒立於南邊。第三班按西方金色，為首押班的樂官，頭戴皓月巾，腰繫白玉軟帶，身穿白錦袍，手執白旛一面，旛上書西方商音四字，其字黑色，用烏金造成，取金生水之意。旛下引樂工子弟二十人，都戴素絲冠，著白繡衣，一簇兒立於西邊。第四班按北方水色，為首押班的樂官，頭戴玄霜巾，腰繫黑犀軟帶，身穿黑錦袍，手執黑旛一面，旛上書北方羽音四字，其字青色，用翠羽嵌成，取水生木之意。旛下引樂工子弟二十人，各戴皂羅帽，著黑繡衣，一簇兒立於北邊。第五班按中央土色，為首押班的樂官，頭戴黃雲巾，腰繫密蠟軟帶，身穿黃錦袍，手執黃旛一面，旛上書中央宮音四字，其字以白銀為質，兼用五色雜寶鑲成，取土生金，又取萬寶土中生之意。旛下引樂工子弟四十人，各戴黃綾帽，著黃繡衣，一簇兒立於中央。五個樂官，共引樂人一百二十名，齊齊整整，各依方位立定。

纔待奏樂，祿山傳問：「爾等樂部中人，都到在這裡麼？」眾樂工回稱諸人俱到，只有雷海青患病在家，不能同來。祿山道：「雷海青是樂部中極有名的人，他若不到，不為全美。可即著人去喚他來，就是有病，也須扶病而來。」左右領命，如飛的去傳喚了。祿山一面令眾樂人，且各自奏技。於是鳳簫龍笛，象管鸞笙，金鐘玉磬，秦箏羯鼓，琵琶箜篌，方響手拍❷，一霎時，吹的吹，彈的彈，鼓的鼓，擊的擊，真個聲韻鏗鏘，悅耳動聽。樂聲正喧時，五面大旛，一齊移動，引著眾人盤旋錯縱，往來飛舞，五色絢爛，合殿生風，口中齊聲歌唱。歌罷舞完，樂聲才止，依舊各自按方位立定。祿山看了心中大喜，

❷ 方響手拍：方響，銅鐵製成的打擊樂器。手拍，即拍板，用繩串聯數片硬木，用以擊節的一種樂器。

掀髯稱快，說道：「朕向年陪著李三郎飲宴，也曾見過這些歌舞，只是侍坐於人，未免拘束，怎比得今日這般快意。今所不足者，不得再與楊太真姊妹歡聚耳。」又笑道：「想我起兵未久，便得了許多地方，東西二京，俱為我取，趕得那李三郎有家難住，有國難守，平時費了許多心力，教成這班歌兒舞女，如今不能自己受用，倒留下與朕躬受用，豈非天數。朕今日君臣父子，相敘宴會，務要極其酣暢，眾樂人可再清歌一曲侑酒。」

那些樂人，聽了祿山說這番話，不覺傷感於心，一時哽咽不成聲調，也有暗暗墮淚的。祿山早已瞧見，怒道：「朕今日飲宴，爾眾人何得作此悲傷之態！」令左右查看，若有淚容者，即行斬首。眾樂人大駭，連忙拭去淚痕，強為歡顏；卻忽聞殿庭中有人放聲大哭起來。你道是誰？原來是雷海青。他本推病不至，被祿山遣人生逼他來；及來到時，殿上正歌舞的熱鬧，他胸中已極其感憤，又聞得這些狂言悖語，且又恐喝眾人，遂激起忠烈之性，高聲痛哭。當時殿上殿下的人，盡都失驚。左右方待擒拿，只見雷海青早奮身搶上殿來，把案上陳設的樂器，盡拋擲於地，指著祿山大罵道：「你這逆賊，你受天子厚恩，負心背叛，罪當萬剮，還胡說亂道！我雷海青雖是樂工，頗知忠義，怎肯伏侍你這反賊！今日是我殉節之日，我死之後，我兄弟雷萬春，自能盡忠報國，少不得手刃你等這班賊徒！」祿山氣得目瞪口呆，一句話也說不出，只教快砍了。眾人扯下舉刀亂砍，雷海青至死罵不絕口。正是：

昔年只見安金藏，今日還看雷海青。一樣樂工同義烈，滿朝媿此兩優伶。

雷海青已死，祿山怒氣未息，命撤去筵席，將眾樂人都拘禁候發落。正傳諭時，忽探馬來報：皇太

雷海青奮身搶上殿來，指著祿山大罵道：「你這逆賊，罪當萬剮，還胡說亂道！」祿山氣得目瞪口呆，眾人扯下舉刀亂砍，雷海青至死罵不絕口。

子已於靈武即位，年號都有了；今以山人李泌為軍師，命廣平王、建寧王與郭子儀、李光弼等，分統軍馬，恢復兩京。又報令狐潮屢次攻打雍丘，奈雍丘防禦使張巡，又善守，又善戰，令狐潮屢為所敗。祿山聞此警報，遂下令即日起馬回東京，另議調遣軍將應敵。其西京所存宮女宦官、奇珍玩物，及一切樂器與眾樂人，盡數帶往東京去。臨行之時，祿山乘馬過太廟前，忽勒住馬，命軍士將太廟放火焚燒。軍士們領命，頃刻間四面放起火來。祿山立馬觀之，火方發，只見一道青煙直沖霄漢。祿山方仰面觀看，不想那煙頭隨即環將下來，直冒入祿山眼中，登時兩眼昏迷，淚流如注，不便乘馬，另駕輕車而去。自此祿山害了眼病，日甚一日，醫治不痊，竟雙瞽了。正是：

逆賊燬宗廟，先皇目不瞑。旋即奪其目，略施小報應。

祿山至東京後，二目失視，不見一物，心中焦躁，時常想要喚那些樂人來歌唱遣悶；又因雷海青這一番，心中疑慮，不敢與他們親近，欲待把他們殺了，又惜其技能，且留著備用。

且說雷海青死節一事，人人傳述，個個頌揚，因感動了一個有名的朝臣。那臣子不是別人，就是前日於上皇前奏對鍾馗履歷的給事中王維。他表字摩詰，原籍太原人氏。少時嘗讀書終南山，開元年間進士及第，天性孝友，與其弟王縉，俱有俊才。王維更博學多能，書畫悉臻其妙，名重一時，諸王駙馬，俱禮之為上賓。尤精於樂律，其所著樂章，梨園教坊爭相傳習，曾有友人得一幅奏樂畫圖，不識其名，王維一見便道：「此所畫者，乃霓裳❸第三疊第一拍也。」當時有好事者，集眾樂工，奏霓裳之樂；奏

❸霓裳：即霓裳羽衣曲。

到第三疊第一拍，一齊都住著不動，細看那些樂工，吹的彈的敲的擊的，其手腕指尖起落處，與畫圖中所畫者，一般無二。眾人無不歎服。天寶末年，官為給事中。當祿山反叛，上皇西幸之時，倉卒間不及隨駕，為賊所獲，乃服藥取痢佯為瘖疾，不受偽命。祿山素重其才名，不加殺害，遣人伴送至洛陽，拘於普施寺中養病。王維性本極好佛，既被拘寺中，惟日以禪誦為事，或時閒坐，想起昔年上皇夢中，見鍾馗挖食鬼眼，今祿山喪其二目，正應此兆。如此看來，鬼魅不久即撲滅矣，獨恨我身為朝臣，不及扈從車駕，反被拘困於此，不知何時再得瞻天仰聖。正在悲思，忽聞人言雷海青殉節於凝碧池，因細詢緣由，備悉其事，十分傷感，望空而哭。又想那梨園教坊，所習的樂章中，多是我的著作，誰知今日卻奏與賊人聽，豈不大辱我文字。又想那雷海青雖屈身樂部，其平日原與眾不同，是個有忠肝義膽的人，莫說那賊人的驕態狂言，他耳聞目見，自然氣憤不過；只那凝碧池在宮禁之中，本是我大唐天子游幸的所在，今卻被賊人在彼宴會，便是極傷心慘目的事了。想到其間，遂取過紙筆來，題詩一首云：

萬戶傷心生野煙，百官何日再朝天？秋槐葉落空宮裡，凝碧池頭奏管絃。

王維這首詩，只自寫悲感之意，也不曾贊到雷海青，也不曾把來與人看。不想那些樂工子弟，被祿山帶至東京，他們都是久仰王維大名的，今聞其被拘在普施寺，便常常到寺中來問候。因有得見此詩者，你傳我誦，直傳到那肅宗行在。肅宗聞知，動容感嘆，因便時時將此詩吟諷。只因詩中有凝碧池三字，便使雷海青殉節之事愈著。到得賊平之後，肅宗入西京褒贈死節諸臣，雷海青亦在褒贈之中。那些降賊與陷於賊中官員，分別定罪。王維雖未曾降賊，卻也是陷於賊中，該有罪名的了。其弟王縉，時為刑部侍郎，上表請削己之官，以贖兄之罪。肅宗因記得凝碧池這首詩，嘉其有不忘君之意，特旨赦其罪，仍以原官起用。這是後話。正是：

他人能殉節，因詩而益顯。己身將獲罪，因詩而得免。

且說祿山自目盲之後，愈加暴戾，虐待其下，人人自危。且心志狂惑，舉動舛錯，於是眾心離散，親近之人，皆為仇敵矣。所謂：

惡貫已將滿，天先褫其魄。

未知後事如何，且聽下回分解。

總評：玄宗雖事聲色，而存心仁厚，故能感動臣下，激發忠義。雷海青上殿罵賊，至死不變，讀之凜凜有生氣。至於敘述點綴處，有提挈，有照應，無一閒筆，無一俗筆，真化工也。

第九十四回 安祿山屠腸殞命 南霽雲嚙指乞師

詞曰：

逆賊負卻君恩重，受報親生逆種。家賊一時發動，老命無端送。 渠魁雖殄兵還弄，強帥有兵不用。烈士淚如泉湧，斷指何知痛？

右調胡搗練

君之尊猶天也，猶父也；而逆天背父，罪不容於死。然使其被戮於王師，伏誅於國法，猶不足為異。唯是逆賊之報，即報之以逆子。臣方背其君，子旋弒其父，既足使人快心，又足使人寒心。天之報惡人，可謂巧於假手矣。乃若身雖未嘗為背逆之事，然手握重兵，專制一方，卻全不以國家土地之存亡為念，只是心懷私慮，防人暗算，忌人成功，坐視孤城危在旦夕。忠臣義士，枵腹而守，奮身而戰，力盡神疲，疼心泣血，哀號請救，不啻包胥秦庭之哭❶，而竟擁兵不發，漠然不關休戚於其心，以致城池失陷，軍將喪亡，百姓罹災，忠良殞命，此其人與亂臣賊子何異，言之可為髮指！且說安祿山自兩目既盲之後，

❶ 包胥秦庭之哭：包胥，即申包胥，春秋時楚國大夫。吳國軍隊攻入楚都郢，包胥入秦乞師救楚，依庭牆而哭七日，感動秦哀公，乃出兵救楚。

性情愈加暴厲，左右供役之人，稍不如意，即痛加鞭撻，或時竟就殺死。他有個貼身伏侍的內監，叫做李豬兒，日夕不離左右，卻偏是他日夕要受些鞭撻。更可笑者，那嚴莊是他極親信的大臣了，卻也常一言不合，便不免於鞭撻。因此內外諸人，都懷怨恨。祿山深居宮禁，文武官將希得見其面。向已立安慶緒為太子，後有愛妾段氏，生一子，名喚慶恩，祿山因愛其母，并愛其子，意欲廢慶緒而立慶恩為嗣。

慶緒因失愛於父，時遭箠楚，心中驚懼，計無所出。乃私召嚴莊入宮，屏退左右，密與商議，要求一自全之策。嚴莊這惡賊，是慣勸人反叛的，近又受了祿山鞭撻之苦，忿恨不過。平日見慶緒生性愚騃，易於播弄，常自暗想：「若使他早襲了位，便可憑我專權用事。」今因他來求計，就動了個歹心，要勸他行弒逆之事，卻不好即出諸口，且只沉吟不語。慶緒再三請問道：「我目下受父皇的打罵，還不打緊，只恐偏愛了少子，將來或有廢立之舉。必得先生長策，方可無慮，幸勿吝教。」嚴莊慨然發嘆道：「從來說母愛者子抱，主上既寵幸段妃，自然偏愛那段氏所生之子，將來廢位之事，斷乎必有。殿下且休想承襲大位了。只恐還有不測之禍，性命不可保。」慶緒愕然道：「我無罪，何至於此？」嚴莊道：「殿下未曾讀書，不知前代的故事。自古立一子廢一子，那被廢之子，曾有幾個保得性命的？總因猜嫌疑忌之下，勢必至驅除而後止，豈論你有罪無罪。」慶緒聞言，大駭道：「若如此則奈何？」嚴莊道：「以父而臨其子，惟有逆來順受而已。」慶緒道：「難道便無可逃避了？」嚴莊道：「古人有云：小杖則受，大杖則走。此不過謂一家父子之間，教訓督責。當父母盛怒之時，以大杖加來，或受重傷，反使父母懊悔不安，且貽父母以不慈之名。不若暫行逃避，所以說大杖則走。今以父而兼君之尊，既起了忍心，欲殺其子，只須發一言，出片紙，便可完事，更無走處，待逃到那裡去？」慶緒道：「此非先生不能救我！」

嚴莊道：「臣若以直言進諫，必將復遭鞭撻。且恐激惱了，反速其禍，教我如何可以相救！」慶緒道：「我是嫡出之子，苟不能承襲大位，已極可恨，豈肯並喪其身？」嚴莊道：「殿下若能自免於死亡之禍，便並不致有廢立之事矣！」慶緒道：「願先生早示良策，我必不肯束手待死！」

嚴莊假意躊躇了半晌，說道：「殿下，你不肯束手待死麼？你若束手，則必至於死；若欲不死，卻束不得手了。俗諺云：君要臣死，不得不死；父要子亡，不得不亡。說便如此說，人極則計生。即如主上與唐朝皇帝，豈不是君臣；況又曾為楊妃義子，也算君臣而兼父子了。只因後來被他偪得慌了，卻也不肯束手待死，竟興動干戈起來，彼遂無如我何，不但免於禍患，且自攻城奪地，正位稱尊，大快平生之志。以此推之，可見凡事須隨時度勢，敢作敢為，方可轉禍為福。但不知殿下能從此萬無奈何之計，行此萬不得已之事否？」慶緒聽說低頭一想，便道：「先生深為我謀，敢不敬從。」嚴莊道：「雖然如此，必須假手於一人，此非李豬兒不可，臣當密諭之。」慶緒道：「凡事全仗先生大力扶持，遲恐有變，以速為貴。」嚴莊應諾，當下辭別出宮，恰好遇見李豬兒於宮門首，遂面約他晚間乘閒到我府中來，有話相商。

至晚李豬兒果至，嚴莊置酒餚於密室，二人相對小飲。嚴莊笑問道：「足下日來，又領過幾多鞭子了？」李豬兒忿然道：「不要說起，我前後所受鞭子，已不計其數，正不知鞭撻到何日是了？」嚴莊道：「莫說足下，即如不佞忝為大臣，也常遭鞭撻；太子以儲貳之貴，亦屢被鞭撻。聖人云：君使臣以禮。又道：為人父，止於慈。主上恁般作為，豈是待臣子之禮，豈是慈父之道？如今天下尚未定，萬一內外人心離散，大事去矣！」李豬兒道：「太子還不知道哩！今主上已久懷廢長立幼，廢嫡立庶之意，將來還有不可知之事。」嚴莊道：「太子豈不知之，日間正與我共慮此事。我想太子為人仁厚，若得他早襲大位，我和你正有好處，不但免於鞭辱而已。怎地畫個妙策，強要主上禪位於太子才好。」李豬兒搖手道：「主上如此暴厲，誰敢進此言，如何勉強得他。」嚴莊道：「若不然呵！我是大臣，或者還略存些體面，不便屢加撻辱。足下屈為內侍，將來不止於鞭撻，只恐喜怒不常，一時斷送了性命。」李豬兒聽說，不覺攘臂拍胸道：「人生在世，總是一死，與其無罪無辜，俛首被戮，何如驚天動地做他一場，拚得碎屍萬段，也還留名後世！」嚴莊引他說出此言，便撫掌而起，說道：「足下若果能行此大事，決不至於死，倒有分做個佐命的功臣哩！只是你主意已定否？」李豬兒道：「我意已決，但恐非太子之意。他顧著父子之情，怎肯容我胡為？」嚴莊道：「不瞞你說，我已啟過太子了。太子也因失愛於父，怕有禍患，向我說道：『凡事任你們做去罷。』我因想著足下必與我有同心，故特約來相商。」李豬兒道：「既然如此，事不宜遲，只明夜便當舉動。趁他兩日因雙眸作痛，不與女人同寢，獨宿於便殿，正好動手。但他常藏利刃於枕畔，明晚先竊去之，可無慮矣！」言畢作別而去。

次日，嚴莊密與慶緒，約會到黃昏時候，慶緒與嚴莊各暗帶短刀，託言奏事，直入便殿門來，值殿官不敢阻擋。祿山此時已安寢於幃帳之內，不防李豬兒持刀突入帳中，祿山目盲，不知何人；方欲問時，李豬兒已揭去其被，燈火之下，見祿山袒著大腹，說時遲，那時快，把刀直砍其肚腹。祿山負痛，急伸手去枕畔摸那利刃，卻已不見了，乃以手撼帳竿道：「此必是家賊作亂！」口中說話，那肚腸已流出數斗，遂大叫一聲，把身子挺了兩挺，嗚呼哀哉了。時肅宗至德二載正月也。可恨此賊背君為亂，屠戮忠良，虐害百姓，罪惡滔天，今日卻被弒而死。亂臣受弒逆之報，天道昭彰。後人有兩支掛枝兒❷詞說得

嚴莊與安慶緒，約到黃昏時候，各暗帶短刀，直入便殿門來。祿山正安寢，不防李豬兒持刀突入帳中，把刀直砍其肚腹。祿山負痛，口中說話，那肚腸流出數斗，大叫一聲，一命嗚呼，時肅宗至德二年正月。

好，道是：

安祿山，你做張守珪的走狗，犯死刑，姑饒下這驢頭。卻怎敢恃兵強，要學那虎爭龍鬥，你不是狼子野心腸，人道是豬首龍身獸，到今日作孽的豬龍，也倒死在豬兒手！　安祿山，你負了唐明皇的寵眷，不記得拜母妃，欽賜洗兒錢，怎便把燕代唐，要將江山佔。可笑你打家賊的鞭何重，那禁他斫大腹的刀太尖。則見你數斗的腸流也，為甚赤心兒沒一點！

祿山既被殺，左右侍者方驚駭間，慶緒與嚴莊早到，手中各持短刀，喝叫不許聲張。眾人一則平日被祿山打毒，今日正幸其死；二來見慶緒與嚴莊作主，便都不敢動。嚴莊令人就床下掘地深數尺，以氈裹其屍而埋之，戒宮中勿漏泄。次早宣言祿山病驟危篤，命傳位於慶緒。於是慶緒僭即偽位，密使人將段氏與慶恩縊死，偽尊祿山為太上皇，重加諸將官爵以悅其心。過了幾日，方傳祿山死信，命群臣不必入宮哭臨，密起其屍於床下。屍已腐爛，草草成殮，發喪埋葬。嚴莊見慶緒昏庸，恐人不服，不要他見人。慶緒日以酒色為樂，凡祿山所寵的姬侍，都與淫亂；凡大小諸事皆取決於嚴莊，封他為馮翊王。嚴莊以慶緒之命，使偽汴州刺史尹子奇引兵十三萬攻睢陽城，睢陽太守許遠求救於雍丘防禦使張巡。

且說張巡在雍丘，那南霽雲與雷萬春，已投入麾下為郎將。當車駕西幸之時，賊將令狐潮來攻雍丘，張巡率南、雷二人，及諸將佐，悉力拒賊。令狐潮與張巡原係舊同學，因遣使致書，申言夙契，且云：天子存亡未卜，守此孤城何益，不如早降為上。張巡部下有大將六人，亦勸張巡出降。張巡大怒，設天

❷ 掛枝兒：散曲名。

子畫像於堂，率眾朝拜涕泣，諭以大義，眾皆感奮。張巡乃斬來使，並斬勸降六將。於是人心愈堅，拒守既久，城中缺少了箭，張公命作草人千餘，蒙以黑衣，乘夜縋下城去。賊兵驚疑，放箭亂射，遂得箭無數。次夜，仍復以草人縋下，賊都大笑，更不為備。張巡乃選壯士五百人，縋將下去，逕到賊營。賊出其不意，一時大亂，棄營而奔，殺傷甚眾。令狐潮忿怒，親自督兵攻城。張巡使雷萬春登城探視，時萬春因傳聞得其兄雷海青殉難的消息，十分哀憤，才哭得過，便咬牙切齒的上城來，方舉目而望，不防賊兵連發弩箭❸。雷萬春面上連中六矢，仍是挺然立著不動。令狐潮遙望見，疑為木偶人；及見其用手拔箭，流血被面，方詢知是雷萬春，大為駭異。正是：

草人錯認是真，真人反疑為木。笑爾草木皆兵，羨他智勇具足。

少頃，張巡親自臨城，令狐潮望著樓上叫道：「張兄，我見雷將軍，知足下軍令矣！然如天道何？」張巡說：「足下未識人倫，安知天道？你平日也談忠說義，今日忠義何在？勿更多言，可即決一勝負。」遂率兵與戰，兵皆奮勇爭先，生獲賊將十四人，斬首八百餘級。令狐潮敗入陳留，餘眾屯於沙渦。張巡乘夜襲擊，又大破之，奏凱而回。忽探馬來報說：「賊將楊朝宗，欲引兵襲取寧陵，斷我歸路。」張巡乃分兵守雍丘，自引兵將星夜至寧陵，恰直許遠亦引兵到來，遂合與賊戰，晝夜數十回合，大破楊朝宗之眾，斬首數千級。

捷音至行在，肅宗詔以張巡為河南節度副使，許遠亦加官進秩仍守睢陽。至是尹子奇來攻睢陽，許

❸ 弩箭：用機械發射的弓箭，可以連發。

遠因兵少，遣使至張巡處求救。張巡以睢陽要地，不可不堅守，乃自寧陵引兵三千至睢陽，合許遠所部兵不過七千人。張巡與南霽雲、雷萬春等數將，並力出戰，屢次得勝。張巡欲放箭射尹子奇，奈不識其面，乃以篙為矢射去，賊兵疑城中箭已盡，遂將篙矢呈於子奇。於是張巡識其狀貌，命南霽雲射之，中其左目。正是：

祿山兩目俱盲，子奇一目不保。相彼君臣之面，眼睛無乃太少。

自此許遠將戰守事宜，悉聽張巡指揮。張巡真是文武全才，不但善戰，又極善謀，行兵不拘古法，隨機應變，出奇制勝。其生性忠烈，每臨戰殺賊，咬牙怒恨，牙齒多碎。卻又能於軍務倥傯之際，不廢吟詠。因登城樓，遙聞笛聲，遂作軍中聞笛詩云：

岧嶤❹試一臨，敵騎附城陰。不辨風塵色，安知天地心。門開邊月近，戰苦陣雲深。旦夕更樓上，遙聞橫笛音。

閒言少說。且說許遠向於睢陽城中，積軍糧百餘萬石，後被宗藩虢王巨調其半分給他郡，不由許遠不肯。因此睢陽城中糧少。到那時漸已告匱，每人日止給米一二合，雜以茶紙樹皮為食。賊兵攻城愈急，造為雲梯，其狀如虹，使勇卒三百立於上，推梯臨城，欲便騰入。張巡預知，使人於城牆潛鑿三穴，俟梯將近，每穴出一大木，以一木拄定其梯，使不得進；一木上有鐵鉤挽住其梯，使不得退；一木上置鐵

❹ 岧嶤：古代傳說中的鬼物名。岧嶤，同「岧嶢」。高貌，指形體瘦長的鬼物。

籠盛火藥，發火焚之，梯即中斷，梯上軍士都被火燒，跌落地而死。賊兵又作木驢❺攻城，張巡命鎔金汁❻灌之，登時消鑠。凡此拒守之事，俱應機立辦，賊服其智，不敢來攻。但於城外列營圍困。張巡、許遠分城而守，與眾同食茶紙，亦不復下城。那時大帥許叔冀在譙郡，賀蘭進明在臨淮，俱擁兵不救，而臨淮與睢陽尤近，張巡乃命南霽雲赴臨淮借糧，乞師援救。

霽雲領命，引三十騎出城突圍而走，賊眾數萬擋之，霽雲直衝其眾，左射右射，矢無虛發，賊皆披靡，遂出重圍至臨淮，見賀蘭進明涕泣求救。誰知進明素與許叔冀不睦，恐分兵他出，或為所襲；二來又心懷妒忌，不欲許遠、張巡成功，竟不肯發兵，亦無糧米相借，說道：「此時睢陽當已失陷，我即發兵借糧，亦無及矣！」霽雲道：「睢陽死守待救，大兵速去，必不至於陷。若果已失，我南八男兒❼，請以死謝大夫。」進明只不允。霽雲奮然道：「睢陽與臨淮如皮毛之相依，睢陽若陷，即及臨淮，豈可不救？」說罷仰天號慟。進明愛其忠勇，意欲留之，乃用溫言撫慰，且命設宴款待，奏樂侑酒。霽雲大哭道：「僕來時睢陽城中，已不食月餘矣，今即欲獨食，安能下咽！大夫坐擁強兵，並無分災救患之意，豈忠臣義士之所為乎？」因發狠自咬下一指，以示進明道：「僕已不能達主將之意，請留此指以示信，歸報主將與同死耳！」一時指血淚血，有如泉湧，座客俱為之揮涕。進明決意不救，又度霽雲不可留，竟謝遣之。此真千古可恨之事，所以至今張睢陽廟❽中，銅鑄一賀蘭進明之像，裸體綁縛，跪於階下，

❺木驢：木製驢形的運載工具，多為攻城時用。
❻金汁：金屬溶液。
❼南八男兒：南霽雲在弟兄中排行第八，故稱。唐人常以排行相稱。

任人敲打，來洩此恨。後人也有兩支掛枝兒說得好，正是：

進明呵！你也食唐家祿否？人望你拯災危，冒險的來求救；誰知你擁強兵，竟不能相救。不曾見你興師去，倒要將他勇士留。可憐那南八男兒也，十指兒只剩九。　進明呵！你不顧千年的唾罵，任南八苦求救，只不聽他，眼睜睜看他將指頭兒咬下。他當時臨去空咬指，我今日說來亦咬牙，好把你睢陽廟裡銅人，也儘力的狠敲打！

南霽雲自臨淮奔至寧陵，與偏將廉坦，引步騎數百，冒圍至睢陽城下，與賊力戰，砍壞賊營，方得入城門。城中人聞救兵不至，無不號哭，或議棄城而走。張巡、許遠婉言曉諭眾人道：「睢陽乃江淮保障，若棄之而去，賊必長驅東下，是無江淮也；況我眾飢疲，即走亦不能遠，徒遭殘殺耳！臨淮雖不來相救，諸鎮豈無一仗義者，不如堅守以待之。但是城中絕糧，何忍留爾眾同受飢寒，今任爾眾自便，我二人為朝廷守土，義當以身守之，不敢言去也！」眾人聞言感激，願同心竭力，以守此城。茶紙食盡，殺馬而食。馬食盡，羅雀掘鼠而食；雀鼠亦盡，張巡殺其愛妾，許遠烹其家僮，以享士卒。人心愈加銜感，明知必死，終無叛志。

又挨過了數日，軍將都羸瘦患病，不能拒守，賊遂登城。張巡西向再拜道：「臣力竭矣！不克全城以報朝廷，死當為厲鬼以殺賊！」今盛京慈仁寺，所塑青魈菩薩❾，赤髮藍面，口銜巨蛇，如夜叉之狀，

❽ 張睢陽廟：唐肅宗平定安史之亂後，在睢陽（今河南省商丘市）為張巡、許遠、南霽雲立廟祭祀，人稱張睢陽廟。

云即張睢陽自矢所為厲鬼像也。城既破，張、許二公及諸將俱被執。尹子奇將許遠解赴洛陽，張巡與南霽雲等共三十六人皆遇害。張巡至死，神色如常；萬春、霽雲俱罵不絕口而死；其餘三十餘人，亦無一肯屈節者。後人有詩贊曰：

張巡先殞固盡忠，許遠後亡亦矢節。從死不獨有南雷，三十六人同義烈。

睢陽失陷三日之後，河南節度使張鎬救兵到來。原來張鎬聞睢陽危急，倍道⑩來援，猶恐不及，先遣飛騎馳檄譙郡太守閭丘曉，使速引本部兵先往。閭丘曉素傲狠，不奉節制，竟不起兵，及張鎬至，城已破三日矣。張鎬大怒，令武士擒閭丘曉，至軍前杖殺之。正是：

恨不移此閭丘杖，並杖臨淮狠賀蘭。

未知後事如何，且聽下回分解。

總評：安祿山之見殺，大快人心，但豬兒非可殺祿山之人耳！其寫張、許、南、雷之忠義，令狐、楊、尹之威鋒，賀蘭、閭丘之傲狠，如畫師肖貌，各隨其形之長短妍媸，無不神似。子長車坡曲外，不易多得。

---

⑨ 青魈菩薩：青色的山魈狀的菩薩像。魈，音ㄒㄧㄠ。山中精怪。

⑩ 倍道：兼程而行。

第九十五回　李樂工吹笛遇仙翁　王供奉聽棋謁神女

詞曰：

聲音入妙感仙家，月夜引仙槎❶。只嫌笛管未全佳，吹破共嗟訝。　更驚弈理通仙道，決勝負數著無加。止將常勢略談些，國手已堪誇。

右調月中行

人生世上，不特忠孝節義與夫功勳事業、道德文章，足以流芳後世，垂名不朽，就是那一長一技之微，若果能專心致志，亦足以軼類超群，獨步一時。且其藝既精妙入神，不難邀知遇於君上，致感動於神仙，使其身所遭逢之事，傳為千秋佳話。卻說張鎬既杖殺閭丘曉，即移書於賀蘭進明，責其不救睢陽。恰聞朝廷有旨，命張鎬鎮臨淮，著進明移駐別鎮。張鎬乃率兵攻打睢陽城，與尹子奇大戰。子奇正戰之間，忽然陰雲四合，寒風撲面，賊眾都聞鬼哭神號之聲，空中如有鬼兵來衝突，一時大亂，四散狂奔。正是：

❶ 仙槎：神話中能來往於海上和天河之間的竹木筏。

死為厲鬼忠臣志，須信忠魂自有靈。

尹子奇兵潰，只得棄了睢陽城，退奔陳留。誰想陳留百姓，恨其荼毒睢陽，痛惜忠良被害，遂出其不意，殺將起來，斬了尹子奇，開城迎降。張鎬安民已畢，分兵留守，一面引眾回鎮，一面將睢陽死難諸臣，具表奏聞朝廷。恰好上皇有手詔至肅宗行在，命褒錄死節之人。

且說上皇在蜀中，眼前少了個楊妃，常懷愁悶。那些梨園子弟，又大半散失，供御者無多人，更加不快，還虧有高力士日夕侍側，時為勸解。及聞安祿山焚燬祖廟，殺害宗室，殘虐臣民，遂撫心頓足，十分哀痛。隨又傳聞祿山已死，乃嘆恨道：「朕恨不及手自寸磔此賊也！」因追念故相張九齡，昔年曾說祿山有反相，不宜宥其死，此真先見之明，當時若從其言，何至有今日之禍。於是特遣中使往曲江，致祭於其墓，御製祭文一道，手書付中使齎赴墓前宣讀。其文云：

> 惟卿昔者曾有讜言❷，謂安祿山反相昭然，不宜宥死，宜亟殲旃。朕聽不聰，輕縱巨奸，既寬顯戮，更予大藩，釀茲凶禍。追悔從前，卿今若在，朕復何顏！追念老臣，曷勝涕漣。特遣致祭，侑以短篇，嘉卿先見，誌吾過愆。尚饗。

上皇既遣祭張九齡，且厚恤其家，因即降手詔，命朝臣查錄一切死難忠臣，中奏新君，並加恤典，不得遺漏。又聞雷海青殉節於凝碧池，不勝嘉嘆。樂工張野狐因乘機啟奏道：「梨園舊人黃旛綽，向羈

❷讜言：正直之言。

賊中，今從東京逃來，欲請見駕，只因失身陷賊，恐上皇爺欲加之罪，故逡巡未敢。」上皇道：「汝等俳優之輩，安能盡如雷海青這般殉節？失身賊中，不足深責。黃旛綽既從賊中來，必知雷海青殉節之詳，朕正欲問他，可便喚來。」左右領旨，即將黃旛綽宣到。旛綽叩首階前，涕泣請罪。上皇赦其罪問道：「雷海青殉節於凝碧池之日，你也在那裡麼？」旛綽道：「此事臣所目覩。」上皇道：「汝可詳細奏來。」旛綽便把那安祿山如何設宴奏樂，眾樂工如何傷感墮淚，祿山如何要殺那墮淚的，雷海青如何大哭，如何抛擲樂器，罵賊而死，一一奏聞。上皇歎息道：「海青乃能盡忠如此，彼張均、張垍❸輩，真禽獸不若矣！」因問旛綽道：「汝於此時亦曾墮淚否？」旛綽道：「觸目傷心，那得不墮淚？」時內監馮神威在側，向日旛綽曾於言語之間，戲侮了他，心中不悅，奏道：「此言妄也。奴婢聞人傳說，旛綽在賊中，把安祿山極其諂奉。祿山在宮中夢紙窗破碎，旛綽解云：此為照臨四方之兆。祿山又夢自身所穿袍袖甚長，旛綽又為之解云：此所謂垂衣而天下治。如此進諛，豈是肯墮淚者？」上皇即問旛綽：「汝果有此言否？」那黃旛綽本是個極滑稽善戲謔的人，平日在御前慣會撮科打諢，取笑作耍的，那時若驚惶抵賴，便沒趣了。他卻不慌不忙，從容奏道：「祿山果有此夢，臣亦果有此言。臣因祿山有此不祥之二夢，知其必敗，故不與直言以取禍，只以巧言對之，正欲留此微軀，再覩天顏耳。」上皇道：「怎見得此二夢之不祥，汝便知其必敗？」旛綽道：「紙窗破者，不容糊做也；袍袖長者，出手不得也。豈非必敗之兆乎？」上皇聽說，不覺大笑，遂命仍舊供御。正是：

---

❸ 張均張垍：唐玄宗時大臣張說的長子、次子。兩人均接受安祿山任命，擔任安祿山宰相之職。

聞之既堪為解頤，言者自可告無罪。

自此上皇時常使黃旛綽侍側，詢問東西二京之事。旛綽恐感動聖懷，應對之間，雜以詼諧，常引得上皇發笑。忽一日，又有一個梨園舊人到來，你道是誰？卻是笛師李暮。原來李暮於聖駕西行時，同著一個從人奔走隨駕，不想走遲了，卻追隨不及，失落在後。遇著哥舒翰的敗殘軍馬衝來，前路難行，急慌慌的奔竄，一時無處逃匿，只時權避入一山谷中。其中有古寺一所，寺僧詢知是御前供奉之人，不敢怠慢，因留他暫寓，一連住了五七日。一夕月朗風清，從人先自去睡了，李暮心中煩悶，且不即睡，又愛那風清月白，徘徊觀玩了一回，便向行囊中，取出平日那枝所吹的笛兒來，獨自步出寺門，在一大樹之下石臺上坐著，把那笛兒吹起。真個聲音嘹喨，響徹山谷。才吹罷，遙見園林中走出一個彪形大漢，大踏步行至前來，仔細視之，乃一虎頭人也。李暮大駭，那虎頭人身穿一件白袷單衣❹，露腿赤足，就寺門檻上箕踞而坐，說道：「笛聲甚妙，可再吹一曲。」李暮那時不敢不吹，只得按定了心神，吹起一套繁靡之調。虎頭人聽到酣適之際，不覺瞑然睡去，橫臥於檻上，少頃之間，鼾聲如雷。李暮欲待跨入寺門檻去，又恐驚醒了牠不是耍處；回首四顧，沒處藏身。只得將笛兒安放草間，儘力爬上那大樹，直爬到那極高的去處，借樹葉遮身，做一堆兒伏著。

不移時虎頭人醒來，不見了吹笛人，即懊悔道：「恨不早食之，卻被他走了。」遂立起身來，向空長嘯了幾聲，便有十餘隻大虎，騰躍而至，望著虎頭人俯首伏地，狀如朝謁。虎頭人道：「適有一吹笛

❹ 白袷單衣：只穿一件白色夾衣。白袷，白色夾衣。

小兒，乘我睡熟，因而逃脫。我方才當檻而臥，量彼不敢入寺，必奔他處，汝等可分路索之。」眾虎遂四散奔去，虎頭人依然踞坐不動。約五更以後，眾虎俱回，都作人言道：「我等四路追尋不獲。」正說間，恰值月落斜照，見有人影在樹。虎頭人笑道：「我道有雲行雷掣，卻原來在這裡！」乃與眾虎望著樹上，跳身攫取。幸那樹甚高，躍攫不及。李蓍此時卻嚇得魂不附體，滿身抖顫，幾乎墜下，緊緊抱著樹枝。正在危急，忽聞空中有人大喝道：「此乃御前之人，汝等孽畜，不得猖獗！」於是虎頭人與眾虎一時俱驚散。少間天曙，僕從來尋，李蓍方纔下樹。且喜那笛兒原在草間無損，仍舊收得。正是：

簫能引鳳，笛乃致虎。豈學虞廷❺，百獸率舞。

李蓍受此驚恐，臥病數日。病愈之後，方欲起身，適有舊日相知的京官皇甫政，新任越州刺史，因赴任途次，偶來山寺借宿，遇見了李蓍，各敘寒暄，問李蓍：「將欲何往？」李蓍道：「將欲西行，追隨大駕。」皇甫政道：「近日西邊一路，兵馬充斥，豈可冒險而行。不如且同我到越州暫住，俟稍平定，西行未遲。」李蓍應諾，遂別了寺僧，隨著皇甫政迤邐來至越州，即寓居於刺史署中。那越州有個鏡湖，是名勝之處，皇甫政公事之暇，常與李蓍到彼觀覽。李蓍道：「湖光可人，尤宜月夜。」皇甫政點頭道：「我亦正欲為月夜泛湖之游。」乃於月明之夜，具酒肴於舟中，約集僚友，同了李蓍泛湖飲宴；但見月光如水，水光映月，放舟中流，如游空際，正合著蘇東坡赤壁賦中兩句，道是：

❺ 虞廷：指虞舜的朝廷。相傳虞舜為聖明之主，故亦以虞廷為聖朝的代稱。

月落斜照，見有人影在樹，虎頭人乃與眾虎望著樹上跳身攫取。李蕃嚇得魂不附體，緊緊抱著樹枝。危急間，忽聞空中有人大喝：「孽畜不得猖獗！」於是虎頭人與眾虎頓時驚散。

桂棹兮蘭槳，擊空明兮泝流光。

眾官飲酒至半酣，都要聽李謩的妙笛，說道：「昔年勤政樓頭一曲笛音，止住了千萬人的喧譁，天下傳聞絕技。今夕幸得相敘，切勿吝教。」皇甫政笑道：「李君所用之笛，我已攜帶在此了。」眾官都喜道：「可知妙哩！」李謩謙遜了一回，取出笛兒吹將起來，其聲音之妙，真足以怡情悅耳，聽者無不嘖嘖稱嘆。一曲方終，只見前面有扁舟一葉，一童子鼓棹而行，船上立著一個老翁，口中高聲的叫道：「大好笛音，肯容我登舟一聽否？」眾人於月下視之，見他：

數髯瑟瑟，一貌堂堂。野服葛巾，絕似仙家妝束；開襟揮麈，更饒名士風流。果然顧盼非凡，真乃笑談不俗。

眾官看了，知其非常人，不敢輕忽，即請過大船中，以禮相見。老翁道：「山野之人，多有唐突，幸勿見罪。」眾官揖之就坐。那老翁道：「偶游月下，忽聞笛聲甚佳，故冒昧至此，欲有所陳。」李謩道：「拙技不足污耳，承翁丈聞聲而來，定是知音，正欲請教大方❻。」老翁道：「頃所吹者，乃紫雲迴曲也，此調出自天宮，今尊官已悉得其妙，但婉囀之際，未免微涉番調，何也？」李謩驚嘆道：「翁丈真精於音律者，僕初學笛時所從之師，實係番人。」老翁道：「笛者滌也，所以滌邪穢而歸之於雅正也，豈可雜以番調邪！宜盡脫去為妙。」李謩拱手道：「謹受教。」老翁道：「尊官所吹之笛，是平日

❻ 大方：見識廣博之人。方，道。

慣用的麼？」李謩道：「此笛乃紫紋雲夢竹所造，出自上賜，正是平時用熟的。」老翁道：「紫紋竹生在雲夢之南，於每年七月望前生。但今年七月望前生，必須於明年七月望前伐，若過期而伐，則其音窒；先期而伐，則其音浮。適間細聽笛音，頗有輕浮之意，當是先期而伐者。但可吹和平繁縻之音調，若吹金石清壯之調，笛管必將碎裂。」眾官聽了，都未肯信，李謩口雖唯唯，也還半信半疑。老翁道：「公等如不信，老朽請一試之。」說罷，便取過李謩所吹的笛兒，吹起一曲金石調來，果然其聲清壯，可以舞潛蛟而泣嫠婦。李謩與眾官都聽得呆了。及吹至入破之時，眾人正聽得好，忽地刮刺一聲，笛兒裂作兩半，眾方驚歎信服。老翁笑道：「損壞佳笛，如之奈何？老朽偶帶得二笛在此，當以其一奉償。」遂向衣裾中取出二笛，一極長，一稍短，乃以短者送李謩道：「便請試吹。」李謩接過來，略一吹弄，果然應手應口，迥非他笛可比，心中歡喜，再三稱謝。皇甫政笑道：「從來說寶劍贈與烈士，紅粉寄與佳人。老丈既以敝友為知音，何不並將那一枝惠賜之？」老翁道：「非敢吝惜，其實那一笛，非人間所可吹者。即使相贈，亦未必能吹。」李謩道：「小子願一試之。」

老翁便把那笛遞過來，李謩吹之再四，都不入調，且亦不甚響亮。老翁道：「此非人間笛，固未易吹也。」李謩道：「此笛量非老丈不能吹，必求賜教。」老翁搖頭道：「人間吹不得。」李謩道：「人間吹了便怎麼？」老翁笑道：「尊官前日山谷中所吹，不過是人間之笛，尚有虎妖聞聲而至；今於湖中吹動那一笛，豈不大驚蛟龍乎？」眾人聞言，都道：「不信有這等事。」老翁道：「諸公如必欲吹，老朽試略吹之，倘有變動，幸勿驚訝。」於是取過那笛來，信口一吹，其聲震耳，樹頭宿鳥俱驚飛叫噪。到五六聲之後，只見月色慘黯，大風頓作，湖水鼓浪，巨魚騰躍，舉舟之人大駭，都道：「莫吹罷！莫吹罷！」老翁呵呵大笑，收過了笛，起身告別，眾人挽留不住。李謩道：「還不曾拜問尊姓大名。」老翁笑道：「前宵於空中喝退虎妖者即我也，不須更問姓名。」言訖，聳身躍入小舟，童子鼓棹如飛，頃刻不見。眾人又驚又喜，都讚嘆李謩妙笛，能使仙翁來降。正是：

笛既能致虎，亦復可遇仙。虎因畏仙去，仙還把笛傳。

李謩自得了仙翁所授之笛，其技愈精。皇甫政因他是御前侍奉的人，不敢久留，打聽得路途稍通，遂齎送盤費，遣發起行。不則一日，來到蜀中。先投謁高力士，引至上皇駕前朝見。上皇憐其間關❼跋涉而來，賜與衣帽，仍令供御。李謩將途中遇仙之事，從容啟奏。上皇本是極好神仙的，聞其所奏，十分嘆異。高力士因奏道：「老奴向聞翰林院弈棋供奉王積薪，亦曾於旅次遇仙。」上皇道：「此事朕所未聞，王積薪今在此，當面問之。」於是傳旨，宣王積薪。

且說那王積薪乃長安人，原是世家巨族的後裔；從幼性好弈棋，屢求善弈者指教，遂成高手。少年時曾與一班貴介子弟四五人，於長安城外一個有名的園亭上宴會。正酣飲間，勿有一人乘馬至園門首下了馬，昂然而入，看他打扮，不文不武，對眾舉手笑道：「諸君雅集，本不當來溷擾。止緣渴吻，欲得盃酒潤之，未識肯見賜否？」王積薪見其器宇軒昂，知非恆輩，不等眾人開口，先自起身迎揖，遜之上座。那人也不推辭，便就坐了。積薪取大盃斟酒送上，那人接來飲訖，叫再斟來。王積薪一面再斟酒，一面供他舉箸。那些眾少年盡是貴公子，平日不看人在眼裡的，今見此人突如其來，又甚簡傲，俱心懷

❼ 間關：謂道路崎嶇難行。

不平，不知他是何等人，又不敢向前問他。其中一少年，乃舉盃出令道：「我等各自道家世，其最貴顯者，飲三盃，請客先道。」那人笑道：「吾請先飲三盃而後言。」積薪便令童子快斟酒。那人連進三盃，起身出席，舉手向眾人道：「我高祖天子，曾祖天子，祖天子，父天子，本身天子。」說罷，大步出門，上馬疾馳而走。眾人方相顧錯愕，早有內監與侍衛等人，策著馬來尋問。原來那時玄宗常為微行。這一日改換衣裝，出城閒玩，因偶與眾少年相遇。次日，命高力士訪知，那敬酒的少年是王積薪，特召入見，厚有賞賜，且云：「諸少年自矜家世，真乞兒相，汝獨大雅可喜。」因命送翰林院讀書，後知其善弈，遂令為弈棋供奉。正是：

不因盃酒力，安得侍君王？

王積薪有此遭遇，日侍至尊。及安祿山作亂，車駕西幸之時，多官隨行，積薪帶著一個老僕，隨眾奔走。奈蜀道險隘，每當止宿時，旅店多被貴官佔住，積薪只得隨路於民家借宿。一日迂道，大寬轉沿山溪而行，不覺走入一荒村。時已薄暮，那村中只有一家人家，茅舍三間，柴扉半掩。積薪主僕扣扉求宿。內裡走出一個老婆婆來，說道：「此間止老身與一個媳婦兒住著，本不該留外客在此；但舍此更無宿處，客官可權就廊簷下宿一宵罷！」積薪謝道：「只此足矣！」婆婆取些茶湯與幾個麵餅來供客，叫了安置，關了柴門，自進去了。積薪聽得她姑媳二人各處一室，各自闔戶而寢。積薪主僕臥於廊下，老僕先已睡著，積薪轉輾未寐。忽聞那婆婆叫應了媳婦說道：「良宵無以消遣，我和妳對弈一局如何？」媳婦應道：「既如此甚妙。」積薪驚異道：「鄉村婦女，如何知弈？且二人東西各宿，如何對弈？」便爬起來從門縫裡張看，內邊黑洞洞，已皆滅燭矣，乃附耳門扉細聽之，聞得婆婆道：「饒你先起。」媳婦道：「我於東五南九置子起矣！」停了半晌，婆婆道：「我於東五南十二置子矣！」又停了半晌，媳婦道：「我於西八南十置子矣！」又停了半晌，婆婆道：「我於西九南十四置子矣！」每置一子，必良久思索，夜至四更，共下三十六子，積薪一一密記。忽聞婆婆笑道：「媳婦妳輸了，我止勝妳九枰❽耳！」媳婦道：「我錯算了一著，固宜敗北。」自此寂然。天明啟扉，積薪整衣入見，看那婆婆鬢髮斑斑，丰采奕奕，絕不似鄉村老媼。積薪請見其媳，婆婆即呼媳婦兒出來相見，你道那媳婦怎生模樣？

雖是村家裝束，自然光采動人。舉止安閒，不啻閨中之秀；丰姿瀟灑，亦如林下之風❾。若遇楚襄王，定疑神女；即非藍橋驛，宛似雲英❿。

積薪相見過，即叩問弈理。婆婆道：「我姑媳無以遣此良宵，偶爾對局，豈堪聞於尊客？」積薪再三請教，婆婆道：「弈雖小數，其中自有妙理。尊官既好此，必善於此，今可率己意布局置子，使老身觀之，或當進一言相商。」乃取棋局置子出來，積薪盡平生之長布置，未及四五十子，只見那媳婦微微含笑，對婆婆說道：「此客可教以人間常勢。」婆婆遂指示攻守殺奪，救應防拒之法，其意甚略，然皆

---

❽ 枰：棋盤。此指所勝棋子。

❾ 林下之風：指婦女超逸之致。

❿ 雲英：仙女名。唐傳奇故事說唐長慶間秀才裴航下第，途經藍橋驛，遇仙女雲英，兩人成婚後，相偕入山仙去。

平時思慮所不及。積薪更欲請益，婆婆笑道：「只此已無敵於人間矣！大駕已前行，客官可速往。」積薪稱謝而別。行不十數步，回頭看時，茅舍柴扉，都已不見，方知是遇了仙人，不勝嘆詫。正是：

弈通太極⓫陰陽理，妙訣從來原不多。好向人間稱莫敵，笑他空爛手中柯⓬。

積薪自此弈藝絕倫。當日上皇因高力士言及，特召積薪面詢其事。積薪把上項事奏聞，黃旛綽在旁，聽了插諢道：「弈稱手談⓭，那家媽媽媳婦，卻又口著，真是異事。」上皇笑道：「常人之弈，以手為口，必須目視。不若仙人之弈，以口為手，不須用目也。」積薪道：「臣常布置其姑媳對弈之勢，雖罄竭心思，推算其所言九枰勝負之說，終不可得。」上皇道：「此必非人間常勢，存此以待後之識者可耳。」高力士道：「積薪昔年飲酒，曾得遇聖人，今日弈棋又遇仙人，何其多佳遇也。」上皇道：「李暮所遇吹笛仙翁，積薪所遇弈棋姑媳，總是仙人。但未知是何仙，此時若張果、葉法善、羅公遠輩有一人在此，必知其來歷矣！」正閒談間，肅宗遣使來奏言，永王璘謀反，稱帝於江南。上皇大怒，命速遣將討之。不一日，有中使啖廷瑤，齎奉肅宗告捷表文，奏稱廣平王與郭子儀屢勝賊兵，又得回紇助戰，已恢復西京，今即移兵東向，將並恢復東京矣，上皇大喜。正是：

⓫ 太極：指化生萬物的本源。

⓬ 笑他空爛手中柯：這裡用了爛柯的典故。傳說晉王質入山伐木，見幾名兒童弈棋，王質觀棋，一局未終，童子催其歸家，王質起身看斧柄已爛盡。回到家，才知已離家數十年。柯，斧柄。

⓭ 手談：圍棋。

且喜耳聞好消息，會須眼看捷旌旗。

未知如何復兩京，且聽下回分解。

總評：極熱鬧場中，忽引此李謩、王積薪兩事，聞者道其閒筆，不知正是急脈緩受處。上皇一腔心事，視之如棋，聽之如笛可也。

第九十六回　拚百口郭令公報恩　復兩京廣平王奏績

詞曰：

感恩思報英雄志，欲了平生事。因他冤陷，拚吾百口，貸他一死。　友朋情誼猶如此，何況為臣子？親王奏凱，全虧大將，丹誠共矢。

右調賀聖朝

從來能施恩者，未必望報，而能圖報者，方不負恩。戰國時的侯生，對信陵君說得好，道是：「公子有德於人，願公子忘之；人有德於公子，願公子無忘之，無忘之者，必思有以報之也。」孔子曰：「以直報怨，以德報德。」夫報德不曰以直，而曰以德者，報德與報怨不同，報怨不可過刻，以直足矣。且怨有當報者，有不當報者，有時以報為報，有時以不報為報，皆所謂直也。若夫德是必要報的，不可不厚報的，說不得個他如此來，我亦當如此答。一飯之恩，報以千金❶，豈是掂觔估兩的事？我當危困之時，那人肯挺身相救，即時迫於事勢，救我不成，他這段美意，也須終身銜感；況實能脫我於患難之中，真個生死而肉骨，我到後來建功立業，皆此人之賜。此等大恩，便捨身拚家以報之，誠不為過。推此報

❶ 一飯二句：韓信少時，有漂母見其飢餓，與飯食。後韓信為楚王，賜以千金。

恩之念，其於君臣之間，雖不可與論報施，然人臣匡君定國，戡亂扶危，成蓋世之奇勳，總也是不忘君恩，勉圖報效而已。卻說肅宗自靈武即位後，即令郭子儀為武部尚書，靈武長史李光弼為戶部尚書北都留守並同平章事；又特遣使徵召李泌。那李泌字長源，京兆人氏，生而穎異，身有仙骨。幼時常聞空中有仙樂來相迎，其身飄飄欲舉，家人共相抱持。後來每聞音樂，家人即搗蒜向空潑洒，自此音樂漸絕。至七歲，便能吟詩作賦，更聰慧異常。

上皇開元年間，下詔召集京中能談佛老者，互相議論。有一童子姓員名俶，年方十歲，與眾問答詞辯無窮，上皇嘉歎，因問員俶：「外邊還有與你一般聰慧的童子麼？」原來員俶乃是李泌的姑娘❷所生，與李泌為中表兄弟，當下便奏說：「臣母舅之子李泌，小臣三歲，而聰慧勝臣十倍。」上皇即遣中使召之，李泌應召而至，朝拜之際，禮儀嫻雅。其時上皇方與燕國公張說弈棋，遂命張說出題試之。張說使賦方圓動靜。李泌請言其略，以便措辭。張說指著案上棋枰說道：

方若棋局，圓若棋子，動若棋生，靜若棋死。

說罷，張說還恐他年太幼，未能即解，又對他說道：「此是我借棋以為方圓動靜之喻，汝自賦方圓動靜四字，不可泥棋為說也。」李泌道：「這曉得。」即信口答道：

方若行義，圓若用智，動若騁才，靜若得意。

❷姑娘：姑母。

張說聽了，大為驚異道：「此吾小友也！」因起身拜賀朝廷得此神童。正是：

堪使老臣稱小友，共誇聖主得神童。

上皇厚加賜賚，命於翰林院讀書，及長，欲授以官職。李泌再三辭謝，乃賜與太子為布衣交，太子甚相敬愛。李林甫、楊國忠都忌之，李泌因遂告歸，隱居潁陽。至是肅宗思念舊交，遣使徵至行在，待以賓禮，出則聯騎，寢則對榻，事無大小，皆與商酌；欲命為右相，李泌固辭，只以白衣❸隨駕。

一日，肅宗與李泌並馬而出，巡視軍營。軍士們竊相指道：「黃衣的是聖人，白衣的是山人。」肅宗微聞此語，因謂李泌道：「艱難之際，不敢以官職相屈；但且衣紫，以絕群疑。」遂出紫袍賜之，李泌只得拜受，肅宗即令左右為之換服。李泌換服訖，正欲謝恩，肅宗笑道：「且住，卿既服此，豈可無稱？」乃於袖中取出敕書一道，以李泌為參謀軍國元帥府行軍長史，李泌猶固辭，肅宗道：「朕非敢相屈，期共濟艱難耳；俟賊平，任行高志。」李泌方受命。肅宗欲以建寧王倓為大元帥，李泌道：「建寧王果堪作元帥，然廣平王居長。若建寧王功成，豈可使廣平王為吳泰伯❹？」肅宗道：「廣平王係冢嗣，何必以元帥為重？」李泌道：「廣平王未正位東宮，今艱難之際，人心所屬在於元帥，若建寧大功既成，陛下即欲不以為儲貳，彼同立功者，其肯已乎？太宗、上皇即其事也。」肅宗點頭道：「卿言良是，朕當思之。」李泌退朝，建寧王迎謝道：「頃傳聞奏對之言，正合吾心，吾受其賜矣。」李泌道：「殿下

❸ 白衣：古代未仕者穿白衣，猶後世稱布衣。

❹ 吳泰伯：周太王之長子。太王想傳位三子季歷，泰伯遂和其弟仲雍逃奔荊蠻，讓位給季歷。

孝友如此，真國家之福也。」於是肅宗以廣平王俶為天下兵馬大元帥，郭子儀、李光弼等所部之軍，俱屬統率。

時李光弼駐防太原，其麾下精兵俱調往朔方，在太原者僅萬人。賊將史思明等共引兵十餘萬人來攻城，諸將皆議修城以待之。光弼道：「太原城周四十里，修之非易，賊垂至而興役，是未見敵而先自困也。」乃令士卒於城外鑿濠以自固，掘坑塹數千，及賊攻城於外，光弼即令以坑塹中掘出的泥土，增壘於內，為守禦。賊圍攻月餘，無隙可乘。光弼訪得錢冶內有鑄錢的傭工兄弟三人，善穿地道，以重賞購之，使率其夥伴，掘地道以俟賊。有賊將於城下仰面侮罵城上人。光弼即遣人從地道拽其足而入，縛至城上斬之，自此賊行動必低頭視地。光弼又作大砲，飛巨石，每一發必擊死幾十人，賊乃退營於數十步外。光弼遣使詐稱城中糧盡，與賊相約刻期出降。史思明信以為真，不復為備。光弼暗使人穿地道，直至賊營，支之以木；至期使二千餘人，走馬出城，恰像要去投降的一般。賊方瞻望喜躍，忽然營中地陷，壓死者無數，賊眾驚亂，官軍鼓譟而出，斬殺萬計。史思明乃引眾紛紛遁去。光弼上表奏捷，廣平王正以太原要地被圍，欲遣兵往救，因得捷報而止。郭子儀以河東居兩京之間，得河東而後兩京可圖。時賊將崔乾祐守河東，郭子儀密使人入河東，與唐官陷於賊中者，約為內應，內外夾攻，崔乾祐不能抵敵，棄城而逃，子儀引兵追擊，斬殺甚眾，乾祐僅以身免。河東遂平。正是：

從來郭李稱名將，戰守今朝各奏功。

肅宗以郭子儀為天下兵馬副元帥，正謀恢復兩京，忽聞報永王璘反於江陵，僭稱帝號。原來永王璘出鎮江陵，自恃富強，驕蹇不恭。及聞肅宗即位靈武，乃與部將屬官等共私議，以為太子既遽自稱尊，我亦可據有江表，獨帝一方。正在謀議起事，肅宗惡其驕蹇，詔使罷鎮還蜀，永王竟不奉詔，至是舉兵反，自稱皇帝。思欲招致有名之士，以為民望。聞知李白退居廬山，距江陵不遠，遣使徵之。李白辭不應赴。永王使人伺其出遊，要之於路，劫取至江陵，欲授以官，李白決意不受。永王不能屈其志，但只羈縻住他，不放還山。肅宗聞永王作亂，一面表奏上皇，一面遣淮南節度高適、副使李成式，共引兵征討。時內監李輔國陰附宮中，張良娣專權用事，那降賊的內監邊令誠，因為賊所忌，乃自賊中逃至行在，依託李輔國圖復進用。李泌上言道：「令誠以宦官蒙上皇委任，外掌兵權，內掌宮禁，而賊至即降，且以宮門鎖鑰付賊，如此叛逆，罪不容誅！」肅宗遂命將邊令誠斬首，為降賊者示警。於是李輔國奏稱：「原任翰林學士李白，現為逆藩永王璘謀主，宜詔刑官注名叛黨，俟事平日，按律治罪。」

你道李輔國為何忽有此奏？只因李白當初在朝時，放浪詩酒，品致高尚，全不把這些宦官看在眼裡，所以此輩都不喜他。今輔國乘機劾奏，一來是私怨；二來迎合朝廷顯誅叛黨之意；三來怪李泌奏斬了邊令誠。他今劾奏李白，見得那文人名士，受過上皇寵愛的，也不免從逆，莫只說宦官不好。當日肅宗准其奏，傳旨法司。卻早驚動了郭子儀，他想：「昔年李白救我性命，大恩未報，今日豈容坐視？」遂連夜草成表章，次日即伏闕上表。其表略云：

臣伏覩原任詞臣李白，昔蒙上皇知遇之恩，將不次擢用，乃竟辭榮遁隱，高臥廬山，斯其為人可知。今不幸為逆藩所逼，臣聞其始而卻聘，繼乃被劫，偽命屢加，堅意不受，身雖羈困，志不少降；而議者輒以叛人謀主目之，則亦過矣。臣請以百口保其無他。白故有恩於臣，然臣非敢以私恩為白游說也，事平之後，當有眾目共見者可為援證。倘不如臣所言，臣與百口甘伏國法。

肅宗覽表，令法司存案，待事平日察明定奪。後來永王璘兵敗自盡，該地方有司拘繫從逆之人，候旨處決，李白亦被繫於潯陽獄中。朝廷因郭子儀曾為保救，特遣官查勘。回奏李白係被脅，與從逆者不同，罪宜減等。有旨李白長流夜郎，其餘從逆者，盡行誅戮。至乾元年間，詔赦天下，李白乃得放歸，行至當塗縣界，於舟中對月飲酒大醉，欲捉取水中之月，墮水而卒。當時江畔之人，恍惚見李白乘鯨魚升天而去，這是後話。正是：

有恩必報推英傑，無罪長流歎謫仙。英傑拚家酬昔日，謫仙厭世再生天。

此事表過不提。且說肅宗既以廣平王為元帥，即欲立為太子。李泌道：「陛下靈武即位，止為軍事迫切，急須處分故耳；若立太子，宜請命於上皇，不然後世何由知陛下不得已之心乎？」廣平王亦固辭道：「陛下尚未奉晨昏，臣何敢當儲副？」肅宗因此暫停建儲之事。建寧王私語李泌道：「我兄弟俱為李輔國、張良娣所忌，二人表裡為惡，我當早除此害。」李泌道：「此非臣子所願聞，且置之勿論。」建寧不聽，屢於肅宗前，直言二人許多罪惡。二人乃互相讒譖，誣建寧欲謀害廣平，急奪儲位，激怒肅宗，立即傳旨，賜建寧王死。李泌欲諫阻，已無及矣。可惜一個賢主，被讒殞命。想肅宗居東宮時，為李林甫所忌，受盡驚恐，豈不知戒；今巨寇未滅，先殺一賢子，何忍心昧理至此！後人有詩歎云：

信讒殺其子，作俑自上皇。肅宗心忍父，可憐建寧王。不記在東宮，時恐罹禍殃。何今循故轍，讒口任噲張❺。君子聽不聽，佳兒被摧戕。遺恨彼婦寺❻，寸磔寧足償！

至德二載，肅宗駕至鳳翔，令廣平王與郭子儀等出師恢復兩京。子儀以番人回紇的兵馬，甚精銳，請旨徵其助戰。回紇可汗遣其子葉護，領兵一萬前來助戰，肅宗許以重賞。葉護請於克城之日，土地士庶歸朝廷，金帛子女歸回紇。肅宗急於成功，只得許諾，聚朔方等處軍馬，與回紇西域之眾，共一十五萬，刻日起行。李泌獻策，擬先攻范陽，搗其巢穴。肅宗道：「大軍既集，正須急取長安，豈可反先勞師以攻范陽？」李泌道：「今所用者皆北兵，其性耐寒而畏暑，今乘其新至之銳，攻已老之師，兩京必克。然賊收其餘眾遁歸巢穴，關東地熱，春氣一發，官軍必困而思歸，賊休兵秣馬，伺官軍一去，必復南來，是征戰之未有已時也。不如先用之於寒鄉，除其巢穴，賊退無所歸，然後大兵合而攻之，必成擒矣！」肅宗道：「此言誠善，但朕定省久虛，急欲先恢復西京迎回上皇，不能待此矣！」遂不用李泌之言，兵馬望西京進發。

行至長安城西，列陣於灃水之東，李嗣業領前軍；廣平王、郭子儀、李泌居中軍；王思禮統後軍。賊眾數萬，列陣於灃水之北，賊將李歸仁出挑戰，子儀引前軍迎敵，賊軍盡起，官軍少卻。李嗣業肉袒執戈，身先士卒，大呼奮擊，立殺數十人；於是官軍氣壯，各執長刀，如牆而進，賊眾不能抵當。都知

---

❺ 噲張：惡意詆毀。

❻ 婦寺：宮中的婦女近侍。寺，同「侍」。

兵馬使王難得，被賊射中其眉，皮垂遮目，難得手自拔箭，扯去其皮，血流滿面，力戰不退。賊伏精騎於陣之東，欲擊官軍之後，子儀探得其情，急令朔方左廂兵馬使僕固懷恩引回紇兵，突往擊之，斬殺殆盡。李嗣業又引回紇兵出賊陣後，與大軍夾擊，王思禮亦引後軍繼進，并力攻殺；自午至酉，斬首六萬餘級，賊兵大潰，餘眾退入城中，一夜囂聲不息。至天明，探馬來報，賊將李歸仁、安守忠、田乾真、張通儒等俱已遁去，廣平王遂帥眾入西京城，百姓老幼，夾道歡呼。葉護欲如前約，掠取金帛子女，廣平王下馬，拜於葉護馬前道：「今方得西京，若便俘掠，則東京之人，必為賊固守，難以復取了。請至東京，乃如約。」葉護驚躍下馬答拜，跪捧王足道：「願為殿下即往東京。」遂與僕固懷恩引了西域及本部之兵，從城南過，更不停留，徑向東京進發。眾人見廣平王為百姓下拜，無不涕泣感歎。

為民屈體非為屈，贏得人人愛戴深。番眾亦因仁義感，不緣貪利起戎心。

廣平王駐西京三日，即留兵鎮守，自引大軍東出，捷書至行在，百官稱賀。肅宗即日具表，遣中使啖廷瑤，赴蜀奏聞上皇，請駕回京復位；一面遣宮人西京祭告宗廟，宣慰百姓；一面以快馬召李泌於軍中。李泌星馳至鳳翔入見，叩問何故召見。肅宗道：「朕得西京捷報，即表奏上皇，請駕東歸復位，朕當退居東宮，以盡子職；未識卿意以為何如，欲急召面詢。」李泌愕然道：「此表已齎去否？」肅宗道：「已去。」李泌道：「還可追轉否？」肅宗道：「已去遠矣，為何欲追轉？」李泌咄嗟道：「上皇不肯東歸矣！」肅宗驚問何故。李泌道：「陛下正位改元，已歷二載，今忽奉此表，上皇心疑，且不自安，怎肯復歸？」肅宗爽然❼自失，頓足道：「朕本以至誠求退，今聞卿言，乃悟其失，表已奏上，為之奈何？」李泌道：「今可更為群臣賀表，具言自馬嵬請留，靈武勸進，及今克復兩京，皇上思戀晨昏，請即還宮，以盡孝養；如此則上皇心安，東歸有日矣。」肅宗連聲道是，便命李泌草表，立遣中使霍韜光入蜀奏聞。

不則一日，啖廷瑤自蜀回，傳上皇口諭云：「可與我劍南一道自奉，不復歸矣。」肅宗惶懼無措。數日後，霍韜光還報，言上皇初得皇帝請退東宮之表，徬徨不能食，欲不東歸。及群臣賀表至，乃大喜，命食作樂，下誥定行期了。肅宗大喜，召李泌入宮告之道：「此皆卿之力也！」因命酒與飲。是夜留宿於內，肅宗與之同榻而寢。正是：

御床並坐非王導，帝榻同眠勝子陵❽。

李泌本不樂仕進，久有去志，因乘間乞身道：「臣已略報聖恩，今請仍許作閒人。」肅宗道：「卿久與朕同憂，朕今將欲與卿同樂，何忽思去？」李泌道：「臣有五不可留：臣遇陛下太早，陛下寵臣太深，任臣太重，臣功太大，跡太奇。有此五者，所以斷不可留也！」肅宗笑道：「且睡，另日再議。」李泌道：「陛下今就臣同榻同臥，尚不允臣所請，況異日香案之前乎？陛下不許臣去，是欲殺臣也！」肅宗驚訝道：「卿何疑朕至此？朕豈是欲殺卿者！」李泌道：「殺臣者非陛下，乃五不可也。陛下向日待臣如此之厚，臣於事猶有不得盡言者。況他日天下既安，臣未必能尚邀聖眷，尚敢言乎？」肅宗道：

❼ 爽然：默然。

❽ 子陵：即嚴光，字子陵，與漢光武帝劉秀同學。兩人曾同榻而臥。

「卿此言必因朕不從卿先伐范陽之計也。」李泌道：「臣不因此，臣實有感於建寧王之事耳。」肅宗道：「建寧欲害其兄，朕故不得已而除之耳。」李泌道：「建寧若有此心，廣平當極根之。今廣平王每與臣言其冤，為之流涕。況陛下昔欲用建寧為元帥，臣請用廣平，若建寧果有害兄之意，宜深恨臣，乃當日以臣為忠，愈加親信，即此可察其心矣。」肅宗聞言，不覺淚下道：「卿言是也，朕知誤矣，然既往不咎。」李泌道：「臣非咎既往，只願陛下警戒將來。昔天后無故酖殺太子弘，其次子賢憂懼，作黃臺瓜辭❾，其中兩句云：一摘使瓜好，再摘令瓜稀。今陛下已一摘矣，幸勿再摘。」

李泌這句話，因知張良娣忌廣平王之功也，常讒譖他，恐肅宗又為其所惑，故言及此。當下肅宗聞言，悚然道：「安有是事，卿之良言，朕當謹佩。」李泌復懇求還山。肅宗道：「且待東京報捷，朕入西京時再議。」自此又過了幾日，東京捷報到了，報說賊將自西京戰敗後，收合餘眾保陝城，安慶緒遣嚴莊引兵助之。郭子儀與賊戰於新店，葉護引本部兵追擊其後，腹背夾攻，賊兵大潰，尸橫遍野，賊將棄陝而走，子儀遣兵分道追擊。嚴莊奔回東京，勸安慶緒棄東京城，率其黨走河北，臨行殺前被擒唐將哥舒翰等三十餘人，獨許遠自刎而死。子儀奉廣平王入東京城，出府庫中物與葉護，又命民間助輸羅錦萬疋與之，免於俘掠，百姓歡悅。正是：

大帥用番兵，賢王賴名將。土地得恢復，其功同開刱❿。

❾黃臺瓜辭：唐武則天酖殺太子李弘，立李賢為太子。賢日夜憂惕，乃作黃臺瓜辭，命樂工歌之，希望武后聞之感悟。其辭曰：「種瓜黃臺下，瓜熟子離離，一摘使瓜好，再摘令瓜稀。三摘猶尚可，四摘抱蔓歸。」

肅宗聞報大喜，即具表遣韋見素入蜀奏捷；隨後又遣秦國模、秦國楨往成都迎接上皇。一面擇日起駕，先入西京，候上皇回鑾。李泌上表，請如前諭，懇放還山。肅宗知其去志已決，乃降溫旨，許其暫歸。李泌即日謝恩辭朝，隱居衡山去了。後來廣平王嗣位，復徵李泌出山，又歷事兩朝，正有許多嘉言善策，都不在話下。最可惜肅宗不曾從其先伐范陽之計，以致兩京雖復，賊氛未殄，安家父子亂後，又繼以史家父子之亂，勞師動眾，久而後定。究竟安祿山既為其子慶緒所弒，而慶緒又為其臣史思明所弒，而史思明又為其子朝義所弒，亂臣賊子，歷歷現報。這些都是後話，如今且只說上皇還京之事。正是：

前日興嗟行路難，今朝且喜回鑾穩。

未知如何，且聽下回分解。

總評：郭子儀保救李白，不使小人李輔國肆行其奸，與李長源⑪「一摘再摘」之語，實同一轍，恐日後張良娣輩復生釁端耳。開卷讀之，君子小人，薰蕕⑫自別，不止恩怨往復分明而已。

---

⑩ 開刱：開創。

⑪ 李長源：即李泌，字長源。

⑫ 薰蕕：比喻善人與惡人。薰，香草。蕕，臭草。

肅宗聞東京捷報大喜，即具表遣韋見素入蜀奏捷；又遣秦國模兄弟往成都迎上皇回京。

第九十七回　達奚女鍾情續舊好　采蘋妃全軀返故宮

詞曰：

緣未了，慢說離多歡會少，此日重逢巧。　已判珠沉玉碎，還幸韜光斂耀。笑彼名花難自保，原讓寒梅老。

右調長命女

大凡人情，莫不惡離而喜合，而於男女之間為尤甚。然從來事勢靡常，不能有合而無離，但或一離而不復合，或暫離而即合，或久離而仍合，甚或有生離而認作死別，到後來離者忽合，猶如死者復生。此固自有天意，然於此即可以驗人情，觀操守。彼牆花路草，尚且鍾情不捨，到底得合，況貴為妃嬪者乎！使當患難之際，果不免於殞身，誠可悲可恨，若還幸得保全此軀，重侍故主，豈不更妙。且見得那恃寵驕妒的平時不肯讓人，臨難不能自保。不若那遭妒奪寵的，平時受盡淒涼，到今日卻原是他在帝左右，真乃快心之事。話說肅宗聞東京捷報，即遣太子太師韋見素入蜀奏聞上皇，復請回鑾。隨後又遣翰林學士秦國模、秦國楨前往迎駕。秦國楨奏言東京新復，亦當特遣朝臣齎詔到彼，褒賞將士，慰安百姓。肅宗准其所奏，乃仍命中使啖廷瑤與秦國模赴蜀，迎接上皇。改命秦國楨以翰林學士，充東京宣慰使；

又命武部員外郎羅采為之副，一同齎詔往東京，即日起行。

那羅采乃故將羅成的後裔，與秦國楨原係中表舊戚，二人作伴同行，且自說得著。羅采對國楨說道：「當初先高祖武毅公有兩位夫人，一竇氏一花氏，各生一子，弟乃花氏所生一子一支的子孫。那竇氏所生一支，傳至先叔祖沒有兒子，止生一女，小名素姑，遠嫁河南蘭陽縣白刺史家，無子而早寡，守志不再醮，性喜的是修真學道。得遇仙師羅公遠，說與我羅氏是同宗，因敬素姑是個節婦，贈與丹藥一粒，服之卻病延年，今已六十餘歲，向在本地白雲山中一個修真觀中焚修。彼處男女都敬信她。自東京亂後，不見有書信來，我今此去，公事之暇，當往候之。」國楨道：「她是兄的姑娘，就是小弟的表姑娘了。弟亦聞其寡居守節，卻不知又有修道遇仙的奇事，明日到那裡與兄同往一候便了。」當下馳驛趲行。不則一日，來到東京，各官迎接詔書，入城宣讀。詔略云：

西京捷後，隨克東京，且見將帥善謀，士卒用命，國家再造，皆卿等之力也。已經表奏上皇，當即論功行賞，所有士庶，宜加撫慰。其未下州郡，還宜速為收復；城下之日，府庫錢糧，即以其半犒軍，毋得騷擾百姓。又訪有汲郡隱士甄濟，及國子司業❶蘇源明，向在東京，俱能不為賊所屈，志節可嘉。其以濟為祕書郎，源明為考功郎知制誥，即著來京供職。其降賊官員達奚珣等三百餘人，都著解至西京議處。

原來那甄濟，為人極方正，安祿山未反之時，因聞其名，欲聘為書記。甄濟知祿山有異志，詐稱瘋

❶ 國子司業：國子監中主管音樂的官。

疾，杜門不出。及祿山反，遣使者與行刑武士二人，封刀往召之，甄濟引頸就刀，不發一語，使者乃以真病復命，因得倖免。那蘇源明原籍河南，罷官家居；祿山造反之時，欲授以顯爵，源明以篤疾堅辭，不受偽命。肅宗向聞此二人甚有志節，故今詔中及之。當時軍民人等聞詔，歡呼萬歲，不在話下。且說秦國楨與羅采宣諭既畢，退就公館；安歇了兩日，即便相約同往訪候羅氏素姑。遂起身至蘭陽縣，且就館驛歇下。

至次日，二人各備下一分禮物，換了便服，屏去騶從❷，只帶幾個家人，騎著馬來至白雲山前，詢問土人。果然山中深僻處，有一修真觀，名曰小蓬瀛，觀中有個老節婦，在內修行，人都稱她為白仙姑。土人說道：「這仙姑年雖已老，卻等閒不輕見人，近來一發不容閒雜人到她觀裡去。二位客官要去見她，只恐未必。」羅采道：「她是我家姑娘，必不見拒。」遂與國楨及家人們策馬入山，穿岡越嶺，直至觀前下馬。見觀門掩閉，家人輕輕叩了三下，走出一個白髮老婆婆來，開門迎住，說道：「客官何來？我們觀主年老多病，閉關靜養，有失迎接，請回步罷！」羅采道：「我非別客，煩妳通報一聲，說我姓羅名采，住居長安，是觀主的姪兒，特來奉候姑娘，一定要拜見的。」那婆婆聽說是觀主的親戚，不敢峻拒，只得讓他們步入。觀中的景象，果然十分幽雅。有西江月詞兒為證。道是：

爐內香煙馥郁，座間神像端凝。懸來匾額小蓬瀛，委實非同人境。　雙鶴亭亭立對，孤松鬱鬱常青。雲堂鐘鼓悄無聲，知是仙姑習靜。

❷ 騶從：顯貴出行時在車前後的侍從。

那婆婆掩了觀門，忙進內邊去通報。少頃出來，傳觀主之命，請客官於草堂中少坐，便當相見。又停了一會，鐘聲響處，只見素姑身穿一件藍色鑲邊的白道服，頭裏幅巾，足踏棕履，手持拂子，冉冉而出。看她面容和粹，舉止輕便，全不像六旬以外的人，此因服仙家丹藥之力也。正是：

少年久已謝鉛華，老去修真作道家。鬢髮不斑身更健，可知丹藥勝流霞。

羅采與秦國楨一齊上前拜見。素姑連忙答禮，命坐看茶。羅采動問起居，各敘寒暄。素姑舉手向國楨問道：「此位何人？」羅采道：「此即吾羅氏的中表舊戚，秦狀元名國楨的便是。」素姑道：「原來就是秦家官人。」說罷，只顧把那秦字來口中沉吟。國楨道：「愚表姪久仰表姑的貞名淑德，卻恨不曾拜識尊顏，今日幸得瞻謁。向因山川間阻，以致疏闊，萬勿見罪。」於是國楨與羅采各命從人，將禮物獻上。素姑道：「二位遠來相探，足見親情，何須禮物！」二人道：「薄禮不足為敬，幸勿麾卻。」素姑遜謝再三，方纔收下，因問：「二位為何事而來？」羅采道：「我二人都奉欽差齎詔到此，請問姑娘前日賊氛擾亂之時，此地不受驚恐麼？」素姑道：「此地幽僻，昔年羅公遠仙師，曾寄跡於此。他說道當初留侯張子房，也曾於此辟穀❸，居此者可免兵火，因指點我來此住的。我自住此，立下清規，並不使俗人來纏擾。今你二位是我至戚，我又忝居長輩，既承相顧，不妨隨喜一隨喜。」便叫那老婆婆與幾個女童，擺上點心素齋來喫了，隨即引著二人，徐步入內邊，到處觀玩。

只見迴廊曲檻，淺沼深林，極其幽勝。行過一層庭院，轉出一小徑，另有靜室三間，門兒緊閉，重

❸ 辟穀：古人以為不食五穀，可以長生。道家方士附會為神仙入道之術。

加封鎖，只留一個關洞，也把板兒遮著。二人看了，只道是素姑習靜之所，正看間，忽然聞得一陣撲鼻的梅花香。國楨道：「裡邊有梅樹麼？此時正是冬天，如何便有梅香，難道此地的梅花開得恁早？」素姑微微而笑，把手中拂子，指著那三間靜室道：「梅花香從此室之中來，卻不是這裡生的，也不是樹上開的。」羅采道：「這又奇了，不是樹上開的，卻是那裡來的哩？」國楨道：「室中既有梅花，大可賞玩，肯賜一觀否？」素姑道：「室中有人，不可輕進。」二人忙問：「是何人？」素姑道：「說也話長，原請到外廂坐了，細述與二位賢姪聽。」三人仍至堂中坐下，素姑道：「這件事甚奇怪，說來也不肯信，我也從未對人說，今不妨為二位言之。我當年初來此地，仙師羅公遠曾云：日後有兩個女人來此暫住，妳可好生留著，二女俱非等閒之人，後來正有好處。及至安祿山反叛，西京失守之時，忽然有個女人，年約三十以外，淡素衣妝，騎著一匹白驢，飛也似跑進觀來。我那時正獨自在堂中閒坐，見他來得奇異，連忙起身扶住她下驢，她纔下得來，那驢兒忽地騰空而起，直至半天，似飛鳥一般的向西去了。我心中駭異，問那女人時，她不肯明言來歷，但云：『我姓江氏，為李家之婦，因在西京遭難欲死，遇一仙女相救，把這白驢與我乘坐，叫我閉了眼，任牠行走，覺得此身行在空中，霎時落下地來，不想卻到這裡。據那仙女說，妳所到之處，便且安身，今既到此，不知肯相容否？』我因記著羅仙師的言語，知此女子必非常人，遂留她住在這靜室中，不使外人知道，也不向觀中人說那白驢騰空之事。那女人自在靜室中，也足不出戶，我從此將觀門掩閉，無事不許開。不意過了幾日，卻又有個少年美貌的女子，叩門進來要住。那女人是原任河南節度使達奚珣的族姪女，小字盈盈，向在西京，已經適人。因其夫客死於外，父母俱都亡，故只得依託達奚珣，隨他到任所來。不想達奚珣沒志氣，竟降了賊，此女知其必有後禍，立意要出家，聞說此間觀中幽靜，稟知達奚珣，徑來到此。我亦因記著羅仙師有二女來住之言，遂留她與那姓江的女人，同居一室之中，閉關❹靜坐，只在關洞裡傳遞飲食。兩月之前，羅仙師同著一位道者，說是葉法善尊師，來到此間。那姓江的女人卻素知二師之神妙，乃與達奚女出關拜謁。葉尊師便向空中幻出梅花一枝，贈於江氏說道：『妳性愛此花，今可將這一枝花兒供著，還妳四時常開，清香不絕，更不凋殘；直待還歸舊地，重見舊主，享完後福，那時身命與此花同謝耳。』自此把這枝梅花，供在室中瓶裡，直香到如今，近日更覺芬芳撲鼻，你道奇也不奇。」秦、羅二人聽了，都驚訝道：「有這等奇事！」因問：「這二位仙師見了那達奚女，可也有所贈麼？」素姑道：「我還沒說完。當下羅仙師取過紙筆來，題詩八句，付與達奚氏說道：『妳將來的好事，都在這詩句中。妳有遇合之時，連那江氏也得重歸故土了。』言訖，仙師飄然而去。」國楨道：「這八句怎麼說，可得一見否？」素姑道：「仙師手筆，此女珍藏，未肯示人；那詩句我卻記得，待我誦來，二位便可代她詳解一詳解。」其詩云：

> 避世非避秦，秦人偏是親。江流可共轉，畫景卻成真。但見羅中采，還看水上蘋。主臣同遇合，舊好更相親。

二人聽了，大家沉吟半晌，國楨笑道：「我姓秦，這起兩句倒像應在我身，如何說非避秦，又說秦人偏是親？」素姑道：「便是呢，我方才聽得說是秦家官人，也就疑想到此。當日達奚女見了這詩句，也曾私對我說，在京師時，有個朝貴姓秦的，與她家曾有婚姻之議，今觀仙師此詩，或者後日復得相遇，

❹ 閉關：關門謝客，不為塵事所擾。

亦未可知也。這句話我記在心裡，不道今日恰有個姓秦的來。」羅采道：「這一發奇了，如今朝貴中姓秦的，只有表兄昆仲，赫赫著名，不知當初曾與達奚女有親麼？」國楨沉吟了一回，說道：「此女既有此言，敢求表姑去問她一聲，在京師的時節住居何處？所言姓秦的朝貴是何名字？官居何職？就明白了。」素姑道：「說得是，我就去問來。」遂起身入內。少頃欣然而出，說道：「仙師之言驗矣，原來所言姓秦的，正是賢表姪。她說向住京師集慶坊，曾與狀元秦國楨相會來。」國楨聽了，不覺喜動顏色道：「原來我前所遇者，乃達奚盈盈，幾年憶念，豈意重逢此地！」便欲請出相見。素姑道：「且住，我才說你在此，她還未信，且道：『我既出家，豈可重提前事，復與相會。』」羅采笑道：「表兄昔日既有桑間之喜❺，今又他鄉逢故，極是奇遇，如何那美人反多推阻。你二人當初相會之時，豈無相約之語，今日須中言前約，事方有就。」國楨笑道：「此未可藉口傳言。」遂索紙筆題詩一首道：

記得當年集慶坊，樓頭相約莫相忘。舊緣今日應重續，好把仙師語意詳。

寫罷，折成方勝，再求素姑遞與她看。盈盈見了詩，沉吟不語。素姑道：「妳出家固好，但詳味仙師所言，只怕俗緣未斷，出家不了，不如依他舊好重新之說為是。」看官，你道盈盈真個立志要出家麼？她自與國楨相敘之後，時刻思念，欲圖再會，爭奈夫主死了，母親又死了，族叔達奚珣以其無所依，接她到家去，隨又與家眷一同帶到河南任所，因此兩下隔絕，今日重逢，豈不欣幸？況此時達奚珣已拿京師去了，沒人管得她，只是既來出了家，不好又適人，故勉強推卻；及見素姑相勸，便從直應允了。國楨

❺ 桑間之喜：指男女幽會時的喜悅。

欣喜，自不必說；但念身為詔使，不便攜帶女眷同行，因與素姑相商，且叫盈盈仍住觀中，等待我回朝復了命，告知哥哥，然後遣人來迎。當下只在關洞前相見，盈盈止露半身，並不出關。國楨見他丰姿如舊，道家妝束，更如仙子臨凡，四目相視，含悲帶喜，不曾交一言。正是：

相思無限意，盡在不言中。

是晚秦國楨、羅采不及出山，都就觀中止宿。素姑挑燈煮茗，與二人說了些家庭之事，因又談及羅公遠這八句詩。國楨道：「起二句已應，卻那畫影一句，也不必說了，其餘這幾句卻如何解？今盈盈雖與江氏同居，行將相別，卻怎說江流可共轉？」素姑道：「那江氏突如其來，所乘之驢，騰空而去。看她舉止，矜貴不凡，我疑她是個被謫的女仙，只是羅仙師道：『達奚有遇合之時，連江氏也得歸故土。』此是何意？」二人閒話間。只見羅采低頭凝想，忽然跌足而起道：「是了是了，我猜著的了！」素姑道：「你猜著什麼？」羅采低聲密語道：「這江氏說是江家女李家婦，莫非是上皇的妃子江采蘋麼？妳看詩句中，明明有江采蘋三字，她便性愛梅花，宮中稱為梅妃。前日傳聞亂賊入宮，獲一腐敗女屍，認是梅妃，後又傳聞梅妃未死，逃在民間；或者真個遇仙得救，避到這裡，日後還可重歸宮禁，再侍上皇，也像達奚女與秦兄復續舊好一般。不然，如何說主臣同遇合呢？」國楨點頭道：「這一猜甚有理，但據我看來，表兄姓羅名采，詩語云：但見羅中采，還看水上蘋。卻像要你送她歸朝的。」素姑道：「若果是江貴妃，她既在我觀中，我姪兒恰到此，曉得貴妃在這裡，自然該奏報請旨。」羅采道：「只要問明確是江貴妃，我即日就具表申奏便了。」素姑道：「要問不難。她見達奚氏矢志不隨那降賊的叔叔，因此

盈盈止露半身，並不出關。國楨見她丰姿如舊，如仙子臨凡，四目相視，不交一言。

甚相敬愛，有話必不相瞞，我只問達奚，便知其實了。」當晚無話。

次日，素姑至靜室中見了盈盈，說話之間，私問道：「小娘子，妳不日便將與江氏娘子相別了，這娘子自到此，不肯自言其履歷，她和妳是極說得來，必有實言相告，妳必知其詳，畢竟是誰家內眷？」盈盈笑道：「她一向也不肯說，昨日方才說出。妳莫小覷了她，她不是等閒的女人，就是上皇當日最寵幸的梅妃江采蘋哩！我正欲把這話告知姑娘。」素姑聞言，又驚又喜，頓足道：「我姪兒猜得一些不錯。」

看官聽說，原來梅妃向居上陽宮，甘守寂寞。聞安祿山反叛，天下騷然，時常歎恨楊玉環肥婢，釀成禍亂。及賊氛既近，天子西狩，欲與梅妃同行，又被楊妃阻撓，竟棄之而去。那時合宮的人，都已逃散，梅妃自思：「昔日曾蒙恩寵，今雖見棄，寧可君負我，不可我負君。若不即死，必至為賊所逼。」遂大哭一場，將白綾一幅，就庭前一株老梅樹上自縊。氣方欲絕，忽若有人解救，身子依然立地，睜開眼看時，卻是一個星冠雲帔❻的美貌女子立在面前。梅妃忙問：「妳是那一宮中的人？」那女子道：「我非是宮中人，我乃韋氏之女，張果先生之妻也，家住王屋山中。適奉我夫之命，乘雲至此，特地相救。妳日後還有再見至尊之時，今不當便死，我送妳到一處去，暫且安身，以待後遇。」遂於袖中取出一個白紙摺成的驢兒，放在地上，吹口氣，登時變成一匹極肥大的白驢，鞍轡全備，扶梅妃騎上，囑咐道：「妳只閉著眼，任牠行走，少不得到一個所在，自有人接待妳。」說罷，把驢一拍，那驢兒冉冉騰空而起。梅妃心雖駭怕，卻欲下不能，只得手綰絲韁，緊閉雙眸，聽其行止，耳邊但聞風聲謖謖❼，覺得其

---

❻ 星冠雲帔：星冠，道士的帽子。雲帔，婦女的服飾，類似披肩。

❼ 謖謖：音ㄙㄨˋ ㄙㄨˋ。勁風聲。

行甚疾，且自走得平穩。須臾之間，早已落地，開眼一看，只見四面皆山，驢兒轉入山徑裡，竟望小蓬瀛修真觀中來，因此得遇羅素姑相留住下。當時不敢實說來歷，素姑又見那白驢騰空而走，疑此女是天仙，不敢盤問。那羅公遠詩中，藏下江采蘋三字，他人不知，梅妃卻自曉悟。今見詔使羅采姓名，與詩相合，盈盈又得與秦狀元相遇，詩中所言，漸多應驗。又聞兩京克復，上皇將歸，因把實情告知盈盈，要她轉告素姑，使羅采表奏朝廷。恰好羅采猜個正著，託素姑來問；當下盈盈細說其事。素姑十分驚喜，隨即請見梅妃，要行朝拜之禮。梅妃扶住道：「多蒙厚意，尚未報謝，還仗姑姑告知羅詔使，為我奏請。」素姑應諾，便與羅采說知。

羅采與國楨商議，先上箋廣平王，啟知其事；廣平王遂於東京宮中，選幾個舊曾供御的內監宮女，都到觀中參謁識認，確是梅妃無疑，乃具表奏聞。羅采亦即飛疏上奏，疏中並及國楨與達奚盈盈之事，竟說盈盈是國楨向所定之副室，因亂阻隔，今亦於修真觀中相遇，雖係降賊官員達奚珣之族女，然能心惡珣之所為，甘作女冠❽，矢志自守，其節可嘉。肅宗覽表，一面遣人報知上皇，一面差內監二人，率領宮女數人，赴白雲山小蓬瀛迎請梅妃速歸故宮，候上皇回鑾朝見，並著該地方官厚賞羅素姑，仍候上皇誥諭褒獎。又降詔達奚盈盈，即歸秦國楨為副室，給與封誥。那時國楨與羅采別過了素姑，起馬回朝，中途聞詔，即差家人速至修真觀中傳語盈盈，叫她仍喚達奚珣家人僕婦女使隨侍，跟著梅妃的儀從，一齊進京。當下梅妃與盈盈謝別了素姑，即日起程。梅妃自有內監宮女擁衛，香車寶馬，望西京進發；盈盈與僕從女使們，亦即隨駕而行。梅妃車前，有內侍齎捧寶瓶，供著那枝仙人所贈的梅花，香聞遠近，

❽ 女冠：女道士。

人人歎異。梅妃於臨行時，手書疏啟，差中使星夜齎奉上皇駕前呈進。正是：

昔日樓東空獻賦，今朝重上一封書。

未知後事如何，且聽下回分解。

總評：前羅藝閱配軍解批❾，一見秦字便動無限追思，根究秦瓊家世，使叔寶見姑娘，細問嫂嫂別後景況，幻出悲歡離合，演成一部奇書。今秦國楨、羅采見姑娘，纔道一秦字，素姑便如許沉吟，驚疑情景，宛在目前。忽從聞梅花香，逗出盈盈始末；又從公遠贈盈盈詩句，說到梅妃，日後得以重侍上皇，團圓完聚，結局一部奇書。而梅妃、盈盈行止，卻從公遠諸仙來，正見上皇酷好神仙，故有此感驗。處處有相合，處處有照應，無一遺漏，允稱妙筆。

❾ 配軍解批：解送被流放發配戍邊軍卒的公文。

第九十八回　遺錦襪老嫗獲錢　聽雨鈴樂工度曲

詞曰：

人逝矣，寶髻花鈿都委地。錦襪獨留餘媚，見者猶驚喜。　萬里歸程迢遞，正追思往事，被雨滴愁腸碎碎，愁歌曲內。

右調歸國遙

凡人於男女生死離別之際，不但當時的悲傷，不可言論；至事後追思，更難為情。倘那人竟如冰消霧散，一無流遺，徒使我望空懷想，摹影擬形，固極悲楚。若還那人，平日服御玩好之物，留得一件兩伴，這些餘蹤剩跡，一發使人觸目傷心。此即旁人不關情的，猶且慕芳蹤而願覩，覩遺物而興嗟。何況恩愛寵幸之人，平時片刻不離，一旦變起意外，生巴巴的拆開，活剌剌的弄死，其悲痛何可勝言！到後來痛定思痛，凡身之所經，目之所覩，耳之所聞，無一不足助其悲思，於是託之歌詠，寄之聲音，此直以歌當哭，一聲一淚。話說梅妃自小蓬瀛修真觀中，起行回西京，臨行之時，先具手疏，遣內侍赴蜀進呈上皇。原來上皇在蜀中也常思念梅妃，因有人傳說：「賊人曾於宮中獲一女屍，疑是梅妃之屍。」上皇聞此信，只道梅妃已死，十分傷感。時有方士張山人在蜀，上皇召至宮中，命其探幽冥索，訪求梅妃魂魄所在。那張山人結壇默坐一日一夜，回奏言：「臣飛魂遍游三界❶，搜訪仙魂，俱無蹤影。」上皇悵然道：「芳魂何往耶！若梅妃之魂可訪，則太真之魂意亦可訪，今皆不可得矣！」因揮淚不止。高力士見上皇悲思甚切，乃求得梅妃畫真❷一幅進呈御覽，上皇看了嗟嘆道：「此畫像絕肖，惜不活耳！」展看再三，御筆親題絕句一首於其上云：

惜昔嬌娃侍紫宸，鉛華懶御得天真。霜綃❸雖似當年態，怎奈秋波不顧人。

自此上皇時常展圖觀玩，後又有人說：「梅妃並不曾死，前所獲死屍，不是梅妃之屍。」上皇聞之，疑其散失民間，乃下詔軍民士庶，有知妃子江采蘋所在者，即行奏報候賞；或有遇見奉送來京者，予六品官，賜錢百萬。誥諭方下，恰好肅宗見了羅采的表章，遣使來奏聞。那時上皇已發駕起行，途次得奏，龍顏大悅，傳旨羅采等候駕回京頒賞，江采蘋著回宮候見。過了一日，梅妃所遣的內使，亦途次迎著車駕，隨將梅妃的手疏進獻。其疏略云：

臣妾自樓東獻賦，多有觸忌，荷蒙聖恩，不加誅戮，幸得屏處，以延一息；淒涼之況，甘之如飴。客歲之夏，逆賊犯闕，乘輿西狩，事起倉卒，聖心眷妾，欲與偕行，有言間之，使俟後命，事勢

❶ 三界：佛教指眾生輪迴的欲界、色界和無色界。
❷ 畫真：畫像。
❸ 霜綃：指畫在白色綾子上的真容。

既處，後命不及。當此之時，舉宮駭散，妾之一命，輕於鴻毛，殉節投環，氣已垂絕。忽有仙姬，從空而降，手為解救，絕而復甦。詢厥所由，來自王屋，韋家女子，張果其夫。云奉夫言，指妾遠遁。袖出紙驢，化為駿騎，乘以行空，頃刻千里，任其所止，則在蘭陽。白雲深處，蓬瀛道院，中有女冠，實係節婦。素姑羅氏，公遠族屬，訝妾來蹤，疑以為仙，引處奧密，奉事惟謹。妾亦韜晦，不與明言。有與同處，達奚閨秀，秦姓所聘，狀元側室，二女同居，人莫能知。前此公遠，預言羅姑，謂有二女，暫來即去，各歸其主，當在異日。兩月以前，羅師忽來，所同來者，葉師法善，贈妾以梅，從厥攸好，閬苑天葩，常花不謝，更吟詩句，字裡藏機。羅秦二使，訪親而來，妾緣達奚，因秦及羅，藉以奏報，適符仙語，奇跡怪蹤，妾所身經，敢具手疏，上達天聽。殘喘餘生，不宜再瀆，邀恩格外，許歸故宮，日夕之間，與梅同落，隨逐花魂，渺焉空際。較之慘死，何啻天淵？是所深幸，夫復何求？若蒙異數，不忘舊眷，俾茲朽質，重覩天顏，有如落英，復綴枝頭，非敢所期，伏候明詔。臨疏涕泣，不知所云。

上皇前得肅宗奏報，已略知其事，今見梅妃手疏，更悉其詳，深為歎異。遂溫旨批去云：

賢妃遇難自經，具見殉節之志；仙女臨期相救，正因矢志之誠。千里行空，異焉蓬瀛❹之託跡；一枝寓意，美哉花萼之留香。朕方觀畫題詩，索芳魂而不得；卿已逢仙贈句，卜嘉會於將來。種種奇跡，歷歷動聽，斯皆真誠感召，故有遇合因緣。今其遄返紫宸，勿復徒悲清夜。緬懷舊眷，

❹蓬瀛：蓬萊、瀛洲之省稱，都是仙人所居之地。

竚俟新恩。

中使齎旨，馳報梅妃。此時梅妃已至西京，承肅宗之意，入居上陽宮了。上皇行至鳳翔府，傳命護從軍士，將衣甲兵器，都交納鳳翔府庫中。李輔國奏請肅宗發精騎三千迎駕。及駕將到，肅宗率百官出都門奉迎，百姓遮道羅拜，俱呼萬歲。肅宗俯伏上皇車前，涕泣不止；上皇亦涕泣撫慰。肅宗奏請避位，上皇不允。時肅宗不敢穿黃袍，只穿紫袍，上皇立命取黃袍，令內侍與肅宗換了。車駕即日至太廟告謁，因見太廟殘燬，仰天大哭，臣民無不感傷。告謁畢，車駕回朝，肅宗步行御車，上皇屢卻之，方乘馬傍車而行。上皇顧謂諸臣曰：「朕為天子五十年，不自見為尊。今為天子父，乃真尊之至耳。」諸臣皆俯首稱萬歲。上皇車駕入朝，不御大殿，只就便殿暫祇下詔：朕尊為太上皇，以南內興慶宮為娛老之所，朝廷政事，不復與聞。後人讀史至此，謂上皇納甲兵於府庫，是何意思？肅宗子迎父駕，卻用精騎三千，又是何意？有詩歎云：

甲兵輸庫非無意，父子之間亦遠嫌。迎駕只須儀從盛，何勞精騎發三千？

上皇既至興慶宮，即召梅妃入宮見駕，梅妃朝拜之際，婉囀悲啼。上皇意不勝情，好言慰勞，即以所題畫真與看，梅妃拜謝道：「聖人之情，見乎辭矣，臣妾雖死，亦當銜感九泉。」因又把當日投環，遇仙避難，逢仙之事，面奏一番道：「妾若非張果先生，使其妻遠來相救，安能今日復見天顏？」上皇道：「昔年朕欲以玉真公主與張果為婚，他堅卻不允，原說有妻韋氏在王屋山中，不意妳今日蒙其救援，那紙驢兒想即張果巾箱中物也。」梅妃又將葉法善所贈梅花，呈於上皇觀覽。上皇見花色晶瑩，清香襲人，不覺驚異道：「妳得此仙梅，庶不媿梅妃之稱矣！」梅妃又將羅公遠詩句奏聞道：「此詩雖贈達奚女，而妾得羅采奏報之事，已寓於中。」上皇點頭嗟歎道：「羅公遠昔曾寄書與朕，說安不忘危，這安字明明說安祿山；又寄藥物名蜀當歸，是說朕將避亂入蜀，後來仍當歸京都。仙師之言，當時莫解其意，今日思之，無有不驗。我正在這裡想他。」

梅妃回奏，言羅采與羅素姑就是她的戚屬，上皇遂傳命，加羅采官三級，賜錢百萬；封羅素姑為貞靜仙師，賜錢二百萬，增修觀宇；又命塑張果、葉法善、羅公遠三仙之像，於觀中虔誠供奉。梅妃又念達奚盈盈同處多時，互相敬愛，情誼不薄，因奏請上皇，以虢國夫人舊宅賜與居住，這正應了羅公遠詩中「畫景卻成真」一句。當初盈盈把虢國宅院的畫圖，與秦國楨看了，隱過了自家的事，誰想今日就把那畫圖中的宅院賜與她，卻不是弄假成真？當下秦國楨接到了盈盈，一面告知親兄秦國模，不說是舊好，只說在修真觀中相遇，承羅采為媒兩下訂定的。國模因他已奉旨准娶，便也由他罷了。盈盈就於賜第中，與秦國楨相聚，重講舊情，這一段的恩愛，非可言喻。有一曲黃鶯兒為證：

重會狀元郎，上秦樓，卸道裝，從今勾卻相思賬。姓兒也雙，名兒也雙，前時瞞過難尋訪。笑娘行，今須聽我低叫耳邊廂。

原來秦國楨的夫人徐氏，就是徐懋功的裔孫女，極是賢淑，因此妻妾相得，後來各生貴子。國楨與哥哥國模，俱以高官致仕。盈盈常得入宮，謁見梅妃；又常遣人往候羅素姑。那羅素姑壽至百有餘歲，坐化而終。此皆後話，不必再說。

且說梅妃當日朝見上皇過了，便要辭回上陽宮。上皇道：「朕年已老，無人侍奉，得卿相敘，正好娛我晚景，如何還要到上陽宮去？」梅妃道：「臣妾自翠華西閣得侍至尊，觸忌遭讒，自分永棄，今以未死餘生，復覲天顏，已出望外。至於侍奉左右，當更擇佳麗，以繼前寵，妾衰朽之質，自宜退避。」說罷，揮淚如雨。上皇親手撫慰道：「向來與卿疏闊，實朕之過。然珍珠投贈，未始無情。今當依仙師舊好從新之語，豈忍棄朕別居。」梅妃見上皇恁般眷顧，乃遵旨留興慶宮，與上皇同處。正是：

楊花已逐東風散，梅萼偏能留晚香。

上皇復得梅妃侍奉，甚可消遣暮年；但每常念及楊妃慘死，不勝悲痛。前自蜀中回京，路過馬嵬，特命致祭，彼時便欲以禮改葬。禮部侍郎李揆奏云：「昔日龍武將士，因誅楊國忠，故累及妃子，今欲改葬故妃，恐龍武將士疑懼生變。」上皇聞奏，暫止其事。及回京後，密遣高力士潛往改葬，且密諭：若有貴妃所遺物件，可以取來。高力士奉了密旨，至馬嵬驛西道之北坎下，潛起楊妃之屍移葬他處。其肌膚已都銷盡，衣飾俱成灰土；只有胸前紫羅香囊一枚，尚還完好。那紫羅乃外國貢來冰絲❺所織，囊中又放著異香，故得不壞。力士收藏過了；又聞得有遺下錦袴襪❻一隻，在馬嵬山前一個老嫗錢媽媽處，遂以錢十千買之。

---

❺ 冰絲：指冰蠶所吐的絲，常用作蠶絲的美稱。

❻ 袴襪：隋唐時稱膝褲（罩在足上的無底襪）為袴襪。

當下高力士聞貴妃遺襪在錢媽媽處，將錢來買。錢媽媽不敢不與。

原來楊妃當日縊死於馬嵬驛中，匆匆瘞埋。車駕既發，眾驛卒俱至驛中打掃館舍，其中有一姓錢的驛卒，於佛堂牆壁之下，拾得錦袴襪一隻，知道是宮中嬪妃所遺，遂背著眾人，密自藏過，回家把與母親錢媽媽看。那個媽媽見這袴襪上用五色錦繡成一對並頭合蒂的蓮花，光彩炫目，餘香猶在，便道：「此必是那亡過的妃子娘娘所穿，這樣好東西，不容易見的哩！」正看間，恰有個鄰家的媽媽走過來閒話，因便大家把玩了一回，於是傳說開去，就有那好事的人來借觀，這個看了去，那個也要來看。錢媽媽初時還肯取將出來與人瞧瞧，後來要看的人多了，她便索起錢鈔來，越索得錢多，越有人要看，直索至百文一看，那媽媽獲錢幾及數萬，好不快活。原來楊妃的袴襪，有名叫做藕履。你道那藕履二字如何解？這因楊妃平日，最愛穿繡蓮袴襪，天子常戲語之云：「妳的袴襪上，正宜繡著蓮花，若不是蓮花，何故內中有此白藕？」楊妃因此自名其袴襪為藕履。不想身死之後，遺下一隻於驛庭，為眾人之所爭看，倒作成那錢媽媽著實得利。後來劉禹錫作馬嵬行，也說及那遺襪之事。道是：

> 履綦❼無復有，文組❽光未滅。不見巖畔人，空見凌波襪。郵童❾愛蹤跡，私手解鞶❿結。傳看千萬眼，縷絕香不絕。

❼履綦：足跡；蹤影。
❽文組：彩色絲帶。
❾郵童：驛卒。
❿鞶：小囊。

又有人說，那遺襪畢竟有時消燬，不能長留於世，亦殊不足看。有詩云：

錦襪傳觀只一時，凌波今日有誰知？不如西子留遺跡，人到靈巖⓫便繫思。

當下高力士聞遺襪在錢媽媽處，將錢來買。錢媽媽不敢不與。力士把這錦袴襪與那紫羅香囊，一並獻與上皇覆旨。上皇見了這二物，嗟悼不已，即命宮人藏好，閒時念及，常取來觀看歎惜。梅妃欲排遣聖懷，令高力士訪求舊日那梨園子弟來應承。一夕，上皇乘月登勤政樓，凭欄眺望，煙雲滿目，追思昔日此樓中盛事，恍如隔世，不覺愴然，因抗聲而歌道：

庭前琪樹已堪攀，塞外征人殊未還。

歌未竟，只聞得遠遠地亦有歌唱之聲。上皇靜聽良久，雖聽不出他唱些什麼，卻覺得音聲清亮，回顧左右道：「此歌者莫非也是梨園舊人麼？」高力士奏道：「此或是民間男婦偶然歌唱，未必便是梨園舊人。昨聞黃旛綽已病故，梨園舊人供御的，亦漸稀少了。」上皇聞奏，愈覺愴然道：「朕近日所作雨霖鈴曲，旛綽唱來最好，今不可得聞矣！」時李謩、張野狐二人侍側，力士因奏言此二人的技藝，亦不亞於旛綽。上皇遂命野狐，將雨霖鈴曲奏來，李謩可吹笛和之。二人領旨，野狐頓開喉嚨唱將起來，李謩即將仙翁所贈短笛相和，音聲清徹，真個如怨如慕，如泣如訴，足使近聽增悲，遠聞興慨。

看官，你道那雨霖鈴曲，為何而作？當時上皇自成都起駕回京，路途之間，思念楊妃，滿腔愁緒。

⓫ 靈巖：山名，在江蘇省蘇州市西，吳王夫差置館娃宮於此，西施居之。今靈巖寺即其地。

至斜谷口值連雨經旬，車駕過棧道，雨中聞車上鈴聲，隔山相應，其聲甚覺淒涼，因顧黃旛綽道：「你聽這鈴聲何如？朕愁耳聽來，甚是不堪。」旛綽便插科聽道：「這鈴兒大不敬，當治罪。」上皇道：「你又來作戲了，鈴聲如何是不敬？」旛綽道：「鈴聲如話，臣獨解之，但不敢奏聞。」上皇曉得他是戲言，便道：「汝儘管說來，朕不罪汝。」旛綽道：「臣細聽其聲，明明說道三郎郎當⑫，三郎郎當，豈非大不敬？」上皇聞言，不覺失笑，於是採其聲，為雨霖鈴曲，以自寫其郎當之意。正是：

雨聲鈴響本淒涼，愁耳聽來更斷腸。歎息馬嵬人已杳，三郎空自怨郎當。

次日，上皇與梅妃閒話，談及歸途中聞鈴聲而興感的事，因道：「朕那時正心緒作惡，忽得小蓬瀛之信，頓開愁緒。」梅妃道：「妾聞上皇正下詔訪求，妾身乃知聖心不棄舊人，銜恩無地。」正說間，內侍傳到肅宗的表章，為欲請命赦宥兩個降賊的朝官。正是：

欲屈皋陶⑬法，願施堯帝仁。

未知後事如何，且聽下回分解。

⑫ 郎當：潦倒、狼狽。

⑬ 皋陶：傳說舜之臣，掌管刑獄之事。

總評：人皆跳不出一箇情字，設當時貴妃不死，此時尚在，亦何味哉！惟事後有一種不忍情狀，連那梅妃亦捨不得，愚哉！子曰：「吾未見好德如好色者也。」

第九十九回　赦反側君念臣恩　了前緣人同花謝

詞曰：

天王明聖，臣罪當誅。恩流法外，全生更矜死，賴宮中推愛。　豈意宮中人漸憊，看梅花飄零。無奈佳人與同謝，歎芳魂何在？

右調憶少年

古人云：求忠臣必於孝子之門。又云：移孝可以作忠。夫事親則守身為大，髮膚不敢有傷；事君則致身為先，性命亦所不顧。二者極似不同，而其理要無或異。故不孝者，自然不忠，而盡忠者，即為盡孝。古者尚有其父不能為忠臣，其子幹父之蠱，以蓋前愆者。況忝為名臣之子，世受國恩，乃臨難不思殉節，竟甘心降賊，隳家聲於國憲。國之叛臣，即家之賊子，不忠便是不孝，罪不容誅，雖天子思想其父，曲全其命，然遺臭無窮，雖生猶死了。倒不如那失恩的妃子，不負君恩，患難之際，恐被污辱，矢志捐軀，卻得仙人救援，死而復生，安享後福，吉祥命終，足使後人傳為佳話。卻說上皇正與梅妃閒話，內侍奏言：「皇帝有表章奏到。」上皇看時，卻為處分從賊官員事。肅宗初回西京時，朝議便欲將此輩正法，同平章事李峴奏道：「前者賊陷西京，上皇倉卒出狩，朝廷未知車駕何往，各自逃生；不及逃者，遂至失身於賊，此與守土之臣，甘心降賊者不同。今一概以叛法處死，似乖仁恕之道。且河北未平，群臣陷於賊中者尚多，若盡誅西京之陷賊者，是堅彼附賊之心也。」肅宗准奏，詔諸從賊者，姑從寬典，後因法司屢請正叛臣之罪，以昭國法。上皇亦云，叛臣不可輕宥，肅宗乃命分六等議處。法司議得達奚珣等一十八人應斬，家眷人口沒官；陳希烈等七人，應勒令自盡；其餘或流或貶或杖，分別擬罪具表。肅宗俱依所議，只於斬犯中欲特赦二人：那二人即故相燕國公張說之子原任刑部尚書張均、太常卿駙馬都尉張垍。

你道肅宗為何欲赦此二人？只因昔日上皇為太子時，太平公主心懷妒嫉，朝夕伺察東宮過失纖微之事，俱上聞於睿宗，即宮中左右近習之人，亦都依附太平公主，陰為之耳目。其時肅宗尚未生，其母楊氏，本是東宮良媛❶，偶被幸御，身遂懷孕，私心竊喜，告知上皇。那時上皇正在危疑之際，想道：「這件事，若使太平公主聞之，又要把來當做一樁話柄，說我內多嬖寵，在父皇面上讒譖，不如以藥下其胎罷，只可惜其胎不知是男是女。」左思右想，無可與商者。時張說為侍講官，得出入東宮，乃以此意密與商議。張說道：「龍種豈可輕動？」上皇道：「我年方少，不患子嗣不廣，何苦因宮人一胎，滋忌者之謗言。吾意已決，即欲覓墮胎藥，卻不可使聞於左右，先生幸為我圖之。」張說只得應諾，回家自思：「良媛懷胎，若還生子，非帝即王，今日輕易墮胎，豈不可惜，且日後定然追悔。但若不如此，讒謗固所不免。太子已決意欲墮，難與強爭，他託我覓藥，我今聽之天數，取藥二劑，一安胎，一墮胎，送與太子，只說都是墮胎藥，任他取用那一劑，若倒喫了那安胎藥，即是天數不該絕，我便用好言勸止了。」

❶ 良媛：女官名，太子之妾。

至次日，密袖二藥，入宮獻上道：「此皆下胎妙藥，任憑取用一劑。」上皇大喜，是夜盡屏左右，置藥爐於寢室，隨手取一劑來，親自煎煮好了，手持與楊氏，諭以苦情，溫言勸飲。楊氏好生不忍，卻不敢違太子命，只得涕泣而飲之。上皇看了飲了，只道其胎即墮，不意腹中全無發動，竟沉沉穩穩的，直睡至天明；原來到喫了那劑安胎藥了。上皇心甚疑怪。那日因侍睿宗內宴，未與張說相見。至夜回東宮，仍屏去左右，密置爐火，再親自煎起那一劑藥來，要與楊氏喫。正煎個九分，忽然神思困倦，坐在椅上打盹，恍惚之間，見屋宇邊紅光閃閃，紅光中現出一尊神道，怎生模樣？

赤面美髯，蠶眉鳳眼。身長約一丈，披一領錦繡綠羅袍；腰大可十圍，束一條玲瓏白玉帶。神威凜凜，法貌堂堂。疑是大漢壽亭侯❷，宛如三界伏魔帝❸。

那神道繞著火爐走了一轉，忽然不見。上皇驚醒，急起身看時，只見藥鐺已傾翻，爐中炭火已盡熄，大為駭異。次日張說入見，告以夜來之事，且命更為覓藥。張說再拜稱賀，因進言道：「此乃神護龍種也！臣原說龍種不宜輕墮，只恐重違殿下之意，故欲決之於天命。前所進二藥，其一實係安胎之藥，即前宵所服者是也。臣意二者之中，任取其一。其間自有天命，今既欲墮而反安，再欲墮則神靈護之，天意可知矣！殿下雖憂讒畏譏，其如天意何，腹中所懷，必非尋常倫匹，還須調護為是。」上皇從其言，遂息了墮胎之念，且密諭楊氏，善自保重。楊氏心中常想喫些酸物，上皇不欲索之於外，私與張說言之，

❷ 大漢壽亭侯：即關羽，蜀漢時封為壽亭侯。

❸ 三界伏魔帝：明萬曆四十二年（西元一六一四年）敕封三國蜀漢大將關羽為三界伏魔大帝。

張說常於進講時，密袖青梅木瓜以獻，且喜胎氣平穩，未幾睿宗禪位。至明年，太平公主以謀逆賜死，宮闈平靜，恰好肅宗誕生，幼時便英異不凡，及長出見諸大臣，張說謂其貌類太宗，因此上皇屬意，初封忠王；及太子瑛被廢，遂立為太子。正是：

調元護本❹自胎中，欲墮還留最有功。又道儀容渾類祖，暗教王子代東宮。

張說因此於開元年間，極被寵遇。肅宗即位時，楊氏已薨，追尊為元獻皇后；她平日曾把懷胎時的事，說與肅宗知道，肅宗極感張說之恩。張家二子張均、張垍，肅宗自幼和他嬉游飲食，似同胞兄弟一般。張說亡後，二子俱為顯官，張垍又贅公主為駙馬，恩榮無比；不意以從逆得罪當斬。肅宗不忘舊恩，欲赦其罪；卻因上皇曾有叛臣不可輕宥之諭，今若特赦此二人，不敢不表奏上皇；只道上皇亦必念舊，免其一死。不道上皇覽表，即批旨道：

張均、張垍世受國恩，乃喪心從賊，此朝廷之叛臣，即張說之逆子，罪不容逭。余老矣！不欲更聞朝政，但誅叛懲逆，國法所重，既來請命，難以狥情，宜照法司所擬行。

你道上皇因何不肯赦此二人？當日車駕西狩，行至咸陽地方，上皇顧問高力士道：「朕今此行，朝臣尚多未知，從行者甚少，汝試猜這朝臣中誰先來，誰不來？」力士道：「苟非懷二心者，必無不來之理。竊意侍郎房琯，外人俱以為可作宰相，卻未蒙朝廷大用，他又常為安祿山所薦，今恐或不來。尚書

❹ 調元護本：比喻宰相調和陰陽，執掌政柄，保護根本。

張均、駙馬張垍，受恩最深，且係國戚，是必先來。」上皇搖首微笑道：「事未可知也。」及駕至普安，房琯奔赴行在見駕。上皇首問：「張均、張垍可見否？」房琯道：「臣欲約與俱來，彼遲疑不決，微窺其意，似有所蓄而不能言者。」上皇顧謂高力士道：「朕固知此二奴貪而無義也。」力士道：「偏是受恩者竟懷二心，此誠人所不及料。」自此上皇常痛罵此二人，今日怎肯赦他！肅宗得旨，心甚不安，即親至興慶宮，朝見上皇，面奏道：「臣非敢狗情壞法，但臣向非張說，安有今日？故不忍不曲宥其子，伏乞父皇法外推恩。」上皇猶未許，梅妃在旁進言道：「若張家二子俱伏法，燕國公幾將不祀，甚為可傷；況張垍係駙馬，或可邀議親❺之典。」肅宗再三懇請，上皇道：「吾看汝面，姑寬赦張垍便了。張均這奴，我聞其引賊搜宮，破壞吾家，決不可活。」肅宗不敢再奏，謝恩而退。上皇即日乃下誥云：

> 張均、張垍，本應俱斬，今從皇帝意止將張均正法，張垍姑免死，長流嶺南。達奚珣於逆賊安祿山奏請獻馬之時，曾有密表諫阻，今止斬其身，其家免入官，餘俱依所擬。

誥下，法司遵誥施行，張均遂與達奚珣等眾犯，同日俱斬於市。正是：

> 昔日死姚崇，曾算生張說；今日死張說，難顧生張均。

當初張說建造居住的宅第，其時有個善觀風水的僧人，名喚法泓，來看了這所第宅的規模，說道：

❺ 議親：周代八辟之一，即符合八項條件的人犯了罪可以減刑或免刑。親，指王之五屬以內及外親族，有罪則考慮減免刑罰。

「此宅甚佳，富貴連綿不絕，但切勿於西北隅上取土。」張說當時卻不把這句話放在意裡，竟不曾吩咐家人。數日後，法泓復來，驚訝道：「宅中氣候，何忽蕭條，必有取土於西北隅者！」急往看時，果因眾工人在彼取土，掘成三四個大坑，俱深數尺，張說急命眾工人以土填之，法泓道：「客土無氣。」因嘆息不已，私對人說道：「張公富貴止及身而已，二十年後，其郎君輩恐有不得令終者。」至是其言果驗。後人有詩云：

非因取土便成災，數合凶災故取土。卜宅何須泥風水，宅心正直吾為主。

閒話少說。只說上皇自居興慶宮，朝政都不管，惟有大征討、大刑罰、大封拜，肅宗具表奏聞。那時肅宗已立張良娣為皇后，這張后甚不賢良，向從肅宗於軍中，私與肅宗博戲打子，聲聞於外；乃潛刻木耳為子，使博無聲。其性狡而慧，最得上意；及立為后，頗能挾制天子，與權閹李輔國比附；輔國又引其同類魚朝恩。時安、史二賊尚未殄滅，命郭子儀、李光弼等九節度各引本部兵往剿，乃以宦官魚朝恩為觀軍容使，統攝諸軍，於是人心不服。臨戰之時，又遇大風晝晦，諸軍皆潰，郭子儀以朔方軍斷河陽橋守東京。肅宗聽魚朝恩之言，召子儀回朝，以李光弼代之。

子儀臨發，百姓涕泣遮道請留，子儀輕騎竟行。上皇聞之，使人傳語肅宗道：「李、郭二將，俱有大功，而郭尤稱最，唐家再造，皆其力也。今日之敗，乃不得專制之故，實非其罪。」肅宗領命，因此後來滅賊功成，行賞之典，李光弼加太尉中書令，郭子儀封汾陽王。子儀善處功名富貴，不使人疑忌，雖握重兵在外，一紙詔書徵之，即日就道，故讒謗不得行。其子郭曖尚代宗皇帝之女昇平公主，嘗夫婦口角，郭曖道：「你恃父親為天子麼？我父薄天子而不為。」公主將言奏聞天子，子儀即囚其子待罪。天子知之，置之不問；又恐子儀心懷不安，乃諭之曰：「不癡不聾，做不得阿家翁❻。兒女子閨閣中語，不必掛懷。」其歷朝恩遇如此。子儀晚年退休私第，聲色自娛，舊屬將佐，悉聽出入臥內，以見坦白無私。七子八婿，俱為顯官。家中珍貨山積，享年八十有五，直至德宗建中二年，方薨逝。朝廷賜祭，賜葬，賜謚，真個福壽雙全，生榮死哀。唐史❼上說得好，道是：

天下以其身為安危者，殆三十年；功蓋天下而主不疑，位極人臣而眾不嫉；窮奢極欲，而人不非之。自古功臣之富貴壽考，無出於其右者。

這些都是後話，不必再述。且說上皇常於宮中想起郭子儀的大功，因道：「子儀當初若不遇李白，性命且不可保，安能建功立業？李白甚有識英雄的眼力，莫道他是書生，止能作文字也。」此時李白正坐永王璘事流於夜郎，上皇特旨赦歸，方欲使朝廷用之，旋聞其已物故，不覺嘆息。梅妃常聞上皇稱讚李白之才，因想起前事，私語高力士道：「我昔年曾欲以千金買賦，效長門故事，汝以世間難得才子為辭。若李白者，寧遽遜於相如乎？」力士道：「彼時李白尚未入京，老奴無從訪求。且彼時貴妃之寵方深，亦非語言文字所能奪，若不然，娘娘樓東一賦，豈不大妙，然竟不能移其寵。」梅妃點頭道：「汝言亦良是。」正說間，內侍來稟說，江南進梅花到。原來梅妃服侍上皇之後，四方依舊進貢梅花。但梅

---

❻ 阿家翁：謂阿姑阿翁。家，音ㄍㄨ。

❼ 唐史：下文所引取自新、舊唐書郭子儀傳贊語，略有改動。

妃既得了那枝仙梅，把人間凡卉，都看得平常了；這仙梅果然四季常開，愈久愈香，花色亦愈鮮潔，梅妃隨處攜帶把玩。

忽一日早起，覺得那花的香氣頓減，花色也憔悴了，把手去移動時，只見花瓣兒多飄飄零零的落將下來。梅妃驚駭道：「仙師云：我命當與此花同謝，今花已謝矣，我命可知。」自此心中恍惚不寧，遂染成一病，臥床不起。太醫院官切脈進藥，梅妃不肯服藥道：「命數當終，豈藥石所能挽回？」上皇親來看視，坐於床頭，遍體撫摩，執手勸慰道：「妃子偶病，遂爾瘦損，還須服藥為是。」梅妃涕泣道：「臣妾自退處上陽，自分永棄，繼遭危難，命已垂絕。豈意復侍至尊，得此真萬幸。今福緣已盡，仙師所云，與花同謝，此其期矣！妾死之後，那枝仙梅留在人間，難以種植；若然殉葬，又恐褻瀆，宜取佛爐火焚之。」上皇道：「妃子何遽言及此？」梅妃道：「人誰無死，妾今日之死，可稱令終，較勝於他人矣。況妾死後，性靈不泯，當入佳境，諒無所苦。但聖恩如天，圖報無地，為可嘆恨耳！」上皇道：「以妃子之敏慧清潔，自是神仙中人，但何由自知身後的佳境？」梅妃道：「妾前宵夢寐之間，復見那韋氏仙姑於雲端中，手執一隻白鸚鵡，指謂妾道：『此鳥亦因宿緣善果，得從皇宮至佛國，今從佛國來仙境，可以人而不如鳥乎？汝兩世托生皇宮，須記本來面目，今不可久戀人世，蕊珠宮❽是妳故居，何不早去？』據此看來，或不致墮落惡道。」上皇垂淚道：「妃子若竟捨朕而仙去，使朕暮年何以為情？」梅妃就枕上頓首道：「願上皇聖壽無疆，切勿以妾故，有傷聖懷。」言訖，忽然起身坐，舉手向空道：「仙姬來了，我去也！」遂瞑目而逝。正是：

❽蕊珠宮：道家傳說天上上清宮中有蕊珠宮，神仙所居之地。

只見花瓣兒飄飄零零的落將下來。梅妃驚駭道：「仙師云，我命當與此花同謝，今花已謝，我命可知矣！」

昔日縱教梅下死，勝他驛館喪殘軀。於今幸與花同謝，還與芳魂到蕊珠。

上皇不意梅妃一病遽死，放聲大哭，高力士極力勸慰。上皇道：「此妃與朕，幾如再世姻緣，今復先我而逝，能無痛心？」遂命以貴妃之禮殯葬，又命其墓所多種梅樹，特賜祭筵，自為文以誄之。其略云：

妃之容兮，如花斯新。妃之德兮，如玉斯溫。余不忘妃，而寄意於物兮，如珠斯珍。妃不負余，而幾喪其身兮，如石斯貞。妃今捨余而去兮，身似梅而飄零。余今舍妃而寂處兮，心如結以牽縈。

上皇記念梅妃的遺言，即命將這一枝仙梅，以佛爐中火，焚化於其靈前。說也奇怪，那梅枝一入火中，香氣撲鼻，火星萬點，騰空而起，好似放煙火的一般。那些火星都作梅花之狀，飛入雲霄而沒。正是：

仙種不留人世，琪花❾仍入瑤臺。

昔人有以枯梅枝焚入爐中，戲作下火文，其文甚佳，附錄於此：

寒勒銅瓶凍未開，南枝春斷不歸來。這回莫入梨花夢❿，卻把芳心作死灰。恭惟爐中處士梅公之

---

❾ 琪花：神話中的玉花。

❿ 梨花夢：指夢境。

靈，生自羅浮⓫，派分庾嶺。形如槁木，稜稜山澤之癯；膚似凝脂，凜凜雪霜之操。春魁占百花頭上，歲寒居三友圖中。玉堂茅屋總無心，調鼎和羹⓬期結果。不料道人見挽，遂離有色之根；夫何冰氏相凌，遽返華胥之國⓭。瘦骨擁爐呼不醒，芳魂剪紙竟難招。紙帳夜長，猶作尋香之夢；筠窗⓮月淡，尚疑弄影之時。雖宋廣平鐵石心腸⓯，忘情未得；使華光老丹青手段，摸索難真。卻愁零落一枝春，好與茶毗三昧火⓰。惜花君子，你道這一點香魂，今在何處？咦！炯然不逐東風去，只在孤山⓱水月中。

且說當日肅宗聞知梅妃薨逝，上皇悲悼，遂親來問慰；即於梅妃靈前設祭，各宮嬪妃輩，也都弔祭如禮。只有皇后張氏託病不至。上皇心甚不悅，因對高力士說道：「皇后殊覺驕慢。」力士密啟道：「內監李輔國阿附皇后，凡皇后之驕慢，皆輔國導之使然。」上皇愕然曰：「朕久聞此奴橫甚，俟吾兒來，

⓫ 羅浮：山名，在今廣東省增城、河源等縣間，為粵中名山，相傳晉代葛洪於此得仙術。道教列為第七洞天。

⓬ 調鼎和羹：指調和鼎中之味，使之協調入味。這裡指梅是古代主要調味品之一。

⓭ 華胥之國：寓言中的理想國。

⓮ 筠窗：竹窗。

⓯ 宋廣平鐵石心腸：宋廣平，即宋璟，封廣平郡公，唐代著名賢相。宋璟工文辭，嘗作梅花賦，唐代詩人皮日休嘆道：「余疑宋廣平鐵石心腸，然觀此賦情便富豔，殊不類其為人。」

⓰ 茶毗三昧火：茶毗，梵語，謂火葬。三昧火，道教謂元神、元氣、元精函藏修煉能生真火，稱為三昧真火。

⓱ 孤山：在今浙江省杭州市西湖中。北宋林逋（字和靖）結廬此山，植梅養鶴，人稱梅妻鶴子。

當與言之。」力士道：「皇后侍上久，輔國握兵權，其勢不得不為優容，所以皇帝亦多不與深較。太上即有所言，恐亦無益，不如且置勿論。」上皇沉吟不語。正是：

頑妻與惡奴，無藥可救治。縱有苦口言，恐反為不利。

未知後事如何，且聽下回分解。

總評：亂臣賊子，國法不容，肅宗何獨狥情曲宥耶？上皇將張均正法，而張垍免死，亦無此律例。梅妃病死，亦甚平常，何必放聲大哭，此皆性有所偏，著意色相，所以有敗亡家國之禍。

第一百回　遷西內離間父子情　遣鴻都結證隋唐事

詞曰：

最恨小人女子，每接踵比肩而起，攪亂天家父子意。遠庭闈，移宮寢，尊養廢。　　晚景添憔悴，追思舊寵常揮淚。魂魄還堪尋覓來，遇仙翁，說前因，明往事。

右調夜游宮

百行莫先於孝，而天子之孝，又與常人之孝不同。孟子云：「孝子之至，莫大乎尊親，尊親之至，莫大乎以天下養。」尊之至，方為孝之至。頑如瞽瞍，而舜能盡事親之道，故孔子稱之為大孝。迨乎後世，偏是帝王之家，其於父子之間，偏是易起嫌疑，易生釁隙，此不必皆因親之不慈，子之不孝，大抵多因勢阻於妻子，情間於小人。即如唐肅宗之奉事上皇，原未嘗不孝，上皇之待肅宗，亦未嘗不慈；卻因媳婦驕悍，宦豎肆橫，遂致為父的老景失歡，為子的孝道有缺。乃或者云：上皇當年聽信讒言，一日殺三子，且納壽王之妃楊氏為貴妃，有傷倫理，後來受那逆婦逆奴的氣，正是天之報施，然後如此。上皇與楊妃，原因宿世有緣，所以今生會合，其他諸人，或承寵幸，或被誅戮，當亦各有宿因，事非偶然，此係仙翁所言，見之逸史，今編述於演義之末，完結隋煬帝、唐明皇兩朝天子的事，好教看官們明白這些前因後果。話說上皇自梅妃死後，愈覺寂寥，又因肅宗的皇后張氏，驕蹇不恭，失事上之禮，上皇且聞其與宦官李輔國內外比附弄權，心上甚是不悅，要與肅宗說知，教他嚴加訓飭。高力士再三諫阻，上皇只是忍耐不住。一日，肅宗來問安，上皇賜宴，飲宴之際，說了些朝務。上皇道：「從來治國平天下，必先齊其家，今聞閹奴李輔國附比宮中，怙勢作威，汝知之否？」肅宗聞言，悚然起應道：「容即查治。」上皇道：「此時若不即為防禁，恐後將不可復制。」肅宗唯唯而退。原來那皇后恃寵驕悍，肅宗因愛而生畏，不敢少加以聲色；李輔國掌握兵權，阿附張后，恃勢弄權，肅宗雖亦心忌之，卻急切奈何他不得，故雖承上皇嚴諭，且只隱忍不發。正是：

堪笑君王也怕婆，奴乘婆勢莫如何。小人女子真難養，一任嚴親相詆訶。

肅宗便隱忍不發；那知上皇這幾句言語，內侍們忽私相傳說，早傳入李輔國耳中。輔國密地啟知皇后，各懷怨怒，相與計議道：「上皇深居宮禁，久已不預朝政，今何忽有煩言，此必高力士妄生議論，聞於上皇故也。力士為上皇耳目，當圖去之，更須使官家莫要常與上皇相見，須遷上皇於西內❶為妙。」自此肅宗欲往朝上皇，都被張后尋些事情阻隔住了。上皇所居南內興慶宮，與民間閭閻相近，其西北隅有一高樓，名長慶樓，登樓而望，可見街市。上皇時常臨幸此樓，街市過往的人遙望叩拜，上皇有時以御膳餘剩之物，命高力士宣賜街市中父老，人都歡忻，共呼萬歲。李輔國便乘機借端密奏肅宗道：「上皇居興慶宮，而高力士日與外人交通，恐其不利於陛下。且興慶宮與民居逼近，非至尊所宜居，西內深

❶ 西內：唐太極宮在長安城西，稱西內。

嚴，當奉迎太上居之，庶可杜絕小人，無有他虞。」肅宗道：「上皇愛興慶宮，自蜀中歸，即退居於此，今無故遷徙，殊拂逆聖意，斷乎不可。」輔國見肅宗不從其言，乃密啟張后，使亦以此言上奏。肅宗恐驚動上皇，也不肯聽。張后忿然道：「此妾為陛下計耳，今日不聽良言，莫叫後日追悔！」說罷，拂衣而起。肅宗默默含怒，適又偶觸風寒，身上不豫，暫罷設朝，只於宮中靜養。

輔國遂乘此機會，與張后定計，矯旨遣心腹內侍及羽林軍士，整備車馬，詣興慶宮奉迎上皇，遷居西內，請即日發駕。上皇錯愕不知所謂，內侍奏稱皇爺以興慶宮偪近民居，有褻至尊，故特奉請駕幸西內，皇爺現在西內，候太上駕到。上皇心下驚疑，欲待不行，又恐有他變。高力士奏道：「既皇帝有旨來迎，太上且可一往，俟至彼處，與皇帝面言，或遷或否，再作計議；老奴護駕前去。」上皇無奈，只得匆匆上輦。高力士令軍士前導，內侍擁護，鑾輿緩緩行動。將至西內，只見李輔國戎服佩劍，率領軍士數百人，各執戈矛，排列道旁。上皇在輦上望見，大驚失色。高力士見這光景，勃然怒起，厲聲大喝道：「太上皇爺駕幸西內，李輔國戎服引眾而來，意欲何為？」輔國驀被這一喝，不覺喪氣，忙俯伏奏道：「奴輩奉旨來迎護車駕。」力士喝道：「既來護駕，可便脫劍扶輦！」輔國只得解下腰間佩劍，與力士一同護輦而行。力士傳呼軍士們且退，不必隨駕。既入西內，至甘露殿，上皇下輦，升殿坐定，問：「皇帝何在？」輔國奏道：「皇爺適間正欲至此迎駕，因觸風寒，忽然疾作，不能前來，命奴輩轉奏，俟即日稍痊，便來朝見。」上皇道：「皇帝既有恙，不必便來，待痊愈了來罷。」輔國領旨，叩辭而去。上皇嘆息，謂高力士道：「今日非高將軍有膽，朕幾不免。」力士叩頭道：「因太上過於驚疑耳，五十年太平天子，誰敢不敬？」上皇搖首道：「此一時，彼一時。」力士道：「今日遷宮之舉，還恐是輔國作祟，皇后主張，非皇帝聖意。」上皇道：「興慶宮是朕所建，於此娛老，頗亦自適；不意忽又徙居此地，煢煢老身，幾無寧處，真可為長嘆！」上皇說罷，悽然欲淚。後人有詩嘆云：

三子冤誅最慘悽，那堪又納壽王妻？今當逆婦欺翁日，懊悔從前志太迷。

李輔國既乘肅宗病中，矯旨遷上皇於西內，恐肅宗見責，乃託張后先為奏知。肅宗駭然道：「毋驚上皇乎？」張后奏道：「太上自安居甘露殿，並無他言。」肅宗方沉吟疑慮間，李輔國卻率文武將校等，素服詣御前俯伏請罪。肅宗暗想：「事已如此，追究亦無益。」且礙著皇后，不便發揮。又見輔國挾眾而來請罪，只得倒用好言安慰道：「汝等此舉，原是防微杜漸，為社稷計。今太上既相安，汝等可勿疑懼。」輔國與將校都叩頭呼萬歲。後人有詩嘆云：

父遭奴劫不加誅，好把甘言相呴嚅❷。為見當年殺子慣，也疑今日有他虞。

那時肅宗病體未痊，尚未往朝西內；及病小癒，即欲往朝，又被張后阻住了。一日忽召山人李唐，入西殿見駕，肅宗撫弄著一個小公主，因謂李唐道：「朕愛念此女，卿勿見怪。」李唐道：「臣想太上皇之愛陛下，當亦如陛下之愛公主也。」肅宗悚然而起，立即移駕往西內，朝見上皇；起居畢，上皇賜宴，沒甚言語，惟有咨嗟歎息。肅宗心中好生不安，逡巡告退，回至宮中，張后接見，又冷言冷語了幾句，肅宗受了些悶氣，舊病復發。

❷呴嚅：溫存。莊子大宗師「相呴以濕，相濡以沫」。

上皇聞肅宗不豫，遣高力士赴寢宮問安。肅宗聞上皇有使臣到，即命宣來。那知張后與李輔國正怨恨高力士，要處置他，便密令守宮門的阻住，不放入宮，遣小內侍假傳口諭，教他回去罷。待力士轉身回步後，方傳旨宣召；力士連忙再到宮門時，李輔國早劾奏說：「高力士奉差問疾，不候旨見駕，輒便轉回，大不敬，宜加罪斥。」張后立偪著肅宗降旨，流高力士於巫州，不得復入西內；一面別遣中官奏聞上皇；一面著該司即日押送高力士赴巫州安置。可憐高力士夙膺寵眷，出入宮禁，官高爵顯，榮貴了一生，不想今日為張后、李輔國所逐。他到巫州，屏居寂寞，還恐有不測之禍，慄慄危懼。後至上皇晏駕之時，他聞了凶信，追念君恩，日夜痛哭，嘔血而死。後人有詩云：

唐李閹奴多跋扈，此奴戀主勝他人。雖然不及張承業，忠謹還推邁等倫。

此是後話。且說上皇被李輔國偪遷於西內，已極不樂，又忽聞高力士被罪遠竄，不得回來侍奉，一發慘然。自此左右使令者，都非舊人，只有舊女伶謝阿蠻，及舊樂工張野狐、賀懷智、李謩等三四人，還時常承應。一日，謝阿蠻進一紅粟玉臂支❸，說道：「此是昔日楊貴妃娘娘所賜。」上皇看了淒然道：「昔日我祖太宗破高麗，獲其二寶：一紫金帶，一紅玉支。朕以紫金帶賜岐王，以紅玉支賜妃子，即是物也。後來高麗上言本國失此二寶，風雨不時，民物枯瘁，乞仍賜還，以為鎮國之寶器。朕乃還其紫金帶，惟此未還。自遭喪亂，只道人與物已亡，不意卻在汝處。朕今再覩，益興悲念耳！」言罷不覺涕泣。

又一日，賀懷智進言道：「臣記昔年，時當炎夏，上皇爺與岐王於水殿圍棋，令臣獨自彈琵琶於座

---

❸ 紅粟玉臂支：一種紅粟色的玉器，用以支臂。

側，其琵琶以石為槽，鵾雞筋為弦，以鐵撥彈之。貴妃娘娘手抱著康國❹所進的雪猧貓兒❺，立於上皇爺之後，耳聽琵琶，目視弈棋。上皇爺數棋子將輸，貴妃乃放手中雪猧貓跳於棋局，把棋子都踏亂了，上皇爺大悅。時臣一曲未完，忽有涼風來吹起貴妃領帶，纏在臣巾幘上，良久方落。是晚歸家，覺得滿身香氣，乃卸巾幘貯錦囊中，至今香氣不散，甚為奇異。今敢將所貯巾幘，獻上御前。」上皇道：「此名瑞龍腦香，外國所貢。朕曾以少許貯於暖池內玉蓮朵中，至再幸時，香氣猶馥馥如新；況巾幘乃絲縷潤膩之物乎？」因嗟嘆道：「餘香猶在，人已無存矣！」遂悽愴不已，自此中懷耿耿。口中常自吟云：

刻木牽絲作老翁，雞皮鶴髮與真同。須臾舞罷寂無事，還似人生一世中。

其時有一方士姓楊，名通幽，自稱鴻都❻道士，頗有道法，從蜀中雲遊至西內；聞得上皇追念故妃，因自言有李少君之術，能致亡靈來會。李暮、張野狐俱素知其人，遂奏薦於上皇，召入西內，要他作法，招引楊妃與梅妃魄魂來相見。通幽乃於宮中結壇，焚符發檄，步罡誦咒，竭其術以致之，竟無影響。上皇不懌，咨嗟道：「前者張山人訪求梅妃之魂而不得，因其時梅妃實未死故也。今二妃已薨，而芳魂不可復致，豈真緣盡耶！」通幽奏道：「二妃必非凡品，當是仙子降生。仙靈杳遠，既難招求，定須往訪。臣請游神馭氣，窮幽極渺，務要尋取仙蹤回報。」於是俯伏壇中，運出元神，乘雲起風，游行霄漢；只

❹ 康國：西域國名，在今烏茲別克共和國撒馬爾罕一帶。

❺ 雪猧貓兒：似貓的白色小狗。猧，音ㄨㄛ。小狗。

❻ 鴻都：仙府。

見雲端裡有一隻白鸚鵡，展翅飛翔，口作人言道：「尋人的這裡來。」通幽想道：「此鳥能知人意，必是仙禽。」遂隨其所飛之處而行，早望見縹緲之中，現出一所宮殿，那鸚鵡飛入宮殿中去了。看那宮殿時，但見：

瑤臺如畫，瓊閣凌空。棟際雲生，恍似香煙靄靄；簾前霞映，渾疑寶氣騰騰。果然上出重霄，真乃下臨無地。景象必非蜃樓海市，規模無異蓬島瀛洲。

通幽來至宮門，見有金字玉匾，大書蕊珠宮三字。通幽不敢擅入，正徘徊間，忽見二仙女從內而出，一穿繡衣，手執如意，一穿素衣，手執拂子。那繡衣女子，把手中如意指著通幽道：「下界生魂，何由來此？」通幽稽首道：「下界道士，奉唐王命，訪求故妃魂魄，適逢靈禽引路，來至此間。幸得見二位仙娥，莫非二仙娥即楊太真、江采蘋乎？」繡衣仙女笑道：「非也，我本郭子儀之小女，河伯夫人也。」通幽道：「河伯夫人，如何卻是郭公之女？又如何卻在此間？」繡衣仙女道：「昔日吾父出鎮河中時，河流為患。吾父默禱於河伯，許於河治之後，以小女奉嫁。及河患既平，我即無疾而卒，我父葬我於河神廟後，我遂為河伯夫人。此事世人所未知。」指著那素衣仙女道：「此位乃內苑淩波池中的龍女，昔日上皇曾於夢中見之，為鼓胡琴，作淩波曲，醒來猶能記憶，因立龍女廟於淩波池上，即此是也。龍女與河伯有親，我常得與相會。後來龍女被選入蕊珠宮，我因是亦得常常至此。那梅妃江采蘋，宿世原是蕊珠宮仙女，兩番謫落人間，今始仍歸本處。她塵緣已盡，今雖在此，汝未可得見。那楊阿環宿孽未償，幸生人世，以了塵緣，卻又驕奢淫佚，多作惡孽，今孽報正未已，安得在此？汝欲訪她，可往別處去。」

方士楊通幽乃俯伏壇中，運出元神，游行霄漢，依著河伯夫人和龍女的指引，來到一座高山，遙見蒼松翠柏之下坐著三位仙翁；二仙對弈，一仙旁觀，原來是張果、葉法善和羅公遠。

通幽道：「梅妃既不可見，必須訪得楊妃蹤跡，纔好覆上皇之命，望仙女指示則個。」素衣仙女道：「你只顧向東行去，少不得有人指示你。」說罷，拉著繡衣仙女，轉步入宮去了。

通幽果然趁著雲氣望東而行；來到一座高山上，說不盡那山上的景致，遙見蒼松翠柏之下，坐著三位仙翁：二仙對弈，一仙旁觀。通幽上前鞠躬參謁。二位輟弈而笑，通幽叩問三仙姓氏，那坐上首的仙翁道：「我即張果，此二人即葉法善、羅公遠也。我等與上皇原有宿因，故嘗周旋於其左右。奈他俗緣沉著，心志蠱惑，都忘卻本來面目，故且舍之而去。他今已老矣，嬖寵已都喪亡，也該覺悟了；卻又要你來訪求魂魄，何其不灑脫至此？」通幽道：「梅妃在蕊珠宮中，弟子適已聞之矣。只不知楊妃魂魄在何處，伏乞仙師指引一見，以便覆上皇之命。」張果道：「你可知上皇與貴妃的前因後果麼？」通幽道：「弟子愚昧，多所未知，願聞其詳。」張果道：「上皇宿世，乃元始孔昇真人，與我輩原是同道；只因於太極宮中聽講，不合與蕊珠宮女，相視而笑，犯下戒律，謫墮塵凡，罰作女身為帝王嬪妃，即隋宮中朱貴兒是也。貴兒在世，便是大唐開元天子了。」通幽道：「朱貴兒何故便轉生為天子？」張果道：「貴兒忠於其主，罵賊殉節而死，天庭最重忠義，應得福報。況謫仙本宜即復還原位的，只因她與隋煬帝本有宿緣，又曾私相誓願，來生再得配合，故使轉生為天子，完此一段誓願。」通幽道：「請問朱貴兒與隋煬帝有何宿緣？」張果道：「煬帝前生，乃終南山一個怪鼠，因竊食了九華宮皇甫真君❼的丹藥，被真君縛於石室中一千三百年。他在石室潛心靜修，立志欲作人身，享人間富貴。那孔昇真人偶過九華宮，知怪鼠被縛多年，憐他靜修已久，方勸皇甫真君，暫放他往生人世，享些富貴，酬其夙志，亦可鼓勵來

❼ 九華宮皇甫真君：九華宮，道教仙宮名。皇甫真君，神仙名。

生，悔過修行之念。有此一勸，結下宿緣。此時適當隋運將終，獨孤后妒悍，上帝不悅，皇甫真君因奏請將怪鼠託生為煬帝，以應刦運。恰好孔昇真人亦得罪降謫為朱貴兒，遂以宿緣而得相聚，不意又與煬帝結下再世姻緣，因又轉生為唐天子，未能即復仙班。」通幽道：「貴兒便轉生為唐天子了，那煬帝卻轉生為何人？」張果笑道：「你道煬帝的後身是誰，即楊妃是也！煬帝既為帝王，怪性復發，驕淫暴虐；況有殺逆之罪，上帝震怒，止制與十三年皇位，酬其一千三百年靜修之志；不許善終，敕以白練繫頸而死，罰為女身，仍姓楊氏，與朱貴兒後身完結孽緣，仍以白練繫死，然後還去陰司，候結那殺逆淫暴的罪案。當她為妃時，又恃寵造孽，罪上加罪。如今她的魂魄，正好不得自在，你那裡去尋她？」通幽道：「原來有這些因果，非仙師指示，弟子何由而知。但弟子奉上皇之命而來，如今怎好把這些話去回覆？」張果沉吟未答，葉法善道：「上皇也不久於人世了，他身故後自然明白前因，你今不妨姑飾辭以應之。」通幽道：「飾辭無據，恐不相信。」羅公遠笑道：「你要有憑據，還去問適間所見的二仙女，不必在此閒談，阻了我們的棋興。」

正說間，遙見一簇彩雲，從空飛來。葉法善指著道：「你看二仙女早來也！」言未已，雲頭落處，二仙女向前與三仙講禮罷，回顧通幽笑道：「你這魂道士，還在此聽說因果麼？」張果道：「我已將楊妃的兩世因果與他說來，但他必欲親見楊妃，以便覆上皇之命，煩二仙女引他到彼處一見罷！」二仙女領命，復引通幽駕雲，望北而行，須臾來至一處。但見：

愁雲冪冪，日色無光；慘霧沉沉，風聲甚厲。山幽谷暗，渾如欲夜之天；樹朽木枯，疑是不毛之地。恍來到陰司冥界，頓教人魄駭魂驚。

那邊有一所宅院，門上橫匾大書北陰別宅，兩扇鐵門緊閉，有兩個鬼卒把守。二仙女敕令鬼卒開門，引通幽入去，只見裡面景象蕭瑟，寒氣逼人。走進了兩重門，遙見裡面一婦人，粗服蓬頭，愁容可掬，憑几而坐。仙女指向通幽道：「此即楊妃也，你可上前一見，我等卻不該與她相會。」通幽遂趨步進謁，楊妃起身相接，通幽致上皇之命，楊妃悲泣不止。通幽問：「娘娘芳魂，何至幽滯此間？」楊妃涕泣道：「我有宿愆，又多近孽，當受惡報。只等這些冤證到齊，結對公案，便要定罪。如今本合囚繫地獄候審，幸我生前曾手書般若心經念誦；又承雪衣女白鸚鵡，感我舊恩，常常誦經念佛，為我懺悔，因得暫時軟禁於此。多蒙上皇垂念，你今去回奏，切勿說我在此處，恐增其悲思，只說我在好處便了。」通幽道：「回奏須有實據，方免見疑。」楊妃道：「我殉葬之物，有金釵二股，鈿盒一具，是我平日所愛；前託雪衣女啣取在此，今分釵之一、盒之半，以為信物可也。」言罷，即取出釵盒付與通幽收了。通幽沉吟道：「此二物亦人間所有，未足為據；必得一事，為他人所未知者，方可取信。」楊妃低頭一想道：「有了，我記得天寶十載，從上皇避暑驪山宮，於七月乞巧之夕，並坐長生殿庭中納涼；時已夜半，宮婢俱已寢息，我與上皇密相誓心，願世世為夫婦，此事更無一人知道，你只以此回奏，自然相信。」

通幽再欲問時，只見二鬼卒跑來催促道：「快去！快去！」通幽不敢停留，疾趨出門，二仙女已不見了；一陣狂風，把通幽吹到一個所在，定睛一看時，卻原來就是適間那山上，見三仙依然在那裡弈棋，方纔收局哩！張果呼通幽近前說道：「你既見楊妃討了憑據，可回去罷！」通幽道：「還求仙師一發說明了梅妃江采蘋的前因，好一並回奏。」張果道：「梅妃即蕊珠宮仙女，也因與孔昇真人一笑，動了凡念，謫降人間，兩世都入皇宮：在隋時為侯夫人，負才色而不遇主，以致自經；再轉生為梅妃，方與孔昇真人了一笑之緣，卻又遭妒奪寵，此皆上天示罰之意。後因臨難矢節，忠義可嘉，故得仙靈救援，重返舊宮，復從舊主，正命考終，仍作仙女去了。」通幽又問道：「朱貴兒與隋煬帝有私誓，遂得再合，今楊妃與上皇也有私誓，來生亦得再合否？」張果道：「貴兒以忠義相感，故能如願；楊妃無貞節，而有過惡，其私誓不過癡情慾念，那裡作得准？即如武后、韋后、太平、安樂、韓、秦、虢國等，都狂淫無度，當其與狎邪輩縱慾之時，豈無山盟海誓，總只算胡言亂語罷了。」通幽道：「如今武后、韋后等諸人，以及反賊安祿山等的魂魄，都歸何處？」張果道：「武后乃李密後身，故殺戮唐家子孫，以報宿慾，還是劫數當然；獨可恨她荒淫殘虐，作孽太甚，今已與韋后、太平、安樂等，並當時那些佞臣酷吏，都墮入於阿鼻地獄❽，永不超身。至如反賊安、史輩，與那助逆的叛臣，致亂的奸相，以及本朝前代這些讒妒的不仁的后妃宦豎，都是一班凶妖惡怪，應劫運而出，生前造了大孽，死後盡入地獄，萬劫只在畜生道❾中輪迴。此等事未可悉數，你今回奏，只說楊妃所言，竟說她也是仙女，不必說她受苦。更須勸上皇洗心懺悔，勿昧前因，若能覺悟，至臨終時，我等還去接引他便了。」言訖，把袖一揮，通幽卻早在壇中驚醒。

❽ 阿鼻地獄：梵文 Avicinaraka 的音譯，意思是無間地獄。佛教指為八大地獄的第八獄，墮入者受無間斷之苦。

❾ 畜生道：佛教所指地獄道、餓鬼道、畜生道、修羅道、人道、天道等六道之一。根據佛教輪迴的說法，人都要在這六道中輪迴。

寧神定想了一回，摸衣袖內，果有釵鈿二物；遂趨赴上皇御前啟奏，將張果所說的前因，都隱過不提，只說梅妃、楊妃，俱是那蕊珠宮仙女，梅妃未得一見，楊妃卻曾見來，據云：「上皇係仙真降世，與我有緣，故得聚會；今雖相別，後會有期，不須悲念，奉勸上皇及早明心養性，千秋萬歲後，當仍復仙真之位。」因將釵盒獻上為信。上皇看了，雖極嗟嘆，卻還半信半疑；通幽再把七夕誓言奏上，說道：「臣亦恐釵盒未足取信，更須一言。貴妃因言及此，但此係私語，並無人知，以此上奏，必不疑為新垣平之詐也。」上皇聞言，嗚咽流涕，乃厚賞通幽而遣之。後來白樂天只據了通幽的假語，作長恨歌，竟道楊妃是仙女居仙境，遂相傳為美談，那知其實不然。正是：

訛以傳訛訛作詩，不如野史談果報。阿環若竟得成仙，禍善福淫豈天道！

上皇自此屏去紛華，辟穀服氣⑩，日夜念誦經典。至肅宗寶應元年，孟夏月明之後，偶弄一紫玉笛，略吹數聲，忽見雙鶴飛來，庭中徘徊，翔舞而去。時有侍婢宮媛在側，上皇因對她說道：「我昨夜夢見張果、葉法善、羅公遠三位仙師來說，我宿世是元始孔昇真人，謫在人間，已經兩世，今命數已終，特來接我到修真觀去修行，懺悔一甲子，然後復還原位。今雙鶴來降，此其時矣！」遂命具香湯沐浴，安然就寢，諭令左右勿驚動我。至次早，宮媛及諸嬪御輩，俱聞上皇睡中有嬉笑之聲，駭而視之，已崩矣。正是：

---

⑩ 服氣：吐納，道家養生延年之術。

兩世繁華總成夢，今朝辭世夢初醒。

上皇既崩，肅宗正在病中，聞此凶信，又驚又悲，病勢轉重，不隔幾時，亦即崩逝。張后意欲廢太子，別立親王。李輔國弒張后，立太子是為代宗，於是輔國愈驕橫。後來輔國被人刺死，這刺客實代宗所使也。那安史輩餘賊，至代宗廣德年間，方行殄滅。代宗之後，尚有十三傳皇帝，其間美惡之事正多，當另具別編。看官不厭絮煩，容續刊呈教。今此一書，不過說明隋煬帝與唐明皇兩朝天子的前因後果，其餘諸事，尚未及載。有一詞為結證：

閒閱舊史細思量，似傀儡排場⓫。古今帳簿分明載，還看取野史鋪張。或演春秋，或編漢魏，我只記隋唐。　隋唐往事話來長，且莫遽求詳。而今略說興衰際，輪迴轉，男女猖狂。怪跡仙蹤，前因後果，煬帝與明皇。

右調一叢花

總評：父慈子孝，原是五倫內第一要緊事。有一小人間之，遂使父不慈，子不孝，敗人家國，不可言說。但思上皇此時於水窮山盡之日，尚不捨貴妃、梅妃，命方士訪問亡魂蹤跡，此小人所以乘隙而入也。

又評：因緣果報，未嘗確有其事，乃是愚人之術，說到無可奈何處，曰：此生前未盡之緣也，此生前作

⓫ 傀儡排場：比喻如木偶人般登臺表演。

孽之報也。佛說：「要知前世因，今生受者是。要知後世因，今生作者是。」此皆勸人為善之意，非確有所據。曰前世如是，今世如是也。易曰：「積善之家，必有餘慶；積不善之家，必有餘殃。」此言其理耳。世至隋唐，閨門之內，污穢不堪道，禮義廉恥四字，不知拋荒何處，不至弒奪不止，故托言曰某某即前世某某，前緣未盡，犯戒謫塵，故有此一番舉動。說鬼說神，以喚醒世間之人；非分之事，不得生妄想心。春秋一筆一削，曰：「知我者，其惟春秋乎？罪我者，其惟春秋乎？」

附錄

一、褚人穫小傳

褚人穫，字學稼，笠子，太學生。慷慨好施與。嘗挾三百金從城南暮歸，憩井亭。有夫婦對泣，詢為官私責所迫，將鬻妻以償。人穫傾橐與之，不足，復家取百金以滿其數。晚歲檢親朋鄉里貸券數百紙，盡焚之。好學述古，尤熟史略。購得異書，矻矻手鈔數十百種。著有讀史隨筆、退佳瑣錄等書。

清乾隆三十年重鐫長洲縣志卷二四人物四

二、蘇州府志所錄褚人穫著述

褚人穫讀史隨筆、退佳瑣錄、續蟹譜一卷、堅瓠集，字學稼，笠子。

清光緒九年刊本蘇州府志卷一百三十七藝文二

國家圖書館出版品預行編目資料

隋唐演義／褚人穫著;嚴文儒校注;劉本棟校閱.——
三版一刷.——臺北市：三民，2020
面；　公分.——(中國古典名著)

ISBN 978-957-14-6838-9（平裝）

857.4537　　　　　　109007638

中國古典名著

隋唐演義（下）

著作者｜褚人穫
校注者｜嚴文儒
校閱者｜劉本棟

發行人｜劉振強
出版者｜三民書局股份有限公司
地　址｜臺北市復興北路 386 號（復北門市）
　　　　臺北市重慶南路一段 61 號（重南門市）
電　話｜(02)25006600
網　址｜三民網路書店 https://www.sanmin.com.tw

出版日期｜初版一刷 1998 年 5 月
　　　　　二版三刷 2015 年 6 月
　　　　　三版一刷 2020 年 9 月
書籍編號｜S854020
ISBN｜978-957-14-6838-9

三民書局